REBECCA MARTIN

Die vergessene Freundin

REBECCA MARTIN

Die vergessene Freundin

ROMAN

DIANA

Von Rebecca Martin sind im Diana Verlag erschienen:
Die verlorene Geschichte
Der entschwundene Sommer
Die geheimen Worte
Das goldene Haus
Die vergessene Freundin

FSC
www.fsc.org
MIX
Papier aus verantwortungsvollen Quellen
FSC® C014496

Verlagsgruppe Random House FSC® N001967

Originalausgabe 02/2019

Redaktion: Angela Volknant
Umschlaggestaltung: t. mutzenbach design, München
Umschlagmotive: © Jill Battaglia, Romany/Trevillion;
Matthew Dixon, EKramar, E_Sh_, crystalfoto/Shutterstock
Satz: Leingärtner, Nabburg
Druck und Bindung: GGP Media GmbH, Pößneck
Printed in Germany

ISBN 978-3-453-35884-3

www.diana-verlag.de
Besuchen Sie uns auch auf www.herzenszeilen.de
Dieses Buch ist auch als E-Book lieferbar

Prolog

BERLIN, 1934

Aus dem großen Filmvorführungssaal drang Licht in den düsteren Gang. Tonja musste also schon da sein. Elly stand im Dunkeln und zögerte weiterzugehen. In der Tasche ihres hellen, wadenlangen Rocks knisterte der Brief. Nach dem Abendessen hatte er plötzlich auf ihrem Schreibtisch gelegen, lange, nachdem der Postbote ins Haus gekommen war. Wer hatte ihn gebracht? War es Tonja selbst gewesen? Sie hatte nicht weiter nachgeforscht, wollte vermeiden, dass jemand unangenehme Fragen stellte. Dies hier ging nur sie beide etwas an.

Elly schluckte.

Sie verharrte noch einen weiteren Moment, bis sie die schwere Schwingtür aufstieß und den Gang entlang auf den großen Saal zuging. Es war drei Monate her, dass Tonja und sie einander zuletzt gesehen hatten.

Die Zweiundzwanzigjährige machte ein paar Schritte und hielt dann wieder inne, um nervös über ihren Rock zu streichen. War sie womöglich zu extravagant gekleidet? Hätte sie etwas Schlichteres auswählen sollen? Unvermittelt hob die junge Frau die Hand zu dem raffiniert gerafften Kragen ihrer Bluse, der Nacken und Kinnpartie besonders vorteilhaft unterstrich. Würde sie womöglich den Eindruck erwecken, mit Äußerlichkeiten von etwas ablenken zu wollen? Nein. Sie schob den Gedanken weg. Sie würde lediglich zeigen, dass alles so war wie immer. Sie atmete tief durch.

Tonja wartete. Elly horchte. Es war still. Da waren nur die vertrauten Geräusche des Gebäudes, des Ortes, der ihnen beiden einmal so viel bedeutet hatte.

Elly hörte ihre eigenen schweren Atemzüge. War da ein Luftzug? Vielleicht von einer geöffneten Tür? Wahrscheinlich bildete sie sich das nur ein. Sie schauderte, und ohne etwas dagegen tun zu können, fing sie mit einem Mal heftig zu zittern an. Für einen Moment war es, als verlöre sie die Kontrolle über ihren Körper. Sie dachte an die Worte, die sie sich zurechtgelegt hatte und die jetzt wie fortgepustet waren. Die Schuldgefühle kamen zurück, gruben sich wie ein Faustschlag in ihren Magen und machten den Hals eng.

Sie wollte sich nicht mehr schuldig fühlen. Sie wollte reden. Sie musste sich endlich erklären. Noch einmal atmete sie tief durch, dann lief sie entschlossen auf das Licht zu.

Elly musste die Augen zusammenkneifen, als sie aus dem Dunklen ins Helle trat. Sie blickte sich um, konnte Tonja jedoch nirgends sehen. Aber dass sie da war, dessen war sie sich gewiss. Sie spürte es einfach. Es gab da diese Verbindung zwischen ihnen, immer noch.

Freundinnen.

»Tonja?«

»Elly.«

Tonjas Antwort kam mit leichter Verzögerung. Elly versuchte, dem keine Bedeutung beizumessen. Sie schaute sich nochmals um, während sich ihre Augen an das helle Licht gewöhnten. Tonja stand vorn, direkt vor der Leinwand, eine schlanke, große Frau mit Pagenkopf, in langen schwarzen Hosen und einem weißen Männerhemd. Sie nahm gerade einen tiefen Zug von ihrer Zigarette, und Elly fiel auf, dass sie den Tabakgeruch schon vorher wahrgenommen hatte, ohne ihn einordnen zu können.

Sie suchte nach Worten.

»Du siehst gut aus«, sagte sie dann. Es klang falsch. Tonja schwieg. »Weißt du noch, damals, als ...?«, fuhr Elly zögernd fort, und ließ den Rest des Satzes in der Luft hängen. Tonja würde sich doch auch an die alten Zeiten erinnern. Das musste sie einfach.

»Früher sind wir glücklich gewesen.«

Tonja antwortete immer noch nicht. Elly nahm allen Mut zusammen. Sie würde davon sprechen, was sie geteilt hatten: die guten Momente, die gemeinsamen Erlebnisse, die sie zusammengeschweißt hatten, das Vertrauen, das zwischen ihnen gewesen war. Das konnte unmöglich alles verloren sein.

»Weißt du noch, als wir einander in diesem Saal zum ersten Mal begegnet sind? Du hast dich versteckt, und ich ...«

»Das ist lange her«, fiel Tonja ihr harsch ins Wort. »Die Dinge haben sich geändert.«

Die Dinge haben sich geändert, wiederholte Elly bei sich. Aber was hatte sich geändert? Sie wollte nicht, dass sich etwas ändert, jedenfalls nicht zwischen ihnen beiden. Alles sollte so bleiben, wie es immer gewesen war.

Sie suchte noch nach den richtigen Worten. Irgendwo knackte etwas. War da außer ihnen noch jemand im Raum? Nein, ausgeschlossen. Es war das Haus, das arbeitete, die Balken, die Rohre und Leitungen, hier ein Knarren, dort ein Surren, wie ein lebender Organismus eben. Aber hatte sich da nicht doch etwas bewegt? Elly drehte den Kopf zur Seite.

Nichts.

Ich sehe Gespenster, sagte sie sich und wandte sich wieder Tonja zu. Doch während sie Tonjas herausforderndem Blick standzuhalten versuchte, war *er* plötzlich da. Für einen Augenblick kam es ihr so vor, als sähe sie ihn den Mittelgang herunterkommen, die vertrauten Bewegungen, die Art, wie er den

Kopf leicht schräg legte, sein einnehmendes Grinsen … Sie schluckte.

»Tonja, ich … Ich würde alles darum geben, wenn …«

»Wenn was?« Tonjas Lippen formten sich zu einem höhnischen Lächeln. Achtlos schnippte sie die Zigarettenasche zu Boden. Elly war verunsichert.

»Ich weiß nicht.«

Doch, sie wusste es. Sie würde alles darum geben, wenn sie rückgängig machen könnte, was passiert war. Wenn diese Entscheidung nie gefallen wäre. Wenn alles wäre wie früher.

»Tonja, ich …«

Wieder ein Knarren.

»Soll das alles sein? Mehr hast du nicht zu sagen?«

»Tonja, bitte…«

Elly musste sich zusammenreißen. Warum waren sie beide hier? Schließlich hatte Tonja sie herbestellt. Sie starrte gegen den schweren roten Samtvorhang, der die Leinwand verbarg, als könnte er sich jeden Augenblick öffnen, aber die erste Vorführung war später angesetzt. Wie durch einen dicken Nebel hörte sie das Orchester spielen, das es hier seit Jahren nicht mehr gab. Sie sah zwei Mädchen vor sich, gerade mal elf Jahre alt, die mit dicken Karamellen im Mund in den Kinosesseln versanken und gebannt nach vorn starrten. Dieser Saal hier war so etwas wie Heimat gewesen, aber es fühlte sich nicht mehr so an.

»Was war noch mal der erste Film, den wir gemeinsam gesehen haben?«

»Der ›Dieb von Bagdad‹. Mit Douglas Fairbanks.«

Elly wunderte sich, dass Tonja das noch wusste. Angeblich hielt sie doch nichts von gemeinsamen Erinnerungen.

»Ja, mit Douglas Fairbanks. Weißt du noch, wie der Rauch aus der Pfeife nach oben stieg und sich daraus der Satz bildete … ›Man muss sich sein Glück verdienen‹, oder so etwas.«

»Warum bist du hier, Elly?«

»Weil du mir den Brief geschrieben hast.«

»Wirklich?«

Tonja verschränkte die Arme. In ihren Augen blitzte jetzt ein wehmütiges Lächeln auf, und Elly glaubte, etwas von der alten Tonja darin zu erkennen. Ihr Herz schlug schneller.

»Ich hatte viel Zeit nachzudenken«, fuhr Tonja fort.

»Das ist gut.«

»Findest du?«

»Na ja, ich finde, also … nichts sollte vergessen werden«, stotterte Elly.

»Hm.« Tonja nickte langsam. »Warum hast du es getan?«, fragte sie dann brüsk.

Elly schluckte. »Warum habe ich was getan?« Ihre Stimme klang unsicher.

Tonja sah sie scharf an.

»Ich will wissen, warum du ihn umgebracht hast!«

I

FRANKFURT AM MAIN, DEZEMBER 1918

»Und, kommst du jetzt runter?«

Der Junge am Fuß des Baumes grinste sie an. Die sechsjährige Elly zog die Beine höher und umklammerte den Ast, an dem sie sich festhielt, noch stärker, als fürchte sie, dieser fremde Bursche wolle sie zu sich herunterziehen.

»Deine Mutter hat mich gebeten, dich zu holen. Wir wollen Kuchen essen. Schwarzwälder Kirsch, die magst du doch auch, oder?«

Elly presste die Lippen zusammen. Sie sprach nicht mit Fremden.

Sie sprach selbst mit ihren Eltern selten, die deshalb mit ihr beim Arzt gewesen waren. Aber der hatte nichts finden können. Mit ihren Ohren war alles in Ordnung. Sie hörte sehr gut. Dumm war sie auch nicht. Irgendwann würde sie schon anfangen zu reden, hatte der gemeint.

Der Junge kniff die Augen zusammen, während er ins helle Licht zu ihr nach oben sah. Corbin hieß der Fremde. Er war der Sohn eines von Papas Geschäftspartnern und schon dreizehn.

Was will er von mir? Elly sah, wie Corbin die Arme verschränkte. Sein Ausdruck verdüsterte sich.

»Verstehe schon, ich mag's auch nicht, wenn mich meine Mutter ruft. Immer soll man machen, was sie sagen. Das ist blöd.«

Er machte ein paar Schritte weg vom Baum, und Elly dachte schon, er werde sie endlich in Ruhe lassen, da drehte er sich um und setzte sich einfach auf den Boden. Elly atmete scharf ein. Es war Dezember, und der Boden frostkalt. Sie starrte ihn an. Er sollte wieder aufstehen. Er würde sich noch den Tod holen. Das sagte Mama jedenfalls immer zu ihr, wenn sie sich zu dieser Jahreszeit im Garten herumtrieb oder gar irgendwo hinkauerte.

Corbin grinste sie wissend an.

»Wenn du dich jetzt fragst, ob ich hier sitzen bleibe … Ja, das werde ich. Ich habe schließlich versprochen, dass ich dich nach drinnen bringe, und was ich verspreche, das halte ich auch … oder ich komme eben nicht zurück.«

Elly schwieg immer noch. Sie wollte nicht, dass der Junge fror. Da war etwas an ihm, das ihr gefiel.

»Ah, entschuldige übrigens. Ich habe mich noch gar nicht richtig vorgestellt. Wie unhöflich von mir. Ich bin Corbin Harloff.«

Das weiß ich, dachte sie.

Er deutete eine Verbeugung an. Im Sitzen sah das etwas lächerlich aus. Machte er sich über sie lustig? Ellys Lippen wurden wieder schmaler. Corbin verschränkte die Beine im Schneidersitz und warf einen kurzen Blick ringsum.

»Magst du es auch, wenn die Gräser so silbrig überzogen sind?«, wechselte er zu ihrer Überraschung das Thema.« So muss es im Garten einer Eiskönigin aussehen, oder?«

Elly lockerte den Griff um den Ast ein wenig, denn es schmerzte allmählich, sich so festzuklammern. Außerdem ging von dem Jungen offenbar keine Gefahr aus. Und es war kalt, sowohl hier oben als auch da unten.

»Brrrr.« Corbin schlang die Arme um den Körper, als hätte er in diesem Moment die gleichen Gedanken. »Du machst es einem aber wirklich nicht leicht. Also, wie wäre es, wenn wir jetzt doch nach drinnen gehen? Dann kann ich mein Versprechen halten, und wir essen gemeinsam ein bisschen Kuchen. Das ist doch keine schlechte Idee, finde ich.«

Elly runzelte die Stirn. Ich mag ihn, fuhr es ihr durch den Kopf, ich mag seine Stimme. Sie mochte es auch, wie er dasaß und fror, nur damit sie mit ihm ins Haus kam. Es war seltsam, aber sie dachte, dass sie ihn gern zum Freund hätte.

Dann bin ich weniger allein.

Elly überlegte noch einen Moment und ließ dann ihre Beine nach unten baumeln. Kurzentschlossen drehte sie sich auf den Bauch und hangelte sich nach unten. Als sie auf dem Boden landete, stand er bereits neben ihr.

»Du kletterst gut.«

Elly schaute Corbin tief in die dunklen Augen, dann streckte sie ihm ihre kleine Hand hin. Er ergriff sie, ohne zu zögern.

Verwundert beobachtete Alice Kramer durch das Fenster, wie Corbin Harloff und ihre Tochter Elly über den Rasen auf das Haus zukamen. Zwar war Amelia Harloff überzeugt gewesen, dass es ihrem Sohn gelingen werde, Elly nach drinnen zu bringen, doch Alice selbst hatte stark daran gezweifelt. Elly war ein schwieriges Kind, das war sie schon immer gewesen; ein besonderes Kind, das sich am liebsten in seiner Fantasiewelt bewegte. Sie war eigen, hatte spät zu sprechen begonnen, war überempfindlich.

Manchmal kam es Alice vor, als ob sie eigentlich keine anderen Menschen mochte. Umso erstaunter war sie, als sie sah, dass Elly ihre rechte in die linke Hand des Jungen gelegt hatte. Sie sprachen zwar nicht miteinander, aber in der Haltung lag etwas Vertrautes, das Alice schon lange nicht mehr an ihrer Tochter wahrgenommen hatte.

»Habe ich es nicht gesagt?«, war Amelia zufrieden zu vernehmen.

Alice zuckte zusammen.

»Oh, ich wollte dich nicht erschrecken.«

»Ach, ich war in Gedanken. Entschuldige, Amelia.«

Die beiden Frauen wechselten einen verstehenden Blick. Sie standen sich sehr nahe, waren schon seit Schulzeiten miteinander befreundet.

Die Männer kamen aus dem Arbeitszimmer, in das sie sich kurz nach der Begrüßung zurückgezogen hatten, um Geschäftliches zu besprechen.

»Jetzt könnte ich einen Kaffee vertragen«, sagte Toni Kramer, und Richard Harloff fügte hinzu: »Und zu einem Stück Kuchen würde ich auch nicht Nein sagen. Wo sind eigentlich die Kinder?«

Alice lächelte.

»Ja, ja, der Tisch ist schon gedeckt. Setzt euch doch. Die Kinder kommen gerade.«

»Und, habt ihr alle offenen Fragen klären können?«, erkundigte sich Amelia.

»In der Tat, in der Tat«, brummte Richard. »Unserem neuen Lichtspieltheater steht nichts mehr im Wege.«

»Ist euer Projekt jetzt wirklich spruchreif?«

Alice schaute ihren Mann über den Spiegel an, während sie mit langsamen Bewegungen ihr langes hellbraunes Haar kämmte.

»Oh ja, glaub mir, das wird eine ganz große Sache. Der Erfolg wird Harloff & Kramer treu bleiben, das ist schon einmal gewiss.«

Toni, ihr Mann, der eigentlich Anton hieß, kam näher, beugte sich über sie und küsste zart den Nacken seiner Frau.

Alice hielt inne und betrachtete ihn nachdenklich über den Spiegel.

Er sah zufrieden aus, zufrieden über das, was er erreicht hatte. Und er schien sich auf das zu freuen, was vor ihm lag. Gewiss verschwendete er keinen Gedanken daran, dass ihre Elly, so vermutete Alice zuweilen, auch deshalb in der Schule ihren Platz nicht fand, weil ihr eigentlich kriegstauglicher Vater damals vom Kriegsdienst freigestellt worden war. Nur, weil man Tonis und Richards Tätigkeit als Hersteller von Uniformen für kriegswichtig erachtet hatte, war ihre Familie von so viel Elend verschont geblieben. Auch deshalb würde Elly wahrscheinlich niemals verstehen können, welches Leid den anderen in dieser Zeit widerfahren war. Sie wusste nichts von Vätern oder Brüdern, die auf dem Schlachtfeld geblieben waren.

Toni allerdings dafür zu verurteilen war falsch und albern, das wusste Alice auch, doch manchmal konnte sie sich einfach nicht von diesem Stachel freimachen.

»Corbin und Elly scheinen sich gut zu verstehen«, sagte Toni aus heiterem Himmel. Es erstaunte Alice, dass ihm das aufgefallen war.

»Ja, das tun sie. Sie hat ihn sogar mit in ihr Zimmer genommen.«

»Er ist ein guter Junge.«

»Ich weiß.«

Alice unterdrückte einen Seufzer. Sie wollte so sehr darauf vertrauen, dass sich in Ellys Leben etwas zum Guten wandte, aber sie konnte ihre Vorbehalte nicht abschütteln.

2

FRANKFURT AM MAIN, 1919

Zweifelsohne war es ungehörig zu lauschen. Eine junge Dame tat so etwas nicht, doch als die siebenjährige Elly die sich nähernden Stimmen gehört hatte, war sie einfach kurzerhand in den Unterschrank gekrochen, der seit einigen Wochen leer stand, und hatte die Schranktür so gut es ging hinter sich zugezogen.

Sie wollte endlich wissen, was los war. In den letzten Tagen hatten die Erwachsenen viel zu besprechen gehabt, und ihr war aufgefallen, dass sich ihre Stimmen senkten, wenn sie in der Nähe war. Und dann dieser besorgte Blick ihrer Mutter. Elly war ein aufmerksames Kind, dem so etwas nicht entging, und sie war fest entschlossen, sich nicht länger hinhalten zu lassen.

Durch einen schmalen Schlitz fiel noch etwas Licht zu ihr in den Schrank, aber sehen konnte sie nichts mehr. Dafür hörte sie umso besser und wünschte sich doch schon im nächsten Moment, sie wäre nicht hier, denn bereits nach wenigen Worten wusste sie, was die Stunde geschlagen hatte.

»Diese neue demokratische Beliebigkeit, der Sieg des Pöbels über Recht und Ordnung … Alice, ich kann meinen Jungen einfach nicht in solch einem Land aufwachsen lassen«, sagte Amelia Harloff mit schwerer Stimme. »Jeder sollte seinen Platz kennen. In Deutschland kennt ihn keiner mehr.«

Eine der Frauen stand jetzt auf.

Mama.

Elly erkannte den Rhythmus ihrer Schritte, denn eins ihrer

Beine war ein winziges Stück kürzer als das andere. Porzellan klirrte.

»Tee?«

»Gerne, Alice.«

»Wann werdet ihr Deutschland verlassen?«

Mamas Stimme klang ruhig, aber Elly hörte das leise Beben darin. Ihre Mutter machte sich Sorgen.

»Im nächsten Monat. Wir werden fürs Erste bei Verwandten von Richard unterschlüpfen. Corbin wird ab dem nächsten Semester ein englisches Internat besuchen.«

»So bald schon?«

Jemand stellte eine Tasse zurück auf den Tisch.

»Worauf sollen wir noch warten?«

Alice seufzte. »Vielleicht hast du recht.«

»Natürlich habe ich recht.«

»Hm.«

Die Teetassen klirrten. Die Frauen tranken. Jemand nahm Zucker und rührte um. Es wurde geredet, aber Elly war wie gelähmt. Sie war nicht mehr in der Lage, dem Gespräch der Frauen zu folgen, denn ihre eigenen Gedanken rasten wie Nadelstiche durch ihren Kopf und über den ganzen Körper: Die Harloffs würden nach England übersiedeln, und sie würde Corbin, ihren einzigen Freund, verlieren. Sie war wieder allein.

Es klopfte. Elly starrte gegen die Zimmertür und schwieg. Eine Stunde war es her, dass sie aus ihrem Versteck geplumpst war und ihre schmerzenden Glieder massiert hatte, bevor sie sich so rasch wie möglich in ihr Zimmer verzogen hatte. Jetzt stand Corbin vor der Tür. Sie kannte seine Art zu klopfen.

Auf dem Bett sitzend zog Elly ihre Beine enger an ihren immer noch schmerzenden Körper und umklammerte die Knie so gut es eben ging.

»Elly? Ich weiß, dass du da drin bist. Darf ich reinkommen?«

Elly drückte die Fingernägel ihrer rechten Hand in die Handfläche der linken, setzte einen Schmerz gegen den anderen und schwieg weiter. Corbin wartete noch einen Moment, dann öffnete er die Tür vorsichtig und steckte den Kopf durch den Spalt.

»Darf ich?«, wiederholte er.

Elly sagte immer noch nichts und gab ihm auch sonst kein Zeichen. Corbin zögerte, dann gab er sich einen Ruck und trat ein.

»Ich muss mit dir reden«, sagte er.

Elly wich seinem Blick aus. Sie hörte, wie er näher kam. Dann schaute sie ihn doch an. Corbin seufzte.

»Du weißt es.«

»Natürlich weiß ich es. Ich bin nicht dumm.«

»Nein, gewiss nicht.«

Er fragte sie nicht, wie sie es erfahren hatte. Für einen Augenblick war es still im Zimmer.

»Es tut mir leid«, sagte er dann.

»Mir auch.«

Elly lauschte dem Schmerz in ihrer Stimme nach, und sie dachte, dass ihr das erspart geblieben wäre, wenn sie damals nicht beschlossen hätte, von diesem Baum zu klettern. Wie oft war es einfach falsch, Dinge zu tun.

Sie hörte, wie sich Corbin räusperte.

»Wir könnten uns doch schreiben, weißt du. Und im Sommer können wir einander besuchen.«

»Ich will nicht, dass du mich besuchst.«

»Das ist hart.« Er schaute sie traurig an, aber er nahm sie ernst. Nie wieder würde sie jemand so ernst nehmen, da war Elly sich sicher.

3

FRANKFURT AM MAIN, OKTOBER 1923

Gegen Mittag stand Toni Kramer vor den prächtigen Flügeltüren des Lichtspieltheaters Odeon und betrachtete das Treiben auf der Straße vor dem Gebäude. Er nickte den Passanten freundlich zu, die stehen geblieben waren, um die Aushänge in den Glaskästen zu studieren. Hin und wieder öffnete der Portier jemandem die Tür zu dem mit weichem rotem Teppichboden ausgelegten Eingangsbereich. Von dort waren es nur noch vier Stufen hinauf bis zum Kassenhäuschen, wo ein hübsches Mädchen saß, das die Eintrittskarten verkaufte.

Toni achtete darauf, dass sein Personal stets gut gekleidet war und vertrauenswürdig aussah. Die Traumwelt des Films sollte sich bis ins Foyer und vor das Lichtspielhaus fortsetzen; er wollte, dass sich die Menschen wohlfühlten, wenn sie hier eintraten und wenn sie aus der Vorführung kamen. Auch sonst dachte er sich stets etwas Neues aus: In dieser Woche verschenkte das Odeon bunte Bildchen an seine Besucher. Es hatte auch schon Bonbons und Stifte als Zugabe zu den Karten gegeben, und im letzten Jahr war ein Malwettbewerb veranstaltet worden. So hielt man sich im Gespräch.

Toni verschränkte die Hände hinter dem Rücken und stellte sich etwas breitbeiniger hin. Frau Schell, einen Einkaufsbeutel über dem Arm, blieb vor dem Aushang stehen. Sie grüßten einander respektvoll. Meta Schell ging mit seiner

Tochter in eine Klasse. Tonis Gedanken gingen zum Treffen der Kinobesitzer, das am Ende der Woche anstand.

Kürzlich hatte es einen kleinen Schlagabtausch über den Film als Kunstform und den Film als (minderwertige) Unterhaltung gegeben, der ihn verstimmt hatte. Was war denn falsch daran, wenn die Leute sich im Kino amüsierten? Ihn freute es jedenfalls, wenn die Besucher des Odeon sich gut unterhalten fühlten.

»Herr Kramer!«, rief eine vertraute Stimme.

Franz Cohn, seit Weihnachten der vierte Kinomusiker des Quartetts, bog gemeinsam mit seinem Vater Herbert in die Seitengasse ein, in der sich der Nebeneingang befand. Toni nickte ihnen zu, nahm dann sein Taschentuch zur Hand und rieb einen Fleck von einer der großen Glastüren. Die großen Messinggriffe, die an stilisierte Flügel gemahnten, waren nicht billig gewesen, aber sie waren ihr Geld wert. Sie machten etwas her, sie zu kaufen war also eine gute Entscheidung gewesen.

Toni trat einen Schritt zurück und überprüfte sein Werk. Alles sauber.

Ein Pärchen hatte die Aushänge studiert und verschwand jetzt im Foyer. Toni verschränkte die Arme hinter dem Rücken und drückte die Brust heraus. Er war stolz auf sich. Seinerzeit hatte er ein Vermögen mit Uniformen und Zubehör verdient. Dass er einmal ein Kino besitzen würde, hätte er sich nicht im Traum vorstellen können, aber er hatte sich dem Neuen auch nie verweigert, und als Richard Harloff, sein guter Freund und Geschäftspartner aus Kriegszeiten, sein stiller Teilhaber, ihm den Vorschlag unterbreitet hatte, war er sofort begeistert gewesen. Er hatte die Uniformen ohnehin hinter sich lassen wollen, und die Bekleidungsindustrie an sich interessierte ihn nicht im Mindesten.

Im nächsten Moment spürte er, dass jemand hinter ihm stand.

»Papa!«

Toni drehte sich um, nahm einen Lutscher aus der Tasche.

»Elly, meine Prinzessin.« Mit einem Griff seiner starken Arme hob er sie in die Höhe, ohne darauf zu achten, ob sein guter Dreiteiler in Mitleidenschaft gezogen wurde. Er drückte sie an sich und gab ihr einen Kuss. »Geht es dir gut?«

»Jetzt schon.« Elly lächelte. Die Elfjährige hasste es, in die Schule zu gehen, auch wenn ihr der Stoff keinerlei Schwierigkeiten bereitete. Am liebsten war sie im Odeon, und nach Möglichkeit schaute sie jeden der Filme, die hier im Wechsel der verschiedenen Wochentage gezeigt wurden. Ihr Vater hatte es sich zwar zur Aufgabe gemacht, jeden Film persönlich zu prüfen, bevor er seiner Tochter erlaubte, ihn anzuschauen, doch zuweilen hatte er die Vermutung, dass Elly sich heimlich in Vorführungen schlich.

An Wochenenden besuchte die Familie Kramer manchmal gemeinsam einen der Märchenfilme, aber Mutter Alice konnte dem Ganzen nicht viel abgewinnen und ging lieber ins Theater.

Elly dagegen war Feuer und Flamme. Sie tauschte sich gerne mit ihrem Vater über die Filme aus, besprach mit ihm, welche Streifen als Nächstes gezeigt werden sollten, hörte zu, wenn die Kinomusiker probten. Sie liebte es auch, sich im Technikraum herumzudrücken und den Vorführern bei der Arbeit zuzusehen. Sie konnte inzwischen sogar schon ganz allein einen Film einlegen.

»Hunger, Prinzessin?«Toni schaute sie prüfend an.

Sie nickte. Er schickte einen der Laufburschen Erbsensuppe und Würstchen aus einem nahe gelegenen Lokal holen, die sie gemeinsam in seinem Büro verspeisen würden. Ellys

Mutter gefiel das ganz und gar nicht. Gegessen werden sollte zu Hause am stilvoll gedeckten Tisch. Aber Toni und Elly genossen ihre »heimlichen« Imbisse.

Wenn seine Tochter das Odeon später einmal übernehmen würde – und daran hatte Toni Kramer keinen Zweifel –, dann wäre sie auch Tag und Nacht vor Ort.

Ach, ich sollte nicht zu weit in die Zukunft blicken.

Alice hatte ganz andere Pläne für die gemeinsame Tochter. Sie wollte sie gut verheiraten und sah deren späteren Gatten als künftigen Geschäftsführer des Odeon. Aber was wusste Alice schon vom Kino. Sie teilte die Leidenschaft ihres Mannes und ihrer Tochter nicht. Alice war keine Träumerin. Alice war besorgt – und das den ganzen Tag lang.

4

FRANKFURT AM MAIN, 2013

Dieser Märztag fühlte sich wie der erste Frühlingstag nach einem viel zu langen, grauen Winter an. Fast ein Jahr war es jetzt her, dass die sechsundzwanzigjährige Carina ihr Studium mit Bravour abgeschlossen hatte. Und was hatte es ihr gebracht? Ihre dreimonatige Anstellung bei einem Projekt war nicht verlängert worden. An den Wochenenden kellnerte sie immer noch in dem kleinen Café, in dem sie schon während des Studiums gejobbt hatte, gab Nachhilfe und half in der Fachbereichsbibliothek aus. Irgendwie hatte Carina sich ihr Leben nach dem Studium anders vorgestellt: Sie war es gewohnt, für harte Arbeit belohnt zu werden, aber das wahre Leben belohnte einen nicht.

Sie müsse forscher sein, hatte Jan gesagt. Seit dem ersten Semester waren sie zusammen, damals, als es ausgesehen hatte, als läge ihnen, den beiden exzellenten Studenten, die Welt zu Füßen. Manchmal fühlte sie sich unverstanden, wenn er so etwas sagte, doch sie biss die Zähne zusammen und schwieg. Womöglich hatte er ja recht.

Carina seufzte. Trotzdem, das letzte Jahr war wirklich nicht einfach gewesen. Zuerst hatten sich ihre Eltern getrennt, und Carina hatte trotz aller vorausgehenden Warnzeichen stärker darunter gelitten, als ihr erwachsenes Ich das wahrhaben wollte. Sie hatte in dieser Zeit auch häufig über Jan und sich nachgedacht. Ergebnislos. Er war ihr Partner. Sie mochte ihn.

Sie vermisste ihn, wenn er nicht da war. Sie galten immer noch als das Traumpaar schlechthin, aber was machte ihre Beziehung eigentlich aus?

»Wo willst du in fünf Jahren sein?«, hatte sie ihn einmal gefragt. »So beziehungstechnisch, meine ich.«

Er hatte sie irritiert angesehen und dann gelacht.

»Ach komm, das fragst du jetzt nur, weil das mit deinen Eltern passiert ist. Und du bist neidisch, weil ich eine Doktorandenstelle bekommen habe und du nicht.«

Vielleicht hatte er recht. Vielleicht lag es daran. Vielleicht lag es auch daran, dass er sich auf Molekularbiologie spezialisiert hatte und nicht auf Geschichte, was eh niemand brauchte.

Carinas Blick verlor sich in der Ferne.

Ich sollte jetzt aussteigen. Schließlich habe ich einen Termin.

Die Anzeige war ihr Anfang dieser Woche bei der morgendlichen Zeitungslektüre aufgefallen. Soweit sie dem Text entnehmen konnte, ging es um eine Festschrift zu einem Firmenjubiläum. Es wurde eine gute Bezahlung in Aussicht gestellt. Ganz entgegen ihrem eigentlichen Naturell hatte Carina sofort angerufen und aufgeregt nach Worten gesucht, während sie dem Freizeichen lauschte, um dann erschrocken aufzulegen, als sich der Anrufbeantworter meldete. Eine junge Frauenstimme. Sie war überrascht gewesen, konnte aber auch nicht sagen, was sie eigentlich erwartet hatte. An diesem Tag hatte sie nicht mehr angerufen. Am nächsten Tag hatte sie keinen Erfolg gehabt. Erst am dritten Tag erreichte sie endlich jemanden. Sie stotterte dermaßen, dass sie überzeugt war, man werde sie noch am Telefon abwimmeln, wenn der Job nicht ohnehin längst vergeben war. Doch die junge Frauenstimme – dieselbe, die sie auf dem Anrufbeantworter gehört hatte – klang tatsächlich erfreut. Sie stellte sich als Alea Kramer vor und sagte, dass sie Carina gern zu einem Gespräch treffen würde. Bisher habe man noch niemand geeigneten gefunden. Sie tauschten Adressen und Telefonnummern und machten einen Termin für den nächsten Tag aus. Erst gegen Ende des kurzen Gesprächs hatte die Frau plötzlich gesagt: »Es muss passen, wissen Sie? Ich kann Ihnen die Stelle jetzt noch nicht versprechen.«

»Natürlich«, hatte Carina unsicher geantwortet. »Das ist doch selbstverständlich.«

Und hier bin ich nun. Carina warf einen Blick auf das Display ihres Navis. *Sie haben ihr Ziel erreicht.*

Als sie die Autotür öffnete, sog sie die milde Frühlingsluft tief in ihre Lungen. Wie herrlich, dass man nicht mehr sofort fröstelte, wenn man ohne Winterjacke unterwegs war. Mit einem leisen Klick schloss Carina die Autotür, warf noch einmal einen prüfenden Blick auf die Handbremse und hängte sich dann ihre Tasche über die Schulter.

Sie musste unwillkürlich an das Freibad denken, in dem sie im letzten Sommer so oft ihre Bahnen gezogen hatte – ohne Jan, denn der hasste öffentliche Bäder. Carina dagegen schwamm wirklich gern, und die Erinnerung ließ ihr den spezifischen Geruch in die Nase steigen: Chlor, Wasser, das auf Steinen trocknete, Pommes mit Mayo und Ketchup, Eis am Stiel.

Passen wir noch zusammen? Sind wir noch glücklich?

Carina nahm sich vor, abends nach den Öffnungszeiten des Hallenbades zu googeln. Etwas Bewegung würde ihr definitiv guttun.

Sie ging ein paar Schritte, der Riemen ihrer Tasche rutschte von der Schulter, worauf sie ihn kurz entschlossen über den Kopf zog, sodass er quer über ihrer Brust zu liegen kam.

Die nächste Hausnummer war die 16. Die Grundstücke waren hier deutlich größer, die Straßen breiter, und nur wenige

Autos parkten draußen. Offensichtlich hatte sie ihr Auto viel zu früh abgestellt. Das da hinten musste aber jetzt die Nummer 18 sein. Zwischen altem Baumbewuchs lugte eine weiße Jugendstilvilla hervor. Das Anwesen war umgeben von einem alten schmiedeeisernen Zaun, dem man ein sehr modernes Tor verpasst hatte, an dem Carina weder eine Klinke noch eine Klingel ausmachen konnte. Sie ging ein paar Schritte weiter und spähte durch den Zaun. Ein bekiester Fahrweg führte in einer leichten Kurve auf das Haus zu.

Ratlos stand sie da. Wie sollte sie nur auf sich aufmerksam machen? Irgendwo musste es doch eine Klingel geben, aber sie konnte einfach keine entdecken. Carina ging noch ein Stück am Zaun entlang und erhaschte dabei immer neue Blicke auf die Villa. An einem Türmchen prangte in goldenen Ziffern das Erbauungsjahr: 1900. Dann war sie am Ende des Zauns angelangt. Zwischen den Grundstücken 18 und 20 führte ein schmaler, sandiger Weg von der Straße weg. Carina bog kurz entschlossen ab. Vielleicht würde sie ja hier irgendwo einen Zugang finden.

Eine hohe Buchsbaumhecke nahm ihr für einige Meter die Sicht. Die hat offenbar auch länger keinen Gärtner mehr gesehen, dachte sie. Auf dem engen Pfad war es düster und deutlich kühler als auf der frühlingssonnenbeschienenen Straße. Carina beschleunigte ihre Schritte. Und da war sie plötzlich: die Tür. Wie aus dem Nichts tauchte sie in dem Zaun auf, so schmal, dass Carina sie fast übersehen hätte. Sie drückte die Klinke herunter und stellte überrascht fest, dass sie sich öffnete.

Sollte sie sich einfach Zutritt verschaffen? Es blieb ihr wohl nichts anderes übrig. Sie schob die Tür auf. Ein durchdringendes Quietschen ließ sie zusammenzucken, und doch zögerte sie nicht. Nur ganz kurz fragte sie sich, was sie wohl tun würde, wenn die Besitzer des Anwesens Hunde hielten.

Vorsichtig tastete sie sich voran. Entlang des Zaunes war der Pflanzenbewuchs dicht. Je weiter sie kam, desto gepflegter wurde der Garten: englischer Rasen, ein paar schöne alte Obstbäume und jede Menge Ziersträucher. Schließlich erreichte sie einen weiß bekiesten Weg, der schnurstracks auf die Rückseite des Hauses zuführte, wo sich eine überdachte, einst weiß gestrichene Holzveranda befand, an der vielerorts die Farbe abblätterte. Auch hier war alles verlassen und verriegelt. Fast wirkte es, als wäre das Haus unbewohnt, aber das konnte nicht sein. Man hatte ihr ganz sicher diese Adresse genannt.

Carina ging um die Villa herum. Nichts. Verdammt, das konnte ja wohl nicht wahr sein. Sie schaute an dem Haus hoch. Die Fenster waren geschlossen und wirkten dunkel. Sie horchte. War da nicht das Plätschern von Wasser zu hören? Sie konzentrierte sich. Ein Gartenschlauch, oder eher ein Springbrunnen? In diesem Ambiente wäre ein Springbrunnen gut vorstellbar. Sollte sie dem plätschernden Geräusch folgen? Oder doch lautstark an die nächstbeste Tür klopfen?

Carina drehte sich unschlüssig wieder zum Haus hin. Ein seltsames Gefühl überkam sie. Mit einem Mal wirkte die eben noch so prächtige Villa abweisend, eine trutzige Fassade mit Fenstern wie leere Augenlöcher in einem Horrorfilm. Sie nahm plötzlich eine Bewegung hinter einem der Fenster wahr. Eine schmale, sehr alte Frau stand da und beobachtete sie. Carina kniff die Augen zusammen.

Nein, sie hatte sich geirrt. Da war doch niemand.

Sie schauderte.

Sei nicht albern und sieh zu, dass du jemanden findest, ermahnte sie sich dann. Mach auf dich aufmerksam.

Sie atmete tief durch und schlug dann den schmalen Weg ein, der in die Richtung führte, aus der das Plätschern kam. Hinter ein paar dichten Büschen endete er, und vor ihr lag eine große Rasenfläche, in deren Mitte sich zu ihrer Überraschung ein lang gezogenes Schwimmbecken befand.

Ein Swimmingpool.

Damit habe ich nun wirklich gar nicht gerechnet. Carina blieb stehen und starrte den Mann an, der dort konzentriert seine Bahnen zog. Bei aller Liebe, war es nicht doch noch etwas kühl, um im Freien zu baden? Dem Fremden schien das jedenfalls nichts auszumachen. Prustend durchpflügte er mit kräftigen Armschlägen das Wasser. Carina konnte sich nicht von seinem Anblick lösen und überlegte fieberhaft, wie sie auf sich aufmerksam machen sollte, ohne dass es peinlich wurde. Die Vorstellung, gleich einem fremden Mann in Badehose gegenüberzustehen, verunsicherte sie. Was würde er sagen, wenn er sie entdeckte? Sie würde sich erklären müssen.

Die Entscheidung wurde ihr im nächsten Moment abgenommen. Der Mann hatte sie offenbar bemerkt, schwang sich aus dem Wasser und kam mit schnellen, einschüchternden Schritten und einem düsteren Ausdruck auf dem Gesicht auf sie zu.

»Was tun Sie hier? Das ist Privatgelände!«

Carina war überrascht, mit welch erstaunlicher Autorität man halb nackt und in tropfender Badehose auftreten konnte. Sie öffnete den Mund. Der Fremde gab ihr keine Chance zu antworten: »Also, wer sind Sie, und was machen Sie hier, aber ein bisschen dalli! Oder soll ich die Polizei rufen?«

Carina starrte die kleinen Rinnsale an, die von seinen raspelkurzen, dunklen Haaren über sein Gesicht und auf die breiten Schultern herabliefen. Seine Badehose war dunkelblau und eher schlicht. Sie spürte Röte in ihre Wangen aufsteigen.

»Ich … Frau Kramer hat mich … Ich, also, ich suche eine Frau Kramer.«

»Frau Kramer?« Die Falte zwischen seinen Augen wurde tiefer. »Welche Frau Kramer?«

»Alea Kramer. Ich bin mit ihr verabredet. Mein Name ist Carina Wahlsberg.« Sie starrten einander an. Carina schätzte den Mann auf Anfang dreißig. »Ich hatte gestern mit Frau Kramer telefoniert ... Entschuldigen Sie mein Eindringen, aber ich wusste nicht, wie ich sonst ...«

»Normalerweise kommt man durch den Haupteingang. Meine Schwester hat Sie also eingeladen? Sind Sie die Journalistin?«

»Ich hatte mich auf die Anzeige gemeldet.«

»Die Anzeige?« Der Gesichtsausdruck des Mannes, der sich eben etwas entspannt hatte, verhärtete sich umgehend wieder. Er sah Carina prüfend an. Dann hielt er ihr überraschend die Hand hin: »Ich bin Tom Kramer. Entschuldigen Sie, dass ich so grob war. Ich werde Sie ins Haus bringen, allerdings habe ich Alea heute noch nicht gesehen. Ich hoffe, meine liebe Schwester versetzt sie nicht. Sie ist nicht die Verlässlichste, wissen Sie. Durchaus möglich, dass unsere Prinzessin noch schläft.«

»Was erzählst du denn da für einen Unsinn!«

Carina fuhr herum und erstarrte für einen flüchtigen Moment in der Bewegung. Himmel, es hätte ein Bild von irgend so einem Werbeplakat sein können: Eine junge Frau mit glattem honigblondem Haar in einem schmal geschnittenen dunkelgrünen Strickkleid, mit schlanken, gebräunten Beinen und braunen Overknees kam freundlich lächelnd auf sie zu.

»Frau Wahlsberg?« Eine zierliche Hand streckte sich ihr entgegen. Carina schüttelte sie. Sie erkannte die Stimme vom Telefon und stellte nun erstaunt fest, dass sie sich keine Vorstellung der Person gemacht hatte, wie sie es sonst zu tun pflegte. Die junge Frau ließ ihre Hand wieder los.

»Ich bin Alea Kramer, wie Sie ja bereits wissen, und«, sie deutete auf den jungen Mann, »der Griesgram dort ist mein Bruder. Er ist übrigens der Ältere und weiß deshalb alles besser, das ist ja klar. Tom, das ist Frau Wahlsberg, die Historikerin, von der ich dir erzählt habe. Ich denke, Sie ist die geeignete Person für unser Vorhaben. Und jetzt komm schon, gib dir einen Ruck und zeig, dass unsere Eltern nicht umsonst Tausende Euros und harte deutsche Mark in deine Erziehung gesteckt haben.«

»Wir haben uns schon bekannt gemacht«, knurrte Tom, bückte sich nach einem Handtuch und fuhr sich übers Haar. Die letzten Rinnsale verschwanden.

»Wirklich?« Alea wandte sich an Carina. »Er kann so ein Stoffel sein.«

»Nein, nein, es ist alles gut …«, stotterte Carina, »schließlich bin ich es, die hier einfach eingedrungen ist. Dafür möchte ich mich noch einmal entschuldigen, Herr Kramer.«

»Ist schon in Ordnung. Herzlich willkommen, Frau Wahlsberg«, gab er in einem Tonfall zurück, dem nicht zu entnehmen war, ob der Willkommensgruß wirklich ernst gemeint war. »Meine Schwester hat uns ja immerhin bereits gestern Nacht von ihren Plänen in Kenntnis gesetzt.« Seine Wortwahl wirkte kühl. »Früher als erwartet.«

»Du hättest ja die Anzeige lesen können«, gab Alea flapsig zurück. »Das hat Frau Wahlsberg auch getan, nicht wahr?« Sie blickte Carina an. »Haben Sie leicht hergefunden?«

»Ja, nein … Es war, ehrlich gesagt, nicht ganz einfach, einen Eingang zu finden.«

»Ach je, war das Tor verschlossen? Das tut mir leid, die Handwerker haben die neue Klingelanlage noch nicht installiert, und wir kriegen so selten Besuch. Ich habe nicht daran gedacht.«

»Auch wenn du mir gestern schon ein paar Details erzählt hast. Könntest du mich jetzt bitte vollständig aufklären?« Tom wandte sich seiner Schwester zu und würdigte Carina keines Blickes mehr.

»Himmel, es geht um die Festschrift«, sagte Alea. »Wir hatten doch schon darüber geredet.«

»Wir hatten darüber geredet, und ich hatte gesagt, dass ich deine Pläne nicht billige.«

»Und ich bin anderer Meinung. Ich denke, es wird ihr und uns allen guttun. Du willst immer, dass alles so bleibt, wie es ist, Tom, aber«, Aleas Stimme klang jetzt schärfer, »so ist das Leben nicht. Das müsstest du doch am besten wissen. Die Dinge ändern sich. Ständig. Und das ist gut so.«

Ihr und uns? Wen meinte sie mit »ihr«?

Carina traute sich nicht nachzufragen. Sie war zu verunsichert und hatte Angst, etwas falsch zu machen. Sie wollte diesen Job jetzt unbedingt. Was hier gerade zwischen den Geschwistern ablief, verstand sie nicht, aber die Stimmung war durchaus explosiv.

»Du hast wirklich nicht die geringste Ahnung, Alea.«

»Aber du, oder was? Du würdest sie ja am liebsten von allem fernhalten.«

»Ich kenne sie eben besser als du.«

»Weil du älter bist, oder was? Das sind auch nur drei Jahre.«

»Ja, genau, drei Jahre.«

Die beiden schauten einander wütend an, keiner war bereit zurückzuweichen.

Himmel, von wem sprachen die beiden eigentlich?

»Darf ich unseren Gast jetzt vielleicht ins Haus bringen?«, sagte Alea endlich kühl. »Frau Wahlsberg hat nun wirklich lange genug gewartet.«

»Das macht doch nichts«, entgegnete Carina. »Wirklich, es macht gar nichts.« Sie war verwirrt.

Carina folgte Alea ins Haus. Wenige Minuten später stieß Tom in verwaschenen Jeans und einem blauen, langärmligen Shirt zu ihnen. Er machte sich daran, Kaffee zu kochen, während Alea ihr gestenreich erläuterte, worum es bei dem ausgeschriebenen Auftrag ging: Aleas und Toms Großvater väterlicherseits hatte Anfang des letzten Jahrhunderts ein Kino eröffnet. Im kommenden Jahr würde man das 95. Jubiläum feiern.

»Anlässlich dieses Datums haben wir uns überlegt …«

»Hast du dir überlegt«, verbesserte Tom seine Schwester aus dem Hintergrund.

Carina sah kurz zu ihm hin. Ob dieser Mensch wohl auch mal lachte? Alea schnaubte ungehalten. Über ihrer Nase zeigten sich Zornesfalten. Sie erinnerte Carina an jemanden, aber es wollte ihr einfach nicht einfallen, an wen.

»Ja, okay, es war meine Idee.« Alea wandte sich in einer knappen Bewegung Carina zu. »Und deshalb besprechen wir beide auch alles Weitere allein. Danke, Brüderchen, du kannst verschwinden.«

Tom öffnete kurz den Mund, als wollte er noch etwas sagen, dann verabschiedete er sich zu Carinas Überraschung knapp und verschwand in Richtung Garten. Carina runzelte die Stirn.

»Was hat er denn gegen das Projekt?«

»Ach«, Alea zuckte die Achseln. »Tom ist generell lieber für sich, und er mag es überhaupt nicht, wenn Privates öffentlich gemacht wird. Allerdings ist für ihn sehr vieles privat. Vielleicht liegt es daran, dass unsere Eltern früher ziemlich häufig Gesellschaften gaben. Tom würde lieber irgendwo tot über dem Zaun hängen, als auf eine Party gehen und sich zeigen.« Sie deutete auf den Kaffee. »Schmeckt er? Kaffee kochen kann er nämlich. Sobald Sie ausgetrunken haben, zeige ich Ihnen das Haus. Irgendwie gehört das auch dazu, oder? Die Familie hinter allem, wissen Sie? Ja, ich denke, es ist wichtig, dass die Familie in der Festschrift vorkommt.«

Carina trank aus, lobte den Kaffee und folgte Alea dann die Treppe hinauf in den ersten Stock. Endlich fiel ihr ein, an wen die junge Frau sie erinnerte: Sie sah aus wie die Zwillingsschwester von Cara Delevigne.

Das Haus war groß, und es dauerte seine Zeit, bis Alea ihr alles gezeigt hatte. Zum Teil hatte man den Eindruck, hier wäre die Zeit stehen geblieben. Die Elektrik war uralt, das Licht schaltete man mittels Drehschalter an. Es gab sogar noch Stofftapeten. Neben der kleinen modernen Küche, die sie bereits kennengelernt hatte, gab es noch eine ältere mit einem riesigen gusseisernen Herd und einer Spüle, deren Boiler mit Holz befeuert wurde. Das Ganze wirkte wie eine Kulisse für einen Historienfilm. Die Badewanne in einem der Zimmer hatte Löwenfüße.

»Frau Wahlsberg …« Aleas Stimme klang eindringlich, als sie Carina jetzt ansprach. Seit sie hier im oberen Flur vor den Aufnahmen der Familie Kramer standen, rasten die Gedanken in Carinas Kopf hin und her. Sollte sie sich Bedenkzeit auserbitten? Was sprach für diese Arbeit, was dagegen? Sie wollte diesen Job. Ganz pragmatisch betrachtet brauchte sie ihn natürlich auch. Ihre Ersparnisse waren nahezu aufgebraucht, der Dispo ständig ausgereizt, und mit den Nebenjobs kam man nicht weit. Natürlich gab es Jan, der ihr aushalf, aber sie wollte sich nicht ständig vor ihm rechtfertigen müssen. Aber würde sie überhaupt vernünftig arbeiten können, wenn Tom Kramer gegen die ganze Sache war? Was, wenn er ihr Steine in den Weg legte?

Alea Kramer entging ihre Nachdenklichkeit nicht.

»Frau Wahlsberg«, wiederholte sie sehr sanft.

Die beiden jungen Frauen sahen einander in die Augen. Carina fragte sich, ob sie wohl gleich alt waren.

»Sie haben sicher mitbekommen«, Alea lächelte zaghaft, »dass Tom und ich über jemanden gesprochen haben?«

Carina nickte.

»Es handelt sich dabei um unsere Tante, Elly Kramer. Sie ist die Letzte, die das Odeon noch aus der Anfangszeit kennt, zumindest die Letzte, von der ich weiß, und wenn Sie über unser Odeon schreiben, dann würde ich mir wünschen, dass Sie sie einbeziehen. Sie ist eine Zeitzeugin. Kommen Sie gut mit Menschen zurecht? Es wird vielleicht nicht ganz leicht mit ihr.«

»Äh, ich denke schon.«

»Ich bin nämlich der Meinung, es würde Elly guttun, über früher zu sprechen, auch wenn Tom das anders sieht.« Alea seufzte. »Es gibt allerdings ein Problem. Tante Elly ist keine besonders zugängliche Person.«

Carina schaute wieder die Aufnahmen an der Wand vor ihr an. Es gab moderne Fotos, offenbar von Alea und Tom und ihren Eltern, und alte Aufnahmen, auf denen die Dargestellten ernst (die Frauen) und gewichtig (die Männer) in die Kamera schauten.

»Wer von den Damen ist denn Ihre Tante?«

Alea deutete auf ein Foto, dann auf ein anderes. Auf einem war eine junge Frau in einem Trenchcoat zu sehen, auf dem anderen ein Mädchen mit riesiger Schleife auf dem Kopf.

»Warum ist Ihr Bruder dagegen, sie einzubeziehen?«

»Ach mein Bruder … Tom denkt immer, er müsse uns vor allem beschützen, aber das geht nicht. Elly erzählt zum Beispiel ausgesprochen wenig von früher, aber ich denke, dass da etwas ist, irgendetwas, was sie belastet und von dem sie sich befreien muss.«

»Warum denken Sie das?«

»Nun, sie war zum Beispiel noch nie im Odeon, jedenfalls

nicht, seit ich auf der Welt bin. Natürlich waren wir schon gemeinsam im Kino, aber nicht im Odeon, kein einziges Mal, verstehen Sie?« Alea machte eine Pause und holte dann tief Luft. »Ist das normal?«

Carina runzelte die Stirn.

»Nein, wahrscheinlich nicht.«

»Genau …« Alea schaute in die Ferne. »Ich denke, dass es da etwas in ihrer Vergangenheit gibt, etwas, das sie verdrängt. Aber glauben Sie nicht auch, dass wir uns alle unseren Dämonen stellen müssen? Um glücklich zu werden, meine ich?«

Carina schwieg von Neuem. Ging es jetzt darum, die Geschichte des Odeon aufzuschreiben, oder eher darum, etwas über eine Frau herauszufinden, die früher einmal eng mit dem Lichtspielhaus verbunden war? Womöglich war das gar nicht voneinander zu trennen. Vielleicht neigte Alea Kramer jedoch auch dazu, alles zu überinterpretieren. Aber seltsam war es in der Tat, dass ihre Tante Elly das Odeon in den letzten Jahrzehnten nicht mehr betreten hatte.

Alea lächelte.

»Und machen die Dämonen unser Leben nicht gerade interessant? In jedem Fall glaube ich, dass es in der Vergangenheit meiner Tante viel zu entdecken gibt. Kannten Sie das Odeon eigentlich, bevor Sie meine Anzeige gelesen haben?«

Carina schüttelte den Kopf. Eine Zeit lang war sie gern ins Kino gegangen, in den letzten Monaten aber weniger. Nein, sie kannte sich nicht wirklich aus.

»Es ist schon seit zehn Jahren nicht mehr in Betrieb«, sagte Alea nachdenklich. »Ich war immer gern da. Als Kind, meine ich. Tom und ich haben in den Sälen Verstecken gespielt.« Sie lachte.

»Ein außergewöhnlicher Spielplatz.«

»Ja.« Alea machte eine kurze Pause. »Sie werden ihn noch

außergewöhnlicher finden, wenn Sie ihn erst gesehen haben. Tom wird das zu gegebener Zeit organisieren … Er kümmert sich um das Gebäude, und er kennt sich auch am besten dort aus.«

Carina fragte sich, weshalb das Filmtheater wohl geschlossen worden war. War etwas Besonderes vorgefallen, oder hatte die Schließung einfach nur betriebswirtschaftliche Gründe gehabt? Aleas Erwähnung von Dämonen hatte ihre Fantasie womöglich unnötig befeuert. Nicht wenige Kinos hatten in den letzten Jahren schließen müssen. Die großen Zeiten des Kinos waren vorüber.

Alea lief die Bildergalerie entlang und blieb dann wieder vor einem der historischen Fotos stehen. Es war vor dem Odeon aufgenommen worden, eine der wenigen Außenaufnahmen. Zu sehen waren ein Mann, eine Frau, ein Mädchen – Elly. Dahinter wahrscheinlich die Mitarbeiter, in gebührendem Abstand.

»Ich würde das Odeon ja gern wieder in Betrieb nehmen«, sagte Alea wehmütig, »aber Tom ist dagegen. Ich denke, die Leute würden es lieben. Wissen Sie, es ist ein richtig prunkvoller Saal. Das Odeon hat nichts mit der Funktionalität heutiger Kinos zu tun. Da gibt es Schnörkel und Gold und viel zu viel roten Plüsch. Wissen Sie, wie so eine Filmvorführung damals ablief? Mit echtem Orchester und so … Es gibt Dokumentarfilme darüber, die müssen Sie sich unbedingt anschauen. Damals war so ein Filmtheaterbesuch etwas ganz Besonderes.«

Carina nickte.

»Das werde ich. Wofür dient das Theater denn heute, oder steht es einfach nur leer?«

»Nein, man kann es für Feiern anmieten. Wie gesagt, es hat wirklich etwas Pompöses, ein bisschen wie die »Titanic«, sage ich immer. Haben Sie den Film gesehen? Tom findet, dass ich übertreibe, aber es gibt da Parallelen. Ich liebe diesen Film. Ein Klassiker! Tom, na ja …«

Carina überraschte das nicht. Tom machte den Eindruck eines äußerst nüchternen Menschen. Bestimmt schaute er sich gar keine Spielfilme an, sondern nur Dokumentationen auf Phoenix.

Sie hielt erstaunt inne. Und wieso machte sie das jetzt so wütend? Sie kannte ihn doch gar nicht, und er bedeutete ihr auch nichts.

»Ich würde sehr gern einmal mit Frau Kramer sprechen«, hörte Carina sich im nächsten Moment sagen.

»Wunderbar.« Alea riss sich endlich von dem Foto los. »Und nennen Sie mich doch bitte Alea. Ich komme mir sonst so alt vor.«

»Gut, Alea. Ich bin Carina.«

Die jungen Frauen lächelten einander an.

5

FRANKFURT AM MAIN, 1924

Das Geräusch war sehr leise gewesen, und doch hatte Elly es genau gehört. Ein leichtes Scharren, gefolgt von einem Knarzen. Im Kinosaal war es bereits dämmrig, denn die Vorführung würde in wenigen Minuten losgehen. Elly schaute sich um. Es waren nur wenige Menschen in der Mittagsvorführung. Fünf saßen auf den billigen Plätzen, zwei in der Loge. Die Geiger des Cohn-Quartetts stimmten ein letztes Mal ihre Instrumente. Herbert Cohn spielte auf dem Klavier die Tonleiter.

Ellys Magen zog sich vor Aufregung zusammen – wie vor jedem neuen Film. Sie konnte es kaum erwarten, dass es endlich anfing, dass der Saal noch dunkler wurde und sich die Bilder auf der Leinwand zu bewegen begannen. Der schönste Moment war dann, wenn die Musik einsetzte. Das war etwas ganz Besonderes.

Seit Corbin weg war, hatte Elly das Kino für sich entdeckt, und sie verpasste nach Möglichkeit keine Aufführung. Das Odeon war für sie zu einem Zufluchtsort geworden. Hier war es ihr möglich, in eine andere Welt einzutauchen, hier musste sie sich um die Welt da draußen keine Gedanken machen. Im Kino war alles gut.

Wie immer saß sie in einer der hinteren Sitzreihen und hatte den Kopf so weit als möglich eingezogen, damit man sie nicht sah. Ihr Vater durfte nicht wissen, dass sie hier war. Sie hatte ihn nicht um Erlaubnis gefragt. Ihr Blick fiel auf das

Pärchen auf den günstigen Plätzen, das den Eindruck erweckte, als wollte es sich gleich küssen. Aber dann rückten sie wieder voneinander ab.

Der vierzehnjährige Franz Cohn schaute suchend in den Zuschauerraum. Wahrscheinlich konnte er sich denken, dass sie hier saß. Allerdings würde er sie nicht sehen können, so tief, wie sie im Sessel kauerte.

Kürzlich hatte er sie abgepasst.

»Ich weiß, dass du heimlich Filme schaust.«

»Na und?«, hatte sie ihm patzig geantwortet. Ihre unwirsche Reaktion hatte ihn offenbar eingeschüchtert, jedenfalls hatte er sie nur angeschaut, aber nichts weiter gesagt.

Warum spricht er mich auch so blöd an, hatte Elly gedacht.

Das Scharren … da war es wieder. Elly horchte, und dann war sie sich sicher. Hinter ihr atmete jemand, leise und unterdrückt, bemüht, nicht aufzufallen.

So wie ich.

Ellys Sitz knarrte, als sie vorsichtig das Gewicht verlagerte, um sich zur Seite zu drehen. Da war jemand, kein Zweifel. Irgendwer versteckte sich in der Sitzreihe hinter ihr. Vielleicht würde sie durch den schmalen Spalt zwischen den Sitzen etwas sehen können. Ihr Herz schlug schneller. Die Gestalt, die dort saß, war klein, so viel konnte sie erkennen, nicht größer als sie selbst jedenfalls.

Ein Kind?

»Ich habe dich gesehen«, zischte sie.

Die Gestalt verharrte in ihrer Stellung, hob nur den Kopf etwas an, sodass Elly ein weißes Gesicht mit großen Augen erkennen konnte.

Ein Mädchen? Sie musste es wagen. Auf die Gefahr hin, dass sie nun doch von Mitarbeitern ihres Vaters bemerkt wurde, kniete Elly sich auf den Sitz und spähte über den Rand hinweg.

Tatsächlich, ein Mädchen, wie sie es vermutet hatte. Ein Kind in einfacher Kleidung mit einem schmalen Gesicht und schwarzem Rabenhaar. Herausfordernd starrte es Elly an.

»Du hast kein Recht, hier zu sein«, sagte Elly mit der Überzeugung eines Erwachsenen. Wahrscheinlich war das eins der Kinder, die sich auf den Straßen herumtrieben und deren eigene Eltern sich nicht um sie kümmerten; Kinder wie die, auf die Mama während ihrer Wohltätigkeitsarbeit traf und vor denen sie ihre Tochter stets eindringlich warnte.

Elly stemmte die Hände in die Seiten. Jetzt war sie diejenige, die Recht und Ordnung zu verteidigen hatte, auch wenn sie sich selbst ohne Erlaubnis hier hereingeschlichen hatte. Sie sah die Fremde fest an.

»Du darfst nicht hier sein«, wiederholte sie.

»Und was willst du dagegen tun, na?«

Die Fremde flüsterte, sodass man ihren Tonfall nur schwer heraushören konnte, aber ängstlich klang er nicht.

»Ich werde es meinem Vater sagen. Man muss bezahlen.«

Elly wusste nicht, woher sie plötzlich den Mut nahm, aber sie hatte das Bedürfnis, dieses Mädchen aufzuhalten. Es war nicht richtig, dass sie hier war.

»Dann musst du mich wohl festnehmen.«

Das fremde Mädchen grinste herausfordernd, dann sprang sie unvermittelt auf und machte auf dem Fuß kehrt. Vorn setzte Musik ein und verschluckte Ellys energisches »Halt!«

Das Mädchen ließ sich davon nicht beeindrucken. Aber sie lief nicht, wie Elly erwartet hatte, auf den gewöhnlichen Ausgang zu, sondern wählte den Seiteneingang. Offenbar kannte sie sich aus, sie war ganz bestimmt nicht zum ersten Mal hier. Da Elly ihre Sitzreihe auf der falschen Seite verlassen hatte, verlor sie nun wichtige Sekunden. Die Tür fiel krachend ins Schloss. Ein paar der Kinobesucher reckten die Hälse. Elly hatte inzwischen den Nebeneingang erreicht und schlüpfte ebenfalls durch die Tür. Als sie hinter ihr zufiel, war es schlagartig noch dunkler. In diesem Gang brannte kein Licht. Aus Furcht sich zu stoßen, ging Elly langsamer und verlor noch mehr wertvolle Zeit. Als sie endlich die Tür ins Freie erreichte, war von dem Mädchen nichts mehr zu sehen. Elly lief zuerst nach links, bis zur nächsten Straßenecke, dann nach rechts. Nichts. Sie war zu spät. Die Fremde war verschwunden.

6

Vierundzwanzig Schülerinnen der Mädchenoberschule hielten ihre wohlfrisierten Köpfe über ihre Hefte gebeugt, vierundzwanzig Federn kratzten über das Papier, als sich die Tür geräuschvoll öffnete. Vorübergehend fiel heller Sonnenschein durch das Flurfenster in den Klassenraum. Ein Raunen war von jenen zu hören, die es auch unter Fräulein Zierles scharfen Augen wagten, die Köpfe zu drehen.

Fräulein Zierle zischte ungehalten und Elly wusste, dass sich ihre buschigen Augenbrauen jetzt über der Nase bedrohlich zusammenzogen. Sie war eine strenge, aber durchaus gerechte Lehrerin.

Zu hässlich, um zu heiraten, sagten die frecheren Mädchen.

Die ängstlicheren Mädchen senkten ihre Köpfe jetzt tiefer.

Meta Schell stieß Elly in die Seite. Die legte zuerst sorgsam ihre Feder ab. Sie alle wussten, dass heute ein neues Mädchen zu ihnen kam.

Elly hatte längst beschlossen, nichts Besonderes darin zu sehen. Niemand in ihrer Klasse interessierte sie wirklich. In der Rocktasche knisterte Corbins letzter Brief. Als damals die ersten Briefe von ihm aus England kamen, hatte sie sie ignoriert, doch sie hatte nicht lange durchgehalten. Inzwischen schrieben sie einander regelmäßig, auch wenn die Abstände in letzter Zeit größer geworden waren. Er hatte mittlerweile die Schule abgeschlossen und studierte in Cambridge. Sein

Leben hatte sich wieder verändert. Sie fragte ihn nicht mehr, wann er zurückkehren würde. Sie wusste, dass sie ein kleines Mädchen war und er mittlerweile ein erwachsener Mann. Immerhin, solange sie sich vorstellte, dass sie die Einzige war, der er schrieb, war alles gut. Elly hatte noch nie gerne geteilt.

»Dies ist Tonja Lövenich«, stellte Fräulein Zierle jetzt das Mädchen vor. »Sie wird ab heute in diese Klasse gehen. Seid freundlich zu ihr.«

Elly hob jetzt doch den Kopf, und im nächsten Moment machte ihr Herz einen kleinen Sprung: Von allen Anwesenden sah die Neue ihr direkt in die Augen.

Das Mädchen aus dem Kino.

»Woher sind sie zugezogen?«, zischelte Meta ihr von der Seite zu.

»Aus Berlin«, flüsterte Elly. Die Neue hatte den Vater verloren, man solle nett zu ihr sein, das hatte die Lehrerin am Vortag gesagt.

Und ich kenne sie. Gestern hat sie sich im Kino meiner Eltern versteckt, um heimlich einen Film zu sehen.

Das sagte Elly jedoch nicht laut. Meta musste nicht alles wissen.

Tonja Lövenich stand derweil vorn neben der Lehrerin am Pult und musterte die anwesenden Mädchen scheinbar ungerührt. Sie hatte hellgraue Augen und schwarzes Haar, das heute zu einem festen Zopf geflochten war. Zu einer einfachen Bluse trug sie einen dunklen Rock, der die Knie nur knapp bedeckte und aus dem sie schon etwas herausgewachsen war.

Hinter Elly scharrte ein Stuhl. Dann war Annemie Ernstmanns unangenehme Stimme zu hören. Annemie, die sich als Anführerin der Klasse sah, saß direkt hinter Elly und flüsterte Bruni, ihrer treuesten Gefolgsfrau, eben etwas zu. Der Tonfall verhieß nichts Gutes, aber Elly konnte weiterhin nur nach vorn starren.

Tonja Lövenich, dachte sie, ist das schönste Mädchen, das ich je gesehen habe.

Tonja hielt den Kopf hoch und den Rücken gestreckt, als sie an diesem Tag die neue Klasse betrat, und auch, als sie sie zur Pause wieder verließ. Niemand sollte bemerken, wie viel Angst in ihr steckte; Angst, die, wie ein kleines wildes Tier, immer wieder auszubrechen drohte. Es bedeutete für sie viel, dass sie endlich wieder eine Schule besuchen durfte, und die Vorstellung, man könnte sie wieder dahin zurückschicken, wo sie herkam, war ihr einfach unerträglich.

Ein schreckliches Jahr lang waren Mama und sie von Fürsorge und Suppenküche abhängig gewesen. In dieser Zeit hatte sie gelernt, für sich selbst zu sorgen, und war nicht zerbrochen. Nein, sie war stärker geworden. Sie würde bleiben. Sie würde ihren Platz gegen die Hyänen verteidigen, die hinter diesen unschuldigen Mädchengesichtern lauerten.

Natürlich hatten ihre neuen Mitschülerinnen längst registriert, dass ihre Kleidung selbst genäht und verschossen war. Tonja musste wachsam sein. Sie durfte nicht zulassen, dass man sie niedermachte, denn wenn sie einmal strauchelte, würde sie so leicht nicht wieder aufstehen.

Und dann war da dieses Mädchen, das sie gestern im Kino erwischt hatte. Die war die Gefährlichste. Würde die ihr schaden?

Schon während ihrer ersten zwei Wochen in Frankfurt hatte Tonja das Odeon entdeckt und herausgefunden, dass man sich über den Seiteneingang hineinschleichen konnte. Früher war Papa mit ihr ins Lichtspielhaus gegangen. Sie hatten es beide geliebt. Immer wenn sie ihm nahe sein und sich an die guten Zeiten erinnern wollte, zog es sie zum Kino.

Wird mich dieses Mädchen verraten?

Tonja ließ ihren Blick über den Pausenhof schweifen, konnte sie aber nirgends entdecken.

Die erste Pause an der neuen Schule.

Erneut betrachtete sie den sonnendurchfluteten Schulhof aus dem Dunkel des Gebäudes heraus. Tonja war etwas später dran, denn Fräulein Zierle hatte noch mit ihr reden wollen. Sie war eine gute Lehrerin. Ihre Schülerinnen lagen ihr deutlich am Herzen. Tonja beobachtete, wie die anderen Mädchen langsam ihre Kreise zogen. Es wurde geredet und gelacht. Zwei hatten sich untergefasst und versuchten, im Gleichschritt zu springen. Sie würde jetzt hinausgehen müssen, ob sie wollte oder nicht. Es war den Mädchen nicht gestattet, drinnen zu bleiben. Außerdem hatte Tonja sich noch niemals feige vor einer Situation gedrückt. Für sie hatte ein neues Leben begonnen, und in diesem neuen Leben war es gefährlicher, Furcht zu zeigen als Gleichgültigkeit.

Nur, wo waren die, von denen ihr Gefahr drohte?

Inzwischen hatte sie einen Blick dafür: Annemie und ihre Freundinnen standen in der Nähe eines Kastanienbaums. Sie warteten.

Sie warten auf mich.

Tonja atmete tief durch, dann ging sie mit festen Schritten die Treppe hinunter in den Schulhof. Sie hatte ein Buch mitgenommen; das half, wenn man deutlich machen wollte, dass man keinen Wert auf Gespräche legte. Gewohnheitsmäßig wählte sie den Ort, von dem aus sie am besten alles im Blick behalten konnte. Sie würde den Mädchen zuallererst zeigen, dass sie die Oberhand hatte, dass sie allseits bereit war zu kämpfen.

Schon im Klassenraum hatten sie die ersten skeptischen Blicke getroffen. Auch das eifrige Wispern war ihr nicht entgangen. Sie kannte das Spiel genau. Da gab es die Anführerinnen, die um ihre Stellung fürchteten und jeden Neuankömmling unerbittlich in die Schranken wiesen, und dann gab es die ohne Rang, die sich lieb Kind machen wollten, weil man sie sonst zertrampeln würde.

Tatsächlich verließ Annemie als Erste ihren Platz und schlenderte näher, ihr Gefolge dicht hinter ihr. In manchen Gesichtern sah man Sensationsgier, andere schauten unsicher weg.

Tonja dachte, dass Annemie eigentlich eine hübsche Person war, aber da war etwas Kaltes an ihr, vor dem man unweigerlich zurückschreckte. Es musste an ihren Augen liegen, an dem wässrigen Blau, in dem nicht ein Fünkchen Wärme zu erkennen war.

Annemie beobachtete mit Adleraugen, was um sie herum geschah, war ständig bedacht darauf, alles unter Kontrolle zu haben. Heute war Tonja ihr Ziel. Sie würde der Neuen klarmachen, wer in der Klasse das Sagen hatte. Jeder sollte wissen, dass sie an der Spitze des Rudels stand, unangefochten ... Aber Tonja hatte gar nicht die Absicht, Teil eines Rudels zu werden, und gerade das würde Annemie fuchsen. Sie klappte das Buch auf.

Obgleich Annemie und ihr Gefolge kurz darauf um sie herumstanden, blickte Tonja nicht hoch. Zwar verschwammen die Zeilen vor ihren Augen, und sie konnte kein Wort erkennen, aber sie würde Annemie nicht die Genugtuung einer Reaktion geben. Sie tat einfach so, als sei das Mädchen nicht da. Allerdings war es nicht Annemie, die die ersten Worte an sie richtete.

»Warum«, fragte Bruni mit durchdringender Stimme in die Runde, »verstehen manche einfach nicht, wo sie hingehören?«

Tonja hob jetzt doch den Kopf. Von den nächsten Minuten würde abhängen, wie sich ihre Zukunft in der Schule gestaltete.

»Meinst du mich?«, fragte sie in herablassendem Tonfall. Bruni stutzte kurz, wurde blass und dann rot. Sie war nicht die Schlagfertigste, und sie hatte offenbar nicht erwartet, dass Tonja keine Angst zeigen würde. Man sah ihr an, wie es in ihr arbeitete.

»Annemie will dich sprechen«, besann sie sich endlich auf ihre eigentliche Aufgabe. Aus den Augenwinkeln erkannte Tonja den Unwillen in Annemies Gesicht. Die Sache verlief ganz und gar nicht nach ihrem Geschmack. Bruni hatte versagt und würde dafür büßen müssen. Fast konnte sie einem leidtun. Tonja schaute Bruni an, ohne mit der Wimper zu zucken.

»Was hindert sie daran?«

»Aber sie will dich sprechen.«

Bruni war offensichtlich überrascht von Tonjas Antwort und wusste nicht recht, was sie sonst sagen sollte. Tonja bejubelte innerlich ihren ersten Punkt.

»Wenn sie mich sprechen will, soll sie zu mir kommen«, sagte Tonja sehr langsam, als sei Bruni schwer von Begriff. Dann schob sie sich durch den Pulk verunsicherter Mädchen, um wieder zur Eingangstreppe zu gehen. Sie konnte hören, wie Annemie Bruni mit scharfer Stimme anfuhr und hoffte, dass die Glocke bald zur nächsten Unterrichtsstunde rief.

Und dann stellte sich ihr jemand in den Weg. Das Mädchen aus dem Kino. Tonja wusste nicht, wie es hieß. Es war besser, erst einmal seine Feinde auszumachen, als die, die nichts zu sagen hatten. Aber vielleicht war das falsch gewesen, denn auch dieses Mädchen konnte ihr durchaus gefährlich werden. Im Tageslicht waren ihre Augen von einem hellen Braun, das Haar karamellfarben, die Haut blass. Tonja hatte schon im Klassenraum das Gefühl gehabt, dass sie nirgendwo dazugehörte, aber aus irgendeinem Grund ließ man sie in Ruhe.

»Das warst du gestern im Kino, stimmt's?«, fragte sie jetzt.

»Und wenn?«

Das Mädchen dachte nach.

»Ich bin Elly«, sagte sie dann. »Elly Kramer. Meinem Vater gehört das Odeon.«

»Aha.«

Anscheinend wollte diese Elly sich mit ihr unterhalten, doch so schnell würde Tonja ihr nicht entgegenkommen. Ihrem Vater gehörte also das Odeon; dann war das vielleicht der Grund, weshalb man sie respektierte. Möglicherweise gab er anderen Eltern in diesen schweren Zeiten Arbeit. Tonja hörte, wie Elly sich räusperte.

»Gehst du gern ins Kino?«

Offenbar war sie nicht bereit lockerzulassen. Tonja zuckte die Achseln. Sie dachte daran, wie sie bei ihrem Vater auf dem Schoß gesessen hatte, während sich Mama an seinen Arm geschmiegt hatte, und musste tatsächlich kurz gegen die Tränen ankämpfen.

Elly beobachtete sie aufmerksam. »Für mich gibt es nichts Schöneres.«

Tonja schluckte einen Seufzer herunter.

»In Berlin bin ich oft mit meinem Vater gegangen.«

»Und jetzt?«

»Jetzt ist er tot. Er wurde im Krieg verletzt, aber er ist erst viel später daran gestorben. So etwas gibt es.«

Tonja sprach es ohne Umschweife aus, Worte, schmerzhaft wie ein Peitschenschlag. Vielleicht ließ sie dieses ungelenke Mädchen dann endlich in Ruhe. Sie wollte schließlich nichts von ihr. Aber Elly ließ sich nicht einschüchtern.

»Metas Vater ist auch gestorben, und Brunis hat den Verstand verloren, sagen einige. Manchmal kriegt er einen Koller. Er schlägt Bruni. Nicht nur ein bisschen. Ganz schlimm.«

Ihre Stimme klang so nüchtern, dass Tonja fast lachen musste. Sollte sie dieser Elly nun vertrauen oder ihr ein für alle Mal sagen, dass sie verschwinden solle? Irgendetwas an Ellys Haltung, in ihrem Gesichtsausdruck hielten sie davon ab, sie zurückzuweisen. Es war seltsam, aber es kam Tonja so vor, als brauchte Elly genauso nötig eine Verbündete wie sie selbst.

Und während Elly und sie sich noch beäugten, spürte sie die Blicke der anderen auf sich: die von Annemie und die der anderen Mädchen, die sicher alles tun würden, was ihre Anführerin von ihnen verlangte.

Tonja streckte die Hand aus. »Tonja Lövenich. Und ja, ich war das im Kino.«

»Wusste ich's doch«, sagte Elly stolz.

Tonja lachte. Elly stimmte ein, und damit war das Eis gebrochen.

7

FRANKFURT AM MAIN, 2013

Mitten in der Nacht war Elly vollkommen orientierungslos aufgewacht und hatte dann über Stunden wachgelegen. Sie hatte von der Schule geträumt, von ihrem ersten Klassenzimmer. Je älter sie wurde, desto näher rückte die Vergangenheit.

Zuerst war es nur ein Geruch gewesen, den sie wahrgenommen hatte, so intensiv, als wäre er real. Dann hatten sich Bilder hinzugesellt, schließlich Töne, ein großes Tohuwabohu in ihrem Kopf, dem sie hilflos ausgeliefert war, bis sich plötzlich – sie konnte nicht sagen, wie und warum – alle Bilder, Gerüche und Worte wieder verflüchtigten und sie sich allmählich beruhigte.

Als sie sich kräftig genug fühlte, richtete sie sich auf. Für eine Weile saß sie auf dem Bettrand und schaute ins Dämmerlicht, bevor sie sich die dicke Brille aufsetzte und überlegte, ob sie noch ein paar Zeilen in dem Roman lesen sollte, der auf ihrem Nachttisch lag. Sie hatte ihn sich kürzlich aus Aleas Zimmer mitgenommen, aber keinen rechten Zugang dazu gefunden. Vielleicht war es einfach eine Geschichte für jüngere Leute. Sie jedenfalls fand den Stil seltsam knapp und abgehackt. Alea las eben gern auf ihrem Smartphone. Dafür war er wohl gut geeignet.

Elly seufzte und dachte an das, was Alea vorhatte, und an die fremde Frau, die sie im Garten beobachtet hatte. Ihre Nichte wollte in der Vergangenheit herumwühlen, aber darin hatte noch nie etwas Gutes gelegen. Tom war auch nicht davon begeistert. Sie würde sich an ihn halten müssen, wenn sie das verhindern wollte.

Es war schon taghell, als Elly endlich wieder einschlafen konnte, und sie stand erst gegen Mittag auf. Warum erzählten die Leute, dass alte Menschen weniger Schlaf brauchten? Bei ihr war das gewiss nicht der Fall. Sie schlief genauso viel wie früher. Nur nicht mehr am Stück, sondern in mehrere Schläfchen aufgeteilt.

Sie tastete nach dem Stuhl und ließ sich vorsichtig am Fenster nieder, um in den Garten zu schauen. Es war besser, die Vergangenheit ruhen zu lassen, sagte sie sich noch einmal. Aus ihren Träumen würde sie sie allerdings nicht verbannen können.

8

FRANKFURT AM MAIN, 1924

»Komm schon, Elly, lass uns näher rangehen!«

Tonja griff nach der Hand ihrer Freundin und zog sie energisch mit sich. Noch während des Unterrichts hatten sie die aufregenden Neuigkeiten erfahren: Die Behelfsbrücke, die während der Bauarbeiten an der Alten Brücke als Ersatz diente, drohte einzustürzen. Das Tauwetter, das auf drei Wochen strengen Frost gefolgt war, hatte den Pegel des Mains unaufhaltsam ansteigen lassen. Nun konnte das Bauwerk der Naturgewalt nicht mehr standhalten.

Am Flussufer hatten sich bereits zahllose Schaulustige versammelt, die den beiden Mädchen den Blick versperrten. Tonja und Elly zwängten sich kurzerhand durch eine wahre Mauer aus Leibern. Wintermäntel streiften über ihre Gesichter und zerzausten ihnen die Haare. Mit der freien Hand hielt Tonja ihre Mütze fest, die andere hielt Ellys umklammert. Sobald sich eine Lücke auftat, schlüpften sie hindurch. Immer wieder blieb Tonja kurz stehen, um zu prüfen, ob sie denn jetzt besser sahen, aber anscheinend war sie immer noch nicht zufrieden. Sie zerrte Elly weiter.

Und dann waren sie endlich ganz weit vorn, nur noch durch ein paar wenige Schaulustige und ein Gitter vom wilden Fluss getrennt.

»Ich gehe nicht weiter«, sagte Elly, der etwas unbehaglich war angesichts des tobenden Wassers.

Tonja hob kurz die Augenbraue, dann zuckte sie die Achseln.

»In Ordnung, hier ist es gut.«

Die Mädchen konnten jetzt die mächtigen Eisschollen sehen, die die hölzernen Pfeiler der Behelfsbrücke nördlich der Insel eingedrückt hatten. Und das Wasser stieg immer noch.

»Vielleicht hätte ich doch lieber nach Hause gehen sollen?«, sagte Elly unsicher. »Meine Eltern wissen nicht, wo ich bin. Sie werden sich Sorgen machen.«

Tonja schüttelte den Kopf.

»Und das hier verpassen?« Sie deutete zu den überfluteten Tiefkais zu beiden Seiten des Flusses hin, über die gerade Eisblöcke mit rasender Geschwindigkeit mainabwärts schossen. »Ist das nicht faszinierend?«

Elly gab keine Antwort. Tonja hatte recht. Das Schauspiel, das sich ihnen hier bot, war beängstigend und gleichzeitig atemberaubend. In der fahlen Winterdämmerung hörte man immer deutlicher das Dröhnen und Krachen aufbrechender Eismassen, die sich vor der Notbrücke auftürmten. Und dann kam der Moment, an dem die beiden Pfeiler endgültig nachgaben. Krachend schlug der eiserne Oberbau in die Fluten. Für einen Moment hielten alle kollektiv den Atem an. Dann war der Bann gebrochen, und es erhob sich aufgeregtes Stimmengewirr.

»Es ist unglaublich«, entfuhr es Elly. »Unglaublich, und wir sind dabei …«

Das würde sie Corbin in ihrem nächsten Brief schreiben. Sie formulierte schon die ersten Worte in ihrem Kopf. Vielleicht würde sie ihm auch von Tonja erzählen, die sie seit Kurzem Freundin nannte.

Meine erste Freundin.

Als Nächstes würden sie gemeinsam ins Kino gehen. Bisher

hatte Tonja Ellys Einladungen immer abgelehnt. Elly fragte sich, warum. Im Kino hatten sie einander schließlich zum ersten Mal gesehen.

»Woran denkst du?«, unterbrach Tonja ihre Gedanken.

Elly überlegte kurz. »Ach, an nichts.« Sie hatte keine Lust sich der Freundin zu erklären.

Tonjas Wangen leuchteten inzwischen frostrot. Die Arme hielt sie vor ihrer Brust verschränkt, und die Finger klemmte sie unter die Achselhöhlen, in der Hoffnung, sie dort ein wenig zu wärmen. Wieder einmal fiel Elly auf, dass Tonja für die Jahreszeit viel zu leicht bekleidet war. Aber die Lövenichs waren eben arm. Sie konnten sich nichts Besseres leisten. Elly schauderte.

»Komm, lass uns jetzt irgendwohin gehen, wo es wärmer ist.«

Tonja grinste schief.

»Und wohin?«

»Zu dir nach Hause?«, versuchte es Elly unsicher. Vielleicht war das die Gelegenheit. Sie hatte schon die ganze Zeit wissen wollen, wo und wie Tonja wohnte, doch die schüttelte den Kopf.

»Bloß nicht. Meiner Mutter geht es nicht gut, das habe ich dir doch schon gesagt. Sie will dann keine Fremden in der Wohnung haben.«

»Ja, hast du …«

Elly biss sich nachdenklich auf die Unterlippe. Frau Lövenich wollte nie Besuch haben. Sie litt an Neurasthenie, was irgend so eine seltsame Erwachsenenkrankheit war. Neurasthenie bedeutete zum Beispiel, dass Tonjas Mutter manchmal den ganzen Tag nicht aus dem Bett kam.

»Dann bleibt sie einfach liegen, weißt du?«, hatte Tonja zu erklären versucht.

Elly überlegte. Es war schwer, sich vorzustellen, dass man das Bett nicht verlassen wollte, wenn man nicht gerade Fieber hatte oder Schmerzen oder so etwas. Elly jedenfalls freute sich auf jeden Tag, zumindest seit es Tonja in ihrem Leben gab. Sie verbrachten die Pausen zusammen und sprachen über ihre Lieblingsbücher. Tonja liebte den »Trotzkopf«, Elly das »Nesthäkchen«.

»Wenn Annemarie Braun anstelle von Annemie in unserer Klasse wäre«, hatte Tonja über das Nesthäkchen gescherzt, »hätten wir es um einiges besser.«

Elly hatte lachend zugestimmt.

Ach, was würde ich darum geben, wenn ich Annemie nie mehr sehen müsste.

Sie gab sich einen Ruck.

»Dann ist deine Mutter also wieder traurig?«, fragte sie.

Tonja zog wenig mädchenhaft die Nase hoch, und Elly wurde klar, dass sie mit den Tränen kämpfte.

»Ja, eigentlich ist sie immer traurig. Sie ist traurig, weil Papa tot ist.« Tonja holte zitternd Luft. »Sie hat ihn furchtbar geliebt. Für sie ist es immer noch so, als wär er gerade erst gestorben, dabei ist er schon so lange tot. Über ein Jahr jetzt.« Tonja starrte für einen Moment auf den Boden und suchte dann unsicher Ellys Blick. »Weißt du, ich denke oft darüber nach, wie er aussah ... Wie sein Haar aussah oder wie es sich anfühlte und sein Gesicht und seine Augenfarbe ... Aber manchmal kann ich mich einfach nicht mehr erinnern. Ich weiß es nicht mehr, und das tut richtig weh.«

Tonjas Schultern sackten nach vorn. Zögernd legte Elly einen Arm um die Freundin. Sie spürte ihren Schmerz. Tonja war ein Teil von ihr, das zeigte sich jeden Tag aufs Neue. Sie gehörten zusammen. Sie würden immer füreinander da sein.

»Dann gehen wir eben zu mir«, sagte sie kurz entschlossen.

»Du musst dich wirklich aufwärmen. Sonst holst du dir noch den Tod.«

»Das wird deinen Eltern bestimmt nicht recht sein. Eltern mögen es nicht, wenn man einfach jemanden mitbringt.«

Elly ignorierte den Einwand.

»Was sollen sie schon sagen? Du musst dich einfach aufwärmen! Sie haben bestimmt nichts dagegen.«

Hand in Hand drängten sich die Mädchen durch die immer noch dichte Menschenmenge zurück.

»Egal, wie kalt mir jetzt ist«, sagte Tonja mit fester Stimme. »Es hat sich gelohnt zu kommen, findest du nicht?«

»Selbst wenn Mama und Papa schimpfen sollten«, bestätigte Elly entschlossen. Die Mädchen schauten einander in die Augen, dann lachten sie auf. Es war ein Moment tiefer Vertrautheit, den sie beide genossen.

»Wen haben wir denn da? Elly und …«, riss sie im nächsten Moment eine allzu bekannte Stimme unbarmherzig aus ihrem Freudentaumel.

» … die liebe Tonja«, kam Bruni ihrer Herrin zur Hilfe; jene Bruni, die Annemie nach dem Debakel mit Tonja für einige Tage nicht unter die Augen treten durfte und entschlossen war, Punkte gutzumachen.

Und Annemie selbst hatte sich in den letzten Wochen alle Mühe gegeben, ihr Gift gegen Tonja im Geheimen zu verspritzen. Schwer war das nicht. Etliche Mädchen an der Schule glaubten, dass Tonja dort nicht am rechten Platz war, und auch die Erwachsenen erzählten sich hinter vorgehaltener Hand, dass das Kind doch erschreckend verwahrlost sei und ein furchtbar schlechtes Vorbild abgebe. Ganz offenbar fühlte Annemie sich gestärkt und sah ihre Gelegenheit gekommen.

»Elly und Tonja«, wiederholte sie genüsslich, »unsere hässlichen siamesischen Zwillinge. Packt sie!«

Annemies Kumpaninnen bildeten blitzschnell einen Kreis um Tonja, der Elly ausschloss. Die erste gab Tonja einen Stoß. Tonja taumelte, hielt sich aber auf den Beinen. Die Angreiferinnen heulten auf wie eine wütende Hundemeute.

»Nein«, schrie Elly. Niemand hörte sie.

Toni Kramer stand zu Hause am Fenster seines kleinen Arbeitszimmers und sah nach draußen in die Dämmerung. Fünf Jahre bestand das Odeon jetzt schon. Es war zwar nicht eines der ersten Filmtheater am Platz, aber immerhin waren Richard Harloff und er unter den ersten gewesen, die sich damals nach dem Krieg entschlossen hatten, etwas ganz Neues aufzubauen. Sie hatten zugepackt und Mut bewiesen, und seit die Harloffs nach England gegangen waren, hatte er die Verantwortung für das Odeon allein übernommen.

Und es lief gut. Als geschickter Kaufmann wusste Toni zu wirtschaften, und die Menschen waren einfach froh, wenn sie ihr Elend im Kino hinter sich lassen konnten. Ab der nächsten Woche durften sich die, die es sich leisten konnten, auf den »Dieb von Bagdad« mit Douglas Fairbanks freuen.

Der Krieg lag nun zwar schon ein paar Jahre zurück, ganz aus dem täglichen Leben verschwunden war er aber immer noch nicht. Westlich der Stadt standen weiterhin französische Truppen, in Wiesbaden waren die Engländer stationiert. Aus den besetzten Gebieten kamen täglich Tausende nach Frankfurt, das zur Grenzstadt geworden war, kauften, was immer sie in den Geschäften in die Hände bekamen, und überschwemmten die Stadt mit einer Flut von Papiergeld.

Die bürgerliche Welt dagegen, die Welt der Adligen aus der Zeit vor dem Krieg, war untergegangen. Das alte Geld war nichts mehr wert. Für den feinen, hellbraunen Tausendmarkschein konnte man sich heute nichts mehr kaufen. Lebenslange Ersparnisse lösten sich in Luft auf, für unzählige Familien stürzte eine Welt zusammen. Mancher hastete jeden Nachmittag nach Hause, um seinen Lohn noch rasch auszugeben, bevor das Geld nichts mehr wert war.

Ja, die Zeiten waren schwierig. Und doch hätte Toni es den Harloffs niemals gleichtun können. Er liebte seine Heimat, und auch Richard Harloff schien Frankfurt zuweilen zu vermissen, zumindest las Toni das aus dessen Briefen heraus.

Was würde das neue Jahr wohl bringen? Weitere Ausschreitungen? Mehr Putschversuche? Nun, es war müßig, darüber nachzudenken. Es klopfte. Gleich darauf trat eine blasse Alice ein.

»Ich mache mir langsam wirklich Sorgen«, sagte sie. »Es dämmert bereits, und Elly ist immer noch nicht zurück. Manchmal geht sie nach der Schule in die Stadt, ich weiß, aber so lange wie heute war sie noch nie weg. Wir sollten jetzt zur Polizei gehen.«

Toni runzelte die Stirn.

»Sie ist immer noch nicht da? Ich dachte, ich hätte vor Kurzem jemanden hereinkommen hören.«

»Das war Frau Wenz mit den Einkäufen.« Die verwitwete Frau Wenz hatte nach dem Tod ihres Mannes die Stelle der Hauswirtschafterin übernommen. Alices Finger krampften sich ineinander. Toni spürte, wie sein Herz plötzlich schneller schlug. Sie hatte recht. Das Kind war nun schon seit Stunden verschwunden. Die Zeiten waren unsicher. Was, wenn ihr etwas passiert war?

Mit energischen Schritten stürmte er in den Flur, um Hut und Mantel von der Garderobe zu reißen. Die Polizei verständigen? Nein, er konnte nicht einfach zu Hause sitzen und warten. Er würde selbst etwas unternehmen.

»Was machst du denn da?«

Alice war ihm gefolgt.

»Ich werde sie suchen. Ich werde zuerst zur Schule gehen, vielleicht ist sie ja noch dort …«

»Warum das denn? Die Schule ist längst aus.«

Toni hielt inne. Für einen Moment war es, als verlöre sein Körper die Energie. Seine Schultern sackten herab.

»Und was soll ich sonst tun?«

»Zur Polizei gehen? Denk an das ganze Gesindel, das sich auf den Straßen herumtreibt!«

Toni verbarg sein Unbehagen. Er wollte sich nicht vorstellen, was seine Frau da gerade im Kopf hatte. Er schlüpfte in den Mantel und setzte den Hut auf. Theresa, das Hausmädchen, kam in die Eingangshalle.

»Herr Kramer?«, sagte sie vorsichtig.

»Ja, Theresa? Was ist denn? Ich habe es eilig.«

»Ich weiß nicht, ob es wichtig ist, aber weil doch Elly immer noch nicht zu Hause ist und …«

Toni wurde ungeduldig. Er drehte sich um und schaute Theresa scharf an. Die duckte sich instinktiv unter seinem Blick.

»Beim Bäcker hieß es heute Morgen, dass die Alte Brücke vielleicht einstürzt.«

»Die Alte Brücke? Sie meinen die Behelfsbrücke?« Toni runzelte die Stirn. Jetzt erinnerte er sich. Darüber wurde doch schon seit Tagen überall in der Stadt gesprochen. Wenn das Tauwetter einsetzte und sich die Eisschollen auftürmten, würde die Brücke vielleicht nicht standhalten … War es möglich, dass Elly dorthin gegangen war, ohne Bescheid zu geben? Er blickte seine Frau an, die noch blasser geworden war.

»Danke, Theresa«, sagte er und versuchte seine Stimme fest wirken zu lassen. Dann drehte er sich wortlos um und stürmte aus der Tür.

»Lasst sie in Frieden! Um Himmels willen, lasst sie endlich in Frieden! Sie hat euch doch nichts getan.« Immer wieder hatte Elly sich verzweifelt gegen den fest geschlossenen Kreis aus Mädchenleibern geworfen, doch es brachte nichts. Die Mauer stand fest. Ein paar Schritte entfernt wartete Annemie mit verschränkten Armen und verfolgte das Treiben mit einem zutiefst zufriedenen Gesichtsausdruck.

»Annemie, sag ihnen, dass sie sie in Ruhe lassen sollen.«

»Aber warum denn ich?« Das blasse Mädchen mit dem farblosen Haar und den blassen Augen lächelte höhnisch.

Elly sah erneut hilflos zu der sich gegenseitig anfeuernden Mädchenmeute hinüber. Immer noch wurde Tonja hin und her geschubst. Anfangs hatte sie sich gewehrt, aber es waren zu viele. Tonja versuchte mittlerweile nur noch, sich zu schützen und schnell wieder aufzustehen, wenn sie gestürzt war. Ellys Gedanken rasten.

»Sag ihnen sofort, dass sie aufhören sollen, oder ich erzähle es meinem Vater.«

Für einen Moment erschien es Elly, als hätte Annemie sie nicht gehört, dann zerriss ein durchdringender Pfiff die Luft, und die Angreiferinnen ließen von Tonja ab. Annemie trat mit immer noch verschränkten Armen auf Elly zu. Sie war etwas größer als Elly und schaute nun aus ihren kalten Augen auf sie herunter.

»Gut, wir ziehen uns zurück, aber du wirst hierzu schön den Mund halten, sonst kann ich für nichts garantieren«, sagte Annemie. »Ich hoffe, wir verstehen uns.«

Elly nickte, auch wenn sie zu gern etwas anderes erwidert hätte. Annemie schaute sie noch einmal einschüchternd an, dann rief sie den anderen zu: »Los, gehen wir.«

Im nächsten Moment waren sie verschwunden. Elly eilte zu Tonja hinüber.

»Tonja, es tut mir so leid. Ich wollte das nicht, hast du dir wehgetan …?«

Tonja hielt ganz leicht ihren rechten Handrücken gegen ihre blutende Nase.

»Oh, mein Gott!« Elly kramte nach ihrem Taschentuch und hielt es ihr hin.

»Nein, dann wird es dreckig.«

»Das macht doch nichts.« Elly hielt es ihr nochmals hin, und jetzt nahm Tonja es.

»Danke.« Ein heftiges Zittern überlief sie.

»Du frierst.«

»Hab ich vorher doch auch schon«, Tonja schlotterte, »aber jetzt bin ich auch noch nass. Sie haben mich in eine Pfütze gestoßen.« Sie grinste schief. Elly nahm sie entschlossen bei der Hand.

»Du gehst jetzt mit mir nach Hause, du musst dringend ins Warme. Außerdem vermissen meine Eltern mich sicher schon.«

»Vielleicht gehe ich besser zu meiner Mutter«, brachte Tonja unter heftigem Zähneklappern heraus.

»Aber deine Mutter ist krank. Sie wird sich unnötig Sorgen machen, wenn sie dich so sieht.«

»Meine Mutter wartet aber bestimmt auch auf mich«, hielt Tonja dagegen, doch sie klang nicht überzeugt.

»Hier, zieh meinen Mantel an. Ich habe ja noch meinen dicken Pullover. Und keine Widerrede.«

Tonja schlüpfte dankbar in den Mantel und schmiegte sich in den weichen Stoff.

»Besser?« Elly lächelte.

»Viel besser.«

»Dann lass uns gehen.«

Elly hakte sich bei der Freundin ein und zog sie näher zu sich. Tonja wehrte sich nicht. Sie schlotterte immer noch.

Kurze Zeit später erreichten sie die Maintreppe. Oben angekommen drehten sie sich um und schauten zurück. Vereinzelt waren noch Schaulustige im gelblichen Licht der Straßenlaternen zu sehen, die zu dem reißenden Fluss blickten. Ein Pärchen mit einem Hund kam auf sie zu und musterte die Mädchen prüfend. Der kleine Hund versuchte an Tonja hochzuspringen.

»Rex«, sagte die Frau und zog ihren Hund weg, ohne die beiden weiter zu beachten.

Schweigend gingen sie ihres Weges. Da sah Elly plötzlich jemanden in der Ferne, der kurz stehen blieb, in ihre Richtung schaute und sich dann mit schnellen Schritten näherte. Die Mädchen erstarrten.

Immer wieder griff Alices Hand nervös nach ihrer Perlenkette, um dann hilflos herabzusinken. Wann kam Toni denn endlich zurück? Würde er Elly mitbringen? Wäre es nicht doch besser gewesen, gleich zur Polizei zu gehen?

Sie lief erneut zum Fenster und sah hinaus. Draußen war es dunkel, kalte Winterdunkelheit durchmischt mit leichten Nebelschwaden. Manchmal hörte man Wasser tropfen. Es hatte etwas getaut. Es war feucht.

Alice rief nach Theresa, um sich eine Tasse Tee bringen zu lassen, irgendetwas Beruhigendes, das sie dann doch nur in der Hand hielt, ohne etwas davon zu trinken.

»Bleiben Sie einen Moment bei mir, Theresa?« Eine solche Bitte hat sie so noch nie formuliert. Man war höflich zum Personal, aber man machte sich nicht gemein mit ihm. So war sie aufgewachsen, so hatte sie es gelernt, aber jetzt fühlte sie sich einsam, und Theresa war da. Sie wollte nicht allein sein.

Theresa nickte und blieb neben der Tür stehen.

»Setzen Sie sich doch.«

»Aber gnädige Frau, das ist nicht nötig.«

»Ich bitte Sie.«

Theresa setzte sich vorsichtig hin, und man sah ihr an, wie unbehaglich sie sich fühlte. Während Alice an ihrem Tee nippte, musterte sie Theresas Dienstmädchenkleidung, um sich von anderen dummen Gedanken abzuhalten. Es waren gefährliche Zeiten, und kleine Mädchen sollten um diese Uhrzeit nicht allein unterwegs sein. Was, wenn Elly etwas passiert war? Sie war so gutmütig, so naiv. Sie kannte das Leben nicht.

Theresa hielt die Stille offenbar nicht aus.

»Schmeckt Ihnen der Tee?«, fragte sie in ihrem Frankfurter Tonfall.

Alice nippte pflichtschuldig.

Ein Frankfurter Mädchen, so hatte Toni sie vorgestellt, als sie mit vierzehn, vor zwei Jahren, zu den Kramers gekommen war. Mit der Führung eines Haushalts hatte sie sich damals schon besser ausgekannt als Alice, die sich nie damit hatte beschäftigen müssen. Ihr Vater hatte sich gewünscht, sie möge studieren, aber auch das hatte sie nicht gewollt. Es gab nur wenige Frauen, die studierten. Alice wollte nicht auffallen. Inzwischen durften Frauen sogar wählen. Es war absurd, da konnte sie Amelia Harloff nur zustimmen.

Sie nahm jetzt noch einen Schluck, um sich auf den Geschmack zu konzentrieren, von dem sie bislang kaum etwas wahrgenommen hatte.

»Er ist gut.«

»Das ist ein Rezept von Frau Wenz. Sie hat es von ihrer Mutter. Ein beruhigender Kräutertee.«

»Ja, er ist wirklich schmackhaft.«

Ich hoffe nur, er wirkt bald, ging es ihr durch den Kopf.

Sie erhob sich und stand im nächsten Moment wieder am Fenster. Sie blickte auf den weiß bekiesten Weg hinunter, der zu dem schmiedeeisernen Tor führte. Der Lichtschein reichte nicht weit, aber sie versuchte trotzdem, etwas zu erkennen. Wo war Elly?

Ich muss mich setzen.

Alice stolperte die paar Schritte zum Tisch zurück und ließ sich auf den erstbesten Stuhl fallen.

»Geht es Ihnen nicht gut, Frau Kramer? Machen Sie sich keine Sorgen, Elly wird bestimmt nichts passiert sein. Sie ist ein vernünftiges Mädchen.«

Alice starrte Theresa an. Und wenn sie falschlag, was, wenn Elly etwas passiert war? Sie hätte gern etwas erwidert, wusste aber nicht, was.

Und dann waren plötzlich Geräusche in der Halle zu hören. Die Haustür öffnete sich und fiel wieder zu. Mädchenstimmen drangen zu ihr und dann Tonis Stimme: »Alice, wo bist du denn? Wir sind da!«

Alice hatte dafür gesorgt, dass sich Elly sofort etwas Wärmeres anzog, und sie hatte auch dem fremden Mädchen etwas aus Ellys Schrank gegeben. Dann hatte sie sich mit ihrer Tochter auf das Sofa gesetzt und den Arm um sie geschlungen, fest entschlossen, sie vorerst nicht mehr loszulassen. Langsam kehrte die Wärme in Ellys Glieder zurück. Sie hatte aufgeregt davon erzählt, dass das fremde Mädchen, ihre neue Freundin, und sie am Main gewesen waren, dass die Brücke wirklich eingestürzt war und wie reißend der sonst so behäbige Fluss sich seinen Weg gebahnt hatte.

Und diese Tonja saß jetzt auf einem Stuhl am Tisch, eine heiße Milch mit Honig vor sich, die sie langsam Löffel für Löffel zu sich nahm, als wollte sie möglichst lange davon haben. Sie wirkte sehr wohlerzogen, doch da war etwas an ihr, was Alice unruhig stimmte. Vielleicht lag das aber auch an ihrer eigenen Anspannung.

Als die Mädchen hereingekommen waren, waren ihre Wangen frostrot gewesen, Beine und Arme schneeweiß mit einem bläulichen Schimmer. Beide berichteten einhellig, Tonja sei gestürzt und nass geworden. Außerdem habe sie sich dabei die Nase aufgestoßen. Frau Wenz hatte die Wunde mit etwas Kamillentee gewaschen.

Es war lange her, dass Elly von einem Freund oder einer Freundin gesprochen hatte, im Grunde genommen nicht mehr, seit die Harloffs weggezogen waren.

Eigentlich sollte ich froh sein, dass Elly wieder jemanden gefunden hat, dem sie vertraut, ging es ihr durch den Kopf, aber sie erinnerte sich auch daran, wie sehr ihre Tochter unter Corbins Verlust gelitten hatte.

Tonja beobachtete Ellys Mutter aus den Augenwinkeln, während die Wärme sich kribbelnd in ihrem Körper ausbreitete. Diese Frau konnte man nicht täuschen. Sie sah die schiefe Naht, die man zu verbergen versuchte. Sie sah den Fleck auf der einzigen guten Bluse, der sich nicht mehr entfernen ließ, und die abgelaufenen Sohlen der viel zu dünnen Schuhe. Manchmal kam es Tonja in diesen Tagen vor, als würde sie nie wieder warme Füße haben.

Zur Begrüßung hatte Tonja Frau Kramer artig die Hand gereicht und sogar geknickst. Ihre Kleidung mochte in diesen Kreisen nicht genügen, und heute war sie noch dazu vollkommen durchnässt, aber sie wusste sich immer noch zu benehmen. Sie hatte es gelernt, von klein auf. Dass sie damit etwas Richtiges getan hatte, zeigte sich an Frau Kramers zufriedenem Gesichtsausdruck, während sie dasaß und ihre Tochter fest an sich gedrückt hielt.

Das Hausmädchen brachte eine weitere Kanne heiße Milch. Elly richtete sich auf.

»Darf ich Tonja noch mein Zimmer zeigen, Mama?«

Ellys Mutter zog die Augenbrauen hoch.

»Jetzt bleibt doch erst einmal hier am Kamin. Ihr seid bestimmt noch nicht wieder warm. Außerdem möchte ich deine neue Freundin doch ein wenig kennenlernen.«

»Och, Mama, bitte«, drängelte Elly.

Tonja runzelte die Stirn.

»Ich würde gern noch eine Tasse heiße Milch trinken, Frau Kramer«, sagte sie dann zu Ellys deutlicher Verärgerung. Tonja spürte, dass Frau Kramer misstrauisch war. Es schien besser, sie zu besänftigen.

Das Mädchen schenkte ein.

Als ihr Vater noch gelebt hatte, dachte Tonja, hatten sie auch eine Art Hausmädchen gehabt. Sie hatte sich um die Wäsche, die Öfen, die Küche und die allgemeine Ordnung gekümmert. Obgleich sie sich nur dunkel erinnern konnte, glaubte sie zu wissen, dass ihr Mädchen damals nicht so adrett gekleidet war wie die junge Frau vor ihr.

»Ich habe gehört, du bist erst im letzten Oktober hierhergezogen?«, unterbrach Ellys Mutter ihre Gedanken.

»So ist es, Frau Kramer. Meine Mutter wurde in Frankfurt geboren. Deshalb sind wir nach Papas Tod wieder hierher zurückgekommen.«

»Dein Vater ist gestorben?«

»Er ist im Krieg verwundet worden und hat sich danach nie richtig erholt«, hörte Tonja sich sagen. Sie hatte eigentlich nicht so offen sein wollen, aber irgendetwas brachte sie dazu.

»Und deine Großeltern? Konnten die euch denn nicht unterstützen?«

Tonja sah Ellys Gesichtsausdruck an, wie unangenehm es ihr war, dass ihre Mutter sie so unverblümt ausfragte. Tonja fand nichts dabei zu antworten.

»Meine Großeltern väterlicherseits sind schon während des letzten Krieges verstorben. Die Eltern meiner Mutter im letzten Jahr.«

»Welch furchtbares Unglück«, sagte Frau Kramer langsam.

Ja, das könnte man so sagen, dachte Tonja.

»Wir konnten dann in die alte Wohnung meiner Großeltern einziehen, deshalb sind wir zurückgekommen. Wir wohnen übrigens gar nicht weit von hier.«

»Interessant. Und jetzt stehst du deiner Mutter bei allem zur Seite?«, erkundigte sich Frau Kramer weiter.

»Ja.«

»Das kann nicht leicht gewesen sein, und ist es sicherlich immer noch nicht.«

Tonja nickte nur. Nein, es war nicht leicht gewesen, und es war immer noch nicht leicht, und es würde vielleicht nie leicht sein. Sie hatten plötzlich kein Geld mehr gehabt. Sie hatten ihre Freunde verloren und dann auch ihre gewohnte Umgebung. Eher unmerklich war Tonja die Rolle der Beschützerin zugekommen. Sie besorgte Essen, kochte und putzte. Sie tröstete Mama. Um sich das Geld für die Zugfahrkarten nach Frankfurt am Main und den Neubeginn dort leisten zu können, hatten sie letztendlich einen Großteil ihrer Kleidung und einen Teil des Mobiliars verkauft. Ihr Vermieter hatte ihnen die aufgelaufene Miete gegen ein paar schöne Erbstücke erlassen, die nun auf immer verloren waren.

Von dem Geld war inzwischen kaum mehr etwas übrig. Mama fiel es schwer zu haushalten. Sie war es einfach nicht gewöhnt.

Tonja griff nach ihrer Tasse und trank langsam, um für einen Moment nichts sagen zu müssen. Frau Kramer wandte sich ihrer Tochter zu.

»Elly, Liebes, du könntest vielleicht noch einmal in deinem

Kleiderschrank nachschauen. Sicher gibt es dort einiges, was du entbehren kannst.« Sie wandte sich Tonja zu. »Ich hoffe, du fühlst dich nicht beleidigt, aber du hast ein paar neue Kleidungsstücke sicher nötiger als meine verwöhnte Tochter.«

»Mama!«

»Das ist sehr nett von Ihnen«, sagte Tonja, die sich endlich wieder aufgewärmt fühlte. Stolz konnte sie sich nicht leisten. Es war das Erste, was sie sich abgewöhnt hatte.

Ellys Zimmer war, wie Tonja es erwartet hatte, etwas zu ordentlich. Das Bett war gemacht, der Schreibtisch leer, als habe nie ein Mensch daran gesessen. Jemand hatte die Schultasche nach oben gebracht und neben dem Tisch abgestellt. Die Hausübungen mussten noch gemacht werden. Tonja dachte an die Küche, die sie bestimmt noch aufräumen musste, an das Essen, das noch für ihre Mutter zu kochen war. Oft war sie auch gezwungen, die Mutter zu füttern, denn sonst aß sie nichts. Sie fragte sich bitter, warum sie sich immer um alles kümmern musste, warum ihre Mutter nicht wie andere Mütter war.

Was hatte sie verbrochen, dass man sie um ein Elternhaus wie Ellys gebracht hatte? Für einen Augenblick stellte sie sich vor, an Ellys Stelle zu sein. Früher hatte ihr Leben sich gar nicht allzu sehr von Ellys unterschieden, damals als Papa noch lebte und fast gesund war. Sie sah zu der Freundin hin, die vor dem Fenster stand. Man konnte ihr Gesicht nicht sehen, aber ihre Körperhaltung wirkte entspannt.

Für Tonja würde es heute doppelt schwer sein, in die Wohnung zurückzukehren, die sie mit ihrer Mutter teilte. Warum konnte sie nicht einfach hierbleiben? Sie würde Ellys Eltern sagen, was sie zu erleiden hatte, und diese würden sie retten.

Vorübergehend verlor sie sich in diesen Gedanken, dann besann sie sich wieder auf die Gegenwart. Erwachsene halfen einem nicht, das hatte sie inzwischen gelernt. Sie vermieden Ärger, und sie fanden stets, dass Kinder bei ihren Eltern am besten untergebracht waren.

»Du bist die Erste, die zu mir nach Hause gekommen ist«, sagte Elly.

»Es war noch nie jemand hier?«

Elly zuckte die Achseln.

»Annemie, aber die habe ich nicht eingeladen. Die ist mit ihrem Vater gekommen.«

Annemie …? Tonja sah zu Ellys Bett hinüber, auf dem ein alter Stoffhase saß und verdrängte jeden weiteren Gedanken an ihre Feindin. Nichts mehr wollte sie heute von Annemie hören.

»Wie heißt er?«, fragte sie.

»Wer?«

»Der Hase.«

»Monsieur Bobo.« Elly ging zu dem Hasen hinüber, nahm ihn zögernd auf und setzte ihn dann ins Regal. »Papa hat ihn mir aus Paris mitgebracht.«

»Aha.«

Kurz hing Schweigen über dem Raum, dann räusperte sich Elly: »Willst du dir einmal meine Kleider ansehen?«

Später, während Toni Tonja nach Hause brachte, saß Alice am Bett ihrer Tochter und strich immer wieder die Bettdecke glatt. Die Nervosität war noch nicht aus ihrem Körper gewichen. Es gab so viele Fragen, die sie ihrer Tochter gern gestellt hätte. Aber sie tat es nicht. Sie war nur da, und die Elfjährige war jetzt todmüde. Immer wieder fielen ihr die Augen zu. Gerade als Alice dachte, sie sei eingeschlafen, sagte sie plötzlich: »Tonja ist meine beste Freundin.«

»Hm.«

Sie hatte natürlich bereits von dem Mädchen gehört. Andere Mütter hatten sie verwahrlost genannt. Beim Nachmittagskuchen sprach man über Tonjas Mutter. Sie habe keinen Mann, habe ihn verloren oder lebe in Trennung. Sie gehe nie aus dem Haus. Jedenfalls sei sie von der Sorte, vor der man sich in Acht nehmen müsse. All das waren nur Gerüchte, das wusste Alice, aber sie ließen ihre Alarmglocken schrillen.

Sie sah Elly an, die Monsieur Bobo im Arm hielt.

»Darf Tonja mich bald wieder besuchen kommen? Richtig besuchen, meine ich.«

»Aber …«, setzte ihre Mutter an, dann schluckte sie. »Natürlich darf sie das, und das heute war ja wirklich kein richtiger Besuch.«

»Nein.« Elly schloss die Augen. »Und kann sie auch mal bei uns essen?«, fügte sie schläfrig hinzu. »Ich glaube, sie hat oft Hunger.«

»Ich denke …«

»Das ist lieb, Mama.«

Ihre Atemzüge wurden jetzt gleichmäßiger. Alice blieb noch weiter am Bett ihrer Tochter sitzen, als diese längst eingeschlafen war. Ihr Blick ruhte besorgt auf ihr.

Du kannst sie nicht vor allem beschützen, hämmerte es in ihrem Kopf, du kannst sie einfach nicht vor allem beschützen.

Und vor was will ich sie denn überhaupt beschützen? Vor einem anderen Kind?

9

FRANKFURT AM MAIN, 2013

Heute wurde Carina schon am Tor von Alea empfangen. Die junge Frau begleitete sie zum Haus, dann um die Villa herum zur Holzveranda, wo sie bei gutem Wetter und Kaffee ihr Gespräch vom Vortag fortsetzten.

»Es gibt Fotos, auf denen die Familie hier auf der Veranda beim Frühstück zu sehen ist«, erzählte Alea, und Carina hatte sofort das Bild einer perfekten Familie vor Augen: Vater, Mutter und Kind, die in die Kamera lächeln, während im Hintergrund das Personal darauf wartet, Wünsche zu erfüllen. Ganz sicher hatten die Kramers Personal gehabt, vielleicht ein Mädchen, eine Köchin, vielleicht sogar einen Chauffeur?

Alea zeigte ihr, wo ihr Vater als Junge seinen Namen ins Holz geritzt hatte.

»Und das ist nicht die einzige Stelle. Er hatte wirklich gar keinen Respekt. Angeblich war Florian Kramer früher ein ganz wilder Bursche. Ich kannte Papa nur als Geschäftsmann, der keine Zeit für uns hatte.«

Alea zuckte die Achseln. Dann klingelte ihr Handy. Nach einem Blick auf das Display, entschuldigte sie sich.

»Ich muss da ran. Bitte scheuen Sie sich nicht und schauen sich überall um.«

Carina war erst noch bei ihrem Kaffee sitzen geblieben und hatte sich in ersten Gedanken über das Projekt verloren, doch Alea ließ auf sich warten. Irgendwann stand Carina auf. Entfernt meinte sie immer mal wieder, Aleas Stimme zu hören, aber sie konnte sich auch täuschen. Hier draußen gab es viele Geräusche. Vögel schmetterten ihre ersten Frühlingslieder. Ganz weit weg war Verkehrslärm zu hören, und dann waren da natürlich die Flugzeuge, die ihre silbernen Streifen in den heute sehr blauen Himmel zogen.

Carina ging ein paar unschlüssige Schritte auf der Veranda auf und ab. Ganz unwillkürlich fröstelte sie. War es wieder kälter geworden? Nein, sie fühlte sich einfach unbehaglich, wie ein Eindringling, und für einen kurzen Moment kam es ihr so vor, als stünde drinnen auf der anderen Seite jemand und beobachte sie.

Seltsam, sie hatte dieses Gefühl schon bei ihrem ersten Besuch hier gehabt.

Carina sah auf ihre Skagen-Uhr, ein Geschenk von Jan zum Zweijährigen. Sie war stehen geblieben. Sie konnte nicht sagen, wie viel Zeit vergangen war. Zehn Minuten? Mehr? Weniger?

Sie ging zum Rand der Veranda und dann über die Treppe in den Garten hinab. Erste Frühblüher tupften ihre Farben hierhin und dorthin. Der Rasen war frisch gemäht, und an einem Busch bildeten sich die Knospen heraus. Die weiß bekiesten Wege lagen im strahlenden Sonnenschein und blendeten einen förmlich.

Carina überlegte. In dieser Richtung musste das Gartenhaus liegen, das man ihr als Arbeitsplatz zur Verfügung stellen wollte; dort befand sich auch das »Archiv«, wie Alea es nannte: Unzählige vollgestopfte Kisten, Kleidungsstücke und anderes mehr warteten auf sie.

Zuerst einmal wollte man sie aber unbedingt Elly Kramer vorstellen, sobald die alte Dame sich denn dazu bereit zeigte. Mit hundertundein Jahren musste sie gewiss mit ihren Kräften haushalten. Doch wollte Elly Kramer überhaupt an dem Projekt mitwirken? Tom Kramer war in jedem Fall dagegen, seine Schwester wiederum bestand darauf, dass Tante Elly allein entscheiden müsse.

Alea hatte ihr erzählt, dass sie am Vortag darüber einen weiteren scharfen Wortwechsel mit ihrem Bruder geführt habe.

Der Streit zwischen den beiden geht mich nichts an.

Carina runzelte die Stirn. Warum wollte Tom Kramer eigentlich nichts von der Vergangenheit wissen? Wovor wollte er seine Tante bewahren? Sie selbst würde mit Freuden in der Vergangenheit ihrer Familie stöbern, wenn diese auch nur halb so interessant wäre, wie es die der Familie Kramer zu sein versprach.

Und ich werde vorsichtig sein, behutsam.

Sie spazierte noch ein paar Schritte weiter. Dass der wunderschöne Garten mit dem Haus zusammen angelegt worden war, daran bestand kein Zweifel, doch er hatte die Zeiten besser überstanden als das Gebäude. Er strahlte Leichtigkeit aus, ja, man konnte sich hier wohlfühlen.

Carina konzentrierte sich wieder auf das Zwitschern, Kreischen und Tirilieren der Vögel. Dann schaute sie nach oben in die Äste eines alten Walnussbaumes. Ob hier Eichhörnchen wohnten? Sie hatte schon lange keines mehr gesehen. Früher, zu Hause bei ihren Eltern, waren Eichhörnchen häufige Gäste gewesen; auch Kaninchen, bevor Mama sich eine Katze angeschafft hatte.

Vor ihr hing eine Schaukel. Bestimmt hatten Generationen von Kindern dort geschaukelt. Sie stellte sich einen kleinen Jungen mit Topfhaarschnitt, Ringelpullover und Schlaghosen vor, dann ein Mädchen in einem weißen Kleid mit langen Haaren und einer riesigen Schleife auf dem Kopf.

Wie auf dem Bild oben im Flur.

Was dauerte denn da so lange? Inzwischen war sie verunsichert. Dieser Auftrag war spannend, und die Bezahlung gut. Sie hoffte doch sehr, dass bald alles in trockenen Tüchern war.

Dann könnte ich im Café aufhören und den Job in der Bibliothek vorerst an den Nagel hängen.

Mit einem Mal war da wieder dieser Schauder, der über ihren ganzen Körper lief. Carina konnte sich nicht erklären, was das war.

War sie nervös? Fürchtete sie etwa zu scheitern? Aber sie würde nicht scheitern, weil sie gut war. Sie würde perfekte Arbeit abliefern. Die junge Frau drehte sich um und lief kurz entschlossen zum Haus zurück. Plötzlich wurde es schattig. Wie ein paar Wolken vor der Sonne die ganze Stimmung verändern können, dachte sie. Und dann hatte sie erneut das Gefühl, als beobachte sie jemand.

Bis sie den Aufgang zur Veranda erreicht hatte, war sie so tief in Gedanken versunken, dass sie fast über die erste Stufe stolperte. Sie hob den Kopf – und schrak zusammen. Vor ihr saß eine sehr alte Frau sehr aufrecht auf einem der Stühle und starrte sie aus braunen Augen bohrend an. Carina gelang es nur mit Mühe, diesem Blick standzuhalten. Seit wann war die Frau da? Wie konnte es sein, dass sie ihr Kommen nicht registriert hatte?

Das muss Elly Kramer sein.

»Entschuldigen Sie vielmals, aber ich habe Sie gar nicht bemerkt.«

Carina musste sich überwinden, auf die ältere Dame zuzugehen. Da war etwas in ihrem Gesicht, das es ratsam erscheinen ließ, eine gewisse Distanz zu wahren. Und sie war wirklich alt, sehr alt … Carina fühlte sich von ihrer Gegenwart seltsam eingeschüchtert.

Sei nicht albern, ermahnte sie sich, aber sie konnte nicht

verhindern, dass ihr die Knie weich wurden. Sie versuchte ein Lächeln und erkannte in den Augen ihres Gegenübers, dass es ihr misslungen war.

»Irgendwie … also, ich wollte sagen …«, stotterte sie, »dass mich dieser wunderschöne Garten ganz in seinen Bann gezogen hat. Ich bin Carina Wahlsberg, vorerst ein Gast von Alea Kramer.«

»Vorerst.« Die alte Dame hob kaum merklich die rechte Augenbraue. »Elly Kramer, wahrscheinlich ist mein Name schon gefallen.«

Carina nickte. Elly Kramer war altershager und hielt sich kerzengerade. Ihre schmalen, knochigen und von Adern überzogenen Hände hielten einen ebenholzfarbenen Spazierstock mit silbernem Griff. Sie trug ein graues Kostüm mit einem leichten Stich ins Violette. Ihr weißes Haar war zu einem sorgfältigen Dutt gesteckt.

»Sie sind also diese Historikerin, die Alea mit der Geschichte des Odeon beauftragt hat. Was denken Sie, sind Sie ihr Geld wert?«

»Ich, ehm …Ich denke schon.«

»So, das denken Sie also.«

Das fängt ja gut an, dachte Carina. Zumindest hielt die alte Dame mit ihrer Skepsis nicht hinter dem Berg. Ihr Gesichtsausdruck blieb undurchdringlich, was Carina einigermaßen irritierte. Sie war offenbar nicht besonders emotional, was die eigene Vergangenheit und die des Familienunternehmens anging.

»Ich würde mich sehr freuen, wenn Sie mir vielleicht etwas über die Familiengeschichte erzählen könnten«, setzte Carina unsicher an. »Es gibt wahrscheinlich nicht mehr viele Zeitzeugen.«

Ellys rechte Augenbraue hob sich erneut spöttisch.

»Sie meinen, dass außer mir alle tot sind?«

»Das wollte ich nicht sagen.«

»Aber Sie haben es gedacht. Und es stimmt ja auch. Alle sind tot. Ich bin die Letzte.«

An diesem Abend, vor dem Zubettgehen, betrachtete Elly ihr runzliges Gesicht eingehend im Spiegel. Manchmal war es nicht leicht, sein älteres Ich anzusehen. Am vertrautesten fand sie ihre Augen. Diese Augen hatten sich nicht verändert, über die ganzen Jahre nicht. Man sah diesen Augen nicht an, was sie erlebt hatten. Man sah ihnen nicht an, was sie gesehen hatten. Sie trage die Unschuld im Blick, so die Worte eines Mannes, mit dem sie über viele Jahre eng zusammengearbeitet hatte, eine Vorstellung, die sie schmerzlich lächeln ließ: Keiner ging unschuldig durchs Leben.

Sie verbot sich, den Gedanken weiterzuverfolgen, löste den Dutt, den sie ihr ganzes Leben lang getragen hatte. Bis auf die Spitzen hatte sie ihr Haar niemals kürzen lassen, auch nicht, als man sie deswegen unmodern geschimpft hatte. Oh ja, das Haar war im Laufe der Jahre ein wenig dünner geworden, aber es war immer noch lang, und es war zumindest kräftig, wenn man ihr Alter bedachte. Nie hatte sie sich vorstellen können, einmal so alt zu werden. Es hatte Zeiten gegeben, da war sie sicher gewesen, ihre Zwanziger nicht zu überleben. Sie hatte jung sterben wollen, wie alle guten Menschen.

Für einen Moment betrachtete sie sich erneut im Spiegel, dann veränderte sich ihr Gesichtsausdruck. Sie war immer eine gute Schauspielerin gewesen, doch konnte sie auch die Wahrheit sagen? Und was war das überhaupt, die Wahrheit? Man erzählte doch so viele Geschichten über sein Leben, und irgendwann wusste man selbst nicht mehr, was wahr war und was nicht.

Elly senkte den Blick auf ihre knotigen Finger. Wie ruhig lagen sie auf der Platte ihres Schminktisches. Die Wahrheit – sie war es müde, darüber nachzudenken. Warum mussten plötzlich alle danach fragen? Warum wollten sie alle wissen, wie das damals gewesen war? Sie wussten ja nicht, was sie damit heraufbeschworen …

Sie hätte dieser Carina Wahlsberg am liebsten gleich gesagt, dass sie verschwinden solle, aber sie konnte es nicht. Und warum nicht? Werde ich weich? Wünsche ich Absolution, die mir ohnehin keiner geben kann? Niemand konnte sie jemals von dem freisprechen, was sie getan hatte.

10

FRANKFURT AM MAIN, 1924

Es blieb der kälteste Winter seit Menschengedenken. Bis weit in den Februar fiel der Schnee, und auf den gefrorenen Tennisfeldern beim Sportklub Forsthausstraße lief man Schlittschuh. Tonja trug in diesen Tagen oft mehrere Blusen übereinander, und doch pfiff der Wind durch die Löcher in ihrem Mantel.

Vor ihrem Haus angekommen, sah sie die Eisblumen auf den Scheiben. Ihre Mutter Edith verließ das Bett kaum noch.

»Warum, wenn es doch so dunkel ist, Kind? Manchmal denke ich, es wird nie mehr hell.«

Die Tage, an denen Tonja bei den Kramers zu Mittag aß, fühlten sich dagegen seltsam normal an. Auch wenn es Tonja manchmal große Beherrschung abverlangte, sich an ihre Essmanieren zu erinnern, besonders, wenn sie am Morgen nichts zu essen bekommen hatte, liefen die Mahlzeiten überaus gesittet ab. Der Tisch war schön gedeckt. Stoffservietten lagen neben den Tellern. Das Besteck glänzte poliert. Das Mädchen Theresa trug die Speisen auf, und Frau Wenz, die Haushälterin und Köchin, erkundigte sich im Verlauf des Essens, wie es denn gemundet habe.

Die Mädchen saßen sich stets gegenüber, immer an denselben Plätzen, als gehöre Tonja dazu, und wenn sie die ersten Bissen vertilgt hatte und sich innerlich Beruhigung einstellte, lachte sie Elly fröhlich an.

Doch immer, wenn sie nach einem solchen Tag in ihr eigenes Leben zurückkehrte, hatte sie hier, genau an dieser Stelle vor dem Haus, vielleicht auch genau in diesem Moment den Eindruck, dass sie nicht weitergehen konnte, nein, dass sie einfach nicht weitergehen wollte. Dass es sogar ganz unmöglich war, nach Hause zurückzukehren, die Tür zu öffnen und die Mutter irgendwo zu finden: im Bett, auf dem Boden, vielleicht auch am Tisch sitzend, immer häufiger von Alkohol betäubt, den sie als Seelentröster entdeckt hatte, oder, was manchmal schlimmer war, wach und in weinerlicher Stimmung.

Seit sie zurück in der Stadt waren, in der Mama eine glückliche Kindheit verlebt hatte, geriet sie immer tiefer in diesen Strudel der Betrübnis, und Tonja fürchtete, ihre Mutter irgendwann nicht mehr festhalten zu können und ganz zu verlieren.

Was würde dann geschehen? In diesem Jahr wurde sie erst zwölf Jahre alt. Man würde sie in ein Kinderheim stecken.

Sicherlich war diese Aussicht mit ein Grund dafür, warum sie die Normalität der Dienstage und Donnerstage bei den Kramers so sehr liebte. Und sie mochte die warmherzige Frau Kramer, während Elly es jedes Mal kaum erwarten konnte, der Fürsorglichkeit ihrer Mutter zu entkommen. Aber was war wohl schlimmer zu ertragen? Ganz gewiss eine Mutter, die weinte und klagte und alle Last bei der Tochter abzulegen versuchte. Trotzdem liebte Tonja ihre Mutter und lechzte nach jeder Zuwendung, nach jedem gemeinsamen Moment.

Wenn sie auf den Heimweg war, vorbei an Fenstern, hinter denen man hier und da Familien um den Abendbrottisch sitzen sah, dachte sie häufig über die schönen Zeiten nach. Manchmal wollte sie klingeln und den glücklichen Menschen dort drinnen sagen, wie schnell alles vorbei sein konnte: Auch sie waren eine glückliche Familie gewesen, und selbst nach Papas Tod hatte es eine kurze Zeit gegeben, da schien es, als würde sich an ihrem Alltag nichts ändern. Tonja war zur Schule gegangen. Sie hatte mit ihren Freundinnen gespielt.

Eine Zeit lang hatte sich Mama sogar verhalten, als lebte Papa noch. Die Veränderungen waren schleichend gekommen, der unausweichliche Absturz war umso schmerzhafter und dann immer schneller vonstatten gegangen. Zuerst hatte es nicht mehr das gewohnte Essen gegeben, dann wurde die Miete gestundet, aber immer noch hatte Mama so getan, als gäbe es keine Schwierigkeiten, als habe sie alles im Griff.

Eines Tages schließlich bat der einst so nette Vermieter, der immer ein freundliches Wort für Mama gehabt hatte und ein Bonbon für Tonja, Mama höflich darum, die Wohnung zum nächsten Monat zu räumen. Der Mann hatte Mama dabei nicht in die Augen blicken können – früher, hatte Tonja sich erinnert, hatten Papa und er manchmal zusammen geredet, aber auch das spielte keine Rolle mehr.

Tonja dachte an ihre Mutter, als sie jünger gewesen war. Sie dachte an ihre Mutter, wie sie mit ihrem Vater glücklich gewesen war, eine schöne Frau, nach der sich die Menschen umdrehten. Sie hatte sie immer für stark gehalten, aber ihre Mutter war nicht stark. Sie war nur als Teil des Vaters stark gewesen, und als der sie nicht mehr hatte halten können, war sie vergangen wie eine Blume, die kein Wasser mehr bekam. Erst jetzt verstand Tonja, dass ihre Mutter nur gemeinsam mit dem Vater hatte existieren können, und der Vater nur als Teil von ihr – aber er war nicht als der Mann aus dem Krieg gekommen, als der er ins Feld gezogen war.

Tonja selbst konnte sich heute nicht mehr wirklich an den gesunden Vater erinnern. Sie war viel zu jung gewesen, als er sie verlassen hatte, um für das Vaterland zu kämpfen. Anfangs hatte ihre Mutter versucht, sein Bild für sie beide heraufzubeschwören: ein starker Mann, ein lustiger Mann, ein nachdenklicher und ein zarter Mann. Mama zeigte ihr gerne Bilder vom Vater und ihren gemeinsamen Ausflügen, von der Hochzeit, von glücklichen Tagen, und dann weinte sie. Und wenn Tonja das kleine Mädchen auf dem Arm des gut aussehenden Mannes sah, musste sie sich in Erinnerung rufen, dass sie das war.

Sie erkannte sich einfach nicht, all das war so lange her, dass es nicht mehr wirklich erschien. Dafür erinnerte sie sich noch heute überdeutlich an die erste Nacht in der öffentlichen Fürsorge und an das erste Mal in der Suppenküche, damals noch in den guten Kleidern, mit denen sie begehrliche Blicke auf sich gezogen hatten. Mama und sie hatten völlig fehl am Platz gewirkt. Ebenso fehl am Platz, wie sie sich gefühlt hatte, als sie in ihre alte Schule zurückgekehrt war und ihre alten Freundinnen getroffen hatte. Etwas hatte sich geändert, so sehr die anderen sich bemühten, sie das nicht merken zu lassen. Alle wussten sie Bescheid, auch wenn man nicht darüber redete. Nein, man tat so, als wäre alles wie immer, doch Tonjas messerscharfer Verstand erkannte, was alle dachten: Sie gehörte nicht mehr dazu, genauso wenig, wie sie in die neue Welt der Fürsorge gehörte. Sie war weder Fisch noch Fleisch.

Tonja schob die schwere Eingangstür auf und stieg die ausgetretenen Stufen hinauf bis ganz nach oben. Sie steckte den Schlüssel ins Schloss, drehte herum und drückte die Klinke herunter.

»Tonja, bist du das?« Das junge Mädchen verharrte in der geöffneten Tür und schloss die Augen. »Tonja!«, schrillte Ediths Stimme. Vielleicht klang sie auch so, weil Tonja die Augen geschlossen hielt und ihre Sinne sensibilisiert waren.

»Ja, Mama, ich bin's«, antwortete sie dann und zog den Schlüssel aus dem Schloss.

Ihre Mutter trat in den Flur.

»Wo warst du heute so lange? Willst du deine arme Mutter jetzt eigentlich immer alleine lassen? Ich merke doch, wie oft du weg bist. Bin ich dir nicht mehr gut genug? Oh ja, die Dame verbringt ihre Zeit wohl lieber mit anderen, ist es nicht so? Aber habe ich es verdient, dass man mich hier allein sitzen lässt?«

»Ist schon gut, Mama, ich bin ja wieder da. Soll ich dir etwas zu essen machen?«

»Ist denn etwas da?«

»Etwas altes Brot, ein Rest Milch, sogar Eier. Ich könnte Arme Ritter machen.«

»Ach, jetzt musst du auch noch für deine arme Mutter kochen …«

»Das ist schon gut so. Ich mache es gerne, Mama.«

»Isst du mit mir?«

»Ich habe keinen Hunger.«

»Ach ja? Ich verstehe schon, dass man mit jemandem wie mir nicht gemeinsam essen will. Ich verstehe das gut. Ich halte es ja selbst kaum mit mir aus. Manchmal möchte ich …«

»Komm, Mama, setz dich in den Lehnstuhl, und ich zaubere uns etwas. Natürlich bleibe ich bei dir.«

Und so würde es immer sein. Sie konnte Mama nicht verlassen. Niemals. Sie waren aneinandergekettet.

11

FRANKFURT AM MAIN, 2013

Eins, zwei, eins, zwei … Carina verlor sich im regelmäßigen Rhythmus ihrer Schritte. Eins, zwei, eins, zwei … Der Boden knirschte unter den Sohlen ihrer Turnschuhe. Sie war an diesem Morgen früh aufgewacht und hatte sich spontan entschlossen, wieder einmal laufen zu gehen. Nachts hatte sie wild geträumt. Von der Villa Kramer, von Elly, Alea und Tom, die alle etwas von ihr wollten. Sie war schweißgebadet aufgewacht.

Aber sie wollte jetzt nicht darüber nachdenken. Stattdessen war sie rasch in ihre Laufklamotten geschlüpft und hatte das Haus verlassen. Manchmal half ihr die Bewegung, den Kopf freizubekommen. Jan hatte nur kurz die Augen geöffnet und auf ihre Frage, ob er sie begleiten wolle: »Verdammt, nein!« geantwortet.

Eins, zwei, eins, zwei … Ihre Schritte trommelten. Früher, dachte sie, haben wir mehr gemeinsam unternommen, früher habe ich Sachen gemacht, die er nicht mochte und umgekehrt. Früher haben wir uns in Regionen des Lebens vorgewagt, die uns herausforderten. Heute war das vorbei. Aber sie mochte es natürlich, wenn er da war, wenn sie nach Hause kam. Wenn sie in die Restaurants gingen, die sie schon lange gemeinsam aufsuchten, Dinge taten, die gute Erinnerungen weckten. Sich küssten. Einander im Arm hielten.

Nicht weiter daran denken.

Carina spürte, wie ihr der Schweiß zu laufen begann. Vielleicht war es doch schon zu warm für die dünne Mütze und das langärmlige Laufshirt. Sie nahm eine weitere Biegung auf dem alten Bundesgartenschaugelände. Andere Jogger kreuzten ihren Weg. Um zehn Uhr wurde sie bei den Kramers erwartet. Carina registrierte einen frei laufenden Hund, schätzte die Entfernung ab, wurde langsamer und geriet aus dem Tritt.

Verdammt, Seitenstechen … Das fehlte gerade noch.

Sie musste jetzt daran denken, dass sich Jan immer einen Hund gewünscht hatte, einen möglichst großen sogar, vielleicht einen Rhodesian Ridgeback. Sie war dagegen gewesen.

»Wieso diesen Hund?«, hatte sie gefragt.

»Keine Ahnung.«

Er hatte die Achseln gezuckt und nichts mehr weiter gesagt, aber er erwähnte es hin und wieder. Wie ein Kind, dem man die Schokolade vorenthält.

Das Seitenstechen wurde nicht besser. Sie war wohl einfach aus der Übung. Carina beschloss, den Lauf abzukürzen, rasch zu duschen und eine Kleinigkeit zu frühstücken. Als sie in die Straße einbog, in der sich die WG-Wohnung befand, kam Jan gerade aus dem Haus. Er bemerkte sie erst nicht, sondern grüßte eine Frau, die an ein Auto gelehnt auf ihn wartete. Carina kannte diesen perfekten Pagenkopf.

Monique.

»Jan!«

Jan und Monique drehten sich um. Carina fühlte sich plötzlich unwohl in ihren Laufklamotten und mit dem strähnigen, ungewaschenen Haar, das sich unter der Mütze hervor auf die Schultern ringelte.

»Hey, Carina, schön dich zu sehen.«

Monique sah natürlich perfekt aus.

Sie ist perfekt.

Carina war sich fast sicher, dass sie schon so aus dem Bett aufstand. Jedes Haar lag richtig. Ihre Haut war frisch. Jetzt lächelte sie. Nicht nur perfekt, sondern auch noch freundlich. Carina konnte sich ihre innere Gehässigkeit nicht erklären und schämte sich ein wenig dafür. Jan gab ihr einen Kuss.

»Ah, Carina, gut, dass du da bist. Ich kann's natürlich nicht mit Sicherheit sagen, aber ich denke, es wird wieder spät. Monique und ich schieben heute noch eine Mikroskopsession ein und kriegen hoffentlich wieder so schöne Bilder wie gestern. Dann müssen wir noch einmal Zellen aussäen, transfektieren, fixieren, färben und nächste Woche irgendwann noch einmal mikroskopieren. Gut dass ich Monique habe. Sie sagt, ein paar mehr Replikate brauchen wir bestimmt noch. Und wenn das alles gelaufen ist, müssen wir unsere Hypothese anpassen.«

Er sah sie erwartungsvoll an. Carina fragte nicht. Sie hatte ein Mal näher nachgefragt und nichts verstanden.

»Vielleicht können wir sogar ein Paper bei »Nature« einreichen. Wäre das nicht toll?« Jan wechselte einen Blick mit Monique. »Es ist doch okay, wenn's später wird, ja?«

Es wird immer spät, dachte Carina, andererseits musste sie zugeben, dass es sie auch nicht mehr wirklich kümmerte.

Irgendwas läuft echt falsch hier.

»Schade, aber klar doch. Ich wünsche euch jedenfalls gutes Vorankommen.«

»Danke«, antwortete Monique. »Jan hat gesagt, du hast jetzt auch ein Projekt?«

Carina runzelte die Stirn. Sie wollte nicht darüber reden, noch war ihr nicht klar, wohin das alles führen würde. Jan machte es sich schon auf dem Beifahrersitz bequem.

»Na ja«, murmelte sie.

»Ach, egal, was es ist.« Monique lächelte freundlich. »Hauptsache du hast erst einmal etwas, damit der Druck weg ist, nicht wahr?«

Egal, was es ist? Was sollte das denn heißen? Carina nickte nur, um nicht das Falsche zu sagen. Vielleicht war sie dieser Tage wirklich zu empfindlich. Sie sah zu, wie Monique den Wagen gleich darauf aus der Parklücke manövrierte. Dann schloss sie die Tür auf und trabte die ausgetretenen Holzstufen nach oben. Sie duschte kurz, frühstückte Müsli. In der Wohnung war es still. Die anderen WG-Mitbewohner schliefen noch oder waren bereits ausgeflogen. Kurz bevor sie das Haus wieder verließ, kam Feisal gähnend in die Küche.

»Sind wir die Letzten?«

Carina nickte. Feisal machte sich einen Kaffee und trank ihn pechschwarz und mit großen Schlucken.

»Alles okay?«, fragte er dann.

»Klar doch.«

Aber irgendetwas stimmte nicht. Carina konnte nur nicht sagen, was genau es war.

Alea bot Carina das Du und grünen Tee an, den ihr ein Freund aus Japan mitgebracht hatte. Sie freute sich immer noch darüber, dass ihre Tante gestern mit Carina gesprochen hatte, und war auch von deren Zurückhaltung, wie sie es nannte, nicht sonderlich verstört, sondern gewiss, dass Tante Elly sich letztendlich anders entscheiden würde.

»Kannst du mir schon sagen, wie du vorgehen willst?«, fragte die junge Frau jetzt neugierig.

»Ich weiß es noch nicht«, antwortete Carina ehrlich.

»Tut mir leid, ich wollte dich nicht drängen.« Alea lachte entschuldigend. »Ich bin nur so neugierig. Mein Bruder nennt es nervig.«

»Kein Problem. Und nervig finde ich das überhaupt nicht.«

»Danke. Ich werde jetzt nachsehen, ob meine Tante bereit ist, dich zu empfangen.« Alea stellte ihre Tasse ab. »Du kennst sie ja schon ein bisschen. Ich denke, das macht es leichter.«

Sie klang überzeugt. Carina zweifelte.

Im Türrahmen blieb Alea noch einmal stehen.

»Wirklich, ich hoffe so sehr, dass du das Projekt annimmst. Wir passen doch gut zusammen, findest du nicht? Kommst du jetzt?«

Carina stand auf. Alea führte sie in einen Raum, den sie noch nicht kannte, eine Art Empfangszimmer. Sie selbst hatte so etwas noch nicht gesehen. In ihrem eigenen Leben richteten sich die Wohnungen nach den naheliegenden Notwendigkeiten: Schlafzimmer, Küche, Bad, manchmal noch ein Wohnzimmer, doch oft hatte das Schlafzimmer auch für alles dienen müssen. Inzwischen wohnte sie seit zwei Jahren in ihrer WG. Manchmal wäre sie gerne ausgezogen, aber der Mietpreis war unschlagbar, und die Wohnung an sich echt schön.

Bisher ist es ja auch kein Problem gewesen, mein Zimmer mit Jan zu teilen … Und das ist es ja eigentlich auch immer noch nicht.

Carina sah sich um. Sie fand, dass der Raum recht geschmackvoll eingerichtet war. Reduziert nannte man das, wenn sie sich recht erinnerte. Die Einrichtung war eine Mischung aus modernen Stücken und ausgewählten Einzelteilen aus den Zwanziger-und Dreißigerjahren. Wahrscheinlich gehörte er zu Elly Kramers Wohnbereich, und die Antiquitäten waren sicher Erinnerungsstücke.

Unwillkürlich musste Carina an die erste Begegnung mit Frau Kramer zurückdenken. Die alte Dame war eigentlich nicht besonders zugänglich gewesen. Sie bezweifelte, dass sich daran heute Morgen viel geändert hatte. Allerdings konnte sie sich natürlich in erster Linie auf die Geschichte des Kinos konzentrieren. Darum ging es ja schließlich, eine Festschrift für das Odeon zu schreiben.

Alea hatte es sich gestern nicht nehmen lassen, Carina noch das Gartenhäuschen, ihren möglichen Arbeitsplatz für das nächste Jahr, zu zeigen. Wobei Häuschen wohl der falsche Ausdruck war, eher handelte es sich um ein Nebenhaus, ein schmuckes, einstöckiges weißes Gebäude mit zwei Zimmern, einem vollgestopften Kabuff, einer winzigen Küche, einem Bad, großen, bodentiefen Fenstern und einer Terrasse mit Korbsesseln. Carina hatte ihre Ferien schon in hässlicheren Unterkünften verbracht – und dieses Haus diente offenbar allein der Unterbringung unzähliger Kisten und einiger weniger Gartenutensilien und Gartenmöbel.

Ob dort früher das Dienstpersonal gewohnt hat? Oder diente es womöglich als Gästehaus?

Die Tür öffnete sich. Alea war zurück. Sie wirkte etwas erhitzt. Die Wangen schimmerten rot vor Aufregung, aber sie sagte nichts. Durch eine weitere Tür und einen kleinen Übergang ging es in das nächste Zimmer.

Der Raum, den sie nun betrat, war hell und licht und so ganz anders, als Carina ihn sich vorgestellt hatte, ohne sagen zu können, was sie eigentlich erwartet hatte. Vielleicht war es die moderne Einrichtung – als müsse ein alter Mensch auch eine alte Einrichtung haben. Doch wenn sie recht überlegte, war es bei ihren Großeltern tatsächlich so gewesen: gedeckte Farben, Möbel, die aus der Zeit fielen, aber zu neu waren, um nicht billig zu wirken.

Elly Kramer saß in Nähe eines bodentiefen Fensters in einem ultramarinblauen Lehnstuhl und wirkte auch heute hellwach. Carina ging mit festen Schritten und einem offenen – so hoffte sie jedenfalls – Lächeln auf sie zu. Sie erinnerte sich nur zu gut an gestern. Elly Kramer schien ihr die Gedanken von der Stirn ablesen zu können.

»Frau Kramer? Carina Wahlsberg, ich hoffe, Sie erinnern sich noch an mich. Wir sind uns bereits begegnet.«

»Natürlich erinnere ich mich.« Die alte Dame nickte kühl. »Ich habe leider ein gutes Gedächtnis.«

Es klang durchaus stolz und auch ein wenig bedauernd. Carina fiel jetzt das feingeschnittene Gesicht mit den hohen Wangenknochen und den großen braunen Augen besonders auf. Die alte Dame wirkte heute weniger alt, weniger mumienhaft. Da war tatsächlich etwas an ihr, was Carina an Greta Garbo erinnere.

»Alea besteht darauf, dass ich noch einmal mit Ihnen spreche.« Frau Kramer lachte – ein dunkles, bewusst gesetztes Lachen.

Carina räusperte sich.

»Ich soll die Geschichte des Odeon aufschreiben und Sie ...«

»Ich bin die Zeitzeugin, ich weiß. Sie sagten es bereits. Sie wollen wissen, ob Sie ihre Geschichte mit mir oder ohne mich aufbauen sollen, aber wissen Sie was, und das sage ich Ihnen jetzt ganz endgültig: Ich will nicht mit Ihnen sprechen, und ich muss das auch nicht. Ich habe«, ihre Stimme zitterte leicht, »ich habe, anders als viele meiner Zeitgenossen, absolut kein Interesse an der Vergangenheit.«

»Es tut mir leid, ich wusste nicht, dass sie der Sache wirklich immer noch so ablehnend gegenübersteht. Das habe ich falsch eingeschätzt.«

»Nun ja«, Carina suchte nach Worten. »Also, ich denke, es wird auch so genug Stoff geben, oder nicht?«

»Ja, schon.« Alea knabberte einen Moment lang auf ihrer Unterlippe herum, dann wandte sie sich der Teekanne zu. »Noch etwas Tee?«

»Gerne.«

Während Carina an der Tasse nippte, fragte sie sich, warum Alea so enttäuscht wirkte. Ging es nicht eigentlich um die Geschichte des Kinos, in der Elly Kramer doch lediglich eine Randfigur sein konnte? Sie trank ihren Tee aus und stellte die Tasse ab.

»Wenn das in Ordnung ist, würde ich gerne so schnell wie möglich mit der Sichtung der Materialien anfangen.«

»Klar doch. Ich habe dir den Schlüssel schon gegeben, oder?«

Carina hob ihn hoch.

In der Eingangshalle fühlte sie sich mit einem Mal beobachtet und entdeckte nach einem Rundblick Tom Kramer, der vom zweiten Stock aus zu ihr herunterschaute. Sie hob die Hand. Er nickte ihr lediglich zu, und sie verließ das Haus mit seinem Blick im Nacken.

Zweihundert Schritte bis zum Gartenhaus, dessen Tür sich knarrend öffnete. Carina betätigte den Lichtschalter, ließ die Ledertasche von der Schulter rutschen und schaute sich um. Drei mittlere Umzugskisten standen bereits im Eingangsbereich an der rechten Wand. Auf einem Tisch neben dem Schreibtisch warteten mehrere kleinere Kisten und Kästen. Jetzt, da die Läden des Gartenhauses noch geschlossen waren, wirkte alles etwas düster, aber bei geöffneten Fenstern und Sonnenschein war dies bestimmt ein schöner Ort zum Arbeiten.

Carina inspizierte die Räume nochmals genauer, nahm eine alte Kamera von einem Bett, dessen rote Tagesdecke von einer Staubschicht bedeckt war, drehte sie hin und her und versuchte dann, einen Blick durch den Sucher zu werfen. Leider war durch den Staub, der sich zu einer festeren Schmutzschicht verkrustet hatte, kaum etwas zu erkennen.

Wem hat diese Kamera wohl gehört? Wer hat damit fotografiert? Werde ich es herausfinden?

12

Carina musste das Grundstück weiterhin zumeist durch den Seiteneingang betreten, dann den hinteren Teil des Gartens durchqueren, dem immer noch unsichtbare Gärtnerhände zu seiner Schönheit verhalfen. Sobald sie an den ersten Obststräuchern vorbeikam, horchte sie, ob irgendwelche Geräusche aus Richtung des Schwimmbeckens zu ihr drangen.

Vielleicht war es albern, aber Carina zog es auch jetzt noch vor, Tom Kramer nicht zu begegnen. Allerdings fragte sie sich, womit er wohl sein Geld verdiente, wenn er sich mitten am Vormittag Zeit nehmen konnte, ein paar Bahnen im eigenen Schwimmbad zu ziehen? Inzwischen wusste sie jedenfalls, dass ihr ein alter Zwetschgenbaum zu kurzer Deckung verhalf, die sie zu nutzen wusste, wenn Aleas Bruder nicht ohnehin gerade im Begriff war, von ihr wegzuschwimmen.

Der Tag am Ende der zweiten Woche zeichnete sich durch nichts Besonderes aus, aber aus irgendeinem Grund blieb Carina an diesem Morgen stehen, statt sich in Deckung zu begeben. Wahrscheinlich waren es Momente wie dieser, die ein Leben veränderten: dass man sich entschied, etwas anders zu machen, dass man aus dem Haus ging, statt drinnen zu bleiben, dass man eine andere Abbiegung nahm als die gewohnte.

An diesem Morgen jedenfalls sah sie einige Minuten dabei zu, wie Tom Kramer unermüdlich seine Bahnen zog. Natürlich hätte sie schleunigst weitergehen können, als er geschmeidig aus dem Wasser kletterte und sich ein Handtuch griff, das er am Rand des Pools abgelegt hatte, aber sie tat es nicht. Vielmehr nutzte sie den Moment, als er sich das Handtuch vor die Augen presste, um auf ihn zuzugehen.

»Guten Morgen, Herr Kramer.«

»Frau Wahlsberg!«

Er war erstaunt, dann nickte er ihr zu, doch sein Gesichtsausdruck sprach Bände.

Er will nichts mit dir zu tun haben.

Carina holte tief Luft.

»Ich fände es besser, wenn wir das Kriegsbeil begraben könnten«, sagte sie dann.

»Welches Kriegsbeil?«

Tom Kramer sah sie verständnislos an.

»Nun, Sie können mich nicht leiden und …«

»Halt, halt …« Er ließ das Handtuch fallen und hob seine Hände.«Ich kann Ihre Arbeit nicht leiden, das, was Sie hier tun wollen. Sie selbst kenne ich doch überhaupt nicht.«

Carina hielt die Luft an und wusste im ersten Moment nichts mehr zu sagen.

Tom lachte auf.

»Deshalb meiden Sie mich also die ganze Zeit? Weil Sie glauben, dass ich Sie nicht leiden kann?«

»Ich …« Carina spürte, dass sie rot wurde. Natürlich hatte er recht. Sie hatte zwei Dinge miteinander vermischt. Sie räusperte sich. »Vielleicht kann ich Sie ja doch noch von meiner Arbeit überzeugen.« Sie sah, dass er etwas sagen wollte und hob die Hand. »Bitte, Herr Kramer, geben Sie mir eine Chance, das wäre nur gerecht.«

Er zögerte.

»In Ordnung«, sagte er dann. »Überzeugen Sie mich.«

Der Abend fiel herab. Carina hatte sich noch einen Tee gemacht und saß nun auf der Fensterbank in ihrem WG-Zimmer und schaute auf das niedriger liegende Dach des Hinterhauses. Eine Familie wohnte dort. In diesem Moment war die Küche hell erleuchtet. Ein Kleinkind saß in seinem Stühlchen am Tisch, die Mutter öffnete den Mund, um das Kind zu animieren dasselbe zu tun, der Vater schenkte einem älteren Kind Wasser ein. Carina sah das Kind lachen. An vielen Abenden blieb alles entspannt, nur manchmal kippte eine Situation innerhalb von Sekunden: Das ältere Kind stieß ein Glas um, das Kleine schlug nach dem Löffel …

Carina schaute in ihre Teetasse, um sich davon abzuhalten, fremde Leben auszuspionieren. Dann drehte sie zum wiederholten Mal den Kopf und horchte. Nein, Jan war immer noch nicht gekommen. Sie kontrollierte ihr Handy und sah, dass ihr eine Nachricht entgangen war: »Mikroskopieren hat länger gedauert, warten jetzt auf die Bilder, aber dann ist der Durchbruch nahe, und wir können endlich mit dem Schreiben anfangen.«

Jan und sein Durchbruch – darunter ging es wohl nicht. Sie überlegte, ob sie antworten sollte, tat es dann aber nicht.

Ihr Blick richtete sich erneut auf die Familie im Nachbarhaus. Der Vater hatte das kleinere Kind aus dem Sitz genommen. Carina war froh, dass die vier nie, aber auch nie zu ihr hochschauten, denn das wäre wirklich zu peinlich geworden.

Sie dachte an Tom.

Habe ich eben wirklich an Tom Kramer gedacht?

Er hatte gesagt, dass er ihre Arbeit ablehnte, sie persönlich jedoch nicht. Doch konnte man das wirklich trennen? Carina nahm einen Schluck von ihrem Tee, zog ein Knie eng an ihren Körper und bettete ihre Wange darauf. Und er wollte ihr die

Chance geben, sich zu beweisen. Vielleicht verhieß das ja etwas Gutes.

Dann dachte sie daran, wie sie zusammen mit Jan vor einem Jahr Wohnungen angeschaut hatte, aber die richtige war nicht dabei gewesen. Jedes Mal hatte ihm irgendetwas nicht gepasst. Das war das wirklich Schwierige bei Jan. Er hatte ganz genaue Vorstellungen davon, wie die Dinge zu sein hatten, und war kaum bereit, Kompromisse einzugehen. Wie sollten sie da etwas Gemeinsames finden?

13

»Und, wie kommen Sie voran?« Carina, die nach einem gut achtstündigen Recherchetag in der neuen Kramer-Küche auf Alea wartete, zuckte zusammen. Tom Kramer hob sofort entschuldigend die Hände. »Verzeihen Sie, ich wollte Sie nicht erschrecken.«

»Ist schon gut. Ich hätte vielleicht das Licht anschalten sollen, aber ich war in Gedanken und …«

»Ja, es ist wirklich etwas dunkel hier drin, obwohl es draußen immer noch recht hell ist. Sie warten auf meine Schwester, ja?«

Carina nickte. »Wir sind verabredet.«

»Na, das ist wieder einmal typisch. Bestimmt hat sie einen Anruf gekriegt und die Zeit vergessen. Ich habe kürzlich eine geschlagene Stunde auf sie gewartet.«

Carina seufzte. Tom hatte recht. Es ließ sich wirklich nicht beschönigen, dass Alea zuweilen nicht sonderlich zuverlässig war. Sie sah zu, wie Tom zur Kaffeemaschine ging und sie einschaltete.

»Kaffee?«

»Es ist vielleicht schon etwas spät für …«, setzte sie an, dann sagte sie: »Ach, warum nicht.«

»Setzen Sie sich doch.«

Tom wartete bis die Tassen vollgelaufen waren, stellte eine vor Carina hin und bot ihr Milch und Zucker an. Sie nahm sich großzügig Milch und einen kleinen Löffel Zucker der Energie wegen.

»Also«, stellte er dann noch einmal seine Frage vom Anfang. »Wie kommen Sie voran?«

»Ganz gut. Aber es liegt noch einiges an Arbeit vor mir. Es ist irgendwie schwer einzuschätzen … Ich …«

Tom stellte seine Tasse ab und machte eine beschwichtigende Handbewegung.

»Machen Sie sich keinen Kopf. Ich bin nicht hier, um Sie zu überprüfen. Sie werden das schon richtig machen, sonst hätte meine Schwester Ihnen diese Aufgabe nicht übertragen. Sie hat ein Händchen für so etwas.« Er trank jetzt auch einen Schluck von seinem Kaffee und fuhr dann fort: »Womöglich ist das hier ja auch nur ein Versuch, Ihnen gegenüber freundlicher zu sein?«

Hatte Tom Kramer eben etwa gelächelt? Carina war verblüfft.

»Und warum mit einem Mal?«, rutschte es aus ihr heraus, bevor sie sichs versehen hatte.

Er lächelte wieder, und es stand ihm wirklich gut, wie sie fand.

»Na ja, wir werden einander zukünftig sicher häufiger über den Weg laufen und …« Er hob die Schultern. »Und ich bin eigentlich ein harmoniebedürftiger Mensch. Ich denke einfach, es wäre angenehmer, wenn kein Unmut zwischen uns ist.«

Carina runzelte die Stirn.

»Sie müssen zugeben, dass Ihr Sinneswandel etwas plötzlich kommt.«

Er sah sie ernst an.

»Vielleicht hat mich auch Alea ein wenig darauf gebracht. Sie mag unzuverlässig sein, aber im Umgang mit anderen

Menschen ist sie wahrlich geschickter als ich. Sie hatte deshalb auch immer mehr Freunde.«

Carina betrachtete ihn nachdenklich. Konnte das wirklich sein? Ein solch gut aussehender Kerl musste doch unzählige Freunde haben?

»Ihre Schwester hat Sie also überzeugt.«

Tom öffnete gerade den Mund, als es draußen rumpelte, dann flog die Tür auf und Alea stürmte herein.

»Ach, du meine Güte, störe ich da etwa ein Tête-à-Tête?«

»Natürlich nicht, Alea.« Tom Kramer hatte wieder sein übliches ärgerliches Gesicht aufgesetzt. Die entspannte Atmosphäre war von einem Moment auf den anderen wie weggeblasen.

»Bis morgen, Frau Wahlsberg!«, verabschiedete er sich. Er war schon durch die Tür, als Alea Carina ansah und fassungslos den Kopf schüttelte: »Siezt ihr euch etwa immer noch?«

Tom hatte sich im Hinauslaufen die Hacke gegriffen, die er in der Halle hatte stehen lassen und war zurück in den Garten gegangen. Dies war die Arbeit, die er am meisten liebte und bei der er sich am besten entspannte. Er mochte es, Neues zu pflanzen und heranwachsen zu sehen. Wenn der Winter sich dem Ende neigte, konnte er es kaum erwarten, Gartenkataloge zu durchstöbern, Setzlinge zu ziehen und neue Pläne für das Gartenjahr zu machen.

Heute lief er in den hinteren Teil des Grundstücks, noch am Gartenhaus und dem Schwimmbecken vorbei, wo seit Jahren nichts mehr gemacht worden war. Während er hackte und den Boden aufbereitete, dachte er an Carina Wahlsberg, die er jetzt bereits öfter im Gartenhaus beobachtet hatte, wo sie sich die Kisten aus dem »Archiv« vornahm und den Inhalt für ihre Arbeit ordnete.

Tom mochte es, wie behutsam sie mit den Unterlagen, Fotos und den ganzen Sachen umging. Sie zeigte dabei eine Sorgsamkeit, die ihm selbst nicht fremd war, und wenn er ihr so zuschaute, dann tat es ihm leid, dass er ihr gegenüber bisher so harsch gewesen war.

Aber wie hätte er sich anders verhalten sollen? Er hatte Angst vor dem, was geschehen würde, wenn durch Carinas Herumstöbern in der Vergangenheit die Dinge aus dem Lot gerieten. So wie damals, so wie vor zehn Jahren.

»Und was machen wir jetzt?« Toms bester Freund Paul hatte die letzten Krümel Streuselkuchen in sich hineingestopft und sprang nun unternehmungslustig vom Tisch auf. Tom leerte eben seine dritte Tasse Kaffee. Während der Prüfungsperiode war ihm das Kaffeetrinken geradezu in Fleisch und Blut übergegangen. Wie oft hatten sich Paul und er in den letzten Wochen die Nächte um die Ohren geschlagen. Jetzt konnten sie erst einmal Pause machen, und nach dem Sommer würde Paul sein Auslandsjahr in Barcelona antreten.

Dann bin ich allein, fuhr es Tom durch den Kopf. Es war schwer, sich vorzustellen, dass Paul und er dann Tausende Kilometer getrennt sein würden.

Er schob den Stuhl vom Tisch zurück.

»Keine Ahnung.«

»Also wirklich«, Paul schüttelte den Kopf, »lass dir was einfallen, ich brauch ein bisschen Bewegung. Echt jetzt. Das ist in den letzten Wochen viel zu kurz gekommen. Es war fast so wie eingesperrt sein.«

Paul tigerte zwischen den Verandatüren und dem Aufgang zur Veranda hin und her, übersprang dann die Stufen, die in den Garten hinabführten und landete geschmeidig auf dem Boden. Er kletterte seit Jahren in seiner Freizeit und hatte im letzten Jahr mit Freeclimbing angefangen, und das war seinem Körper auch anzusehen. Sein Lamento war also lediglich Jammern auf hohem Niveau. Tom, der nicht so durchtrainiert war wie Paul, litt viel mehr unter der wochenlangen Bewegungslosigkeit der Prüfungsphase.

Paul drehte sich zu ihm um.

»Ist heute so ruhig hier. Ich vermute mal, Alea ist nicht da?«

»Treffer! Sie ist auf Klassenfahrt.«

Tom, der Paul in den Garten gefolgt war, streifte ein paar Johannisbeeren von einem Strauch. Manchmal musste er daran denken, dass die Obstbäume und -sträucher noch aus den Anfangsjahren stammten. Sie waren gepflanzt worden, kurz nachdem das Haus gebaut worden war. Wer wohl schon alles von ihnen genascht hatte? Tom schob die säuerlichen Früchte in den Mund. Paul nahm sich auch welche. Das hatten sie bereits als Elfjährige gemacht, als sie sich in der 5. Klasse kennengelernt hatten. Fünfzehn Jahre war das jetzt her, fünfzehn Jahre, in denen sie kaum einmal länger als zwei Wochen getrennt gewesen waren.

Und jetzt ein Jahr – kaum zu glauben, dass es bald so weit sein würde.

Tom reckte sich nach einer Reineclaude. Er liebte frische Reineclauden, aber in diesem Moment konnte er den Geschmack kaum genießen.

»Hast du schon gepackt?«

»Ich? Du kennst mich doch.« Paul grinste.

Er hatte also noch nicht gepackt, sondern würde es auf den letzten Drücker tun. Wie immer.

»Außerdem fahre ich erst Ende des Sommers.«

»Aber für ein ganzes Jahr.«

»Du hättest trotzdem schon längst gepackt, was?« Paul klopfte ihm auf die Schulter. »Tom, der Planer.«

Tom zuckte die Achseln.

»Ich kann nicht anders.«

Er bot dem Freund eine Reineclaude an, der sie nahm und herzhaft hineinbiss. Paul machte sich nie Sorgen. Und jetzt freute er sich auf das, was kommen würde. Tom hatte sich schon öfter gewünscht, die Dinge auch ein bisschen lockerer zu nehmen, aber das wollte ihm einfach nicht gelingen.

Sie waren dem Hauptweg weiter gefolgt und hatten jetzt das mit Efeu umwucherte Gartenhaus erreicht. Die meisten stellten sich bei der Bezeichnung Gartenhaus etwas anderes vor als ein vollwertiges Wohnhaus, aber so hieß es nun einmal, seit Tom denken konnte. Paul blieb davor stehen. Auf der Terrasse mit dem kleinen Tisch und den Korbsesseln hatten die beiden hin und wieder gelernt, aber im Innern waren sie noch nie gewesen. Früher, hieß es, waren hier einmal Partys gefeiert worden.

Es ist schon seit Jahren keiner mehr in diesem Haus gewesen, fuhr es Tom durch den Kopf, während er Paul dabei beobachtete, wie der durch eines der staubigen Fenster schaute. Und sauber gemacht hatte hier auch schon ewig niemand mehr.

»Echt, ich würde mir das ja gerne mal von drinnen ansehen«, sagte Paul in diesem Moment.

Tom schauderte. Zwar hatte ihm nie jemand verboten, das Gartenhaus zu betreten, aber es fühlte sich wie ein ungeschriebenes Gesetz an.

»Hm, ich weiß nicht.«

»Darfst du nicht?«

»Nein, aber … Ich habe gar keinen Schlüssel.«

Paul drückte die Klinke runter.

»Es ist ja auch offen, tadaaa!«

»Ich weiß trotzdem nicht.«

Tom kam plötzlich seine Tante Elly in den Sinn, mit der er am Morgen gefrühstückt hatte, bevor sie beide ihrer Wege gegangen waren. Es imponierte ihm, wie munter seine einundneunzigjährige Tante immer noch war. Ob sie das Gartenhaus früher genutzt hatte?

»Ach, komm.« Paul hielt die Tür noch immer herausfordernd auf. Neugierig spähte er in das Haus hinein, das offenbar einen unwiderstehlichen Sog auf ihn ausübte.

»Es riecht ein wenig modrig, finde ich.«

Eigentlich wollte Tom sagen, dass er die Tür jetzt wieder schließen solle, aber er tat es nicht. Er dachte daran, dass sein bester Freund bald nach Barcelona aufbrechen würde. Sie hatten zusammen gehen wollen, aber er, Tom, hatte einen Rückzieher gemacht. Er starrte in die Dunkelheit des Zimmers hinter der Tür.

»Grüß Pilar von mir.«

»Wie kommst du denn jetzt darauf?«

Tom zuckte die Achseln. Sie hatten Pilar bei einem Wanderurlaub auf Mallorca kennengelernt, als sie sich an derselben Stelle verlaufen hatten. Paul hatte sich unsterblich verliebt, was allerdings recht häufig vorkam, aber mit Pilar hatte er sich nach dem Urlaub weiter geschrieben, und das war neu.

Ich habe keine Ahnung, wie ich die Tage ohne ihn verbringen soll, dachte Tom.

»Komm, trau dich.«

Tom starrte immer noch in die Dunkelheit, aus der sich nun Kisten und Möbelstücke herausschälten. Es fühlte sich nicht mehr so kühl an, als wäre etwas von der Sommerwärme in das Haus gelangt und hätte es zum Leben erweckt. Und plötzlich war Tom selbst neugierig auf das, was es im Haus zu entdecken gab.

Er war neugierig, weil fast niemand je von diesem Haus

sprach, weil man sich nicht darin aufhielt. Man ging vorbei, blieb vielleicht kurz stehen und ging dann weiter. Auf der Veranda zu sitzen, wie er und Paul es getan hatten, war schon das Äußerste gewesen.

»Okay. Gehen wir rein.«

»Was?« Toms Antwort schien Paul zu überraschen. »Ist das dein Ernst?«

»Wenn du es unbedingt willst.«

Paul zuckte die Achseln.

»Ich will dich nicht in Schwierigkeiten bringen.«

»Das ist Quatsch.«

Es war seltsam, über die Schwelle zu treten; wie in so einem Gruselfilm, in dem man sich beobachtet fühlt, aber keine Ahnung hat, woher die Bedrohung kommt. Als Paul eines der Fenster öffnete und den Raum damit in Sonnenlicht tauchte, war das Gefühl auch schon wieder weg. Die Möbel stammten vom Anfang des letzten Jahrhunderts bis hinein in die Zwanzigerjahre. Die beiden jungen Männer bewegten sich vorsichtig, denn auf allem lag eine mehr oder weniger dicke Staubschicht. Paul entdeckte das Grammofon als Erster. Es stand im größten Raum auf einem kleinen Tischchen zwischen zwei Fenstern. Er tippte seinen Freund an.

»Meinst du, das funktioniert noch? Das wäre doch mega.«

Tom zuckte die Achseln.

»Keine Ahnung. Keine Ahnung, wie man das überhaupt in Gang bringt. Da braucht man doch eine Platte, oder?«

Paul pustete vorsichtig und musste heftig husten.

»Ich glaube, da liegt eine drauf.«

»Echt jetzt?« Tom spähte über Pauls Schulter. »Allerdings wissen wir trotzdem nicht, wie das Ding funktioniert.«

Paul fuhr fort, das Gerät von Staub zu befreien.

»Ich vermute mal, man dreht die Kurbel da«, brachte er unter mehrfachem Niesen heraus. »Vor Jahren habe ich mal auf dem Flohmarkt gesehen, wie jemand so ein Ding in Gang gesetzt hat. Vielleicht erinnere ich mich …«

Tom war die Kurbel auch aufgefallen, doch wie häufig musste man die drehen und was dann? Er inspizierte einen Hebel, an dem etwas hing, was wie eine Nadel aussah. So etwas Ähnliches kannte er von den Plattenspielern seiner Eltern.

Tatsächlich war es letztendlich ganz einfach. Sie drehten die Kurbel, legten den Hebel um, setzten die vorsichtig gereinigte Nadel auf die vollkommen von Staub befreite Platte und brachten das Ding zum Laufen. Zitternd schwebten die ersten Klänge in die warme Nachmittagsluft hinaus.

»Wahnsinn«, entfuhr es Paul. »Was denkst du, wie lange es her ist, dass diese Platte zuletzt angehört worden ist?«

Tom zuckte die Achseln. Es handelte sich um Schlager aus den Zwanzigerjahren. Die Tonqualität war ungewohnt, hatte aber zugleich etwas Besonders mit ihrem Knacken und Knistern. Sie summten mit und waren vollkommen vertieft in ihr Tun, bis Ellys Stimme sie zusammenfahren ließ. Sie hatten die alte Dame gar nicht kommen hören.

»Tom«, hatte sie nur gesagt, und er hatte den Kopf gehoben und in ihr schneeweißes Gesicht gesehen.

Sie hatte dagestanden, steif wie ein Stock und bleich wie der Tod, während Tränen über ihr Gesicht liefen. Die beiden jungen Männer wussten nicht, was geschehen war oder was sie getan hatten. Für Tom fühlte es sich besonders schlimm an, denn er hatte seine starke Tante noch niemals zuvor weinen sehen. Elly war für sie da gewesen, seit die Eltern vor zwei Jahren bei einem Flugzeugunglück ums Leben gekommen waren. Sie hatte mit den Behörden gekämpft, die Finanzen geregelt und dafür gesorgt, dass die noch minderjährige Alea bei ihnen bleiben konnte. Nein, er hatte sie noch nie weinen sehen und war jetzt wie gelähmt. Elly konnte von Glück sagen, dass Paul zur Stelle war und sie auffing, als sie plötzlich zusammenklappte.

Der Arzt diagnostizierte einen Nervenzusammenbruch.

Elly musste danach einige Tage lang das Bett hüten. Tom versorgte sie, brachte ihr das Essen und fragte sie nach ihren Wünschen. Sie sprach nur wenig.

»Ich werde nie wieder dort hineingehen. Das verspreche ich«, sagte er eines Abends.

Elly hatte ihm einen Moment lang in die Augen gesehen.

»Und was soll das bringen?«, hatte sie geantwortet.

Er war irritiert gewesen, hatte keine Ahnung gehabt, was er darauf erwidern sollte. Elly hatte noch davon geredet, dass man sofort wieder aufsteigen müsse, wenn man vom Pferd fällt. Auch das hatte er nicht verstanden. Was wollte sie ihm damit sagen, grübelte er und konnte an diesem Abend lange nicht einschlafen. Am nächsten Tag fragte er Elly, ob er vielleicht irgendetwas für sie aus dem Haus holen solle. Sie bat um das Grammofon, das seither in ihrem Zimmer stand. Aber er hatte es danach nie wieder spielen hören. Nach der kurzen Wiederbelebung verstummte es erneut.

Im nächsten Jahr hatten sie Gärtner da, die einen größeren Teil des Gartens in Ordnung bringen sollten, und es war Elly, die ihnen vorschlug, einen Teil des Gartenhauses für ihre Geräte zu nutzen. Und am Ende des Sommers brachten sie die Gartenmöbel vom Schwimmbecken dorthin.

Elly hatte ihm nie gesagt, was sie an jenem Nachmittag so nachhaltig verstört hatte, doch seitdem versuchte er, alles von ihr fernzuhalten, was mit dem Gartenhaus zusammenhing oder sonst eine potenzielle Gefahr für sie darstellen könnte.

14

FRANKFURT AM MAIN, 1924

Alice Kramer nahm eines der Brötchen aus dem Frühstückskörbchen, schloss die Augen und schnupperte daran. Die Friedensbrötchen waren wieder da, und ihr Duft war einfach köstlich. Er erinnerte sie an ihre Kindheit. Er erinnerte sie an Tage, an denen sie ihren Vater in das Palais der Rothschilds im Grüneburgpark begleitet hatte, jenes prächtige Gebäude mit seinen Pariser Bündelschornsteinen und den hohen schmalen Fenstern. Sie erinnerte sich an weite Rasenflächen mit vereinzelten Baumgruppen und Sträuchern im Stil eines englischen Gartens, auf denen sie Ball gespielt hatte. Während sie sich das Brötchen mit Butter bestrich, sah sie Rosenbeete und üppige Fliederbäume vor ihrem inneren Auge, sah die Marmoramphoren, in denen, je nach Jahreszeit, Lilien und Geranien blühten.

In den alten Tagen waren sie und ihr Vater öfter zu Gast auf den Gesellschaften der Baronin gewesen. Sie waren über die Kastanienallee durch das schmiedeeiserne Tor und am Pförtnerhaus vorbeigefahren. Es war, als betrete man eine andere Welt.

Im März war die alte Baronin gestorben. Zur gleichen Zeit, da der Winter noch einmal mit krachender Kälte zurückkehrte.

Alice fröstelte mit einem Mal. Wie seltsam, sich auf diese Art an früher zu erinnern. Es gab einem das Gefühl, selbst alt zu sein. Es änderte sich so viel dieser Tage, dass sie manchmal den Eindruck hatte, einfach nicht mehr mitzukommen. Inzwischen hatte Frankfurt sogar seinen eigenen Rundfunksender. Toni musste natürlich sofort eines der neuen Empfangsgeräte haben – er liebte alles Neue –, einen kleinen schwarzen Kasten, der die Wellen der Sendestationen mittels Antennen aus der Luft aufnahm, wie Toni »seinen Frauen« erklärte. Ein Elektrotechniker hatte die Antennen zwischen zwei Kaminen auf dem Dach montiert, als notwendige Erdleitung diente eine Wasserleitung. Danach hatten sie für zwei Stunden gemeinsam vor dem Empfänger gesessen und dem Programm gelauscht. Man spielte Musik, es gab Originalvorträge und einen kurzen Nachrichtendienst. Der Sender konnte sogar in Nordirland, Stockholm, der Schweiz, Italien und vom bayerischen Hochgebirge aus empfangen werden. Toni, Elly und Tonja, die wieder einmal zu Besuch gewesen war, suchten gemeinsam die genannten Orte im Atlas und auf dem Globus.

Tonja ist oft hier.

Gewiss würde sie auch heute kommen – es war schließlich Wochenende –, und es stand ganz außer Frage, dass Elly bereits sehnsüchtig auf sie wartete.

Mit einem Seufzer und dem Wunsch, auf andere Gedanken zu kommen, nahm Alice die Zeitung zur Hand, die ihr Mann an seinem Platz hatte liegen lassen. Der Prozess gegen diesen Putschisten hatte begonnen … Wie hieß der noch? Hitler … Albert, nein Adolf. Im Artikel wurde er als Schriftsteller bezeichnet, ein schöner Schriftsteller war das ja wohl … Das Urteil wurde zum 1. April erwartet.

Alice blätterte weiter. In Luxor war ein neues Königsgrab entdeckt worden. Überaus kostbar sollte das sein, was man gefunden hatte: ein Sarkophag mit einer goldenen Maske, allerlei Geschmeide und Kunsthandwerk.

Sie dachte an Toni, der heute schon früh aufgebrochen war. Den Erfolg musste man sich dieser Tage hart erarbeiten. Letzte Woche erst hatten die Kinomusiker mehr Lohn gefordert. Toni war nicht gänzlich unvorbereitet gewesen, tatsächlich hatte er schon etwas rumoren hören.

»Ich weiß allerdings nicht, ob wir uns das in unserer derzeitigen Lage leisten können«, hatte er heute Morgen gesagt. »Verdient hätten sie es gewiss, das steht außer Frage. Immerhin haben sich die Eintrittspreise gegenüber den Vorkriegszeiten versiebenfacht... Versiebenfacht, ist das denn zu glauben!« Er hatte aufgeseufzt. »Ist das nicht eine verrückte Welt, wenn die, die Unterhaltung schaffen, selbst in Not geraten?«

Draußen war jetzt die Türglocke zu hören, und gleich darauf rannte Elly »Ausgerechnet Bananen!« trällernd durch den Flur. Die Haustür wurde aufgerissen.

»Tonja, gut, dass du endlich da bist. Wir haben heute doch noch so viel vor.«

Tonja erwiderte etwas, was Alice leider nicht verstand, und sofort erhielt das Samenkorn des Argwohns in ihr neue Nahrung. Tonja war eine Kämpferin, und es bereitete Alice weiterhin Unbehagen, dass sie das Gefühl hatte, das Mädchen nicht einschätzen zu können.

Noch hatte Ellys Freundin ihr weiß Gott keinen wirklichen Anlass zur Sorge gegeben, aber das Misstrauen war einfach da. Es erwuchs aus Alice' Erfahrungen in der wohltätigen Arbeit, aus ihren Begegnungen mit verwahrlosten Kindern – dass Tonjas Mutter sich nicht um ihr Kind kümmerte, musste einfach seine Spuren hinterlassen – und aus ihrem Wissen um die Empfindlichkeit ihrer eigenen Tochter. Sie musste Elly beschützen, das war ihre Aufgabe, seitdem man ihr ihr Kind, ihr kostbares, kostbares Kind, erstmals in die Arme gelegt hatte.

15

FRANKFURT AM MAIN, 2013

Carina fiel die Veränderung sofort auf. Ihre Mutter sah auf eine unverkrampfte Art jünger aus. Sie trug das Haar weniger streng, ein paar Strähnen umspielten ihr Gesicht. Sie hatte es auch nicht mehr gefärbt, nein, das Haar war grau, länger als früher, und ihre dunklen Augen blitzten.

Klara Wahlsberg sagte nichts, als sie Carina vor ihrer Tür erblickte. Carina konnte sehen, wie sie angestrengt überlegte. Sie konnte es sich vorstellen, weil sie selbst auch nachdachte, darüber, was sie als Erstes sagen wollte, daran, wie lange sie sich nicht gesehen hatten – gut ein Jahr – und wie ihre Mutter damals ausgesehen hatte: dieser praktische schulterlange Bob, Rock und Bluse, bequeme, braune Halbschuhe. Das Einzige, was sie sich erlaubt hatte, war eine Vorliebe für schwere, exotische Silberketten. Diese Ketten hatten sie immer ein wenig hervorstechen lassen, hatten daran erinnert, dass da ein Mensch war, der vielleicht nicht in die Vorstadtidylle passte, die Papa mit ihr hatte teilen wollen.

Ein Ruck ging durch Klaras Körper. Offenbar hatte sie sich entschieden.

»Komm rein.«

Ohne ein weiteres Wort ging sie voraus. Sie gelangten beide in einen kleinen Garten. Carina fiel erst in diesem Moment auf, dass ihre Mutter barfuß ging. Sie war immer gerne barfuß gelaufen, aber Papa hatte es als unpassend empfunden und ihr das auf seine Art ohne viele Worte deutlich gemacht. Papa konnte tatsächlich ohne Worte genauso viel Druck ausüben wie mit seiner leisen Stimme.

Draußen war es warm und hell und inzwischen recht spätfrühlingshaft. Es war kein Garten, wie der, den Carina von ihren Eltern kannte. Hier gab es keinen akkurat geschnittenen Rasen, keine Blumenbeete, kein Nutzbeet mit Salat, Karotten und Bohnenstangen. Hier wucherte alles wild durcheinander, so wie man es eben *nicht machte*.

Carina schaute sich noch genauer um. Sie entdeckte doch ein paar Tomatenpflanzen, aber sonst nichts. An einem kräftigen Ast einer alten Buche hing eine Sitzschaukel. Ihre Mutter drehte sich zu ihr um: »Wie geht es dir? Wir haben uns lange nicht gesehen.«

»Danke, gut, Mama.«

»Du warst bei Papa?«

Mama wusste es, also nickte Carina nur.

»Kürzlich. Wir haben zusammen Mirácoli gekocht.«

Sie dachte daran, wie chaotisch es bei Papa ausgesehen hatte und an das schmutzige Geschirr, das sich in der Spüle stapelte.

Mirácoli, hatte er mit einem schiefen Lächeln gesagt, das könne er immerhin.

Ach, Papa, war ihr durch den Kopf geschossen, du hättest dir wirklich so viel mehr von Mama beibringen lassen können, aber du hast sie machen lassen.

Klara zögerte. »Er hat mich angerufen«, sagte sie dann. »Er hat mir erzählt, dass du bei ihm warst.«

Carina schaute ihre Mutter nicht an. Warum hatte er das getan? Weil er in diesem Moment an seine Frau hatte denken müssen, oder um ihr zu zeigen, dass Carina ihn zuerst besucht hatte? Würde ihr Vater so etwas tun? Sie fragte sich, was sie einander wohl zu sagen gehabt hatten.

»Wie geht es ihm?«, fragte Klara jetzt.

»Ganz okay, denke ich.«

Carina schaute ihre Mutter immer noch nicht an. Offenbar hatten die beiden nicht viel miteinander gesprochen, wenn ihre Mutter nicht wusste, wie es ihm ging. Sie dachte an sein weiches Gesicht. Er war immer der Sanfte in ihrem Familiengefüge gewesen, derjenige, der nachgab. Er hatte geduldig mit ihr Hausaufgaben gemacht. Er hatte ihr noch eine Geschichte vorgelesen und noch eine, wenn sie darum gebettelt hatte. Sie hatte ihn nie ungeduldig erlebt, ganz gleich, wie sie sich angestellt hatte. Ein liebevolles »Kleine Zimtzicke«, war das Schlimmste gewesen, was man von ihm zu hören bekam.

»Weißt du, ich denke, er ist stärker, als wir alle denken«, hörte sie ihre Mutter sagen, »und natürlich weiß er, dass wir uns Sorgen machen. Er weiß es, und es tut ihm gut.«

»Meinst du wirklich?«

»Oh ja.«

Carina schwieg. Vielleicht hatte Mama recht, trotzdem fühlte es sich immer noch so an, als brauche Papa Schutz. So war es immer gewesen, mit diesem Gefühl war sie aufgewachsen: Papa war der Schwache, auf den man achten musste. Seltsam sich einzugestehen, dass in einer Familie irgendwann jeder seine Rolle einnahm.

Sie schaute sich um.

»Hast du gerade im Garten gearbeitet? Kann ich dir vielleicht helfen?«

Sie fragte sich, ob sie ihrer Mutter dieses Angebot machte, weil sie sich irgendwie schuldig fühlte, Papa zuerst besucht zu haben, aber eigentlich war das absurd.

»Klar doch.«

Carina sah, wie Mama in sich hineinlächelte. Sehr wahrscheinlich, weil die junge Carina niemals freiwillig im Garten gewerkelt hätte. Die Zeiten änderten sich.

Sie arbeiteten für eine Stunde nebeneinander. Carina zupfte Unkraut, und erzählte von ihrer neuen Arbeit. Mama hörte ihr interessiert zu und stellte ab und an ein paar Fragen. Sie kannte das Odeon tatsächlich von früher. Mit ihren Freundinnen hatte sie samstagnachmittags im Foyer Bananenmilchshake getrunken. Carina fragte schließlich auch nach Elly Kramer, aber von der hatte Mama tatsächlich noch nichts gehört.

»Hm, der alte Besitzer muss gestorben sein, als ich noch recht klein war, danach wurde es von seinem Sohn geführt, Florian Kramer. Ich bin mir sicher, da gab es noch irgendetwas mit ihm, vor einigen Jahren, irgendein Unglück.«

»Wirklich?«

»Ja, ja, aber ich habe keine Ahnung, was.«

Als es kühl wurde, gingen sie beide in die Wohnung. Gegen früher wirkte die Einrichtung fast minimalistisch, eine Mischung aus echtem, altem Holz und Weiß und Blau. Mama entging Carinas Blick nicht.

»Ich konnte Nippes noch nie leiden«, stellte sie fest.

»Wirklich?«

Carina dachte an die alte Wohnung und daran, dass überall irgendetwas gestanden hatte: Mitbringsel aus dem Urlaub, Fotos, hübsche Dinge und doch von allem zu viel. Klara hatte viel gesammelt.

»Na ja. Jetzt ist das jedenfalls so.«

Sie zuckte die Achseln. Dann strich sie mit einer Hand sanft über einen aus groben Brettern gezimmerten Tisch.

Hatte Mama diesen Tisch selbst gezimmert? Und die anderen Möbel? Sie sah sich um und entdeckte ein Regal aus Weinkisten.

Ihre Mutter verschränkte die Arme vor der Brust.

»Vielleicht kann ich den Nippes jetzt nicht mehr leiden. Vielleicht engt er mich ein. Das, was ich hier habe, brauche ich auch. Danach entscheide ich. Ich habe alles einmal in die Hand genommen und mich entschieden.«

»Und wenn du später doch etwas vermisst?«

»Dann muss ich damit leben.«

Klara hob die Schultern und ließ sie wieder sinken.

»Papa versteht, glaube ich, nicht, warum du gegangen bist«, sagte Carina langsam.

»Ja, das kann ich mir vorstellen, aber ich bin nicht für ihn verantwortlich. Das habe ich viel zu lange gedacht, aber so ist das nicht, und so darf es niemals sein zwischen erwachsenen Menschen. Eines Tages wirst du das verstehen.«

Sie blieben noch ein wenig zusammen, ohne über Papa zu reden. Mama lud sie zum Essen ein, aber Carina verspürte keinen Hunger. Zu viele Gedanken gingen ihr durch den Kopf. Sie verabschiedete sich und fuhr zurück zu den Kramers, um doch noch etwas zu arbeiten. Alea hatte ihr gesagt, dass ihr das Gartenhaus rund um die Uhr offenstand. Es gab keine Zeitvorgaben.

Leider brachte die Arbeit sie an diesem Tag nicht auf andere Gedanken. Sie konnte sich einfach nicht konzentrieren, quälte sich jedoch trotzdem noch etwas, wie das wohl ihre Art war, bevor sie sich auf die Bank vor dem Gartenhaus setzte und vor sich hinstarrte. Sie dachte an ihren Vater, der so verunsichert wirkte, und ihre Mutter, die plötzlich eine andere Frau war, oder vielleicht auch nur die, die sie ursprünglich gewesen war …

Die Vögel verstummten langsam. Die letzten schwachen Sonnenstrahlen fielen in den Garten. Gleich würde die Dämmerung hereinbrechen. Und sie saß immer noch auf der Bank. Heute schien alles um sie herum schon die erste Ahnung des

Sommers in sich zu tragen. Carina war so in Gedanken versunken, dass sie zuerst nicht bemerkte, dass sie nicht mehr alleine war.

»Frau Wahlsberg?«

Carina fuhr zusammen und sah in die Richtung, aus der die Stimme gekommen war. Sie hatte zu lange in die untergehende Sonne geschaut. Jetzt mussten sich ihre Augen erst an die Schatten gewöhnen. Natürlich hatte sie die Stimme erkannt.

»Herr Kramer?«

»Tom, bitte!«

Die dunkle Gestalt kam näher.

»Entschuldigen Sie, ich wusste nicht, dass Sie noch hier sind, und als ich Sie eben da sitzen sah, ehm, da dachte ich … Ich will nicht stören, aber irgendwie sahen Sie nachdenklich aus und …« Ihre Augen hatten sich endlich an die Lichtverhältnisse gewöhnt. Tom wirkte tatsächlich verunsichert. Carina lächelte.

Wirklich, man wird einfach nicht schlau aus ihm.

»Herr Kramer … Tom …«

Sie stand auf. War es ihm denn überhaupt recht, dass sie am Sonntagabend noch einmal zurückgekehrt war? Wusste er von Aleas Erlaubnis? Sie suchte nach Worten, während sie in sich aufnahm, wie er da vor ihr stand: barfuß, in abgeschnittenen Jeans und einem weißen Hemd, das ihm locker über die Hüften fiel. Jetzt, da sie ihn besser sehen konnte, schaute sie in sein Gesicht. Seine Augen waren grün. Das war ihr vorher seltsamerweise nicht aufgefallen.

»Ich wollte fragen, ob ich Ihnen das Du anbieten darf, Frau Wahlsberg«, fragte er jetzt ernst. »Alea hat sich bereits beschwert … Vielleicht ist es wirklich an der Zeit …«

»Ich, ehm… Gerne.«

Carina fragte sich, was man in einem solchen Moment

wohl tat. Sollte Sie ihm die Hand schütteln? Er hielt ihr eine Flasche entgegen, die er wohl die ganze Zeit in der Hand gehalten hatte, die sie aber erst jetzt bemerkte.

»Wein?«, er deutete mit der freien Hand auf das Gartenhaus. »Da drinnen müssten noch Gläser sein.«

»Gerne, einen Moment bitte.«

Carina verschwand, wurde nach kurzem Suchen fündig und kehrte gleich darauf mit zwei Gläsern zurück, von denen sie allerdings erst den Staub entfernen mussten.

»Der Staub der Geschichte«, murmelte sie.

Tom lachte und schenkte ein. Sie prosteten einander zu.

»Du siehst nett aus, wenn du lächelst«, rutschte es Carina heraus. Am liebsten hätte sie sich auf die Zunge gebissen.

Tom hob eine Augenbraue und schenkte erst ihr und dann sich mehr Wein ein.

»Das ist übrigens ein Lafite-Rothschild. Genieße ihn bitte langsam. Ein Freund hat mir ein paar Flaschen aus Bordeaux mitgebracht. Diese hier ist leider die letzte.«

Carina trank.

»Er ist sehr gut«, stellte sie dann fest.

»Nicht wahr?«

Nach einer kleinen Pause sagte er: »Es tut mir wirklich leid, dass ich am Anfang so ruppig war. Ich bin nicht immer mit Aleas Flausen einverstanden, und ich …«

»Schon vergessen.«

»Es tut mir wirklich leid.«

»Und es ist wirklich vergessen.«

Sie schwiegen einen Augenblick.

»Solltest du nicht Alea die Einschätzung der Situation überlassen und Elly die Frage, ob etwas zu viel ist, oder nicht?« Carina schaute ihn fragend an.

Tom musterte den Boden vor sich, machte dann eine

Bewegung mit dem rechten Fuß, schob die trockene, sandige Erde, die hier am Gartenhaus lag, mit nachdenklichen Bewegungen hin und her.

»Ja, schon, das Problem ist, dass von Aleas Ideen niemand verschont wird. Sie nimmt sich etwas vor, stürzt sich kopfüber hinein, aber wenn es schiefgeht, ist sie nicht diejenige, die die Scherben aufkehrt. Verstehst du?«

Carina nickte langsam.

»Das bist dann du, richtig? Ich bin Einzelkind. Ich weiß nicht wirklich, wie das so mit Geschwistern ist.«

»Na ja, ich räume hinter ihr auf.« Tom setzte seinen Fuß jetzt fest auf den Boden. »Und es gibt Dinge, die sie einfach nicht weiß, weil sie die Jüngere ist … oder nicht da war, als … Das ist einfach so.«

Carina nahm allen Mut zusammen.

»Kannst du mir sagen, was das für Dinge sind?«

Er schwieg einen Augenblick lang.

»Das ist kompliziert, weißt du. Ich denke, ich habe einfach nicht das Recht, darüber zu sprechen.«

Als sie ihn nun von der Seite betrachtete, sah sie, dass er die Stirn gerunzelt hatte. Er überlegte, dann stand er abrupt auf.

»Aber ich will dich nicht weiter stören. Vielleicht sehen wir uns ja morgen?«

Sie verabschiedeten sich. Carina schaute dem jungen Mann nachdenklich hinterher. Sie hatte plötzlich den Eindruck, er habe noch einen anderen Grund gehabt, zu ihr zu kommen. Aber er hatte nichts gesagt. Sie schaute das Glas an, das er stehen gelassen hatte. An einer Stelle war ein leichter Abdruck eines Fingers. Sie wunderte sich, dass ihr das auffiel. Dann nahm sie beide Gläser behutsam auf und trug sie in das Gartenhaus, um sie abzuspülen.

16

FRANKFURT AM MAIN, 1925

Die Äste der Bäume zerschnitten die Sonne auf den Wegen des Kramer'schen Gartens zu einem Muster aus Licht und Schatten. Tonja und Elly hatten ihre Schuhe ausgezogen und eilten barfüßig über die warme Erde, Tonja immer ein wenig voraus.

Elly hörte das dumpfe Klopfen ihrer Füße.

In diesem Mai war die obere Friedberger Landstraße ein Dorado für Maikäfer gewesen, und Männer, Frauen und Kinder zogen mit leeren Büchsen und Zigarrenkisten los, um Jagd auf die Insekten zu machen, für die der Zoo sechs Pfennig pro Stück bezahlte. Für fünf gab es schon ein Waffelschiffchen voll Eis. Sie beide hatten sich also das Geld für ihr Eis selbst verdient, und Elly hatte gedacht, dass es das beste Eis ihres Lebens war.

Später blühten dann die Bäume in der Kaiserstraße, und die Bockenheimer Anlage leuchtete im Schmuck der Rosskastanien.

Überall wurde jetzt kräftig gebaut. Weißbinder überpinselten das letzte Grau der Kriegsjahre und die Düsternis der schweren Zeit, die darauf gefolgt war. Die Erwachsenen lächelten wieder häufiger, auch wenn der Ernst sich nicht gänzlich verflüchtigt hatte. Eine Handgranate sorgte für Schwerverletzte bei einer deutsch-völkischen Wahlversammlung. Elly und Tonja hörten im Büro von Ellys Vater davon, als Herr Ernstmann, Annemies

Vater, und Toni Kramer mit unterdrückten Stimmen davon sprachen, aber sie dachten nicht länger darüber nach.

Sie gingen viel ins Kino, auch wenn Alice Kramer fand, dass das Wetter doch zu gut dafür war. Wie konnte man sich denn bei solch strahlendem Sonnenschein in ein düsteres Gebäude begeben?

Mama hat eben keine Ahnung, dachte Elly.

Sie verstand das Kino nicht, kannte dieses besondere Gefühl nicht, wenn man in eine andere Welt eintauchte. Ihr Herz klopfte nicht schneller, ihre Haut kribbelte nicht, wenn sie einen Film sah, während die Mädchen mitfieberten, dieselben Ängste und dasselbe Glück erlebten, wie ihre Helden auf der Leinwand. Die Welt des Films war ihre, die Sphäre der Stars und der Moden. Tonja und Elly kannten sich beide bestens darin aus. Sie liebten es, über Filme zu sprechen, über ihre liebsten Schauspieler und Schauspielerinnen. Sie liebten die fremden Welten, die sich ihnen mit jedem Film eröffneten. Sie konnten sich stundenlang über jedes Detail unterhalten, und dann war es, als wären sie ein Teil dieses Kosmos.

Manchmal saßen sie sogar im Technikraum und sahen die Leinwand von oben. Das war ein weiterer Vorteil, wenn dem eigenen Vater das Kino gehörte: Man konnte hinter die Kulissen schauen.

Tonja fand das besonders spannend, verfolgte interessiert jeden Handgriff der Filmvorführer und lernte rasch, wie man einen Film einlegte. Elly begleitete die Freundin, auch wenn sie selbst lieber im Saal saß. Als Anton Kramer Tonja für ihr Geschick lobte, kribbelte es kurz in Ellys Magen.

Je weiter das Jahr voranschritt, desto mehr Früchte wurden im Garten der Kramers reif, und es war so lustig, sich von Baum zu Baum und von Strauch zu Strauch zu futtern: Frühkirschen, säuerliche Johannisbeeren, süß-saure Stachelbeeren, aromatische Himbeeren, Erdbeeren und Mirabellen, um die man mit den Wespen konkurrierte.

Tonja ist meine Familie, dachte Elly, ihr vertraue ich genauso wie Mama und Papa. Für sie war Tonja wie eine Schwester, aber sie war auch viel mehr als das: Sie war Freundin und Verbündete.

Elly bewunderte Tonja grenzenlos. Nichts konnte die Freundin aus der Fassung bringen. Sie sang wilde Schlager, die die Erwachsenen die Augen rollen ließen, nahm in der Schule kein Blatt vor den Mund und ließ sich nicht einschüchtern.

Seit Elly Tonja kannte, schrieb sie seltener an Corbin. Sein Bild verblasste immer mehr.

Manchmal verließen die Mädchen das Kramer'sche Grundstück auch und liefen durch die Straßen und Gassen der großen Stadt, gingen an den Main oder besuchten einen Park. Dort saßen sie auf Parkbänken und lagen auf Rasenflächen, bis man sie davonscheuchte, redeten über Gott und die Welt, das Großwerden und immer wieder über Filme und Schauspielerinnen, einfach über alles.

In letzter Zeit hatten sich ihre Gespräche ein wenig verändert.

Tonja machte sich Gedanken darum, wie sie später einmal ihr Geld verdienen würde. Elly kam in den Sinn, dass Frauen doch heirateten, aber das äußerte sie nicht, denn sie hatte den Eindruck, dass Tonja das vielleicht nicht richtig fand.

»Hast du schon ein Nachtquartier? Bleibe doch die Nacht bei mir«, sang Tonja heute, während Elly eine karierte Tischdecke auf der Parkwiese ausbreitete und selbst gemachte Limonade, belegte Brote und Obst aus dem Korb darauf verteilte, den Frau Wenz für sie gepackt hatte.

Sie musste daran denken, dass Tonja niemanden hatte, der ihr ein Picknick zusammenpackte.

Tonja hörte auf zu singen.

»Oh, das sieht ja wunderbar aus.« Sie klatschte in die Hände. »Ist das alles für uns?«

»Natürlich.«

Nur für uns, dachte Elly, für uns, für uns, für uns. Für dich.

Sie ließen es sich schmecken. Danach warfen sie sich den Ball zu und spielten »Kirschen gegessen«, und irgendwann lagen sie wieder nebeneinander auf dem Rücken, starrten durch die Äste in den Himmel hinauf und redeten weiter.

Elly rollte sich auf die Seite, um noch ein paar Erdbeeren zu essen.

»Ich auch, ich auch«, bat Tonja sie, kniff die Augen zusammen und hielt den Mund erwartungsvoll geöffnet.

Von den Erdbeeren wählte Elly die schönsten aus, denn nur die waren gut genug für Tonja.

»Lecker«, sagte Tonja.

»Ich habe extra die besten für uns ausgesucht.«

»Das hast du gut gemacht. Für Prinzessinnen nur das Beste!«

»Natürlich.«

Sie waren verlorene Königskinder, die einander gefunden hatten. Das Gras drückte sich in ihre nackte Haut. Grillen zirpten. An einem nahegelegenen Busch summten und surrten die Insekten. Ein grün schimmernder Rosenkäfer flog mit charakteristischem lautem Gebrumm vorüber. Elly spürte die geringsten Bewegungen ihrer Freundin, und sie genoss es, sie zu spüren: ihr leises Atmen, ihre warme Haut.

Es war Sommer, und Elly machte zum ersten Mal in ihrem Leben Pläne. Zum ersten Mal gab es etwas in ihrem Leben, das es überhaupt notwendig machte zu planen. Zu zweit war das Leben anders. Seit sie Tonja kannte, fühlte sie sich alleine nicht mehr vollständig. Tonja hatte sie erwählt. Ausgerechnet sie, die langweilige Elly. Manchmal konnte Elly ihr Glück kaum fassen. Tonja hatte erkannt, dass sie zusammengehörten.

Sie ist das Beste, was mir je passiert ist.

»Hast du die Hausübungen eigentlich schon erledigt?«, fragte Tonja mit schläfriger Stimme.

Elly war so in Gedanken versunken, dass es ihr Mühe machte zu erfassen, wovon Tonja sprach. Die Schulaufgaben waren gerade so weit weg, so unbedeutend … Tonja setzte sich ungeduldig auf, und Elly vermisste ihre unmittelbare Nähe sofort. Es war, als ginge ein Stück Sicherheit verloren, als gerate sie aus dem Gleichgewicht.

»Jetzt sag schon!«, forderte die sie ungeduldig auf.

»Ja, habe ich.« Elly setzte sich ebenfalls auf. Ihre Beine berührten einander. Sie fühlte sich schon wieder ruhiger.

»Kann ich sie haben?«, fragte Tonja mit einem Lächeln und ließ sich wieder auf den Rücken fallen.

Elly betrachtete sie. Tonjas Augen waren geschlossen. Sie folgte dem Schwung ihrer Lider und der ausdrucksstarken Augenbrauen.

»Natürlich«, murmelte sie.

»Danke.« Tonja öffnete die Augen und lächelte.

»Ist doch selbstverständlich.«

»Ist es nicht«, sagte Tonja.

»Doch.« Elly hob die Schultern. »Wir sind Freundinnen.«

Tonja klopfte neben sich. »Komm, leg dich noch einen Moment hin. Der Tag ist noch lang. Ich möchte erst einmal nicht an die Schule denken. Lieb, dass du mir hilfst.«

Elly ließ sich wieder ins Gras sinken und stellte sich vor, wie es wäre, sich von Tonja retten zu lassen. Sie hätte einen Schwächeanfall, ihr Herz würde langsamer schlagen, der Körper schwer werden, sodass sie sich auf den Boden legen müsste. Sie würde die Augen schließen. Sie würde spüren, dass eine Ohnmacht kurz bevorstand. Tonja würde kommen. Vielleicht würde sie zuerst nicht ganz verstehen, was geschehen war, aber dann würde sie nach der Freundin rufen: »Elly, Elly, Elly, was ist mit dir?«

Sie würde in die Knie gehen, ein dumpfes Geräusch, denn natürlich würde sie nicht darauf achten, ob es wehtat. Sie würde sich einfach fallen lassen. Tonja würde nur an ihre Freundin denken, an nichts sonst.

»Elly«, würde sie dann noch einmal rufen, »Elly, Elly ...« Sie würde ihre Hand in Ellys Nacken schieben. Elly würde ihre Wärme spüren und die Sicherheit ihres Griffs. »So sag doch etwas, bitte sag etwas.«

Elly würde ihre Augenlider flattern lassen, ganz mühsam, und Tonja würde sie streicheln ... Sie würde die Augen öffnen und in Tonjas wunderschönes Gesicht sehen.

»Tonja«, würde sie wispern.

»Woran denkst du?«, fragte Tonja mitten in Ellys Träumereien hinein.

»Ach, an nichts.«

Tonja setzte sich auf und begann in dem Modejournal zu blättern, das Elly für sie mitgebracht hatte. Man las von der Abschaffung des Bubikopfes und dass man jetzt wieder Schnecken trug oder einen tiefen Knoten im Nacken – wie Ellys Mama –, Frauen träumten von Strümpfen so dünn, dass die Haut durchschimmerte. Elegante Wäsche musste, so war zu lesen, handgenäht sein, und die Farben des Herbstlaubs gehörten zu den begehrtesten.

Elly war heute aufgefallen, dass die Ärmel an Tonjas Bluse schon wieder zu kurz waren, und sie nahm sich vor, ihre Mutter baldmöglichst darauf anzusprechen.

Im Winter hatte Tonja bereits etwas von Ellys Kleidung bekommen. Zu ihrem Geburtstag, im März, hatte Mama ihr sogar etwas Neues gekauft. Manchmal freute Tonja sich über Geschenke, manchmal reagierte sie abwehrend und bissig wie ein verletztes Tier. Nicht immer zeigte sie Dankbarkeit.

Elly hörte Tonja mit einem Mal lachen und sagte sich, dass nur die Freundin so lachen konnte. Es war ein Lachen, das wie eine Naturgewalt tief aus ihr herauskam. Es hatte nichts Damenhaftes, aber es war auch nicht grob. Es lud zum Mitlachen ein, dazu, die Arme auszubreiten und das Leben zu umarmen.

Doch es gab auch die andere Tonja, die düstere Tonja. Elly wusste, dass sie schon viele schlimme Sachen erlebt hatte und eine schwere Last mit sich herumtrug, die sie mit keinem teilte. Diese düstere Tonja konnte abweisend sein, ja sogar beleidigend.

»Gehen wir noch ins Kino?«

»Klar doch.«

»Dann müssen wir uns aber beeilen.«

Sie packten rasch zusammen und liefen aus dem Park zum Kino, wo sie zunächst ihre Picknicksachen im Büro von Ellys Vater abstellten. Dann machten sich die Mädchen auf den Weg in den Saal. Sie würden sich »Kriemhilds Rache« von Fritz Lang ansehen. Franz Cohn, das jüngste Mitglied des Kinoquartetts, war auch schon da. Elly mochte ihn nicht.

Franz wusste immer ganz genau, wo die Mädchen saßen, oder besser, wo Elly saß. Natürlich war Tonja dann auch nicht weit. Tonja war die Auffälligere der beiden, doch er hatte sich Elly in den Kopf gesetzt. Wenn sie da war, strengte er sich noch mehr an. Dann malte er sich aus, dass er sie mit seinem Spiel berührte, ohne dass es ihr bewusst war. Er aber wusste, dass er ihr Herz berührte, denn das tat die Musik, und es war schön, sich vorzustellen, dass da in diesem Moment eine Verbindung zwischen ihnen war, wie ein ganz dünner, unsichtbarer Faden.

Wenn sein Vater ihn dabei erwischte, dass er die Tochter des Chefs zu lange ansah, gab er ihm eine Kopfnuss. Das ging blitzschnell, so schnell, dass es niemand wahrnahm außer ihm selbst.

»Junge«, sagte er dann später zu Hause, »die ist nichts für dich.«

Warum nicht?, dachte Franz. Er wusste, dass er ihr Herz zum Klopfen bringen konnte. Indem er spielte, erweckte er die Filme zum Leben. Ohne ihn waren die Filme nur halb so schön. Oft stellte er sich vor, dass er nur für sie spielte, dass er der Held auf der Leinwand war, der sie, die Heldin, in den Arm nahm, der sie küsste. Er wusste, wie man den Kopf halten musste, wie man den Arm um seine Geliebte legte. Er hätte sie gern geheiratet. Er hätte auch gern mit ihr gesprochen, aber er traute sich nicht. Er hoffte nur, dass sie nicht hörte, wie seine Stimme zitterte, wenn er sie begrüßte.

»Schlag sie dir aus dem Kopf«, sagte sein Vater bei der nächsten Gelegenheit. Und als seine Mutter ihn kurz darauf mit seiner Cousine Rahel bekannt machte, wusste er, dass seine Eltern über die Sache geredet hatten.

»Was willst du mit dem dünnen, blassen Ding?«, fragte seine Mutter, als Franz sich nicht mit der drallen Rahel mit den kirschschwarzen Augen abgeben wollte. »Der Anton Kramer wird euch vor die Tür setzen, wenn er hört, dass ihr nachsteigt seinem Mädelchen.«

Franz hatte in seinem Teller Suppe gerührt und den Kopf geschüttelt.

»Ich steige niemandem nach.«

Er träumte nur ein bisschen.

»Er mag dich«, sagte Tonja nach einem Kinobesuch zu Elly, als die beiden Mädchen, immer noch versunken in den Film, den sie gerade gesehen hatten, wieder einmal auf dem Weg zum Fluss waren. Der Fluss war ihr Ort. Der Fluss bewegte sich, und man konnte ihm stundenlang zusehen und sich hinwegträumen an andere Orte.

»Wer?« Elly musste sich zwingen, in die Gegenwart zurückzukehren. Tonja schmunzelte sie an.

»Na, der Franz. Das ist doch klar.«

»Meinst du wirklich?« Elly beschattete die Augen gegen die Sonne, während sie einem Ausflugsboot hinterherschaute.

Der Franz, so, so … Sie war ein bisschen enttäuscht.

»Das sieht doch ein Blinder.« Tonja umarmte sie, machte sich dann von ihr los und tänzelte einige Schritte voraus. »Ich sag' dir, unser Rotschopf liebt dich.«

Tonja blieb stehen und schaute ihre Freundin jetzt aufmerksam an. Elly runzelte die Stirn und verlangsamte ihre Schritte. *Was sollte das denn heißen? Und was bildete der sich überhaupt ein? Und was wollte er von ihr? Der war doch noch ein Kind. Es war lächerlich.*

»Und wie findest du das?«, fragte Tonja.

Elly zuckte die Achseln. Na, wie sollte sie das schon finden, dass ein Junge sie liebte, der doch so gar nichts hermachte. Jemand, der ihr Herz nicht schneller schlagen ließ. Jemand, der so gewöhnlich war wie der Franz.

Sie musste an früher denken, als der kleine Franz seinen Vater zu den Proben begleitet hatte. Sie beide hatten manchmal gemeinsam in den Sälen Fangen gespielt. Die Gänge hinauf und hinunter, Verstecken hinter und unter den Sesseln, auf der Empore und manchmal auch im Technikraum, wo sie ehrfürchtig vor den Maschinen gestanden hatten.

Sie hatten aber nur miteinander gespielt, weil sie die einzigen Kinder gewesen waren, nicht weil Franz Elly irgendwie wichtig gewesen wäre.

»Ich möchte einmal, ich möchte zweimal, ich möchte dreimal in einer Tour mit dir alleine tanzen nur«, sang Tonja jetzt.

Normalerweise hätte Elly eingestimmt, heute tat sie es nicht. Der Franz, dachte sie, der soll mich bloß in Ruhe lassen. Mich und Tonja. Sie wollte nichts von dem Jungen. Er hatte nichts. Er war zu dünn, zu rothaarig, und zu jung. Er war ein Kinomusiker, nichts Besonderes.

»Ich finde, er spielt wirklich gut Geige«, sagte Tonja.

»Na und?«

Warum sprach Tonja jetzt über ihn? Elly war verwirrt. Sie hatten doch einander. Sie brauchten keinen Franz. Sie warf Tonja einen Blick von der Seite zu.

»Ich fänd's gut, wenn mich einer mögen würde«, sagte Tonja.

Elly war fassungslos.

»Aber ich mag dich doch«, protestierte sie und war noch fassungsloser, als Tonja zu lachen anfing.

»Ach Gott, Elly, wenn ich interessant für einen Jungen wär«, sagte sie unter Glucksen. Sie wedelte mit der Hand. »Ich überlege im Ernst, ob ich nicht neidisch auf dich sein muss.«

Sie wichen einem Bettler aus, der wahrscheinlich im Krieg sein Bein verloren hatte. Auf diese Weise war der Krieg immer noch da, immer noch sichtbar und Teil des Alltags. Einige Jungs lungerten ein paar Schritte weiter herum und bewarfen sie mit kleinen Schlackestückchen, bis sich Tonja zu ihnen umdrehte und sie allein durch ihren Blick einschüchterte. Elly war beeindruckt.

Sie erreichten den Fluss und während sie auf das Wasser blickten, sah Elly wieder die Eisschollen vor ihrem inneren Auge, die die Brücke zum Einsturz gebracht und dann wie Geschosse den Fluss hinabgewirbelt waren.

»Weißt du noch? Das Eis …«, sagte Tonja unvermittelt.

Elly war nicht überrascht. Schließlich waren sie Seelenschwestern. Sie fühlten und dachten dasselbe. Der Gedanke, dass sie Tonja jemals verlieren könnte, versetzte sie in Angst und Schrecken. Sie hatte noch nie eine richtige Freundin gehabt. Eine mit der man alles teilte. Eine mit der man lachte. Eine mit der man Hand in Hand und Arm in Arm ging. Daran durfte sich niemals etwas ändern.

17

An Tonjas Seite, weniger als eine halbe Armlänge entfernt, schnarchte ihre Mutter. Tonja war so weit wie möglich von ihr abgerückt und starrte gegen die Decke. Aus den Augenwinkeln schaute sie auf die Uhr. Zeit aufzustehen.

Manchmal, wenn sie nicht schlafen konnte, stand sie mitten in der Nacht auf, entzündete die Kerze, die inzwischen nur noch ein Stummel war, und blätterte am Küchentisch in dem alten Fotoalbum durch das Leben, wie es früher einmal gewesen war. Sie sah Bilder einer glücklichen Mutter und eines gut aussehenden Vaters. Sie sah sich als Baby. Sie sah Bilder aus dem schrecklichen Krieg und eine Mutter, der dennoch die Kraft aus den Augen strahlte. In diesen schweren Zeiten hatte Edith nie aufgegeben.

Papas Liebe hat ihr Stärke gegeben.

Oh ja, ihre Eltern hatten sich geliebt, und als ihr Vater starb, war es, als wäre ein Teil von Edith Lövenich mit ihm gestorben.

Edith hatte ihre Stärke und damit ihren Lebenswillen verloren. Und die Aussichten, dass Mama sich erholte, standen schlecht, so viel war Tonja klar. Sie selbst hatte sich auch deshalb geschworen, ihr Herz niemals an jemanden zu hängen: Sie konnte ja jeden Tag sehen, wohin es führte, wenn man sein Liebstes verlor.

»Hast du eigentlich immer noch manchmal Hunger?«, hatte

sie Elly vor einigen Tagen gefragt, und die hatte Tonja mit großen Augen gemustert. Oh ja, das war wirklich eine dumme Frage gewesen, aber Elly hatte natürlich noch niemals Hunger leiden müssen und deshalb auch keine Ahnung.

Tonja kannte den Hunger. Sie wusste, wie beißend und unerbittlich er an einem nagte, so arg, dass man keinen klaren Gedanken fassen konnte.

Eigentlich trennt uns ein Ozean, hatte sie gedacht, zugleich fühle ich mich niemandem so nah wie Elly. Sie ist meine beste Freundin. Wie passt das zusammen?

Während sie an einer Scheibe Brot kaute und dünnen Tee dazu trank, dachte Tonja an jene Tage in den vergangenen Jahren, an denen ihre Mutter einfach nicht aufgestanden war und an denen es nichts zu essen im Haus und dementsprechend auch nichts auf dem Mittagstisch gab. Sie dachte an die Tage, an denen sie sich mit dem Blechbehälter auf den Weg zu einer Suppenküche machen musste, um sich und ihre Mutter zu versorgen. Es gab auch Tage, da deckte sie den Tisch sorgsam, wie sie es bei den Kramers gesehen hatte, stellte sogar Blumen dazu, nicht wissend, ob ihre Mutter das überhaupt wahrnahm. Wenn sie gemeinsam am Tisch saßen, musste sie die Mutter immer wieder auffordern weiterzuessen, denn manchmal stockte sie einfach und starrte in die Ferne.

Im Treppenhaus hörte Tonja jetzt die Stimmen der Paschulkes, ihrer Nachbarn, und wusste, dass es Zeit war sich fertig zu machen. Frau Paschulke hatte Mitleid mit Mutter und Tochter Lövenich und besorgte neuerdings zumindest einen Teil der Wäsche; im Gegenzug erledigte Tonja kleine Einkäufe für sie. Den Herrn Paschulke konnte Tonja nicht leiden. Ständig hatte er seine Augen überall. Er sah einen an, wie ein erwachsener Mann ein Mädchen nicht ansehen sollte. Vor ihm war sie auf der Hut.

Tonja räumte leise das Geschirr weg und machte sich wenig später auf den Weg zur Schule. Heute würde sie bei den Kramers zu Mittag essen, also würde es ein guter Tag werden.

Als sie am Nachmittag das Haus der Kramers verließ, weil Elly ihre Mutter zu einem Besuch begleiten musste, drückte Frau Kramer Tonja einen Zettel mit einer Adresse in die Hand, wo es günstig Kartoffeln zu holen gab.

Sie hilft mir, aber sie mag mich nicht.

Auf dem Heimweg ging Tonja so nah wie möglich an der Straße. Die Zahl der Automobile hatte in letzter Zeit beachtlich zugenommen, die der Kutschen nahm ab. In den Rüsselsheimer Opelwerkstätten wurden täglich einhundert »Laubfrösche« hergestellt. Das hatten sie in der Schule gelernt. Wenn ein Auto ganz dicht an ihr vorbeiraste, dann fühlte sie sich für einen Augenblick sehr lebendig, als wäre sie gerade dem Tod von der Schippe gesprungen.

Ich habe überlebt.

Die Riemen der Tasche, in die man ihr die Kartoffeln gefüllt hatte – fünf Kilo hatte es heute gegeben –, schnitten sich inzwischen schmerzhaft in ihre Handflächen und die Finger. Tonja musste wieder an Ellys Mutter denken, aus der sie nicht recht schlau wurde.

»Tonja, aber da ist ja die kleine Tonja«, riss in diesem Moment die Stimme des alten Paschulke sie aus den Gedanken.

Das junge Mädchen zuckte zusammen. Sie, die immer aufmerksam war, hatte den Alten an diesem Tag tatsächlich zu spät bemerkt. Der alte Paschulke, der immer irgendwie da war, der der Mutter schöne Augen machte und der Tochter zu nahe kam. Aber da waren eben auch die schweren Kartoffeln, die an ihrem Arm baumelten, und der Schlüssel an der Schnur um ihren Hals, an den sie in diesem Moment vergeblich heranzukommen versuchte.

»Ach, Herr Paschulke.«

Sie misstraute ihm. Er ekelte sie an. Herr Paschulke klimperte mit seinem Schlüssel.

»Kann ich dir helfen, Kleine?«

»Gerne«, sagte sie. »Wenn Sie bitte die Tür aufschließen würden. Das wäre sehr freundlich von Ihnen.«

»Natürlich, natürlich, ich helfe doch gerne, so ein nettes Mädchen bist du. Sind das Kartoffeln?«

Tonja nannte den Ort, an dem sie sie bekommen hatte und versuchte, seine Blicke zu ignorieren. Er schloss die Tür auf und trat dann ein wenig zur Seite, ließ ihr aber nur so viel Platz, dass sie sich an ihm vorbeidrängen musste. Tonja versuchte rasch weiterzugehen, da spürte sie seine Hand auf ihrem Po. Sie wandte sich um und starrte ihn perplex an. Sein Gesicht näherte sich. Seine Lippen trafen ihr Gesicht, wenigstens nicht ihren Mund, denn sie wich ihm aus.

»He, Mädel, ein bisschen freundlicher. Hab ich dir nicht gerade einen Gefallen getan?«

Tonja drehte sich um und rannte die Treppen hinauf, so schnell es ihr mit den Kartoffeln möglich war. Sie kam schrecklich langsam voran, als hätte sie Blei in den Beinen. Ihre Arme zitterten, ihre Finger schmerzten. Keuchend warf sie sich gegen die Tür, die nachgab und sie in die stille Wohnung stolpern ließ.

»Mama?«

Nichts.

»Mama?«

Tonja ließ die Kartoffeln im Flur fallen. Ihre Hände waren voller tiefroter Striemen und schmerzten. Ihre Mutter saß in der Küche, vor sich Vaters Foto und einen Schnaps. Tonja hörte ihren eigenen keuchenden Atem und das Entsetzen in ihrer Stimme, als sie sprach. Sie musste sich sehr beherrschen, nicht zu weinen.

»Herr Paschulke hat versucht mich zu küssen.«

Ihre Mutter nickte nur.

»Mama, hast du gehört, was ich gesagt habe?«

Edith – die schöne Edith, wie man sie einmal genannt hatte – hob den Blick. Ihr Gesicht war käsig und wirkte aufgequollen, die Augen glasig. Ihre Haare waren ungewaschen und ungekämmt. Sie schüttelte den Kopf.

»Natürlich höre ich dich. Aber was ist schon dabei? Er hat dich geküsst, du meine Güte. Er ist ein einsamer Mann. Er wird etwas Liebe brauchen. Wir bräuchten alle mehr Liebe.« Sie starrte wieder das Foto vor ihr an, während ihr die Tränen über die Wangen zu laufen begannen.

»Er ist verheiratet«, sagte Tonja fast tonlos.

»Mit einer alten Vettel.« Edith lachte in sich hinein, und Tonja erkannte, wie betrunken sie war.

»Aber ich wollte das nicht«, beharrte sie leise.

»Ach, Kind, so ist das Leben eben. Kannst du dir vorstellen, was ich alles nicht wollte? Reden wir nicht darüber. Vielleicht bist du beim nächsten Mal ein bisschen netter, damit wir beide einen Vorteil davon haben. Wir können jede Hilfe gebrauchen, oder denkst du, ich schaffe das alles alleine?«

Für ein paar Momente hatte Tonja das Gefühl, keine Luft mehr zu bekommen. Sie starrte ihre Mutter an, dann die Flasche billigen Korn, die gewiss schon seit dem Morgen auf dem Tisch stand. Tonja biss sich auf die Lippen. Sie hasste, was der Alkohol aus ihrer Mutter machte.

Was schaffst du alleine, wollte sie fragen. Du schaffst nichts. Ich sorge für unser Essen. Ich sorge dafür, dass wir eine Familie sind. Ohne mich hätte der Alkohol unser Leben längst zerstört.

»Ich lege mich ein bisschen hin«, sagte Edith unversehens.

Tonja nickte. Sie konnte nichts erwidern, sonst wäre sie in

Tränen ausgebrochen. Sie wollte nicht weinen. Sie wollte diesen Schmerz in sich verschließen und Kraft sammeln für den nächsten Kampf. Sie konnte sich nicht erlauben, schwach zu sein. Sie konnte sich nicht fallen lassen. Sie sah zu, wie ihre Mutter die Flasche nahm und ins Schlafzimmer schlurfte. Dort stellte sie sie auf den Nachttisch und kroch ins Bett.

»Mach die Tür zu«, forderte sie ihre Tochter auf.

Als Edith wieder aufwachte, pladderte Regen gegen das Fenster. Es war weder dunkel noch hell. Sie konnte nicht sagen, ob es früher Morgen, Mittag, Nachmittag oder Abend war. Edith richtete sich auf und rief nach ihrer Tochter.

Nichts. Keine Antwort. Vielleicht war sie in der Schule. Konnte das sein? Wie sollte sie das wissen, wenn sie nicht mal sagen konnte, welche Tageszeit, geschweige denn, welcher Tag war. Ihr ging durch den Kopf, dass sie sich mehr für ihre Tochter interessieren müsste, aber dann sah sie die leere Flasche Korn neben sich auf dem Nachttisch, und sie dachte einfach nur noch daran, ob eine weitere Flasche im Haus war oder ob sie alles getrunken hatte?

Edith stand schwankend auf und fühlte sich schwach. Sie brauchte unbedingt einen Schluck. Jetzt gleich. Damit ihre Hände aufhörten zu zittern und der Mund nicht mehr so pelzig war. Das Herz hämmerte ihr in der Brust, der Hals fühlte sich eng an. Sie stieß die Tür zur Küche auf.

Es war Sommer, aber heute war es kühl. Wenigstens schwirrten keine Fliegen herum. Sie hasste diese grünen fetten Biester. Einmal hatte sie eine zerschlagen, und dieses ekelhafte Viech war zerplatzt und hatte seine Eier überall verteilt.

Da, eine Flasche. Edith griff danach, hob sie gegen das Licht. Leer. Verdammt. Jetzt musste sie warten. In ihrem Zustand konnte sie unmöglich nach draußen gehen. Doch irgendwann würde auch dieser Damm brechen. Sie wusste das, aber noch war es nicht so weit.

Und dann wurde sie auf ein Geräusch aufmerksam. Es kam aus der anderen Ecke der Küche. Tonja, die eine Flasche Korn in der Hand hielt, fuhr zu ihr herum. Der ganze kleine Raum roch nach Alkohol. Ihre Tochter stellte die Flasche behutsam auf den Boden. Ediths Blick wanderte von ihr zur Spüle und wieder zurück, während sich das Puzzle in ihrem Kopf langsam zusammensetzte.

»Was hast du getan?«, kreischte sie. »Weggeschüttet? Du hast alles weggeschüttet? Glaubst du, wir haben so viel Geld? Glaubst du das wirklich?«

»Es macht dich kaputt, Mama!«

»Geht's dich etwas an? Ich will das. Ich will es!«

Edith packte ihre Tochter bei den Armen und schüttelte sie. Tonja spannte ihren Körper einen Moment zu spät an, und ihr Kopf knallte gegen die Wand gegenüber der Spüle. Der Schmerz leuchtete in ihren Augen auf, die sich mit Tränen füllten.

»Mama!«

»Ich will nichts hören. Du hast deiner Mutter nichts vorzuschreiben. Ich bin erwachsen. Ich brauche kein Gör, das mir sagt, was ich tun soll. Das brauche ich nicht!«

Ediths Finger bohrten sich in die Arme ihrer Tochter. Dann ließ sie sie los und schlug so fest zu, dass Tonjas Lippe aufplatzte. Mit letzter Kraft riss das Mädchen sich los und sprang von ihrer Mutter zurück. Schluchzend hetzte sie zur Tür hinaus.

18

»Täubchen?« Ellys Vater klopfte dreimal sacht gegen die Tür und fragte dann noch einmal: »Täubchen?«

Elly schraubte den Cremetiegel zu und stellte ihn behutsam vor sich auf dem Tisch ab. Für einen Moment schaute sie sich aufmerksam an: das saubere, rosige, unschuldige Gesicht, die Augen, die kaum je etwas wirklich Böses gesehen hatten, beschützt von ihren Eltern. Als Tonja heute mit der geschwollenen Lippe aufgetaucht war, war sie zusammengefahren.

»Wer war das?«

»Mama.«

Mehr hatte Tonja nicht sagen wollen, und Elly hatte nicht gefragt. Es bestand kein Zweifel, dass Tonja Schutz brauchte, jemand, der ihr zur Seite stand. Sie dachte an den Argwohn in den Augen ihrer Mutter, der ihr jetzt schon öfter aufgefallen war. Mama betätigte sich in der Wohltätigkeit und hatte auch mit armen Familien zu tun, Familien, wie die von Tonja. Sie hatte Elly zwar nicht gesagt, dass sie vorsichtig sein solle, aber sie dachte es.

»Man kann enttäuscht werden«, das waren ihre Worte gewesen.

Aber Tonja war ihre beste, nein, ihre einzige Freundin.

Es klopfte noch einmal.

»Täubchen?« Die Stimme ihres Vaters klang immer noch sanft und geduldig. Elly gab sich einen Ruck.

Meine Eltern lieben mich. Sie wollen mein Bestes. Immer.

»Komm rein, Papa.«

Toni trat ein und zog sorgsam die Tür hinter sich zu. Er schaute sich kurz um, sah dann seine Tochter an.

»Geht es dir gut?«

»Natürlich geht es mir gut, Papa.«

Elly beobachtete ihren Vater über den Spiegel und drehte sich dann zu ihm um.

»Ist etwas?«

Sie sah, wie er die Schultern hochzog, dann ein paar Schritte durch den Raum machte und schließlich vor dem Fenster stehen blieb, um hinauszuschauen. Es schien, als suche er nach Worten. Das war ungewöhnlich. Eigentlich war er nie um Worte verlegen.

»Du darfst Mama nicht böse sein«, sagte er dann unvermittelt. »Sie meint es nicht so. Sie hat nichts gegen deine Freundin.«

Ah, er hatte ihren kurzen Streit gestern also mitbekommen, als Mama vorgeschlagen hatte, sich auch einmal mit einem anderen Mädchen zu treffen, jetzt, wo Elly doch schon eine gute Freundin habe.

»Sie möchte nur, dass du nicht zu vertrauensselig bist, weißt du. Mama will dich nur schützen.«

Elly setzte sich unvermittelt aufrechter hin, streckte ihren Rücken durch und zog das Nachthemd straff über die Knie.

»Aber Tonja ist meine Freundin. Sie will mir nichts.«

Papa schaute sie etwas hilflos an.

»Mama macht sich eben Sorgen. Du weißt selbst, wie empfindlich du bist. Sie will nicht, dass dir wieder wehgetan wird.«

»Tonja ist für mich da.«

»Wir sind auch für dich da, Schatz.«

Elly sah ihren Vater nachdenklich an. Jetzt erinnerte sie sich an etwas, was ihr seltsam vorgekommen war und was sie dann doch wieder vergessen hatte.

»Weißt du, dass Mama uns beobachtet, Papa? Heute waren wir im Garten, und da war sie plötzlich auch da.«

Anton hob die Schultern und ließ sie wieder sinken.

»Sie meint es wirklich nicht so. Sei ihr nicht böse, Kleines, gib ihr einfach die Gelegenheit, sich an die Situation zu gewöhnen.«

Elly nickte, aber sie blieb nachdenklich, und sie fragte sich, ob sie etwas unternehmen müsste, das Mama klarmachte, dass sie sich in nichts einmischen durfte.

19

FRANKFURT AM MAIN, 2013

Mit einem Seufzer verschloss Carina den letzten Karton für diesen Tag und hievte ihn zurück an Ort und Stelle. Sie hatte sich mittlerweile einen ungefähren Überblick verschafft und eine gewisse Ahnung, wie viel Arbeit auf sie wartete.

Wenig ist es nicht.

Zum einen freute sie sich ganz ehrlich darauf, zugleich verunsicherte sie die schiere Menge. Außerdem stammte das meiste in den Kisten von Elly Kramer. Fast alles hier war eng mit ihrem Leben verbunden. Wie sollte sie also damit umgehen, wenn sich die alte Dame weiterhin weigerte, mit ihr zu sprechen?

Carina holte tief Luft, schaute dann durch das vordere Fenster auf Tom, der draußen vor dem Gartenhaus das frisch geschnittene Gras vom Rasen harkte und ihr den Rücken zuwandte. Aus irgendeinem Grund hatte sie geglaubt, dass es jemandem gab, der ihm diese Arbeit abnahm. Sie hatte sich geirrt. Sie dachte an den Wein, den sie kürzlich gemeinsam getrunken hatten. Sie dachte an seine ablehnende Haltung dem Projekt gegenüber, die sie einfach nicht verstand. Wovor wollte er seine Tante schützen?

Für heute hatte sie ihre Arbeit jedenfalls abgeschlossen. Carina ging nach kurzem Zögern zur Tür. Ein Räuspern genügte. Tom drehte sich zu ihr um, blieb aber ernst. Offenbar war er tief in Gedanken versunken. Seine Stimmung, das erkannte sie sofort, war wieder düsterer.

An dieses Wechselbad der Gefühle muss ich mich wohl gewöhnen.

Sie wusste nicht, ob ihr das gelingen würde, bevor das Projekt abgeschlossen war. Eigentlich wollte sie auch gar nicht daran denken.

Carina zog die Tür hinter sich zu und schulterte ihre Tasche, bevor sie sich wieder zu ihm drehte. Manchmal hatte sie den Eindruck, dass er sich selbst zu sehr unter Druck setzte, warum auch immer.

»Ich bin hier für heute erst einmal fertig«, sagte sie.

»Okay.«

Mehr brachte er nicht über die Lippen – als hätte es nie einen Moment der Annäherung zwischen ihnen gegeben. Aber vielleicht hatte sie dem Ganzen auch zu viel Bedeutung beigemessen: ein Glas Wein, das angebotene Du ... Was hieß das schon? Wahrscheinlich gar nichts. Sie waren keine Freunde, noch nicht einmal Bekannte. Sie machte hier lediglich ihre Arbeit, und sie sollte sich damit begnügen, dass er nicht mehr die Absicht hatte, ihr Steine in den Weg zu legen.

»Bis morgen!«

Sie wartete keine Antwort ab, sondern machte sich auf den üblichen Weg zum Seitenausgang. Die Handwerker hatten die Klingelanlage immer noch nicht installiert. Sie war erst wenige Schritte weit gekommen, als er nach ihr rief.

»Carina!«

Sie drehte sich um, hörte den Kies vom Weg unter ihren Füßen knirschen, roch plötzlich das gemähte Gras, als konzentrierten sich ihre Sinne für diesen Moment besonders stark. Sie hoffte, dass er ihr nicht ansah, wie sehr die Situation sie verunsicherte. Auch er schien nicht recht zu wissen, was er eigentlich sagen wollte, als könne jedes Wort eines zu viel sein. Unschlüssig hielt er den Rechen in der Hand, lehnte ihn dann kurz entschlossen gegen den nächsten Baum. Sie sah auf die Muskeln, die sich unter dem einfachen T-Shirt abzeichneten. Wenn man bereit war, genau hinzusehen, sah man, wie hart er arbeitete: Diese Muskeln kamen nicht vom Besuch im Fitnessstudio.

Jetzt lächelte er verschmitzt. Hatte er ihren Blick bemerkt? Das war doch zu peinlich. Carina nestelte verunsichert am Verschluss ihrer Tasche herum. Warum brachte dieser Mann sie nur immer wieder so aus dem Konzept?

»Ich, also …«, setzte er an.

Da war immer noch etwas Unentschiedenes in seiner Stimme. Carina starrte einen Grashalm an, der auf seiner Stirn klebte.

Er ist auch unsicher, schoss es ihr durch den Kopf.

»Ich, also«, stotterte er erneut. Dann holte er tief Luft. »Bist du gut vorangekommen?«

Hatte er das fragen wollen? Interessierte er sich jetzt wirklich für ihre Arbeit? Carina runzelte die Stirn. Er hatte ihr zwar gezeigt, dass er netter zu ihr sein wollte, aber was war mit dem Projekt an sich? Sie tat so, als müsse sie den Verschluss ihrer Handtasche neu festhaken.

»Ich … Nein.« Sie ließ die Tasche los. Vielleicht war das jetzt die Gelegenheit? »Das meiste ist von deiner Tante, die leider nicht mit mir reden will. Übrigens, wenn ich ehrlich bin, scheint es mir fast, als habe Elly Kramer nie etwas fortgeworfen. Ist das nicht seltsam für jemanden, der kein Interesse an der Vergangenheit hat?«

Tom verschränkte in einer Bewegung die Arme vor der Brust.

»Sie hebt tatsächlich gerne Sachen auf. Warst du schon einmal in ihrem Zimmer? Ich meine, in dem Zimmer, in dem sie sich am häufigsten aufhält?« Er lachte leise. »Das ist ein Museum, und doch behauptet Tante Elly hartnäckig, dass sie nichts von früher oder von Erinnerungen wissen will.« Er machte eine Pause. »Ich halte nichts von Sentimentalität, sagt sie immer.«

»Vielleicht will sie ja nur nicht über die Vergangenheit reden?«

»Möglich. Aber wenn man die Vergangenheit hinter sich lassen will, warum umgibt man sich dann mit diesen ganzen Erinnerungen?«

Carina hob die Schultern.

»Weiß der Himmel.«

Tom nahm den Rechen wieder zur Hand. »Wenn du willst, frage ich sie doch einmal.«

»Aber du willst sie nicht unter Druck setzen.«

Tom nickte, dann sah er sie fest an.

»Ich frage sie unter der Bedingung, dass du verantwortlich mit der Situation umgehst. Meine Tante ist über hundert Jahre alt. Sie ist eine alte Dame, und sie hat viel erlebt. Das dürfen wir niemals vergessen.«

»Das willst du wirklich tun? Woher der Sinneswandel?«

Tom zuckte die Achseln.

»Vielleicht bin ich lieber Teil der Sache, als nachher nur wieder die Scherben zusammenzukehren?«

»Ich habe nicht die Absicht, wie der Elefant im Porzellanladen aufzutreten. Glaubst du nicht, dass deine Tante alt genug ist, um selbst zu entscheiden?«

Für einen Moment sah er sie nachdenklich an.

»Nein, das glaube ich nicht«, sagte er dann. »Ich denke eher, es fällt den meisten alten Menschen schwer zu erkennen, wenn etwas zu viel für sie wird. Es fällt ihnen schwer zu sehen, dass sie nicht mehr die Kraft haben, die sie früher einmal hatten. Aus unserer Sicht mag es seltsam wirken, wenn ein alter Mensch auf Selbstständigkeit besteht wie ein kleines Kind, aber ich denke, es ist allzu verständlich, wenn man es aus ihrem Blickwinkel betrachtet.«

Carina nickte.

»Gut, in Ordnung«, sagte sie dann. »Bitte sprich mit ihr.«

Und dann fragte sie sich, ob sie hier in einen Konflikt hineingezogen wurde, von dem sie eigentlich gar nichts wissen wollte.

Tom konnte nicht genau sagen, wann sich dieser Graben zwischen Elly und ihm aufgetan hatte. Wahrscheinlich nach der Sache mit dem Gartenhaus. Vielleicht war Graben auch nicht der richtige Begriff. Es war nur so, dass da mit einem Mal eine Distanz zwischen ihnen war, die es davor nicht gegeben hatte. Elly, die über Jahre hinweg die wichtigste Person in seinem Leben gewesen war, hatte sich nach den Ereignissen von ihm zurückgezogen. Vorbei die wunderbaren Tage mit ihr im Garten des Hauses, das schon ihrem Vater und davor dem Großvater gehört hatte, vorbei die langen Gespräche über Gott und die Welt, bei denen die Vergangenheit jedoch nie eine Rolle gespielt hatte.

Er hatte sie nie danach gefragt. Warum auch? Anfangs, als er noch ein kleiner Junge war, hatte ihn die Vergangenheit höchstens interessiert, wenn er Ritter gespielt hatte, und so alt wie die Ritter war noch nicht einmal Tante Elly.

Aber auch als ich älter wurde, hat mich die Vergangenheit nicht beschäftigt. Wichtig war lediglich, dass Elly für mich da war.

Und sie war immer da gewesen, wenn es seine Eltern nicht waren. Sie hatte ihm zugehört. Sie hatte ihm Eis gekauft, so viel er wollte, weil ihr die Regel, dass Kinder nicht zu viel Eis bekommen sollten, unsinnig vorkam.

Und dann war da dieser Tag gewesen, an dem er mit Paul ins Gartenhaus gegangen war. Sie hatten herumgestöbert und schließlich das Grammofon in Gang gesetzt.

Ich hatte ja keine Ahnung, was ich damit auslöse.

Eine ganze Woche lang hatte sie sich nach ihrem Nervenzusammenbruch jeglichen Besuch verbeten. Als er dann endlich zu ihr durfte, versuchte er sich zu erklären, doch sie wollte nichts hören.

Die absolute Unbefangenheit zwischen ihnen hatte es danach nicht mehr gegeben. Heute fragte er sich zum ersten Mal, was wirklich der Grund dafür gewesen war.

Elly hatte die Kamera sofort gesehen, als sie durch die Tür auf die Veranda getreten war. Gestern hatte Tom dort gesessen und sie vorsichtig gereinigt. Diese junge Frau, die im Gartenhäuschen arbeitete, musste sie ihm gegeben haben. Für Jahrzehnte hatte sie dort auf dem roten Sofa gelegen und war zugestaubt. Niemand hatte sie in die Hand genommen, nachdem sie sie dort abgelegt und die Tür hinter sich zugemacht hatte. Sie hatte die Tür hinter einem Leben in Kisten verschlossen, als könne sie auch die Erinnerungen dort einsperren. Aber sie krochen hervor, unaufhaltsam, ob man das wollte oder nicht.

Die alte Dame starrte die Kamera an. Auf ihren Gehstock gestützt, ging sie ein paar vorsichtige Schritte nach vorn, zögerte noch, bevor sie sie in die Hand nahm. Sie geriet ein wenig ins Schwanken, als bringe die Kamera sie aus dem Gleichgewicht. Aber dann war es ganz einfach, als erinnerten sich ihre Finger daran, wie damit umzugehen war. Sie schmiegten sich um das Gehäuse, berührten den Auslöser.

Papa hat mir diese Kamera zu Weihnachten 1925 geschenkt, und ich war überglücklich.

Sie war ihm sofort um den Hals gefallen, als sie das Papier abgerissen hatte: eine Handkamera! Eine Kodak Nr. 1. Wie sehr hatte sie sich diese Kamera gewünscht, eine Kamera. Endlich würde sie ihr Leben und ihre wunderbare Freundschaft mit Tonja auf Bilder bannen können.

Elly hatte schnell gelernt, und sie hatte es geliebt zu fotografieren. Tonja war ihr bevorzugtes Motiv gewesen. Sie hatte sie fotografiert, wie sie am Schreibtisch in Ellys Zimmer saß und sich konzentriert den Aufgaben widmete. Sie hatte sie im Garten aufgenommen, vor einem Baum, inmitten eines Blumenbeets, im Wohnzimmer. Wenn man ein Foto mit mehreren Personen zur Hand nahm, dann sah man Tonja immer als Erstes.

Nachdem sie einige Wochen geübt hatte, hatte Elly damit begonnen, ganze Bildreihen von Tonja zu arrangieren. Tonja war solch ein dankbares Objekt gewesen. Mit ihren Augen hatte sie ganze Geschichten erzählen können. Da war alles in ihren Augen gewesen: Schmerz und Glück und Freude.

Manchmal hatte sie gar nicht bemerkt, dass sie aufgenommen wurde. Das waren Elly die liebsten Fotos, denn dann wirkte Tonja, als wäre sie aus einer anderen Welt, und Elly hatte das Gefühl, dass nur sie ihr dorthin folgen konnte. Nur sie wusste, was Tonja bewegte. Nur sie konnte sie trösten. Tonja brauchte sie.

Damals hatte sie gedacht, sie könne die schönen Momente festhalten, und wenn sie die Bilder später beide gemeinsam ansahen, dann würden sie sich daran erinnern können. In ihrer Vorstellung hatten sie tatsächlich wie ein altes Ehepaar nebeneinander auf einem schönen Sofa gesessen, hatten in den Fotoalben geblättert und in Erinnerungen geschwelgt … Weißt du noch damals, als …

Heute wollte sie sich nicht mehr erinnern. Heute machte ihr die Erinnerung Angst. Sie war nicht das Paradies, aus dem man nicht vertrieben werden konnte, sondern die Hölle, der man nicht entkam.

In jenen Tagen aber war sie der erste und wichtigste Mensch in Tonjas Leben gewesen. Die Schicksalsmacht hatte ihr Tonja geschickt, ihre Leben waren untrennbar miteinander verwoben, waren eins gewesen. Damals, vor so vielen Jahren, war sie manchmal nachts oder am sehr frühen Morgen aufgewacht und hatte gewusst, dass auch Tonja wach lag. Sie hatte es einfach gespürt, als wären sie wirklich nur ein Körper und ein Geist.

Elly schloss die Augen. So war das damals gewesen. Tonja und sie, zwei Seiten einer Medaille. In jenem Jahr war auch Foxl zu ihnen gestoßen, der kleine Mischlingshund ihrer Mutter. Und dann kam der Tag, als sie Tonja zum ersten Mal fast verloren hätte.

20

Carina war etwas zu früh am vereinbarten Ort. Heute würde sie zum ersten Mal das alte Filmtheater sehen. Sie hatte die Adresse leichter als erwartet gefunden, und sie war überrascht gewesen, wie oft sie schon an diesem Gebäude vorbeigelaufen war, ohne zu ahnen, was sich hinter den dicken Backsteinmauern befand.

Das war also das Odeon, der Ort, über den sie inzwischen schon so einiges gelesen hatte.

Tom hatte ihr einen Nebeneingang in einer Seitengasse beschrieben. Carina sah noch einmal nach oben, entdeckte ein Messingschild, in das die Buchstaben »Odeon-Filmtheater« ziseliert waren. Sie klopfte kräftig, wie Tom ihr aufgetragen hatte. Bald darauf waren Schritte zu hören, dann öffnete er ihr die Tür. Carina trat aus dem Dämmerlicht einer schmalen Gasse in das Dämmerlicht des Filmtheaters. Es roch ein wenig alt und ein wenig feucht. Unwillkürlich schlang sie die Arme um sich.

»Bin ich zu früh?«

»Nein, nein, das passt schon. Hallo, Carina!«

»Hallo, Tom!«, antwortete sie, doch er hatte sich schon umgedreht und verschwand in dem langen Gang, aus dem er gekommen sein musste. Sie beeilte sich, ihm zu folgen. Ihre Schritte hallten. Je tiefer sie in das Gebäude eindrangen, desto mehr verlor sich der alte Geruch. An einer Stelle war der Boden des Ganges blank. Man sah Reste eines Teppichklebers.

»Wir renovieren gerade ein wenig«, sagte er und lief auch schon weiter. »Ein gewisser Charme des Zerfalls ist ja ganz schön, aber der darf auch nicht überhandnehmen.«

»Okay.«

Er lief schneller. Ob er inzwischen mit seiner Tante gesprochen hatte, fuhr es Carina durch den Kopf. Und würde Alea heute vielleicht auch herkommen? War es nicht besser, mit allen gemeinsam zu besprechen, was man von dem Projekt erwartete und was man sich wünschte? Alea hatte behauptet, ihr Bruder wolle einfach keine Veränderung, aber stimmte das wirklich? Schließlich war er jetzt hier, und er hatte kürzlich versprochen, dass er mit seiner Tante reden würde.

Er schien also durchaus bereit, über seinen Schatten zu springen. Alea dagegen hatte sie jetzt schon einige Tage nicht mehr gesehen. Vielleicht hatte Tom also recht gehabt mit der Einschätzung seiner Schwester, vielleicht machte sie sich zu wenig Gedanken, wo er sich zu viele machte.

Carina musste plötzlich an Jan denken, den sie ebenfalls einige Tage nicht gesehen hatte beziehungsweise nur zwischen Tür und Angel. Er hatte natürlich wieder einmal von Fortschritten im Zusammenhang mit seiner Diss. berichtet, die sie jetzt nicht rekapitulieren konnte, weil sie immer Schwierigkeiten gehabt hatte nachzuvollziehen, was er als Molekularbiologe überhaupt machte und weil es sie auch nicht mehr so sehr interessierte.

Leben wir uns auseinander?

Der Gang endete kurz darauf in einem größeren Saal voller Sitzreihen. Tom drehte sich so überraschend um, dass Carina fast in ihn hineingelaufen wäre. Sie starrte ihn an, ohne ein Wort zu sagen und senkte dann doch den Blick.

Was war das denn schon wieder gewesen? Was sollte er von ihr denken, wenn sie ihn so anglotzte?

»Entschuldige, ich war in Gedanken.«

»Ist schon okay.«

»Ich wollte dich nicht anstarren. Ich lebe in einer WG, und in letzter Zeit …«

»Ist schon okay«, wiederholte er langsam und deutlich.

Carina errötete und war froh, dass es hier so dunkel war. Entweder redete sie gar nicht oder sie redete zu viel. Was war nur los mit ihr?

Sie ging ein paar Schritte weg von Tom und blickte sich in dem großen Saal um. Der mickrige Scheinwerfer verbreitete zu wenig Licht und ließ doch etwas von der alten Pracht erahnen. Die Sitze waren mit rotem Plüsch oder Samt bezogen. Sie legte den Kopf zurück. An der Decke meinte sie Schnitzereien oder Stuck zu erkennen. Die Farben Rot und Gold überwogen. Sie staunte. Es war wirklich genau so, wie Alea es beschrieben hatte. Sie hatte nicht übertrieben.

»Ich nehme an Stuck und sonstige Verzierungen stammen noch aus den Anfangstagen?«

»Ja.« Er breitete die Arme aus. »Das ist also das Odeon. Nüchtern ist etwas anderes, oder?«

»Ich finde es schön.«

»Wirklich?« Tom schüttelte den Kopf. »Mir ist es zu überladen. Zu wenig funktionell.«

»Ich denke, damals wollte man eine Traumwelt erschaffen, da musste eben alles besonders sein.«

»Hm. Wir müssen uns jedenfalls überlegen, wie wir es restaurieren sollen. Langsam ist es nötig.«

Carina schaute nach rechts und nach links. Sie überlegte, wo wohl das Orchester Platz gefunden hatte. Die teuersten Plätze waren unzweifelhaft die in den Logen gewesen.

»Es sieht ein bisschen aus wie ein Theater oder eine Oper oder so etwas.«

Sie schaute wieder zu Tom. Der war bereits einige Reihen weitergegangen, stand dort nun mit dem Rücken zur Wand und wartete auf sie.

»Ist es aber nicht. Es ist ein Kino.«

»Gehst du gerne ins Kino?«

Tom ließ sich Zeit mit der Antwort, als müsse er sehr genau darüber nachdenken.

»Manchmal«, gab er dann zurück.

Carina war überrascht. Sie fuhr sich kurz mit der Zunge über die Lippen, ein Zeichen ihrer Nervosität, schmeckte Labello und hatte gleich das Bedürfnis, den Pflegestift neu aufzutragen. Sie wurde einfach nicht klug aus Tom Kramer. Aber war es überhaupt wichtig, aus ihm klug zu werden? Sie waren keine Freunde und mussten auch keine werden. Seine Schwester und er waren ihre Auftraggeber. Sie würde gute Arbeit leisten, alles andere war eigentlich unwesentlich, und doch … Carina schluckte an dem Kloß in ihrem Hals. Ihre Stimme war leicht belegt, als sie sprach: »Danke, dass du mir das alles zeigst.«

Für einen Moment sah er irritiert aus, dann zuckte er die Achseln. Irgendwie war er ihr ein Rätsel. Es war, als würde da etwas unter der Oberfläche brodeln. Etwas schien ihn zu beschäftigen. In jedem Fall hatte sie den Eindruck, dass es ihm gerade zu viel wurde, als ob er sich in die Enge getrieben fühlte. Sie wandte den Blick ab, und sah sich noch mal in dem Saal um.

»Eine Jubiläumsfeier hier könnte ich mir wirklich gut vorstellen«, sagte sie dann.

»Wer spricht denn von einer Jubiläumsfeier?«

Tom war näher gekommen. Sein Körper war angespannt. Die Muskeln an seinen Armen spielten.

»Alea hat etwas davon gesagt.«

»Warum frage ich eigentlich?« Seine Stimme klang spöttisch. »Sie vergisst immer, dass wir das Gebäude verpachten und nicht mehr unbegrenzt darauf zugreifen können. Es stand übrigens sogar schon zur Debatte, das Odeon abzureißen und das Grundstück zu verkaufen. Das dürfte einiges mehr wert sein, als der alte Kasten.«

Carina musterte ihn.

»Das willst du doch nicht wirklich, oder?«

Er zuckte die Achseln.

»Nein, wahrscheinlich nicht. Und jetzt komm, ich zeige dir den Rest des Gebäudes.«

Carina kam gerade aus dem Stadtarchiv, wo sie einige Eckdaten recherchiert hatte, um sich ein sichereres Gefühl für die Zeit zu verschaffen, als sie Tom das nächste Mal antraf – natürlich bei der Gartenarbeit. Er kümmerte sich gerade um ein größeres Beet voller Kürbispflanzen und klopfte sich seine Hände sogleich an der dunkelgrünen Arbeitshose mit den vielen Taschen ab, als er sie bemerkte.

»Hallo«, begrüßte sie ihn.

»Hallo.«

Er sah nicht aus, als ob er noch mehr sagen wollte, und sie war im Begriff, an ihm vorbeizugehen, als sie plötzlich eine Hand an ihrem rechten Arm spürte. Die Berührung überraschte sie. Sie starrte ihn an. Er zog die Hand ruckartig zurück.

»Sorry. Geht es dir gut? Bitte entschuldige meine schlechte Laune im Odeon. Ich glaube, ich war kein guter Gastgeber.«

»Ist schon okay. So schlimm war es gar nicht«, hörte sie sich sagen.

Eigentlich war es überhaupt nicht okay, fuhr es ihr durch den Kopf, noch während sie die Worte aussprach. Warum gab er sich manchmal nur so unnahbar?

»Nein, es war wirklich nicht in Ordnung«, sagte er jetzt und musterte sie. Carina schwieg. »He, es tut mir wirklich leid«, setzte er nochmals an. »All das hier ist für mich nicht so leicht. Meine Tante bedeutet mir sehr viel. Ich möchte nicht, dass sie verletzt wird. Ich, ich habe das nämlich schon einmal getan, und ich könnte mir nicht verzeihen, wenn das noch einmal passiert.«

»Du?«, platzte es aus Carina heraus. Sie wartete einen Augenblick ab, doch Tom sagte nichts weiter. Carina bewegte nervös ihre Fingerspitzen gegeneinander.

»Ich will sie natürlich auch nicht verletzen, was glaubst du denn? Aber meine Aufgabe ist es, über das alte Odeon zu schreiben, und wenn ich sie als Zeitzeugin befragen könnte, wäre das großartig.«

Tom nickte.

»Ich weiß, dass sie Teil der Geschichte ist. Aber ich habe erlebt, was Erinnerungen bei ihr auslösen können. Alea hat davon nichts mitbekommen. Sie weiß nicht, dass ...« Tom schaute sie an und schien darüber nachzudenken, ob er weitersprechen sollte. »Sie weiß nichts von Tante Ellys Nervenzusammenbruch damals, weil ich es ihr nie erzählt habe. Vielleicht hätte sie sonst von Anfang an die Finger von diesem Projekt gelassen.« Er sah jetzt nachdenklich aus.

»Ein Nervenzusammenbruch?«, hakte Carina nach.

Sie merkte, wie es in Tom arbeitete, wie er mit sich rang, ob er ihr erzählen sollte, was damals geschehen war. Carina wartete ab. Dann gab er sich einen Ruck: »Es ist ungefähr zehn Jahre her. Ich hatte damals einen Freund zu Besuch, Paul. Wir hatten die Zwischenprüfungen gerade hinter uns und träumten davon, was wir im Sommer machen würden. Paul stand kurz vor seinem Auslandssemester. Irgendwann kamen wir auf die Idee, uns einmal im Gartenhaus umzusehen. Ich weiß nicht, warum, denn das Gartenhaus hatte mich bis dahin nie interessiert. Irgendwie hatten Alea und ich immer einen Bogen darum gemacht. Das mag seltsam klingen, aber vielleicht haben wir instinktiv gespürt, dass wir dort nichts zu suchen hatten. Damals war es ganz von Efeu überwuchert.«

Tom ging zu der Bank hinüber, die rechts des Gartenhauseingangs stand und ließ sich darauf nieder. Carina zögerte, setzte sich dann aber neben ihn.

»An diesem Nachmittag gingen wir also ins Gartenhaus und stöberten herum. Abgesehen von den Gartenmöbeln und den Werkzeugen sah es eigentlich aus wie heute.«

»Und abgesehen vom Efeu.«

Tom hielt einen Moment inne und nickte dann.

»Stimmt.« Er richtete den Blick in die Ferne. Dann beugte er sich vor und stützte die Ellenbogen auf den Oberschenkeln ab. »Irgendwann entdeckten wir das Grammofon und kamen auf die Idee, es in Gang zu bringen, was uns auch gelang. Es war seltsam, einer Musik zuzuhören, die jahrzehntelang nicht mehr gespielt worden war. Und dann stand plötzlich Elly da.« Er hielt inne, als erinnere er sich noch einmal an diesen Augenblick. »Sie weinte. Ich hatte sie noch nie zuvor in meinem Leben weinen sehen, weißt du. Das war wirklich schrecklich. Sie war kreidebleich, als wäre alles Leben aus ihr gewichen. Wir mussten schließlich sogar den Arzt holen.«

Carina spürte, wie sich ihr Magen unangenehm zusammenzog. Jetzt verstand sie besser, was ihn bewegte.

»Warum hast du das Projekt dann nicht verhindert?«

»Ich habe Elly versprochen, Alea nichts von damals zu sagen.«

»Aber warum nicht?«

»Tante Elly will sie nicht belasten, und ich hatte keine Ahnung, wie ich Alea davon abbringen soll, ohne sie einzuweihen. Meine Schwester hat ihren eigenen Kopf. Und wenn sie sich einmal etwas in denselben gesetzt hat …« Sie schwiegen beide einen Moment lang. »Trinkst du einen Kaffee mit mir?«, fragte Tom dann.

»Kaffee?«, echote Carina, als hätte er sonst was gefragt.

»Ja, oder Cappuccino oder Latte Macchiato. Meine Schwester sagt, ich kann alles gleich gut, und es gibt wenig, wofür mich Alea lobt.«

Wenn man ihm zuhörte, klang es, als würden sich die Geschwister nur streiten, aber eigentlich hielten sie doch wie Pech und Schwefel zusammen. Das war ihr längst aufgefallen.

Laut Alea lag das an ihren Eltern.

»Sie waren eigentlich keine Eltern«, hatte sie kürzlich gesagt. »Sie waren Menschen, die meinten, dass das Kinderhaben eben dazugehört. Ein Junge und ein Mädchen – perfekt. Die meisten Eltern wollen ein Pärchen.«

»Ich habe übrigens bereits mit Tante Elly geredet.« Toms Stimme fuhr in ihre Gedanken.

Carina zögerte. War das vielleicht die Gelegenheit für einen Neustart? Sollte sie die Hand nehmen, die er ihr gerade reichte?

»In Ordnung«, hörte sie sich sagen, »ein Kaffee wäre toll.«

Ein paar Minuten später saßen sie gemeinsam in der Küche. Das Gespräch stockte immer wieder, aber immerhin schmeckte der Kaffee wirklich gut.

»Alea sagt, du hast Geschichte studiert?«

»Ich habe letztes Jahr meinen Abschluss gemacht. Aber es fühlt sich irgendwie immer noch ungewohnt an, es zu sagen.«

Tom rührte langsam in seiner Tasse.

»Lässt sich damit denn Geld verdienen?«

Carina starrte in ihre bereits halb leere Tasse hinein und unterdrückte einen Seufzer.

»Na ja, man findet seine Möglichkeiten. Ich habe einige

Monate an einem Projekt mitgearbeitet, aber das ist kürzlich ausgelaufen. Natürlich habe ich auch gekellnert.«

»Taxi gefahren?«

Sie schaute ihn an und sah, dass er es als Scherz meinte.

»Nein, ich bin keine souveräne Autofahrerin.«

Es gelang ihr sogar zu lächeln.

Vorübergehend war es wieder still, schließlich sagte er: »Dann müsste dieser Auftrag hier eigentlich optimal für dich sein, oder? Macht es dir Spaß?«

»Irgendwie schon. Es ist vielleicht nicht ganz meine Zeit, aber ich habe das Rüstzeug und ...«, sie zögerte, »und es ist wirklich interessant.«

»Im Leben anderer Menschen zu wühlen?«

Er konnte es offenbar doch nicht lassen zu sticheln. Sie fühlte sich verletzt und spürte, dass sie rot anlief. Er drehte unruhig seine Kaffeetasse in den Händen.

»Entschuldige bitte, ich weiß auch nicht, warum ich das gesagt habe. Macht es dir eigentlich nichts aus, alleine zu arbeiten?«

»Nein, ich genieße es sogar.«

»Du bist wohl sehr diszipliniert.«

»Ich behalte gerne den Überblick und die Kontrolle.«

»Meinst du, es wird schwierig, über unsere Familie zu schreiben?«

»Ich schreibe über das Odeon.«

»Warum denn so abwehrend?« Tom sah sie prüfend an, dann hob er die Schultern. »Ich glaube, das eine lässt sich kaum vom anderen trennen, oder?«

So abwehrend?

Carina schluckte. Tom war es doch, der sich ständig so widerborstig zeigte – eben auch wieder –, und jetzt nannte er sie abwehrend? Das war ja wohl lächerlich.

»Jetzt bist du mir böse«, sagte er leise.

»Das ist zu viel gesagt«, platzte es aus ihr heraus.

Er schaute auf die Küchenuhr.

»Nun gut, ich will dich nicht länger aufhalten.«

Ohne ein weiteres Wort stand sie auf. Zu ihrer Überraschung begleitete er sie in den Garten.

»Wenn ich ruppig war, tut es mir leid. Ich möchte meine Tante einfach beschützen, und du weißt ja jetzt auch, warum.« Er blieb stehen und provozierte damit, dass sie ebenfalls innehielt.

»Aber kann Alea das nicht auch? So viel jünger ist sie doch nicht.«

»Na ja, ich war einfach immer der Ältere. Für unsere Eltern hatte ich die Verantwortung zu tragen. Punkt. Tante Elly hat mich nie im Stich gelassen. Ich bin ihr etwas schuldig. Verstehst du?«

»Hat Elly selbst eigentlich keine eigene Familie?«

»Nein, sie hatte nie eine eigene Familie.« Er zögerte. »Bitte versprich mir, behutsam vorzugehen, wenn sie in ein weiteres Gespräch einwilligt.«

Diesen Abend und den nächsten Vormittag verbrachte Carina mit Jan zu Hause. Sie frühstückten zusammen, plauderten, hatten sich aber im Grunde wenig zu sagen. Es war erstaunlich, wie schnell man sich offenbar auseinanderleben konnte. Jan und sie waren doch ein Paar. Er gehörte zu ihrem Leben – oder etwa nicht?

21

Plötzlich war die Kamera weg. Carina und Tom konnten es sich nicht erklären. Tom hatte sie aus dem Gartenhaus mit auf die Veranda genommen, während Carina sich weitere Notizen machte. Er hatte ihr erzählt, wie Elly nach jenen Ereignissen mit dem Grammofon darauf bestanden hatte, dass er sich ab jetzt um das Gartenhaus kümmerte. Das Grammofon hatte sie an sich genommen, doch war es seither stumm geblieben. Und er hatte sich einfach nicht dazu durchringen können, sie zu fragen, was sie damals denn so sehr aus der Fassung gebracht hatte. Je mehr Zeit verstrich, desto unmöglicher wurde es ihm, das Thema noch einmal anzusprechen. Aber vielleicht wäre das jetzt tatsächlich eine neue Chance.

Dann war der Anruf gekommen, und er hatte die Kamera liegenlassen, während sich Carina wieder in die Unterlagen vertiefte. Tom war an diesem Tag nicht mehr zurückgekommen, und sie hatte nicht mehr an die Kamera gedacht, als sie nach Hause gegangen war. Danach war die Kodak Nr. 1 weg.

»Vielleicht hat Elly sie genommen?«, sagte Alea.

»Warum sollte sie das tun?«, erwiderte Tom stirnrunzelnd.

Alea zuckte die Achseln.

»Weil es ihre Vergangenheit ist?«

Tatsächlich konnte sich keiner dazu durchringen, die alte Dame zu fragen.

Vor dem Wochenende trafen Tom und Carina noch einmal

zusammen. Die Stimmung zwischen ihnen hatte sich inzwischen deutlich entspannt. Carina erzählte ihm spontan von der Trennung ihrer Eltern und wunderte sich im nächsten Moment über sich selbst. Tom hörte ihr aufmerksam zu.

»Meine Eltern haben sich nie getrennt«, sagte er, »aber sie waren irgendwann auch nicht mehr glücklich miteinander.«

»Und sie waren miserable Eltern. Habe ich das richtig verstanden?«

Das war hart und direkt, kein Zweifel. Trotzdem fühlte es sich richtig an, nachdem, was Tom bislang von seinen Eltern hatte verlauten lassen.

Er dachte nach.

»Was soll ich sagen … Unsere Eltern waren oft unterwegs. Sie waren Teil der besseren Gesellschaft, und sie nahmen das sehr ernst … Alea und ich hatten natürlich alles zu Hause: eine Haushälterin, die auch kochte, Nachhilfestunden, wenn wir sie brauchten. Wir waren sauber, adrett angezogen, wohlerzogen. Ich fiel nie weiter auf. Aber Alea ließ sich das irgendwann nicht mehr bieten. Ich verstand erst, wie recht sie hatte, als es zu spät war.«

»Wieso zu spät?«

»Weil meine Eltern gestorben sind, bevor ich sie zur Rede stellen konnte. Sie sind beim Absturz eines Kleinflugzeugs in Afrika ums Leben gekommen. Sie waren damals mit Freunden unterwegs, während sich um uns mal wieder Elly kümmerte.«

»Das muss schlimm gewesen sein.«

Tom schüttelte den Kopf.

»Ich weiß, es klingt furchtbar, aber für mich war es das nicht.«

Carina versuchte zu verstehen, was er ihr da sagte. Es war ungewöhnlich, aber offenbar hatte Elly für ihn schon von klein auf den Platz der Eltern eingenommen.

Carina dachte nach. »Dein Vater war Ellys Bruder, richtig?« Sie versuchte die Familienverhältnisse zu ordnen.

»Ja.« Tom wippte nervös mit seinem Bein. »Sie war viel älter als er, und ich glaube, sie standen sich eigentlich nicht besonders nah. Sie waren grundverschieden, verstehst du? Elly hat einmal gesagt, ihre Mutter wollte mit dem zweiten Kind alles richtig machen, dabei hätte sie nur erkennen müssen, dass sie doch gar nichts falsch gemacht habe.«

»Hat sie noch etwas dazu gesagt?«

»Nein.« Tom stand jetzt abrupt auf. »Ich muss jetzt noch etwas Papierkram erledigen. Sehen wir uns am Montag wieder?«

»Klar.«

Tom hatte ihr gesagt, dass er sich um Verwaltung und Verpachtung des Odeon kümmerte und um alles, was sonst noch anfiel.

Ich freue mich, wollte sie hinzufügen, aber er war schon weg.

Am Samstag entschied Carina spontan, bei ihrer Mutter vorbeizuschauen. Mittags fuhr sie kurzentschlossen bei ihrem gemeinsamen Lieblingsitaliener vorbei, kaufte frische Nudeln mit Pilzen und grünen Bohnen und klingelte wenig später an der Tür.

Der Unmut im Gesicht ihrer Mutter war im ersten Moment unübersehbar, doch ihre Züge hellten sich auf, als sie Carina sah.

»Störe ich?«

»Quatsch, nein. Ich dachte, es ist mal wieder meine neue Nachbarin, die mich offenbar für ihren persönlichen Tante-Emma-Laden hält. Komm rein.«

Sie gingen auf die Terrasse, wo Carina rasch den Tisch deckte.

Das blau-weiße Steingutgeschirr rief ein heimeliges Gefühl

in ihr hervor. An diesem Tag fiel ihr stärker auf, dass es in Mamas Wohnung zwar weniger Firlefanz, aber mehr ausgesuchte Einzelstücke gab. Als sie später das Geschirr hineintrugen, fiel ihr eine handgearbeitete Glasvase ins Auge, die mitten auf dem Tisch stand.

»Die ist schön!«, stellte sie fest.

»Nicht wahr?« Ihre Mutter nahm die Vase fast liebevoll in die Hände. »Ich habe lange gezögert. Zweimal war ich in der Stadt, und dann habe ich sie mir gekauft.«

»War sie teuer?«

»Für meine Verhältnisse.« Ihre Mutter lachte. »Ich muss mich einfach erst daran gewöhnen, mir solche Sachen zu gönnen. Ehrlich, ich bin heute froh, dass ich meinen Beruf all die Jahre nicht aufgegeben habe. Auch wenn ich vielleicht nicht immer für dich da sein konnte.«

»Du warst doch da, und Papa auch. Mir hat es an nichts gefehlt.«

Sie dachte an das, was Tom von seiner Familie erzählt hatte. Klara legte die Vase in die Hände ihrer Tochter. Die betrachtete sie sorgfältig, ohne etwas zu sagen.

Ihre Mutter arbeitete auch heute noch als Chefsekretärin in einer kleinen mittelständischen Firma. Als Carina klein war, hatte sie für ein paar Jahre weniger gearbeitet und dann die Stundenzahl wieder erhöht.

Carina stellte die Vase an ihren Platz. Dann spülten sie zusammen ab, und Carina fühlte sich an gemeinsame Camping-Urlaube ohne Spülmaschine erinnert. Schwer beladen waren sie immer nach dem Essen losgezogen. Mama hatte die Schüssel mit dem schmutzigen Geschirr getragen, Papa das Spülmittel, sie Lappen und Handtücher. Sie hatten lautstark gesungen, am leidenschaftlichsten Papa mit seiner schönen melodischen Stimme. Er war als Junge im Chor gewesen.

Nachdem Carina das letzte Glas abgetrocknet hatte, gingen sie in den Garten hinaus. Die neuen Blumenbeete ihrer Mutter nahmen Gestalt an. An einer Stelle war eine bunte Pracht an Blumen geradezu explosionsartig hervorgekommen, eine Wildblumenwiese. Sie arbeiteten stumm nebeneinander, unterbrochen nur von unverfänglichen kurzen Redefetzen.

»Hast du Papa eigentlich richtig geliebt?«, fragte Carina unvermittelt. Der Gedanke beschäftigte sie plötzlich.

Mama, die, über ein kleines Blumenbeet gebeugt, Unkraut jätete, richtete sich auf und schaute ihre Tochter kopfschüttelnd an.

»Natürlich habe ich deinen Vater geliebt. Ich erinnere mich an viele schöne Erlebnisse an seiner Seite. Stell dir vor, dein Vater ist zum Beispiel ein unglaublich guter Tänzer.« Mama machte eine Pause und fuhr dann fort: »Und er ist ein wirklich guter Mensch.«

»Warum bist du dann nicht bei ihm geblieben?«

Carina musste diese Fragen stellen, obwohl sie die Antwort eigentlich wusste. Sie dachte an Jan und sich. Sie dachte daran, wie es sich anfühlte, wenn man sich voneinander entfernte. Dass es ihr etwas ausmachte und dann auch wieder nicht.

Sie starrte den Streifen lehmiger Erde an, der Mamas Wange zierte. Ihr Gesicht sah erhitzt aus unter dem bunten Tuch, mit dem sie sich die Haare aus dem Gesicht gebunden hatte.

»Es ist wohl so, dass wir uns einfach auseinandergelebt haben über die Jahre. Ich dachte, bevor all die guten Erinnerungen verloren gehen …« Mama hob die Schultern und ließ sie sinken, dann kniete sie sich wieder hin. »Manchmal habe ich einfach den Eindruck, dass ich mich weiterbewegt habe, er aber nicht.«

Carina nickte. Passten Jan und sie noch zusammen? Sollte auch sie einen Schlussstrich ziehen, bevor die guten Erinnerungen verloren gingen?

Mama legte die kleine Harke beiseite, die sie eben erst zur Hand genommen hatte. »Du siehst nachdenklich aus.«

Carina biss sich auf die Unterlippe.

»Es ist nichts.«

Sie dachte an Tom Kramer, der sich so sehr für seine Schwester und seine Großtante verantwortlich fühlte …

Klara schaute sie für einen Moment lang prüfend von unten herauf an.

»Komm«, sagte sie dann, »mach weiter, wir sind noch lange nicht fertig, und glaub mir, es wird dir guttun. Rupf noch ein bisschen Unkraut, nicht alles, ich möchte nur nicht, dass die anderen Pflanzen keinen Platz mehr haben.«

Carina zögerte, dann kniete sie sich hin und arbeitete weiter. Es fühlte sich wirklich gut an, mit den Händen in der Erde zu wühlen. Sie mochte den Geruch. Sie nahm sich vor, jetzt über nichts nachzudenken, sondern sich nur der Arbeit und der Umgebung hinzugeben. Als sie eine Pusteblume entdeckte, freute sie sich wie ein Kind.

22

FRANKFURT AM MAIN, 1926

Elly und Tonja hatten den Nachmittag wieder einmal am Schwimmbecken der Kramers verbracht. Immer wieder waren sie vom Rand hineingesprungen, waren geschwommen, hatten sich dann auf den warmen Steinplatten trocknen lassen, um bald darauf erneut ins kühle Nass zu gleiten. Auf den Steinplatten liegend, sprachen sie über Filmstars, Mode und über Schönheit. In diesen Momenten waren sie sich plötzlich besonders bewusst, dass sich ihre Körper veränderten. Tonja entwickelte kleine, spitze Brüste, die sich vorwitzig unter ihrem Badeanzug abzeichneten. Auch ihre Gesichter veränderten sich, wurden erwachsener. Manchmal kam Alice vorbei, brachte Limonade, etwas frisches Obst oder sogar Kuchen.

An anderen Tagen stahlen sich die Mädchen weiterhin davon, stromerten durch die Stadt und ihre Parks oder gingen an den Main, wo es ihnen eigentlich verboten war zu baden. Mama misstraute den Bewohnern der Altstadt, sie fand es dort zu gefährlich für junge Mädchen.

»Sie sind verwahrlost, wie die wilden Tiere«, sagte sie, die diese Menschen von ihrer wohltätigen Arbeit her kannte.

Natürlich erwähnte sie nichts dergleichen, wenn Tonja anwesend war, schließlich wusste sie sich zu benehmen. Elly kam das mittlerweile verlogen vor, und sie verlor ein wenig den Respekt vor ihrer Mutter. Sie dachte häufiger an das, was ihr

Vater ihr bezüglich ihrer Mutter und Tonja erzählt hatte, und sie ärgerte sich darüber.

Tonjas Mutter dagegen bemerkte kaum, ob die Tochter da war oder nicht.

Wenn sie am Fluss waren hielt Tonja sich mit kraftvollen, eleganten Zügen über Wasser und forderte auch gerne mal das Schicksal heraus, während Elly meist in Ufernähe blieb. Einmal hatte sie so getan, als wäre sie in Schwierigkeiten geraten.

»Au«, hatte sie gejammert, zart und hilflos, aber doch laut genug, um von der Freundin gehört zu werden. Als Tonja auf sie zu schwamm, hatte sie allen Mut zusammengenommen und war sogar kurz untergetaucht, um gleich darauf emporzuschießen und sich panisch an die Freundin zu klammern.

»Au«, hatte sie ausgerufen, »au, au, au …«

»Was ist denn? »Tonja hatte sie verstört angesehen.

»Ich weiß es nicht … Es tut so weh.«

Elly hörte sich jammern und war beeindruckt, wie echt der klägliche Tonfall klang.

»Bist du in irgendetwas hineingetreten?«

»Nein, das Bein tut einfach scheußlich weh. Ich weiß gar nicht, wie ich mich bewegen soll.«

»Dann stütz dich auf mich.«

Elly stöhnte leise weiter. Tonja half ihr, an Land zu kommen.

»Welches Bein ist es denn?«

»Das rechte.«

Tonja strich darüber. »Da ist nichts. Zumindest kann ich nichts spüren.«

»Ich glaube, es wird langsam wieder besser.« Elly setzte sich auf. »Wirklich, da war plötzlich so ein stechender Schmerz. Vielleicht sollte ich es ein bisschen massieren?«

»Lass mich das machen.«

Also hatten sie nebeneinandergesessen, Tonjas wunderbare

Finger auf ihrem Bein, und Elly hatte den Wassertropfen zugesehen, die aus Tonjas Haaren über deren Gesicht und Arme rannen.

»Geht es besser?«, hatte Tonja irgendwann gefragt.

»Viel besser.«

Danach lagen die Mädchen wieder Seite an Seite auf ihrer Decke.

»Vielleicht hatte ich einen Krampf«, sagte Elly nach einer Weile, ohne die leiseste Ahnung zu haben, wie sich so etwas anfühlte.

»Hm«, sagte Tonja.

»Ich konnte plötzlich nicht mehr schwimmen. Ich konnte mein Bein nicht bewegen«, sprach Elly vorsichtig weiter.

»Gut, dass ich da war«, sagte Tonja nach einer Weile.

»Ja, das war wirklich ein Glück«, fügte Elly hinzu und starrte dann mit zusammengekniffenen Augen in den dunkelblauen Himmel hinauf. Das Einzige, was sie sich wünschte, war, dass Tonja immer bei ihr sein würde. Sie war bereit, alles dafür zu tun.

Einige Tage später waren sie wieder bei den Kramers. In der Ferne waren die Stimmen von Ellys Mutter und ihren Freundinnen zu hören, und Tonja dachte einmal mehr, wie gut es war, zu wissen, dass ein Leben auch so aussehen konnte: unbelastet, fröhlich, voller Liebe und Zuneigung.

Im März war sie vierzehn Jahre alt geworden, vor ein paar Tagen hatten sie dann Ellys Geburtstag gefeiert, und Ellys Vater hatte nicht nur seiner Tochter, sondern auch deren Freundin ein unglaubliches Geschenk gemacht: Die Kramers würden Tonjas weiteren Schulbesuch bezahlen, sodass sie nach Beendigung der Volksschule nicht zum Lehrmädchen werden musste.

Nichts würde sich für sie ändern, zumindest nicht mehr, als sich mit dem Umzug ins Gallusviertel geändert hatte, wo Mama und sie ein Zimmer nebst Küchenzeile und Toilette im Treppenhaus bewohnten, seit sie die großelterliche Wohnung vermieteten. Sie würde weiter mit Elly zur Schule gehen und an so vielen Tagen wie sie wollte bei den Kramers zu Mittag essen. Tonja konnte ihr Glück kaum fassen. Mama, die im Alkoholnebel ohnehin nichts mitbekam, hatte natürlich nichts einzuwenden gehabt, und Tonja wusste, wie man Dinge geheim hielt.

»Willst du noch ein Stück Schwarzwälder?«, unterbrach Elly ihre Gedanken.

»Gerne.«

Für einen Moment hörte man nur das Klappern der Gabeln. Tonja schloss die Augen und genoss den Geschmack süßer Sahne in ihrem Mund, dann räusperte sie sich.

»Hast du das über Helene Gillmann gelesen?«

Helene Gillmann? Elly überlegte. War das nicht das Mädchen, dessen Leiche man unlängst in einem Wald bei Darmstadt gefunden hatte? Es war jetzt Ende August, und die Zeitungen berichteten seit Tagen aufgeregt von dem grausigen Fund. Elly schauderte. Tonja sah sie eindringlich an. Sie ließ die Gabel sinken.

»Kannst du dir vorstellen, was sie in ihren letzten Minuten gefühlt haben mag?«

»Nein.« Elly schüttelte den Kopf. Nein, das konnte sie nicht, und sie wollte es auch nicht. Warum wollte sich Tonja so etwas vorstellen?

»Es muss schrecklich sein, gewaltsam zu sterben«, murmelte die jetzt, während sie einen weiteren Happen Kuchen auf ihre Gabel häufte. »Einfach so aus dem Leben gerissen zu werden. Sie war noch so jung. Ich kann es mir vorstellen, weißt du?«, fuhr sie dann fort. »Ich kann mir vorstellen, wie es ist, wenn jemand dein Leben erbarmungslos beendet, einfach so, von einem Moment auf den anderen.« Sie leckte ihre Gabel ab und pickte sich dann die letzten zwei der sündhaft teuren Erdbeeren aus der Schüssel, die Elly nur für sie gebracht hatte. »Es muss entsetzlich gewesen sein.«

Sie steckte die Erdbeeren in den Mund. Der Saft war zuckersüß. Die Welt war brutal, aber zumindest in Ellys Welt gab es Erdbeeren, und wenn sie es gut anstellte, wäre sie irgendwann Teil dieser Welt. Sie dachte an Ellys Mutter, horchte kurz auf ihre Stimme. Es war wichtig, sich gut mit ihr zu stellen.

Elly schob jetzt den Kuchenteller zurück, und Tonja dachte, dass sie ihn sauberer leer gegessen hätte.

»Meinst du, ihr Mörder hat sie geliebt?«, fragte Elly jetzt.«Sie sollen sich gekannt haben. Vielleicht hatte er Angst, sie zu verlieren?«

Tonja zog die Augenbrauen zusammen. Es hatte Spekulationen darüber gegeben. Sie fand, dass das nicht sein konnte. Für sie war es unvorstellbar, jemanden zu töten, den man liebte.

»Ich frage mich, ob sie sich gewehrt hat? Stand etwas davon in der Zeitung? Ich würde mich gewiss wehren, aber hallo und mit aller Kraft!«

Elly zuckte die Achseln. Tonja sah mit Bedauern auf ihren Teller.

»Woran denkst du?«

»An dies und das«, murmelte Elly mit leichter Verzögerung.

Eine Weile sagte wieder keines der Mädchen etwas, dann drehte Tonja den Kopf zum Haus hinüber.

»Was ist eigentlich ganz da oben?«

»Wo ganz oben?« Elly beschirmte die Augen mit einer Hand, um sich vor der Sonne zu schützen.

Tonja streckte den Arm aus. »Na ja, da ist doch noch ein Stockwerk, da oben.«

»Ach, so.« Elly setzte sich auf. »Das wird nicht benutzt.«

»Ein ganzes Stockwerk?«

»Ja.« Elly musste gähnen. »Ich weiß gar nicht mehr genau, was da ist. Als Kind habe ich manchmal Verstecken dort gespielt.«

»Als Kind?« Tonja lachte. »Das kann aber noch nicht lange her sein.«

»Vielleicht, aber ich fühle mich eben jetzt viel älter.« Elly lächelte. »Willst du es sehen?«

»Gerne.«

»Ist aber nichts Besonderes.«

»Trotzdem.«

Die Mädchen sprangen auf und warfen sich ihre Sommerkleider über die mittlerweile fast getrockneten Badeanzüge. Auf dem weiten Platz vor dem Haus grüßten sie artig Ellys Mutter und ihre Freundinnen. Foxl, Alice' neuer Hund, bellte aufgeregt. Tonja fand, dass er aussah wie ein kleiner Bär. Sie mochte ihn. Elly dagegen fand es absurd, dass ihre Mutter ihn überall mit hinnahm und dass sie, als er wieder einmal ausgebüxt war, sogar in Tränen ausgebrochen war. Manchmal hatte Tonja den Eindruck, dass Elly den Hund nicht leiden konnte, dass sie vielleicht sogar eifersüchtig auf ihn war.

»Ich frage mich«, hatte Elly einmal gesagt, »wie Mama diesen Hund nur so wichtig nehmen kann, während sie dir gegenüber oft so kalt und misstrauisch ist.«

»Sie ist doch nicht kalt und misstrauisch.«

»Doch, das ist sie, und ich finde das empörend. Sogar Papa hat das gesagt. Er kam einmal abends zu mir.«

»Was hat er gesagt?«

»Dass sie misstrauisch ist. Wegen dir.«

»Sie will dich beschützen, sei froh drum.«

»Das will ich aber nicht. Und ich hasse diesen Hund. Ich hasse es, wie sie ihn verwöhnt und dir misstraut. Du bist meine beste Freundin. Warum akzeptiert sie das nicht?«

Tonja freute sich, dass Elly ihr so zur Seite stand, konnte deren Abneigung gegen einen kleinen Hund aber immer noch nicht nachvollziehen. Manchmal wirkte Elly auf sie wie eine kleine Feder, die zu stark angespannt war.

»Nehmt euch doch noch eine Zimtschnecke«, forderte Alice sie auf, als die beiden Mädchen nun an ihr vorüberkamen.

Elly lehnte ab, Tonja griff zu. Sie hatte immer Hunger und blieb doch schlank wie eine Bohnenstange.

Foxl bellte weiter.

»Vielleicht solltest du ihn einfach mal laufen lassen, Mama«, sagte Elly gereizt.

Alice schüttelte den Kopf.

»Und wenn er wegläuft und mitgenommen wird, oder jemanden beißt? Es gibt neuerdings Probleme mit der Tollwut, weißt du das nicht? Man muss vorsichtig sein.«

»Dann musst du wohl besser auf ihn aufpassen. Und ihn besser erziehen. Er gehorcht dir nicht, Mama. Das kann gefährlich werden.«

Alice reagierte nicht auf die Vorwürfe ihrer Tochter.

»Wo wollt ihr denn hin?«, fragte sie stattdessen.

»Wir gehen nur kurz hinein. Ich wollte Tonja ein Buch zeigen.«

Tonja stellte erstaunt fest, dass Elly nicht die Wahrheit sagte. Natürlich verriet sie die Freundin nicht. Drinnen liefen sie die Freitreppe nach oben, die aus »Aschenputtel« entsprungen zu sein schien. Auf jedem Stockwerk wurden die Treppen enger, und ins dritte hinauf führte nur noch eine Holzstiege, die unter ihren Füßen knarrte. Oben angekommen blieben die Mädchen stehen. Sie fanden sich in einem recht schmalen Flur wieder. Wenn man sich in dessen Mitte stellte, konnte man die Wände beiderseits mit ausgestreckten Fingerspitzen erreichen. Die Tapete war gestreift, hing aber schon eine ganze Weile und war, wie auch der Boden, recht staubig. Elly schien kurz unschlüssig, dann ging sie auf die nächste Tür zu.

»Hier wäre Platz für weiteres Personal, aber Mama sagt, Frau Wenz und Theresa reichen ihr vollkommen.«

Gemeinsam betraten die Mädchen das Zimmer und sahen sich um. Eng war es und schmal. Unter einem kleinen Fenster an der Wand stand ein Holztisch nebst Stuhl, in der Dachschräge war ein Bett untergebracht.

Wäre das schön, ein eigenes Zimmer zu haben, dachte Tonja, auch wenn es so bescheiden wäre wie dieses. Mama und sie schliefen immer noch gemeinsam in einem Bett. Seit sie umgezogen waren, war es noch enger geworden.

»Viel Interessantes gibt es hier aber nicht«, stellte sie fest.

»Das stimmt.« Elly trat ans Fenster und sah hinaus. »Man hat aber wirklich einen guten Blick. Das hatte ich fast vergessen.«

»Lass einmal sehen.« Tonja trat neben sie.

Der Blick ging nach Westen und war wirklich beeindrucken. Von ihrem hohen Standort aus konnten sie über die meisten Häuser hinweggucken. Gegen Abend würde dort drüben die Sonne untergehen, und das würde bestimmt traumhaft aussehen, da war Tonja sicher.

»Komm, wir gehen nach nebenan. Da ist der Dachboden. Dort ist es viel interessanter.«

Elly hatte nicht zu viel versprochen. Der große Raum mit den von großen, ehemals weißen Tüchern abgedeckten Gegenständen strahlte einen ganz eigenen Zauber aus. Tonja lüpfte hier und da eine Abdeckung. In der Ecke stand ein großer Überseekoffer. Dass er leer war, überraschte die Mädchen nicht wirklich, auch wenn ihren Gesichtern eine gewisse Enttäuschung anzusehen war.

»Wem gehört der?«

»Meinem Vater. Er ist damit bis nach Amerika gereist. Irgendwann will ich auch einmal nach Amerika.«

Tonja nickte. Sie hatten darüber gesprochen. Sie würden gemeinsam Hollywood besuchen und Stars kennenlernen. Sie würden Partys feiern mit Douglas Fairbanks und Louise Brooks und Lilian Harvey und exquisite Kleider tragen. Tonja war fest entschlossen, Zigaretten mit silberner Spitze zu rauchen. Das war ihr Traum. Elly mochte sich das nicht vorstellen. Von Zigarettenqualm musste sie husten.

Sie zog jetzt das Tuch von einem weinroten Sofa und setzte sich. Tonja nahm an ihrer Seite Platz. Sie klopfte auf die Polster und beobachtete, wie ein kleiner Wirbel Staub aufstieg. »Hübsches Sofa.«

»Gehörte zum Erbe meiner Mutter.«

»Was ist das, Biedermeier?«

»Hm.« Elly setzte sich etwas gerader hin. »Als Kind habe ich mir ausgemalt, dass das hier alles verzauberte Riesen sind. Manchmal habe ich mich gefürchtet.«

»Sind das eigentlich alles Möbel?« Tonja lüpfte das nächste Tuch und fand einen Tisch nebst Stühlen.

»Ja«, sagte Elly und rutschte nach vorne an die vorderste Kante des Sofas.

Tonja spürte ihren Blick auf sich, während sie sich weiter umschaute. Sie war bei Elly, da galt es an nichts Schlimmes zu denken. Bei ihrer Freundin, wo alles gut war und einem alle Last von den Schultern genommen wurde.

Elly erklärte ihr, dass unter den Tüchern ein komplettes Wohnzimmer schlummerte. Auf einer Seite des Raumes lagen zusammengerollte Teppiche. Der Boden bestand aus dunklen Dielen. Tonja schaute nach oben.

»Was ist das da für eine Klappe?«

»Der Spitzboden.«

»Noch ein Dachboden?«

»Na ja, da geht es aufs Dach. Für den Schornsteinfeger.«

»Warst du da schon mal?«

»Natürlich nicht.«

»Wie kommt man da hoch?«

»Siehst du die Stange mit dem Haken neben dem Kamin?«

Tonja schaute sich um, fand das Beschriebene und nahm es in die Hand.

»Das da?«

»Ja.«

»Hat man damit früher Ritter vom Pferd geholt?«

Elly lachte zart. Dann stand sie auf und kam näher.

»Du führst den Haken in die Öse da oben an der Klappe und ziehst.«

»Und dann?«

»Öffnet sich die Klappe und eine Leiter gleitet nach unten.«

»Oh.« Tonja sah neugierig nach oben. »Wollen wir?«

Elly zögerte. »Warum nicht?«, sagte sie dann.

Es dauerte einen Moment, bevor es ihnen gelang, den Haken in die Öse zu schieben. Die Klappe kam schneller herunter als erwartet und versetzte den Mädchen einen kleinen Schreck. Dann prusteten sie beide los. Im Lachen fühlten sie sich nahe, und als sie sich wieder beruhigten, waren ihre Wangen gerötet und nass vor Tränen.

Die Leiter, die aus der Öffnung nach unten gerutscht war, erwies sich als lang und dunkel. Die beiden Mädchen steckten die Köpfe zusammen und blickten nach oben. Tonja kletterte als Erste hinauf. Elly folgte ihr.

Der Spitzboden war so niedrig, dass sie nicht an allen Stellen stehen konnten, und es war hier noch staubiger als zuvor. Staub, der in der Nase kitzelte. Elly nieste. Durch ein schmieriges Dachfenster fiel etwas Licht herein. Unterhalb dieses Fensters stand eine halbhohe Leiter. Wäre das nicht ein wunderbares Versteck, ein idealer Rückzugspunkt, fuhr es Tonja durch den Sinn. Sie ging zu dem Fenster, stieg auf die Leiter und schob die Luke auf.

»Hier sind Trittstufen auf dem Dach«, sagte sie zu Elly herunter.

»Für den Schornsteinfeger«, gab die zurück.

»Kannst du dir vorstellen, da hinauszuklettern?«

Elly schüttelte sich.

»Ich weiß nicht. Vielleicht hat es einen guten Grund, dass es keine Schornsteinfegerinnen gibt.«

»Vielleicht«, gab Tonja zurück, klang aber nicht überzeugt. »Ich würde gerne einmal dort hinaus.«

»Ich weiß wirklich nicht, ob ich mich das traue«, merkte Elly unsicher an.

»Natürlich tust du das. Wir sind Freundinnen. Wir trauen uns alles zusammen.«

Tonja war noch ein Stückchen weiter nach oben gestiegen und ragte schon bis zu den Hüften aus der Luke.

»Tonja!«

Zu spät. Sie war schon halb durch die Luke entschwunden.

»Das wird ein Abenteuer!« Tonjas Stimme klang fröhlich. Elly hörte ein Rumpeln. Sie eilte zur Luke hinüber, sah einen Teil von Tonjas Bein, dann ihre Schuhsohle, in der sich ein Loch befand. Wieder rumpelte es. Elly hielt die Luft an.

»Tonja?«, fragte sie gepresst.

»Ja? Kommst du? Es ist wunderbar hier draußen.«

»Ich … ich glaube eher nicht. Es muss schrecklich hoch sein …«

»Doch, komm, bitte, wir sind doch Freundinnen!«

Elly verdrängte den Gedanken daran, was das eine wohl mit dem anderen zu tun haben sollte, und stieg auf die Leiter. Was würden ihre Eltern sagen, wenn sie sie erwischten? Würde sie sich danach noch mit Tonja treffen dürfen? Papa würde es gewiss erlauben, aber Mama, die Tonja ohnehin misstraute? Die würde darin gewiss einen willkommenen Grund sehen, ihrer Tochter den Umgang mit der Freundin gänzlich zu verbieten.

Was soll ich dann tun?

Und Mama wüsste auch, dass Tonja zuerst auf die Idee gekommen ist, hier hinauszuklettern.

Elly steckte den Kopf aus der Luke und spürte die warme Luft. Tonja war einige Stufen weiter nach oben geklettert, auf den Schornstein zu. Eine leichte Brise zauste an ihren dunklen Haaren. Sie sah entspannt aus und lachte über das ganze Gesicht.

»Komm, es ist wirklich wunderbar. Ich fühle mich wie auf einem Schiff oder im Flugzeug. Schau mal da rüber. Man kann alles so gut von ihr oben sehen. Es ist unglaublich.«

Elly drehte den Kopf in die Richtung, in die Tonja zeigte. Der Anblick war wirklich atemberaubend. Die Stimmung eines späten Nachmittags lag in der Luft, das Licht wurde bereits ein wenig golden. Vorsichtig stieg Elly die Treppe weiter hinauf. Schon reichte sie bis zu den Knien aus der Luke hinaus. Ihr Herz schlug schneller. Sie sah zu Tonja hinüber, die ganz ruhig und zufrieden aussah. Elly griff nach der nächstgelegenen Stufe. Sie setzte ein Knie auf den Rand der Luke. Ihr Herz raste. Der Magen zog sich so schmerzhaft zusammen, dass sie dachte, sie könne nicht mehr atmen. Sie kletterte aus der Luke hinaus, setzte sich auf die Stufe und konnte sich einen Moment lang nicht rühren. Ihre Augen folgten dem sanften

Schwung des Daches bis zum Rand, wo es unwiderruflich nach unten ging. Sie wollte gar nicht daran denken. Sie hatte in diesem Moment sogar Angst, zu Tonja zu schauen.

Zuerst einmal musste sie tief durchatmen, dann erst konnte sie den Kopf drehen. Tonja war aufgestanden und lächelte ihr zu. Im nächsten Moment wandte sie sich wieder ab und kletterte bis zum Dachfirst hinauf, auf den sie sich rittlings setzte.

»Tonja!«

»Pst, deine Mutter hört uns sonst. Ich sehe sie da unten.«

Elly zog den Kopf ein.

»Wirklich?«

»Ja, sie zeigt ihren Freundinnen ein paar neue Pflanzen.«

Sie zogen sich etwas zurück. Ellys Herz trommelte unvermindert weiter. Es fiel ihr schwer, sich zu beruhigen.

»Tanzt du eigentlich gerne?«, fragte Tonja. Elly war für einen Moment irritiert. Sie überlegte. Manchmal machte sie ein paar Tanzschritte, wenn sie alleine war. Mama hatte sie bereits gefragt, ob sie Tanzunterricht wolle, aber Elly konnte sich nicht entscheiden. Neuerdings fühlte sie sich häufig unsicher in ihrem Körper.

»Ich weiß nicht«, gab sie zur Antwort.

»Hast du schon vom Shimmy gehört?«

»Ja«, log sie. Sie hatte tatsächlich davon gehört, aber sie wusste nicht mehr, als dass es sich um einen Tanz handelte, sowie auch der Onestep und der Samba und wie sie alle hießen. Aber sie war sich ganz sicher, dass sie diese modernen Tänze ihrer Mutter gegenüber nicht erwähnen durfte.

»Da unten«, sagte Tonja jetzt und deutete auf das Dach und das, was darunter lag, »könnten wir gemeinsam tanzen, oder? Das wäre doch schön.«

Und das taten sie in den darauffolgenden Tagen. Tonja führte, denn sie kannte diese Tänze schon, die in oder vor den

Bars getanzt wurden, an denen sie vorbeikam, wenn sie auf dem Weg nach Hause alleine durch die Straßen stromerte. Bei den ersten Schritten kicherten die Mädchen noch so sehr, dass sie kaum eine Schrittfolge zu Ende brachten. Manchmal stolperten sie gegeneinander und gingen zu Boden. Wenn sie einander in die Augen sehen mussten, war es besonders schlimm. Trotzdem übten sie weiter. Sie übten und übten, und manchmal lachten sie, bis ihnen die Bäuche wehtaten, und wenn sie außer Atem gerieten, dann ließen sie sich auf eines der Sofas fallen. Oft hörten sie von Ferne Foxl bellen, der immer noch kaum zu bändigen und nach wie vor heiß geliebt war.

»Du musst strenger sein«, hatte Papa kürzlich zu Mama gesagt, als der Hund wieder einmal ausgebüxt war und fast die Nachbarin gebissen hatte, doch die hatte nur hilflos mit den Schultern gezuckt.

»Wissen deine Eltern eigentlich, dass wir hier üben?«

»Ich habe Mama gesagt, dass wir spielen.«

»Spielen, so, so.« Tonja lachte.

Elly schaute sie ernst an.

»Weißt du, meiner Mutter würde es ganz und gar nicht gefallen, wenn sie wüsste, was wir hier tun. Schamlos hat sie die ›Shimmy-Jünglinge‹ kürzlich genannt.« Sie hielt nachdenklich inne. »Tragen sie wirklich lila Seidenstrümpfe und weite Hosen, und angemalte Bubiköpfe?«

»Ich habe schon mal ein Mädchen mit kniefreiem Rock und grasgrünen Stöckelschuhen gesehen«, bestätigte Tonja.

»Oh, mein Gott, die Welt geht zugrunde!«, äffte Elly ihre Mutter nach.

Tonja lachte. Sie alle wussten, dass die Welt zugrunde gehen würde, aber doch nicht wegen so etwas.

»Hm, ich dachte ja immer, deine Mutter ist eigentlich sehr verständnisvoll?«, warf Tonja nachdenklich ein.

»Ja, eigentlich schon.«

Außer dass sie sich ständig um alles Sorgen machte und anderen gegenüber misstrauisch war. Elly wusste jedoch, dass es auch Eltern gab, die ihre Kinder züchtigten und zum Gehorsam anhielten, Eltern, für die die Wünsche der eigenen Kinder nichts galten. Trotzdem war sie nicht zufrieden.

Zum Schluss stiegen sie immer noch einmal aufs Dach hinaus, das zu ihrem Versteck geworden war, auch wenn sie durchaus gut sichtbar gewesen wären, wenn jemand auch nur ein Mal den Blick gehoben hätte. Doch das tat niemand.

Anfangs hatte Elly sich kaum von der Luke wegbewegt, dann war sie, wie Tonja, die Stufen nach oben gestiegen.

Tonja balancierte längst auf dem Dachfirst. Sie sah sehr konzentriert dabei aus, aber auch glücklich. Als fühle sie eine ungeahnte Freiheit. Inzwischen stand sie manchmal hochgereckt, heute hatte sie sogar die Arme ausgebreitet und erinnerte Elly an eine Seiltänzerin, die sie kürzlich im Zirkus gesehen hatte. Schön war sie, berauschend schön und manchmal, wenn sie ganz vorne stand, sah es aus, als gäbe es nichts mehr zwischen ihr und dem Himmel.

Rückblickend fand Elly es erstaunlich, wie lange sie unentdeckt geblieben waren, aber irgendwann gegen Ende des Sommers hob doch eine von Mamas Freundinnen den Blick, und ein Schreckensschrei zerriss die Luft, als man die beiden Mädchen auf dem Dachfirst entdeckte.

Tonja balancierte, wie sie es eigentlich immer tat. Elly saß auf der obersten Treppenstufe, die der Schornsteinfeger benutzte. Sie hörten Mama und ihre Freundinnen durcheinanderschreien. Sie hörten Ellys Vater brüllen. Frau Wenz musste sich setzen.

Elly dachte daran, wie schön es wäre, jetzt mit Tonja davonzufliegen. Sie hatte keine Angst mehr auf dem Dach, aber sie hatte Angst vor dem, was passieren würde. Davor, dass Mama Tonja die Schuld geben würde.

Während Elly als Erste wieder durch die Luke kletterte, dachte sie darüber nach, was jetzt zu tun war.

Die beiden Mädchen ließen den Spitzboden hinter sich und griffen einander bei den Händen. Papa wartete schon am Ende der Treppe und versetzte Elly eine Ohrfeige, die ihre Wange rot färbte und sie zugleich beschämte. Er hatte sie noch nie geschlagen.

Dann gingen sie weiter nach unten, wo Mama mit kreideweißem Gesicht wartete.

»Was hast du dir dabei gedacht?«, fragte sie.

»Was soll ich mir dabei gedacht haben?«, gab Elly schnippisch zurück, und dann schoss plötzlich Foxl aus einer Ecke hervor und biss kräftig in Tonjas Wade.

Tonja schrie auf und knickte in die Knie. Elly wollte sich losreißen, um die Freundin zu umarmen, aber ihr Vater hielt sie fest. Vielleicht war es die allgemeine Aufregung, die den Hund dazu gebracht hatte, vielleicht lag es einfach in seinem Charakter, vielleicht war er auch einfach ein unerzogener Köter.

Elly hasste ihn in diesem Moment noch mehr.

»Aua, aua!«, schrie Tonja und drückte die Hand gegen die kleine blutende Wunde an ihrem Bein, klein, weil eben auch der Hund klein war. Der Biss bewahrte Elly wahrscheinlich davor, ein weiteres Mal gezüchtigt zu werden. Papa ließ die bereits erhobene Hand wieder sinken. Er maß die Mädchen mit Blicken. Seine Stimme zitterte.

»Man sollte meinen, ihr wärt vernünftiger in eurem Alter. Ihr hättet abstürzen können! Versteht ihr das nicht?«

Sie hatten in diesem Moment noch einmal nach oben geschaut, und Elly hatte nur eines denken können, nämlich dass sie sich, nachdem die lästige Angst überwunden war, einfach nur frei gefühlt hatte.

Mama entschuldigte sich bei ihren Freundinnen, und diese verabschiedeten sich verständnisvoll, glücklich über den Tratsch, den sie jetzt in ihre eigenen Häuser tragen konnten.

»Foxl muss bestraft werden«, sagte Elly als Erstes zu ihr, als sie wieder zu ihnen stieß. »Er hat Tonja gebissen.«

Alice wurde blass und sagte nichts. Sie sah müde aus, unsicher, was zu tun war.

Gemeinsam hatten sie Tonja zu einer Chaiselongue im Wohnzimmer geführt, wo sie sich setzen konnte. Man hatte das Bein hochgelagert. Theresa brachte einen heißen Kakao. Dann wurde sie geschickt, den Arzt zu rufen, der die kleine Wunde wenig später eingehend untersuchte, reinigte und desinfizierte, bevor er einen Verband anlegte. Tonja hielt mutig still.

»Man muss vorsichtig sein, durchaus, durchaus«, sagte der Arzt mit seiner sonoren Stimme, die einen auch ein wenig beruhigte. »In Europa geht neuerdings die Hundetollwut um, vielleicht haben Sie davon gehört? In der Mainlust sind jüngst einige Leute von verdächtigen Hunden gebissen worden. War der Foxl denn in letzter Zeit unbeaufsichtigt draußen?«

»Nein, nein«, beeilte sich Alice zu sagen. »Ich lasse ihn nie aus den Augen.«

»Aber Mama«, mischte sich Elly ein. Sie dachte daran, wie sehr ihre Mutter den Foxl liebte, und sie wollte ihr einen Denkzettel verpassen. Niemals, niemals sollte sie auf die Idee kommen, Elly und Tonja den Umgang miteinander zu verbieten.

»Es tut kaum noch weh«, unterbrach Tonja sie.

»Unserem Foxl tut es auch sehr leid«, sagte Alice.

»Natürlich.«

»Aber Mama«, setzte Elly nochmals an, »der Foxl läuft doch immer weg.«

Elly war noch wach, als ihre Eltern nach Hause kamen. Sie hörte ihre leisen Stimmen in der Halle, dann die Schritte ihrer Mutter, die sie unter vielen immer erkannt hätte, weil sie ihren ganz eigenen Rhythmus hatten.

Wie damals, als ich mich im Unterschrank versteckt habe.

Zum ersten Mal seit Langem dachte Elly wieder an Corbin. Sie fragte sich, was er jetzt wohl machte. Sie hatten sich ein wenig aus den Augen verloren. Elly ging durch den Sinn, dass sie ihm nicht von Tonja berichtet hatte.

Jetzt blieben ihre Eltern stehen. Elly zögerte, dann schlich sie zur angelehnten Zimmertür und spähte durch den Spalt. Sie konnte die beiden unten sehen, in einer festen Umarmung zu einer Person verschmolzen. Ihre Eltern waren ein traumschönes Paar. Mama schluchzte auf.

»Warum hat Elly das getan?«

»Sie hat sich Sorgen gemacht«, antwortete ihr Vater nachdenklich. »Wenn Foxl Tollwut hat, müssen wir handeln.«

»Aber Foxl hat keine Tollwut. Warum hat sie ihn in Gefahr gebracht? Er ist ein unschuldiger, kleiner Hund. Was, wenn ihm etwas passiert?«

»Es wird alles gut werden … Man hat ihn nur zur Beobachtung behalten. Du wirst ihn zurückbekommen.«

»Ich weiß nicht«, murmelte Alice. »Ich habe kein gutes Gefühl.«

Leise schlich Elly in ihr Zimmer zurück. Man hatte Foxl also zur Beobachtung behalten. Das würde Mama eine Lehre sein.

Am nächsten Abend kam Mama nicht zum Abendessen. Sie blieb in ihrem Zimmer und weinte. Foxl war in dem Zwinger, in den man ihn zur Beobachtung gesperrt hatte, von einem anderen Hund totgebissen worden.

Tonja und Elly sahen sich nach den Ereignissen einige Tage nicht. Tonja musste tatsächlich nach Berlin reisen, um dort gegen Tollwut geimpft zu werden. Danach hatte sie viel zu erzählen. Sie war im Wertheim gewesen, einem wirklich riesigen Kaufhaus. Im Hause Kramer zog der erste Selbstwählanschluss ein, eine »Eiserne Jungfrau«, wie man das auch nannte. Ein langer aufregender Sommer ging zu Ende.

Zum Jahreswechsel stiegen die Temperaturen auf 16 Grad, doch die Stimmung in der Stadt war frostig. Immer mehr Menschen verloren ihre Arbeit, immer mehr Männer standen auf freien Plätzen müßig herum. Immer mehr Menschen mussten die gelbe Stempelkarte beantragen, und für die meisten ging es danach endgültig bergab. Die Einbrüche nahmen zu. In den Trambahnen trieben Taschendiebe ihr Unwesen, auf dem Vermittlungsbüro drängten sich die Hausangestellten. Elly hörte, wie Theresa einem anderen Hausmädchen erzählte, wie gut die Verpflegung bei den Kramers doch sei. Und das war es, worauf es in diesen harten Zeiten ankam: Was nutzte alles Geld, wenn man sich doch nichts davon kaufen konnte?

23

FRANKFURT AM MAIN, 2013

Elly seufzte. Der Tag, an dem der Fotoapparat aufgetaucht war, hatte viel Verdrängtes an die Oberfläche befördert: unendlichen Schmerz, unendliches Glück, unendliche Trauer. Dabei hatte sie sich solche starken Gefühle nie wieder erlauben wollen. Das Leben hatte sie gelehrt, dass es besser war, wenn man seine Gefühle unterdrückte, wenn man sich unter Kontrolle hatte, wenn man nicht zu viel träumte.

Es war nicht gut zu träumen. Träume waren albern.

Elly stemmte sich aus dem Sessel hoch, hielt einen Moment inne, um dann Schritt für Schritt auf ihren eleganten Schreibtisch zuzugehen. Er war ein Geschenk gewesen, das an ihren ersten großen Erfolg erinnern sollte. Sie hatte viele Geschenke bekommen, große und kleine, sündteure und weniger teure, die aber ebenso kostbar für sie waren. Sie hatte viele Stunden an diesem Tisch verbracht, Briefe schreibend, nachdenkend … weinend …

Oh ja, sie hatte auch geweint. Früher. Und dann noch einmal, als sie das Grammophon gehört hatte.

Der Stuhl stand so, dass sie sich mühelos setzen konnte. Sie öffnete die erste Schublade, nahm die Schriftstücke heraus, die sie dort aufbewahrte, und schaute sie durch, las hier und da ein paar Zeilen, erinnerte sich. Diese Karte dort hatte sie von einem Bewunderer erhalten. Eine Zeit lang hatte er sie hin und wieder ausgeführt. Sie war nie bereit gewesen, ihm das zu geben, was er sich erwartete, aber das hatte sie für ihn nur umso begehrenswerter gemacht.

Elly legte die Briefe wieder zurück, nahm die Fotos heraus, die sie ebenfalls an sich genommen hatte, nachdem Tom gemeinsam mit Paul ins Gartenhaus gegangen war. Tom war damals mächtig erschrocken angesichts ihrer Reaktion, und manchmal dachte sie, dass sie anders hätte reagieren müssen, aber das war ihr unmöglich gewesen.

Sie war ja selbst überrascht gewesen von sich, davon, wie sie die Kontrolle verloren hatte, wie plötzlich alles wieder da gewesen war: Die Klänge des Grammophons zu hören war so unendlich schmerzhaft gewesen, dass ihre Gefühle sie überwältigt hatten.

Nein, die Zeit heilt keine Wunden. Sie übertüncht sie vielleicht, aber Farbe kann abblättern.

Sie beugte sich nach vorne, schob die Brille höher und nahm ein Foto in die Hand. Das war sie vor dem Mailänder Dom. Dann Tonja, noch mit langen Haaren, am Main. Und da eine lachende Tonja mit kurzen Haaren. Sie beide vor dem Gartenhaus. Tonja mit einer Flasche Champagner im Arm, auf einem Schiff.

Er hat diese Aufnahme gemacht.

Elly legte die knotigen, krummen Finger auf das Gesicht der Freundin und schloss die Augen. Sie hörte Tonjas Lachen. Wenn sie gelacht hatte, war es einem fast unmöglich gewesen, nicht einzustimmen. Da war so etwas unglaublich Mitreißendes darin gewesen, so viel Kraft und so viel Leben. Es schien unmöglich, dass diese Frau sich vom Schicksal unterkriegen ließ. Doch genau das passierte. Sie war unglücklich gewesen, todunglücklich, und sie, Elly, war der Grund dafür.

Carina hatte zaghaft geklopft und auf Elly Kramers knappes »Herein« hin, erst einmal nur vorsichtig den Kopf zur Tür hineingesteckt.

»Entschuldigen Sie. Ich hoffe, ich störe sie nicht, Frau Kramer, aber Tom, Herr Kramer meine ich, sagte mir, Sie wären nun doch bereit, mir die eine oder andere Frage zu beantworten. Es tut mir leid, falls ich Ihnen anfangs zu nahe getreten bin. Das war nicht meine Absicht. Passt es Ihnen heute denn überhaupt?«

Die alte Dame sah sie einen Moment lang schweigend an. Sie war wie immer bis ins letzte Detail zurechtgemacht: das Haar zu einem lockeren, eleganten Knoten aufgesteckt, auf ihren Lippen ein roter Schimmer, die hohen Wangen mit Rouge betont, die Fingernägel lackiert. Sie trug ein maßgeschneidertes Kostüm mit einem etwas längeren Rock und elegante Schuhe, die aber genügend Halt boten. Es dauerte noch etwas, dann machte sie eine ungeduldige Bewegung mit der Hand.

»Ja, ja, kommen Sie schon herein, Fräulein …«

»Frau Wahlsberg.«

Zögernd trat Carina näher, blieb dann wieder stehen. Elly ließ den Blick über sie gleiten, und Carina kam der Gedanke, dass einer Dame ihres Alters Jeans und Bluse sicherlich unpassend vorkamen. Dann hob Elly Kramer eine Augenbraue und nickte auffordernd zu dem Sessel hin, der ihr gegenüberstand.

»Setzen Sie sich doch, junges Fräulein.«

»Danke.«

Carina ärgerte sich. Die Unsicherheit war zurück in ihrer Stimme, dabei wünschte sie sich doch so sehr, souveräner aufzutreten, sich weniger als Eindringling zu sehen. Aber vielleicht verschaffte ihr das auf der anderen Seite auch das nötige Fingerspitzengefühl im Umgang mit der alten Dame.

Diesmal korrigierte sie das »Fräulein« nicht. Es gab Schlimmeres, und Elly gehörte eben einer anderen Generation an.

»Gut, was wollen Sie von mir?«

Carina war überrascht von Ellys direktem Vorstoß und musste sich kurz sammeln.

»Also, ich habe mir inzwischen einiges von dem Material angesehen, das man mir zur Verfügung gestellt hat, und …«, setzte sie an, um dann fortzufahren: »Herr Kramer hat ihre Privatsphäre übrigens wie ein Löwe verteidigt. Sie haben einen großen Beschützer in ihm.«

Elly hob die rechte Augenbraue.

Warum erwähne ich das überhaupt, fragte sich Carina, kaum dass sie den Satz ausgesprochen hatte. Sie musste Tom nicht verteidigen, wirklich nicht.

»Ein großer Beschützer, meinen Sie?« Die alte Dame sah Carina prüfend an. »Tom sagte mir jedenfalls, es könnte eine gute Idee sein, mit Ihnen zu sprechen.« Sie seufzte dramatisch. »Ich weiß zwar nicht, woher heutzutage dieses Bedürfnis kommt, über alles zu plappern, aber …«

»Darum geht es ja nicht«, beeilte Carina sich zu sagen. »Ich will den Leuten die Welt des Kinos von damals nahebringen. Sie sind doch sicher ins Kino gegangen, oder? Wenn Ihr Vater der Besitzer des Odeon war, dann waren Sie ja quasi an der Quelle. Das war Ihre Welt.«

»Meine Welt, so? Ja, vielleicht. Meine Mutter konnte das Kino übrigens nicht ausstehen. Sie liebte das Theater.«

Carina wusste nichts darauf zu sagen. Sie rutschte etwas auf ihrem Sitz nach vorne, suchte dann in ihrer Tasche nach der kleinen Schachtel Pralinen, die sie als Geschenk mitgebracht hatte.

»Danke.« Elly schaute das Päckchen an und legte es dann vor sich auf den Tisch.

»Wissen Sie«, sagte sie unvermittelt, »es heißt immer, je älter man wird, desto lieber erinnert man sich an früher. Ich kann allerdings nicht sagen, dass ich mich gerne erinnere. Es gehört eher zum Leben dazu. Manchmal ist es inzwischen leider wirklich so, als würden meine Gedanken einfach tun, was sie wollen. Seltsam, nicht wahr? Man liegt im Bett, und dann geht es los mit dem Denken, immer und immer weiter, ohne dass man etwas dagegen tun könnte. Vielleicht hört das ja endlich auf, wenn ich mit Ihnen rede?«

Carina zuckte die Achseln. Sie dachte daran, wie sich ihre Gedanken neuerdings um Jan und die Beziehung drehten, wenn sie abends meist schweigend nebeneinander im Bett lagen.

Wenn er denn einmal da ist.

Elly musterte Carina nachdenklich.

»Nun gut, dann lassen Sie mich am besten reden, und wir sehen, was dabei herauskommt, auch wenn ich mich um Kopf und Kragen rede.«

»Wieso sollten Sie sich um Kopf und Kragen reden? Das ist nicht meine Absicht. Ich will Sie nicht aushorchen, Frau Kramer. Ich möchte nur etwas mehr erfahren über die Gegenstände, Fotos und Schriftstücke, die ich mir in den letzten Wochen angeschaut habe ... Ich möchte Ihre Sicht der Dinge kennenlernen.«

»Ist das so, oder sind Sie nicht vielmehr auf der Suche nach einem Clou? Heutzutage braucht doch jede Geschichte das gewisse Etwas, einen Aufhänger, wissen Sie?«

Die alte Dame lächelte. Carina musste ihrem Blick ausweichen und schaute für einen Moment auf ihre Hände, dann hob sie den Kopf und suchte erneut Ellys Blick. Die saß jetzt sehr aufrecht an ihrem Platz, hatte die Augen geschlossen, die Hände um den Gehstock gelegt. Sie schien leicht zu lächeln, als sie weitersprach.

»Wenn ich nun aber rede, dann erzähle ich doch alles, was damals geschehen ist. Ich soll sie doch ausplaudern, die schönen und die hässlichen Dinge, denn das sorgt für Aufmerksamkeit … Oh ja, ich kann Ihnen viel über dieses Lichtspieltheater sagen.

Das Odeon war unser Lebensmittelpunkt, und es war ein Abbild der Gesellschaft. Arme und Reiche kamen hierher, um der Gegenwart zu entfliehen. Man versank in der Welt des Films und wurde für ein, zwei Stunden ein Teil von ihr. Ich selbst habe ganze Nachmittage dort verbracht. Es war eine verrückte Zeit – ja, vielleicht würde man das heute so sagen, und manches von heute erinnert mich an damals.

Als ich ein Kind war, sah man noch Droschken in der Stadt. Als ich älter wurde, verschwanden Postillion und Postgaul, und es fuhren mehr und mehr Autos auf den Straßen. Damals war Autoschlosser ein wahrer Modeberuf für Jungen. Jeder wollte Autoschlosser werden. Jeder wollte Auto fahren. Heute sind es die Computer, die unsere Welt verändern …« Sie öffnete die Augen wieder und schaute Carina scharf an. »Aber jetzt zeigen Sie mir doch bitte einmal, was Sie da in der Hand haben?«

Carina errötete leicht. Offenbar entging der alten Dame nichts, auch nicht die Fotos, die sie eben aus ihrer Handtasche geholt hatte. Die junge Frau gab sich einen Ruck.

»Es sind diese Bilder hier. Darf ich sie Ihnen zeigen? Und darf ich Ihnen Fragen dazu stellen?«

»Zeigen Sie schon her.«

Elly streckte die Hand aus. Ihr Blick fiel auf das erste Bild. Carina nahm einen Hauch von Zittern wahr, dann hatte die alte Dame sich auch schon wieder gefangen.

Am Abend nach dem Gespräch mit dieser Carina Wahlsberg, hatte Tom sie tatsächlich gefragt, warum sie nie geheiratet hatte, als wäre das plötzlich von Bedeutung. Bislang hatte ihn das nie beschäftigt.

»Hast du nie einem Menschen so vertraut, dass du ihm dein Herz schenken wolltest, Tante Elly?«, hatte er gefragt.

Oh doch, das habe ich. War ich ein furchtbares Weib, nicht wert, geliebt zu werden? Keinesfalls.

Elly leerte ihre Teetasse mit kleinen damenhaften Schlucken. Ach, was wusste er schon? Sie wussten ja alle nichts. Sie sahen alle nur die Fassade. Das Gespräch mit Fräulein Wahlsberg hatte ihr in jedem Fall unerwartet gutgetan. Vielleicht war es richtig, alles zu erzählen, endlich einen Schlussstrich zu ziehen. Vielleicht war es an der Zeit, die ganze Welt wissen zu lassen, was Elly Kramer getan hatte.

24

FRANKFURT AM MAIN, 1927

Wenn man Tonja glauben wollte, dann hatte sich Franz Cohn, der kleine Geiger aus Kramers Filmorchester, schon in Elly verliebt, als sie gerade einmal dreizehn Jahre alt gewesen war. Elly fand ihn zu jung, auch wenn er älter war als sie. Ihr imponierten wahre Männer, die, die sie oben auf der Leinwand sah, die stark waren und schön, für die Tonja und sie schwärmten und von denen sie träumten: Rudolph Valentino oder Douglas Fairbanks oder Conrad Veidt oder Lon Chaney …

Franz sah dagegen immer noch aus wie ein kleiner Junge: schmal und sommersprossig, mit struppigem, rotem Haar, das sich nur schwer bändigen ließ und in das er sich offenbar vor jedem Auftritt Unmengen an Pomade schmierte. Wer wollte schon einen Bewunderer, der wie ein rothaariges Schaf aussah?

Natürlich wartete er auch heute wieder am Eingang des Theaters auf sie. Das tat er immer. Er war wie Harz, das einem an der Hand klebte.

»Elly!«, rief er und tat jedes Mal so, als sei das eine große Überraschung, dass sie hier aufeinandertrafen. Er streckte ihr lächelnd die Hand hin. Sie ignorierte sie und nickte nur. Tonja hatte zwar gesagt, sie solle es doch genießen, einen Verehrer zu haben, aber Elly hatte absolut nicht die Absicht. Warum auch? Sie mochte Franz nicht, und sie wollte ihm keinen Anlass zur Hoffnung geben, dass sich das vielleicht ändern könnte.

Tonja ist die Einzige von Bedeutung in meinem Leben.

»Franz, sehr erfreut.«

Er ließ die Hand sinken. Dann überlegte er offenbar. Ganz sicher wollte er irgendetwas von Belang zu ihr sagen, etwas, über das sie sprechen konnten.

»Wir proben heute für eine Premiere, weißt du«, sagte er. »Das ist sehr wichtig.«

Er sah sie an, und sie wusste, dass er sich wünschte, sie würde ihn ebenso wichtig finden. Elly blickte sich suchend um.

»Ach, wirklich?«

Wo blieb Tonja denn nur?

»Wir müssen sehr gut spielen, damit der Film richtig zur Geltung kommt. Ihm würde sonst etwas fehlen.«

»Dem Film würde etwas fehlen, wenn es keine Schauspieler gäbe, die Musik ist doch eher zweitrangig«, stellte Elly fest. Sie wusste nicht, warum sie das sagte, denn es war ja ganz und gar falsch. Die Filmmusik spielte sogar eine große Rolle. Sie ließ das Herz schneller klopfen. Sie untermalte Szenen und verlieh ihnen Tiefe und Gefühl. Aber sie wollte einfach nicht, dass Franz dachte, irgendetwas von dem, was er tat, sei auch nur von geringster Bedeutung für sie.

Als Franz an diesem Abend nach den Proben nach Hause zurückkehrte, schmerzten seine Finger vom vielen Üben. Seine Cousine Rahel war da, angeblich, weil ihr Vater auf Geschäftsreise war, doch Franz wusste nur zu gut, dass seine Mutter es noch nicht aufgegeben hatte, sie beide miteinander zu verkuppeln. Auch seine Tante Ruth, Mamas Schwester saß am Tisch.

Er grüßte knapp, setzte sich und widmete sich gleich dem Teller Suppe, den seine Mutter vor ihn stellte, nur um nichts sagen zu müssen. Die Frauen bereiteten den Schabbes vor. Franz verfolgte ihr Tun mit leichtem Amüsement. Seine Familie war nicht besonders gläubig, trotzdem hielt sie gewisse Rituale ein.

Er hörte, wie Mama mit ihrer Schwester über die Gemeinden der Ostjuden sprachen, die in den letzten Jahren stark angewachsen waren. Das waren die Männer mit den auffälligen Hüten und den Schläfenlocken, die einem alteingesessenen Frankfurter Juden, laut Vater, den Ruf zerstörten, weil sie doch aussahen, als wollten sie sich abgrenzen und nicht dazugehören.

Die Familie Cohn waren assimilierte Juden. Sie waren Deutsche und stolz darauf. Seine Eltern passten sich an, das war schon immer besser gewesen. Sein Vater war ein hochdekorierter Weltkriegssoldat.

»Und in ein paar Jahren bist du dann nur noch Deutscher, und keiner fragt mehr nach der Religion«, stellte er überzeugt fest.

Sie gingen selten in die Synagoge. Natürlich gab es hin und wieder Momente, an denen man zusammenrückte: Man spendete, wenn der jüdische Friedhof geschändet wurde, wie unlängst geschehen. Man sprach darüber, und man war sich einig, dass es ein einmaliges Ereignis gewesen war. So etwas passierte. Dummköpfe gab es überall. Schwamm drüber.

Franz' Löffel schabte über den Teller. Seine Mutter tat ihm noch eine Schöpfkelle auf.

»Danke.«

»Geht ihr nachher wieder spazieren, Rahel und du?«

Er wollte widersprechen.

»Gerne, Tante Sarah«, sagte Rahel.

Als sie später die Straße entlanggingen, versenkte Franz motzig die Hände in den Hosentaschen.

»Denkst du vielleicht, ich will etwas von dir?«, fragte Rahel plötzlich. »Ganz gewiss nicht. Ich lasse es mir nur nicht anmerken. Sobald ich kann, bin ich von hier weg.«

Franz blieb stehen.

»Wo willst du denn hin?«, fragte er, zu verblüfft, um bei seinem Vorsatz zu bleiben, nicht mit Rahel zu sprechen.

»Nach Israel. Ich bin Zionistin. Wir bauen ein Land für uns auf.«

Er starrte sie an und wusste erst nicht, was er sagen sollte.

»Braucht man so etwas denn?«, fragte er endlich.

25

FRANKFURT AM MAIN, 1928

Gegen Mittag hatte sich Alice hinlegen müssen und war erst abends wieder wach geworden. In letzter Zeit plagten sie die Kopfschmerzen noch häufiger. Ein weiteres Jahr war vergangen. Je älter sie wurde, desto länger schien jeder einzelne Tag zu sein und desto kürzer jedes Jahr. Foxl war tot. Tonja und Elly waren immer noch beste Freundinnen. Sie konnte nichts tun, als mit ihrem Misstrauen zu leben, während Toni versuchte, sie davon zu überzeugen, dass sie nichts zu befürchten habe.

Gestern hatte sie die beiden Mädchen trotzdem wieder belauscht, was natürlich nicht recht gewesen war. Wie angewurzelt war sie hinter dem Baum stehen geblieben und das letztlich auch, weil es schon nach kurzer Zeit einfach unmöglich gewesen war, ihr Versteck unbemerkt zu verlassen. Die beiden hatten über den Prozess gegen die Krankenschwester Wilhelmine Flessa gesprochen. Tonja hatte geschaukelt. Elly hatte ihrer Freundin dabei zugesehen, und sie hatten über diese Frau gesprochen, die ihren Geliebten getötet hatte.

Alice hatte keinen Zweifel: Es war immer Tonja, die diese seltsamen, für zwei junge Mädchen so völlig ungeeigneten Themen anbrachte. Trotzdem sann Alice auch darüber nach, ob sie mit der Erziehung ihrer Tochter irgendetwas falsch gemacht hatte.

Tonja hat unser Leben verändert.

Im oberen Flur ging jetzt eine Tür. Man hörte Schritte, dann war Tonjas Stimme zu hören: »Montevideo / ist keine Gegend / für meinen Leo, / denn man weiß, /dort ist's heiß / und zu schwül / fürs Gefühl.«

Gleich darauf kicherte Elly.

»Hör auf, Tonja, Mama mag das nicht.«

»Gut, ich hör auf.«

»Ach, ich … Ich weiß nicht … Sing doch weiter …«

»Sie würde nie etwas gegen dich tun, oder? Ich meine, wenn dir etwas gefällt, dann würde sie es dir doch nicht wegnehmen? Sie will, dass es dir gut geht.«

Wieder Ellys Stimme, etwas zögerlich. »Nein, ich glaube nicht, dass sie mir etwas *wegnehmen* würde, aber du weißt ja: Manchmal mischt sie sich auch einfach in Dinge ein, die sie nichts angehen …«

Für einen Augenblick war es still.

»Ich verstehe dich«, sagte Tonja dann. Alice hielt den Atem an.

»Aber ich verstehe natürlich auch deine Mutter. Die besten Eltern wollen das Beste für ihre Kinder.«

Vorsichtig atmete Alice wieder ein. Tonja hatte genau erfasst, dass es darauf ankam, sich mit allen gut zu stellen. So waren diese Kinder, die niemanden hatten.

Sollte mich das beruhigen?

Anton Kramer hatte eigentlich nur am Zimmer seiner Frau vorübergehen wollen, doch dann war er stehen geblieben. Wie sie da vor ihrem Frisiertisch saß, wirkte sie so zart und elegant wie in den Tagen, als er um ihre Hand angehalten hatte. Sie hatte ihre Haarpracht nach vorne genommen, dabei ihren zarten Nacken freigelegt und sich im Spiegel gemustert.

Er liebte diesen Anblick, es war ein wenig, als habe er sich zuerst in diesen Nacken verliebt. Er erinnerte sich an das Kleid aus gebrochen weißem Stoff, das sie damals getragen hatte, als er ihr zum ersten Mal mit einer Begleiterin beim Spaziergang begegnet war, und wie er befürchtet hatte, ihm könne das Herz aus der Brust springen, als er sie wenig später ansprach. Er dachte an seine Befürchtungen, Alices Vater werde die Hand seiner Tochter nicht einem einfachen Geschäftsmann geben. Aber es war anders gekommen: Der Vater hatte die Liebe seiner Tochter akzeptiert. Sie hatten geheiratet, und er war der glücklichste Mann unter Frankfurts Sonne gewesen.

Natürlich wusste er, dass er ihr nicht alles bieten konnte, was sie gewöhnt war. Er war nicht so kultiviert, nicht so belesen, aber er war bereit zu lernen, und er hatte schon damals genügend Geld, um sie glücklich zu machen.

Warum nur hatte er plötzlich den Eindruck, dass sie etwas bedrückte, dass sie ihm etwas verheimlichte? Manchmal wollte er sie fragen, was mit ihr los war, aber Alice äußerte sich nicht, und jedes Mal wenn er sich vornahm, mit ihr zu reden, fand er die richtigen Worte nicht.

26

Das Orchester hob zu spielen an, während sich die ersten Premierengäste in das überaus festlich geschmückte Odeon begaben. Üppige Girlanden waren allenthalben angebracht worden. Auch das letzte Lichtchen brannte heute flackernd. Der rote Teppichboden war frisch gereinigt. Im Foyer standen Sektgläser und Gebäck auf Tischen. Das Gebäude summte von Stimmen. Kleidung raschelte, und die Damen zelebrierten ihre eleganten Roben.

Tonja und Elly durften sich in einer Loge im ersten Rang aufhalten. Von oben beobachteten sie das Eintreffen von Fritz Ernstmann und Tochter Annemie.

»Oh je«, sagte Elly und verdrehte die Augen. »Diese hinterhältige Ziege ist wirklich überall.«

Meta Schell kam mit ihrer Mutter, den Geschwistern und den Großeltern, ein Pärchen in abgerissener Kleidung mischte sich dazwischen, das gewiss das ganze Geld zusammengekratzt hatte für dieses einmalige Vergnügen.

Nach und nach füllten sich die Plätze. Die Musiker stimmten ihre Instrumente. Elly zupfte Tonja am Ärmel und machte sie auf Frau Kruse aufmerksam, die einen zu pompösen Pelzkragen zu ihrem Kleid trug. Irmela Kruse, eine weitere Mitschülerin, ging am Arm ihres Vaters und hatte auf ihre Brille verzichtet, ohne die sie allerdings kaum etwas sah. Tonja und Elly lachten über das eitle Mädchen.

Dann wurde es im Saal dunkler, das Orchester wurde lauter.

Die Musik brauste über die Sitzplätze hinweg wie ein Sturmwind und riss das Publikum mit sich. Die Musik fuhr in ihre Körper und ließ sie beben: helle, fröhliche Töne, dann dunkle bedrohliche.

Auf der Leinwand wurde es heller, und die Bilder begannen zu tanzen. Elly krallte die Finger in Tonjas Arm. Endlich passierte etwas dort vorne, endlich traten ihre Helden aus den Schatten hervor, und von diesem Moment an versanken sie vollkommen in ihrer Traumwelt. Das Einzige, was Elly jetzt noch voller Wonne von der Außenwelt wahrnahm, war Tonjas Wärme, die Anspannung ihrer Muskeln, hier und da ein leiser Schreckenslaut. Der Film sog sie in sich auf, zog sie in seinen Bann: Da war er wieder, der Zauber, und für die Dauer des Films vergaßen Tonja und Elly, dass es noch etwas anderes gab als dieses Kino.

Danach sahen sie einander an. Mit den Ärmeln ihrer weißen Blusen tupften sie sich beinahe gleichzeitig die Tränen aus den Augen. Stumm sprachen sie die letzten Worte der Heldin nach. Sie wussten, was die andere in diesem Moment dachte. Andächtig hielten sie sich bei den Händen, immer noch gefangen von dieser großartigen Fantasie. Es war Tonja, die als Erste sprach, während sie noch in der Loge verharrten und das Publikum sich im Saal zu verstreuen begann.

»Es war wunderbar, findest du nicht?«

Elly nickte. »Himmlisch.«

Sie schwiegen wieder. Stimmen drangen von unten herauf. Alle sprachen über den Film. Türen klapperten. Von weiter entfernt war leises Gläserklirren zu hören.

»Sag«, fuhr Tonja fort, »stellst du dir eigentlich manchmal auch vor, wie das wäre, eine Schauspielerin zu sein?«

Elly zuckte die Achseln.

Nein, eigentlich hatte sie das bislang nicht, aber jetzt da es Tonja aussprach, war sie sich dessen nicht so sicher.

27

FRANKFURT AM MAIN, 2013

Bei jeder Kiste nahm Carina zuerst eine grobe Vorsortierung vor und machte sich Notizen, denn meistens war das Material ganz ungeordnet. Schriftstücke mischten sich mit Erinnerungsstücken wie Fotos und Medaillen. Es war umfangreich, also würde sie eine Auswahl treffen müssen. Leicht fiel ihr das nicht. Manchmal verlor sie sich auch in einem Dokument, obwohl ihr rasch klar war, dass es in einer Festschrift zum Odeon gewiss keine Rolle spielen würde.

An diesem Morgen hatte sie zum ersten Mal seit längerer Zeit eine neue Kiste geöffnet. Bald wurde sie von ihrer Neugier von einem Fundstück zum nächsten getrieben, dann versuchte sie sich zu disziplinieren. Sie hatte inzwischen einige Gespräche mit Elly Kramer geführt und betrachtete all diese Dinge nun mit anderen Augen, fand einen ganz neuen Zugang zu dem ihr zu Verfügung stehenden Material.

Carina war fast zum Boden der Kiste vorgedrungen und musste sich etwas tiefer beugen. In dieser Kiste waren viele Briefe gewesen, Unterlagen zum Umbau des Odeon – die Toiletten waren erneuert worden – und dergleichen. Im nächsten Moment hielt sie einen Stapel Fotos in der Hand und sah sie sich genauer an.

Dieses Mal waren es Bilder von Theateraufführungen, die stark geschminkte Personen in übertrieben ausgeführten Posen zeigten. Carina ging die Bilder erst schnell durch, um festzustellen, ob ihr etwas ins Auge fiel, dann langsam, eins nach dem anderen. Die Schauspieler waren ihr fremd. Keines der Gesichter kam ihr auf den ersten Blick bekannt vor, und es dauerte eine ganze Weile, bis sie Elly entdeckte. Und da gab es noch ein anderes Mädchen, das häufiger an ihrer Seite auftauchte.

Wo habe ich dieses Gesicht nur schon einmal gesehen?

Carina drehte die Fotos eins nach dem anderen um und überprüfte das Datum, das jemand in sorgfältigen, winzigen Buchstaben darauf geschrieben hatte: 1929. 1928. 1927. 1929.

Wo habe ich dieses Mädchen nur schon einmal gesehen?

Und dann fiel es ihr ein: Das war im oberen Flur gewesen, an jenem ersten Tag, als Alea ihr das Haus gezeigt hatte.

Sie ließ kurzerhand alles liegen und ging zum Haus hinüber. Carina musste niemanden fragen. Jeder Bereich der Kramer-Villa, der nicht ausdrücklich privat war, stand ihr während ihrer Recherche offen. Als sie eintrat, war es still, bis auf das Gluckern und Knacksen, das es in diesem alten Gebäude immer zu hören gab und an das sie sich schon gewöhnt hatte. Dieses Mal trug Carina eine Taschenlampe bei sich, denn sie konnte sich noch gut erinnern, wie düster es in dem Flur gewesen war, der nur spärlich von einer einzigen 40-Watt-Birne beleuchtet wurde.

Oben angekommen ging sie von Bild zu Bild, und dann entdeckte sie die junge Frau wieder. Sie war jünger auf diesem Foto, aber es handelte sich unverkennbar um dieselbe Person.

Carina zögerte kurz, dann legte sie die Taschenlampe ab und machte sich daran, das Bild mit beiden Händen behutsam von der Wand zu nehmen. Sie musste vorsichtig sein: Der Rahmen machte einen instabilen Eindruck und Häkchen und Öse, an denen das Bild aufgehängt war, wirkten sehr zerbrechlich. Die Schicht von Staub auf dem Rahmen war wie verkrustet, als sei diese Stelle einmal feucht geworden.

Carina drehte das Bild vorsichtig um. Auch die Rückseite

war staubig. Sie strich mit dem Daumen darüber, und langsam schälte sich eine Schrift hervor: Tonja Lövenich und Elly Kramer, las sie, 1927.

Carina hatte dem Impuls widerstanden, Glasplatte und Rahmen zu reinigen, und das Foto einfach wieder zurück an seinen Platz gehängt. Als sie auf dem Weg nach draußen den Flur durchquerte, hörte sie die Stimmen der Geschwister aus der Küche. Alea war offenbar vom Besuch einer Freundin aus Hamburg zurück. Carina beschloss, sie zu begrüßen und drehte um. In den Wochen ihrer Arbeit hier hatte sie Alea hin und wieder getroffen. Es machte Spaß, sich mit ihr zu unterhalten. Alea war witzig. Carina mochte sie.

Sie legte die Hand auf die Klinke.

»Was hältst du von einer Grillparty?«, hörte sie Alea drinnen sagen.

»So viel wie ich von anderen Partys halte, nämlich gar nichts«, kam Toms prompte Antwort. Ein dumpfes Geräusch war zu hören, dann Schritte, dann wieder Aleas Stimme: »Aber du musst mal wieder unter Leute.«

»Das muss ich nicht.«

Für einen Moment hörte man nichts. Dann das Geräusch der Kaffeemaschine, die sich gurgelnd abschaltete.

»Wie willst du denn sonst jemand Neues kennenlernen?«, fragte Alea just in dem Moment, als Carina versehentlich die Klinke herunterdrückte, weil sie sich zu weit vorgelehnt hatte, und ungeschickt in die Küche stolperte. Die Geschwister starrten sie an.

Sie wissen, dass ich gelauscht habe, schoss es ihr durch den Kopf. Sie lief rot an.

»Vielleicht will ich das ja nicht«, sagte Tom langsam und deutlich.

Alea grinste breit.

»Carina, schön dich zu sehen. Ich habe gelesen, was du mir mitgegeben hast, und ich bin so froh, dass ich dir den Job gegeben habe. Was hältst *du* denn davon, mal wieder mit ein paar Freunden zu feiern?«

»Ich weiß nicht.«

Carina schaute zu Tom hin, der mit verschränkten Armen neben der Kaffeemaschine lehnte und die beiden Frauen mürrisch betrachtete.

Meinte er das ernst, dass er niemanden kennenlernen wollte? Und warum wollte Alea eigentlich, dass ihr Bruder unter Menschen kam? Er war ja nun kein Eremit.

Aus den Augenwinkeln sah Carina, dass Alea den Kopf schüttelte.

»Dann entscheide jetzt ganz einfach ich: Wir machen eine Party. Das alte Haus hat schon lange kein Fest mehr gesehen. Wir sind jung. Es ist einfach einmal wieder Zeit.«

28

FRANKFURT AM MAIN, 1928

Sommer. Keuchend strampelten die Mädchen den kleinen Abhang hinauf. Elly hatte in diesem Jahr ein neues Fahrrad bekommen und darauf bestanden, dass Tonja sich für die Ferienwochen Mamas altes borgen konnte. Die beiden Mädchen liebten es, Fahrrad zu fahren. Oben angekommen beugte Tonja sich etwas tiefer über den Lenker und sauste hinab. Elly folgte ihr nur einen Augenblick später.

Der kühle Wind tat gut. Sie waren nun beide sechzehn Jahre alt. Auf ihren Rädern fühlten sie sich frei. Nicht zum ersten Mal kam Elly der Gedanke, dass es nicht schlimm wäre, wenn es nur noch sie beide auf der Welt gäbe und niemanden sonst. Sie liebte es, wenn es sich anfühlte, als gehöre die Welt ihnen allein. Dann dachte sie an »Die Höhlenkinder«, eines ihrer Lieblingsbücher, und malte sich aus, wie es wohl wäre, gemeinsam mit Tonja in einem abgeschiedenen Hochtal in den Alpen zu leben.

Seit sie den See auf einem ihrer ersten Ausflüge in den Sommerferien entdeckt hatten, kamen sie fast jeden Tag her. Ein Teil des Weges dorthin führte durch einen Wald. Vögel zwitscherten oder gaben Warnrufe ab. Ab einem bestimmten Zeitpunkt konnte man nicht mehr fahren, dann schoben sie die Räder über Äste, Laub und Wurzelwerk und plapperten unaufhörlich miteinander. Und wenn dann im Wald irgendwo ein Quaken zu hören war, dann wussten sie, dass es nicht mehr weit war. Die Frösche hatten das neue Refugium wohl als Erste entdeckt.

Als sie heute kurz vorm Ziel waren, hielt Tonja an und holte eine Blechflasche aus ihrem Beutel, um zu trinken, und Elly tat es ihr gleich.

»Gleich sind wir da«, sagte Tonja. Sie griffen die Lenker ihrer Fahrräder wieder fester und eilten schneller voran.

Der See war so abgelegen, dass sie sich hier ganz sicher fühlten. Selbst wenn ein paar andere, die in der Nähe wohnten, diesen Ort kannten, so kamen Elly und Tonja doch meist so früh, dass noch keine anderen Schwimmer zu erwarten waren und sie den See eine ganze Weile für sich hatten. Auch später blieben die beiden Mädchen zwischen den Bäumen meist unbemerkt. Zumal sie immer die Seite des Sees wählten, die weniger frequentiert war, weil man dort schlechter ins Wasser gelangte.

Beim ersten Mal, erinnerte Elly sich, hatten sie noch ängstlich gezögert, in das Wasser einzutauchen, das so verlockend grün zwischen den Bäumen funkelte.

»Sollen wir?«

Tonja hatte sich damals zu Elly hingedreht.

»Hier?« Elly war unsicher. Was, wenn jemand kam?

»Es ist doch niemand da.«

»Ich habe keine Badekleidung.«

»Wer soll uns denn sehen, Elly?«, wiederholte Tonja und ließ ihren Blick sehnsüchtig übers Wasser schweifen. Es war ihr anzusehen, dass sie am liebsten sofort, hier und jetzt in den See springen würde. Und tatsächlich zog sie im nächsten Moment ihre leichte Strickjacke aus und knöpfte ihr Kleid auf. Als Elly sich endlich erhob, stand Tonja bereits in Unterwäsche vor ihr. Elly griff unsicher nach dem Kragen ihrer dünnen Jacke und hielt sie am Hals zusammen. Tonja lachte: »Was machst du denn? Denkst du, ich schaue dir was ab?«

Elly schüttelte stumm den Kopf. Dann zog sie kurz entschlossen ihre Jacke aus. Tonja hatte ihr bereits den Rücken zugewandt und tastete sich Schritt für Schritt ins Wasser. Sie quiekte leise.

»Sind da Fische?«

»Nein, es ist kalt. Hui!«

Elly legte fröstelnd die Arme um den Körper. Tonja ging entschlossen weiter. Das Wasser umspielte jetzt ihre Taille. Ihr Unterhemd schwebte weiß im Wasser. Elly dachte, dass sich das wunderbar anfühlen musste. Tonja drehte sich lachend um.

»Komm schon, es ist herrlich, etwas kalt vielleicht, aber man gewöhnt sich daran. Nun komm schon!«

Sie holte prustend Luft und tauchte unter. Elly wartete, rief dann unsicher nach ihr.«Tonja?«

Warum kam sie nicht wieder hoch? Rasch schlüpfte sie aus ihrem Kleid, rannte ins Wasser, spürte die Kälte vor Aufregung gar nicht.

»Tonja!« Elly hörte die Angst in ihrer Stimme, die ihr noch Tage lang danach die Kehle zuschnürte, wenn sie sich an diesen Augenblick erinnerte.

Dann schoss Tonja plötzlich neben ihr nach oben.

»Puh«, keuchte sie, »ich dachte schon, du kommst gar nicht mehr. Wolltest du mich ertrinken lassen?«

Elly starrte auf die Wasserpflanzen in Tonjas Haaren. Sie sah aus wie eine Meerjungfrau.

»Himmel«, brach es aus ihr heraus. »Warum hast du das gemacht?«

Tonja sah plötzlich schuldbewusst drein.

»Ich weiß nicht«, flüsterte sie unsicher. »Ich weiß es wirklich nicht.«

Sie starrten einander an und wussten beide nichts zu sagen.

Sie versuchten das schlechte Gefühl wegzuschieben, aber ein Hauch davon blieb zurück.

Beim zweiten Besuch hatten sie ihre Kleider sofort und ohne zu zögern ausgezogen. Danach kamen sie fast jeden Tag zu ihrem See, und später, als die Schule wieder angefangen hatte, zumindest an den Wochenenden.

Das Wasser fühlte sich weich an. Wenn sie hineingingen, hörten die Frösche auf zu quaken, dann setzten sie wieder ein. Die Mädchen tauchten und schwammen, planschten oder ließen sich nebeneinander auf dem Rücken treiben. Der blaue Himmel setzte sich gegen das satte Grün der Büsche ab. Ihre Haut schimmerte weiß im dunklen Wasser.

Es kam ihnen vor wie das Paradies. Wenn sie ans Ufer zurückkehrten, suchten sie sich einen sonnigen Fleck, um sich trocknen zu lassen.

Eines Tages im Spätsommer, sie wollten sich gerade anziehen, stieß Tonja plötzlich einen Schrei aus. Zuerst hatte Elly keine Ahnung, was los war, dann sah sie es: Eine dünne rote Spur zog sich am Innern von Tonjas Schenkel entlang. Die Mädchen starrten einander an. Sie wussten Bescheid. Es war so weit. Eine von ihnen wurde zur Frau. Obgleich sie nicht vollkommen ahnungslos waren, konnten sie sich eines Gefühls der Unsicherheit nicht erwehren.

»Was soll ich tun?«, wisperte Tonja.

Sie sahen sich ratlos an. Dann nahmen sie ihre großen weißen Taschentücher und falten sie so zusammen, dass Tonja sich einen Schutz in die Hose legen konnte. Elly hätte gerne gefragt, wie sich das anfühlte, aber ihr fehlten die richtigen Worte.

29

FRANKFURT AM MAIN, 2013

Carina war fast sicher, dass man im Hause Kramer einen Caterer bestellen würde, doch sie hatte sich geirrt. Alea nahm das meiste selbst in die Hand. Bei den sommerlichen Temperaturen war sie jetzt häufiger am Pool anzutreffen und führte von dort aus ihre Telefonate mit verschiedenen Gästen, die – soweit Carina das mitbekam – alle etwas mitbringen würden. Neugierig verfolgte Carina, wie über Salate, Soßen und Nachtisch gesprochen wurde.

»Wir machen ein Asado«, klärte Alea sie zwischendrin auf.

Carina musste das Wort googeln und erfuhr, dass es sich um einen speziellen südamerikanischen Grillabend handelte.

Offenbar würden viele Gäste kommen. Die Getränkepaletten, die Alea anliefern ließ, waren jedenfalls beeindruckend. Tom schüttelte nur manchmal den Kopf, sagte aber nichts. Sie sah ihn derzeit seltener. Er hatte viel mit der Verwaltung zu tun und war im hinteren Teil des Gartens offenbar mit einem Spezialprojekt beschäftigt. Alea sagte, dass er Brombeerranken ausmachte, eine Schwerstarbeit.

Je näher das Fest rückte, desto unruhiger wurde Carina. Plötzlich fühlte es sich doch nicht richtig an, die Einladung angenommen zu haben. Sicher würde sie sich gänzlich fehl am Platz fühlen. Sie konnte sich nur zu gut vorstellen, wie Gäste aussahen, die zu einem Asado am eigenen Pool eingeladen wurden, Leute mit denen man via iPhone über den richtigen

Champagner diskutierte. Sie wusste einfach, dass sie sich nicht zugehörig und fehl am Platz fühlen würde.

Leider fiel ihr keine gute Ausrede ein, um abzusagen, so sehr sie sich auch den Kopf zermarterte.

An einem der letzten Abende vor der Party saß Carina wieder einmal auf der Bank vor dem Gartenhaus und ging in Gedanken den nächsten Schritt ihres Projekts durch, als Tom auftauchte.

»Darf ich mich setzen?«

»Klar. Immer.«

Ihr fielen die Schrammen an seinen Händen auf – und die erdige Schicht darauf, die er an seiner Arbeitshose abzuklopfen versuchte. Dieses Mal hatte er eine Flasche Mineralwasser dabei.

»Ich schleppe sie schon den ganzen Tag mit mir herum«, sagte er und zuckte entschuldigend die Achseln. »Ich fürchte, das Wasser ist total abgestanden, sonst würde ich dir natürlich etwas anbieten.«

»Danke.« Carina lächelte. »Ich hatte eben ein Glas Eistee mit deiner Schwester.«

Auch wenn es durchaus angenehm wäre, etwas in der Hand zu haben, während ich hier mit dir sitze, schoss es ihr durch den Kopf. Sie wusste plötzlich nicht, was sie mit ihren Händen tun sollte, legte sie locker neben sich auf die Bank, um sie im nächsten Moment vor sich im Schoß zu verschränken.

Vielleicht hatte sie ihn zu prüfend angesehen, denn er wandte jetzt abrupt den Blick ab, beugte sich nach vorne und stellte die Flasche Wasser neben sich. Dann musterte er seine Hände.

»Kommst du gut voran?«, fragte sie.

Er hob den Kopf.

»Danke, ja, obwohl ich gerade feststelle, dass ich mir die Hände besser hätte waschen sollen, bevor ich hierherkomme.«

»Das ist schon in Ordnung. Arbeitest du gerne im Garten?«

Tom seufzte. »Das tue ich, Brombeerranken haben aber gerade eine gute Chance, zu meiner Hasspflanze zu werden.«

»Brombeeren schmecken immerhin gut.« Carina hob die Schultern und ließ sie wieder sinken. »Leider habe ich wenig Ahnung von Gartenarbeit.«

Tom lächelte. »Ich hätte hundertmal lieber eine Ausbildung zum Landschaftsgärtner gemacht, als BWL zu studieren, wie meine Eltern das wollten und das Geschäft es zu verlangen schien.«

»Weshalb hast du es nicht getan?«

Er zuckte die Achseln, dann lachte er unsicher.

»Vielleicht auch, weil ich keine Landschaftsgärtner kannte? Ich wusste einfach nicht, was man da genau macht und wie das so ist. Ich war feige.«

Wie vertraut sich das anfühlt, mit ihm zu sprechen, fuhr es Carina durch den Kopf. Die anfängliche Fremdheit zwischen ihnen war kaum mehr zu spüren.

Ich mag ihn, dachte sie, er ist schroff, aber auch freundlich. Vom Aussehen her könnte er durchaus ein Herzensbrecher sein, aber irgendwie passt das nicht zu ihm. Es ist gegen sein Naturell. Was sie nicht mochte, war diese Arroganz, die immer noch durchschien, wenn er wütend war und die manche vielleicht mit Unsicherheit entschuldigt hätten. Aber das war ihr zu einfach.

Ich würde ihn gerne einmal richtig lachen hören.

Er seufzte.

»Wie läuft es bei dir?«, fragte er, während er versuchte, Erde von seinem Daumen zu entfernen.

»Ganz gut. Momentan beschäftigt mich der Wechsel vom Stummfilm zum Tonfilm.« Carina machte eine nachdenkliche Pause. »Heute kann man sich ja kaum noch vorstellen, dass man es einmal seltsam fand, einen Schauspieler im Kino sprechen zu hören. Es gab sogar eine kurze Zeit, da war der Tonfilm von einem Kammergericht verboten worden.«

»Stummfilme sind ein besonderes Erlebnis«, sagte Tom. »Wir sind das heute kaum noch gewöhnt, oder? Dick und Doof, Buster Keaton, Charlie Chaplin. Okay, das funktioniert vielleicht noch, aber Tragödien und so etwas? Diese übertriebenen Gesten, der Gesichtsausdruck. Für uns sieht das eher lustig aus. Es ist zu ungewohnt.«

Carinas Augen weiteten sich nachdenklich.

»Ja, du hast recht. Manches wirkt unfreiwillig komisch.«

»Aber für unsere Großeltern war das so spannend wie ein Blockbuster«, sagte Tom nachdenklich. Dann räusperte er sich: »Eigentlich bin ich ja wegen der Party hier. Ich hasse Partys zwar, aber mit dir an meiner Seite würde ich sie besser ertragen. Du kommst doch?«

30

FRANKFURT AM MAIN, 1928

»Kannst du dir eigentlich vorstellen, dass Schauspieler in einem Film sprechen?« Tonja hatte sich bäuchlings auf Ellys Bett geworfen, und die Beine so ausgestreckt, dass ihre staubigen Sandalen die hellen Decken nicht berührten.

»Hm, ich finde das schwer«, sagte die an ihrem Schreibtisch sitzende Elly langsam, während sie Tonjas schlanke Beine betrachtete, die unter dem Rock hervorschauten. Der Rock war etwas kurz. Tonja war schon wieder gewachsen. Sie schluckte. »Dass da jemand auf der Bildfläche erscheint und anfängt zu sprechen, dass er den Mund auftut, und wir hören seine Stimme …«

»Douglas Fairbanks' Stimme, oder die Stimme von Norma Shearer. Ich habe mich eigentlich schon immer gefragt, wie die wohl klingen mögen.«

»Es ist schade, dass wir Rudolph Valentino niemals hören werden«, sagte Elly leise. Der beliebte Schauspieler war vor gut zwei Jahren gestorben. Mancher wisperte allerdings, er habe sich nur aus dem Filmgeschäft zurückgezogen und verstecke sich irgendwo.

Tonja drehte sich etwas zur Seite und stützte den Kopf auf eine Hand. »Ist es nicht seltsam, sich vorzustellen, dass man jemanden sieht und hört, ohne dass man in einem Raum mit ihm ist? Sogar die Stimmen von Toten könnte man auf diese Weise hören.«

Tonja schauderte unwillkürlich.

Oh ja, das wäre seltsam, dachte Elly, aber ich würde mir wünschen, eine Aufnahme von dir zu haben, dann könnte ich sie wieder und wieder ansehen und anhören, wenn du nicht bei mir bist.

Als es kühler wurde, zogen sie sich öfter ins Gartenhaus zurück. Ellys Vater hatte es ihnen erlaubt, nachdem er ihnen verboten hatte, je wieder auf den Dachboden zu gehen oder gar aufs Dach zu klettern. Theresa hatte ihnen auf seine Anweisung hin ein gemütliches Plätzchen geschaffen. Man hatte ihnen sogar das rote Samtsofa von oben gebracht. Manchmal breiteten sie Decken auf dem dunklen Dielenboden aus, und legten sich Seite an Seite darauf, um an die Decke zu starren und sich fortzuträumen.

Heute regnete es, also würden sie diesen Ort auf absehbare Zeit nicht verlassen. Elly genoss es sehr, mit Tonja hier gefangen zu sein. Die Freundin saß neben ihr und blätterte in »Die Dame«. Zuletzt hatten sie sich über die neuesten Filme unterhalten.

»Ich würde gerne wissen, warum mir deine Mutter immer noch misstraut«, sagte Tonja, und die Verletzung in ihrer Stimme schmerzte Elly. Es hatte Zeiten gegeben, da hatte sich Tonja ungerührt davon gezeigt, aber das war inzwischen anders, als sei sie mit den Jahren empfindlicher geworden. Vielleicht war es ja einfach so, dass einen ein schweres Leben empfindlicher machte, überlegte Elly.

»Ach, nein. Das kannst du so nicht sagen«, versuchte sie im nächsten Moment abzulenken. Natürlich wusste sie, dass Tonja recht hatte, aber sie wollte jetzt nicht daran denken.

Tonja runzelte die Stirn. »Sie hat manchmal so einen Blick …«

Ellys Magen zog sich zusammen.

Es war so ein schöner Tag gewesen – bislang. Sie räusperte sich.

»Meine Mutter will mich immer vor allem beschützen, ich …«

»Auch vor mir?« Tonjas Tonfall verschärfte sich. Die Sechzehnjährige war blass geworden.

»So habe ich das nicht gemeint, und das weißt du auch. Ach, lass uns nicht streiten, bitte.« Elly setzte sich auf und schaute ihre Freundin flehend an. »Mütter wollen einen beschützen. So ist das eben.«

Tonja sagte eine ganze Weile gar nichts, sondern schaute nur nachdenklich vor sich hin, die Beine eng an den Körper gezogen, die Knöchel gekreuzt. »Meine nicht …«, flüsterte sie dann.

Elly fühlte Tonjas Schmerz, als habe man ihr selbst einen heftigen Schlag versetzt.

»Tonja, das tut mir leid, du weißt das … Das war unbedacht von mir. Entschuldige bitte.«

Tonja hob die Hand.

»Sag nichts mehr. Du kannst das nicht verstehen, und du wirst es auch nie verstehen. Ich mache dir keinen Vorwurf, ich hätte dich nicht damit belasten sollen.«

»Aber ich bin deine Freundin.«

»Ja, das bist du.« Tonjas gerunzelte Stirn glättete sich erst nach einer Weile. »Wahrscheinlich bin ich wirklich zu empfindlich.«

»Das habe ich nicht gesagt«, protestierte Elly.

»Nein, das hast du nicht. Aber ich kann in deinem Gesicht lesen, weißt du? Du bist wie ein offenes Buch für mich.«

»Ich …«

»Doch, doch …« Tonjas Gesichtsausdruck wurde weicher. Sie stand auf und streckte die Hand zu Elly hin. »Komm, steh auf, lass uns tanzen.«

»Hier? Aber wir haben das Grammofon nicht.«

»Na und?« Tonja summte den neuesten Schlager, erst leise, dann lauter. Ihr Gesang mischte sich mit den prasselnden Regentropfen. »Komm schon.«

Elly ließ sich hochziehen.

»Ich führe«, sagte Tonja wie selbstverständlich. Sie legte Elly eine Hand auf die Schulter, die andere ganz leicht um die Taille. Elly wurde der Hals trocken vor Aufregung.

»Bist du bereit?«

»Ja«, hauchte sie, wie ein Mädchen, dessen erster Tanz bevorstand. Sie war aufgeregt, dabei war dies nicht das erste Mal, dass sie miteinander tanzten. Tonja schloss die Augen und schien dann für einen Moment in sich hineinzuhorchen. Sie hatte aufgehört zu singen, begann jetzt aber wieder von Neuem. Der erste Schritt, Tonjas Hand an ihrer Taille. Elly ließ ihren Fuß folgen. Der Liedtext wie Fetzen in ihrem Kopf. Eine Drehung, kleine Schritte, weil es ein Gartenhaus war und kein Ballsaal, aber für Elly war es das Höchste. Tonja hielt die Augen immer noch geschlossen. Sie sah so schön aus. Elly schloss die Augen ebenfalls, sie wurden eins, ihre Körper, ihre Seelen, es gab nichts Trennendes mehr zwischen ihnen. Es war so leicht, die Füße zu heben. Man musste gar nicht darüber nachdenken. Dazu Tonjas Stimme, ruhig und sicher im Ton. Elly blieb stumm und horchte nur, bedacht, den Augenblick nicht zu stören, von dem sie sich wünschte, er möge ewig anhalten. Aber natürlich war nichts im Leben ewig.

Sie legte den Kopf gegen Tonjas Schulter. Es war nicht ganz bequem, denn Tonja war kaum größer als sie. Tonja summte ein neues Lied. Sie kannte so viele Lieder, viel mehr als Elly. Sie hörte sie auf der Straße, merkte sie sich und sang sie bald leise, dann lauter vor sich hin.

»Elly?«

»Ja?«

»Kennst du eigentlich die Gruppe von Herrn Samuel Mühe?«

»Die Theatergruppe unserer Schule meinst du?«

»Ja.« Tonja machte eine Drehung und noch eine. »Ich würde gerne Mitglied in dieser Gruppe werden, weißt du? Ja, ich glaube, ich möchte gerne schauspielern.«

Alice unternahm niemals etwas einem kurzen Impuls folgend. An diesem Tag war Tonja nicht gekommen, was ungewöhnlich war, und sie hatte nur zu deutlich sehen können, wie sehr dieser Umstand ihre Tochter bedrückte. Elly war zuerst lange in ihrem Zimmer geblieben, angeblich um für die Schule zu lernen. Danach hatte sie ihre Abwesenheit damit entschuldigt, dass sie lesen wolle. Nach dem Mittagessen verschwand Elly im Garten.

Alice vermutete, dass sie versuchte, auf andere Gedanken zu kommen. Ihre eigenen Gedanken waren in jedem Fall fast unaufhörlich bei ihrer Tochter. Irgendwann hielt sie es nicht mehr aus. Sie legte das Häkelzeug beiseite und folgte Elly in den Garten, wo sie schnurstracks auf das Gartenhaus zusteuerte, wohl wissend, dass das Mädchen sich dorthin zurückgezogen hatte.

Das Gartenhaus war Tonjas und ihr Ort. Hier verbrachten die beiden ganze Nachmittage, mal drinnen, wenn das Wetter schlecht war, mal draußen auf der kleinen Terrasse. Sie redeten miteinander. Sie hörten Musik auf dem Grammofon, das ihnen Toni zur Verfügung gestellt hatte. Sie tanzten wohl auch.

»Mama!« Elly schoss hoch, als Alice nach kurzem Klopfen eintrat. Noch im Aufstehen hatte sie ein von oben bis unten vollgeschriebenes Stück Papier an sich genommen. »Was machst du denn hier? Ist etwas?«, fragte sie, während sie das Papier faltete und dann in ihrer Rocktasche verschwinden ließ.

Alice versuchte sich von der Frage abzulenken, was ihre

Tochter da vor ihr versteckte und betrachtete kurz die Bilder der Filmstars und die vielen Zeichnungen, mit denen die Wände geschmückt waren. Dann schaute sie ihre Tochter an.

Eigentlich ist sie wirklich hübsch, dachte sie.

»Darf ich?«

Elly nickte. Alice setzte sich auf den Rand des Sofas. Sie zögerte einen Moment, bevor sie sagte: »Es ist nichts. Ich … Wie geht es dir? Irgendwie kommt es mir vor, als redeten wir gar nicht mehr miteinander …«

»Ach, Mama! Wir haben uns doch zum Mittagessen gesehen. Es geht mir gut, wirklich.«

»Wirklich?«

»Ja, du brauchst dir keine Sorgen zu machen.«

Alice lächelte wehmütig.

»Weißt du, manchmal spüre ich etwas, und da muss ich wissen, ob es dir gut geht. Das ist so, seit ich dich zum ersten Mal in den Armen hielt, Elly, seitdem trage ich mein Herz immer auch ein wenig außerhalb meines Körpers. Ist wirklich alles in Ordnung?«

Elly nickte ernst.

»Mama, ich bin doch kein kleines Mädchen mehr.«

Alice zögerte einen Augenblick, dann rückte sie näher an ihre Tochter heran. »Doch, genau das bist du für mich, du bist mein kleines Mädchen. Du wirst immer mein kleines Mädchen sein.« Alice strich ihrer Tochter über das Haar. »Ich möchte nicht, dass du traurig bist.«

Elly zog ihren Rock glatt und zupfte dann an einem Fädchen.

»Es ist alles in Ordnung, Mama. Ich bin nicht traurig.«

Alice schaute sie prüfend von der Seite an.

»Ist das auch die Wahrheit?«

»Natürlich, Mama. Ich könnte dich doch nie anlügen.«

Und es war die Wahrheit, Alice wusste das, denn Elly war

sich nicht darüber im Klaren, was sie fühlte. So war das, wenn man jung war. Alice wollte noch etwas sagen, ließ es dann aber. Sie schwiegen.

»Kannst du mir erklären, warum Tonjas Mutter so ist, wie sie ist?«, nahm Elly den Faden wieder auf. »Warum haben manche Menschen so viel Pech? Gibt es dafür einen Grund?«

Alices Augen weiteten sich nachdenklich. Sie zuckte die Achseln.

»Ich weiß es nicht. Ich fürchte, es gibt keinen Grund«, sagte sie dann.

Sie spürte, wie sich Elly mit einem Mal an sie schmiegte.

»Verzeihst du mir, was mit Foxl geschehen ist? Ich wollte das so nicht.«

Alice zuckte kaum merklich zusammen. Wie kam Elly jetzt darauf? Sie holte tief Luft, fühlte die Unsicherheit in sich.

»Du wolltest nichts Böses«, sagte sie langsam.

»Nein, das wollte ich nicht.« Elly schaute ihre Mutter ernst an.

»Du wolltest uns beschützen. Tollwut ist eine schlimme Krankheit. *Ich* hätte besser auf ihn aufpassen müssen.«

»Wirst du irgendwann einen neuen Hund haben?«

»Nein, ich glaube nicht.«

Elly zog eine Augenbraue hoch und sagte nichts mehr. Ihr Körper wurde weich. Ihre Mutter streichelte über ihren linken Arm. Elly versteifte sich sofort wieder, und Alice verschränkte die Hände im Schoß.

»Ich habe nachgedacht«, sagte sie dann. »Da ist deine Schüchternheit …«

»Das ist schon viel besser geworden, seit ich Tonja …«

»Aber es fällt dir immer noch schwer, vor der Klasse zu sprechen, sagst du selbst, oder auch nur vor uns oder Verwandten, wenn wir denn mal jemanden besuchen und …«

»Vor Papa und dir fällt mir das nicht wirklich schwer.«

Die Anspannung verließ Ellys Körper nicht mehr.

»Ja, ehm …« Alice gab sich einen Ruck. »Also, wie wäre es, wenn du ein wenig Theaterunterricht nimmst? Es gibt doch eine Theatergruppe an deiner Schule, nicht wahr? Du könntest lernen, wie man vor anderen spricht, und … und vielleicht würdest du auch etwas mit deinen Stars teilen. Ich weiß, wie wichtig sie dir sind …«

Es ist eine harmlose Schwärmerei, hatte Toni gesagt, mach dir bitte keine Sorgen, Alice, und sie war entschlossen, es als eine solche zu sehen, etwas, was sich wieder ändern würde.

Irgendwann werden wir uns wieder näherkommen.

Ellys Gesichtsausdruck zeigte eine Mischung aus Interesse und Ablehnung.

»Ich würde nur eine Rolle spielen.«

»Zuerst«, Alice runzelte die Stirn, »aber ich denke, es würde dir langfristig helfen.«

Elly erwiderte nichts, und Alice fragte sich, ob sie zu weit gegangen war. Ihre Tochter war ein sehr privater Mensch, der viel mit sich selbst ausmachte. Wie oft hatte Elly ihr das Gefühl vermittelt, zu viel gesagt zu haben, schon als sie noch ein kleines Mädchen war?

»Weißt du, Mama, Tonja und ich haben auch vor Kurzem darüber gesprochen«, sagte Elly in diesem Moment. »Ich war mir nicht sicher, ob du es erlauben würdest, aber wenn du es nun selber vorschlägst.«

Alice nickte irritiert. Obgleich der Gedanke vielleicht absurd war, fühlte es sich an, als sei Tonja ihr zuvorgekommen.

31

FRANKFURT AM MAIN, 2013

Es gab Momente, da erinnerte Elly sich an die Schwingtür im Odeon, durch die Tonja an jenem letzten Tag gegangen war. Sie erinnerte sich, als wäre alles eben erst passiert – die Verletzungen, die Verständnislosigkeit, der Vorwurf –, und sie wollte der Freundin, die ihr so fremd geworden war, hinterherbrüllen, dass sie, Elly, doch keine Schuld trage, dass sie nur getan habe, was man von ihr erwartete.

Sie schlug die zitternden Hände vors Gesicht, und die Schwingtür bewegte sich vor ihrem inneren Auge hin und her. Tonja nannte sie Mörderin, und ihr Herz klopfte so wild, dass es sich anfühlte, als springe es gleich aus ihrem Hals. Sie ließ die Hände wieder sinken, dachte an den Kinosaal, der Tonja und ihr Heimat gewesen war und der sich plötzlich in einen Schreckensort verwandelt hatte.

Ich wollte ihr niemals wehtun.

Elly runzelte die Stirn.

Sie war heute im Gartenhaus gewesen, das dieser jungen Frau zurzeit als Arbeitsplatz diente, an dem Ort, der einmal *ihr* Ort gewesen war. Sie hatte das Gartenhaus in den letzten Jahren gemieden, war nicht mehr dort gewesen, seitdem Tom und sein Freund das Grammofon hatten spielen lassen.

Manchmal verletzt man andere mit den besten Absichten.

Sie fühlte wieder die Woge des Schmerzes, die sie überkommen hatte, und sie hatte Angst, sie könnte sie von Neuem überwältigen, doch heute war sie gefasster.

Ich bin schon lange nicht mehr einen solch weiten Weg gegangen.

Auf ihren Gehstock gestützt, schaute sie sich im Raum um. Carina Wahlsberg war eine ordentliche Person. Es herrschte keinerlei Durcheinander, die Materialien waren akkurat auf einem Tisch angeordnet. Ein Block mit Notizen lag auf dem Schreibtisch, der vor das Fenster gestellt worden war. Von dort aus konnte sich der Blick in den Ästen des alten Kirschbaums verlieren. Elly setzte sich.

So viel Glück und Leid hatten diese Wände gesehen. Sie dachte an Vaters altes Grammofon und wie Tonja und sie zur Musik getanzt hatten, wie sie für den Ball im Odeon geübt hatten. Sie waren beide keine schlechten Tänzerinnen gewesen, obgleich sie, Elly, sich stets schwergetan hatte unter den beobachtenden Augen der anderen Ballbesucher.

In diesen vier Wänden hatten sie auch entschieden, der Schultheatergruppe beizutreten.

Anfangs war das Theaterspiel eine große Herausforderung für Elly gewesen, aber sie war in diese Welt hineingewachsen, und je mehr Zeit sie auf der Bühne verbracht hatte, desto leichter fiel es ihr, in andere Rollen zu schlüpfen und die alte Elly irgendwo hinter sich zu lassen. Das Leben veränderte einen, und manchmal verlor man sich irgendwo. Habe ich mich verloren? Und wenn es so ist, wer kann mir helfen, mich wiederzufinden?

Carina hatte ihre Arbeit heute früher unterbrochen, um sich vor der Grillparty noch einmal zu duschen und umzuziehen. Zu Hause hatte sie den Kleiderschrank durchwühlt, schließlich alles herausgezerrt und aufs Bett geworfen, um am Ende doch eine einfache dunkelblaue Jeans auszusuchen, dazu eine weiße Tunika mit ebenfalls weißen Stickereien. Die Softclox waren ein Geschenk von Mama zum letzten Geburtstag. Carina hatte sie noch nicht getragen und fand sie höllisch bequem. Sie legte den schlichten Goldschmuck an, den ihre Eltern ihr zum Abschluss geschenkt hatten, und ihre Skagen-Uhr, auch wenn die immer noch batterielos war. Vielleicht alles nicht besonders aufregend, aber doch eine sichere Bank.

Natürlich war sie viel zu früh fertig. Die Party sollte gegen 21 Uhr starten, wahrscheinlich würden die ersten Gäste frühestens gegen 21 Uhr 30 eintrudeln. Zu früh zu kommen war in jedem Fall peinlich.

Carina überlegte kurz, ob sie sich zu ihren Mitbewohnern gesellen sollte, die im Wohnzimmer Fußball schauten, entschied sich dann aber dagegen. Sie war nicht in der Stimmung und irgendwie auch zu aufgeregt. Wenn es nicht so albern gewesen wäre, hätte sie gesagt, dass es sich fast so anfühlte, wie vor dem ersten Date, aber so war es natürlich nicht. Sie kontrollierte noch einmal ihr Make-up, schminkte sich kurz entschlossen wieder ab und versuchte dann zu lesen.

Die Zeiger des Weckers auf dem Nachtschrank krochen im Schneckentempo vorwärts. Um kurz vor 21 Uhr stand sie auf und ging noch einmal ans Fenster. Wann Jan wohl nach Hause kommen würde? Er war heute wieder besonders spät dran, sicher irgendein Versuch. Nach dem letzten Versuch kam immer noch ein allerletzter. Irgendetwas funktionierte nicht, musste nochmals verifiziert werden … Vielleicht hatte er sogar davon erzählt, aber sie hatte wieder einmal nicht zugehört.

Carina kontrollierte ihr Handy. Nichts. Sie nahm ein Post-it von ihrem Schreibtisch. Als sie gerade die kurze Nachricht an ihn fertig hatte, hörte sie die Wohnungstür und kurz darauf Jans Stimme.

Er grüßte die anderen und kam dann den Flur entlang. Carina griff nach ihrer Handtasche. Falls er noch etwas wollte, sie hatte jetzt keine Zeit. Sie warf sich die Tasche über die Schulter und stürmte los. In der Zimmertür stießen sie fast zusammen. Jan starrte sie an.

»Ich komme, du gehst«, stellte er fest.

Carina wusste nicht, was sie sagen sollte. Er schob sich an ihr vorbei ins Zimmer, feuerte seine Tasche auf seine Bettseite.

»So ist das seit ein paar Wochen, oder?«

»Ich weiß nicht.« Carina griff nach dem Riemen ihrer Tasche, die wieder hinunterzurutschen drohte. »Sorry, aber ich hab jetzt keine Zeit. 'ne Einladung meiner Auftraggeber, okay?«

Er schwieg kurz und sprach dann weiter, als habe sie nichts gesagt.

»Carina, ich … Ich habe nachgedacht. Es tut mir leid, aber wir müssen reden. Jetzt.« Er machte eine Pause. Etwas zu lange, wie sie fand. »Es ist wichtig«, fügte er dann hinzu.

»Jetzt?«

»Ja, jetzt.« Er schaute sie ernst an. Sie kannte diesen Blick, doch in diesem Moment kam er ihr aufgesetzt vor. »Bitte, sonst habe ich vielleicht nicht mehr den Mut dazu.«

Um 23 Uhr 30 Uhr hatte Tom zum letzten Mal auf die Uhr geschaut. Eigentlich hatte er Carina zu den Leuten gezählt, die auf einer Party eher früher als später auftauchten, aber seltsamerweise war sie gar nicht gekommen, und das machte ihn unerklärlicherweise sauer.

Mürrisch ging er zum Büfett hinüber, das jetzt, nach den ausgiebigen Plünderungen, etwas kläglich aussah. Er räumte ein paar schmutzige Teller auf das große Transporttablett und rückte ein paar Salate zurecht. Derweil brannte das Grillfeuer langsam nieder, spendete aber noch angenehme Wärme.

Alea saß mit ein paar Freundinnen zusammen unter dem Baum mit der Schaukel, während die anderen sie umringten oder auch leicht anstießen.

Er beobachtete die Gruppe.

Alea im Mittelpunkt. So war das. Das war ihr Platz.

Seine Schwester trug ein türkisfarbenes Top und weiße Hotpants, die ihre endlos langen Beine betonten. Vielleicht war das um die Uhrzeit sogar für die Jahreszeit etwas kühl, aber wer schön sein wollte, musste natürlich leiden. An ihrer Seite erkannte Tom jetzt Serafina, die Frau, die er heute am wenigstens sehen wollte.

»He, großer Bruder, komm zu uns rüber«, rief Alea ihm zu.

»Ich gehe in mein Zimmer«, entgegnete Tom kurz angebunden. »Ich hab genug.«

»Willst du nicht noch ein bisschen mit uns feiern?«, hörte er Serafinas Stimme.

Mit dir bestimmt nicht, dachte er grimmig.

»Eigentlich nicht«, sagte er. »Ich hasse Partys, wie du vielleicht weißt.«

Serafina lächelte immer noch. Tom fand ihre Zähne zu weiß. Irgendwie unnatürlich. Wie auch ihr geschminktes Gesicht zu perfekt war. Mit Selfies, Instagram und dem ganzen Kram kannte sie sich gut aus. Er hatte keinen Bezug dazu.

»Ach komm schon, wir haben uns so lange nicht gesehen. Was machst du denn so?«

»Interessiert's dich?«

»Klar.« Serafina gab Alea und ihrer Schaukel einen neuerlichen Stoß. Tom musterte sie einen winzigen Augenblick länger.

»Danke, mich aber nicht. Ich bin müde.« Er wandte sich abrupt ab und marschierte auf das Haus zu.

»Griesgram«, hörte er Alea sagen.

»Mannomann, und ich dachte, er ist darüber hinweg«, fügte Serafina hinzu.

Trennung … Jan hatte es ausgesprochen, und Carina war nicht überrascht gewesen. Jetzt saßen sie einander gegenüber und hatten sich nichts mehr zu sagen. Sie hatten sich über Wochen auseinandergelebt, trotzdem konnte Carina nicht leugnen, dass es auch wehtat. Sich zu trennen bedeutete den Abschied von Gewohntem, von Dingen, die auch schön gewesen waren.

Jan beugte sich vor und legte eine Hand auf ihr Knie, und sie dachte daran, an welchen Stellen sie einander berührt hatten und nun nie wieder berühren würden. Das war vorbei.

Und wie wäre es wohl, hier gemeinsam zu wohnen?

»Ich werde ausziehen«, sagte er. »Ich kann eine Weile bei Monique unterschlüpfen.«

Carina biss sich auf die Zunge, bevor sie fragen konnte: Seid ihr ein Paar? Ihr Blick suchte den Wecker. Es ging auf Mitternacht zu. Sie hatte versucht, Tom anzurufen, ihn aber nicht erreicht. Dann hatte sie nicht mehr daran gedacht. Jetzt war es wohl zu spät.

32

FRANKFURT AM MAIN, 1928

Samuel Mühe, der die Theatergruppe der Schule leitete, musterte Tonja und Elly prüfend. Er hatte dünnes, etwas zu langes Haar, ein schmales Habichtgesicht und ungewöhnlich dunkle Augen, die einen sofort in ihren Bann zogen. Sein Anzug war sauber und ordentlich, höchstens ein bisschen abgetragen.

»Ist es euch denn wirklich ernst?«, fragte er. »Diese Truppe hier trifft sich nicht zum Spaß, sondern mit ganz konkreten Zielen. Wir erarbeiten uns über das Jahr hinweg drei Stücke, die wir zu verschiedenen Gelegenheiten, im Sommer, zum Schulbeginn und zu Weihnachten, aufführen. Jeder muss dabei sein Bestes geben, denn weniger dulde ich nicht. Davon können euch alle hier ein Lied singen. Ich bin ein wahres Schreckgespenst.«

Er blickte düster drein. Fünf Mädchen in seinem Rücken reckten die Hälse, um den potenziellen Neuzuwachs in Augenschein zu nehmen. Sie trugen alle schlichte, lange graue Kittel und hatten die Haare im Nacken zu einem Zopf zusammengenommen. Die Füße waren nackt. Samuel Mühe ging es darum, Menschen auf ihre Essenz herunterzubrechen. Nur so vermochten sie Gefäße zu sein, die man mit was auch immer füllen konnte.

Es war faszinierend.

Elly verschlug es die Sprache. Tonja übernahm das Reden.

»Natürlich ist es unser Ernst«, fiel sie Herrn Mühe ins Wort, während Elly noch gegen ihre Erstarrung ankämpfte. Tonja und Herr Mühe musterten einander eingehend. Keiner war bereit zurückzuweichen. Ellys Blick huschte nervös zwischen beiden hin und her. Plötzlich hatte sie das Gefühl, dass sie Tonja nicht wirklich kannte. Auf einmal hatte die Freundin nichts mehr von einem zarten, beschützenswerten Wesen, das sie in ihr sah. Da flackerte etwas anderes in ihr auf, so etwas wie Kampflust. Warum war ihr diese Seite bisher verborgen geblieben? Oder hatte sie sie nicht sehen wollen? Tonja war als Erste aufs Dach hinausgeklettert, und sie hatte auch näher an den Fluss herangehen wollen, als die Behelfsbrücke eingestürzt war …

»Nun gut, versuchen wir es«, sagte Herr Mühe endlich. Er klatschte in die Hände. »Weiter geht es, meine Damen!«

Die Mädchen der Theatergruppe drehten sich wie auf ein Wort um. Jede nahm einen definierten Platz in der Halle ein. Elly konnte sich immer noch nicht entspannen. Tonja folgte Herrn Mühe furchtlos, als sei ihr das alles vertraut und auch sie nicht zum ersten Mal hier.

Sie verbrachten die ersten zwanzig Minuten mit Atemübungen, bevor sie Texte mit verteilten Rollen lasen. Herr Mühe lief dabei unablässig wie ein Schatten durch den Raum, blieb manchmal stehen, horchte, den Kopf schief gelegt. Immer, wenn er in ihrer Nähe war, wurde Ellys Stimme furchtbar kieksig. Fast erkannte sie sie selbst nicht wieder.

Es wunderte sie jedenfalls nicht im Geringsten, dass ihr schließlich der kürzeste Text zugeteilt wurde. Mit Tonja war Herr Mühe offenbar zufriedener. Bei ihr blieb er länger stehen, gab ihr Hinweise, sagte ihr, wo ihre Betonung noch der Veränderung bedurfte. Am Ende der Theaterübung war Tonja beschwingt und zufrieden. Elly dagegen wusste nicht, was sie von der Sache halten sollte.

Abends im Bett las sie ihren Text noch einmal mit verteilten Rollen und gab jeder Figur eine eigene Stimme. Jetzt, da ihr niemand zuhörte, fiel ihr das ärgerlicherweise viel leichter. Sie überlegte, nicht mehr zu diesen blöden Übungen zu gehen, aber dann würde sie Tonja weniger sehen. Also verwarf sie den Gedanken.

33

FRANKFURT AM MAIN, 1928/1929

Im Winter 1928/1929 ertrank Europa im Schnee. Das Schwarze Meer vereiste, über den Bodensee konnte man das Schweizer Ufer gefahrlos erreichen. In Frankfurt wagte sich ein Zehnjähriger zu nahe an die großen Öffnungen im Eis oberhalb des Eisernen Steges und stürzte ins Wasser, dessen starke Strömung ihn vor den Augen der entsetzten Passanten sofort unter die Eisdecke riss. Die Leichenhalle des Hauptfriedhofs war überfüllt. Immer wieder streikte das elektrische Licht. Am 1. Februar blieben die Schalter der Frankfurter Allgemeinen Spar- und Kreditbank überraschend geschlossen. »Glatteis« titelte ein Leitartikel zur deutschen Wirtschaftslage, den Toni zu seinem zweiten Kaffee las.

Alice, die wie immer spät frühstückte, entging der düstere Gesichtsausdruck ihres Mannes nicht. Sie stand auf, um ihm den Nacken zu massieren. Manchmal hatte er Kopfschmerzen, die von dieser Stelle dort nach oben zogen. Sie drückte etwas fester gegen die Verhärtung. Ihr Mann zuckte zusammen und schmiegte sich dann mit einem tiefen Atemzug gegen ihre Hand.

»Danke.« Er seufzte wohlig. »Das tut gut.«

Sie gab sich einen Ruck.

»Was hast du, Toni? Mir kannst du es doch sagen!«

»Ach, die Zeiten sind nicht einfach, die bittere Kälte, die Wirtschaftslage …« Toni deutete auf den Zeitungsartikel.

Alice ließ die Fingerspitzen weiter mit sanftem Druck die verspannte Stelle massieren.

»Kann ich dir irgendwie helfen, Schatz?«

»Nein, uns geht es ja gut. Ihr müsst euch keine Sorgen machen.«

Er griff nach ihrer Hand, zog sie zu sich herum, sodass sie vor ihm zu stehen kam. Er musste an den Tag denken, an dem sie zum ersten Mal miteinander getanzt hatten. Er lächelte aufmunternd. Nein, sie hatten nichts zu befürchten. Er hatte gut gewirtschaftet, und auch die Frankfurter ließen sich weder von den hitzigen Debatten im Reichstag noch den Polartemperaturen ihre Lust am Vergnügen nehmen. Die Vorstellungen im Odeon waren gut besucht, ebenso die Filmbälle zu wohltätigen Zwecken, die er mittlerweile viermal im Jahr veranstaltete. Er küsste Alices Hand und ließ sie dann los. Sie kehrte zu ihrem Frühstücksteller zurück, auf dem noch ein Hefehörnchen auf sie wartete.

»Denkst du daran, heute rechtzeitig nach Hause zu kommen?«

Toni überlegte nur kurz und nickte. Heute Abend war der Bal paré, eine der vielen Wohltätigkeitsveranstaltungen, zu denen er seine Frau begleitete. Sie legten beide großen Wert darauf, sich um das Gemeinwohl zu kümmern.

»Natürlich, ich habe es nicht vergessen.« Er legte den Artikel zur Seite, trank eine weitere Tasse Kaffee und stand dann auf. »Ich mache mich heute besser früher auf den Weg«, sagte er dann mit einem Seufzer. »Die Arbeit erledigt sich nicht von selbst.«

Er küsste Alice auf die Wange, die erwiderte seinen Kuss zärtlich, wie jeden Morgen seit Beginn ihrer Ehe. Es war die schönste Art, den Tag zu beginnen.

Das Gebäude des Frankfurter Schauspiels war voller gut gekleideter Menschen und brummte und summte wie ein Bienenstock. Alice war in ihrem Element. Immer wieder wechselte sie unverfängliche Worte mit anderen Gästen, scherzte und genoss es sichtlich, die Crème de la Crème der Stadt um sich zu haben. Toni bewunderte sie stumm dafür. Die Leichtigkeit, mit der sie sich in den vornehmen Kreisen der Stadt bewegte, würde ihm wohl bis ans Ende seiner Tage fehlen. Alice hatte sie wahrscheinlich mit der Muttermilch eingesogen. Sie war, so scherzte sie manchmal, auf solchen Veranstaltungen aufgewachsen. Manchmal erzählte sie ihm von Besuchen bei den Rothschilds und wie sie damals im Grüneburgpark gespielt hatte, ein Ort, von dem sie offenbar besonders beeindruckt war und den auch er in guter Erinnerung hatte.

Dort haben wir uns kennengelernt. Dort habe ich mich in sie verliebt.

Sie hatte der Baronin Rothschild als Kind sogar ein Gedicht vorgetragen.

Jetzt hatte Alice das Gespräch offenbar beendet und schickte sich an weiterzugehen. Toni nahm rasch zwei Gläser Sekt von einem Tablett, das von einer Schauspielerin in einer zierlichen Zofenschürze getragen wurde, und beeilte sich, seiner Frau zu folgen.

Es würde ihr guttun, noch einen Schluck zu trinken, und er hatte keine Schwierigkeit, ihr wenigstens auf diese Weise zur Seite zu stehen. Natürlich kam all das auch seinem Geschäft zugute. Dank Alice waren sie Teil dieser Gesellschaft.

»Wollen wir uns nicht setzen?«, sagte sie nach einer Weile. »Die Vorführung wird ohnehin gleich beginnen.«

Toni führte seine Frau zu einem kleinen Tisch.

»Soll ich uns noch etwas vom Büfett holen?«

»Aber gerne.« Sie lächelte ihn an. Sie hatten heute nicht zu Abend gegessen, und langsam meldete sich der Hunger.

Hinter dem Büfett bedienten heute Damen der Gesellschaft, an der Spitze die Frau des Oberbürgermeisters Dr. Landmann.

Der Reinerlös des Balls würde der Kasse der Genossenschaft deutscher Bühnenangehöriger zukommen.

Toni kehrte mit gefüllten Tellern an den Tisch zurück, und Alice lobte seine Auswahl.

Im Saal wurde es dunkler. Auf eine große Balleinlage des Publikums folgte ein Nachtkabarett, das von der Prominenz der Frankfurter Städtischen und Privatbühnen bestritten wurde. Um Mitternacht wurde eine einstündige Pause eingeläutet.

Alice ließ Toni im Foyer stehen und verschwand, um sich kurz frisch zu machen. Überall herrschte dichtes Gedränge. Die Fülle von Hermelinmänteln, Tüll, Seide, gold- und silberglänzenden Abendkappen ließ die einzelnen Gesichter geradezu verschwimmen. Toni trat einen Schritt zur Seite und lehnte sich gegen eine Wand. Das Stimmengewirr war ohrenbetäubend. Man sprach über Banken, Mode und wo einen der Urlaub in diesem Jahr hinführen würde.

Er grüßte hintereinander mehrere Ehepaare, die er von einem der Filmbälle im Odeon kannte, darunter auch Fritz Ernstmann, Annemies Vater. Toni erinnerte sich, dass Annemie vor Jahren zwei- oder dreimal bei ihnen zu Besuch gewesen war, aber Elly und sie verstanden sich offenbar nicht besonders. Tatsächlich mochte er das Fräulein Ernstmann auch nicht, selbst wenn er sich solcher Gedanken gegenüber einem jungen Mädchen schämte. Er versuchte zu ergründen, woher seine Abneigung kam, konnte es aber nicht.

Als sie die Veranstaltung schließlich in den frühen Morgenstunden verließen, blies ihnen eisiger Wind entgegen. Toni legte der zitternden Alice seinen Mantel um, die lächelte ihn dankbar an.

»Ob die Mädchen schon schlafen?«, fragte er. Sie waren heute auf Ellys Wunsch eingegangen, Tonja zum Übernachten einzuladen.

Alice runzelte die Stirn.

»Hätten wir Frau Lövenich nicht doch direkt fragen sollen? Wer weiß, ob Tonja ihre Mutter wirklich um Erlaubnis gefragt hat.«

»Vielleicht, aber jetzt ist es zu spät.«

Sie gingen weiter.

»Ich denke nicht, dass sie schon schlafen«, sagte Alice nach einer Weile.

»Was?« Toni war sehr kurz abwesend, dann lächelte er: »Lassen wir uns überraschen.«

Sie hakten sich beieinander unter und gingen im gemächlichen Gleichschritt weiter. Manchmal dachte Toni, wie froh er sein konnte, dass er Alice begegnet war. Seine Frau ließ es nicht zu, dass man sich schlecht fühlte. Alice gab jedem die Möglichkeit, seinen Platz zu finden. Man musste es nur zulassen.

Zu Hause angekommen, kam es Toni so vor, als sei das Gelächter der Mädchen im Flur gerade erst verklungen, doch als er das Zimmer betrat, war alles still.

»Sie schlafen«, flüsterte er.

Alice schlüpfte aus ihren klackenden Schuhen und schlich näher.

Elly sah aus, als habe sie gerade noch am Daumen gelutscht. Tonja auf ihrer Matratze wirkte dagegen, als werde sie gleich aufspringen. Sie konnte den Blick nicht von ihr losreißen, und Toni fragte sich, warum das so war. Als sie schauderte, legte er den Arm um sie.

»Trinken wir noch einen Cognac?«

Sie nickte.

Wenig später saßen sie auf dem Sofa, und sie spürte, wie sich die Wärme wohlig in ihrem Magen ausbreitete.

»Wir sollten wieder einmal etwas gemeinsam unternehmen.

Als Familie, meine ich.« Sie sagte nicht »ohne Tonja«, aber sie meinte es, und Toni verstand.

»Im Zoo werden Orang-Utans erwartet«, sagte er. »Das dürfte Elly gefallen.«

34

FRANKFURT AM MAIN, 2013

Als Carina am nächsten Morgen zu den Kramers fuhr, traf sie weder Tom noch Alea an, und von der verpassten Party war keine Spur mehr zu sehen. Sie hätte ihre Abwesenheit gerne entschuldigt, aber wie sollte sie das bewerkstelligen, wenn keiner da war?

In jedem Fall war es gut, sich mit Arbeit abzulenken. Das gestrige Gespräch mit Jan ging ihr doch näher als gedacht, auch wenn die Trennung schon seit längerer Zeit fühlbar im Raum gestanden hatte. Überraschend war das alles nicht gekommen, und doch …

Im Gartenhaus nahm sie sich weitere Kartons vor und machte sich Notizen. Ein kurzer Zeitungsartikel, in dem es hieß, Elly Kramer sei in Saint Tropez gesichtet worden, weckte ihr Interesse. Etwas tiefer unten in einem der Kartons stieß sie auf eine Zeitschrift mit dem Titel »Film und Frau«, in der ein Interview mit Elly Kramer abgedruckt war, das man offenbar in einem luxuriösen Hotelzimmer geführt hatte. Auf dem doppelseitigen Foto trug Frau Kramer ein langes, schmal geschnittenes, unübersehbar teures Kleid. Das Haar war zu dem Dutt frisiert, den sie auch heute noch trug. Ihr Gesicht hatte etwas Alterloses. Obwohl Carina sie auf dem Foto durchaus wiedererkannte, wirkte Elly Kramer doch fremd auf sie. Es war, als ob sie eine Rolle spielte, und plötzlich fragte Carina sich, wo in dem Ganzen die »echte« Elly steckte, oder gab es die gar nicht? Was machte einen Menschen überhaupt aus? Gab es einen Kern? Gab es eine »echte« Carina? War die Suche nach der »echten« Elly das, was Alea umtrieb?

Das Interview selbst drehte sich um Filme, Beziehungen, die Familie und eine mögliche Rückkehr ans Theater. Also war Elly Schauspielerin gewesen. Warum hatte das bislang niemand im Haus erwähnt, oder war das nicht bekannt? Das konnte sie sich nicht vorstellen.

Sie durchstöberte weiter den Inhalt der Kiste. In einer anderen Zeitung stand die Besprechung eines Auftritts an einem kleinen Theater, dann wieder befragte man sie auf einem Ball und spekulierte – offenbar nicht zum ersten Mal – darüber, ob sie wohl jemals heiraten würde.

Was ging das diese Journalisten an? Carina fühlte sich mit Elly verbunden, weil es den Zeitungsleuten so wichtig schien, ob es einen Mann in ihrem Leben gab; als ob das lebensnotwendig wäre. Schon in der Schule war es wichtig gewesen, ob man einen Freund hatte oder nicht. Irgendwie steigerte das den Marktwert.

Es gab noch mehr Illustrierte mit kürzeren und längeren Artikeln und Fotos. Der Kleiderstil änderte sich über die Jahre, nur Ellys Frisur blieb dieselbe. Carina hatte noch nie jemanden gekannt, der so konsequent an seinem Erscheinungsbild festhielt.

Heute war es jedenfalls durchaus von Vorteil, dass Elly Kramer sich jeden Tag zur selben Zeit auf der Veranda aufhielt, dort, wo sie einander zufällig auch zum allerersten Mal begegnet waren.

Wie immer hatte die alte Dame eine Kanne Tee, eine Tasse und einen Teller mit Biskuits vor sich stehen.

»Guten Tag, Frau Kramer!«, grüßte Carina.«Darf ich mich zu Ihnen setzen?«

Elly nickte. Sie wirkte zwar immer noch nicht freundlich, aber doch etwas entgegenkommender als am Anfang. Nachdem sie eine Weile geschwiegen hatte, fragte sie sogar in durchaus interessiertem Tonfall: »Und, wie kommen Sie voran, Fräulein Wahlsberg?«

»Ganz gut, danke. Ich habe heute übrigens in einer Kiste einige Zeitungsausschnitte und Zeitschriften gefunden, u. a. ›Die Dame‹, ›Frau und Film‹, und die ›Deutsche Filmillustrierte‹.«

Carina hielt inne, um die alte Dame zu beobachten. Elly hob lediglich eine Augenbraue, sagte aber nichts.

»Mit Interviews und Artikeln über Sie.«

»Oh ja, ich weiß.« Sie seufzte. »Das ist wirklich lange her. Wenn man mein Alter erreicht, ist alles lange her.«

Sie nahm ihre Tasse auf und führte sie formvollendet an ihre Lippen. Carina zögerte kurz und sagte dann: »Tom und Alea hatten mir gar nichts davon erzählt.«

Es klirrte, als Elly die Tasse wieder abstellte. Dann sah sie in die Ferne.

»Nun, vielleicht habe ich es nicht so betont?«, sagte sie dann. Für einen Moment sahen die beiden Frauen einander schweigend an.

Warum, wollte Carina fragen und schluckte die Frage dann doch herunter. So konnte sie Elly Kramer nicht kommen. Wenn sie so vorging, würde die alte Dame sofort dichtmachen.

»Wollen Sie auch einen Tee, Fräulein Wahlsberg?«, fragte Elly jetzt. »Holen Sie sich doch bitte eine Tasse.«

»Gerne.«

Carina verschwand nach drinnen und kam mit einer Tasse in der Hand zurück. Das lief gut. Sie freute sich über die Einladung. Vielleicht würde es die Situation ja entspannen, wenn sie gemeinsam Tee tranken … Sie schenkte erst Frau Kramer nach und bediente sich dann selbst.

»Können Sie mir etwas zu diesen Zeitschriften sagen?«

Elly trank, beugte sich vor und stellte ihre Tasse dann sehr bedächtig ab.

»Nun, Frau Wahlsberg, ich war eine Zeit lang Schauspielerin. Das werden sie den Zeitungen bereits entnommen haben. Sie sind ja nicht dumm.«

Carina versuchte den letzten Satz nicht als Stichelei zu nehmen. Inzwischen hatte sie den Eindruck, als ob Elly manchmal einfach etwas schroff auftrat, um sich selbst zu schützen.

Einen Moment lang war es still, dann räusperte Elly Kramer sich. »Damals«, fuhr sie fort, »war ich sogar recht bekannt, wenn auch nicht so wie später Romy Schneider. Ich war nie wirklich an der Spitze, aber ich hatte durchaus Erfolg, doch. Ich war gutes Mittelmaß.«

Die alte Dame lächelte in sich hinein. Carina war überrascht, wie freundlich sie aussehen konnte. Offenbar waren es gute Erinnerungen. Sie nahm sich einen Keks.

»Waren Sie beim Film oder beim Theater?«, erkundigte Carina sich.

Elly rückte ihre Tasse konzentriert zurecht, sodass der Henkel griffbereit im richtigen Winkel stand. »Beides.« Ihre Augen weiteten sich, als verlöre sie sich vorübergehend in Erinnerungen. »Ich fing beim Theater an und wechselte dann zum Film.«

Carina trank noch einen Schluck Tee. Pfefferminz – Tom hatte ihr gesagt, dass Elly den Tee mit eigener Minze aus dem Garten aufbrühen ließ.

Die Stimmung war immer noch entspannt, und sie schöpfte Mut: »Darf ich Ihnen vielleicht noch ein Bild zeigen?« Carina stellte ihre Tasse ab. »Es muss zwischen die Zeitungsberichte gerutscht sein.«

Elly Kramer hob den Kopf. »Nein, nein, ich bin einfach nie richtig dazu gekommen, den ganzen Kram zu ordnen, da ist viel durcheinander. Aber natürlich, zeigen Sie her? Was für ein Bild ist es?«

Carina holte einen Stapel Fotos aus ihrer Tasche, legte sie vor der alten Dame ab und deutete auf das oberste.

»Ich habe herausgefunden, dass dieses Mädchen Tonja Lövenich heißt. Sie taucht über lange Zeit sehr häufig auf Bildern auf, ist mir aufgefallen. Und dann gar nicht mehr.«

Carina hatte ihre Gesprächspartnerin nicht aus den Augen gelassen, und so entging es ihr nicht, dass Elly unvermittelt blass geworden war. Ihre rechte Hand zitterte jetzt ganz leicht, und vorübergehend hatte Carina ein schlechtes Gewissen. War sie jetzt doch zu weit gegangen?

»Es tut mir leid«, stotterte sie. »Ich wollte Sie nicht beunruhigen, aber Tonja Lövenich …«

Elly hob eine Hand.

»Nein, nein, ist schon gut.« Sie hatte sich wieder gefangen, dennoch sah sie angestrengt aus. »Tonja war über lange Jahre meine beste Freundin. Sie kam eines Tages in meine Klasse, ich war elf Jahre alt. Es war wie Liebe auf den ersten Blick, auch wenn das albern klingt. Wir verstanden uns auf Anhieb. Wir waren unzertrennlich, über viele, viele Jahre.« Sie hielt inne. »Unsere Freundschaft war wirklich etwas Besonderes«, fügte sie dann hinzu und sah sehr nachdenklich aus.

»Haben Sie einander aus den Augen verloren?«

»In gewisser Weise.« Elly zuckte die Achseln. »Kinderfreundschaften halten wohl in den seltensten Fällen ewig.« Elly räusperte sich und zog dann ein weiteres Bild aus dem Stapel hervor, um es Carina zu reichen. Die nahm es vorsichtig in die Hände und betrachtete es.

»Tonja Lövenich war hübsch«, stellte sie fest.

Ellys Augenbrauen zogen sich zusammen.

»Ja, das stimmt«, sagte sie langsam. »Ich würde sogar sagen, sie war schön, schwarzhaarig wie Schneewittchen … Manche nannten ihre Augen seelenvoll. Sie waren grau und auf ihre Art recht ungewöhnlich.« Die alte Dame schaute erneut in die Ferne. »Ich habe danach nie wieder jemanden mit einer solchen Augenfarbe gesehen, ein wenig wie aufgewühltes Nordmeer, wissen Sie? Sie hatte ein schweres Leben, aber sie tat immer so, als nähme sie es leicht. Sie musste sehr viel kämpfen und wehe dem, der sich mit ihr anlegte, aber trotzdem sah sie dabei aus wie ein Engel.«

Die alte Dame blickte noch einmal auf das Foto.

»Wissen Sie, das waren schwierige Zeiten damals, Zeiten, in denen man nicht unschuldig blieb. Man traf Entscheidungen, das Elend war immer nah … Man machte sich schuldig …« Elly brach ab.

Schuld? Unschuld? Wechselte Elly Kramer gerade das Thema? Carina lauschte gespannt, ob sie noch etwas sagen würde, doch Elly Kramer schwieg.

»Sie sind also zusammen zur Schule gegangen?«, versuchte Carina das Gespräch wieder in Gang zu bringen. Auch wenn sie etwas enttäuscht war, verstand sie, dass sie sich Zeit lassen musste, bis sie fragen konnte, was Elly genau mit alldem meinte. Sie würde eine Vertrauensbasis aufbauen, Geduld haben. Sonst verschloss sich Elly Kramer wie eine Auster, und sie würde gar nichts in Erfahrung bringen.

Elly nickte endlich.

Sie sah Carina nachdenklich, etwas verblüfft und vielleicht sogar ein bisschen dankbar an. »Ja, wir sind gemeinsam zur Schule gegangen. Dort haben wir uns auch kennengelernt. Wie gesagt, wir waren elf, als wir uns zum ersten Mal trafen, und es war etwas Besonderes. Manche würden sagen, als Elfjährige kann man so etwas nicht ermessen, aber wir haben es erkannt. Wir haben von Anfang an gewusst, dass wir zusammengehören. Wir waren wie die zwei Seiten einer Medaille.« Elly schwieg wieder.

Carina legte den Löffel, den sie sich irgendwie gegriffen hatte, zurück auf die Untertasse.

»Wenn Sie gemeinsam in die Schule gegangen sind, haben sie wahrscheinlich auch die Nachmittage zusammen verbracht«, versuchte Carina es weiter.

Elly sah sie jetzt nicht mehr an. Sie schien weit weg zu sein.

»Es tut mir leid, Fräulein Wahlsberg«, sagte sie dann abrupt, »aber ich bin leider doch etwas müde. Das Alter, Sie wissen ja …«

»Kein Problem«, sagte Carina. Sie versuchte sich ihre Enttäuschung nicht anmerken zu lassen. »Darf ich Sie hineinbringen?«

»Das wäre sehr freundlich.«

Elly stützte sich dankbar auf Carina, und auf dem Weg durchs Haus begegneten sie Tom. Sein Gesichtsausdruck war düster.

»Auch mal wieder da?«, sagte er zu Carina. »Ich habe dich kürzlich vermisst.«

»Tom.« Sie nickte zur Begrüßung, doch er hatte sich schon seiner Tante zugewandt: »Tante Elly! Was macht ihr denn da?«

Elly runzelte die Stirn.

»Wir haben geredet, Tom, und Tee getrunken. Und jetzt bin ich müde und möchte mich hinlegen. Bin ich dir Rechenschaft schuldig? Bist du mein Hüter? Es ist nichts, nichts, um das du dich kümmern musst. Fräulein Wahlsberg bringt mich nur in mein Zimmer.«

Carina und Elly setzten ihren Weg fort, und Carina wunderte sich darüber, dass Elly nicht Toms Hilfe gefordert hatte. Außerdem hatte sie ungewöhnlich scharf geklungen. Als sie in ihrem Zimmer angelangt waren, setzte Elly sich auf ihr Bett.

»Es ist seltsam«, sagte sie, »aber es tut mir gut, mit Ihnen zu reden. Allerdings weiß ich nicht, ob mir das gefällt.«

Carina lächelte.

»Ich rede auch gerne mit Ihnen.«

»Womöglich fragen Sie sich, wie Sie das alles mit der Geschichte des Kinos verbinden können. Das ist schließlich Ihr Auftrag.«

Carina zuckte die Achseln.

»Ein wenig vielleicht.«

»Hilft es Ihnen, wenn ich Ihnen versichere, dass das Kino Tonjas und mein Leben war? Für sehr, sehr lange Zeit. Ich kann Ihnen sagen … Damals schauten wir uns fast jeden Tag eine Vorführung an, manche auch mehrfach. Wir kannten die ganze Filmwelt, und so ziemlich alle Filme.« Die alte Frau lächelte fein. »Ich denke, wenn Sie die eine Geschichte aufschreiben wollen, dann gehört die andere einfach dazu.«

Tom stand im Flur, als Carina zurückkam, und er sah immer noch düster aus.

»Es wäre übrigens schön gewesen, wenn du Bescheid gesagt hättest, anstatt einfach nicht zu erscheinen«, brach es aus ihm heraus, bevor sie auch nur ein Wort sagen konnte.

»Mir ist etwas dazwischengekommen.« In Carina löste sich die Anspannung der letzten Tage mit einem Schlag. »Aber das geht dich eigentlich nichts an. Ich muss mich vor dir nicht rechtfertigen.«

Tom runzelte die Stirn.

»Warum hast du nicht angerufen?«

»Das habe ich. Es ist nur niemand rangegangen.«

Und damit drehte sie sich auf dem Fuß um und stürmte davon. Dieses Mal kam er ihr nicht hinterher.

»Blödmann«, murmelte sie. Warum kann er mir nicht ganz egal sein?

Carina fuhr direkt nach Hause, hielt es dort aber nicht lange aus. Sie wollte niemand Bekanntes sehen. Sie wollte mit niemandem sprechen, vor allem nicht mit ihrer Mitbewohnerin Anni, die einem einfach jede Stimmung am Gesicht ablas und dann nachbohrte, bis man alles ausplapperte, ob man nun wollte oder nicht. Sie überlegte kurz, ihre Mutter oder doch mal wieder ihren Vater zu besuchen, verwarf den Gedanken aber gleich wieder.

Alleine zu sein ist am besten.

Sie dachte an Tom und ärgerte sich.

Ich will nicht an ihn denken.

Carina griff sich kurz entschlossen ihre Jacke und war auch schon auf dem Weg nach unten. Ein bisschen Bewegung würde sie auf andere Gedanken bringen.

Sie lief los, erst kreuz und quer über das alte Buga-Gelände, dann die Leipziger Straße herunter zum alten Unicampus, vorbei an den roten Mietautos des Kfz-Referats mit ihrem typischen Logo. Als sie hierhergezogen war, hatte sie einmal einen dieser großen Kastenwagen gefahren.

Inzwischen war sie fast am Ende der Bockenheimer Landstraße angelangt und würde demnächst die Freßgass erreichen. Mit Anni saß sie hier manchmal bei Häagen Dazs und aß einen dieser überladenen Eisteller, nach deren Genuss man sich immer komplett abgefüllt fühlte.

Carina überlegte, ging dann aber weiter zu Hugendubel, um dort halbherzig die Büchertische zu durchstöbern und einen Kaffee zu trinken.

Wie in einem alten Ritual fuhr sie die Rolltreppe zuerst ganz nach oben, um dann Stockwerk für Stockwerk langsam die Treppe nach unten zu gehen. Einmal blieb sie stehen und spähte über das Geländer nach unten, statt nach den Büchern und sonstigem Kleinkram zu schauen.

Da unten im Café saßen Männer und Frauen über ihre Bücher gebeugt. Manche unterhielten sich, manche hatten wahre Bücherstapel neben sich. Ein Mann aß Kuchen und warf immer mal wieder einen Blick zu dem Fernseher, der schräg über seinem Kopf hing.

Kurz entschlossen kaufte Carina sich doch noch irgendeinen Roman aus dem Eingangsbereich, belegte einen Platz und ging dann einen Kaffee holen. Sie würde so spät wie möglich nach Hause gehen und hoffte, dass Jan bis dahin seine Habe aus ihrem gemeinsamen Zimmer geräumt hatte.

Elly hatte vergebens auf Schlaf gewartet, war schließlich wieder aufgestanden und hatte sich in ihren Lehnstuhl gesetzt. Die Fotos hatten Erinnerungen in ihr aufsteigen lassen, die sie eigentlich vergessen geglaubt hatte, Erinnerungen und sehr viel Schmerz. Unaufhaltsam flossen die Tränen über ihre Wangen, als sei sie immer noch das junge unsichere Mädchen von damals. Nicht zum ersten Mal begannen die Hände in ihrem Schoß unkontrolliert zu zittern. Es war, als habe sie keine Macht mehr über ihren Körper. Sie schnappte nach Luft, hob dann verängstigt den Blick zum Spiegel, als könne dort – ganz wie in einem Gruselfilm – etwas Entsetzliches auf sie warten.

Eine alte Frau starrte sie an, ein Gesicht, das ihr in diesem Moment fremd war, so sehr war sie in ihren Erinnerungen gefangen. Sie löste ihre Haare mit immer noch zitternden Fingern. Ein dünner Zopf fiel über ihre linke Schulter.

Sie dachte an das starke, kräftige Haar, das sie einmal gehabt hatte. Ihre Augen jedoch wirkten so klar und so blau und so unschuldig wie damals.

Aber ich bin nicht unschuldig.

Elly musste immer noch um Luft ringen, aber langsam beruhigte sie sich. Sie hatte so etwas auch schon einmal früher erlebt. Einmal war sie zum Arzt gegangen, fest davon überzeugt, dass sie an Asthma leiden müsse. Doch es war nur die Angst, und die ging nicht einfach weg. Sie würde nie weggehen. Die Angst war ein Teil von ihr, untrennbar mit ihr verwoben. Es war die Angst zu verlieren, was sie doch längst verloren hatte.

Inzwischen hatte sie längst beschlossen, Carina alles zu erzählen, aber ihr fehlte noch ein wenig der Mut, und wo sollte sie anfangen? Vielleicht im September 1929, an dem Tag, als alles zu Ende ging?

35

FRANKFURT AM MAIN, 1929

»Stell dir vor, Frau Orang-Utan trug einen ganz modernen Bubikopf.«

Elly, die eben noch gestanden hatte, ließ sich jetzt neben Tonja auf die Decke fallen. Tonja lag lang ausgestreckt und mit zusammengekniffenen Augen auf dem Rücken und schaute in den hellen Himmel, während sie den Kaugummi kaute, den Elly ihr mitgebracht hatte.

Die Mädchen schwitzten. In Frankfurt, so war zu lesen, war es in diesen Tagen so heiß wie in Afrika.

»Hast du von dem Mann gehört, der seine Frau und seine vier Kinder getötet hat?«, erwiderte Tonja jetzt, als habe sie der Freundin gar nicht zugehört.

Sie klang fasziniert. Was fand sie nur an diesen furchtbaren Geschichten, an den Tragödien fremder Menschen, von denen die Zeitungen voll waren?

»Nein«, sagte Elly leise.

Tonja lachte.

»Natürlich hast du das nicht. Du warst ja auch bei den Affen im Zoo. Es war also schön?«

Sie hatte doch zugehört.

»Ich …« Elly zögerte und sprach dann entschlossen weiter. »Die Affen waren riesig, und sie haben sich fast nicht bewegt. Der Vater soll zwanzig Jahre alt sein, seine Frau ist achtzehn. Als sie mich angesehen hat, dachte ich, sie schaut direkt in mein Herz. Ich frage mich ja, wovon Orang-Utans träumen? Vielleicht träumen sie ja von den Regenwäldern Sumatras oder Borneos? Meinst du, sie vermissen den Dschungel, Tonja? Sie sahen so ruhig und so ernst und so traurig aus. Fast menschlich.«

»Ach, Elly«, Tonja setzte sich auf, straffte ihren Rücken und drehte die Handflächen nach oben.

»Stell dir vor, dieser Mann, von dem ich gesprochen habe – der, der seine ganze Familie getötet hat –, der war als Sechzehnjähriger im Krieg und kam wieder und hatte sogar Erfolg bei der Eisenbahn, aber irgendwann ist er vom rechten Weg abgekommen. Irgendwann hat er eine falsche Entscheidung getroffen.« Sie riss einen längeren Grashalm aus und teilte ihn vorsichtig mit dem Daumennagel. »Ich kann mir nicht vorstellen, wie das ist, falsche Entscheidungen zu treffen, aber es muss wohl schlimm sein. Die Frau selbst soll übrigens das erste Kind erwürgt haben. Kannst du dir das vorstellen? Das eigene Kind!«

Nein, Elly konnte sich das nicht vorstellen. Sie dachte an die Affen, die sie mit ihrer Ruhe fasziniert hatten. Tonja sprach weiter von der unglücklichen Familie. Merkte sie gar nicht, dass Elly diese schrecklichen Dinge nicht hören wollte?

»Warum liest du so etwas?«, platzte es heftiger als beabsichtigt aus ihr heraus. Tonja zuckte die Achseln und antwortete dann zögernd: »Vielleicht, weil es mir zeigt, dass andere noch schlimmer dran sind als ich, dass andere noch einsamer sind?« Sie schaute Elly ernst an.

»Aber du bist doch nicht einsam«, erwiderte die unsicher.

»Woher willst du das wissen?«

Elly spürte, wie ihr Herz schneller klopfte und sie gar nichts dagegen tun konnte.

»Aber wir haben doch uns, und ich liebe dich doch, und meine Eltern sind immer für dich da.«

»Oh ja«, sagte Tonja so leise, dass man den spöttischen Unterton nur erahnen konnte. Elly hörte ihn. Und da war plötzlich ein Missklang zwischen ihnen, der neu war.

36

»Bitte.«

Toni reichte seiner Frau zögernd das Buch, um das sie ihn gebeten hatte. Sie hatten beide bereits mehrere Besprechungen von Erich Maria Remarques »Im Westen nichts Neues« gelesen, und Alice wusste, dass Toni seine Zweifel hatte, ob dieser Roman das Richtige für sie war. Dennoch hatte er ihr den Wunsch nicht abgeschlagen. Das tat er nie.

Er vertraut meiner Kraft, vielleicht sollte ich das auch tun?

Sie griff nach dem Buch. Ihre Hände berührten sich.

»Danke, dass du es mir mitgebracht hast.«

»Das war doch selbstverständlich.«

Sie konnte ihm ansehen, dass er ihr die Lektüre lieber vorenthalten hätte. Immer war er von dem Reflex getrieben, sie vor allem und jedem zu schützen. Dabei war das gar nicht nötig. Sie hatte zwar eine behütete Kindheit verlebt, aber ihr Vater hatte ihr doch nie erlaubt, den Blick vor der Realität zu verschließen.

Alice wusste Bescheid. Sie wusste, dass die Zeiten schwierig waren. Wenn Toni die Zeitung morgens auf dem Frühstückstisch zurückließ, nahm sie sich immer Zeit, die Nachrichten zu studieren. Dieser Tage kam es im Reichstag immer wieder zu tumultartigen Auseinandersetzungen zwischen Kommunisten und der äußeren Rechten, auf Frankfurts Straßen hatten Zusammenstöße dieser Art bereits erste Tote gefordert.

»Was hältst du von einem neuen Fuchsmantel?«, fragte Toni aus heiterem Himmel. Mit einem Lächeln legte er ein Modejournal vor sie hin und tippte kurz auf eine Seite.

»Hier kannst du es lesen. Der Reichsbund deutscher Kürschner sagt, dass man im Frühjahr keine Dame ohne Fuchs beim Flanieren sehen werde.«

Alice lächelte.

»Aber ich mag Füchse«, sagte sie dann. »Sie sind schlau, oder nicht? Wie wäre es also, wenn du mir einen neuen Stoffmantel schenkst?«

»Was immer du willst.« Er lächelte. »Du wirst bezaubernd aussehen, ganz gleich, was du trägst.«

Alice wechselte das Thema. »Wie war eigentlich die Besprechung gestern?«,

Toni schien verwirrt.

»Zur Einführung des Tonfilms?«, präzisierte Alice.

»Ach so.« Er runzelte die Stirn. »Nun, die meisten der anwesenden Lichtspieltheaterbesitzer waren der Meinung, dass der Tonfilm in diesem Jahr noch nicht zur Debatte steht. Es fehlen ja auch einfach die deutschen Übersetzungen amerikanischer Filme, das ist nicht von der Hand zu weisen.«

Alice beobachtete ihren Mann genau. »Aber *du* denkst, dass sich der Tonfilm auf Dauer durchsetzt, habe ich recht?«

Toni nickte.

»Der Stummfilm wird untergehen, vielleicht noch nicht in dieser Saison, aber in absehbarer Zeit. Man wird also investieren müssen, und das wird sich nicht jeder leisten können.« Er machte eine Pause. »Wir können es«, fügte er dann hinzu, als wolle er sie beruhigen.

Alice schwieg einen Moment lang. Dann sagte sie leise: »Es muss seltsam sein, die Schauspieler sprechen zu hören.«

»Wahrscheinlich.«

»Ich frage mich, was mit jenen ist, die keine schöne Stimme haben?«

Anton zuckte die Achseln. Sie sah ihm an, dass er sich über diese Dinge noch keine Gedanken gemacht hatte. Das ganze Was-Wäre-Wenn-Spiel, das Alice so liebte, war ihm fremd.

»Mary Pickford soll eine Donnerstimme haben«, sagte er jetzt mit einem Schmunzeln.

»Und was passiert mit den Filmorchestern, wenn sich der Tonfilm durchsetzt?«

Dieses Mal wurde Antons Gesichtsausdruck sehr ernst. Auch das Odeon beschäftigte Musiker, die den Film während der Vorführung begleiteten. Toni hatte große Hochachtung vor ihnen. Und er mochte sie. Vor allem den jungen Franz und seinen Vater.

»Ich weiß es nicht«, sagte er zögerlich. »Aber auf Dauer wird es wohl keine Kinomusiker mehr geben …«

»Du liebst sie wirklich, was?«

Cousine Rahel tauchte so plötzlich hinter Franz auf, dass der zusammenzuckte. Er hatte sich einen Platz ausgesucht, von dem aus er Elly gut beobachten konnte, und spielte das Gespräch durch, das er wahrscheinlich nie mit ihr führen würde.

Jetzt drehte er sich um und schaute die dralle, dunkle Rahel an.

Er überlegte, was er sagen sollte, aber sie waren sich eigentlich nicht besonders nahe, teilten nichts Privates miteinander.

Rahel trug eine dunkle Kostümjacke zu einem dunklen, langen Rock, die rote Nelke am Revers stach umso intensiver hervor.

»Hast du ihr schon gesagt, dass ihr euch bald nicht mehr sehen werdet? Die Zeit der Filmorchester geht ihrem Ende zu.«

Sie klang etwas spöttisch. Das war ihm neu an ihr. In der

elterlichen Wohnung wirkte sie immer so zurückhaltend. Hier draußen blitzte etwas anderes in ihren Augen auf.

Er runzelte die Stirn.

»Was geht's dich an? Kümmer du dich lieber um Israel. Wolltest du nicht längst dort sein?«

»Nichts geht's mich an, aber ich jedenfalls halte mich nicht an einer Vergangenheit fest, die keine Zukunft hat.«

Ein Windstoß zauste durch Franz' feuerrotes Haar. Er wippte mit den Füßen, im vergeblichen Bemühen um festen Stand. Seine Hände waren feucht.

»Also, ich … Ich wollte dir sagen … Ich gehe nach Amerika.« Endlich war es draußen. »Mit meinem Vater. Wenn der Tonfilm sich jetzt allenthalben durchsetzt, dann haben wir Kinomusiker keinen Platz mehr in Deutschland. Mama und die Schwestern müssen vorerst hierbleiben, aber wenn wir genug Geld verdienen, dann holen wir sie nach. Es geht bald los.« Er machte eine kurze Pause. »Dann werden wir uns wohl nicht mehr sehen.«

»Wirklich?« Elly verbarg ihre Gereiztheit nur halbherzig. Sie hasste es, wenn Franz sie ansprach. Wenn er nach ihr schaute, sie grüßte. Überhaupt hasste sie seine Freundlichkeit. Er glaubte wohl, nur weil sie sich schon so lange kannten, würde sie etwas verbinden. Wie konnte sie ihm nur deutlich machen, dass dem nicht so war? Verstand er denn nicht, dass er sie nicht interessierte? Er war nichts als ein kleiner Junge mit einer Geige. Sollte er doch mit seinem Vater nach Amerika gehen, ihr war das ganz gleich.

Elly zupfte ein Wollfädchen von ihrem Rock und behielt ihre ausdruckslose Miene bei. Fast hätte sie gegähnt, doch dann musste sie plötzlich wieder an den Streit mit Tonja denken, und wie bissig die reagiert hatte, als sie, Elly, von Samuel

Mühe im Theaterunterricht erstmals vorgezogen worden war.

Sie zwang sich, den Gedanken wegzuschieben – sie wollte keinen Streit mit Tonja –, und schaute Franz an. Aber etwas hatte sich plötzlich verändert. Mit einem Mal war da ein Ausdruck in seinen Augen, wie sie ihn noch nie gesehen hatte, und das, was er als Nächstes sagte, überraschte sie wirklich.

»Weißt du, du bist nichts Besseres, Elly. Das denkst du vielleicht, aber das stimmt nicht. Und deshalb solltest du deine Mitmenschen nicht so behandeln.«

Elly schnappte nach Luft. Was wagte sich der Kerl!

»Ich lass mir doch von dir nicht sagen, wie ich irgendwen zu behandeln habe?«, patzte sie zurück. »Du musst ja nicht mit mir reden.«

Franz sah sie jetzt wieder nur an. Der Ausdruck war aus seinen Augen verschwunden. Er wirkte jetzt wie ein Junge, der sich Sorgen machte, und auf eine gewisse Weise berührte er sie doch.

Ich habe ihn verletzt, dachte Elly.

Sie schwiegen.

Elly schämte sich plötzlich und suchte nach Worten. Sie wusste, dass ihr Vater den Mitgliedern des Filmorchesters ihre Entlassung angekündigt hatte – die Zeiten der Filmorchester seien vorüber –, und für einen kurzen Moment dachte sie darüber nach, was das für Franz und seine Familie bedeutete: Das war ihr Beruf gewesen, ihr Leben … Was sollten sie jetzt tun? Womit würden sie ihr Geld verdienen?

»Ich …«, setzte sie an. »Franz, es tut …«

Doch Franz drehte sich überraschenderweise einfach um und ging davon. Elly fehlten die Worte. So hatte er noch nie gehandelt. Niemals hätte sie gedacht, dass er so etwas tun würde. Und das verunsicherte sie. Sie hätte ihm gern zugerufen, er solle anhalten, aber das brachte sie dann doch nicht über sich. Sie wollte nichts von ihm. Trotzdem fühlte sie sich jetzt schlecht.

»Der Gustav hat gesagt, Franz und sein Vater gehen nach Amerika«, sagte Tonja, als sie abends zusammen mit Elly im Kramer'schen Garten saß. Sie hatte sich die Schuhe ausgezogen und bewegte die nackten Zehen.

Elly betrachtete die Spitzen ihrer Schuhe.

»Zieh sie doch auch aus«, hörte sie Tonja sagen.

»Nein.«

Ich mag das Gras heute nicht an meinen Füßen, dachte sie.

»Was sagst du denn nun zu Franz?«, fragte Tonja. »Es wird seltsam sein, wenn er nicht mehr da ist, oder sogar das ganze Orchester? Das gehört doch irgendwie dazu.«

»Hm. Was soll ich sagen?« Elly zuckte die Achseln. »Der Tonfilm setzt sich durch. Musiker werden nicht mehr gebraucht. Franz und sein Vater finden schon etwas in Amerika.«

»Magst du ihn nicht doch ein klitzekleines bisschen?«

»Wie kommst du darauf?«, sagte Elly aufgebracht. »Und bin ich etwa für ihn verantwortlich?«

»Er liebt dich.«

»Papperlapapp.«

Elly starrte immer noch auf ihre Schuhspitzen. Die Schuhe waren neu. Sie hatte sich den ganzen Tag darüber gefreut, sie endlich tragen zu dürfen. Sie wollte nicht über Franz reden.

»Kommst du morgen?«, fragte sie. »Es soll schönes Wetter geben.«

Tonja lächelte.

»Klar komme ich.«

37

FRANKFURT AM MAIN, 1929

Es herrschten Hundstage in Frankfurt. Im Schatten wurden tagsüber 34 Grad gemessen. In ihrem Zimmerchen im Gallusviertel war es brütend warm, als Tonja an diesem Tag aus dem Garten der Kramers nach Hause kam. Sie hatte sofort alle Fenster aufgerissen, doch es war immer noch stickig. Danach hatte sie das Abendessen zubereitet und gemeinsam mit ihrer Mutter gegessen. Edith hatte genügend Alkohol intus, um guter Laune zu sein. Tonja sollte es recht sein. Sie wusch sich vor dem Zubettgehen, so gut es ging, an der Waschschüssel. Da schnarchte Edith schon in ihrem Rausch.

»Ich will weg von meiner Mutter«, hatte sie heute zu Elly gesagt.

Elly hatte sie nur mit großen Augen angeschaut. Sie hatte ja auch keinen Anlass, sich von ihren Eltern wegzuwünschen.

»Weißt du, am liebsten würde ich die Schule eher heute als morgen beenden und mir einen Beruf suchen. Irgendetwas, um auf eigenen Füßen zu stehen«, erinnerte Tonja sich an ihre eigenen Worte.

»Irgendetwas?«

»Hauptsache, ich komm raus.«

Elly hatte den Kopf geschüttelt.

»Ach, lass uns erst einmal die Schule fertig machen. Es ist nur noch ein Jahr.«

»Ich könnte Filmvorführerin werden.«

Elly hatte sie verwirrt angesehen. Der Gedanke missfiel ihr deutlich. Tonja hatte an den Streit denken müssen, zu dem es zwischen ihnen beim Theaterspiel gekommen war. Der erste, an den sie sich überhaupt erinnern konnte. Elly hatte eine Rolle zugesprochen bekommen, für die eigentlich Tonja geprobt hatte, und es hatte sich so angefühlt, als nehme ihr Elly etwas weg.

Mitten in der Nacht fuhr Tonja aus dem Schlaf. Sie konnte nicht sagen, wie lange sie bereits geschlafen hatte. In letzter Zeit fiel es ihr zunehmend schwerer, in den Schlaf zu finden, und wenn sie aufwachte, hatte sie stets den Eindruck nur kurz geruht zu haben.

Häufig war sie schrecklich müde. Das Zusammenleben mit Mama forderte seinen Tribut, die Schule, wo sie immer so tat, als sei alles in Ordnung, das stets knappe Geld. Sie war nie eifersüchtig auf Elly gewesen, aber manchmal erwischte sie sich neuerdings auch bei solchen Gedanken. Natürlich musste sie dankbar sein, dass Ellys Vater ihr den Schulbesuch bezahlte und sie so oft bei den Kramers sein durfte, aber manchmal wollte sie einfach nur siebzehn sein, unbeschwert, ein junges Mädchen, von dem man nichts erwartete.

Tonja horchte. Von Mamas Bett drang das übliche Schnarchen zu ihr herüber. Sie sah sich im Zimmer um. Was war das für ein seltsames Licht, das von draußen hereinfiel?

Sie stand leise auf. Ihre Mutter gab ein gurgelndes Geräusch von sich.

Ein roter Schein, dachte Tonja, da ist so ein ganz leichter roter Schein draußen, und war da nicht auch ein Geruch, so ein brenzliger Geruch, der …

… Feuer …

Tonja eilte ans Fenster.

»Feuer«, kam es fast lautlos von ihren Lippen, als habe sie

Angst, das, was sie sah, laut zu benennen. Sie schaute auf die Straße. Dort unten hatten sich einige Nachbarn versammelt. Ein paar hingen auch an den Fenstern, wie sie selbst, und schauten zu den Lagerschuppen hinüber, die von den Gleisen der Eisenbahn, der Hafenstraße und der verlängerten Niddastraße umrahmt wurden. In diesem Moment bildeten sie ein einziges Flammenmeer. Die näher am Feuer liegenden Häuser waren taghell erleuchtet, der ganze Himmel über dem Bahnhofsviertel war blutig rot.

Tonja war jetzt hellwach. Ein Gefühl zwischen panischer Angst und Faszination erfasste sie. Würden die Flammen übergreifen? Sollten sie das Haus verlassen, oder war es sicherer hierzubleiben? Tonja schlich zum Bett zurück.

»Mama?« Sie versuchte ihre Mutter zu wecken.

Nichts, dann ein Knurren. »Lass mich in Ruhe.«

»Es brennt, Mama, was soll ich tun?«

»Unser Haus?«

»Nein, die Lagerschuppen, am Bahnhof, ich …«

»Das ist weit weg. Lass mich schlafen. Oh, mein Kopf …«

Edith schnarchte schon wieder. Tonja rüttelte sie.

»Mama, wach auf. Ich weiß nicht, was ich tun soll.«

Kein Knurren. Keine Reaktion. Nichts. Ihre Mutter hätte nicht deutlicher zeigen können, dass ihre Tochter nicht auf sie zählen konnte. Tonja blieb noch einen Augenblick lang sitzen. Dann kehrte sie ans Fenster zurück. Sie war auf sich gestellt: Ihre Mutter kümmerte sich einen Dreck, und Elly … Die würde nie verstehen. Sie war gutherzig, aber sie kannte die Wahrheit nicht. Sie würde niemals wissen, was einem das Leben abforderte. Tonja wusste es, und sie musste eine Entscheidung treffen, denn das Feuer zeigte ihr eines: Es konnte schnell vorbei sein.

38

FRANKFURT AM MAIN, 2013

In der Wohnung war es ungewöhnlich still, als Carina an diesem Abend nach Hause zurückkehrte, und nach einem kurzen Moment der Enttäuschung genoss sie es einfach, für sich zu sein. Jens und Anni waren in der Bibliothek und lernten. Feisal hatte sich zu einer Party aufgemacht. Ihm war sie noch kurz im Treppenhaus begegnet, wo er unverschämt gut riechende Hackbällchen in Granatapfelsauce an ihr vorbeigetragen hatte.

»Hm, lecker«, hatte sie gesagt.

»Komm doch mit«, hatte er mit einem Grinsen erwidert. »Wird bestimmt gut, und du könntest dir mal wieder was gönnen. Du arbeitest ja ständig.«

Carina hatte dankend abgelehnt. Zwar war sie bereits den ganzen Tag über allein gewesen und hatte weder mit Elly noch mit Alea oder gar Tom gesprochen, aber ihr war immer noch nicht nach Gesellschaft zumute.

Jan hatte seine Sachen abgeholt.

Beim Anblick des halb leeren Zimmers wurde Carina flau im Magen, als sei ihr Leben mit einem Mal unvollständig, was natürlich albern war: Jan und sie hatten schon lange nur noch nebeneinanderher gelebt, Beziehung war etwas anderes. Trotzdem fehlte etwas.

Elly kam ihr in den Sinn: Was war, wenn das Leben auseinandersplitterte und die einzelnen Teile keinen passenden Platz mehr fanden? Eigentlich wusste sie immer noch nicht viel über Elly, aber irgendetwas musste damals geschehen sein.

Ich darf das Odeon über Ellys Geschichte nicht aus den Augen verlieren.

Ihr Abendessen bestand aus Pitabrot gefüllt mit Schafskäse, Tomaten und Oliven. Carina holte sogar eine Weinflasche aus dem Regal, entkorkte sie und goss sich ein Glas ein.

Ich werde nicht an Tom denken, schärfte sie sich ein.

Stattdessen dachte sie wieder über Tonja und Elly nach. Was war wohl damals geschehen, dass es Elly bis heute noch so erregte?

Sie hatte mit viel Liebe von Tonja Lövenich gesprochen, aber die Sache schien nicht im Guten geendet zu haben. Was hatte die Freundinnen auseinandergebracht, oder hatten sie sich einfach aus den Augen verloren, wie das manchmal so passierte? Aber warum schien die Erinnerung an ihre Freundin für Elly dann so schmerzhaft?

Was ist passiert?

Carina schaute zu ihrem Schreibtisch, auf dem vom Vorabend noch drei zerknäulte Papiere lagen. Gestern hatte sie vergeblich versucht, eine neue Struktur in ihre Recherchen zu bringen. Wie konnte sie über das Lichtspieltheater schreiben und zugleich Ellys Geschichte einfließen lassen? In diesem Moment zerriss Handyklingeln die Stille.

39

FRANKFURT AM MAIN, 1929

Es war der vierte Filmball zu wohltätigen Zwecken, den Toni Kramer in diesem Jahr veranstaltete und der erste, an dem die Mädchen nicht nur als Beobachterinnen teilnehmen durften. Anlass des Balls war die Ankündigung, dass das Rheinland im nächsten Jahr endgültig an Deutschland zurückfallen würde: Ab dem 30. Juni 1930 würde sich kein Soldat einer Besatzungsmacht mehr auf deutschem Boden aufhalten. Die ersten Engländer hatten Wiesbaden bereits Mitte September 1929 verlassen.

Die Mädchen interessierten sich für die politische Bedeutung dieser Nachricht nur mäßig. Tagelang war es ausschließlich darum gegangen, was sie anziehen würden. Tonja durfte sich natürlich aus Ellys Kleiderschrank bedienen. Mit den Fingern strich sie über den teuren Stoff des Kleides, das Elly ihr hingelegt hatte. Elly selbst war schon fertig und betrachtete sich gerade skeptisch im Spiegel.

»Du siehst zauberhaft aus«, sagte Tonja.

»Findest du?«

Elly drehte sich überraschend kokett nach links und nach rechts. Sie kam sich sehr erwachsen vor, das konnte Tonja deutlich erkennen.

»Jetzt zieh du dich endlich an«, sagte sie zu Tonja.

Die schlüpfte aus ihrem Kleid und stand nun in mehrfach geflickter, fadenscheiniger Unterwäsche vor ihrer Freundin.

Elly stieß Luft durch ihre Zähne, gab der Freundin dann ohne weitere Worte eine frische Garnitur und winkte ab, als Tonja ablehnen wollte.

»Wir sind Freundinnen.«

»Ich gebe sie zurück.«

»Nein, sie gehört dir. Ich bestehe darauf.«

Tonja zog das Kleid über, und Elly starrte sie an.

»Du bist traumschön«, sagte sie dann mit rauer Stimme.

»Ehrlich?«

»Oh ja, aber das ist ja nichts Neues. Du siehst aus wie eine Königin.«

Elly beobachtete, wie die Freundin sich jetzt selbst im Spiegel betrachtete. Sie freute sich an der Freude der anderen.

»Du verdienst nur das Allerbeste«, sagte sie leise.

Tonja begutachtete sich kritisch. Die Kleinmädchenzöpfe wirkten jetzt noch unpassender. Sie dachte wieder an das, was sie Elly sagen musste.

»Vater schickt jemanden, der uns die Haare macht«, sagte die unvermittelt. Offenbar war ihr aufgefallen, dass Tonja ihre Frisur musterte.

Am liebsten will ich gar nichts denken, dachte Tonja, während sie weiter in den Spiegel starrte. Doch heute rasten die Gedanken ihr nur so durch den Kopf.

»Manchmal überlege ich, ob ich meine Haare nicht einfach abschneiden lassen sollte …« Tonja packte ihre dicken Zöpfe links und rechts und knickte sie ab der Mitte, um zu sehen, wie ihr kürzere Haare wohl standen. »Wie bei Louise Brooks, weißt du, oder wie wäre es mit Haaren à la Garbo?«

»Ich finde kurze Haare bei einer Frau nicht schön«, sagte Elly langsam. »Das ist so männlich. Findest du nicht?«

»Auch bei Louise Brooks? Meinst du das wirklich, oder plapperst du nur nach, was die anderen sagen?«

»Nein«, Elly war verunsichert. »Warum sollte ich das? Ich …« Sie hatten Louise Brooks' Fotos in Zeitschriften und auf Plakaten gesehen, und Tonja war so begeistert gewesen, dass Elly so etwas wie Eifersucht verspürt hatte. Den Besuch von »Die Büchse der Pandora«, in der Brooks eine Hauptrolle spielte, hatte Papa ihnen ausdrücklich verboten. Tonja war empört darüber gewesen, Elly insgeheim froh.

»Warum schaust du mich so an?«, fragte Tonja jetzt.

»Ich versuche mir vorzustellen, wie du mit kurzen Haaren aussiehst.«

»Und?«

Elly zuckte die Achseln. Sie mochte keine Veränderungen, aber das Leben zwang sie einem auf. Warum musste das so sein?

Tonja ließ einen Zopf los und hielt den anderen geknickt. So richtig vorstellen, wie eine Kurzhaarfrisur letztendlich aussah, konnte sie sich nicht. Es war ein Wagnis.

»Ist es nicht gut so, wie es ist?«, fragte Elly sanft.

Tonja beschloss, nicht auf die Äußerung ihrer Freundin einzugehen.

»Wüsstest du eigentlich gerne, wie sich Küssen anfühlt?«, fragte sie stattdessen.

»Küssen?«

»Ja. Ich wüsste gerne, wie es sich anfühlt, du nicht?«

Elly war deutlich erstaunt über die plötzliche Wendung des Gesprächs.

»Ja«, bekräftigte Tonja. »Es wäre doch gut, wenn man vorbereitet ist, falls man mal einen Mann kennenlernt, meine ich.«

»Ich brauche keinen Mann«, sagte Elly.

»Würdest du es tun?«

»Was denn?«

»Mich küssen. Vielleicht treffen wir heute Abend jemanden?« Tonja grinste. »Dann möchte ich vorbereitet sein.«

Elly starrte ihre Freundin an.

»Wir sind erst siebzehn.«

»Eben. Wir sind siebzehn, und sehr bald werden wir achtzehn Jahre alt sein. Wir werden jedes Jahr älter. Das Leben wartet auf uns. Die Welt wartet auf uns.«

Tonja löste sich vom Spiegel und kam zu Elly hinüber. Sie schlang einen Arm um die Freundin.

Der Kuss fühlte sich überraschend gut an. Tonja löste sich, dann drückte sie ihren Mund noch einmal ein wenig fester auf Ellys. Als sie sich erneut von der Freundin löste, war der Ausdruck in ihren Augen nachdenklich.

»Männer haben natürlich eine härtere Haut, und manchmal rasieren sie sich nicht. Papas Stoppeln haben immer furchtbar gekitzelt.«

»Daran erinnerst du dich?«

»Hm. Jedenfalls bilde ich es mir ein. Weiß ich es? Nein, ich glaube nicht.«

Tonja spürte dieses seltsame Gefühl in ihrem Magen, das sie oft überkam, wenn sie an ihren Vater dachte.

»Vermisst du ihn sehr?«, fragte Elly vorsichtig.

»Ja, das tue ich. Ich vermisse ihn immer noch ganz furchtbar.«

Es war herrlich, auf diesem Ball zu tanzen, und es war herrlich, andere dabei zu beobachten. Annemie war da, die ein paar Tage lang nicht in der Schule gewesen war, aber sie hielt sich von ihnen fern. Man munkelte, dass die Ernstmanns finanzielle Probleme hatten und sich die Schule deshalb nicht mehr leisten konnten. Annemie wirkte wütend, aber das war eigentlich immer so.

In den Spiegeln der Damentoiletten musterte Tonja nach mehreren Tänzen ihr erhitztes Gesicht. Die Frisur hatte sich teils gelöst, aber sie fand, dass ihr das besser stand als die bravere Frisur, die der Coiffeur ihr verpasst hatte, den Herr Kramer eigens für sie hatte kommen lassen. Der war jedoch einfach nicht bereit gewesen, etwas zu wagen.

Langsam streifte Tonja eine Haarsträhne aus ihrem Gesicht zurück. Sie musterte das Kleid. In diesem Moment mochte sie sich nicht vorzustellen, es am Ende des Abends wieder auszuziehen, um in ihre alte Kleidung zu schlüpfen: wie das Aschenputtel, das in sein altes Leben zurückkehrte.

Nur, dass es am Ende keinen Prinzen gibt, der mich rettet.

In ihrer Welt gab es keine Prinzen. Ihr Vater war tot, und ihre Mutter war keine richtige Mutter. Und doch hatte sie manchmal Angst davor, sie auch noch zu verlieren.

Dann habe ich niemanden mehr.

»Tonja, bist du noch da?«, fragte Elly aus der Kabine.

»Natürlich. Wo sollte ich denn sein?«

»Wir müssen immer füreinander da sein, Tonja.«

»Ja, das müssen wir.«

Es war unheimlich. Als ob Elly Gedanken lesen konnte. Manchmal wurde es Tonja zu viel, dass sie so an ihr klebte, aber sie wollte sie nicht verletzen. Elly meinte es gut. Sie meinte es immer gut. Es war nicht zum Aushalten.

Tonja zupfte am Kragen ihres Kleides. Die Tür zu Ellys Kabine öffnete sich, und die beiden Freundinnen blickten sich an.

»Wir sind füreinander da. Immer«, sagte Elly.

Tonja war es müde, es der Freundin wieder und wieder zu bestätigen, aber sie tat es trotzdem.

»Ja, das sind wir.«

Nur Minuten später, als sie gerade gemeinsam in den Saal zurückkehrten, sah sie ihn zum ersten Mal.

Tonjas erster Gedanke war, dass dieser Mann aussah wie Rudolph Valentino. War der womöglich doch von den Toten auferstanden? Er tanzte mit einer älteren Dame, und als er sich nach dem Tanz formvollendet von ihr verabschiedete und sich ein Glas Sekt vom nächsten Tablett nahm, steuerte Tonja zu ihrer eigenen Überraschung, wie von einer unsichtbaren Macht angezogen, einfach auf ihn zu. Sie musste ihn ansprechen, unbedingt. Worüber, darüber konnte sie jetzt nicht nachdenken, sonst würde sie es nicht wagen.

Sie dachte daran, dass sie Ellys Mutter in die Arme gelaufen waren, gerade als sie aus den Waschräumen kamen. Alice hatte Tonja gebeten, sie und Elly kurz allein zu lassen. Offenbar gab es etwas zu besprechen, was nicht für ihre Ohren bestimmt war. Also war sie schon einmal in den Ballsaal vorausgegangen. Als sie sich nach ein paar Schritten noch einmal zu den beiden umgedreht hatte, hatte Elly über das ganze Gesicht gestrahlt.

Und jetzt bewegte sich Tonja auf diesen fremden Mann zu und stellte dabei fest, dass sie noch nie den Wunsch verspürt hatte, einen Mann anzusprechen.

Bis heute. Heute war alles anders. Heute wollte sie die Gelegenheit nutzen. Heute fühlte sie sich seltsam keck. Sie spürte ganz deutlich, dass dies ein wichtiger Moment in ihrem Leben war.

Als der junge Mann sein leeres Glas zurück auf ein Tablett stellte und sich umdrehte, stand sie bereits so dicht vor ihm, dass es zwar nicht unschicklich war, er aber auch nicht entkommen konnte.

»Kennen wir uns nicht? Warten Sie einen Moment, habe ich Sie nicht kürzlich in ›Manolescu, der Fürst der Abenteurer‹ gesehen?«

»Nicht, dass ich wüsste.«

Der junge Mann musterte sie. Er war groß gewachsen, wirkte

schlank und sportlich und trug einen Anzug, der nur maßgeschneidert sein konnte. Tonja meinte einen leichten Akzent wahrzunehmen, konnte sich aber auch irren.

»Sie waren das also nicht im Ufa-Palast?« Tonja täuschte Erstaunen vor, das Lächeln des Mannes verriet, dass er sich durchaus amüsierte und sie gewiss nicht loswerden wollte. Sie atmete innerlich durch.

»Nein, aber wenn ich Sie so sehe, dann tut mir das in jedem Fall sehr leid.« Er deutete eine Verbeugung an.

Tonja lächelte zufrieden. Das klappte ja besser, als erwartet. Sie drehte sich um, entdeckte Elly und ihre Mutter noch in einiger Entfernung am Aufgang zur Treppe.

»Ich bin Tonja Lövenich«, sagte sie, »und das da drüben«, sie winkte Elly zu, der Mann schaute in die Richtung, »ist meine Freundin Elly Kramer, deren Vater diese wunderbaren Bälle ausrichtet.«

»Ich weiß«, hörte sie den jungen Mann sagen.

Elly beeilte sich offenbar, denn sie war jetzt schon fast bei ihnen, während sich ihre Mutter noch durch die Reihen kämpfte. Und dann streckte der junge Mann ihr beide Arme entgegen, und sie stürzte sich, zu Tonjas Überraschung, ohne zu zögern einfach hinein.

»Elly«, sagte der junge Mann.

»Corbin«, erwiderte sie. »Mama hat mir gerade erzählt, dass ihr endlich wieder zurück seid … Warum bist du nicht gleich gekommen?«

Sie nannten es eine Kinderfreundschaft. Nachdem Alice sich wieder zu ihrem Mann gesellt hatte, entnahm Tonja Ellys munterem, aufgeregtem Geschwätz, dass sie einmal beste Freunde gewesen waren und dass der Mann vor ihr Corbin Harloff hieß und die letzten Jahre in England verbracht hatte. Sie schlug vor, dass sie sich ein Plätzchen suchten, damit die beiden ihr in aller Ruhe von den alten Zeiten erzählen konnten. So wirklich viel gab es dann aber offenbar gar nicht zu erzählen. Elly war mit einem Mal wieder sehr zurückhaltend, das Gespräch stockte.

»Im nächsten Monat wird in Frankfurt der erste Tonfilm gezeigt«, sagte Tonja. »Wollen wir ihn uns nicht zusammen anschauen?«

Corbin lachte.

»Vielen Dank, aber ich habe ihn bereits in Berlin gesehen, als ich geschäftlich dort war, und ich muss euch warnen: Dieses Machwerk ist schrecklich schwülstig.«

»Herzergreifend«, hielt Tonja dagegen. »So habe ich jedenfalls gehört.«

Corbin hielt inne und musterte Tonja eingehend. Die spürte eine Gänsehaut. Elly runzelte die Stirn.

»Ich werde es euch darlegen, meine Damen …«, fuhr der junge Mann dann fort: »Ein Kellner komponiert Schlager und wird natürlich berühmt.«

»Aber kann das Leben nicht so sein?«, unterbrach ihn Tonja.

Ihre Blicke trafen sich erneut. Oh ja, Tonja wusste, dass das wahre Leben nicht so war.

»Nein.« Corbin lachte. »Und deshalb lasst mich weitersprechen. Der Kellner also heiratet eine Sängerin und wird Vater. Mit seinem Schlager ›Sonny Boy‹ singt er seinen Sohn jeden Abend in den Schlaf.«

Tonja lächelte in sich hinein. Der junge Mann ließ sich nicht aus der Ruhe bringen.

»Doch, oh nein, Mutter und Kind verlassen ihn, und als er sie schließlich wiederfindet, liegt das Kind im Sterben. Der Vater solle noch einmal ›Sonny Boy‹ singen, fleht der Junge. Der Vater singt und das Kind stirbt dem singenden, weinenden Vater unter der Hand weg …«

Corbin sah Tonja herausfordernd an. Ihr war, als fröstele Elly. Ob sie sich ausgeschlossen fühlte?

»Ach, kommen Sie, gehen Sie doch noch mal mit uns in den Film. Vielleicht sehen Sie ihn beim zweitem Mal ja anders«, sagte Tonja.

Corbin schmunzelte.

»Kann ich Ihren Wunsch ablehnen, wenn Sie mich so nett bitten?«

»Natürlich können Sie das nicht, Herr Harloff«, sagte Tonja übermütig.

Der junge Mann wandte sich an Elly.

»Was meinst du?«

»Ja. Das wäre schön.« Ihre Stimme klang flach.

»Ich finde übrigens, Herr Harloff sollte jetzt mit uns tanzen«, meldete sich Tonja wieder zu Wort. »Denn das kann er fast so gut wie die jungen Männer, die sich ihr Leben damit verdienen.«

Corbin lachte.

»Wie ein Eintänzer, meinen Sie?«

In den Jahren nach dem Krieg war ein neuer Beruf entstanden: der des Eintänzers. Ein Halbamateur, ein Gentleman aus Profession, der gegen Geld mit einsamen Damen tanzte. Corbin amüsierte der Gedanke offenbar, denn er lachte noch lauter.

Tonja schaute ihn herausfordernd an.

»Und, was sagen Sie dazu?«

Corbin konnte offenbar nicht aufhören zu lachen.

»Zum zehnten Verfassungstag im August haben Alice und ich uns den Brentano-Park angesehen«, erzählte Anton Kramer gerade Herrn Ernstmann. »Meine Frau kannte ihn natürlich schon von früher, aber für mich war er neu. Abends gab es dann das große Feuerwerk am Fluss. Wirklich sehenswert.«

Fritz Ernstmann zögerte einen Moment zu lange, und Toni

erinnerte sich daran, dass er schon öfter den Eindruck gehabt hatte, Ernstmann gebe nicht zu viel auf die neuen Zeiten. Gehörte er nicht sogar zu jenen, die, besonders in letzter Zeit, von der Notwendigkeit eines Politikwechsels sprachen? Toni hatte dem nie viel Bedeutung beigemessen, und er wollte auch jetzt nicht darüber nachdenken. Erst heute Morgen hatte er in der Zeitung gelesen, dass trotz aller Schönheitsfehler, trotz aller Fehltritte, vor denen schließlich keine Einrichtung bewahrt bleibe, das Parlament und die politische Führung geradezu Ungeheures leiste. Und wenn die Zeiten auch verwirrend waren, so war er doch entschlossen, an diesem Gedanken festzuhalten. Dann fiel ihm plötzlich siedendheiß ein, dass ihm ein Mitarbeiter letzte Woche gesagt hatte, Herr Ernstmann wolle ihn in einer dringenden Angelegenheit sprechen.

Er räusperte sich.

»Entschuldigen Sie, lieber Herr Ernstmann, dass ich noch nicht auf Sie zugekommen bin. Man hat mir ausgerichtet, dass Sie um ein Gespräch gebeten haben. Leider war viel zu tun. So eine Veranstaltung erfordert auch nach Jahren der Erfahrung einfach meine ganze Aufmerksamkeit.«

»Heute will ich Sie gewiss nicht damit behelligen, Herr Kramer.«

Da war etwas Seltsames in Ernstmanns Gesichtsausdruck, etwas, was sich Toni nicht erklären konnte.

»Nur zu, Herr Ernstmann. Sie gehören schließlich zu meinen ältesten Geschäftspartnern. Nur frei heraus. Ich hoffe übrigens, das Fest gefällt Ihnen?«

»Ja, ja, doch.« Fritz Ernstmann sah sich um, indes war offensichtlich, dass er nichts von der Pracht wahrnahm, die ihn umgab. »Haben Sie gehört, dass die FAVAG ihre Zahlungen eingestellt hat?«, fuhr er dann fort.

»Oh ja, natürlich. Wer hat das nicht?«

Der Zusammenbruch der FAVAG, der Frankfurter Allgemeine Versicherungs AG und ihrer Hausbank hatte in den letzten Tagen zu einem geradezu panischen Ansturm auch auf andere Banken und Sparkassen geführt. Unsaubere Spekulationen mittels Strohmännern und dunkle Praktiken waren in den Tagen darauf Stück um Stück aufgedeckt worden. Inzwischen wurde sogar nach zwei Direktoren der FAVAG gefahndet.

»Die Sache ist, ich hatte dort eine Menge Geld angelegt …«, sprach Ernstmann weiter, der jetzt offenbar doch Mut gefasst hatte.

»Eine Menge«, echote Toni.

»Lassen Sie es mich kurz machen …« Ernstmann runzelte die Stirn. »Die Sache ist, ich bin bankrott. Ich kann nicht mehr auslegen und nicht mehr liefern. Ich …«

Toni streckte die Hand aus und klopfte ihm auf die Schulter.

»Keine Sorge, wir finden eine Lösung«, hörte er sich sagen. »Ich brauche immer gute Mitarbeiter, ich …«

»Das müssen Sie nicht. Ich bin kein Bettler, ich wollte … Ach, verdammt …« Ernstmanns Augen glitten weg und suchten vergeblich Halt zwischen den Tanzenden. »Finden Sie nicht auch, dass dieser Tage alles schiefläuft? Die vielen Arbeitslosen, die Steuern, die dem Landvolk die Luft abschnüren. Kein Wunder, dass sich mancher mit Bomben Luft macht.«

Toni schüttelte den Kopf.

»Die Bombe im Reichstag hat Gott sei Dank nur Sachschaden angerichtet, nicht auszudenken, wenn mehr passiert wäre …«

Ernstmann blickte nachdenklich in die Ferne. Seine Fäuste ballten sich, er schien es selbst nicht zu bemerken. An seiner Schläfe begann eine Ader zu zucken.

»Vielleicht hätte aber mehr passieren müssen. Damit die da oben mal aufgerüttelt werden. Verstehen Sie?«

Toni musste lachen, obgleich es ihm unpassend erschien. Es war eine plötzlich in ihm aufsteigende Nervosität, die ihn dazu brachte.

»Das meinen Sie doch nicht wirklich.«

Ernstmann zuckte die Achseln und blieb stumm. Toni fragte sich, ob ihn solche Worte beunruhigen sollten, aber gewiss war es die schiere Verzweiflung, die seinen Geschäftspartner auf diese Gedanken brachte. Die Zeit würde alles ins Lot bringen, und er würde helfen, soweit es in seiner Macht stand.

»Kommst du jetzt, Tonja?«

»Ja, ich komme.«

Tonjas Füße schmerzten. Sie freute sich auf ihr Bett und dachte an Corbin Harloff, der sie während des letzten Tanzes noch um ein paar Worte unter vier Augen gebeten hatte. Eigentlich hatte sie ablehnen wollen, stattdessen hatte sie nichts gesagt und jetzt fragte sie sich, wie sie noch einmal in den Saal zurückkehren könnte, ohne dass jemand Verdacht schöpfte.

Sie gähnte und verlangsamte ihren Schritt. Elly drehte sich zu ihr um und blieb dann sogar stehen.

»Tonja, jetzt komm schon!«

Tonja blieb ebenfalls stehen. Ihre Augen weiteten sich, dann schüttelte sie den Kopf.

»Himmel, ich habe meine Tasche liegen lassen. Ich muss noch einmal schnell zurück.«

»Du kannst sie morgen holen. Wir kommen ja ohnehin wieder hierher.«

»Nein, was ist, wenn sie jemand nimmt? Ich möchte sie bei mir haben.«

Seufzend ging Elly auf sie zu.

»Na gut, ich komme mit.«

»Nicht nötig, geh schon einmal vor. Ich bin gleich bei dir.«

Tonja war erstaunt, wie schnell ihr dieser Satz über die Lippen ging, keine Lüge in diesem Sinn und doch … Elly schöpfte keinen Verdacht.

»Dann beeil dich aber«, sagte sie jetzt.

»Natürlich.«

Tonja lächelte, erleichtert, dass es so gut geklappt hatte. Dann rannte sie fast den Gang hinunter, so schnell es ihr Kleid erlaubte. Eine Schar emsiger Kräfte war bereits mit dem Aufräumen beschäftigt. Ihr Blick suchte hastig den Saal ab. Da, eine Bewegung links: Corbin vor dem dunklen Rot des Vorhangs. Sie ging auf ihn zu, während ihr Herz wild schlug. Ihr kam es so vor, als würde sie Elly betrügen. Seit sie einander kannten, hatten sie nie etwas voreinander geheim gehalten. Corbin reichte ihr die Tasche.

»Haben Sie das vergessen?«

»Danke.«

»Ich freue mich, dass Sie noch einmal gekommen sind.«

»Machen Sie schnell. Elly wartet auf mich.«

»Nun denn.« Corbin lächelte sie an. »Ich möchte Sie gerne am nächsten Samstag ins Café Hambitzer einladen.«

»Ins Hambitzer? Mich?«

»Es ist das Café am Eschenheimer Turm.«

»Das weiß ich.«

Das Café hatte eine beleuchtete Kristalltanzfläche. Tonja hatte schon immer von einem Besuch dort geträumt. Was würde Elly dazu sagen? Nein, sie wusste, dass sie es Elly nicht sagen würde. Elly durfte hiervon nichts erfahren.

»Und, wie lautet Ihre Antwort?«

»Sie müssen nicht denken, ich sei leicht zu haben.«

»Das denke ich nicht.«

Tonja runzelte leicht die Stirn.

»Auf welche Weise wollen wir in Kontakt bleiben?«

»Ich werde jeden Tag um die Mittagszeit im Café Hauptwache auf Sie warten, bis Sie mir den Wunsch erfüllen. Was sagen Sie jetzt?«

»Immer noch nichts, Herr Harloff.« Tonja drehte sich um und eilte davon. Er würde sich in Geduld üben müssen.

Von ihrem Bett aus konnte Elly ihr Kleid im fahlen Licht schimmern sehen, das von draußen hereinfiel.

Corbin ist wieder da.

Ihr Herz hatte einen Trommelwirbel getan, als die Mutter ihr auf dem Ball davon berichtet hatte, und Mama selbst hatte auch zufrieden ausgesehen. Sie hielt viel von Corbin, dem Sohn ihrer besten Freundin, dem Jungen, der der sechsjährigen Elly aus ihrem Schneckenhaus geholfen hatte.

Ellys Augen weiteten sich nachdenklich. Nachdem er ihr damals eröffnet hatte, dass er aus Frankfurt, ja sogar aus Deutschland, weggehen würde, hatte sie ihn nie wieder sehen wollen. Doch er war hartnäckig geblieben, hatte ihr Briefe geschrieben und irgendwann waren sie sich trotz der Entfernung abermals nahegekommen.

Dann hatte sie Tonja kennengelernt, Corbin hatte studiert, und der Kontakt war endgültig abgerissen.

Was er wohl in diesen Jahren gemacht hatte? War er noch der Alte, hatte er sich verändert? Manchmal hatte sie sich vorgestellt, wie es sein würde, wenn Tonja und er sich kennenlernten. Dass es einmal wirklich dazu kommen könnte, damit hatte sie nicht gerechnet.

Elly ließ sich in die weichen Kissen zurücksinken und

schaute an die Decke. Es war inzwischen dunkler geworden, sodass sie das Kleid kaum noch erahnen konnte. Sie musste mit einem Mal daran denken, wie Corbin Tonja angesehen hatte, und ihr Magen krampfte sich leicht zusammen.

40

FRANKFURT AM MAIN, 2013

Falls der Inhalt dieses Kartons auf irgendeine Weise geordnet gewesen sein sollte – was sie allerdings überrascht hätte –, nun, da Carina ihn hatte fallen lassen, war die Ordnung dahin. Mit einem Seufzer ging die junge Frau in die Knie und begann alles wieder aufzulesen, hielt jedoch bald inne und betrachtete die Fotos, die sich vor ihr auf dem Boden des Gartenhauses verteilten. Da war eine eindeutig jüngere Elly, und da war Tonja. Aber wer war der Mann, den Elly nicht aus den Augen ließ? Carina nahm eines der Bilder auf und inspizierte es genauer. Der Mann lehnte in einem gut sitzenden Anzug an einem Gitter, in seinem Rücken befand sich ein Fluss, der Wind zauste an seinem dunklen Haar.

Sie überlegte. Sie war sich sicher, dass er ihr bei der Sichtung des Materials noch nie untergekommen war. Warum hatte Elly dieses Bild aufgehoben? Sie drehte es um, doch anders als bei vielen anderen Fotos stand auf diesem weder ein Name noch ein Datum.

Allerdings war der Karton mit 1929/1930 beschriftet.

War dieser Mann vielleicht der Grund dafür, dass sie nie geheiratet hatte? War er Ellys große Liebe gewesen, nach der sie keinem anderen ihr Herz mehr hatte schenken können?

Wahrscheinlich habe ich zu viel Fantasie.

Carina schaute ein weiteres Foto an, auf dem der Mann zwischen Elly und Tonja stand, und fand ihre Idee in diesem Moment doch wieder gar nicht so abwegig.

Aber wie kam sie darauf?

Lag es daran, wie Elly ihn ansah, während Tonja ihn untergefasst hatte und in die Kamera strahlte?

Carina stand auf und ging mit dem ersten Foto zum Fenster, um es in besserem Licht zu sehen. Ein sehr gut aussehender Mann, nach allen Maßstäben. Sie fand noch fünf weitere Fotos mit ihm, danach keines mehr.

Sie setzte sich an den Tisch und nahm das erste Bild wieder zur Hand: Der Mann hatte ein mitreißendes Lächeln, das einen unwillkürlich ebenfalls lächeln ließ. Man konnte ihm ansehen, dass er charmant war. Er schien einer von diesen Menschen zu sein, die einem das Gefühl gaben dazuzugehören. Sieben Bilder gab es insgesamt. Und er war immer wieder mit den beiden jungen Frauen zu sehen: neben einem Auto, auf einem Segelboot, auf einer Brücke, am Main …

Die Stelle am Main kannte Carina gut, das war das alte Frankfurter Licht- und Luftbad. Sie hatte dort schon mit Freunden Picknick gemacht, Fußball gespielt und vom Ufer aus das sommerliche Treiben auf dem Fluss verfolgt.

Sie konzentrierte sich noch einmal auf Elly.

Sie fühlt sich nicht wohl.

Das war es. Auf den anderen Fotos, die Carina bisher in die Hände gefallen waren, machte Elly stets eine gute Figur, aber auf diesen sieben hier sah sie angespannt aus. Carina überlegte, kam aber zu keinem weiteren Schluss und steckte die Fotos schließlich wieder zurück in die nicht beschrifteten Papphüllen, aus denen sie gefallen waren.

In einem anderen Packen strahlte ihr eine jüngere Elly mit ihren Eltern entgegen. Elly stand eng neben ihrem Vater, der einen Arm um sie gelegt hatte und stolz den Fotografen ansah. Oh ja, er machte etwas her, der Kinobesitzer Anton, »Toni«, Kramer. Ellys Mutter war eine schmale, attraktive Frau, die sehr kultiviert wirkte, keiner, der man zutraute, dass sie jemals irgendetwas falsch machte. Ellys Bruder, der Nachzügler, tauchte auf diesen frühen Bildern nicht auf. Über zwanzig Jahre lagen zwischen ihm und seiner Schwester. Was mochte es für Elly bedeutet haben, so spät noch ein Geschwister zu bekommen?

41

FRANKFURT AM MAIN, 1929

Die Hauptwache war das pulsierende Zentrum Frankfurts. Unzählige Straßenbahnen kreuzten jeden Tag über den Platz, und das Café Hauptwache war die Nachrichtenbörse Nummer eins. Hier wurden die ersten Extrablätter verteilt, und die Journalisten tauschten bereits beim Frühstück die neuesten Informationen aus. Tonja war sich nicht sicher gewesen, ob Corbin tatsächlich noch auf sie wartete. Seit dem Ball waren immerhin zwei Wochen vergangen. Ein wenig ängstlich fragte sie sich, ob sie ihr Glück nicht zu sehr herausgefordert hatte?

Aber Corbin war da, und als Tonja ihn vor dem Café stehen sah, klopfte ihr Herz mit einem Mal schneller. Sie zwang sich, langsamer zu gehen, ganz, als ziehe es sie gar nicht zu ihm hin; schlenderte mit aller Eleganz, die sie aufbieten konnte, auf ihn zu und genoss die bewundernden Blicke des einen oder anderen Herrn. Kürzlich erst war ihr bewusst geworden, welchen Eindruck sie auf die Herrenwelt machte. Noch konnte sie nicht recht damit umgehen, aber sie würde lernen.

Dann standen sie sich auch schon gegenüber. Tonja lächelte verlegen.

»Guten Tag, Fräulein Lövenich.«

»Guten Tag.« Sie schenkte ihm einen Augenaufschlag, wie sie ihn in einem Film gesehen hatte. Der junge Mann wirkte plötzlich befangen, und Tonja verspürte Erleichterung: Seine Unsicherheit machte sie sicher. Sie legte eine Hand auf seinen

Arm, ganz leicht nur, und hatte gleich seine vollste Aufmerksamkeit.

»Kommen Sie, lassen Sie uns rasch etwas trinken gehen. Ich habe heute noch eine Verabredung.«

»Eine weitere? Sie sind offenbar eine viel beschäftigte Frau«, versuchte Corbin zu scherzen. Trotzdem war ihm seine Irritation deutlich anzumerken. Tonja räusperte sich.

»Es ist ein Vorstellungsgespräch.«

Jetzt wirkte er erleichtert.

»Ich dachte, Sie gehen noch zur Schule?«

Tonja schüttelte den Kopf und wurde dann etwas ernster.

»Ich möchte so bald wie möglich auf eigenen Füßen stehen. Wenn alles gut läuft, werde ich bald Lehrmädchen im Modegeschäft Merx und Söhne sein.« Sie musterte seinen schicken Anzug. »Interessieren Sie sich für Mode?«

Corbin zuckte die Achseln.

»Ich bin gerne gut gekleidet, aber das Mädchen legt meine Kleidung heraus, nicht ich. Sie hat ein Händchen dafür, finden Sie nicht?«

»Durchaus.«

»Sie werden also bei Fräulein Merx arbeiten?«

»Ja, wenn ich Glück habe und sie mich nimmt. Sie soll sehr anspruchsvoll sein. Kennen Sie die Dame?«

»Meine Mutter kauft dort ein, seit wir wieder hier sind.«

Die Harloffs hatten einige Jahre in England gewohnt, das hatte Tonja noch auf dem Ball von Elly erfahren. Auch dass Elly und Corbin als Kinder gut befreundet gewesen waren.

»Er hat mich von einem Baum heruntergeholt«, hatte Elly gescherzt.

»Und das war gar nicht so einfach!«, hatte Corbin erwidert.

Tonja erinnerte sich, die Stirn gerunzelt zu haben.

»Hat er dich wirklich von einem Baum geholt?«

»Wenn ich es doch sage.«

Elly hatte so getan, als würde sie und Corbin Harloff etwas verbinden, was Tonja niemals verstehen konnte, aber die hatte beschlossen, sich nicht einschüchtern zu lassen.

»Merx und Söhne ist ein gutes Geschäft«, sagte sie.

Er machte ein zustimmendes Geräusch.

»Ich würde Sie übrigens immer noch gerne ins Hambitzer einladen«, sagte er dann. »Denken Sie nicht, ich habe meine Geduld und Entschlossenheit jetzt lange genug bewiesen? Wie sieht es diesen Samstag aus?«

Tonja dachte daran, dass sie Elly den Samstag versprochen hatte. Aber dies hier war ihre Gelegenheit, und sie musste ihm einfach zusagen: Er hatte wirklich lange genug auf sie gewartet. Außerdem war sie neugierig auf den Mann, der Elly vom Baum geholt hatte. Da war etwas zwischen ihnen, wie eine elektrische Spannung, oder wie etwas Magnetisches …

»Gut, Herr Harloff …«

»Nennen Sie mich Corbin.«

»Gut, Corbin … Sie dürfen mich ins Hambitzer begleiten.«

Er grinste. »Dann treffen wir uns am Samstag hier, so gegen 16 Uhr?«

Tonja nickte. Sie würde später mit Elly reden und jetzt nicht darüber nachdenken. Elly würde schon verstehen. Sie waren Freundinnen, eine Freundin musste das verstehen.

»Abgemacht«, stimmte sie ihm zu.

Sein Lächeln wurde breiter.

»Danke, das bedeutet mir wirklich sehr viel, Tonja. Darf ich Tonja zu Ihnen sagen?«

»Ja, natürlich …«

»Tonja«, wiederholte er.

Tonja blieb stumm. Es berührte sie, wie er ihren Namen aussprach. Plötzlich fiel ihr einfach nichts Schlagfertiges ein, was sie hätte sagen können. Dieser Mann hatte offenbar großes Interesse an ihr. Er schien etwas Besonderes in ihr zu sehen, und das war wunderbar und zugleich beängstigend.

Sie dachte wieder an Elly. Sollte sie einfach sagen, dass ihre Mutter Hilfe brauchte, und Corbin verschweigen?

Aber warum will ich Elly nicht die Wahrheit sagen?

42

Am Schwimmbecken wurde es langsam kühl. Die Erkenntnis, dass Tonja heute nicht mehr kommen würde und ihr nicht einmal Bescheid gegeben hatte, war so schmerzhaft, dass sie Elly geradezu den Atem nahm. Tonja hatte ihre Versprechen noch niemals gebrochen, und irgendetwas sagte Elly, dass es sich nicht um einen Notfall oder dergleichen handelte.

Sie ist einfach nicht gekommen.

In der letzten Woche schon hatten sich die beiden merklich seltener gesehen. Tonja war zur Probearbeit im Modehaus Merx gewesen, wo sie sich als Lehrmädchen bewerben wollte. Zu Herrn Mühes Theatergruppe hatte Elly deshalb und weil Tonjas Mutter wieder einmal krank war, mehrfach alleine gehen müssen. Vielleicht hätte sie stolz darauf sein sollen, dass Samuel Mühe sie zur Seite genommen und sie für ihre Fortschritte gelobt hatte, aber ohne Tonja hatte Elly sich kaum darüber freuen können.

Ich vermisse sie.

Warum konnte nicht alles so bleiben wie bisher? Kurz nach dem Ball im Odeon hatte sie die erste Hiobsbotschaft ereilt, als Tonja ihr eröffnete, sie wolle die Schule verlassen, arbeiten und unabhängig sein.

Elly hatte zuerst nicht gewusst, wie sie darauf reagieren sollte. Es war so plötzlich gekommen.

»Aber Papa hat gesagt, dass du auch im Odeon aushelfen kannst«, hatte sie irgendwann gestottert. »Er würde dich auch bezahlen.«

»Ach, Kleines«, hatte Tonja geantwortet, als sei Elly viel jünger als sie. »Erinnerst du dich nicht, wir haben uns einmal furchtbar gestritten deswegen. Das ist es nicht wert. Ich will nicht zwischen dir und deinem Vater stehen. Wir sind Freundinnen, und so soll es bleiben, das siehst du doch genauso, nicht wahr?« Sie hatte eine kurze Pause gemacht. »Wenn alles gut läuft, werde ich im Modegeschäft Merx anfangen. Ich war bereits dort. Sie wollen mich näher kennenlernen.«

Elly hatte nichts gesagt in diesem Moment. Wir werden einander weniger sehen, war ihr durch den Kopf geschossen. Bedeutet Tonja unsere Freundschaft denn gar nichts?

Langsam erhob sie sich von den Steinplatten, die über den Tag noch so warm gewesen waren, und sich jetzt so kalt und rau anfühlten. Sie fröstelte. Auch ihr Herz fühlte sich hart und kalt an. Durch die Zweige eines alten Zwetschgenbaumes schimmerte der Abend, doch sie konnte seine Schönheit nicht wahrnehmen.

Tonja hat mich versetzt.

Elly ging langsam zum Haus zurück. Ihre Eltern waren heute ausgegangen und würden erst spät zurückkommen. Sonst machte ihr das nichts aus, aber jetzt hätte sie gerne einen von ihnen bei sich gehabt. Seitlich zwischen den Obststräuchern raschelte etwas. Elly zuckte zusammen. Gewiss war es nur ein Kaninchen oder ein anderes kleines Tier. Trotzdem zog sie die Strickjacke in einer Bewegung enger um die Schultern und beschleunigte ihre Schritte.

Auf der Veranda kam ihr Theresa schon entgegen.

»Da sind Sie ja, Elly, wir haben Sie schon vermisst. Sie

müssen doch etwas essen. Sie haben seit heute Mittag nichts gegessen.«

»Ich habe keinen Hunger«, murmelte Elly.

Sie musste mit Tonja sprechen, doch wie?

43

War es Verrat an Elly, Corbin mit an *ihren* See zu nehmen?

Sie waren nicht mehr so häufig dort gewesen, nachdem Tonja zur Frau geworden war, und gar nicht mehr, seitdem sie bei Merx und Söhne arbeitete und ohnehin kaum noch Zeit hatte. Wirklich, es schien ewig her, seit sie zuletzt mit Elly hier gewesen war. Für einen Moment wurde Tonja ganz flau, für einen Moment klopfte ihr Herz nur noch einen Rhythmus: Verrat, Verrat, Verrat.

Dann entdeckte sie Corbin. Er war vor ihr eingetroffen, der Wind zauste an seinem Haar. Eben bückte er sich nach einem Stein, den er geschickt über die Wasseroberfläche springen ließ. Sein Fahrrad lehnte seitlich an einem Baum. Er bemerkte sie immer noch nicht.

»Hallo«, sagte Tonja leise und fühlte so viel Unsicherheit in sich, wie sie es gar nicht von sich kannte. Eigentlich hatte sie das Leben doch gelehrt, forsch zu sein.

Er drehte sich sofort zu ihr hin.

»Hallo«, sagte er und lächelte. »Bin ich erleichtert! Ich dachte schon, du kommst nicht.«

»Und warum denkst du so etwas?«

Er sah sie prüfend an.

»Ich weiß nicht. Bei dir habe ich solche Befürchtungen eben … Normalerweise bin ich gar nicht so, aber dich zu verlieren, jetzt, wo wir uns gerade kennenlernen, wäre ganz furchtbar … Ehrlich«, er sah sie ernst an, »ich schwöre, dass ich so etwas noch nicht erlebt habe. Was machst du nur mit mir, Tonja Lövenich?«

Tonja musste wieder an Elly denken und fühlte sich schlecht.

Das hier ist unser Ort, ist es immer gewesen.

»Na ja, wenn du nichts sagen willst, während ich hier meine Seele vor dir entblättere, so freue ich mich jedenfalls, dass du hier bist«, riss Corbins Stimme sie aus den Gedanken. »Und ich freue mich, dass du mich zu diesem besonderen Ort gelotst hast. Er war nicht ganz leicht zu finden. Eigentlich ist es fast unmöglich, wenn man sich nicht auskennt, würde ich sagen.«

»Ja, das ist es.«

Tonja erinnerte sich daran, wie sie mit Elly zum ersten Mal durch den lichten Wald gelaufen war. Wie sie auf die Geräusche ihrer Umgebung gehört und sich manchmal zitternd aneinander festgehalten hatten. Damals hatten sie die Fahrräder noch etwas entfernt stehen lassen, waren Hand in Hand gegangen und manchmal auch Arm in Arm.

Freundinnen …

Jeder Moment hier hat uns allein gehört, dachte Tonja. Aber wir wussten doch beide, dass das nicht für immer so bleiben würde. Nichts im Leben bleibt auf immer und ewig. Wer weiß das besser als ich.

»Ist etwas?«

»Nein … Ich freue mich nur, endlich einmal wieder hier zu sein.« Tonja warf ebenfalls einen Stein. »Gehen wir ein Stück?«, schlug sie dann vor.

Vielleicht wird mich das ablenken.

»Natürlich.«

Schweigend gingen sie für eine Weile nebeneinander her, und Tonja spürte, dass sie bereits nicht mehr so viel Abstand hielten. Corbin an ihrer Seite war ihr vertraut.

»Es ist wirklich ein ganz außergewöhnlicher See«, sagte er, vielleicht, um das Schweigen zu brechen. »Und ein wirklich schöner Ort. Fast ein wenig verzaubert, finde ich. Ich würde mich nicht wundern, wenn da hinten plötzlich eine Fee auftauchte.« Er deutete auf das Wasser hinaus, dann drehte er sich zu ihr hin und sah ihr fest in die Augen.

»Können Feen denn über dem Wasser schweben?«, fragte sie ihn.

Er lachte. »Ehrlich gesagt, weiß ich das nicht. Es soll ja sogar Bilder von Feen geben, aber ich fürchte, ich bin zu nüchtern für so etwas. Es tut jedenfalls gut, mal aus der Stadt rauszukommen. Alles ist anders hier, hört sich anders an, schmeckt anders. Und die Vögel sind so laut, unglaublich … Kann man in der Stadt überhaupt Vögel hören?«

Er blieb stehen und sah sie fragend an.

»Doch, man hört sie.«

»Wirklich? Aber hier klingen sie anders, das ist sicher. Hier sind sie nicht gefangen, oder? Es sind freie, wilde Vögel. Ich finde, das hört man.«

Sie gingen noch ein paar Schritte weiter.

»Wärst du auch gerne frei und wild?«, fragte er sie plötzlich. Sie fand, dass er mit einem Mal viel zu nahe war. Er durfte ihr solche Fragen nicht stellen. Sie ging einfach weiter.

»Bitte, Tonja, bleib doch einmal kurz stehen. Tonja!«

Sie blieb stehen, spürte seine Hände an ihren Armen, sah, wie er sich vorbeugte. Sie überlegte, ob sie einen Schritt zurück machen sollte, doch es wollte ihr nicht gelingen.

Dann küsste er sie.

Sie hatte sich einmal geschworen, einen Mann, der sie ungefragt küsste, zu ohrfeigen.

»Ich müsste dich ohrfeigen«, sagte sie mit zitternder Stimme.

»Warum?«

»Weil du mich nicht gefragt hast.«

»Was hättest du denn geantwortet?«

Tonja reckte sich kurz entschlossen und gab ihm eine Ohrfeige.

»Ich hätte gesagt, dass du mich küssen sollst.«

Sie schauten einander an, und dann küssten sie sich noch einmal, und es fühlte sich so vertraut an, als würden sie sich schon ewig kennen.

44

FRANKFURT AM MAIN, 2013

Tom stand vor dem Haus, als Carina es an diesem Morgen verließ.

»Carina«, rief er ihr zu, und sie fragte sich kurz, ob sie einfach weitergehen sollte. »Carina, es tut mir wirklich leid. Bitte bleib stehen.«

Sie zögerte noch einen Moment, dann stoppte sie. Es war zu spät, so zu tun, als habe sie ihn nicht gehört. Sie war doch immer noch wütend. Wütend, dass er sich nicht hatte anhören wollen, was sie zu sagen hatte, und wütend darüber, dass er sie so angeblafft hatte. Er kam näher.

»Wir haben uns lange nicht gesprochen«, sagte er etwas ungelenk.

Und das ist gut so, dachte sie stumm bei sich.

Er wartete ab, ob sie etwas erwidern würde, aber sie hatte nicht die geringste Absicht, ihm entgegenzukommen. Stumm betrachtete sie die abgewetzte Lederjacke, die er heute zu einem grünen T-Shirt und sauberen Jeans trug.

Er sieht gut aus, aber das sollte mich nicht kümmern. Das ist nur die Oberfläche, die mich gar nicht interessieren muss. Das ist nur das Äußere.

Tom suchte jetzt offenkundig nach Worten. Seine Unsicherheit war ihm deutlich anzumerken und ihr in dieser Form noch unbekannt. Sie verschränkte die Arme. »Es tut mir leid, Carina, ich hatte kein Recht, dich so anzugehen.«

»Okay«, erwiderte sie knapp.

»Willst du nicht mehr dazu sagen?«

»Nein.«

Er unterdrückte einen Seufzer. Sie hörte das Klimpern von Schlüsseln.

»Darf ich dich dann wenigstens im Auto mitnehmen?« Er musste ihren ablehnenden Blick gesehen haben. »Bitte, Carina, ich bringe dich heute Abend auch nach Hause zurück. Außerdem musst du dann später nicht nach einem Parkplatz suchen.« Er grinste leicht. Dieses Argument war in Frankfurt nicht von der Hand zu weisen, und das wusste er.

»Wenn es nur darum geht … Ich habe ein Fahrrad.«

»Verstehe. Ich würde dich aber gerne fahren. Gib mir die Chance, bitte.«

»Okay.« Sie sagte nichts mehr. Sie wollte, dass ihm bewusst war, dass er sich falsch verhalten hatte.

Tom schaute an dem Mietshaus nach oben. »Hier wohnst du also?«

»Wo ist dein Auto?«

Offenbar erkannte er, dass er in diesem Moment mit Small Talk nicht weiterkam. Sie gingen schweigend zum Wagen. Tom hielt ihr die Tür auf und wartete, bis sie eingestiegen war. Die Beifahrertür klappte zu. Er ging um das Auto herum und setzte sich auf den Fahrersitz. Dann manövrierte er den Toyota aus der engen Parklücke. Schweigend fuhr er durch die engen Straßen, die an Zeiten erinnerten, als es noch weniger Autos gegeben hatte und dieser Stadtteil eher ein Dorf war. Dann nahm er einen weiteren Anlauf.

»Bitte, Carina, mein Verhalten war nicht richtig, aber ich hätte dich einfach gerne dabeigehabt. Ich hasse Partys, und mit dir wäre es um so vieles besser gewesen.«

Sie musste zugeben, dass das nicht schlecht klang. Die Ampel vor ihnen schaltete auf Rot. Carina schaute aus dem Seitenfenster. Sie fuhren an einer Kneipe vorbei, in der sie früher öfter mit Jan gewesen war und stellte fest, dass sie sich langsam daran gewöhnte, ihn nicht mehr in ihrem Leben zu haben.

»Na, wenigstens Alea hatte ihren Spaß«, brummte Tom jetzt. Carina gab sich einen Ruck.

»Auf der Party? Hatte sie das?«

»Definitiv. Sie ist eine Partymaus.« Er warf ihr einen kurzen Blick zu, offenbar unsicher, ob sie ihr Schweigen nun endgültig brechen würde. Carina spielte mit dem Reißverschluss ihrer Tasche.

»Ich mag das Wort nicht«, sagte sie.

»Partymaus? Ich auch nicht.«

»Wer war denn alles da?«, fragte sie dann. »Hauptsächlich Freunde von ihr?«

»Ja.«

»Und von dir nicht?«

Die Ampel schaltete auf Grün. Tom fuhr los.

»Meine Freunde haben sich nach dem Studium in der Weltgeschichte verteilt. Sie sind Investmentbanker oder arbeiten bei Ärzte ohne Grenzen … Mein bester Freund Paul hat nach Spanien geheiratet. Ich hatte aber auch nie besonders viele Freunde. Na ja. Und dann war eine von Aleas Freundinnen da, die ich am liebsten gar nicht gesehen hätte. Wir waren einmal zusammen, weißt du, aber es hat nicht gut geendet.«

Carina war erstaunt, dass er ihr das erzählte. Sie dachte wieder an Jan. Es fühlte sich wirklich an, als wären sie schon viel länger getrennt. Und irgendwie stimmte das ja auch. Zum Schluss hatten sie nur noch nebeneinanderher gelebt.

»So etwas musst du mir nicht erzählen«, sagte sie mit belegter Stimme.

Der Verkehr erforderte kurzzeitig seine ganze Aufmerksamkeit.

»Ich wollte so ehrlich wie möglich sein.« Tom machte eine kurze Pause. »Und was war bei dir los?«

Sie wechselten jetzt auf eine Umgehungsstraße und bogen dann in das Wohnviertel ab, in dem auch die Villa Kramer stand. Hier waren die Straßen breiter, hier hatte es schon immer mehr Platz gegeben als in den Kleinbürgervierteln.

»Ich habe mich mit meinem Freund gestritten …«

»Das tut mir leid.«

»Ist schon in Ordnung. Wir haben uns ausgesprochen.«

Wir gehen jetzt getrennte Wege. Soll ich ihm das sagen? Geht's ihn was an?

Carina sah wieder aus dem Fenster. Wenig später bogen sie in die Straße ein, in der die Kramer-Villa stand. Tom steuerte vor das Tor, und Carina bot an, es zu öffnen und die letzten Schritte bis zum Haus zu laufen. Sie wollte wenigstens für einen kurzen Augenblick alleine sein, ihre Gedanken sammeln.

Vor dem Haus wartete er auf sie.

»Wirst du heute wieder mit Elly sprechen?«, fragte er.

»Ja, es klappt inzwischen ganz gut. Sie wird meiner Arbeit ihre ganz eigene Note geben.«

»Das kann ich mir vorstellen. Sie ist einfach etwas Besonderes.« Tom schloss die Haustür auf und ließ sie vorangehen. Er zögerte.

»Darf ich heute bei dem Gespräch dabei sein?«, fragte er dann.

Verwundert blickte Carina in sein Gesicht.

»Muss ich jetzt misstrauisch sein?«

»Nein«, er hob die Hände, »ich will dich nicht überprüfen. Du leistest gute Arbeit. Ich habe einfach plötzlich den Eindruck, ich kenne meine Tante weniger gut, als ich dachte. Ich möchte das gerne ändern. Okay?«

Elly freute sich sichtlich über Carinas Besuch und auch darüber, dass Tom mit dabei war.

»Ihr seid ein hübsches Paar«, scherzte sie erstaunlich übermütig und brachte sowohl Carina als auch Tom dazu zu erröten.

Dann holte Carina ihre Notizen heraus. Während der letzten Gespräche waren sie gut vorangekommen. Elly erinnerte sich an immer mehr. Meist genügte es, ihr ein Schriftstück vorzulegen, einen Zeitungsartikel oder auch nur ein Foto, wie jenes, das sie jetzt in den alterskrummen Fingern hielt:

»Oh ja, der Jahreswechsel 1929/1930 …« Die alte Dame lächelte. »Es war sehr kalt, der kälteste Winter in Jahren, aber die Menschen feierten, als könnte sie das die letzten schweren Monate vergessen lassen. Mitte November, also in der besten Wintersaison, hatte sogar das beliebte Schuhmann-Theater dicht gemacht. Es gab furchtbar viele Arbeitslose, in den Büchern kann man sicher genau nachlesen, wie viele das waren. Zwangsschließungen waren in diesen Tagen jedenfalls an der Tagesordnung, und überall fielen einem diese gelben Zettel mit der Aufschrift ›Zu vermieten‹ ins Auge, sogar im reichen Westend. Die Leute versuchten, wenigstens ein bisschen Geld einzunehmen, indem sie die Zimmer ihrer herrschaftlichen Wohnungen einzeln untervermieteten. An Silvester aber waren alle Kneipen, Lokale und Tanzsäle vollkommen überfüllt.«

Elly legte das Foto ab und tippte auf eine Seite der Zeitung, die aufgeschlagen vor ihr auf dem Tisch lag.

»Da, das Kaufhaus Hermann Tietz offerierte Mäntel aus englischem Stoff mit Kunstpelzkragen, außerdem Tanzkleider aus Moiré oder Taft zu fünf Reichsmark. Hermann Tietz … Hertie, kennt ihr beiden das noch? Diese Mäntel … Mein Vater hatte meiner Mutter einen gekauft. Ich mochte den Kunstfellkragen und strich oft mit den Fingern darüber.«

Sie schloss kurz die Augen, um sich besser zu erinnern.

»Mit dem Wetter ging es 1930 übrigens ziemlich auf und ab. Lange Zeit war es sehr kalt. Erst im April wurde es schlagartig warm. Tonja und ich machten ein paar Ausflüge in den Stadtwald, nicht so viele wie früher, aber immerhin.«

»Hatte sich etwas geändert?«, hakte Carina nach.

»Ja.« Elly runzelte die Stirn. »Tonja hatte angefangen zu arbeiten, also sahen wir uns seltener. Sie hatte die Schule nämlich abgebrochen. Sie wollte unabhängig werden, für sich selbst sorgen können, so sagte sie mir. Auf ihre Mutter konnte sie ja nicht zählen. Froh war ich natürlich nicht darüber. Wir sahen uns weniger. Unsere Freundschaft litt darunter. Auch sonst waren es explosive Zeiten, geprägt von Auseinandersetzungen. Ich war zwar noch ein junges Mädchen, und Politik interessierte mich nicht wirklich, aber meine Eltern redeten manchmal darüber, und ich bekam Dinge mit … «

Elly schob die Zeitung von sich weg.

»Der 1. Mai 1930, ein Tag, an dem es in den letzten Jahren immer hoch hergegangen war, verlief ungewöhnlich ruhig. Am 30. Mai sprach ein gewisser Hermann Göring vor vollem Haus im Zoo. Ich kann mich daran besonders gut erinnern, weil sich meine Eltern darüber unterhielten. Meine Mutter fürchtete sich vor ›diesen Leuten‹. Mein Vater wusste nicht recht, was er mit ihnen anfangen sollte. Am 30. Juni wurde dann in Höchst die endgültige Räumung des Rheinlandes gefeiert. Es war ein wunderschöner, geradezu magischer Moment. Überall wurde gesungen und musiziert. Auf dem Main kreuzten zahlreiche, mit Lampions geschmückte Schiffe und Boote. Um Mitternacht zerriss ein gewaltiger Böllerschlag die Luft, und fast gleichzeitig begannen die Glocken in sämtlichen Kirchen zu läuten. Das muss der Anfang von etwas Gutem sein, so dachten wir damals.«

»Aber die wirtschaftliche Lage blieb schlecht.«

»Ja, das blieb sie.«

»Und das Odeon?«

»Die Leute gingen immer noch gerne ins Kino. Man pfiff die Schlager aus den Filmen nach, kopierte die aktuelle Mode seiner Lieblinge. Starkult gab es damals schon, und auch ich liebte meine Stars: Louise Brooks, Norma Shearer, Lilian Harvey und wie sie alle hießen. Für uns waren es also keine wirklich schlechten Zeiten, selbst wenn die Besucherzahlen sanken. Ben Hur kam in jenem Jahr ins Kino, das war eine Sensation. Er galt als gewaltigstes Filmwerk der Welt. Bitte, ich hätte gerne noch etwas Tee!«

Tom bediente sie beide. Elly nippte an dem heißen Getränk.

Wie gerade sich die alte Dame immer noch hielt, dachte Carina fasziniert. Und wie rege ihr Geist war.

Sie sprachen noch über dies und das, glichen Eckdaten ab, während Carina sich fleißig Notizen machte. Irgendwann sagte Elly, sie sei müde und wolle ein Schläfchen halten. Tom und Carina verabschiedeten sich und gingen auf direktem Weg in die Küche.

Schweigend machte sich Tom daran, ihnen einen Kaffee zuzubereiten.

»Danke, dass ich dabei sein durfte«, sagte er dann.

»Das meiste dürfte dir doch bekannt sein«, gab Carina zurück.

»Keinesfalls. Die Vergangenheit war bislang kein Thema.«

Nachdem sie ihren Kaffee getrunken hatten, gingen sie gemeinsam in den Garten. Es war, als bräuchten sie beide frische Luft nach der langen Sitzung mit Elly. Carina fühlte sich wieder entspannter in Toms Gegenwart, entspannter, als sie sich je zuvor gefühlt hatte.

Sie standen eine Weile vor der Veranda und plauderten über dies und das. Carina entdeckte erstmals selbst eine der Schnitzereien von Florian Kramer, Aleas und Toms Vater.

»Ich werde jetzt meine Notizen durchgehen«, sagte Carina schließlich und steuerte auf das Gartenhaus zu.

»Okay.« Tom blieb zurück und rief ihr hinterher: »Dann werde ich dich jetzt nicht weiter stören. Ist wieder alles gut zwischen uns?«

Sie drehte sich noch einmal um und schaute ihm fest in die Augen. »Ich denke schon.«

»Dann sehen wir uns morgen?«

Er kam jetzt doch noch mal auf sie zu, so nah, dass sie glaubte, etwas von seinem Atem auf ihrem Gesicht zu spüren, als er sprach.

»Klar.«

Elly stand nicht zum ersten Mal am Fenster und beobachtete den Garten. Sie hatte hier gestanden, als das Fräulein Wahlsberg zum ersten Mal gekommen war, und jetzt stand sie hier und beobachtete ihren Neffen und das Fräulein. Sie hatte sich nicht geirrt, da wuchs etwas Vertrautes zwischen ihnen, was den beiden vielleicht noch gar nicht bewusst war und von dem man nicht wissen konnte, ob sie es letztendlich zulassen würden. So war das im Leben: Man nutzte nicht jede Chance, die sich einem bot. Manchmal entschied man sich anders.

Trotzdem freute sie sich für ihren Neffen, denn sie fand, dass er viel zu ernst war und außerdem ein wenig Glück verdiente.

Darüber hatte sie noch nicht mit dem Fräulein Wahlsberg gesprochen. Und sie selbst? Sollte sie es wagen? Sollte sie diesen Weg weitergehen, der sie so dünnhäutig werden ließ?

Seit sie angefangen hatte, der jungen Frau von früher zu

erzählen, verspürte sie ein Bedürfnis, über dieses einschneidende Erlebnis zu sprechen. Aber sich daran zu erinnern war auch nach so langer Zeit einfach immer noch sehr schmerzlich. An jenem Tag hatte sie die Türschelle gehört, dann Theresas Stimme, die nach ihr rief. Zu ihrer Überraschung hatte Annemie Ernstmann in der Eingangshalle gestanden und sich eingehend umgeschaut.

Sie hatten einander nicht mehr gesehen, seit Annemie von der Schule gegangen war, weil ihr Vater in finanzielle Schwierigkeiten geraten war. Sie war froh gewesen, diesem bösartigen Mädchen nicht mehr täglich begegnen zu müssen.

An jenem Tag hatte Annemie ein weißes Schwesternkostüm getragen, und der Anblick war doch sehr ungewohnt. Elly war zwar zu Ohren gekommen, dass Annemie eine Ausbildung zur Krankenschwester machte, aber sie so zu sehen und sich vorzustellen, welche Arbeit ihre Hände wohl leisten mussten, das war etwas ganz anderes …

»Annemie, was führt dich zu mir?«

»Elly! Du siehst gut aus. Reden wir hier oder darf ich vielleicht hineinkommen? Ich habe Neuigkeiten, die dich interessieren dürften.«

45

FRANKFURT AM MAIN, 1930

Das Stelldichein im Café Hambitzer war lediglich der Auftakt gewesen, danach trafen Corbin und Tonja sich ein- bis zweimal in der Woche zu zweit und hin und wieder gemeinsam mit Elly, die nichts von den anderen Treffen ahnte. Die Zeiten hatten sich geändert. Die endlosen Tage der trauten Zweisamkeit waren vorbei, und Elly und sie radelten nicht einmal mehr zu *ihrem* See.

Manchmal sprachen Corbin und sie darüber, ob es besser wäre, Elly die Wahrheit zu sagen, aber sie kamen zu keinem Schluss. Niemand konnte ahnen, wie Elly reagieren würde. Das wussten sie beide.

Tonja war zum ersten Mal dankbar dafür, eine Mutter zu haben, die sich einen Dreck darum scherte, was ihre Tochter machte. So konnte sie viele Sommerabende mit Corbin am Main verbringen, ohne in Verdacht zu geraten. Denn Elly lag dann längst im Bett und konnte sie nicht mehr überraschen.

Es war einfach herrlich, wenn man nach einem anstrengenden Arbeitstag aus den stickigen Stuben hinaus an den Fluss eilen und sich ins kühle Nass stürzen konnte. Tonja liebte es, die Männer zu beobachten, die einen Kopfsprung von der alten Brücke riskierten.

»Würdest du springen?«, fragte sie Corbin eines Tages mit leichter Herausforderung in der Stimme.

Der zuckte die Achseln, stand auf, kletterte auf die alte Brücke und sprang einfach.

Oft brachte Corbin an diesen Abenden Apfelwein mit, manchmal auch Bier, und immer etwas zu essen. Sie hatten sich so viel zu erzählen, und sie fassten immer mehr Vertrauen zueinander. Tonja erzählte von ihrer betrunkenen Mutter, Corbin davon, dass seine Mutter Kokain nahm. Er musste ihr nicht erklären, was Kokain war. Tonja hatte es in den Bars gesehen, an denen sie manchmal vorbeikam. Es gab Bars, in denen es zur freien Verfügung auf dem Tisch stand.

Sie versuchte sich vorzustellen, wie Amelia Harloff Drogen nahm. Wie sich diese elegante Dame über das weiße Pulver beugte, um es mit der Nase zu schnupfen.

»Wie ist deine Familie sonst so?«, fragte Tonja ihn einmal, als sie sich auf dem Weg nach Hause befanden.

»Unglücklich«, sagte Corbin ohne den Hauch eines Zögerns. »Hinter der großartigen Fassade sind wir alle unglücklich.«

»Du auch?«

»Nicht mehr.«

»Seit wann?«

»Seit ich dich kenne.«

»Wir kennen uns nicht.«

»Aber wir werden uns kennenlernen. Wir haben noch so viel Zeit.«

Sie blieben voreinander stehen. Er räusperte sich.

»Ich möchte dich meiner Familie bald vorstellen. Es ist mir ernst mit dir.«

Tonja dachte daran, wie ein Schauder über sie gelaufen war, an jenem ersten Abend, als Elly sie auf Frau Harloff aufmerksam gemacht hatte. Das war keine Frau, die sich die Butter vom Brot nehmen ließ, und sie bezweifelte, dass sie eine Tonja Lövenich angemessen für ihren Sohn hielt.

»Und wann lerne ich deine Mutter kennen?«, hörte sie Corbin sagen.

Sie schluckte.

»Ich weiß nicht, ob das gut ist, meine Mutter ... Nach dem Tod meines Vaters brach alles auseinander und ... Sie ist sehr labil.«

»Vorher wart ihr glücklich?«

»Ich denke schon.«

Tonja versuchte sich zu erinnern, aber sie konnte in diesem Moment einfach keinen klaren Gedanken fassen. Corbin räusperte sich.

»Ich verstehe Menschen, die nicht glücklich sind«, sagte er dann. »Wir selbst waren nie glücklich, aber unsere Familie ist sehr gut darin, den anderen Glück und Zusammenhalt und Liebenswürdigkeit vorzuspielen. Du musst dir einfach eine wunderschöne Zwiebel vorstellen ...«

»Eine Zwiebel?« Tonja schaute ihn kopfschüttelnd an und wusste nicht, ob sie lachen sollte.

»Genau, eine Zwiebel, du schälst sie, Lage um Lage, und was bleibt am Ende übrig? Ich bin sicher, du weißt es.«

Tonja überlegte.

»Nichts?«

»Genau, nichts.«

»Aber jetzt bist du glücklich?«

»Das habe ich dir doch schon gesagt.«

Tonja beschloss, zum nächsten Treffen das Bild ihrer Eltern mitzunehmen, das bei ihnen an der Wand hing und das ihre Mutter so sehr liebte.

Als sie sich ein paar Tage später in einer trubeligen Apfelweinkneipe trafen, nahm Tonja das Bild aus ihrer Tasche. Sie hatte es sorgsam in ein Tuch eingewickelt, das sie nun aufschlug. Sie warf einen Blick auf das Foto und seufzte tief, bevor sie es an Corbin weiterreichte.

»Das sind meine Eltern vor dem Krieg«, sagte sie. »Da waren sie glücklich.«

Corbin hielt das Bild vorsichtig in den Händen. Wie unglaublich zart seine großen Hände mit einem Mal wirkten.

»Ja, man sieht es. Es ist wohltuend, sie anzusehen. Ein hübsches Paar.« Er schüttelte den Kopf. »Dieser schreckliche Krieg hat das Leben so vieler Menschen verändert.«

Tonja erinnerte sich daran, was er ihr kürzlich erzählt hatte. Erst wollte sie es nicht ansprechen, dann konnte sie sich doch nicht bremsen.

»Du hast gesagt, dass ihr euer Vermögen damit gemacht habt … mit dem Krieg, meine ich.«

Corbin schaute sie ernst an.

»Das haben wir. Mit Uniformen und Zubehör.«

»Findest du das schlimm?«

»Findest du das schlimm?«, entgegnete er.

»Nein.« Sie schüttelte den Kopf. Das Leben war so, warum sollte man damit hadern?

Corbin gab ihr das Bild zurück und legte die Hand an ihre Wange. »Wenn du es nur willst, werde ich dich niemals mehr alleine lassen. Ich werde immer für dich da sein und ein paar Dinge gutmachen, wenigstens an dir.«

Konnte sie ihm glauben? Vorsichtig tastete sie nach seiner Hand. Sie war warm und sicher. Sie dachte an ihre Eltern. Sie dachte daran, dass die beiden alles verloren hatten. Auch sie würde immer Angst davor haben, wieder alles zu verlieren, das wusste sie.

»Hab keine Angst«, sagte er, als könnte er ihre Gedanken lesen. Und er konnte es tatsächlich. Er schien immer genau zu wissen, was sie fühlte.

Wo war das Bild? Edith schaute den hellen Fleck an, wo es gehangen hatte, und musste an den Tag denken, als es aufgenommen wurde, daran, wie aufgeregt sie gewesen war, als sie beide vor dem Fotoatelier gestanden hatten.

»Gehen wir hinein?«, hatte ihr Geliebter, ihr Ehemann, der Vater ihrer Tochter sie gefragt. Sie wollte ablehnen. Ganz sicher hatte der Fotograf keine Zeit, oder er war gar nicht da, und außerdem war sie nicht passend gekleidet und … »Du bist schön. Du bist die Schönste, denk nicht nach«, hatte er mitten in ihre Gedanken hinein gesagt. Sie hatten noch kurz überlegt, ob sie ihr Töchterchen von den Großeltern abholen sollten, aber sie wollten keine Zeit verschwenden, und so waren nur sie beide auf dem Foto: ein Paar, das sich immer noch liebte wie ganz am Anfang; ein Paar, das niemals aufhören würde, sich zu lieben.

Sie waren in das Fotoatelier hineingegangen, und der Fotograf hatte natürlich Zeit gehabt, eine Aufnahme von ihnen zu machen.

»Jetzt geht es in den Krieg, und wir wissen nicht, was auf uns zukommt.«

Edith war überrascht gewesen von diesen Worten ihres Mannes.

»Bitte sag so etwas nicht. Du machst mir Angst.«

Er hielt ihr Gesicht umfasst. »Ich will dir keine Angst machen. Wir lieben uns. Nichts und niemand wird jemals etwas daran ändern.«

Wie gründlich hatten sie sich geirrt. Der Mensch war keine Insel.

Wo war das Bild? Tonja musste es mitgenommen haben. Wie konnte sie nur!

46

Annemies Füße schmerzten, und sie konnte ihre Finger nicht anschauen, ohne an das Blut zu denken, das heute an ihnen geklebt hatte. Krankenschwester zu sein bedeutete nicht, in einem weißen Kostüm mit Häubchen von einem weißen Bett zum anderen zu gehen und Patienten Mut zuzusprechen. Es bedeutete auch, auf den Knien zu liegen und Blut und Eiter und Erbrochenes wegzuwischen, während es einen selbst würgte.

Sie trank einen Schluck Apfelwein und musterte verstohlen den Mann ihr gegenüber. Keiner von der Sorte, mit dem sie sich früher abgegeben hätte. Mit dem Bankrott ihres Vaters hatte sich alles verändert. In ihrem eigenen Haus bewohnten sie mittlerweile nur noch ein Zimmer, während sich die Untermieter wie fette Maden in den anderen Räumen breitmachten. Oh ja, dieses Pack hatte seine Ansprüche, meinte, es könnte sich alles erlauben, nur weil es zahlte.

Der Mann, der sie eingeladen hatte, war sehr schweigsam. Wahrscheinlich ging er nicht oft aus. Er hatte ihr ein Glas Apfelwein gekauft und erwartete nun offenbar, dass sie sich dankbar zeigte. Er wirkte vierschrötig, seine Haut war rosig, und irgendwie musste sie an ein großes Schwein denken. Sie wusste aber, dass sie es sich mit ihm nicht verderben durfte. Sie war nicht dumm.

Also lachte sie, wenn er dann doch mal einen Witz machte oder mit etwas prahlte, und sie nahm den Blick nicht von dem

Tisch am anderen Ende des Gastraumes, an dem Tonja Lövenich mit einem gut aussehenden jungen Mann saß, immer bedacht darauf, dass Tonja sie nicht sah. Als sie Elly bei ihrem letzten Besuch im Hause Kramer davon erzählt hatte, hatte Elly ihr nicht glauben wollen, doch sie würde weiter Beweise sammeln, und irgendwann müsste Elly einsehen, dass sie recht hatte. Sie würde sie alle zerschmettern.

47

»Sie sind das also? Elly Kramers beste Freundin?«

Tonja hatte den Eindruck, dass Amelia Harloff diesen Umstand nicht grundlos betonte und fragte sich zum ersten Mal, ob es richtig gewesen war, Corbins Drängen nachzugeben: »Bitte, lass mich dich meiner Mutter vorstellen. Sie wird froh sein, dass ich eine Frau kennengelernt habe. Wir verhalten uns ja, als hätten wir etwas zu verbergen.«

Wir haben etwas zu verbergen, hatte sie gedacht, weil deine Mutter niemals froh sein wird, dass wir beide uns kennengelernt haben, weil mich deine Eltern niemals akzeptieren werden. Und dann war da noch Elly, die immer noch nicht über sie Bescheid wusste.

»Sie werden mich nicht mögen«, hatte sie leise gesagt.

»Unsinn«, hatte er mit der Überzeugung eines Mannes erwidert, der keine Zweifel kannte.

Natürlich hatte sie recht behalten. Das Gespräch bei Kaffee und Kuchen war quälend langsam vergangen. Amelia Harloff war demonstrativ reserviert geblieben. Richard Harloff hatte sie gar nicht zu sehen bekommen, denn der war geschäftlich unterwegs. Amelia hatte sie mit höflicher Herablassung behandelt. Niemals, niemals, niemals würde sie Tonja Lövenich an der Seite ihres Sohnes akzeptieren. Würde ihre Liebe stark genug sein, um der Ablehnung seiner Mutter etwas entgegenzusetzen?

48

Alice musste zugeben, dass sie diese Menge nicht erwartet hatte, auch wenn die Nationalsozialisten bei den letzten Wahlen große Stimmenzuwächse zu verzeichnen gehabt hatten. Es war jetzt acht Uhr abends – die Festhalle, so hieß es, war bis auf den letzten Platz belegt, trotz des für eine Partei ungewöhnlichen Eintrittspreises von 1,20 Reichsmark. Alice und ihr Mann standen gemeinsam mit einigen Tausend Neugierigen vor den Lautsprechern, die man vor dem Gebäude errichtet hatte, und lauschten Hitlers schnarrender Stimme.

Wenn Alice den Namen Hitler las, dann dachte sie immer noch an den Putschisten, der damals in diesem Zeitungsbericht als Schriftsteller bezeichnet worden war. Scharlatan, so nannte Toni ihn, und sie fand, dass er recht hatte.

In der Menge brandete spontaner Applaus auf. Alice ließ den Blick schweifen. Der Scharlatan sprach davon, dass die Demokratie Deutschland zerstören werde. Dann glaubte sie jemand zu sehen, der ihr bekannt vorkam. Alice kniff die Augen zusammen, nicht zum ersten Mal hatte sie den Eindruck, dass ihr Sehkraft nachließ. Sie zupfte am Arm ihres Mannes.

»Sind das nicht die Ernstmanns da drüben?«

Toni folgte ihrer knappen Handbewegung.

»Ja, Vater und Tochter«, bestätigte er. »Anscheinend wollen sie sich auch informieren.«

Alice hörte ihm an, dass er zweifelte. Die Ernstmanns waren

nicht die einzigen bekannten Gesichter, die sie gesehen hatte. Nicht allen war diese Partei so unheimlich wie ihr selbst. Selbst Toni nahm ihr ungutes Gefühl nicht ganz ernst. Sie fröstelte mit einem Mal. Wieder Applaus. Toni zog seine Frau kurz entschlossen am Arm mit sich.

»Lass uns gehen.«

Alice zögerte. Sie wollte doch mitbekommen, was hier geschah. Sie hatte den Eindruck, dass es wichtig sei. Aber Toni war stärker, und er schien offenbar nicht bereit, sich Hitlers Rede länger anzuhören.

49

»Elly.«

Die Stimme des Theaterleiters Samuel Mühe hielt sie zurück. Elly drehte sich um, wusste für einen Augenblick nicht, was sie mit ihren nervösen Händen tun sollte, und entschied sich dann, ihre Schultasche gut damit festzuhalten.

Sie musste an den Tag denken, als Tonja und sie zum ersten Mal hierhergekommen waren. Es lag nun über ein Jahr zurück, dass sie die grauen Kittel angezogen und sich durch die ersten Texte gestottert hatten.

Ich wäre nicht im Traum darauf gekommen, dass ich in diesen Räumen doch einmal eine Art Heimat finde, fuhr es ihr durch den Kopf, aber genau so war es gekommen, und seit Tonja kaum noch Zeit hatte, suchte sie hier umso stärker nach Halt. Das Spiel half ihr, im Lot zu bleiben. Es hatte eine Bedeutung für sie gewonnen, wie sie es vorher nicht erwartet hätte.

»Herr Mühe.« Da war ein Kratzen in ihrer Stimme, von dem sie hoffte, dass er es nicht hörte. In solchen Momenten vermisste sie Tonja schmerzlich, denn die hätte ihr jetzt Sicherheit gegeben.

Was gäbe ich darum, wenn sie jetzt an meiner Seite wäre.

Ihr fiel auf, dass Samuel Mühe heute stärker humpelte. Sie wusste, dass er als junger Mann im Krieg verletzt worden und dass sein rechtes Knie danach steif geblieben war. Je nach Wetterlage machte es ihm mal mehr, mal weniger zu schaffen. Die Zeiten, in denen er die Liebhaber gespielt hatte, waren jedenfalls vorbei: Den humpelnden Liebhaber gab es nicht.

Aber er war ein guter Regisseur, soweit sie das als Laiendarstellerin beurteilen konnte. Er schweißte die Truppe zusammen, holte aus jedem seiner Schüler das Optimum heraus. Gestern hatte er sie tatsächlich gefragt, ob sie die Hauptrolle im Weihnachtsstück übernehmen wolle, im »Käthchen von Heilbronn«. Sie, Elly! Ja, sie war besser geworden, auch ohne Tonja. Ja, es hatte sich etwas geändert, aber sie konnte sich nicht entschließen, auf diesem Weg weiterzugehen. Es fühlte sich nicht richtig an.

Samuel Mühe hüstelte demonstrativ.

»Haben Sie es sich überlegt, Elly?«

Sie starrte ihn an.

»Elly, Ihnen ist doch hoffentlich klar, dass Sie mittlerweile die beste Schauspielerin der Truppe sind. Ich weiß nicht, was geschehen ist, aber ich habe tatsächlich noch niemals erlebt, dass jemand eine solch unglaubliche Entwicklung in so kurzer Zeit durchlaufen hat. Sie sind ein Naturtalent. Sie haben eine Bühnenpräsenz, wie man sie nicht oft findet. Da oben, da sind Sie ein anderer Mensch, da kann Ihnen keiner etwas vormachen.«

Was erzählte er denn da? Elly starrte ihn weiter an. Meinte er das ernst?

»Ich weiß nicht, wie Sie das machen, aber Sie verwandeln das, was in Ihnen ist, in ein Spiel, das seinesgleichen sucht.«

Elly dachte an das nichtssagende Gesicht, das ihr morgens aus dem Spiegel entgegenblickte, die zu schmalen Lippen, die zu schweren Lider. Sie dachte an den Körper, der immer noch keine wirklichen Rundungen aufweisen wollte, und dem man das Frausein noch kaum abnehmen konnte.

»Glauben Sie mir, Elly«, fuhr Mühe fort. »Sie können sich in alles verwandeln. Sie sind wie ein Gefäß, das eine Rolle in sich aufnimmt und ausfüllt. Sie schlüpfen vollends in die Figuren. Das war anders bei der anderen, wie hieß sie noch?«

»Tonja.«

Er musste nicht so tun, als könne er sich nicht an Tonjas Namen erinnern. Jeder erinnerte sich an die schöne Tonja.

»Ja, bei Tonja war das nicht so … Tonja ist ein hübsches Mädchen, aber sie hat nicht das, was sie haben, und sie wird es nie haben. Sie sind eine Künstlerin.«

»Aber warum …?«

»Das weiß ich nicht.«

Aber warum verliere ich sie, beendete Elly stumm ihren eigenen Satz.

Sie räusperte sich.

»Was wollen Sie von mir, Herr Mühe?«

»Ich will, dass Sie sich mehr zutrauen. Sie sind die beste Schülerin, die ich je hatte. Sie haben das gewisse Etwas. Sie sind mit einer Gabe gesegnet … die Sie einfach nicht wegwerfen dürfen.«

Elly sah zu Boden.

»Ich bin zufrieden, so wie es ist.«

»Sind Sie das wirklich?« Er schaute sie prüfend an. »Spüren Sie dieses Feuer in sich denn nicht? Ich jedenfalls sehe es.«

»Nein. An mir war nie etwas Besonderes.«

»Das stimmt nicht, Elly.«

Er stand jetzt so dicht vor ihr, dass ihr nichts anderes blieb, als ihm direkt in die Augen zu sehen. Es war ungewohnt, aber es beunruhigte sie auch nicht. Herr Mühe lebte für die Kunst des Theaters, nicht mehr und nicht weniger. Er legte ihr eine Hand an den linken Oberarm, ganz zart nur.

»Zur Weihnachtsaufführung wird ein Regisseur aus Berlin

kommen, Robert Seelfeldt, ein alter Freund. Ich denke, Sie sollten vor ihm spielen. Es ist eine Chance, die Sie sich keinesfalls entgehen lassen dürfen. Er sucht neue Schauspieler für seine Berliner Truppe.«

Elly schüttelte den Kopf.

Samuel Mühe blieb hartnäckig. »Verstehen Sie doch. Ich kann Ihnen hier nicht mehr das bieten, was Sie verdienen. Ich kann Sie nicht weiter fördern.«

»Ich glaube ohnehin nicht, dass mein Vater so etwas zulassen würde.«

Irgendwann, dachte sie, werde ich heiraten, und dann werde ich das alles hier hinter mir lassen. Ich werde Tonja fragen, ob sie die Patin meiner Kinder sein will ...

»Elly, Sie sollten die Rolle des Käthchens wirklich annehmen. Alles andere wäre Frevel.«

»Darf ich jetzt gehen?«

»Natürlich.«

Sie ging hocherhobenen Kopfes davon und stolperte dann auf die Straße. Vor der Bäckerei, die auf ihrem Nachhauseweg lag, hatte sich eine längere Schlange gebildet. Eine Frau vor der Theke rang die Hände.

»Bitte«, krächzte sie, »bitte, ich zahle das nächste Mal.«

Ihre Verzweiflung war mit Händen greifbar. Die Bäckersfrau schüttelte den Kopf.

»Bitte«, wiederholte Elly später vor dem Spiegel, »bitte lass mich nicht allein, Tonja. Bitte, du brichst mir das Herz!«

50

»Fräulein Lövenich? Fräulein Lövenich! Das ist ja unfassbar, wo steckt dieses Mädchen nur?«

Man hörte das Klack, Klack, Klack der Schritte, mit denen Fräulein Merx den Raum durchmaß. Mit einem Seufzer drückte Tonja die Zigarette an der Hauswand aus. Der schmale, kaum zu sehende schwarze Streifen auf dem hellen Putz verschaffte ihr ein Gefühl der Genugtuung. Dann schnickte sie den Zigarettenstummel in die Gosse und kam eilig zurück in den Verkaufsraum. Auf das melodische Ding-Dong der Türschelle hin fuhr Fräulein Merx herum.

»Haben Sie etwa schon wieder Pause gemacht?«

»Aber nein, ich habe draußen auf der Scheibe einen Fleck entdeckt und wollte ihn entfernen.« Tonja war stolz darauf, dass ihr solche Ausreden stets rasch einfielen. Fräulein Merx runzelte die Stirn. Gott sei Dank dachte sie nicht daran, genauer nachzufragen, und der Zigarettenduft fiel ihr offenbar auch nicht auf, was daran liegen mochte, dass sie selbst heimlich rauchte.

Fräulein Merx zog jetzt noch einmal kurz die Augenbrauen zusammen, dann wedelte sie mit der Hand zum hinteren Bereich des Ladens hin.

»Nun gut, gehen Sie jetzt bitte nach hinten ins Lager und kümmern Sie sich um die neue Lieferung. Ich werde inzwischen mit ein paar Kundinnen telefonieren. Wenn Sie die Türglocke hören, halten Sie sich bereit.«

»Sehr wohl, Fräulein Merx.«

Tonja verschwand ins Lager und atmete dort noch einmal tief durch, bevor sie sich an die Arbeit machte.

Sie war gerne alleine dort, um die Ware auszupacken. Sie liebte es, die Stoffe zu berühren: glatte Stoffe, raue Stoffe, bestickte Stoffe, Spitze, Samt, Seide, Chiffon, Stoffe in allen Farben. Für Tonja war das ein bisschen wie Weihnachten, und während sie die Lieferungen auspackte und mit den Lieferscheinen verglich, stellte sie sich vor, wie ein Kleidchen aus dem zarten Chiffonstoff wohl an ihr aussehen würde.

In diesen Tagen träumte sie weniger vom Kino, irgendwie hatte sie diese Welt hinter sich gelassen. Der letzte Film, den Elly und sie gesehen hatten, war »Der Narr und die Dirne« mit Norma Shearer und Lon Chaney gewesen. Seit sie arbeitete und auch noch mit Corbin ausging, fand sie nicht nur weniger Zeit für Elly, sondern auch fürs Kino. Aber sie vermisste es nicht wirklich. Dafür hatte sie ihre Unabhängigkeit gewonnen, verdiente Geld und hatte Corbin, der sie liebte. Und doch nagte etwas an ihr: Sie hatte Elly nach wie vor nichts von sich und Corbin gesagt, sie wusste einfach nicht, wie sie es ihr beibringen sollte, und sie fühlte sich schäbig deswegen.

Im September war es immer noch furchtbar heiß. Elly lag in ihrem Bett und fand keinen Schlaf. Sie dachte darüber nach, was Samuel Mühe ihr über Robert Seelfeldt und seine Berliner Theatergruppe erzählt hatte – und über ihre angebliche Begabung. Aber mehr noch beschäftigte sie Tonja, die sich immer weiter von ihr zu entfernen schien.

Wann haben wir den letzten Film gemeinsam gesehen? Wann sind wir spazieren gegangen? Wann haben wir miteinander gesprochen?

Wenn sie sich sahen, dann fast nur noch zu dritt, zusammen

mit Corbin. Ihr wirbelten so viele Fragen durch den Kopf, während sie schlaflos an die Zimmerdecke starrte. Draußen ging kein Lüftchen, im Zimmer war es stickig. Sie dachte auch an Annemie, die ihr etwas Unglaubliches über Tonja erzählt hatte. Elly glaubte dieser Schlange kein Wort. Sie hatte sie weggeschickt und ihr gesagt, sie könne wiederkommen, wenn sie Beweise habe.

Und wenn doch etwas dran war?

Elly verbot sich, weiter darüber nachzudenken, denn das machte nichts besser. Sie horchte wieder: auf die Geräusche der Nacht, auf Vaters Gesang von unten. Gestern hatte er ihr gegenüber Franz und Herbert Cohn erwähnt, sich gefragt, was die wohl jetzt machten in den Staaten. Ihr war es egal. Frau Cohn und Franz' Schwestern wohnten jedenfalls immer noch in Frankfurt.

Elly löste den Stoff ihres Nachthemds von ihrer schweißfeuchten Haut. Dann musste sie wieder an Tonja denken. Letztes Wochenende hatte sie das Sonntagsessen abgesagt. Das war bisher nur sehr selten vorgekommen. Sie müsse sich um ihre kranke Mutter kümmern, hatte sie erklärt. Und natürlich wollte sie nicht, dass Elly sie dabei unterstützte. Das hatte sie noch nie gewollt.

»Nein«, musste Elly sich anhören. »Du warst noch nie bei uns, und jetzt ist ihr Zustand noch schlimmer geworden. Ich möchte nicht, dass du sie so siehst.«

An diesem Tag war Elly zum ersten Mal wirklich misstrauisch gewesen, hatte sich jedoch nichts anmerken lassen. »Wie du willst.«

Anders als früher konnte Tonja ihr heute nicht mehr alles am Gesicht ablesen. In dieser Hinsicht war der Schauspielunterricht ein echter Gewinn.

Draußen war es jetzt stiller. Der Vater hatte aufgehört zu

singen, dafür steigerte sich der geräuschvolle Kampf einiger Katzen in der Nachbarschaft zu einem wilden Crescendo. In der Altstadt erzählte man sich, dass so manche Katze dieser Tage im Kochtopf landete.

Elly musste wieder an das denken, was Annemie ihr mit Genugtuung erzählt hatte: dass sie Tonja mit einem Mann gesehen habe. Aber Annemie war bösartig. Das war sie schon immer gewesen. Und beweisen konnte sie es nicht.

51

Über den Köpfen der begeisterten Zuschauer durchkreuzten an diesem schönen Herbsttag die weltberühmten Piloten Udet und Fieseler im Kunstflugduell den strahlend blauen Himmel über dem Frankfurter Rebstock. Tonja interessierte sich zwar nicht besonders fürs Fliegen, dennoch genoss sie den Ausflug an Corbins Seite in vollen Zügen.

»Fliegen, das wäre was!«, hörte sie ihn jetzt sagen. Dann drehte er sich zu ihr hin. »Gefällt es dir?«

»Ich weiß nicht recht«, erwiderte Tonja keck. »Ich glaube, das nächste Mal entscheide ich wieder, wo es hingeht.«

Corbin lachte. Eine Haarsträhne rutschte in der Bewegung über seine Augen. Er strich sie mit der Hand zurück, ohne den Blick von ihr zu nehmen. Er hatte sein Hemd nicht ganz zugeknöpft, was ihr verwegen vorkam, und hielt sie jetzt leicht bei den Oberarmen. Seine Hände waren kräftig. Sie konnten einen halten und schützen.

»Und wo soll es das nächste Mal hingehen?«

»Am liebsten an den Main. Ich mag es einfach und unkompliziert.«

Tonja schlug kokett die Augen nieder.

Corbin ließ ihren linken Arm los und strich mit dem Daumen über Tonjas rechten Handrücken. Er lachte sein warmes, sonores Lachen.

»Du magst ganz bestimmt nichts Einfaches. Zudem bist du

eigentlich ein sehr komplizierter Mensch, Tonja Lövenich. Und genau das mag ich an dir.«

»Kompliziert? Bin ich das wirklich?«

Für einen Moment zog ein dünner Wolkenstreifen über die Sonne, und es wurde etwas dunkler. Schlagartig änderte sich die Stimmung. Mit einem Mal fragte sich Tonja, ob sie einander nicht viel zu nahe waren, hier, mitten am Tag, unter den Augen der Öffentlichkeit.

Was, wenn uns jemand sieht?

Kurz darauf verstummte der Motorenlärm, ohne dass sie es recht bemerkten. Sie waren zu versunken ineinander. Als sie sich umblickten, stellten sie fest, dass die beiden Piloten ihre Maschinen gelandet hatten und von Schaulustigen umzingelt waren.

»Willst du auch hingehen?«, fragte sie.

Corbin warf einen kurzen Blick zu dem Menschenauflauf.

»Du bist mir wichtiger.«

»Als ein Flugzeug?«

Corbin lachte erneut.

»Ich bin mir sicher, ich werde später noch die Gelegenheit haben, mit beiden zu sprechen. Wir kennen uns übrigens schon. Udet und auch Fieseler waren schon bei uns zu Hause zu Gast. Meine Eltern umgeben sich gern mit berühmten Menschen.«

»Ach, so ist das.« Tonja gab sich Mühe, scherzhaft zu klingen, aber da war auch ein verletzter Unterton, den sie nicht ganz unterdrücken konnte.

Corbin merkte ihren Stimmungswechsel sofort und wandte ihr seine ganze Aufmerksamkeit zu.

»Nein, so ist das nicht. Du bist mir wichtiger als alles, Tonja, das musst du mir glauben.«

Sie sahen einander tief in die Augen, und inmitten dieser

großen Menschenmenge kam es ihnen plötzlich so vor, als wären sie ganz alleine.

Dann veränderte sich erneut etwas. Da war eine Schwingung in der Luft, etwas Bedrohliches, Bösartiges. Tonja hatte das Gefühl, als würden sie von jemand beobachtet. Abrupt drehte sie sich um und streifte dabei Corbins Hand ab.

»Was ist?« Er blickte sie irritiert an.

Sie schüttelte den Kopf. Dann sah sie wieder nach allen Seiten, musterte die Menschen in ihrer nächsten Umgebung. Sie suchte nach bekannten Gesichtern. Da war jemand, dessen war sie sich sicher.

Elly hätte Annemie am liebsten weggeschickt, als sie erneut in der Kramer'schen Villa aufgetaucht war, um endlich den Beweis zu erbringen.

»Ich lüge nicht, Elly. Deine Tonja geht mit einem Mann aus. Jetzt in diesem Moment.«

Deine Tonja.

Wie viel Spott und Hohn und wie viel Neid lagen in Annemies Worten. Elly hatte sich weigern wollen und war am Ende doch mitgekommen.

Hätte mir jemals irgendwer erzählt, ich würde mich mit Annemie zusammentun, um Tonja hinterherzuspionieren, ich hätte es empört von mir gewiesen.

Sie hatte trotz des Sonnenscheins ihren weichen Stoffmantel übergezogen und doch gefröstelt. Annemie war entschlossen vorausgelaufen. Mehrfach hatte Elly sich auf dem gemeinsamen Weg überlegt, einfach stehen zu bleiben und umzukehren. Aber sie war weitergelaufen, immer weiter.

Wer war dieser Mann, den Tonja ihr verschwieg und mit dem sie sich traf? Warum fand Tonja ihn wichtiger als ihre Freundschaft?

»Beeil dich«, rief Annemie ihr zu. »Die Vorführung auf dem Rebstock ist sicherlich bald vorbei, dann verpassen wir sie.«

»Du weißt wirklich nicht, wer es ist?«, erkundigte sich Elly zum wiederholten Mal. Annemie warf ihr einen vielsagenden Blick zu.

»Und wenn ich es wüsste, du musst es doch selbst sehen.«

Elly fragte sich, ob Annemie die Wahrheit sagte.

Als sie sich dem Rebstock näherten, kamen ihnen schon die ersten Schaulustigen entgegen. Die Veranstaltung begann sich auflösen.

Vielleicht sind wir zu spät, dachte Elly, und ein Teil von ihr hätte sich das beinahe gewünscht. Im Grunde ihres Herzens wollte sie Tonja nicht nachspionieren. Im Grunde ihres Herzens wollte sie der Freundin trauen.

Bestimmt wird sie es mir ohnehin bald selbst sagen.

Doch Annemie packte sie jetzt am Ärmel und zog sie energisch mit sich.

»Komm schon.« Forsch bahnte sie sich einen Weg durch die Menschenmenge und blieb dann so abrupt stehen, dass Elly in sie hineinlief. »Aua, pass doch auf«, beschwerte Annemie sich.

Elly sagte nichts. Sie konnte die Flugzeuge sehen und eine Traube Menschen, die sich um sie herum verteilte. Sie suchte den Platz mit ihren Augen ab, doch da war niemand; niemand, den sie kannte. Sie fühlte sich erleichtert.

»Da«, rief Annemie, zog Elly zu sich und zeigte mit der Hand in eine Richtung.

Elly erstarrte augenblicklich. Es war, als würde ihr Herz stehen bleiben.

Corbin! Das war Corbin, der Tonja da möglichst unauffällig an der Hand hielt. Elly sah, wie seine Finger mit Tonjas Fingern spielten. Sie sah, wie die Freundin den Kopf in den Nacken legte, wie sie ihn verliebt anlächelte.

Hatte Tonja nicht auf dem Ball gesagt, er interessiere sie nicht? Elly konnte sich noch gut daran erinnern, wie sie die Freundin geneckt hatte, weil sie so lange mit Corbin getanzt hatte, und sie erinnerte sich an dieses Gefühl, ausgeschlossen zu sein, als die beiden miteinander geredet hatten. Hatte sie damals schon etwas geahnt, und es nicht sehen wollen? Hatte sie sich in diesen kurzen Momenten aus gutem Grund alleine gefühlt?

Jetzt muss ich Annemie recht geben. Ausgerechnet Annemie.

Und was noch schlimmer war: Tonja, ihre Vertraute, ihre Seelenschwester, ihre beste Freundin hatte sie belogen.

Es kostete Elly alle Kraft, nicht laut loszuschreien. Sie wollte nicht weinen, nicht hier, und auf keinen Fall vor Annemie.

»Lass uns gehen.«

»Willst du nicht …?«

»Nein, ich will allein sein.«

Auf Annemies Gesicht zeichnete sich Enttäuschung ab, dann fing sie sich wieder.

»Gut. Kann ich dann morgen …?«

»Wie du willst.«

Elly verabschiedete sich nicht. Sie lief zuerst langsam, dann immer schneller, schließlich rannte sie, und es war ihr egal, wie unschicklich das für eine achtzehnjährige junge Dame sein mochte. Außer Atem betrat sie den Garten ihrer Eltern durch den Seiteneingang, eilte weiter, am Schwimmbecken vorbei, an dem Mama mit ein paar Freundinnen saß. Ihre Mutter rief ihr etwas zu, doch sie reagierte nicht. Sie lief einfach weiter. Ins Haus hinein, die Treppe hoch. Die Tür zu ihrem Zimmer flog auf und schlug so heftig zu, dass der Nippes auf dem Regalbord klirrte.

Elly blieb stehen und schloss die Augen.

Tonja hatte jemand anderen gefunden. Jemand, mit dem

sie lieber zusammen war als mit ihr. Und dieser Jemand war ausgerechnet Corbin. Tonja glaubte wohl, sie könne ihr Herz teilen, doch ein geteiltes Herz, das gab es nicht, nicht für Elly.

Sie warf sich auf ihr Bett, legte den Kopf auf ihre Arme und begann bitterlich zu weinen.

Alices Hand verharrte an ihrer Kehle, während sie Ellys Schluchzern lauschte. Sie wollte ihr Kind trösten und konnte es nicht, denn sie durfte sich nicht verraten. Alice hatte ihre Freundinnen kurz alleingelassen und verharrte jetzt ratlos vor dem Zimmer ihrer Tochter. Die Brust wurde ihr eng, und sie versuchte, die eigenen Tränen zurückzudrängen, die jetzt unaufhaltsam in ihr hochstiegen. Es war ihr schier unerträglich, ihr Kind leiden zu sehen, aber was sollte sie tun? Alice schlich davon und konnte erst wieder richtig atmen, als sie die Küche erreichte und Frau Wenz anwies, neues Gebäck in den Garten zu bringen.

In der Halle überprüfte sie ihr Aussehen kurz in dem großen Spiegel, doch sie sah sich nicht wirklich.

Sie dachte an ihre Tochter. Sie dachte daran, dass man seinen Kindern wohl immer helfen wollte, und musste doch einsehen, dass das oftmals nicht möglich war. Elly, so schien es ihr manchmal, war zum Glück nicht geboren, dabei gab es nichts, was sie ihrer Tochter sehnlicher wünschte als das: glücklich zu sein.

Sie dachte an den Moment, als man Elly erstmals in ihre Arme gelegt hatte, diesen winzigen Säugling, und wie sie ihr gute Wünsche ins Ohr geflüstert hatte, wie eine gute Fee. Sie sah wieder die langbewimperten Augen vor sich, die zitternden Augenlider, die gespitzten kleinen Lippen. Der Moment, als ihre Tochter sie zum ersten Mal angesehen hatte, war überwältigend gewesen und unvergesslich.

Ein anderes Bild schob sich vor ihr inneres Auge. Ein kleines Mädchen in einem Spitzenkleid und mit einer riesigen Schleife auf dem Kopf. Kurz vor ihrem ersten Schultag. Elly hatte sich auf die Schule gefreut, aber dann war irgendetwas passiert. Sie hatte sich verändert. Sie fühlte sich nicht wohl in der Schule, fand keinen Anschluss, war schon bald ein Außenseiter. Es war, als bildete sich eine unsichtbare Mauer um sie.

Auch heute kam ihr die Tochter manchmal fremd vor. Dann verschloss sich ihr Blick, und es war Alice, als legte sich eine feine Eisschicht über alles.

Alice hörte jetzt wieder die Stimmen ihrer Freundinnen und richtete sich kerzengerade auf. Sie kniff die Augen zusammen und schaltete ihr Lächeln an, wie man elektrischen Strom anschaltete.

»Alice«, rief Amelia Harloff, »wir wollten doch noch einmal über die Einladung sprechen. Ihr kommt doch zu unserer Party, nicht wahr?«

Abends saßen die Kramers im Salon zusammen und besprachen den Tag. Etwas später gesellte sich unerwartet Elly zu ihnen. Alice sah, wie ihr Mann die Stirn runzelte und bedeutete ihm, nichts zu sagen. Elly nahm sich Tee, gab Zucker und Milch dazu und setzte sich dann mit angezogenen Beinen auf das Sofa.

»Ich würde doch gerne mitgehen«, sagte sie.

Ihre Eltern schauten sich verwundert an.

»Zu den Harloffs, meine ich. Sie haben uns doch eingeladen, oder?«

52

Elly! Tonja hielt die Luft an. Wie konnte das sein?

Sie stellte ihr Glas ab und überlegte fieberhaft. Mit ihr hatte sie nicht gerechnet, als sie den Blick gedankenlos durch den prachtvoll dekorierten Raum hatte schweifen lassen.

Sie atmete aus.

Wie ein verletztes Vögelchen sieht sie aus, dachte Tonja. Und was soll ich jetzt tun? Sie stellte ihr Glas ab und überlegte fieberhaft.

Corbin hatte ihr erzählt, dass die Kramers verhindert wären, und von Elly war nie die Rede gewesen.

Wir sind immer so umsichtig gewesen.

Tonja zupfte an Corbins Ärmel.

Der bemerkte ihre Unruhe mit winziger Verzögerung und folgte ihrem Blick. Dann stieß auch er den Atem aus. Sie hatten öfter über Elly gesprochen, und beiden war bewusst, dass ihre Freundin es nicht leichtnehmen würde, wenn sie erfuhr, dass sie ein Paar waren.

»Sie hat es damals sehr schwer verkraftet, als wir nach England übersiedelten«, hatte Corbin nachdenklich gesagt.

Tonja konnte es sich lebhaft vorstellen.

»Früher war unsere Freundschaft wunderbar«, hatte sie erwidert, »aber in den letzten Monaten kam es mir manchmal so vor, als würde Elly mir keine Luft mehr zum Atmen lassen. Alles wollte sie mit mir zusammen machen, nichts sollte sich ändern, aber die Dinge ändern sich nun mal. So ist das Leben einfach.«

Ihre Freundschaft war eng geworden, wie ein Gefängnis.

Und jetzt stand sie hier mit Corbin, direkt neben ihm, enttarnt.

»Das wusste ich nicht«, hörte Tonja Corbin halblaut sagen. »Ich wusste nicht, dass sie kommt.«

Tonja runzelte die Stirn. Sie zögerte noch einen Moment, aber dann entschied sie sich, auf Elly zu zugehen.

»Elly, wie schön, dich zu sehen!«

»Tonja!«, erwiderte Elly. Dann sah sie Corbin an, der Tonja gefolgt war. »Corbin!«

»Elly!«, sagte Tonja noch einmal und umarmte die Freundin fest, damit sie nicht zurückzucken konnte, als wollte sie ihr damit zeigen, dass sich nichts geändert hatte zwischen ihnen.

Wir sind doch Freundinnen, oder? Beste Freundinnen. Trotz allem.

»Ich hole uns etwas zu trinken«, sagte Corbin und verschwand.

Die beiden jungen Frauen musterten einander.

»Ich glaube, ich sollte dir etwas sagen«, setzte Tonja an.

Elly winkte ab.

»Das musst du nicht. Annemie hat mir alles erzählt. Wusstest du übrigens, dass sie eine Ausbildung zur Krankenschwester macht?«

Annemie … Der Name durchfuhr Tonja wie harter Stahl, und sie musste zugeben, dass diese Frau ihr tatsächlich Angst machte.

Sie unterdrückte ein Schaudern und deutete auf eine Tür, die in den Garten hinausführte.

»Gehen wir ein Stück? Ich würde gerne in Ruhe mit dir reden.«

»Jetzt? Ist das noch nötig?«

»Ja, jetzt.«

Elly zuckte die Achseln. Tonja setzte sich in Bewegung, ohne Ellys Reaktion abzuwarten. Auf der Terrasse war es immer noch fast sommerlich warm. Von rechts zog der Duft von Gegrilltem heran. Man hörte das leise Murmeln der anderen Gäste, das surrende Geräusch einiger später Insekten, Vogelgezwitscher und das Plätschern eines Brunnens. Die Gartenanlage war großzügig. Elly fiel auf, dass sie lange nicht mehr hier gewesen war. Tonja lief noch ein Stück, bis sie unter einer großen Linde stehen blieb. Sie lehnte sich mit dem Rücken dagegen, holte ein silbernes Zigarettenetui aus ihrer kleinen Tasche, nahm eine Zigarette heraus und zündete sie an.

»Willst du auch?« Sie hielt Elly das Etui hin und legte fragend den Kopf schief, während sie an der Zigarettenspitze zog.

Elly zog die Augenbrauen hoch.

»Seit wann rauchst du?«

Noch etwas, was ich ihr verheimlicht habe, dachte Tonja und wusste, dass es falsch gewesen war, die Zigarette anzuzünden. Es verstärkte Ellys Gefühl nur noch, dass sie sich voneinander entfernt hatten. Sie hielt die Zigarette nun seitlich, um sie etwas zu verstecken, aber Ellys Blick konnte sich kaum davon lösen.

»Ich weiß nicht.« Tonja zuckte die Achseln. »Ich glaube, ich habe damit angefangen, nachdem ich von der Schule abgegangen bin. Irgendwie tut es gut, in der Mittagspause zu rauchen. Man hat etwas zu tun, und natürlich muss eine Zigarette immer zu Ende geraucht werden. Das verschafft einem Zeit.« Sie lächelte schief.

»Es ist unweiblich«, platzte es aus Elly heraus. Man konnte jetzt die Wut in ihr spüren, dicht unter der Oberfläche war etwas gewaltig am Brodeln. Offenbar hatte sie einen Anlass gesucht und ihn gefunden. Tonja sagte nichts. Eine Weile war es still, dann fragte Elly: »Hat Corbin dich eingeladen?«

»Weißt du das nicht ohnehin?« Tonja blies einen Rauchkringel aus.

Elly zögerte. »Ja, doch, wie gesagt, Annemie hat's mir erzählt …« Sie stockte. »Ich weiß nicht, was schlimmer ist, dass *sie* es mir gesagt hat oder dass *du* mich belogen hast.«

Tonja zuckte zusammen.

»Ich habe nicht gelogen, ich habe nur … Woher wusste sie es eigentlich?«

»Sie hat euch zufällig gesehen. Sie kam sogar zweimal zu mir. Beim ersten Mal wollte ich es nicht glauben und habe sie einfach weggeschickt.« Elly machte eine Pause. »Ich habe dir vertraut, Tonja, dabei hat Annemie die Wahrheit gesagt.«

Ihre Stimme zitterte. Tonja nickte nachdenklich.

Ja, so war das, Zufälle bestimmten das Leben, die Schicksalsmächte, all das … Sie hörte, wie sich Elly räusperte.

»Warum hast du es mir nicht gesagt, Tonja?«

Tonja schaute ihre Zigarette an.

»Vielleicht hatte ich Angst.«

»Du? Warum?« Elly schien tatsächlich überrascht.

Weil du bist, wie du bist, Elly, weil …

Tonja schluckte.

»Ich wusste einfach nicht, wie ich es dir beibringen soll. Ich wollte dich nicht verletzen.«

»Nun, das ist dir ja bestens gelungen.« Elly starrte ihre Freundin an, dann wandte sie ihren Blick ab. »Ein wichtiger Regisseur aus Berlin wird übrigens in diesem Jahr unsere Weihnachtsaufführung besuchen«, wechselte sie abrupt das Thema. »Und Mühe hat mir die Hauptrolle gegeben.«

»Das ist interessant.«

»Schade, dass du nicht mehr dabei bist.« Elly machte eine kurze Pause. »Das ist doch so, oder?«

»Ja, schade«, sagte Tonja, die glaubte, sich rechtfertigen zu müssen. »Es ist einfach so, dass meine tägliche Arbeit um sieben Uhr morgens beginnt«, sagte sie, »und um sieben Uhr abends endet, mit nur einer kleinen Mittagspause. Manchmal lässt mich Fräulein Merx auch sonntags kommen. Inoffiziell. Sie sagt, sonst schaffen wir es nicht gegen die großen Geschäfte, gegen Wronker und die anderen. Es ist hart.«

»Du hättest die Schule nicht verlassen müssen.«

»Aber es tut mir auch gut, unabhängig zu sein, verstehst du?«

Tonja schaute Elly an und wusste, dass sie nicht verstand.

»Ich würde mich jedenfalls freuen, wenn du, wenn du … wenn du und Corbin zur Aufführung kämt«, sagte die jetzt. »Vielleicht fangen wir einfach neu an?«

Tonja lächelte. Sie war überrascht von Ellys Vorstoß, und sie freute sich. Ein Neubeginn, eine neue Chance für sie drei. Das hörte sich doch gut an.

»Das ist eine gute Idee, Elly, und das nächste Mal kommst du einfach wieder mit, wenn wir einen Ausflug machen. Du könntest Fotos von uns machen.«

Aus den Augenwinkeln sah Tonja, wie Corbin sich mit einem Tablett näherte, das er geschickt durch die Menge balancierte. Vor Erleichterung wurden ihr die Knie weich.

»An dir ist ein Ober verloren gegangen«, witzelte sie, aber es gelang ihr nicht, die Stimmung bedeutend aufzulockern. Da war immer noch ein Missklang. Corbin bot ihnen beiden ein Getränk an, nahm sich das letzte Glas und stellte das Tablett dann neben der Linde ab.

»Es ist schön, dich zu sehen«, sagte er zu Elly gewandt. »Vielleicht haben wir jetzt endlich Gelegenheit, ausführlich zu reden. Was hast du all die Jahre gemacht, nachdem wir Deutschland verlassen haben und wir uns irgendwann nicht mehr schrieben?«

»Willst du das wirklich wissen?« Elly zuckte die Achseln. »Das ist doch vorbei, oder? Die Vergangenheit kommt nicht mehr zurück.«

Von diesem Zeitpunkt an kam es Elly vor, als würde der Abend kein Ende nehmen. Sie beobachtete Tonja und Corbin. Es entging ihr keiner der heimlichen, vertrauten Blicke, und sie musste sich sehr beherrschen, nicht zu starren, wenn er Tonja berührte.

Irgendwann tauchte ihre Mutter auf und sagte ihr, dass sie jetzt nach Hause gehen wollten. Elly verabschiedete sich steif. In der Halle des Harloff'schen Anwesens wartete sie noch darauf, dass man ihr das Cape brachte, als Corbin auftauchte.

»Wo ist Tonja?«, fragte sie ihn ein wenig bissig.

»Draußen. Sie weiß nicht, dass ich hier bin.« Corbin lächelte sie an. »Elly, ich freue mich wirklich, dass wir uns nun wieder sehen können, ohne Geheimniskrämerei und das Ganze. Wirklich, ich habe noch jeden deiner Briefe.«

Elly schwieg. Er kam ihr noch näher, zu nah. Sie biss die Zähne aufeinander und stemmte die Füße in den Boden, um nicht zurückzuweichen.

»Dass ich Tonja liebe, hat nichts mit uns zu tun«, sagte er sanft. »Du bist meine beste Freundin. Wie früher. Und du wirst es immer bleiben.«

Elly wich jetzt doch zurück. Sie war wütend. Enttäuschung lag in seinem Blick.

»Ich habe keine bösen Absichten, Elly, du kennst mich«, sagte er vorsichtig.

Das stimmt nicht, dachte sie, du nimmst sie mir weg. Was

sie früher mit mir geteilt hat, teilt sie jetzt mit dir. Sie hat keine Zeit mehr für mich. Sie meidet mich. Ich bin wieder alleine.

»Elly?«

»Wir waren immer füreinander da.«

»Ich weiß, sie hat es mir erzählt. Tonja kann froh sein, eine Freundin wie dich zu haben. Versteh doch, ich will dir nichts Böses. Wirklich.«

»Ich weiß.«

Aber das zu wissen reichte ihr nicht.

53

»Dich habe ich aber lange nicht gesehen! Was machst du denn alleine hier?« Anton Kramer sah sich suchend um. »Wo ist dein Zwilling?«, scherzte er dann weiter.

Erstaunlich, wie wenig Männer mitbekamen, dachte Tonja. War Ellys Vater denn nicht aufgefallen, wie lange sie und Elly schon nicht mehr zusammen im Kino waren? Und wie selten sie sich dieser Tage in der Kramer'schen Villa aufhielt. Sie lächelte trotzdem.

»Ich bin auf gut Glück vorbeigekommen. Ich dachte, ich treffe Elly hier vielleicht. Wir waren heute früher mit der Arbeit fertig«, fügte sie dann erklärend hinzu.

Ellys Vater hob bedauernd die Hände.

»Ah, jetzt fällt es mir ein, Elly und ihre Theatergruppe proben heute länger. Zur Weihnachtsaufführung soll irgendein Regisseur aus Berlin kommen, der auf der Suche nach neuen Talenten ist. Erst wollte sie nicht vor ihm spielen, aber dann hat sie ihre Meinung geändert, und jetzt beschäftigt sie sich mit fast nichts anderem mehr.« Ein Anflug von Stolz funkelte in Tonis Augen. »Sie hat mir schon etwas vorgespielt, und sie ist wirklich gut.«

Tonja war für einen Moment irritiert. Hatte Herr Kramer wirklich nichts dagegen, dass seine Tochter der Schauspielerei nachging? Frau Kramer fände es vollkommen unpassend, da war sie sich ganz sicher.

»Und«, drang Tonis Stimme in ihre Gedanken, »in welchen Film willst du heute gehen? Natürlich bist du eingeladen, daran wird sich niemals etwas ändern. Du gehörst doch zur Familie, nicht wahr? Ich kannte dich, da warst du so groß …« Er deutete eine Höhe an.

Tonja betrachtete den Schaukasten, doch vor ihren Augen verschwamm alles. Hatte er schon immer so gönnerhaft geklungen, oder bildete sie sich das ein? Vielleicht war sie auch empfindlicher geworden, dünnhäutiger. Irgendetwas in ihr war plötzlich unerwartet eifersüchtig auf Elly, die von einem Berliner Regisseur begutachtet werden sollte. Schon in den letzten Tagen hatte sie hin und wieder daran denken müssen, es aber immer wieder erfolgreich verdrängt, doch jetzt: Wenn sie gut ist, wird Elly hier wegkommen, schoss es Tonja durch den Kopf. Sie wird ein anderes, ein eigenes Leben beginnen, aus eigener Kraft, unbelastet von der Vergangenheit. Sie wird keine kleine Verkäuferin sein wie ich.

Tonja runzelte die Stirn. Sie musste zugeben, dass sie sich die Arbeit in einem Modegeschäft erfüllender vorgestellt hatte. Sie liebte es immer noch, die Stoffe im Lager zu verräumen, aber da waren auch maßlose Kundinnen, lange Stunden auf den Beinen, die ihre Füße schmerzen ließen, Nadeln, die beim Abstecken in ihren Fingerspitzen landeten. Ein Fräulein Merx, das kaum ein einziges Mal zufrieden schien. Auch an Corbins Seite war ihr Bedürfnis, aus Frankfurt wegzukommen, nicht vollständig verschwunden. Manchmal wollte sie einfach weg von der Mutter, weg von einem Leben schlechter Erinnerungen, die hier an so vielen Ecken nur darauf warteten, sie anzuspringen, und dann auf ihrer Brust lasteten wie ein Alb.

Tonja zwang sich aus ihren Gedanken.

»Können Sie mir denn eine Empfehlung geben?«

»Aber natürlich.«

Etwas später saß sie in dem dunklen Saal. Sie dachte an Franz, der jetzt in den Staaten war, und wieder an Elly. Als Elly und sie Mitglied in der Theatergruppe geworden waren, hatte Mühe Elly kaum Aufmerksamkeit geschenkt. Das war inzwischen offenbar ganz anders, und jetzt hatte Elly sie übertrumpft.

Aber ich habe Corbin.

54

»Hättet ihr mich nicht mitnehmen können zu eurer Bootsfahrt auf dem Main? Das muss schön gewesen sein.« Elly kam sich vor wie ein quengelndes Kind, aber sie konnte es nicht ändern. Eigentlich hatte Tonja ihr auf dem Fest fest versprochen, ihr Bescheid zu sagen, aber es war einfach kein Verlass mehr auf sie; nicht mehr seit Corbin an ihrer Seite war.

Tonja saß an Ellys Frisiertisch und schaute ihr Spiegelbild an.

»Aber du kannst doch Bootfahren nicht ausstehen«, gab sie zurück, während sie sich weiterhin musterte, als habe sie diese Frau da im Spiegel noch nie gesehen.

»Mit dir hätte es mir Spaß gemacht.« Ellys Stimme zitterte, dann fügte sie leise hinzu: »Manchmal denke ich, es wäre besser gewesen, wenn wir uns nie kennengelernt hätten. Dann würde es jetzt nicht so wehtun.«

»Wie meinst du das?«

»Du lässt mich dauernd allein.« Elly stotterte leicht.

»Aber ich bin doch hier.«

»Früher waren wir immer zusammen.«

Tonja drehte sich zu Elly um, die auf ihrem Bett saß.

»Aber immer geht nicht. Das musst du doch verstehen. Wir waren Kinder. Wir hatten keine Verpflichtungen. Es gibt jetzt nicht mehr nur uns. Eines Tages werden wir sogar heiraten und unsere eigenen Familien gründen. Das ändert aber nichts an unserer Freundschaft.« Tonja zögerte noch kurz, stand dann auf und ging auf ihre Freundin zu. Ihre Fingerspitzen berührten Ellys Arm. »Warte nur ab, auch du wirst eines Tages jemanden kennenlernen. Dann werden wir hierüber lachen.«

Das werde ich niemals, wollte Elly erwidern, für mich wird es immer nur uns geben. Sie biss sich auf die Zunge, dass es schmerzte. Sie schüttelte den Kopf. Tonja seufzte.

»In Ordnung, es tut mir leid. Beim nächsten Mal unternehmen wir etwas zu dritt, versprochen.« Sie lächelte.

Elly wusste, dass es eine Lüge war.

»Corbin ist bestimmt ein sehr aufmerksamer Begleiter«, sagte sie ruhig.

Tonja schien kurz zu überlegen. »Das ist er.«

Elly dachte an das Kleid, dass Corbin Tonja zum Besuch der Jubiläumsfeierlichkeiten in der Oper – man würde den »Aufstieg und Fall der Stadt Mahagony« geben – geschenkt hatte. Tonja sah zauberhaft darin aus.

»Meinst du, es wird bei der Opernaufführung auch hier einen Eklat geben?«, wechselte sie endgültig das Thema.

Tonja runzelte die Stirn.

»Du meinst, weil es in Leipzig diesen Riesenskandal gegeben hat?« Sie streckte die Arme über den Kopf und dehnte sich. »Keine Ahnung.« Sie zuckte die Achseln. »Ich habe lediglich gehört, dass der Bruder des japanischen Kaisers nebst Gemahlin und Gefolge anwesend sein wird. Ist das nicht famos?«

Elly sagte nichts. Sie dachte an etwas anderes: an die Zeiten, an denen sie gemeinsam vor ihrem Kleiderschrank gestanden hatten, Tonja ein Kleid nach dem anderen ausprobiert und sie ihr applaudiert hatte.

Wir werden niemals wieder gemeinsam vor meinem Kleiderschrank stehen und Dinge teilen, fuhr es ihr durch den Kopf. Er wird immer zwischen uns stehen.

Tonja schien ihren erneuten Stimmungswechsel zu bemerken.

»Bitte, Elly …«

»Ihr werdet ein hübsches Paar sein.« Elly rang sich einen fröhlichen Tonfall ab, auf den sie durchaus stolz war.

Tonja, die sich eben noch besorgt gezeigt hatte, zog jetzt kokett die Schultern hoch.

»Oh ja!«

Mir ist noch nie aufgefallen, wie gefallsüchtig sie ist, dachte Elly. Sie war überrascht von ihrer Gehässigkeit. Diese verdammte Eifersucht war wie ein Gift, das ihre Adern durchströmte, aber sie konnte einfach nichts dagegen tun. Manchmal hatte sie nur einen einzigen Gedanken: wie schön es wäre, wenn Corbin und Tonja einander niemals wiedersehen würden.

55

Am Abend der Jubiläumsfeierlichkeiten holte Corbin sie mit dem Auto ab, und Tonja versuchte, sich nicht anmerken zu lassen, dass sie zum ersten Mal in einem Automobil saß. Von der Seite sah sie Corbins amüsiertes Lächeln. Zu spät fiel ihr auf, dass sie die Finger um ihre Knie gekrallt hatte.

Er fuhr recht rasant und schien großen Spaß dabei zu haben.

»Fahre ich dir zu schnell?«, fragte er.

»Nein, nein.«

Sie zwang sich, die Hände zu lockern, senkte den Blick auf die Handtasche, die exakt zum Kleid passte – auch ein Geschenk – und dann zu den Schuhen.

»Du magst es also schnell?«, neckte er sie.

Sie war entschlossen, sich nicht beeindruckt zu zeigen. Das hatte sie das Leben gelehrt: Zeige dich niemals schwach.

»So schnell es nur geht.«

Er beschleunigte noch ein wenig. In Tonjas Magen kribbelte es, aber sie wusste, dass der Wagen sein Limit erreicht hatte. Und nach dem ersten Unbehagen, genoss sie den Rausch der Geschwindigkeit.

Konnte etwas passieren?

Gewiss.

Sie konnten mit dem Wagen gegen diese Mauer dort fahren, herumgeschleudert werden. Sie konnten dabei sterben. Es war ein faszinierender Gedanke, dem Tod nahe zu sein.

Aber ich lebe, dachte sie, ich lebe. In Momenten der Gefahr schien ihr das Leben immer umso kostbarer.

»Dann sollten wir wohl demnächst einmal einen längeren Ausflug mit dem Auto machen«, hörte sie Corbin neben sich sagen.

»Das sollten wir.«

Sie stellten das Auto in der Nähe der Oper ab und stiegen aus. Tonja genoss es, an Corbins Arm auf den beeindruckenden Bau zuzugehen. Sie zogen Blicke auf sich. Corbin war nicht nur sehr gut aussehend, er war auch eine brillante Partie für die Töchter der höheren Gesellschaft, die sich hier versammelte.

Aber er hat mich erwählt.

Dass Corbin sich seiner selbst so sicher war, machte sie stolz. Natürlich hielt die Gesellschaft einen Platz für ihn bereit, aber er übernahm ihn auch mit großer Souveränität.

Seine Eltern waren selbstverständlich auch da. Vorübergehend schlug Tonjas Herz schneller, und ihr war sogar ein wenig schlecht. Corbins Mutter verachtete sie. Vor ihr würde sie immer auf der Hut sein müssen. Sie machte weiterhin keinen Hehl daraus, dass sie die Verbindung zwischen Tonja und ihrem Sohn nicht billigte.

Kurz bevor sie die Harloffs erreichten, lächelte Corbin ihr beruhigend zu. Dann wechselte man ein paar kurze, nichtssagende Worte. Tonja erinnerte sich an die erste Begegnung mit Amelia Harloff, die sie damals spöttisch »tapferes Mädchen« genannt hatte. Tonja war froh, als im nächsten Augenblick schon die Aufforderung zur Einnahme der Plätze ertönte.

Corbin und sie setzten sich, und Tonja versuchte den Anschein zu erwecken, als sei dies alles nichts Neues für sie. Sie beobachtete die anderen. Sie applaudierte, wenn Corbin applaudierte. Manchmal hielt sie aufmerksam den Kopf geneigt, als lausche sie der Musik, während ihre Gedanken unablässig rasten.

Würde Corbin ihr irgendwann doch den Laufpass geben, wenn seine Eltern ihm lange genug einredeten, dass sie nicht die Richtige für ihn war?

Zur Pause geleitete Corbin sie galant hinaus. Dieses Mal blieben sie etwas entfernt von seinen Eltern stehen.

»Ich glaube, hier gefällt es dir besser«, sagte Corbin.

Sein Lächeln war freundlich. Sie zuckte die Achseln.

»Ich weiß, wie meine Mutter sein kann«, fuhr er fort.

»Heute war sie ganz nett.«

Ihre Stimme klang flach und wenig überzeugend. Er schmunzelte.

»Du musst das nicht sagen. Mir ist bewusst, wie sie zu den Frauen in meiner Begleitung ist.«

»Frauen?«

Jetzt war es an ihr, spöttisch zu gucken. Er legte den Arm um sie und liebkoste sie so geschickt, dass niemand es sehen konnte.

»Ich habe nie gesagt, dass ich ein Kind von Traurigkeit war, aber seit ich dich kenne …«, er senkte die Stimme, »gibt es nur noch dich.«

»Das will ich hoffen. Ich kann sehr eifersüchtig sein. Ich bin eine Wildkatze.«

Er zog seine Hand zurück.

»Dann hole ich uns jetzt einen Sekt, mein Kätzchen.«

Tonja stellte sich mit dem Rücken zur Wand, damit sie die anderen Opernbesucher im Blick behalten konnte. Den Bruder des japanischen Kaisers und sein Gefolge hatte sie einmal kurz in der Menge gesehen. Die Harloffs waren jetzt mit anderen Leuten in ein Gespräch vertieft. Ab und zu, so hatte Tonja den Eindruck, schauten sie zur Auserwählten ihres Sohnes hinüber.

Tonja zupfte ein feines Fädchen vom Ärmel ihres Kleides, tat dann so, als suche sie etwas in ihrer Handtasche. Man nahm sie wahr. Man schaute sie an. Man sprach nicht mit ihr, als sei da eine dünne, durchsichtige Wand, die sie von den anderen trennte. Aber man sprach gewiss über sie. Durch die Menge sah sie Corbin zurückkommen und fühlte Erleichterung.

In dem Moment, als er ihr den Sekt überreichte, ließ lautstarkes Gebrüll die illustre Gesellschaft zusammenfahren. Corbin konnte gerade noch verhindern, dass Tonja das Glas entglitt und auf dem Boden zerschellte. Ihre Hände berührten einander. Sie sahen sich an. Aus dem Foyer drangen laute Rufe nach oben: »Deutschland erwache, Deutschland erwache!«

Deutschland erwache – so schallte es auch über den inzwischen von einer Menge Schaulustiger und Sympathisanten angefüllten Opernplatz. Im Foyer versuchten Bühnenarbeiter die Demonstranten abzudrängen. Tonja begann zu zittern. Ein Skandal, es würde auch hier zu einem Skandal kommen …

»Was tun wir jetzt?«

Sie hielt sich an Corbin fest. Der zuckte die Achseln.

»Was sollen wir schon tun? Wir warten ab, und wir werden uns vor allem nicht vertreiben lassen.«

»Was?«

Tonjas Stimme klang klein. Corbin bot ihr den Arm.

»Wir gehen wieder in den Saal.«

Sie war perplex.

»Wird denn weitergespielt?«

»Warum denn nicht? Diesem Pack darf man keinesfalls nachgeben.«

Tonja starrte Corbin an. Bei ihm klang immer alles so leicht, da war dieses unglaubliche Vertrauen, das er wie selbstverständlich in sich trug.

Von draußen kam wenig später die Nachricht, dass die Polizei den Platz räumte. Die ersten Zuschauer kehrten in den Saal zurück. Man bereitete sich auf den zweiten Akt vor.

Tonja war froh, Corbin an ihrer Seite zu spüren. Ein Scharren und Husten war zu hören, während die Leute nach und nach ihre Plätze einnahmen. Als die ersten Klänge den Saal erfüllten, sah Tonja instinktiv zu den oberen Rängen hinauf. Womöglich war da eine Bewegung gewesen, die sie aus den Augenwinkeln wahrgenommen hatte. Vielleicht hatte das Leben sie aber nur gelehrt, immer in Habachtstellung zu sein. Im nächsten Moment schrie sie auf.

Corbin verstand sofort und hielt Tonja schützend umfangen, während er sich ein Bild zu machen versuchte, was um sie herum geschah. Von den oberen Rängen flogen Stinkbomben und Feuerwerkskörper auf die Zuschauer herab, während sich erneute »Deutschland, erwache!«-Rufe mit panischen Schreien mischten. Es schien eine Ewigkeit zu dauern, bis sich die Polizei Zutritt zum Saal verschafft hatte, um die Randalierer festzunehmen.

Corbin führte Tonja derweil geschickt aus dem Zentrum des Tumults. Sie drückte sich fest an ihn. Er war ihr Schutz. In diesem Moment hatte sie das Gefühl, dass er immer für sie da sein würde.

»Was ist nur mit unserer Welt los?«, sagte Amelia Harloff als sie einander nur wenige Augenblicke später wiederfanden. »Wenn es doch nur einen gäbe, der für Ordnung sorgen würde.«

»Was ist nur mit der Welt los?«, sagte auch Ellys Mutter einen Tag später, als Tonja, wie vereinbart, zu Besuch gekommen war und den Neugierigen berichtete, was sie erlebt hatte.

Als sie von den Tumulten erzählte, wurde Elly blass.

»Um Himmels willen, das muss schrecklich gewesen sein! Geht es dir wirklich gut, Tonja?«

»Es ist ja vorbei, und ich konnte mich ein bisschen erholen. Außerdem war Corbin bei mir.«

Elly schluckte. Dann beugte sie sich näher zu ihrer Freundin hin. »Aber es war doch bestimmt beängstigend.«

»Das war es. Ich war wirklich froh, nicht alleine zu sein.«

Elly horchte auf. War das Zufall? Warum musste Tonja so betonen, dass Corbin sie beschützt hatte? Warum tat sie das? Doch bevor sie weiter darüber nachdenken konnte, wechselte Tonja das Thema und löcherte die Freundin mit Fragen über die neuesten Filme.

Das ist das Einzige, was uns noch verbindet, dachte Elly.

56

Mit dem November kam der Nebel. Und der Tod. Als habe Gott endlich Erbarmen, erfüllte er Tonja den fürchterlichsten ihrer Wünsche. Ihre Mutter starb. Sie, die ihr das Leben so schwer gemacht hatte, starb einfach von einem Tag auf den anderen, und Tonja konnte nicht aufhören zu weinen.

Wie oft habe ich mir ihren Tod gewünscht, und jetzt fühlt es sich an, als habe sie mich allein gelassen?

Während sie am Bett der Toten saß, dachte sie an die vielen Male, da sie die Mutter hilflos und betrunken in ihrem eigenen Kot vorgefunden hatte. Sie dachte an jeden einzelnen Morgen, an dem sie früher aufgestanden war, um aufzuräumen, sauber zu machen und das Frühstück zuzubereiten, bevor sie zur Arbeit geeilt war. Sie dachte an die vielen Male, da Edith sich scheinbar wieder erholt hatte.

Und dann musste sie erneut weinen, und ihr kam der Gedanke, dass es nun nichts mehr gab, was sie mit ihrem alten Leben verband. Es gab keine Verpflichtungen mehr. Sie würde ihre Mutter zu Grabe tragen und mit Corbin ein neues Leben beginnen können.

Und Elly …? Sie schloss die Augen. Ich muss jetzt an mich denken, sagte sie sich, an mich.

Am Tag nach der Beerdigung ging Corbin mit ihr ins Kaufhaus Wronker und kleidete sie von Kopf bis Fuß neu ein. Am selben Abend verlobten sie sich am Main. Er steckte ihr einen kostbaren Ring an den Finger und küsste sie zärtlich

Jetzt ist alles möglich, dachte Tonja.

»Später, nach unserer Hochzeit«, sagte sie dann halb im Scherz zu ihm, »würde ich gerne woanders leben.«

Corbin stieß einen undefinierbaren Laut aus und musterte sie interessiert: »Wirklich? Wo denn?«

»Paris?«

Tonja sagte das Erste, was ihr in den Sinn kam. Aber vielleicht wollte sie ja auch nach London, nach Leningrad oder nach New York? Sie legte den Kopf in den Nacken, so, wie sie es den Schauspielerinnen auf der Leinwand abgeschaut hatte und ließ sich in seine Arme fallen.

»Oh ja, lass uns zuerst einmal nach Paris fahren.«

»Dein Wunsch ist mir Befehl. Aber was machen wir danach?«

»Uns fällt bestimmt etwas ein.«

»Natürlich tut es das. Uns fällt immer etwas ein.« Er sah sie prüfend an. »Du warst noch nicht in Paris, oder?«

57

PARIS, 1930

Anfang Dezember 1930 schlenderten Corbin und Tonja durch Paris, und Tonja stand erstmals auf den Champs-Elysées. Sie besuchten Nôtre-Dame, erkundeten die Gassen der uralten Metropole und verbrachten Nächte in Bars, um den nächsten Tag halb zu verschlafen. Sie besuchten ein Modeatelier und ließen Tonja ein Kleid auf den Leib schneidern. Einmal überraschte Corbin sie mit einem Picknick im Jardin du Luxembourg, ein anderes Mal aßen sie Hummer an der Seine. Sie übernachteten eine Nacht im Hotel Ritz an der Place Vendôme, und Tonja erzählte Corbin, dass auch Rudolph Valentino dieses Hotel geliebt habe.

Corbin summte »Puttin' on the Ritz«.

Den Rest der Woche verbrachten sie in einer kleinen Pension über den Dächern von Paris, gerade um die Ecke von einem Künstlerliebespaar, das Corbin noch aus London kannte. Tonja liebte die Nächte, die sie mit den beiden mit Wein und Diskussionen über die Kunst und das Leben verbrachten.

»Ich wusste, dass es dir gefallen wird«, sagte Corbin eines Nachmittags – sie waren gerade aufgewacht –, während Tonja in einem Seidennachthemd auf dem Bett lag und er ihr Crème brûlée fütterte. Tonja liebte das Knacken, mit dem der Zucker zerbrach, wenn man leicht mit dem Löffel darauf schlug.

»Das Ritz hat mir auch gefallen«, gab sie lachend zurück, aber natürlich hatte er auch recht. Sie räkelte sich. Er lächelte.

Seit ihrer Ankunft in Paris hatte sie nicht an Elly gedacht, fiel ihr jetzt auf.

Ich könnte ihr eine Karte schreiben.

Sie wusste, dass sie es nicht tun würde.

Dann dachte sie an den Brief, den sie noch vor der Reise aus ihrem Briefkasten geangelt und ungelesen in ihren Koffer gesteckt hatte. In den Tagen, nachdem ihre Mutter gestorben war, hatte sie den Kopf zu voll gehabt, auch wenn Corbin sie nach Kräften unterstützt hatte. Sie hatte es ihm zu verdanken, dass Edith Lövenich nicht in einem Armengrab beerdigt wurde.

Der Brief. Sie wollte ihn endlich lesen. Vorhin hatte sie ihn aus dem Koffer genommen, war dann aber unterbrochen worden. Sie setzte sich auf. Corbin stellte das Schälchen mit dem Nachtisch beiseite.

»Was ist denn?«

»Nichts.«

Tonja suchte den Umschlag heraus, riss ihn mit dem Finger auf und blickte auf ein Blatt mit wenigen Zeilen. Elly erinnerte sie noch einmal an die Weihnachtsaufführung der Schultheatergruppe und daran, dass dieser Regisseur aus Berlin kommen würde. Tonja und Corbin seien herzlich eingeladen.

Ach, verdammt, die Aufführung, die habe ich ganz vergessen. Die werde ich nun verpassen …

Nein, wahrscheinlich würde Elly nicht verstehen, dass sie nach Mamas Tod nur noch fortgewollt hatte. Elly konnte sich schwer in andere hineinversetzen. Corbin hatte Fräulein Merx einen Besuch abgestattet und sie überredet, Tonja für ein paar Wochen zu beurlauben. Weihnachten und der Jahreswechsel waren Hochsaison, und sie war überrascht gewesen, dass es geklappt hatte.

»Was hast du Fräulein Merx gesagt?«

Zuerst hatte er nur die Schultern gezuckt, doch sie hatte weiter gebohrt.

»Nun sag schon!«

»Ich habe ihr neue Kundinnen versprochen. Du weißt, meine Mutter und ihre Freundinnen sind ein begehrter Kundenstamm.«

Das waren sie wirklich, dachte Tonja bei sich. Ihr war es immer so vorgekommen, dass die Kramers in Saus und Braus lebten, doch die Harloffs waren noch einmal eine Liga für sich. Während Frau Kramer sich in Wohltätigkeitsvereinen engagierte, schien Reichtum für die Harloffs einfach ihr gutes Recht. Es war schwer, sich vorzustellen, dass Amelia Harloff und Alice Kramer gute Freundinnen waren, aber das waren sie.

Tonja las den Brief noch einmal. Zu spät, sie würden nicht rechtzeitig zurück in Deutschland sein. Sie warf den Brief auf den Tisch. Corbin hob den Kopf. Er hatte sich eine Zigarette angezündet und blies einen Rauchkringel in die Luft.

»Ist etwas?«, fragte er dann.

»Nein.«

Sie würde die Sache klären, wenn sie wieder zu Hause waren.

»Gibst du mir etwas Wein?«

Corbin schickte sich an, ihr Glas zu füllen, doch der Inhalt bedeckte nur noch den Boden ihres Kristallglases.

»Haben wir schon so viel getrunken?« Sie kicherte.

»Scheint so. Ich muss eine neue Flasche holen.«

»Zuerst küsst du mich.« Er tat, wie ihm geheißen, und es dauerte eine halbe Ewigkeit, bevor sie sich wieder voneinander lösten.

58

FRANKFURT AM MAIN, 2013

Die Haushälterin hatte ihnen einen Tee gebracht und füllte erst Ellys Tasse und dann Carinas. Es war ein sehr fein riechender, mit Jasmin aromatisierter Schwarztee. Carina konnte nicht umhin, Ellys formvollendete Bewegungen zu bewundern, als die alte Dame ihre Tasse an die Lippen hob. Elly Kramer war wirklich durch und durch eine Dame.

»Bitte bedienen Sie sich. Es ist Shortbread, das Rezept habe ich von einem Schottlandaufenthalt mitgebracht.«

»Danke.«

Carina nahm sich ein Stück. Das Shortbread zerging in ihrem Mund und schmeckte nach zwei Pfund Butter. Sie tupfte sich den Mund mit einer Serviette ab. Köstlich, aber mehr als einen Keks würde sie nicht schaffen.

»Also, an diesem Abend«, nahm Carina den Gesprächsfaden dann wieder auf, »da kam Tonja also zu ihnen und sagte, dass ihre Mutter gestorben sei?«

Elly nickte.

»Ja, das war im November 1930. Man hatte sie sogar schon beerdigt, und ich war etwas erstaunt, dass sie mir nicht Bescheid gesagt hatte, schließlich waren wir beste Freundinnen. Sie sagte, sie habe mich nicht belasten wollen und dass sie in diesen Tagen einfach zu nichts zu gebrauchen gewesen sei … Sie habe mir das nicht antun wollen … Ganz ehrlich, ich hatte sie noch nie so sehr weinen sehen wie an jenem Tag, als sie mir zum ersten Mal länger von ihrem geliebten Vater erzählte.«

Elly schaute nachdenklich auf ihre Teetasse. Carina überlegte.

»Na ja, das ist sicher für jeden Menschen schlimm, die Eltern zu verlieren. Tonja hatte nur noch ihre Mutter, oder?«

Elly hob den Kopf.

»Ja, aber diese Mutter war ... ach ... ihre Mutter war schrecklich, wirklich. Ich kannte sie ja nicht persönlich, Tonja wusste das stets zu verhindern, aber mir reichte, was ich über sie hörte ... Die Vorwürfe, die sie ihrer Tochter immer machte, ihre Trinkerei ... Na ja.« Elly schaute für einen Moment in die Ferne zuckte die Schultern und machte eine Handbewegung, als müsse sie sich zur Räson rufen. »De mortuis nil nisi bene. Von den Toten soll man nichts Schlechtes reden. Also lassen wir das. Tonja wirkte jedenfalls nach dem Tod ihrer Mutter sehr getroffen. Ganz und gar dünnhäutig, dabei war sie sonst immer sehr hart. Tough, sagt man heute, glaube ich. In der Schule traute sich nie jemand, ihr – hm – blöd zu kommen. Aber an diesem Tag, an diesem Tag erkannte ich, wie furchtbar verletzlich sie war. Man musste sie schützen. Das verstanden die wenigsten. Ich hätte sie gerne beschützt, wenn sie mich gelassen hätte.«

»Und, wie ging es weiter?«

»Ich erzählte ihr an diesem Tag noch einmal von der Weihnachtsvorstellung. Ich war damals sehr aufgeregt vor meinem großen Auftritt. Und ich schenkte ihr einen langen, bunten Schal, den Mama mir von Wronker mitgebracht hatte. Ich wusste, wie sehr er ihr gefiel ...«

Elly sprach nicht weiter. Carina schaute die alte Dame nachdenklich über den Rand ihrer Tasse an, während sie trank. Sie stellte fest, dass sie irgendwie immer noch keine rechte Vorstellung von dieser Tonja hatte, weil Elly ihr so viele widersprüchliche Geschichten erzählte.

Auch dieser Tag im Hause Kramer endete im Gespräch mit Tom. Das war zu einer Art Gewohnheit geworden, und inzwischen hatte sie ihn öfter mal schallend lachen hören, was sie irgendwie erleichterte. Es vervollständigte das Bild, das sie sich von ihm machte. Schritt um Schritt waren sie sich seit jenem Tag, als er sie zu Hause abgeholt hatte, wieder nähergekommen. Sie unterhielt sich wirklich gern mit ihm, und manchmal hatte sie das seltsame Gefühl, dass in dem Maße, in dem seine Tante sich ihr öffnete, auch er offener wurde. Zuweilen erwischte sie sich auch dabei, dass sie ihn beobachtete. Und dann waren da Gedanken, die sie nicht genau fassen konnte. Manchmal fühlte sie sich so vertraut mit ihm, als würden sie sich schon ewig kennen.

59

FRANKFURT AM MAIN, WEIHNACHTEN 1930

Samuel Mühe hatte Elly noch vor allen anderen von Robert Seelfeldts Ankunft in Kenntnis gesetzt. Als er die übrigen Schauspielschüler informierte, konnte Elly ihre Reaktionen daher in Ruhe beobachten. Die allgemeine Aufregung amüsierte ihren Lehrer offenkundig.

Elly dachte an die Einladung, die sie Tonja noch einmal zusätzlich in den Briefkasten gesteckt hatte. In den hinzugefügten persönlichen Zeilen, hatte sie beteuert, wie wichtig es ihr sei, dass Tonja mit Corbin käme. Ganz gewiss würde sie die Aufführung nicht verpassen.

»Auf, auf«, sagte Mühe jetzt, »noch einmal und noch einmal und noch einmal mit frischem Mut. Wir sind noch lange nicht bereit, noch lange nicht.«

Aber Elly war bereit. Längst konnte sie ihren Text perfekt. Es hatte ihr noch nie Schwierigkeiten bereitet, etwas auswendig zu lernen. Wenn sie etwas las, dann blieb es einfach in ihrem Kopf und setzte sich dort fest.

Nichts zu vergessen ist ein Fluch und ein Segen zugleich.

Sie musste wieder an Tonja denken, die mit Corbin weggefahren war. Sie hatte gehört, wie sich Amelia Harloff darüber beschwerte, als sie wieder einmal zu Besuch bei ihrer Mutter war.

»Dieses Mädchen hat es nur aufs Geld abgesehen«, hatte sie gesagt, und da war ein keifender Tonfall in ihrer Stimme, »nur aufs Geld, aber ich werde meinem Corbin schon noch die Augen öffnen.«

Stimmte das? Wollte Tonja sich in die Familie Harloff einschleichen? Elly glaubte nicht daran. Viel wahrscheinlicher und viel gefährlicher war doch, dass sie Corbin einfach liebte.

Nach der nächsten Probe nahm Mühe sie beiseite.

»Ich bin übrigens froh, dass Tonja Lövenich nicht mehr dabei ist.«

Elly schluckte.

»Wenn sie da ist«, fuhr er fort, »spielst du nicht mit voller Kraft. Das musst du aber, wenn Seelfeldt auf dich aufmerksam werden soll. Es kommt jetzt auf jede Kleinigkeit an, vergiss das nicht!«

Ich muss gar nichts, dachte Elly bockig. Vielleicht will ich ja gar nicht, dass Seelfeldt auf mich aufmerksam wird.

»Du bist gut, ist dir das klar?«, sagte Mühe, der offenbar nichts von ihrer Ablehnung mitbekam. »Wenn du es zulässt, bist du so viel besser als alle hier. Diese Tonja war ohnehin nichts als eine Blenderin. Ich kenne diese Sorte Frauen.«

»Sie ist keine Blenderin«, sagte Elly ungewohnt scharf. Doch da war auch etwas in ihr, das auf diese Bemerkung ansprang. Vielleicht hatte Samuel Mühe ja doch ein wenig recht.

»Ich weiß, sie ist deine Freundin, aber sie tut dir nicht gut.«

»Tonja war immer für mich da …«

Nur jetzt nicht mehr, fügte Elly in Gedanken hinzu und fühlte sich doppelt einsam.

Mühe streckte die Hand aus und legte seine Finger zögerlich auf die ihren. Sie zuckte zurück. Nein, sie mochte es immer noch nicht, wenn man Tonja kritisierte.

Er schien ihren Unwillen jetzt zu bemerken und stand auf.

»Wollen wir den Text noch einmal durchgehen? Damit zur Aufführung alles sitzt?«

»Meinetwegen.«

Sie nahm ihre Position ein.

Applaus brandete auf. Für einen Moment war Elly wie starr vor Schreck, dann spürte sie ein reines Gefühl der Freude und Erleichterung. Sie hatte es tatsächlich geschafft. Was für ein wunderbares Gefühl. Man jubelte ihr zu, ihrem Spiel, ihrer Umsetzung. Sie hatte die Menschen mitgerissen. Sie hatte ihre Rolle nicht gespielt, sie war für die Dauer der Vorstellung ein anderer Mensch gewesen.

Ich war das Käthchen. Ich kann alles sein.

Sie würde die klassischen Figuren spielen, aber sie würde auch nach Neuem Ausschau halten, nach modernen Rollen, über die ihre Eltern bestimmt den Kopf schüttelten: Wedekind, Ibsen und Strindberg … All die Dramatiker, von denen Mühe ihnen erzählt hatte.

Oh ja, so war das!

Für diesen Moment fühlte es sich an, als könnte sie fliegen. Elly schaute suchend in den Saal, konnte aber niemanden erkennen. Der Applaus nahm nicht ab. Es ging immer weiter und weiter, dann veränderte sich die Tonlage, die ersten Zuschauer waren aufgestanden: »Käthchen«, riefen sie, »Käthchen, Käthchen, Käthchen!«

Die anderen Schauspieler bildeten eine Reihe, in die Elly sich eingliederte. Sie traten alle einen Schritt vor und verbeugten sich. Es wurde immer noch applaudiert. Elly erkannte undeutlich, dass nun alle standen. Sie verspürte einen Druck im Rücken.

»Geh, zeig dich«, hörte sie Mühes Stimme. »Das ist dein Beifall.«

Dieses Mal zierte sie sich nicht, sondern trat auf den Bühnenrand zu. Ihr war etwas schummrig, aber sie fühlte sich sicher genug. Sie versuchte, die Menschen im Zuschauerraum zu erkennen, doch das Licht blendete sie und machte es fast unmöglich. Sie verbeugte sich noch einmal. Es wurde immer noch geklatscht.

Dann hörte sie, wie die anderen hinter ihr die Bühne verließen und schloss sich ihnen an. Noch einmal kehrten sie auf die Bühne zurück. Die Aufführung war ein voller Erfolg, und sie hatte das Bedürfnis, aus vollem Hals zu lachen. Sie fühlte sich so leicht, so leicht. Sie dachte, dass sie gleich mit Tonja und Corbin reden würde, dass sie gemeinsam irgendwohin gehen, zusammen feiern würden. Sie musste sich nur noch umziehen, die Maske entfernen. Sie würde sich beeilen. Sie freute sich so sehr. Es war ihr gleich, was all die anderen dachten, wenn ihr nur Tonja eine ehrliche Antwort gab.

Als Elly später aus ihrer Garderobe kam, war sie sofort von Menschen umringt.

»Ein Autogramm, Fräulein Kramer, bitte ein Autogramm.«

Elly blieb stehen und schaute in die unschuldigen Gesichter zweier Mädchen, die ihr zwei Stück Papier hinhielten. Schülerinnen, klare, helle Gesichter, festgeflochtene Zöpfe, adrette Blusen. Sie drehte sich zu ihrem Vater um und ließ sich einen Füller geben. Dann bat sie ihn, ihr als »Tisch« zu dienen und schrieb.

Das Getuschel der Mädchen wurde lauter, und als Elly die Autogramme überreichte, erröteten sie. Diese Leichtigkeit in ihr war immer noch da. Es war, als schwebe sie auf einer Wolke. Sie wollte diesen Moment auf immer festhalten. Sie sah, wie die Mädchen in der Menge verschwanden. Ein jüngerer und ein älterer Mann suchten ebenfalls um Autogramme nach. Sie kam sich fast vor wie ein Star, obgleich das gewiss übertrieben war.

Nachdem sich das Theater geleert hatte, kam Samuel Mühe auf sie zu.

»Du warst brillant, Elly. Robert, also Herr Seelfeldt, möchte dich morgen unbedingt sprechen. Am besten wäre es, wenn deine Eltern bei dem Gespräch dabei sein könnten.«

Elly nickte. In diesem Moment war sie froh, aber am Ende des Abends dachte sie nur an eines: Tonja und Corbin waren nicht gekommen.

60

FRANKFURT AM MAIN, 2013

»Stimmt es eigentlich, dass Sie eine Privatsekretärin hatten?«, fragte Carina neugierig. »Es gibt da Unterlagen, die besagen …«

Elly lehnte sich in ihrem Sessel zurück und verschränkte die Finger ineinander, bevor sie die Daumen umeinander spielen ließ.

»Ja, das stimmt. Ich brauchte doch jemanden, der meine Termine koordiniert. Ich war damals eine vielbeschäftigte Frau, wissen Sie.« Elly wirkte vorübergehend amüsiert von ihren eigenen Worten, dann schaute sie sinnend in die Ferne. »Eines Tages kündigte sie übrigens, weil ihr Mann es ihr nicht mehr erlauben wollte zu arbeiten.«

»Ihr Mann?«

»Ja, damals, musste der Ehemann noch die Erlaubnis dazu erteilen. Das ist eigentlich noch gar nicht so lange her. Machen Sie sich da nichts vor, Fräulein Wahlsberg. Bis 1977 entschied der Mann, ob die Frau arbeiten durfte oder nicht.«

»Haben Sie deshalb nie geheiratet?«

Elly zuckte die Achseln.

»Darüber habe ich so noch gar nicht nachgedacht? Nun ja, vielleicht. Vielleicht aber auch, weil es niemanden gab, der meine Liebe verdiente.«

»Ist das so? Muss man sich Liebe denn verdienen?«

»Ich denke schon.«

Carina dachte über ihre eigene Frage nach. Elly saß jetzt kerzengerade da, den Rücken durchgedrückt.

»Liebe ist doch das Wichtigste, was man zu geben hat. Warum sollte man sie verschleudern?«

»Aber ist Liebe nicht auch etwas, was man einfach gibt, ohne sich zu überlegen, was man dafür bekommt?«, platzte es aus Carina heraus.

Elly schüttelte den Kopf.

Über was reden wir denn da überhaupt, fuhr es Carina durch den Kopf, wir reden hier doch nicht über mich oder darüber, was Liebe für uns ausmacht.

Sie nahm den Bleistift für ihre Notizen wieder auf.

»Würden Sie sagen, dass man Männern mehr durchgehen lässt?«, war plötzlich Ellys Stimme zu hören.

Carina hob den Kopf.

»Wie meinen Sie das?«

»Nun, meiner Meinung nach dürfen Männer fordernder sein, müssen nicht immer an andere denken, dürfen ihre Familien verlassen, ohne dass man sich das Maul zerreißt … Ein Mann steht immer seinen Mann, er trifft seine Entscheidungen, und das wird man nie abscheulich finden. Aber wenn eine Frau die ihr zugedachte Rolle verweigert, dann …«

Carina zog die Augenbrauen hoch. Sollte sie an dieser Stelle nachhaken?

»Haben Sie so etwas erlebt?«, fragte sie vorsichtig.

»Oh ja, ich habe Ähnliches erlebt. Weil ich meinen eigenen Weg gegangen bin. Ich hatte meine Liebhaber, und ich habe manche Einschränkungen einfach nicht akzeptiert.«

Sie machte eine Pause, als ob sie abwarten wollte, wie Carina mit ihrer Offenheit umging.

»Finden Sie das verwerflich, Fräulein Wahlsberg?«

»Nein, ungewöhnlich vielleicht.« Carina zuckte die Achseln. »Das muss schwer gewesen sein.«

»Es war nicht immer leicht. Viele wollten mich fallen sehen, aber das habe ich nicht zugelassen. Meine Liebhaber stellten immer irgendwann fest, dass sie trotz allem wenig über mich zu erzählen wussten. Außerdem habe ich ihnen nie erlaubt, Entscheidungen für mich zu treffen … Ich hörte nie auf, für mich zu sorgen, auch wenn das anstrengend war.« Ellys Augen weiteten sich. Offenbar erinnerte sie sich an etwas. »Es gab da einen gewissen Hans. Mit dem war ich in den Sechzigerjahren in Paris. Ich zählte damals fünfzig Lenze, er war etwa halb so alt – und wunderschön. Die Leute haben uns hinterhergeschaut.« Sie lächelte. »Er war ein guter Liebhaber, und er war schrecklich eitel. Wenn wir an einer größeren Fensterscheibe vorbeikamen, konnte er nicht umhin, einen Blick hineinzuwerfen. Sobald er bemerkte, dass ihm jemand dabei zusah, straffte er seine Schultern, damit man seine Muskeln sah.« Elly schien mit ihren Gedanken wieder in die Gegenwart zurückzukommen. »Ach, wir hatten beide unseren Spaß. Das war das Wichtigste: Jeder hatte etwas davon.«

»Es klingt trotzdem ungewöhnlich. Warum haben Sie das gemacht?«, fragte Carina und stellte endlich ihre Teetasse ab.

Elly schmunzelte.

»Ach Gott, es waren die Sechziger. Ich verdiente mein eigenes Geld, und ich hatte es satt, dass alle meinten, bei meinen Entscheidungen mitreden zu können. Ich hasste diese Unmündigkeit, die man vielen Frauen überstülpte. Ich war eine erwachsene Frau, in der Lage selbst für mich zu sorgen. Ich hatte meine Unabhängigkeit entdeckt. Meine Fähigkeit, mein Leben zu gestalten. Darum ging es mir.«

In diesem Moment konnte Carina verstehen, was Tom an seiner Tante hatte. Sie konnte verstehen, mit welcher Stärke sie für Nichte und Neffe hatte da sein können.

»Und Tonja?«

Carina wusste nicht, ob dies der rechte Moment war, Tonja

wieder ins Spiel zu bringen. Sie tat es einfach. Der Ausdruck auf Ellys Gesicht verdüsterte sich umgehend.

»Ich weiß nicht«, sagte sie langsam. »Zu dieser Zeit hatten wir uns schon aus den Augen verloren.« Dann nippte sie an ihrem Tee, was sie häufig tat, wenn sie nichts sagen wollte, um wenig später festzustellen: »Es tut mir leid, aber ich bin jetzt doch sehr müde.«

Nachdem Carina die Tür leise hinter sich zugezogen hatte, blieb Elly reglos sitzen. Sie schaute aus dem Fenster. Anfangs hatte es gutgetan, über Tonja zu sprechen. Sie hatte sich an die schönen Sachen erinnert, an die Gemeinsamkeiten und die glücklichen Momente. Jetzt näherten sie sich einem Punkt, der alles schwierig machte, ein Punkt, der eine Entscheidung erforderte, die Entscheidung, ob sie Carina wirklich alles erzählen wollte.

61

BERLIN, JANUAR 1931

»Wünschen Sie noch etwas, meine Dame?«

Der Hotelpage schaute sie fragend an, während sich Elly so damenhaft wie möglich die Handschuhe von den Händen zupfte. Manchmal war da noch dieses schlaksige Kind in ihr, das ihr den großen Auftritt leicht verderben konnte. Sie versuchte, sich nicht anmerken zu lassen, wie überwältigt sie von allem war. Die fremde Stadt, das vornehme Hotel, in dem man sie behandelte wie eine erwachsene Frau. All das verunsicherte sie.

Elly warf einen kurzen Blick durch das Zimmer, sah die feine Kalbsledertasche, die ihr Vater ihr für die Reise geschenkt hatte, den feinen Mantel, den sie gemeinsam mit ihrer Mutter bei Wronker gekauft hatte. Ihre Eltern verwöhnten sie. Das hatten sie schon immer getan. Manches Mal hatte sie die Liebe und Fürsorge ihrer Mutter als erdrückend empfunden, aber jetzt fehlte sie ihr.

Ich bin noch nie alleine woanders gewesen.

Für einen Moment wollte sie auf dem Fuß kehrtmachen und den nächstbesten Zug nach Hause nehmen. Eine Woche sollte sie hier im Hotel bleiben und dann ihre Entscheidung treffen, so hatten Robert Seelfeldt, Papa und sie es ausgemacht. Ihr Vater hatte sie voller Stolz sehr in ihrer Entscheidung bestärkt, während Mama nur gesagt hatte: »Du musst wissen, was du tust.«

»Willst du mich nicht unterstützen, Mama?«

»Doch, das will ich, aber ich halte die Schauspielerei nicht für einen geeigneten Beruf.«

Ein Räuspern riss Elly aus den Gedanken. Der Page wartete immer noch.

»Danke, das wäre dann alles.«

Sie drückte dem Jungen ein Trinkgeld in die Hand, ging zum Fenster, während er leise die Tür hinter sich schloss. Alles wirkte hier leise, gedämpft und vornehm und stand im seltsamen Kontrast zum Trubel auf den Straßen, den sie durch das Fenster beobachten konnte.

Elly blickte nach unten und dachte, dass sie noch nie in einer so großen Stadt gewesen war. Schließlich ging sie in das großzügige Badezimmer, musterte die Badewanne mit den blinkenden Armaturen und Löwenfüßen, trat dann ans Waschbecken und wusch sich Hände und Gesicht. Nachdenklich betrachtete sie die fremde Frau im Spiegel, die doch sie selbst war.

Das alles war wie ein Traum: Seelfeldt hatte sie als Einzige nach Berlin eingeladen, Papa für die noble Unterbringung gesorgt.

Was erwartete Seelfeldt von ihr? Wie lange würde sie Teil seines Ensembles, Teil seiner Schule sein, bevor er sie als Scharlatan entlarvte? Vielleicht würde er sie ja auch nach wenigen Wochen wieder enttäuscht nach Hause schicken?

Elly nahm aus einem Tiegelchen etwas Creme und tupfte sie sich auf das Gesicht, dann griff sie zum Lippenrot und kam sich furchtbar verrucht vor.

Gleich darauf kehrte sie ins Zimmer zurück. Auf dem Bett in der Mitte lagen jede Menge Kissen. Der Teppichboden war so dicht und flauschig, dass sie sich entschied, die Schuhe von den Füßen zu kicken. Barfuß durchquerte sie den Raum. Vor dem Fenster stand ein feiner Schreibtisch nebst Stuhl, in einer

Ecke ein Sessel. Hier war so viel Platz, man hätte tanzen können, ohne irgendwo anzustoßen.

Berlin – was für ein Leben dort unten herrschte, ein rastloses Hin und Her, ein Konglomerat von Menschen, wie sie es aus Frankfurt nicht kannte: Da war ein elegant aussehender Herr, offenbar bereit, sich ins Vergnügen zu stürzen, dort ein Bettler und an der Ecke ein verschlagen aussehender Mann, bestimmt ein Taschendieb, und weiter hinten eine verwegen gekleidete Frau mit Hut. Immer wieder fielen Elly einzelne Menschen auf, immer wieder studierte sie ihr Verhalten und ihre Bewegungen. Sie erinnerte sich daran, wie dieser große, hübsche, bohnenstangendünne Mann sie nach der Weihnachtsaufführung plötzlich angesprochen hatte. »Ich habe Sie spielen sehen. Ich möchte Sie einladen.«

»Wohin?«, war ihr herausgerutscht, bevor Sie sich recht besinnen konnte. Sie wusste natürlich genau, wer da vor ihr stand. Das war der Regisseur aus Berlin, der Theatermacher. Das war Robert Seelfeldt, von dem Herr Mühe erzählt hatte. Alle hatten über ihn gesprochen. Die Schauspielschüler hatten sich ausgemalt, wie es wohl wäre, von ihm eingeladen zu werden – alle außer ihr. Sie war doch viel zu jung, zu unerfahren. Es stand nicht zu erwarten, dass er ausgerechnet sie einlud. Ganz egal, was Samuel Mühe sagte. Vielleicht in ein paar Jahren, vielleicht, wenn er das nächste Mal nach Frankfurt kam und sie dann noch Theater spielte. Viel wahrscheinlicher aber war, dass sie dann längst verheiratet wäre, denn so sah es das Leben vor. Sie hatte immer vorgehabt zu heiraten, Kinder zu haben und einen Haushalt zu führen.

»Sie haben ein außergewöhnliches Talent«, hatte der schöne Mann gesagt. Sie hatte ihn angestarrt, spürte die Blicke der anderen in ihrem Rücken, die Luft war erfüllt von Neid. Natürlich gratulierten sie ihr später. Man wusste, wie man sich zu benehmen hatte. Wie würde der Konkurrenzkampf hier in Berlin wohl sein?

Elly entschied, doch noch ein Bad zu nehmen. Die Badewanne sah einfach zu einladend aus. Sie schaltete das Licht an, das warm hinter dem cremegoldenen Schirm hervorschimmerte. Dann ließ sie Wasser ein und gab einige Tropfen eines bunten, öligen Badevergnügens in die Wanne, beobachtete, wie sich Schlieren im Wasser verteilten. Langsam entkleidete sie sich: Kleid, Unterkleid, Strümpfe, Strumpfhalter, der Schmuck zum Schluss. Sie konnte nicht sagen, warum, aber sie folgte ihren Bewegungen in dem großen Spiegel, ohne sich wirklich anzusehen.

In der Wanne liegend schloss sie die Augen und spürte, wie das Wasser ihren Körper zu streicheln schien. Dann erst schaute sie an sich herunter, betrachtete den flachen Bauch, die langen Beine und die kleinen Brüste. Sie war nicht hässlich, vielleicht war sie etwas gewöhnlich.

Du bist ein Gefäß, das man füllen kann. Wer hatte das noch gesagt? Samuel Mühe – und Mühe hatte auch gesagt: »Du wirst alle Rollen spielen können, manche früher, manche später. Schau dir dein Gesicht an, es ist so nichtssagend.«

Er hatte es nicht als Beleidigung gemeint, aber es war schwer, es nicht so zu verstehen. Sie wusste inzwischen, dass sie sich in viele Personen verwandeln konnte. Und sie hatte diese Möglichkeit, von innen zu leuchten, genauso wie sie sich unsichtbar machen konnte.

Elly schloss die Augen wieder. Der Gedanke, dass sie Seelfeldt morgen erwartete, ließ ihr Herz schneller schlagen. Sie war neugierig und hatte zugleich schreckliche Angst. Gewiss enttarnte man sie als Mädchen aus der Provinz, gewiss würden die anderen sie auslachen.

Wie soll ich das aushalten? Und wo war Tonja?

Elly hatte sich niemals vorstellen können, dass die Freundin, mit der sie durch dick und dünn gegangen war, sie einfach sitzen lassen würde, aber genau das war geschehen. Sie hatten sich noch nicht einmal voneinander verabschiedet.

Elly versuchte, sich wieder auf das morgige Treffen zu konzentrieren, doch es wollte ihr nicht recht gelingen.

Als sie leicht zu frösteln begann, stieg sie aus der Wanne. Noch nackt kämmte sie sich vor dem Spiegel die Haare. Sie waren lang und dick, und sie war stolz auf sie. Elly nahm sie zu einem lockeren Dutt zusammen und steckte sie fest, dann schlüpfte sie in den bereitliegenden Bademantel. In der Schreibtischschublade fand sie Papier und sogar einen Füller. Sie setzte sich hin und schrieb:

Liebe Mama, ich bin gut in Berlin angekommen …

Elly erwachte viel zu früh am nächsten Morgen und fand danach nicht mehr in den Schlaf. Zu groß war die Aufregung angesichts des bevorstehenden Treffens mit dem großen Regisseur. Nachdem sie sich gut eine Stunde in den Kissen gewälzt hatte, wagte sie es, den Zimmerservice zu rufen, und bestellte ein Frühstück. Sie war hungrig. Trotz der Aufregung.

Dann breitete sie ihre Kleider auf dem Bett aus, nahm eins nach dem anderen in die Hand und hielt es sich an. Sie konnte sich nicht entscheiden. Plötzlich wirkten sie alle unpassend, so provinziell.

Aber was bleibt mir übrig. Ich kann schließlich nicht nackt gehen.

Elly entschied sich für ein Kostüm, schlüpfte in die Schuhe, die sie gestern noch vom Zimmerdienst auf Hochglanz hatte polieren lassen.

An der Rezeption fragte sie, wie man am besten den Potsdamer Platz erreichte. Man schlug ihr vor, eine Droschke zu nehmen, sie dagegen wollte sich ein wenig durch die Straßen treiben lassen. Papa hatte ihr vom Kaufhaus Wertheim erzählt und ihr einen Besuch nahegelegt.

Während Elly den Strom der Menschen draußen vor dem Hotel beobachtete, traf sie auch schon eine Entscheidung: Sie würde sich mitten hineinbegeben, auch wenn ihr das Herz bis zum Hals klopfte. Wer sich hier an die Seite drückte, der würde abgedrängt. Sie holte tief Luft, drang in die wogende, drängende Menschenmenge und lief los. Manchmal überkam sie kurz die Panik. Sie war dieses Gewühl nicht gewohnt, diesen Lärm. Ein Radfahrer drängte sie mit unflätigen Rufen aus dem Weg. Sie straffte die Schultern und zeigte sich entschlossener. Sie konnte jede Rolle spielen.

Neben dem unablässigen Strom auf den breiten Bürgersteigen drängten sich auf den Straßen Droschken, Lastwagen, Automobile, Omnibusse und Straßenbahnen. Elly schaute sich um. Dort hinten musste die Leipziger Straße sein, dort erhob sich das berühmte Warenhaus Wertheim, auf das kein Schild und keine Fahne aufmerksam machen musste. Ein mächtiger Laubengang zierte das Gebäude und erinnerte an große Marktplätze uralter Handelsstädte. Elly blickte nach oben, wo sich zwischen grauen, breiten Mauerpfeilern riesige Fenster befanden, die noch einmal durch schlankere Zwischenpfeiler gegliedert waren.

Es war beeindruckend.

Sie war in Berlin.

Robert Seelfeldt hatte an diesem Tag nicht viel Zeit für sie. Er hieß sie, sich in eine Ecke zu setzen und einfach zuzuschauen.

In einem großen Raum waren mehrere Frauen und Männer in Übungen vertieft. Keiner schien sie wahrzunehmen. Sie konnte später nicht einmal sagen, ob auch nur einer in ihre

Richtung geblickt hatte. Erst gegen Ende – vier Stunden waren vergangen – kam Robert Seelfeldt noch einmal auf sie zu.

»Ich habe lange gewartet«, sagte Elly ein wenig ungehalten, weil sie ein solches Verhalten nicht gewohnt war.

»Du wirst noch viel länger warten müssen, wenn du etwas erreichen willst«, stellte er knapp fest. Seine Strenge ließ sie erstarren. Wie viel freundlicher war er doch in Frankfurt gewesen. Hatte er sie getäuscht? Er fragte sie, ob sie die Gelegenheit genutzt habe, sich mit der Situation vertraut zu machen. Sie nickte. Er musterte sie und sagte dann: »Morgen bist du dabei.«

»Wird für ein Stück geprobt?«

»Wir proben immer für ein Stück.«

»Sind die Rollen schon vergeben?«

»Ist es nicht viel zu früh, darüber nachzudenken?«

»Ich weiß es nicht«, erwiderte sie unsicher.

Er lächelte. Ein echtes Lächeln, das ihr Mut machte.

»Es ist zu früh«, sagte er dann. »Auf Wiedersehen, Fräulein Kramer. Wir werden morgen einen interessanten Tag haben.«

Als sie jetzt auf die Tür zuging, beobachtete man sie. Eine Frau hielt beim Textlernen inne, ein Pärchen unterbrach seinen Tanz. Schweigend verfolgten sie alle, wie Elly in dem langen Gang verschwand, der nach draußen führte und der plötzlich den Eindruck machte, als könne er sie verschlucken und nie wieder entkommen lassen.

62

FRANKFURT AM MAIN, 1931

Kurz nach ihrer Rückkehr nach Deutschland Ende Januar begleitete Tonja Corbin zum Sechstagerennen in die Frankfurter Festhalle. Die zweite Sechstagenacht war vollkommen ausverkauft. Musikkapellen sorgten für Unterhaltung, in den Bars herrschte Hochbetrieb, das Bier floss in Strömen, und ein Heer von Angestellten und Hilfskräften hatte zumindest vorübergehend Arbeit. Das öffentliche Faschingstreiben wurde wegen anhaltender politischer Unruhen in diesem Jahr verboten. Im Modehaus Merx hatte man Tonja wegen der schlechten wirtschaftlichen Lage entlassen wollen. Sie hatte es einzig Corbin zu verdanken, dass sie bleiben durfte: Frau Harloff war eine der besten Kundinnen des Hauses, auf die zu verzichten man sich nicht leisten konnte.

Corbin drängte Tonja dennoch immer wieder, die Arbeit ganz aufzugeben. Er würde für sie sorgen, ihr die Welt zu Füßen legen. Tonja lehnte ab.

»Ich hoffe, ich kann dich eines Tages überzeugen«, sagte er.

»Vielleicht«, entgegnete sie.

Kurz darauf begegnete Tonja auf dem Heimweg von der Arbeit Frau Cohn, Franzens Mutter, die sie lange nicht gesehen hatte. Die einstmals rundliche Frau war schmal geworden. Tonja schenkte ihr spontan die Äpfel, die sie gekauft hatte. Frau Cohn lehnte nicht ab.

»Was macht Franz?«, fragte Tonja.

»Er ist in den Staaten, mit seinem Vater.« Frau Cohn hatte gelächelt. »Wenn sie genügend Geld verdient haben, wollen sie mich nachholen. Aber ich kann mir nicht vorstellen, von hier wegzugehen. Bestimmt geht es irgendwann wieder bergauf in Deutschland, und dann können sie zurückkommen. Meinen Franzl vermisse ich aber doch sehr.«

Frau Cohn hatte wehmütig gelächelt. Tonja dachte an den Satz, den sie vor Tagen an eine Wand geschmiert gelesen hatte. »Juden sind unser Unglück« hatte dort gestanden, und sie fragte sich, was Frau Cohn wohl empfand, wenn sie so etwas las.

Als sie zwei Tage später die Kramers besuchte, erfuhr sie zu ihrer Überraschung, dass Elly seit dem Jahreswechsel in Berlin wohnte und dort Teil einer Theatergruppe war. Elly spielte Theater in Berlin? Warum hatte sie ihr das nicht erzählt? War sie beleidigt, dass Corbin und sie nicht zu der Weihnachtsaufführung gekommen waren? Mit einem Mal war da ein Stachel, der sich schmerzhaft in Tonjas Fleisch bohrte.

Im Laufe dieses Frühlings machten Corbin und Tonja häufig Fahrradausflüge in den Taunus. Zum See fuhren sie nicht mehr. Tonja wollte es nicht. Das Schönste für sie war, sich auf einer dieser Wiesen mitten im Wald auszuruhen, über sich den Himmel in strahlendem Blau, und zu reden.

Sie redeten viel. Der Gesprächsstoff ging ihnen nie aus. Und es gab allerhand, das sie noch nicht voneinander wussten. Sie verstanden einander, obgleich sie aus so verschiedenen Welten kamen. Er war ein Mann, der immer alles gehabt hatte und niemals kämpfen musste. Sie war eine Frau, die nie etwas geschenkt bekommen hatte und sich durchzusetzen wusste. Und sie war ein Mensch, der das Abenteuer liebte.

Als sie einmal auf einer Kuppe standen, von der der Weg

steil bergab führte, kribbelte es Tonja mit einem Mal in den Fingern.

Wie das wohl wäre, sich jetzt dort hinunterzustürzen?

Sie spürte die seltsame und doch vertraute Mischung von Erwartung und Angst im Magen. Für einen Moment musste sie an die Wochen denken, die Elly und sie auf dem Dach der Kramer-Villa verbracht hatten. Sie hatte den Nervenkitzel in der schwindelnden Höhe geliebt. Einmal war sie beinahe abgerutscht, und ihr Herz hatte wild geklopft, und doch hatte sie sich zugleich so lebendig gefühlt.

Ich will mich auch jetzt wieder lebendig fühlen, genau auf diese Art.

»Tonja!«, hörte sie Corbin gerade noch rufen, dann machte der Wind sie taub, der um ihre Ohren toste, als sie den Abhang hinabraste. Das Fahrrad schlackerte wild hin und her, sie verfehlte Bäume nur knapp, und der feste Boden wollte ihr das Lenkrad aus der Hand schlagen. Sie schlitterte an Büschen vorbei, die ihr die Haut am Arm aufschrammten. Als sie die Kreuzung sah, bremste sie scharf, und das Hinterrad brach aus. Sie stürzte hart.

Corbin war gleich darauf an ihrer Seite. Er hielt sie in den Armen. Sie roch seinen Schweiß, spürte ihn sogar auf der Haut. Er drückte sie fest an sich.

»Tonja! Ist alles in Ordnung? Tonja?«

»Ja.« Sie merkte, dass sie zitterte. »Ja doch.«

»Warum hast du das gemacht?«

»Weil ich mich dann so lebendig fühle.«

»Tu das nie mehr. Versprich mir das. Ich liebe dich doch.«

Sie küssten sich lang und leidenschaftlich.

Später, als sie zwischen allerlei Ausflüglern, Paaren und schreienden Kindern vor einem kleinen Lokal saßen, fragte Corbin sie: »Hast du etwas von Elly gehört?« Er setzte sein Bierglas ab und sah sie an.

Tonja beugte sich vor und strich ihm den Schaum von der Lippe.

»Sie ist immer noch in Berlin«, sagte sie.

»Immer noch an dieser Schauspielschule?«

Tonja zuckte die Achseln. Sie wollte nicht darüber sprechen. Sie dachte daran, dass Elly jetzt vielleicht das hatte, was eigentlich ihr zustand.

Ich war die bessere Schauspielerin.

»Ihre Mutter wollte mir nicht viel sagen«, log sie. Richtig war höchstens, dass Alice Kramer sicher einen Vorteil darin sah, dass Tonja vorerst keinen Kontakt mehr mit ihrer Tochter hatte.

»Weißt du, wie gefährlich das war, einen solchen Berg herunterzufahren?«, wechselte Corbin das Thema.

»Ja.«

Sie dachte kurz nach und versuchte ihm dann zu erklären, wie es war, wenn einem die Angst den Atem nahm. Wie es sich anfühlte, überlebt zu haben. Er bemühte sich, sie zu verstehen, aber es fiel ihm sichtlich schwer.

Tonja musterte ihn verstohlen und fragte sich, ob Elly und er womöglich besser zusammenpassten. Weil ihre Familien befreundet und sie ähnlich aufgewachsen waren. Sie dachte an Amelia Harloff und die skeptischen Blicke, die sie der Verlobten ihres Sohnes zuwarf, sie dachte an die vielen Situationen, da sie ihr immer wieder unmissverständlich deutlich machte, wie ablehnend sie dieser Beziehung gegenüberstand.

Am liebsten, dachte Tonja, würde ich jetzt wieder auf mein Fahrrad steigen und einfach weit, weit wegfahren. Sie starrte ihr Fahrrad an. Corbin legte den Arm auf ihren. Er wusste nicht, was es war, aber er merkte, dass etwas nicht stimmte.

»Ich liebe dich«, sagte er.

Spürte Corbin ihre Unsicherheit? Sie wollte nicht unsicher sein, aber wo sollte die Sicherheit herkommen, die sie in der Kindheit nicht gehabt hatte? Sie dachte an die Adresse, die Ellys Vater ihr gegeben hatte, als sie im Odeon war. »Schreib ihr«, hatte Herr Kramer gesagt. »Sie wird sich freuen.«

Tonja bezweifelte das.

Nun, sie würde mit Elly reden, wenn sie aus Berlin zurück war.

63

BERLIN, 1931

Die Proben waren hart und schonten niemanden. Elly musste ihre ganze Kraft zusammennehmen. Alles, was sie sich in Frankfurt erarbeitet hatte, bedeutete hier nichts. Abends war sie tief erschöpft. Vielleicht war das der Grund, warum sie beim ersten Lob fast in Tränen ausbrach, doch sie biss die Zähne zusammen. Sie durfte keine Gefühle zeigen. Sie musste Gefühle spielen können, das unbedingt, aber sie durfte keinesfalls zeigen, wie verletzlich sie war.

Sie schrieb jetzt häufiger an ihre Mutter, erwähnte jedoch nie, wie es ihr wirklich ging. Ein erster Brief von Tonja traf ein, und Elly tat etwas, was sie selbst überraschte: Sie warf ihn in den Papierkorb.

»Du entwickelst dich gut«, sagte Seelfeldt ein paar Tage später. »Bleib dran, ruh dich nicht aus. Merkst du, wie die anderen dich beobachten? Sie erkennen die Konkurrenz. Du musst ihnen davonlaufen. Du kannst es.«

Elly fühlte sich unbehaglich. Sie wollte sich keine Feinde machen.

»Willst du es auch?«, fragte Seelfeldt jetzt.

»Ja«, hörte Elly sich sagen, obwohl sie doch am liebsten »Nein« geschrien hätte. Nein, das hier ist nichts für mich.

Ich bin keine Schauspielerin.

Sie wollte, dass es wie früher war, als Tonja und sie alles geteilt hatten – bevor Corbin zurückgekommen war und sich in

Tonja verliebt hatte. Sie wollte mit Tonja ins Kino gehen, wie so viele Male zuvor, und sich gemeinsam mit der Freundin fortträumen.

Jetzt wünschte sie sich, Corbin wäre in England geblieben und Tonja und er hätten sich niemals kennengelernt.

Inzwischen wohnte Elly in einem kleinen entzückenden möblierten Zimmer zur Untermiete, das sie mit Seelfeldts Hilfe gefunden hatte. Es lag ganz in der Nähe seines eigenen Hauses. Ihr Vater bewilligte das Geld für die Miete.

Abends, wenn die Proben vorüber waren und sie sich alleine fühlte, ging Elly manchmal ins Wertheim. Wenn man in Berlin sagte, wir gehen zu Wertheim, dann war das, als plante man einen Ausflug zu einem schönen Ziel. Manche mochten das große Kaufhaus stillos nennen, ein wildes Gemisch aus barocken und orientalischen Elementen, Elly aber gefiel es. Sie liebte den Moment, wenn man über den Platz kam und schon von Weitem die gigantischen Fensterfronten von zerstreutem und zugleich verhaltenem Licht blinken sah. Und dann, wenn sie das Gebäude betrat, fühlte sie sich wie eine Berlinerin, ganz, als gehöre sie dazu.

Nachdem Robert Seelfeldt sich in den ersten Wochen sehr streng ihr gegenüber verhalten hatte, war er jetzt entgegenkommender. Er lobte sie inzwischen öfter. Er gab ihr Tipps. Manchmal kam es ihr vor, als bemerke er es, wenn das Heimweh an ihr fraß. Er sah sie dann länger an und war beim Abschied freundlicher.

Als er sie erstmals nach Hause einlud, sagte sie nur zögernd zu, weil sie nicht wusste, was sie erwartete, aber es wurde ein anregender Abend. Sie diskutierten leidenschaftlich über Film und Theater. Elly schwärmte vom Film, während Seelfeldt hitzig die Bühne verteidigte.

»Was liegt Ihnen so am Film, Elly?«

»Mein Vater ist Kinobesitzer. Ich bin damit aufgewachsen.«

»Das erklärt natürlich einiges«, sagte er lächelnd und schenkte ihr von seinem wunderbar duftenden Tee nach. Alles wirkte fein und exklusiv an ihm und in seiner Wohnung. Sie entdeckte allerdings auch Kunstwerke darin, die sie abscheulich fand, Gemälde, die sie gruselten, wenn sie sie betrachtete.

»Diese Kunstrichtung heißt Expressionismus«, erklärte er ihr. »Degenerierte, verachtenswerte Pazifisten. Zersetzer.«

Sie schaute ihn verwirrt an.

»Sagen andere«, erklärte er lächelnd.

Als ihre Schauspielkollegen mitbekamen, dass Seelfeldt sie nach Hause eingeladen hatte, änderte sich etwas. Man schien sie jetzt ernster zu nehmen, aber in der Gruppe blieb sie trotzdem eher am Rand. Dafür machte sie weiter Fortschritte und lernte zu kämpfen.

Hin und wieder dachte sie darüber nach, wieder nach Frankfurt zurückzukehren. Ist das hier wirklich das, was ich will?, fragte sie sich. Will ich mit der Schauspielerei mein Leben bestreiten?

Sie suchte Seelfeldt in seinem Büro auf, um ihm mitzuteilen, dass sie überlege nach Hause zurückzukehren. Er hörte ihr lange schweigend zu, ohne einen wütenden Kommentar. Da war nur etwas Wehmut in seinem Blick.

»Ich kann das nicht«, wiederholte sie. »Ich bin dafür nicht gemacht.«

Er schwieg. Elly wartete noch einen Augenblick, dann stand sie auf. Noch bevor sie die Tür erreichte, hielt sie seine Stimme zurück.

»Du musst wissen, was du willst, aber du solltest auch wissen, dass es einem das Leben krummnimmt, wenn man sein Talent vergeudet. Ich werde jetzt mit den anderen proben.«

Seelfeldt verstand sich blendend darauf, Zweifel in ihr zu säen. Nachdem er gegangen war, hatte sie eine Weile ganz ruhig dagesessen und blicklos vor sich hingestarrt, während sich ihre Gedanken unablässig bewegten, aber keine Richtung fanden.

Dann war sie aufgestanden. Sie war einige Schritte auf und abgelaufen. Seelfeldts Büro war großzügig und ebenso geschmackvoll eingerichtet wie seine Wohnung. In einem offenen Garderobenschrank hingen mehrere dunkle und einige helle Anzüge, dazwischen ein wunderschönes, modisches Kleid … Wem gehörte es? Sie hatte ihn noch nie mit einer Frau gesehen. Zur Arbeit kam er stets alleine. Er war offenbar nicht liiert.

Elly stand noch eine Weile da und starrte das Kleid an. Dann schloss sie die Tür und ging zu seinem Schreibtisch, der so ordentlich aussah, mit einem Federhalter und einem Tintenfässchen. Vor einem der großzügigen Fenster stand ein Fotoapparat. Sie hatte von den anderen gehört, dass er gerne fotografierte und fragte sich, ob er ihr wohl seine Bilder zeigen würde.

Am nächsten Tag ging sie wieder zu den Proben.

64

FRANKFURT AM MAIN, 1931

Alice stand an einem der Fenster im Büro ihres Mannes im Odeon, während über Frankfurt und Umgebung ein fürchterliches Unwetter tobte. Seit dem Morgen zuckten Blitze über den Himmel, und der Regen war so heftig, dass sich die Menschen auf der Straße in Geschäfte und Eingänge flüchteten, während die Autos riesige Wasserfontänen aufspritzen ließen. Am nächsten Tag würde sie in der Zeitung lesen, dass zahlreiche Keller überflutet wurden, als das Wasser vom Taunus in Sturzbächen ins Tal brauste und dabei Mauern und Dämme mit sich riss.

Eigentlich war Alice mit einigen Damen im Café Hauptwache verabredet, wo man sich über dringend notwendige Maßnahmen der wohltätigen Arbeit austauschen wollte. Thema des Treffens sollte heute Frankfurts heruntergekommene Altstadt sein. Die Ärmsten der Armen vegetierten dort in finsteren, feuchten Löchern, teilweise unter Lebensgefahr, und weigerten sich doch die miserablen, aber eben auch billigen Unterkünfte zu verlassen. In den Stadtrandgebieten stagnierte der Siedlungsbau aus Kostengründen. Menschen aus allen Schichten kamen dieser Tage unter die Räder. Die Arbeitslosigkeit griff erbarmungslos um sich. Manche gaben sich rascher auf, andere versuchten, den Schein zu wahren: Der gut erhaltene Mantel verbarg den zerschlissenen Rock, das peinlich saubere Hemd bedeckte einen abgemagerten Körper. Im Kohlengebiet des Osthafens wimmelte es von Kohlendieben jeden Geschlechts und jeden Alters. Im Bahnhofsviertel boten immer mehr Prostituierte ihre Dienste an. Mit Wehmut erinnerte sich Alice an das prachtvolle Viertel ihrer Kindheit, in dem heute üble Zustände herrschten.

Ein neuer Regenwirbel platschte an die Scheibe. Vorerst würde es Alice kaum möglich sein, das Büro zu verlassen.

»Bitte«, sagte Toni, der eben mit der Tasse Tee hinter ihr auftauchte, um die sie ihn gebeten hatte. Alice lächelte.

»Vielen Dank.«

Nachdenklich nippte sie an dem warmen Getränk. Sie machte sich Sorgen. Nicht nur das Wetter spielte verrückt. Die ganze Welt stand kopf. Die Menschen waren außer Rand und Band. In letzter Zeit kam es zu zahlreichen Einbrüchen in Lebensmittelläden und Bäckereien. Kein Wunder, denn vielen Menschen fehlte es am Notwendigsten. Dazu rotteten sich neuerdings in den Nachtstunden junge Burschen zusammen, versperrten Fußgängern den Weg und pöbelten sie an. An den Wochenenden wurden die Zustände bereits als unerträglich geschildert.

Alice erkannte Tonja sofort an ihrer Haltung, und doch hatte sich auch etwas verändert. Ihre Kleidung war unauffällig, aber hochwertig, und da war mehr Stolz und mehr Sicherheit in der Art, wie sie mit dem Rücken zu ihr dastand. Nur einige Monate waren nach dem letzten Treffen vergangen, und doch wirkte sie nicht mehr wie eine Wildkatze, die um ihr Überleben kämpfen musste.

Alice sprach sie von hinten an, und Tonja fuhr erschrocken herum. Dann lächelte sie.

»Was machst du denn hier?«, fragte Alice barsch und schämte sich im selben Moment. Aber wie sollte sie das Gefühl der

Ablehnung unterdrücken? Wegen dieses Mädchens hatte ihre Elly leiden müssen. Das würde sie ihr nie verzeihen. Tonja blickte sie immer noch freundlich an.

So hat sie immer gelächelt, dachte Alice. Als könnte sie kein Wässerchen trüben. Gut dass Elly jetzt so weit weg war. Und dennoch vermisste sie ihre Tochter. Ellys Briefe aus Berlin klangen immer recht heiter, aber sie spürte Ellys Einsamkeit in jedem Satz, auch wenn die kein Wort darüber verlauten ließ. Es zerriss ihr das Herz.

»Frau Kramer! Wie schön, Sie hier zu treffen. Ich wusste ja nicht, dass Sie sich auch in der Kinderpflege engagieren, aber es überrascht mich eigentlich nicht. Ich bewundere Ihr wohltätiges Engagement schon lange.«

»Vielen Dank, Tonja! Und was bringt Sie hierher?«

»Mein Verlobter – Corbin Harloff, Sie kennen ihn ja – hat mir von der ›Gemeinnützigen Luftbad- und Spielplatzpflege‹ erzählt. Man kann hier wohl jede Hilfe und jeden Pfennig gebrauchen.«

»Das stimmt.«

Alice musste sofort daran denken, wie unglücklich Amelia über die Liaison ihres Sohnes war. Es verging kein Treffen, in dem sie nicht ihr Leid klagte und Pläne schmiedete, wie sie die beiden auseinanderbringen könnte.

»Aber sie lieben sich«, hatte Alice einmal einzuwenden gewagt.

Amelia hatte den Kopf geschüttelt.

»Du weißt, dass das ganz unmöglich ist.«

Alice sah sich um. In diesem Jahr hatte man im Sommerhoffpark, neben dem alten Patrizierhaus am Main, Terrassen, ein Planschbecken und Baderäume eingerichtet. Hier verbrachten vom Schularzt eigens ausgesuchte Schul- und Kleinkinder vierwöchige Kuren. Es verwunderte kaum, dass die

Kleinen ausschließlich aus dem Altenhainer Block oder der Altstadt kamen. Die furchtbar verwahrlosten Kinder kamen aus dem tiefsten Elend.

»Ich habe Sie letzte Woche aber noch nicht hier gesehen, oder?«, wandte sich Alice jetzt wieder an Tonja, während sie einem kleinen Mädchen den gewünschten Becher Wasser reichte. Die Kleine bedankte sich artig und sprang dann fröhlich davon.

»Nein, ich war in der letzten Woche noch in der Jugendbleibe in der Gutleutstraße eingesetzt. Auch das Odeon hat dort schon einige Unternehmungen finanziell unterstützt, nicht wahr? Gemeinsame Wanderungen, Schwimmstunden, Kinobesuche, warme Mittagessen.«

»Oh ja, natürlich. Leider steht zu befürchten, dass sich dort, die Mittel in diesem Jahr rasch erschöpfen.«

Die beiden Frauen musterten sich schweigend. Dann sah sich Alice um. Es hat etwas so Wunderbares, Kindern beim Spielen zuzusehen, dachte sie.

»Sie lernen so schnell«, sagte sie unvermittelt und schaute dem kleinen Mädchen hinterher. »Das ist das Erstaunliche.«

»Natürlich lernen sie schnell«, sagte Tonja leise. »Sie müssen es ja.«

»Wenn sie hierherkommen«, fuhr Alice fort, »sind sie wie kleine Wilde. Hier können sie jeden Tag baden. Sie treiben Gymnastik. Sie essen gut und reichlich, vielleicht zum ersten Mal in ihrem Leben. Und nach wenigen Wochen sind sie nicht wiederzuerkennen.« Alice holte tief Luft. »Es ist wirklich eine solche Freude zu sehen, wie schnell sie sich erholen, nicht wahr?«

»Oh ja, es ist eine Freude«, sagte Tonja. Alice schaute zu, wie sie sich neben einem kleinen Mädchen niederkniete und ihm nach einem Toilettengang die Kleidung richtete. Hier sein zu können und so viel Gutes zu erreichen erfüllte Alice mit tiefer Dankbarkeit.

An diesem Abend holte Corbin Tonja ab, wechselte einige kurze Worte mit Alice Kramer und versprach, Grüße an seine Eltern auszurichten. Danach gingen sie ins Café Roma am Schauspiel, aßen die beste Cassata Frankfurts und tanzten anschließend im Hambitzer.

Als Corbin sie nach Hause brachte, war Tonja schweigsam. Sie musste an die Briefe denken, die sie Elly geschrieben hatte und auf die sie keine Antwort erhielt.

Ich habe sie verletzt, gestand sie sich ein.

Sie fühlte sich mit einem Mal schuldig, und das machte sie wütend. Sie hasste es, denn sie hatte die Einladung ja nicht mit Absicht vergessen. Es war nur so viel geschehen in dieser Zeit. Sie hatte ihre Mutter verloren, Corbin und sie hatten sich verlobt. Sie war zum ersten Mal ins Ausland gefahren, nach Paris. Alles war so aufregend gewesen.

Tonja runzelte die Stirn.

»Du denkst an sie«, sagte Corbin jetzt.

Tonja zuckte die Achseln. Sie ärgerte sich, weil sie sich von ihren Gedanken den schönen Abend verderben ließ.

»Ach, was.« Sie winkte ab.

Er wechselte das Thema. »Zieh zu mir, zieh in meine Wohnung.« Schon seit Wochen redete er von nichts anderem und tat alles, um sie zu überzeugen.

Tonja schüttelte den Kopf. Sie arbeitete immer noch bei Fräulein Merx, und sie wohnte immer noch in der kleinen Wohnung, in der sie mit ihrer Mutter gelebt hatte. Corbin verwöhnte sie mit Extras, teurem Champagner, süßem Obst und Pralinen, aber sie sorgte für sich.

»Bitte, überleg es dir«, bettelte er hartnäckig.

»Niemals, wir werden niemals zusammen in eine Wohnung ziehen.« Tonja wusste selbst nicht, warum sie plötzlich so gemein zu ihm war.

»Warum nicht?«

»Deine Eltern … Deine Mutter hasst mich. Sie wird es nie zulassen.«

Corbins Ausdruck verdunkelte sich.

»Nun, das wird sie wohl müssen.«

Tonja schauderte, aber sie sagte nichts.

Niemand kann wissen, was die Zukunft bringt, dachte sie.

65

BERLIN, 1931

Wieder einmal hatte Robert Seelfeldt Elly zu sich nach Hause eingeladen. Sie wusste, dass die anderen redeten, dass sie dachten, da liefe etwas zwischen ihr und dem erfolgreichen Regisseur, aber so war das nicht.

Trotzdem verstand sie, warum geredet wurde. Frau Thiele, Seelfeldts Haushälterin, blieb nie über Nacht, sondern kam stets erst früh am Morgen, um Seelfeldts Frühstück zu bereiten, Wasser für die Morgentoilette warm zu machen und danach etwas aufzuräumen. Seelfeldt und sie waren tatsächlich viel alleine, und wahrscheinlich machte sich auch Frau Thiele ihre Gedanken.

Stets begrüßte sie Elly streng, aber nicht unfreundlich, wenn diese abends eintraf.

Elly solle den Herrn respektvoll behandeln, hatte sie einmal ganz am Anfang gesagt, er sei ein guter Mann.

Heute war Seelfeldt noch wegen einer Besprechung im Theater zurückgeblieben und hatte ihr gesagt, dass Frau Thiele sie einlassen würde. Auf dem Tisch lagen die Blätter des Stücks, das sie mit verteilten Rollen lesen wollten.

Elly hörte, wie die Tür hinter Frau Thiele zufiel.

Eine Weile blieb sie sitzen und schaute sich einfach um, zog endlich die Beine an und legte eine Decke darüber. Seit sie in Berlin war, war sie schmaler geworden, und sie fror schneller.

Es wurde jetzt rasch dunkler, aber Elly entschied sich dagegen, das Licht anzuschalten. Sie saß im Dämmerlicht und verlor sich in Gedanken.

Sie dachte darüber nach, dass Seelfeldt auf ihrer Seite war, und wie sehr ihr Leben dadurch vereinfacht wurde. Aber vielleicht erwartete er auch etwas dafür? Vielleicht kam er ja bewusst später, weil er ihr Zeit lassen wollte, endlich das Richtige zu tun? Erwartete er, dass sie ihm endlich entgegenkam?

Elly hatte erfahrene Schauspielerinnen über so etwas reden hören: Regisseure und erfolgreiche Schauspieler, die ein Entgegenkommen erwarteten.

Hatte Seelfeldt sie deshalb vorausgeschickt?

Sie waren sich in ihren Gesprächen schon so nahegekommen. Noch niemals zuvor war ein Mann so interessiert an ihr gewesen. Sie wussten schon so viel voneinander. War es jetzt an ihr, den nächsten Schritt zu tun?

Elly sprang auf und schlüpfte kurz entschlossen aus ihrem Kleid, bevor sie es sich noch anders überlegen konnte. Als sie in sein Schlafzimmer ging, fand sie sein Bett frisch bezogen und duftend vor. Plötzlich war sie überzeugt davon, dass er das Bett für sie vorbereitet hatte.

Das war einer der Düfte, die er besonders mochte. Überhaupt mochte er alles Gepflegte und Kultivierte. Er war immer perfekt gekleidet, roch nie nach Alkohol, benutzte niemals Schimpfwörter. Er hatte viele Bücher gelesen und kannte sich in allem aus. Er hatte ein Grammofon, und manchmal saß er über einen langen Zeitraum da und lauschte mit geschlossenen Augen der Musik. Sie bewunderte ihn. Er bedeutete ihr etwas, nicht so, wie er vielleicht dachte, aber doch …

Elly gab sich einen Ruck und kletterte in das Bett. Zuerst fühlte es sich kühl an, dann nahm es ihre Körperwärme an.

Sie wartete. Sie horchte. Fern hörte man eine Kirchturmuhr schlagen. Elly vergaß mitzuzählen. Irgendwann nickte sie tatsächlich ein und schreckte erst hoch, als sich die Wohnungstür mit einem Quietschen öffnete.

»Elly«, rief Seelfeldt. »Elly, es tut mir so leid. Die Besprechung hat länger gedauert. Es ist viel zu spät geworden für unser Vorhaben. Am besten bringe ich dich nach Hause.« Sie hörte, wie er seinen Mantel aufhängte und setzte sich auf. Im nächsten Moment klang seine Stimme irritiert: »Aber warum hast du denn kein Licht gemacht? Es ist ja ganz dunkel hier.«

Sie hörte, wie der Lichtschalter betätigt wurde. Licht flammte auf. Er durchquerte das Wohnzimmer.

»Wo bist du denn?«

Eine Tür knarrte, die Tür zur Küche. Dann stand er endlich im Eingang des Schlafzimmers. Er erfasste die Situation in einem Wimpernschlag.

»Was tust du da?«, fragte er konsterniert. Er starrte sie an, machte aber keine Anstalten näher zu kommen.

»Ich …«, stotterte sie. »Ich weiß nicht.«

Sie konnte seinen Gesichtsausdruck nicht deuten, aber glücklich wirkte er nicht.

»Um Himmels willen, Elly, steh auf und zieh dir etwas an.« Seine Stimme klang schroff, so hatte sie ihn noch nie erlebt. Als sie aus dem Bett rutschte, schaute er weg.

Sie schämte sich mit einem Mal unendlich. Und sie war verwirrt. Bin ich es nicht wert, angesehen zu werden? Bin ich so hässlich?

Bevor sie etwas sagen konnte, ging er in die Küche. Wenig später hörte sie den Teekessel. Er brühte Tee auf. Sie schlüpfte in ihr Kleid und ging zurück ins Wohnzimmer. Robert Seelfeldt sah sie geradezu verstört an.

»Warum hast du das gemacht? Das wolltest du doch nicht

etwa wirklich? Also, warum? Hast du gedacht, ich erwarte so etwas von dir? Hat dir das jemand eingeredet?«

Er vermied es, sie anzusehen. Elly hörte sich atmen. Ihr Herz klopfte wild. Auf ihren Beinen spürte sie eine Gänsehaut. Sie hatte versäumt, die Strümpfe wieder anzuziehen, und kam sich plötzlich schrecklich nackt vor.

»*Das* wollte ich nicht von dir«, sagte er leise. »Das nicht.«

Wahrscheinlich bemühte er sich, sanft zu klingen, aber sie fühlte sich einmal mehr zurückgestoßen. Sie hatte das Bedürfnis, aus der Tür zu rennen. Aber sie tat es nicht. Sie schluckte.

»Gefalle ich dir nicht?«

»Darum geht es nicht.«

Worum denn sonst?, dachte sie. Und was würde Tonja jetzt tun? Sie wusste es nicht. Sie wusste nichts mehr. Sie wusste nur, dass sie die Menschen einfach nicht verstand.

»Ich möchte jetzt gehen«, sagte sie mit kleiner Stimme.

»Ich bringe dich nach Hause.«

»Nein, ich gehe alleine …« Sie schaute sich hektisch um, fand ihre Strümpfe und bückte sich nach ihnen, dann nahm sie ihre Schuhe in die Hand, um sie auf der Treppe anzuziehen.

»Elly, bitte bleib … Ich … Ich wollte dich nicht verletzen.«

»Es ist schon gut. »Sie hörte ihre brüchige Stimme, lief auf die Tür zu, stolperte und fing sich gerade noch.

»Elly!«

»Lass mich in Frieden.«

66

FRANKFURT AM MAIN, 2013

Toms Einladung zum Abendessen kam überraschend, war Carina aber sehr willkommen. Sie beide hatten in letzter Zeit oft mit Elly zusammengesessen und den Geschichten der alten Dame fasziniert gelauscht, wenngleich Carina zunehmend den Eindruck hatte, dass sie weiterhin etwas verschwieg. Auch Tom und sie redeten täglich miteinander, und nicht immer ging es in ihren Gesprächen um die Arbeit. Zuletzt hatten sie festgestellt, dass sie beide leidenschaftliche Schwimmer waren und früher regelmäßig das Rebstockbad besucht hatten. Begegnet waren sie sich offenbar nie.

Heute hatte Tom sie höchstpersönlich an der Haustür begrüßt, und Carina war ihm in die Küche gefolgt, wo es bereits fein duftete. Zu Lachs in Zitronensoße und Tagliatelle würde es einen leichten Weißwein geben, zur Vorspeise einen Rucolasalat mit Pinienkernen und einer Vinaigrette aus edlem Himbeeressig.

Eine Weile stand Carina neben Tom am Herd und sah zu, wie er mit sicheren Handgriffen arbeitete.

»Wo ist Alea?«, fragte sie, nachdem sie ein paar Kleinigkeiten über den Tag ausgetauscht hatten.

»Im alten Esszimmer.«

»Ich schau mal nach ihr.«

»Klar.«

Als Carina an der Tür war, drehte sie sich noch einmal um.

Tom hantierte gerade mit zwei Pfannen, in denen er den Lachs in Butter schwenkte. Er trug ein T-Shirt, knielange Jeans und Sneaker. Carinas Blick wanderte von der Linie seines Nackens, über den Rücken bis … Sie wurde rot und trat eilig hinaus in den Flur. Im alten Esszimmer hatte Alea den großen Tisch bereits fertig gedeckt.

»Hey«, rief sie Carina fröhlich entgegen.

»Hey«, entgegnete die und schaute sich um.

Wirklich, das reinste Museum hier, dachte Carina. Es gab ein dunkles, schweres Kabinett, in dem Kristallgläser standen. Der Esstisch war ebenso groß und schwer und wies Schnitzereien an den vier mächtigen Beinen auf. Auf dem Boden lag ein Perserteppich, vor den Fenstern waren schwere Vorhänge. Auch das Geschirr, das auf dem Tisch stand, war alt und erlesen.

»Wenn ich das hier so sehe …«, sagte Carina und sah an sich herunter. »Also, ich glaube, ich hätte mich ordentlicher anziehen sollen.«

Alea lachte auf. »Quatsch, wir ziehen uns ja auch nicht um.«

Carina empfand sich dennoch als unpassend gekleidet. Wie kam es, dass kein Zweifel bestand, dass die beiden hierhergehörten, selbst wenn sie in Lumpen hier säßen? Da war etwas in ihrer Haltung, irgendetwas in ihrem Ausdruck …

Sie lächelte schief.

Irgendwo gurgelte eine Wasserleitung, die Dielen knarrten. Sie gingen zurück in die Küche, wo die Vorbereitungen in den letzten Zügen lagen. Alea holte Schüsseln und Platten aus den Schränken, und gemeinsam richteten sie das Essen darauf an.

Wenig später hatten sie alle im Esszimmer Platz genommen. Carina bedauerte es kurz, dass Elly nicht an dem Essen teilnahm, vielleicht hätte die Situation sie ja dazu verführt, noch etwas mehr zu erzählen. Dann verwarf sie den Gedanken wieder.

Es machte Spaß, mit Tom und Alea zu essen.

Alea führte das Tischgespräch, Tom warf ab und zu etwas ein, wirkte dabei aber nicht genervt oder abwesend, sondern recht charmant. Man bemerkte, dass er und seine Schwester ein gut eingespieltes Team waren. Da war eine freundschaftliche Verbindung zwischen ihnen, auch wenn sie sich ab und zu geschwisterlich anzickten. Es machte Spaß, den beiden zuzusehen.

»Du kochst gut«, sagte Carina nach den ersten paar Bissen. »Eigentlich könntest du öfter jemanden einladen.«

»Nein, das tut er nicht mehr, seit er einmal schlechte Erfahrungen gemacht hat«, mischte sich Alea ein. »Er denkt, wenn etwas einmal nicht geklappt hat, dann sollte man es auf immer und ewig vermeiden. Ich finde ja, dass man sich von solchen Ereignissen das Leben nicht verderben lassen darf. Man muss immer wieder suchen, probieren … Zu leben erfordert eben Mut.«

Carina schaute rasch zu Tom hin, um zu sehen, ob Alea zu weit gegangen war. Der zuckte lediglich die Achseln.

»Ich denke, ich bin hier heute nicht das Thema. Aber wenn es euch schmeckt, koche ich gerne öfter für euch.«

»Halleluja!« Alea grinste ihn an.

Carina trank etwas Wein. Wahrscheinlich hatte Alea auf die zerbrochene Beziehung angespielt, von der er ihr nach dem verpatzten Grillfest recht knapp erzählt hatte. Der Gedanke, dass sich Tom ähnlich schwer von der Vergangenheit löste wie sie selbst, amüsierte sie. Oh ja, Jan war immer noch nicht ganz aus ihren Gedanken verschwunden, allerdings hatte sie in den letzten Tagen weniger an ihn gedacht. Das war jedenfalls eine gute Sache.

»Ist was? Du wirkst mit einem Mal so heiter?«, fragte Tom und sah sie an.

»Ach, nichts.«

»Noch ein bisschen Fisch?«

»Gern«, sagte sie, ohne die Augen von ihm zu nehmen, und wusste einen Moment später, dass sie sich schon ein paar Sekunden zu lange anstarrten.

»Äh«, räusperte sich Tom und machte sich daran, Carina etwas Fisch von der Platte zu geben. Carina sah zu Alea hin, die das Ganze sicher mitbekommen hatte, jetzt aber nicht schmunzelte, sondern ein Pokerface aufsetzte.

Zum Nachtisch gab es Crème brûlée und danach Espresso, bevor sie ins ehemalige Raucherzimmer wechselten.

Ein Raucherzimmer … Carina schaute sich um. Das Zimmer war dunkler gestaltet als die anderen, und wahrscheinlich riss Alea deshalb gerade die Vorhänge so weit wie möglich auf. Draußen tauchte die Abenddämmerung die Umgebung in ein warmes Rot. Carina wählte einen Platz am Fenster.

Alea bot einen Digestif an.

Einen Moment später standen die beiden Frauen mit ihren Drinks vor den bodentiefen Fenstern, und Tom fläzte auf einer Chaiselongue und hielt ein Whiskyglas in der Hand.

»Wie schmeckt der Weinbrand?«, fragte er Carina.

»Wie bitte?«

Carina war mit den Gedanken woanders gewesen und spürte, dass ihr die Röte in die Wangen stieg. Woran hatte sie eben überhaupt gedacht?

»Der Weinbrand«, sagte Alea grinsend. Sie hatte alles mitbekommen. »Wir wollen wissen, ob er dir schmeckt?«

Carina nippte noch einmal.

»Hm, ja, wirklich gut.«

»Wir haben ihn von einem kleinen Hof, den wir einmal auf

einem Ausflug entdeckt haben. Kartoffeln, Obst und Brände gibt es da. Sehr empfehlenswert.«

»Er schmeckt wirklich hervorragend.«

Alea wechselte einen Blick mit ihrem Bruder.

»Glaubst du ihr?«

Der grinste. »Glauben wir ihr mal«, sagte er lächelnd und sah sie an. Carina bemerkte plötzlich, wie sie ihn ebenfalls anlächelte, auf eine Art, die ihr und offenbar auch ihm neu war. Dann stand er abrupt auf und ging zu dem Wagen mit den Flaschen hinüber.

»Außer mir noch jemand Nachschub?«

Es war nach Mitternacht, als sie sich trennten. Tom ging aus dem Zimmer, um Carina ein Taxi zu rufen. Die beiden Frauen blieben zurück.

»Ihr passt gut zusammen«, sagte Alea, kaum hatte ihr Bruder den Raum verlassen.

»Was?«

Carina hatte durchaus verstanden, aber sie wusste einfach nicht, was sie sagen sollte.

»Mein Bruder und du, ihr wärt ein hübsches Paar.«

»Ich arbeite für euch.«

»Na und?«

Das Licht flackerte, wie es das manchmal tat, denn es gab alte Leitungen in diesem Haus, die noch nicht erneuert worden waren.

»Du kannst Menschen nicht einfach verkuppeln.«

»Mach ich doch gar nicht. Ich spreche nur das Offensichtliche aus.«

Carina stand auf.

»Ich bin müde. Ob das Taxi schon da ist?« Sie schaute in ihre Tasche, als müsse sie deren Inhalt überprüfen.

»Ja, ja, das kommt gleich«, sagte Alea beschwingt. »Du kannst die Augen aber auf Dauer nicht vor der Wahrheit verschließen. Sehen wir uns morgen?«

»Ich denke schon.«

Tom wartete in der Halle.

»Ich begleite dich noch zum Tor«, sagte er.

Schweigend gingen sie nebeneinanderher. Einen Pfennig für seine Gedanken, dachte Carina und dann, dass es sich gut anfühlte, neben ihm zu gehen. Zu ihrem Bedauern konnte man das Taxi schon sehen. Sie drehte sich zu ihm hin und fragte sich, ob es angemessen wäre, sich zum Abschied zu küssen? Sie sah ihn an und nahm im hellen Licht des Scheinwerfers plötzlich Kleinigkeiten wahr, die ihr vorher nicht aufgefallen waren: eine kleine Narbe unter seinem rechten Auge, ein paar weiße Haare in seinem dunklen Schopf, eine frische Schramme an seinem linken Arm.

»Ein schöner Abend«, sagte er. »Vielleicht kann man das wiederholen?«

»Gerne.«

Sie hatten das Taxi erreicht. Carina öffnete eine der hinteren Türen des Autos und stieg ein.

»Bis morgen«, rief er.

»Bis morgen.«

»Ich hätte ihn küssen sollen«, platzte es am nächsten Abend aus Carina heraus.

»Findest du?«

Ihre Eltern wechselten einen vielsagenden Blick miteinander. Carina hatte sie zu ihrer Überraschung zusammen in der Wohnung der Mutter angetroffen.

»Wir wollten uns aussprechen«, hatte Mama erklärt, und Carina war drauf und dran, sich sofort wieder zurückzuziehen, doch ihre Eltern hatten das abgelehnt.

»Bleib hier. Wir sind immer noch eine Familie. Und wir werden immer da sein für dich.«

Daraufhin hatte sie erzählt: von ihrer Arbeit. Und von Tom. Hauptsächlich von Tom.

»Ich muss erst einmal wissen, was ich selbst will.« Sie seufzte.

»Wenn du ihn liebst«, sagte Papa schließlich, »dann solltest du ehrlich sein. Die Liebe verträgt keine Geheimnisse.«

»Hm.« Carinas Blick verlor sich zwischen Mamas Blumen. Da war etwas in ihr, was auf diese Worte ansprang, etwas, was sich irgendwie nicht richtig greifen ließ.

67

BERLIN, 1931

Nachdem Robert Seelfeldt Elly in seinem Bett entdeckt hatte, gingen sie sich für zwei Tage bei den Proben so gut es ging aus dem Weg. Seelfeldt studierte eine neue Szene mit den Männern ein, ein Assistent übernahm die Damen. In den Pausen wurde wie immer getratscht, und Elly war mehr als erleichtert, dass offenbar niemand von ihrem peinlichen Besuch bei Seelfeldt wusste.

Am dritten Tag machte Elly sich abends wie immer auf den Heimweg. Seelfeldt war heute schon früher gegangen, also hatte sie ihn nicht ansprechen können, wie sie es eigentlich vorgehabt hatte.

Aber sie musste endlich mit ihm reden … Vielleicht würde sie ihm auch erklären können, was sie da getan hatte.

Frau Thiele arbeitete noch im Garten, als sie das Haus erreichte. Elly wartete eine ganze Weile, bis Seelfeldts Haushälterin um die Ecke verschwand. Die Eingangstür hatte sie offen gelassen, und das war die Gelegenheit.

Elly dachte keine Minute länger nach, schlüpfte durch den Eingang und eilte die Treppe nach oben. Vorsichtig drückte sie die Klinke herunter. Auch die Tür zu Seelfeldts Wohnung war unverschlossen, also war er zu Hause. Mit angehaltenem Atem trat sie ein. Im nächsten Moment vernahm sie zwei Männerstimmen. Seelfeldt hatte also Besuch, wahrscheinlich war er deshalb früher gegangen. Eigentlich machte es nie den Eindruck, als habe er noch ein Leben neben dem Theater, aber wer wusste das schon.

»Ich habe dich wirklich vermisst«, hörte sie eine fremde Stimme sagen.

»Wie ist es denn drüben?« Jetzt sprach Seelfeldt. »New York muss einfach wunderbar sein.«

»Das ist es.« Die fremde Stimme klang begeistert. »Diese Menschen und diese Lichter überall. Der Broadway, die Bars …«

Elly entschied sich, noch näher zu kommen. Sie spähte durch die Tür, hielt den Atem an. Am Tisch saß ein fremder Mann, ihm gegenüber stand eine sehr elegante, große Frau, die sie noch nicht hatte sprechen hören.

Wo war Seelfeldt?

Bei ihrem Versuch, etwas mehr zu sehen, stieß Elly versehentlich gegen die Tür, wurde aber zu ihrer Erleichterung nicht bemerkt. Sie beobachtete weiter, kniff dann nachdenklich die Augen zusammen. Dieses Kleid hatte sie doch schon einmal gesehen. Wo nur?

Sie überlegte.

Ja, sie war sich sicher, sie kannte dieses Kleid.

War es von einer der anderen Schauspielerinnen getragen worden? Aber eigentlich war keine groß genug dafür. Diese Frau war wirklich außergewöhnlich groß und sehr schmal.

Und dann hob die Frau den Kopf und schaute zur Tür, und im selben Augenblick stieß Elly einen Schrei aus: Das war Robert Seelfeldt, der sie da ansah, mit rot geschminkten Lippen, Rouge auf den Wangen und Kajal um die Augen; Seelfeldt in dem Kleid – jetzt erinnerte sie sich –, das sie in dem Garderobenschrank gesehen hatte. Elly konnte sich für einen Augenblick nicht rühren, dann drehte sie sich auf dem Fuß um und stürmte Richtung Ausgang und die Treppe hinunter.

»Elly«, hörte sie ihn rufen. »Elly, warte! Elly, bitte!«

Seelfeldt war dicht hinter ihr, aber natürlich hatte sie etwas Vorsprung, und sie war schneller als er. Außerdem würde er ihr in seinen Frauenkleidern niemals bis auf die Straße folgen.

Elly hörte trotzdem erst auf zu rennen, als sie ihr Zimmer erreicht hatte und die Tür hinter sich zuwerfen konnte.

Tatsächlich dauerte es kaum eine halbe Stunde, bevor es klopfte.

»Elly?«

Sie erstarrte. Seelfeldts Stimme klang bitter und irgendwie quälend. Sie war sich jetzt noch weniger im Klaren darüber, wie sie zueinander standen. Sie schämte sich dafür, dass sie sich in sein Bett gelegt hatte, aber sie war überzeugt gewesen, dass sie etwas Besonderes für ihn war. Die Tränen schossen ihr in die Augen, und sie wischte sie wütend weg. Konnte sie nicht für wenigstens einen außer ihren Eltern etwas Besonderes sein? Verdammt, sie verstand die Menschen einfach nicht. War es möglich, dass sie niemals für irgendjemanden etwas Besonderes sein würde? Niemals die Einzige oder die Beste?

»Verschwinde.« Ihre Stimme krächzte unschön, dabei hatte Elly sich gewünscht, ruhig und souverän zu klingen.

»Lass uns reden, Elly.«

»Verschwinde, sage ich!« Ihre Augen brannten, dabei hatte sie doch schon genug geweint darüber, dass sie immer den Falschen vertraute. Dass sie immer alleine sein würde.

Seelfeldt klopfte noch einmal ganz sanft. Was sollte ihre Vermieterin denken. Vielleicht dachte sie, Seelfeldt sei ihr Liebhaber und sie habe ihn abserviert?

»Bitte, lass mich rein, Elly.«

»Nein, es ist abscheulich. Sie sind abscheulich. Ich will nichts mit Ihnen zu tun haben.«

Ihre Stimme kiekste. Die Tränen liefen ihr unaufhaltsam über die Wangen und verschleierten ihren Blick.

»Bitte, Elly, lass es mich erklären.«

»Ich brauche keine Erklärung. Was Sie tun, ist einfach widerlich. Es ist widernatürlich.«

Es fiel ihr schwer, das letzte Wort auszusprechen, als sei es zu sperrig für ihren Mund. Das brachte ihn zum Verstummen. Für eine Weile blieb es still. Elly horchte. Dann fiel ihr wieder ihre Vermieterin ein, die womöglich die falschen Schlüsse zog.

»Ist es das denn wirklich?«, fragte Seelfeldt jetzt. »Bin ich wirklich abscheulich? Du kennst mich, Elly. Was hat sich denn geändert zwischen uns?«

»Alles.«

»Alles?«

Sie wusste nicht, was sie antworten sollte. Warum war er ihr gefolgt? Warum ließ er sie nicht einfach in Ruhe? Sie wischte sich erneut mit dem Handrücken über das Gesicht. Aber er würde nicht gehen, das erkannte sie im selben Moment.

Kurz entschlossen drehte Elly den Schlüssel, öffnete die Tür und ließ ihn ein.

Er ging an ihr vorbei und setzte sich an den Tisch, noch bevor sie ihn dazu aufgefordert hatte. Glaubte er, dass sie miteinander befreundet waren und er deshalb auf Formen verzichten konnte? Sie sah ihn an. Er hatte sich noch nicht ganz abgeschminkt, so eilig hatte er es gehabt. Seine Lippen waren röter als gewöhnlich, seine Augen von Kajal verschmiert.

Wie meine.

Oh ja, wie ihre. Sie sah es in seinem Blick. Seine Mundwinkel hoben sich ganz leicht, aber er wagte es nicht, zu lächeln. Er sah sehr schmal aus, wie er jetzt da an ihrem Tisch saß. Es fiel ihr zum ersten Mal auf, wie knochig seine Hände waren. Sie hatte seine Hände immer gemocht. Es waren keine Männerpranken, das waren die Hände eines Künstlers.

»Abscheulich, widerlich«, wiederholte Seelfeldt sehr sanft.

»Bist du sicher? Hast du denn schon von solchen wie mir gehört?«

Elly presste die Lippen aufeinander und schüttelte ein wenig den Kopf. Über so etwas sprach man in ihren Kreisen nicht. Vielleicht hatte es Andeutungen gegeben; Andeutungen über Dinge, vor denen man sich besonders in Berlin in Acht nehmen musste, aber natürlich wurden sie nie beim Namen genannt. Seelfeldt wartete noch einen Augenblick, dann erzählte er ruhig und mit gedämpfter Stimme.

»Ich habe dieses Bedürfnis«, sagte er. »Manchmal trage ich dieses Kleid und …« Er seufzte. »Ich war noch ganz klein, als ich bemerkte, dass mir Kleider gefielen. Ich sah meine Mutter an und wollte werden wie sie. Ich wollte nie wie mein Vater werden. Nicht so wie dieser harte Mann. Oh ja, er hat mich zur Jagd mitgenommen, um meine Männlichkeit zu stärken. Aber ich habe gekotzt, als ich mein erstes totes Tier gesehen habe. Ich habe Mamas Kleider geliebt. Ich habe sie berührt und war glücklich. Die Stoffe, die Farben … Vielleicht kannst du dir das vorstellen. Schöne Kleider sind Kunstwerke. Natürlich wusste ich, dass mein Vater das niemals erfahren durfte, niemals. Er hat es auch bis zu seinem Tod nicht erfahren. Ich habe mich immer versteckt, aber in meinen eigenen vier Wänden, da will ich mich nicht mehr verstecken. Verstehst du das? Ich will es nicht mehr.«

Er brach ab, wartete auf ihre Antwort.

»Und weiter?« Elly hörte ihre eigene Stimme, so harsch und bitter.

»Nichts. Das ist alles.«

»Und dieser Mann?«

»Ein Freund.« Er machte eine Pause. »Ein guter Freund. Ich kann mit ihm reden. Wir tanzen zusammen. Wir tun Dinge, von denen man vielleicht sagt, dass man sie nicht tun sollte, aber wir tun doch niemandem weh. Wir beginnen keine Kriege, stürzen keine Völker ins Verderben.« Er schaute sie an. »Wir tun niemandem weh«, wiederholte er.

Elly dachte an Tonjas Vater, den der Krieg zerstört hatte.

»Wir sind füreinander da, das ist das Einzige«, sagte Seelfeldt. »Was ist daran so schlimm?«

Nichts, dachte sie, und alles. Es brachte die Dinge durcheinander, die Ordnung der Welt. Man durfte diese Ordnung nicht zerstören, sonst war alles verloren. So war es doch. War es so?

Nicht alles, was er ihr an diesem Abend zu erklären versuchte, kam bei Elly an. Manchmal erwischte sie sich dabei, wie ihre Gedanken abschweiften. Sie dachte an Tonja und Corbin. An die Heimat und die Eltern. Sie wusste nicht, ob sie weiter Theaterspielen wollte. Sie hatte gedacht, dass sie Robert Seelfeldt kannte, aber sie hatte keine Ahnung von ihm gehabt. Sie war sicher gewesen, dass er sie gut fand, dass er sie vielleicht sogar ein bisschen begehrte. Das hatte ihr gefallen, aber sie hatte sich geirrt. Zu keiner Sekunde hatte Seelfeldt sie begehrt. Niemand begehrte sie. Und das tat furchtbar weh.

Die letzten Wochen waren anstrengend gewesen. Elly ging früh morgens aus dem Haus und kam meist erst zurück, wenn es bereits dunkel war.

»Kindchen, Sie müssen auf sich aufpassen«, hatte ihr kürzlich ihre Vermieterin Frau Fuchs eingeschärft. »Sie wissen gar nicht, wie viel Gesindel sich nach Einbruch der Dunkelheit in den Straßen herumtreibt.« Frau Fuchs meinte es gut, das wusste Elly. Dennoch war sie jedes Mal froh, wenn sie ihr nicht begegnete. Frau Fuchs hielt gern ein Schwätzchen, sie interessierte sich für die Schauspielerei. Doch Elly war meist zum Umfallen müde, wenn sie nach Hause kam. Am liebsten hatte sie ihre Ruhe.

Sie grübelte wieder öfter in diesen Tagen. War das Theater tatsächlich ihre Welt? Gehörte sie dorthin?

Ist mein Platz eigentlich woanders?

Diese Fragen quälten sie nach wie vor. Manchmal stand sie in ihrem Zimmer vor dem Spiegel und versuchte sich vorzustellen, wie sie mit kurzem Haar und Anzug aussehen würde. Frauen in Anzügen. Im Gegensatz zu Männern in Frauenkleidern hatte sie davon schon gehört. In manchen Kreisen Berlins war es offenbar nichts Besonderes. Was würde wohl ihre Mutter dazu sagen? Vielleicht müsste sie sich endlich auf Berlin einlassen. Dann würden diese Grübeleien womöglich aufhören.

An einem der folgenden Morgen erwachte Elly mit heftigem Schnupfen, Halsschmerzen und fast keiner Stimme. Es vergingen einige Tage, bis sie wieder in Seelfeldts Schauspielschule auftauchte. Eine andere Schauspielerin hatte ihren Part übernommen, was sie überraschte, aber natürlich hatten die Proben weitergehen müssen.

Trotzdem versetzte ihr diese Nachricht einen Stich, als zeige sich an dieser Stelle, dass sie doch ersetzbar war, ganz gleich wie viel Bewunderung (und manchmal auch Neid) sie für ihre Arbeit erntete.

Als sie die Tür zum Probenraum öffnete, schauten alle zu ihr hin, und sie wusste, dass man über sie gesprochen hatte. Sie wusste auch, dass es inzwischen Gerüchte über Seelfeldt und sie gab, und am liebsten hätte sie allen gesagt, wie lächerlich das war: Robert Seelfeldt liebt Männer. Robert Seelfeldt trägt heimlich Frauenkleider. Noch nicht einmal die schönste Frau in diesem Raum könnte sein Interesse wecken: Vera nicht und Margot nicht und Lilian nicht und Greta nicht; Letztere so zart und zerbrechlich und so begabt, dass Elly in ihr rasch die einzig wahre Konkurrentin erkannt hatte.

Sie ging nach vorne an den Tisch, wo Seelfeldt saß und seine Schülerschar beobachtete. Sie wechselten einen kurzen Blick. Elly setzte sich auf einen Stuhl am Rand des Bühnenbereiches, um die Proben zu verfolgen. Es gab Unsicherheiten, beileibe lief nicht alles rund. Seelfeldt wirkte angespannt. Die Schauspielerin, die ihre Rolle übernommen hatte, schien durch Ellys Anwesenheit deutlich aus dem Konzept gebracht.

Elly gefiel das durchaus. Hatte sie sich etwa Hoffnungen gemacht? Hatte er ihr Hoffnungen gemacht? Auch Seelfeldt rutschte unruhig auf seinem Stuhl nach vorne. Die nächste Aufführung rückte näher, und die Truppe hatte längst nicht das Niveau erreicht, das er von ihr erwartete.

Jetzt sprang er auf.

»Frederic, du bist nicht bei der Sache. Beim nächsten Mal bitte nüchtern. Weniger feiern täte dir gut. Und Greta, bitte schlaf in deinem Bett und nicht hier im Stehen. Du hast heute jeden Einsatz verpasst. Lilian, ich habe dir in Fräulein Kramers Abwesenheit die Hauptrolle gegeben, weil ich etwas von dir erwarte und dir die Gelegenheit geben wollte, dich für die Zukunft zu beweisen, nicht um deines schönen Näschens Willen. Was ist denn nur mit euch los heute?«

Die Schauspieler legten sich nach dieser Standpauke tatsächlich mehr ins Zeug, und es ging etwas besser.

Später, als alle gegangen waren, blieben Robert Seelfeldt und Elly zurück. Ihr war es egal, dass man sich wahrscheinlich das Maul über sie zerriss. Unwillkürlich fragte sie sich, ob und was sie mit dem Wissen über Seelfeldt anfangen könnte. Ihr Lehrer verschwand und kam dann mit den obligatorischen zwei Tassen Tee zurück, von der er eine vor sie hinstellte. Elly betrachtete ihre Tasse, rührte sie aber nicht an.

»Es hat sich nichts geändert«, sagte er irgendwann. Seine Stimme hallte seltsam in dem leeren Saal. »Du bist das begabteste Mitglied unserer Truppe. Du kannst alles erreichen, wenn du es nur willst.«

Elly zuckte die Achseln. Meinte er das ernst, oder versuchte er ihr Honig um den Mund zu schmieren? Glaubte er wirklich, dass sich nichts geändert hatte?

Alles hat sich geändert.

Er war nicht ehrlich zu ihr gewesen, so wie auch Tonja nicht ehrlich gewesen war. Und Corbin.

Sie alle haben mich belogen.

Seelfeldt blickte sie von der Seite an.

»Es tut mir leid, dass ich dich verstört habe, aber ich bleibe dabei: Ich habe nichts Schlimmes getan.«

Seine Stimme klang jetzt zarter als vorher. Dass sein Geheimnis entdeckt worden war, musste ihn ziemlich verunsichert haben. Elly hob den Kopf und sah die Angst in seinem Blick. Oh ja, er hatte Angst, dass sie ihn verriet, dass sie sein Geheimnis mit der Welt teilte. Aber wen würde das interessieren in dieser wilden Stadt, in diesem Babylon, in dem alles möglich war? Gut, Seelfeldt trug gerne Frauenkleidung. Er machte sich zurecht. Er schminkte sich. Er war ein weicher Mann und eine aparte Frau. Interessierte das jemanden in Berlin? Der Punkt war, dass *er* nicht wollte, dass diese Sache publik wurde.

Ich habe ihn in der Hand, weil er es zulässt.

»Elly, bitte!« Er schaute sie flehend an. »Lilian hat deine Rolle nur vorübergehend übernommen. Das weißt du doch, oder?«

»Natürlich. Ihr hättet aber auch andere Szenen proben können. Ich war ja nicht ewig weg.«

»Nein, das warst du nicht.« Er zuckte bedauernd die Achseln. »Ich habe einfach nicht daran gedacht.«

Elly nahm die Tasse Tee jetzt doch in die Hand und trank

einen Schluck. Plötzlich war sie ganz ruhig. Vielleicht sollte sie sich das Leben als Rolle vorstellen, sicher wäre es einfacher, wenn sie die wahre Elly, die Elly, der man wehtun konnte, die Elly, die Angst hatte, ganz tief in sich vergrub, es nicht zuließ, dass irgendjemand sie jemals wieder zu sehen bekam?

»Das was du tust, das ist doch eigentlich nichts Besonderes, oder? Hier in Berlin, meine ich.«

Sie schaute ihn an. Er senkte den Kopf und rührte in seinem Tee.

Klink, klink, klink machte der kleine Löffel.

»Nein«, sagte er langsam, »das ist nichts Besonderes. In Berlin gibt es alles, und jeder kann es sehen, wenn er das möchte, aber ich …«

»Also, warum sollte ich jemandem davon erzählen?« Sie machte eine Pause, sah den Schatten von Erleichterung auf seinen Gesichtszügen. »Wir sind weiterhin Freunde«, fügte sie dann hinzu, »und wenn ich Hilfe brauche, dann weiß ich, dass ich zu dir kommen kann.«

Er zuckte zusammen, und sie wusste, dass ihn diese leise Warnung schmerzte. Sie konnte es in seinen Augen sehen. War er denn im Ernst davon ausgegangen, dass er völlig ungeschoren davonkam? Die Macht, die sie in diesem Moment verspürte, fühlte sich interessant an.

Die anderen schonten Elly plötzlich, als strahle sie etwas aus, das einem »bis hierher und nicht weiter« sagte. Elly nahm es mit einem gewissen Amüsement wahr. Das Gefühl, endlich angekommen zu sein, erleichterte sie. Zugleich hatte sich etwas verändert: Sie hatte ihr unschuldiges Ich hinter sich gelassen. Sollte sie das bedauern? Nein, für das eigene Überleben half es einem nicht, von allen gemocht zu werden.

Die Schüler und Schülerinnen suchten nun ihre Nähe: die

hübsche brünette Margot mit ihrem großen Mund und den Mandelaugen, der schwarzhaarige Frederic, die rothaarige Greta, sehr begabt, aber wahrscheinlich zu zerbrechlich für diese Welt.

Man grüßte sie, wenn sie kam. Man lud sie ein, das Mittagessen gemeinsam einzunehmen. Man arbeitete zusammen, spielte Szenen mit vibrierender Leidenschaft, die Gefühle in Elly aufbranden ließen, derer sie sich vorher nicht bewusst gewesen war.

Ich spiele eine Rolle, nichts davon ist Wirklichkeit. Trotzdem fühlt es sich gut an. Fast echt.

Das Heimweh war weg, geblieben war nur, dass sie Tonja vermisste, die sie doch nicht vermissen wollte, weil sie eine Verräterin war.

Selbst wenn sie den anderen allmählich näherkam, so ging sie abends doch immer allein zurück in ihr Zimmer. Um den Text zu lernen. Sich zu erholen. Über Tonja nachzudenken.

Um richtig dazuzugehören, das wusste sie allerdings auch, musste sie die anderen irgendwann auf ihre Ausflüge durchs Berliner Nachtleben begleiten. Dazu würde sie sich eine neue Rolle ausdenken. Sie würde die Frau werden, die abends ausging, die Frau, die Bars besuchte und Alkohol trank.

Obwohl die neue Elly in ihr Gestalt angenommen hatte, dauerte es seine Zeit, bis sie allen Mut zusammennahm und Frederic darum bat, sie zu ihrem Abendvergnügen mitzunehmen. Das »unzertrennliche Trio«, wie man Frederic, Margot und Greta nannte, wollte sich heute in einer Bar vergnügen. Sie gingen oft aus, das war nicht zu übersehen, wenn sie morgens übermüdet und nach Alkohol riechend zur Probe kamen. Seelfeldt rügte sie häufig, aber solange sie gute Arbeit leisteten, ließ er sie offenbar gewähren.

»Ich würde gerne einmal ausgehen, mich amüsieren«, fuhr Elly fort, während sie Frederics prüfendem Blick standzuhalten suchte. »Ich habe viel gearbeitet und muss einmal etwas anderes sehen als meine Zimmerwände … Ich habe gehört, ihr …«

»Was hast du gehört?« Da war leiser Spott in Frederics Gesichtsausdruck. Er wollte ihr zeigen, dass er die Kontrolle behielt, aber die neue Elly ließ sich davon nicht beeindrucken.

»Ich … Nichts … Eigentlich.«

Frederic hob einen Mundwinkel, was ihn ein wenig freundlicher aussehen ließ.

»Ist schon gut. Wir nehmen dich gerne mit, allerdings …« Er musterte sie von oben bis unten. »Ich denke nicht, dass du für so einen Abend passend angezogen bist.«

Ellys Herz sank vorübergehend, doch sie war entschlossen, sich nicht entmutigen zu lassen.

»Das ist kein Problem. Wartet kurz. Ich habe da etwas.« Sie rannte zu ihrer Tasche, um einen dünnen Mantel hervorzuholen. Sie hatte ihn kürzlich bei Wertheim gekauft und fand, dass er sehr modisch aussah. Wenn sie ihn überzog, sah man nur noch einen schmalen Streifen ihres biederen Rocks, und der bestickte Saum lenkte den Blick auf ihre schlanken Beine.

Als sie ein wenig atemlos zurückkehrte, waren die anderen in ein Gespräch vertieft, und Elly musste den Gedanken, dass sie gewiss über sie sprachen mit aller Macht verdrängen. Außerdem, was wäre schon dabei, wenn man über sie sprach? Die anderen wussten nichts über sie. Sie waren neugierig, das war nur legitim.

Margot war die Erste, die sich zu ihr hindrehte und sie von oben bis unten musterte. Sie stieß einen kleinen Pfiff aus, auf den hin sich auch Frederic und Greta zu Elly umwandten. Greta in ihrem fast durchsichtigen Hängerchen spitzte die Lippen. Frederic, der einen grünen Anzug trug, der hervorragend mit seinen schwarzen Haaren harmonierte, neigte den Kopf zur Seite.

»Ich bin amüsiert«, sagte er. »Wirklich.«

»Immer noch ein Provinzgänschen«, zwitscherte Greta mit einer Stimme, die ebenso zart wirkte wie ihr Körper. Es klang nicht böse, aber Elly fühlte sich dennoch entmutigt. Margot sagte gar nichts.

Jetzt kann ich noch zurück, dachte Elly.

Sie wollte gerade den Mund öffnen, da kam Margot näher, nahm den Mantel an den Aufschlägen und hielt ihn auseinander, um Ellys Kleidung zu mustern, als habe sie sie nicht eben schon gesehen: eine einfache Bluse, ein dunkler Rock, dazu dicke Strümpfe. Elly wusste genau, was Margot sah.

»Kindchen, Kindchen«, sagte die in ihrem Berliner Tonfall, deutlich schnoddriger, als sie bei den Proben klang, wenn sie die Brunhilde gab.

»Was ist?«

»So geht das nicht, wir gehen doch aus! So kannst du nicht mitkommen.« Sie überlegte kurz, runzelte die Stirn. »Hm, sag, Mädchen, was trägst du drunter?«

Elly war irritiert.

»Unterwäsche.«

»Gut, dann zieh jetzt mal schnell Rock und Blüschen aus, Kleine, wer soll dir denn glauben, dass du nach Sechse noch vor die Tür darfst. Du siehst aus wie ein Schulmädchen … Ja, genau, wie ein Schulmädchen aus der Kleinstadt. Nu mach schon …«

Elly tat, wie ihr geheißen. Die Monate in der Schauspielschule hatten sie eines gelehrt: Platz für falsche Scham gab es hier nicht. Ständig mussten Kostüme gewechselt werden, und keiner versteckte sich dafür. Sie öffnete die kleinen Perlmuttknöpfe an ihrer Bluse und dann auch die am Rock und ließ beides auf den Boden fallen.

»Weiße Baumwolle«, stellte Frederic fest.

»Aber sie steht ihr«, murmelte Greta. »Sie hat eine fabulöse Figur.« Dieses Mal klang sie nicht spöttisch, sondern ehrlich, und Elly hätte sie vor Dankbarkeit küssen mögen.

»Jetzt seid nicht albern«, fuhr Margot dazwischen. »Verwirrt mir das Kind nicht. Komm her, Elly, schau mal, du machst den Mantel vorne zu, so, siehst du.«

Sie knöpfte den Mantel zu und band dann den Gürtel fest, sodass Ellys kleines Dekolleté zu sehen war. Frederics Blick blieb für einen Augenblick daran hängen.

»Bezaubernd.«

Elly spürte den Reflex, die Hand auf ihren Ausschnitt zu legen. »Ich habe ein Tuch, vielleicht sollte ich …«

»Nein, auf keinen Fall«, sagte Greta. »Das ist genau richtig so, genau richtig.«

»Die anderen sollen sich ruhig fragen, ob du darunter nur Seidenstrümpfe trägst oder noch was anderes«, erklärte Margot. »Hast du noch dein zweites Paar Seidenstrümpfe, Greta?«

Greta holte das Gefragte, und Margot wies Elly an, sie anzuziehen.

»Aber das kann ich nicht. Ich kann nicht in Unterwäsche in eine Bar gehen«, wehrte die sich zaghaft.

»Niemand wird es sehen. Sie lassen nur ihre Fantasie spielen. Darauf kommt es an, nicht darauf, was wirklich ist.«

Elly gab ihren Widerstand auf. Greta machte ihr das Haar so, dass es auf den ersten Blick aussah, als trage Elly es kurz. Margot schminkte ihr die Augen stark und dunkel, wie die einer ägyptischen Königin. Sie zogen in Erwägung, sich etwas von den ägyptischen Requisiten aus Seelfeldts Fundus mitzunehmen, doch der hatte seinen Schlüssel mitgenommen.

Während sich die anderen enttäuscht darüber beschwerten, sah Elly in den Spiegel. Eine geheimnisvolle Fremde sah sie an. Sie kannte die Fremde nicht, aber sie gefiel ihr.

»Jetzt noch ein wenig Lippenrot.«

Elly fand, dass sie gefährlich aussah, wie eine Frau, die etwas forderte, und nicht mehr wie das Kind, das sie doch eigentlich war.

Dann drängten die anderen schon zum Aufbruch. Elly fragte sich, ob sie sich erkundigen sollte, wohin es überhaupt ging, wagte es jedoch nicht. Sie wollte nicht ängstlich wirken. Sie wollte die sein, die sich ohne zu zögern ins Unbekannte stürzte. Sie würde ihre Rolle gut spielen.

Schließlich landeten sie in einer Bar, wie Elly noch nie eine gesehen hatte. Der Raum wirkte auf den ersten Blick schäbig, und er war gefüllt mit den skurrilsten Typen und unglaublichem Lärm. Es roch nach Zigarettenqualm und Alkohol und nach etwas Süßlichem, das sie nicht einordnen konnte. Kleine Dosen standen auf den Tischen.

»Kokain«, erklärte Frederic auf ihre Nachfrage. »Willst du probieren?«

Elly schüttelte den Kopf und erinnerte sich, dass Tonja ihr von solchen Dosen in Frankfurter Bars erzählt hatte und von Straßen, in denen man das Kokain auch direkt kaufen konnte. Greta hatte bereits eine kleine Dosis geschnupft – an ihrer Nase klebte etwas von dem weißen Puder. Für Elly brachten die anderen einen Korn mit, der sie husten ließ.

»Oder lieber auch einen Cocktail?«

Margot hob einladend ihr Glas. Elly schüttelte den Kopf. Sie hatte schon davon gehört: Der Cocktailismus war die neue Droge der Schickeria. Dazu mixte man den verbotenen Absinth mit ätherischen Ölen, ein Gemisch, das zu Halluzinationen, Delirien und schwerer Abhängigkeit führen konnte.

Elly hielt sich an ihrem Glas fest, während Greta nun mit Margot tanzte und dann mit Frederic. Sie fragte sich, wie weit das Verhältnis der drei ging. Hatten sie es wirklich alle miteinander getrieben, wie man sich hinter vorgehaltener Hand zuraunte?

Dann standen sie wieder zusammen an der Bar. Greta zahlte. Sie entstammte einer reichen Familie, während Margot und Frederic chronisch klamm waren. Elly hielt sich immer noch an ihrem Korn fest. Er schmeckte scheußlich. Wahrscheinlich würde sie für den Rest des Abends nichts anderes mehr benötigen. Jetzt, wo sie den Mut hatte, sich genauer umzusehen, bemerkte sie, dass man sie beobachtete, doch es waren nicht etwa abfällige Blicke.

Ich mache offenkundig etwas her.

Über der Bar hing ein Spiegel. Sie warf sich einen flüchtigen Blick zu. Eine Frau sah sie an, die Augen dunkel geschminkt, die Lippen so rot, dass man es auch in diesem Licht noch sah. Und sie trug nichts als einen dünnen Mantel. Elly dachte, dass diese Frau wie eine aussah, die die Nacht auch mit einem Fremden verbringen würde. Einfach so.

Sie wandte den Blick ab, nippte erneut vorsichtig an ihrem Korn und schaute sich um. Hier fiel sie nicht auf. Die Frauen trugen kurze Kleider, Kleider, die durchsichtig wirkten, und Kleider mit Ausschnitten, die nichts mehr verbargen. Es wurde geplappert, gelacht, geschnupft, geraucht und zu viel Alkohol getrunken.

In Frederics Gesicht hatte sich etwas verändert. Es sah schwammiger aus als am Anfang des Abends. Fasziniert beobachtete Elly unauffällig zwei Männer, die Liebkosungen austauschten, während sie sich bemühte, gleichzeitig dem Gespräch ihrer Begleiter zuzuhören und hin und wieder etwas einzuwerfen. Doch sie konnte den Blick einfach nicht von den beiden gut aussehenden, stilvoll gekleideten Männern nehmen.

Was taten die da? Bemerkte das denn keiner außer ihr?

Greta fluchte. »Verdammt!«

Die anderen drei sahen sie an, sahen das Blut, das plötzlich aus ihrer Nase auf das Kleid lief.

»Greta!«

Frederics Stimme klang alarmiert. Margot wühlte noch ziellos in dem bestickten, kleinen Beutel, den sie bei sich trug, da zog Elly schon ein sauberes Taschentuch aus ihrer Manteltasche und hielt es ihr hin.

»Greta!«, wiederholte Frederic.

»Halt doch dein Maul, Frederic, und hilf uns«, wies Margot ihn zurecht, während sie Greta Ellys Tuch gegen die Nase hielt.

»Kindchen, Kindchen, du solltest wirklich nicht so viel koksen!«

Greta sagte nichts. Elly starrte die beiden Frauen an. Es erstaunte sie, wie mütterlich Margot wirken konnte. Greta lehnte den Kopf an ihre Schulter.

»Gehen wir jetzt nach Hause? Soll ich ein Taxi rufen?«, fragte Elly vorsichtig.

»Deswegen?« Gretas Stimme klang undeutlich hinter dem Taschentuch hervor. »Ach Gott, deswegen doch nicht.«

Auf ihr zartes Kleid war Blut getropft, aber davon wollte sie sich den Abend nicht verderben lassen.

»Mir geht es gut. Ich kann jetzt auf keinen Fall ins Bett. Ich bin viel zu wach.«

»Nein, nein, wir bleiben hier. Die Nacht ist noch jung, der Morgen fern«, sagten die anderen beiden.

Am Ende der Nacht dröhnte Elly der Schädel. Greta kaufte sich noch etwas Koks und schien das Nasenbluten schon vergessen zu haben. Als sie zusammengedrängt im Taxi saßen, dachte Elly an die beiden Männer, die einander geküsst hatten. Wenn sie die Augen schloss, sah sie vor sich, wie der eine seine Hand sanft an die Wange des anderen hob. Sie sah die Lippen des blonden Mannes, weiche, aufgeworfene Lippen. Sie sah, wie sie etwas zueinander sagten.

Was sagen Menschen einander, die sich lieben?

Man ließ sie zuerst heraus. Als Elly sich noch einmal umdrehte, nahm sie aus dem Augenwinkel wahr, wie Margot Frederic küsste. Sie fragte sich, ob die beiden ein Paar waren. Sie hatte nichts davon mitbekommen, aber vielleicht war sie auch nicht aufmerksam genug. Vielleicht verstand sie diese Dinge einfach nicht.

Auf dem Weg in ihr Zimmer fühlten sich ihre Beine schwer wie Blei an. Jetzt erst bemerkte sie, wie erschöpft sie war, wie knochenmüde. Wenigstens gelang es ihr, so leise zu sein, dass Frau Fuchs nicht erwachte. Sie wollte jetzt keine Fragen beantworten und sich keine Vorträge darüber anhören, dass junge Damen um diese Zeit nichts auf der Straße zu suchen hatten.

Als die Tür endlich hinter ihr ins Schloss klickte, war es nach dem Trubel in der Bar mit einem Mal geradezu schmerzhaft leise. Der weiße Briefumschlag auf dem Tisch fiel ihr erst auf, als sie bereits im Nachthemd war. Frau Fuchs hatte ihr Zimmer also in ihrer Abwesenheit betreten. Schon mehrfach war Elly das aufgefallen. Sie hatte sich darüber geärgert, heute war sie zu müde dafür.

Sie nahm den Brief zur Hand und öffnete ihn. Ihre Mutter hatte geschrieben und eine Karte älteren Datums beigelegt, die Tonja ihr Anfang des Jahres aus Paris geschrieben hatte. Elly spürte, dass ihr Herz schneller schlug. Tonja hatte also damals doch an sie gedacht. Das freute sie, trotzdem konnte sie ihr nicht verzeihen, denn sie war ja nicht gekommen.

Elly seufzte.

Womöglich werde ich ihr schreiben. Vielleicht. Bald. Nur jetzt noch nicht.

Wenige Tage später ging Elly wieder einmal ins Wertheim. Mitten in jener Nacht war ihr eine Idee gekommen: Sie würde sich einen Anzug kaufen und damit die anderen zum Staunen bringen. Ein Anzug wäre doch eine kleine Sensation. Wenn sie im Anzug auftrat, würde sie bestimmt keiner mehr als provinziell bezeichnen.

Allerdings war es nicht ganz leicht, das passende Modell zu finden. Eine Verkäuferin kam ihr zu Hilfe. Elly versuchte zu erklären, was sie suchte, ohne zu offenbaren, dass der Anzug für sie selbst war.

»Ein eher schmaler junger Herr«, wiederholte die Verkäuferin.

»Hm, ja. Mein Bruder ist zwei Jahre jünger, aber schon fast so groß wie ich«, sagte Elly und hoffte, dass die Lüge sie nicht rot anlaufen ließ. Die Verkäuferin schien nichts zu merken, sondern runzelte nur nachdenklich die Stirn.

»Ich gehe davon aus, dass Ihr Herr Bruder breiter als sie ist?«

»Ein wenig?«

Was zu weit war, würde man enger näher können, dachte Elly bei sich.

»Er ist breiter als ich«, krächzte sie.

»Ah, dann habe ich etwas für ihn.«

Die Verkäuferin brachte einen schwarzen Anzug herbei. Elly schüttelte den Kopf. Langsam hatte sie sich wieder gefasst, sie fand sogar Gefallen an diesem Spiel.

»Ich glaube, ihm würde etwas Helleres gefallen.«

»Weiß?«

»Nein, vielleicht silbergrau. Wissen Sie, wir haben alle hellbraunes Haar. Silbergrau wird gut zu seinen Haaren aussehen.«

Ein Herr kam in die Abteilung und blickte sich um. Elly wurde wieder unruhig. Sie hoffte nur, dass sie niemandem begegnete, der sie kannte. Als sie das Kaufhaus später mit einem Karton verließ, klopfte ihr Herz schneller. Sie konnte es kaum noch erwarten, nach Hause zu kommen.

Elly hatte Glück, denn Frau Fuchs war offenbar unterwegs, sodass ihr lästige Fragen erspart bleiben würden. Sie hörte ihren eigenen Atem, als sie das Paket aufs Bett legte und endlich den Deckel lüpfte. In den Sonnenstrahlen, die durch die Scheibe fielen, sah der leicht glänzende Stoff noch schöner aus als im Geschäft.

Sie holte die Jacke heraus, hielt sie sich an und stellte sich vor die Spiegeltür des Schranks. Der Silberton passte wirklich gut zu ihren Haaren. Elly schlüpfte hinein, riss sich die Jacke aber schnell wieder vom Körper, als sie Schritte auf der Treppe zu hören meinte. Blitzschnell öffnete sie die Schranktür und stopfte den Anzug hinein. Mit angehaltenem Atem stand sie da und lauschte.

Nichts. Offenbar hatte sie sich geirrt.

Wovor hatte sie eigentlich Angst? Es war schließlich nicht verboten, einen Anzug zu kaufen. Dennoch wollte sie sich nicht ausmalen, was Frau Fuchs sagte, wenn sie Elly in Männerkleidung sah. Für einen Moment stellte Elly sich Tonja in einem solchen Anzug vor. Tonja würde großartig darin aussehen.

Später am Tag holte sie ihn wieder aus dem Schrank hervor. Andächtig strich sie über den weichen Stoff und traf eine Entscheidung. Sie würde jetzt mutig sein.

Die Hose war ihr etwas zu groß, und es war nicht ganz einfach hineinzuschlüpfen. Sie setzte sich aufs Bett um sie zurechtzuzupfen. Der Schritt fühlte sich irgendwie unanständig an. Es würde seine Zeit brauchen, bis sie sich daran gewöhnte. Sie stand auf. Im Bund war sie viel zu weit. Elly würde Hosenträger brauchen.

Sie stellte sich vor den Spiegel und fragte sich, ob ihr der

Anblick gefiel. Sie wusste es nicht. Vielleicht waren Hosen einfach nichts für Frauen, und wahrscheinlich würde sie es nie wagen, ihn auf der Straße zu tragen. Vielleicht war ein Anzug eher etwas für Frauen, die ihren Platz nicht kannten. Eine Frau in Hose, mit roten Lippen, die rauchte – das hatte etwas Verruchtes. Frauen in Hosen waren fast so unanständig wie Männer in Frauenkleidern. Aber genau darum ging ihr ja. Sie wollte Greta, Margot und Frederic beeindrucken.

Es war ein seltsames Gefühl, Stoff an den Beinen zu spüren. Elly zog jetzt den schmalen Stoffgürtel aus ihrem Mantel und band die Hose damit enger. Dann schlug sie die Hosenbeine nach innen, damit sie die richtige Länge hatten. Sie schminkte sich die Augen mit Kajal, frisierte ihr langes Haar zu Schnecken und färbte sich schließlich noch die Lippen rot.

Dann drehte sie sich seitlich zum Spiegel und steckte sich einen Bleistift zwischen die Lippen, als rauche sie eine Zigarette mit Spitze. Sie dachte, dass sie die drei anderen gewiss übertreffen würde, wenn sie beim nächsten Treffen in dieser Montur auftrat. Niemand würde sie mehr für ein Mädchen vom Land halten. Aber würde sie sich das wirklich trauen?

Sie dachte an Tonja. Wenn Tonja hier wäre, dann würden sie beide Anzüge tragen.

Elly seufzte. Schnell rief sie sich ihre neue Rolle ins Gedächtnis. Die schüchterne, ängstliche Elly gab es nicht mehr. Die neue Elly wäre vielleicht sogar in der Lage, über den Dingen zu stehen und Tonja zu verzeihen.

Spätestens an Weihnachten werde ich nach Hause fahren. Dann erzähle ich Tonja von Berlin.

68

FRANKFURT AM MAIN, 1931

Tonja lachte, weil es das war, was ihrer Seele am nächsten war. Warum hatte sie nur mit sich gehadert? Aber jetzt hatte sie eine Entscheidung getroffen. Sie würde ihrem Herzen folgen, das ihr doch immer ein guter Kompass gewesen war. Sie würde keinen Pfifferling darauf geben, was andere Leute sagten, vor allem nicht Amelia Harloff.

Corbin liebt mich, und ich vertraue ihm.

Sie blickte in die herbstliche Landschaft, die links und rechts vorüberflog und doch schon an den kommenden Winter gemahnte. Was man eben noch sah, war kurz darauf schon wieder Vergangenheit.

Die Atemwolke vor ihrem Mund zeigte, wie kalt es war, aber sie hatte sich warm angezogen. Tonja trug ihren neuen Mantel mit dem Pelzkragen, und in ihrem Schoß lag Ellys Schal, in den sie sich zur Not einhüllen konnte.

Den hat sie mir geschenkt, als alles noch gut war.

Dafür war jetzt Corbin an ihrer Seite, der ihr das Herz erwärmte. Es war herrlich, neben ihm zu sitzen, seine Nähe zu spüren. Er liebte sie, darauf musste sie vertrauen.

Wirklich, es war berauschend, so schnell zu fahren.

Tonja legte den Bubikopf zurück und starrte in den Himmel. Sie dachte an das teure Seidenkleid mit den Stickereien, das heute Morgen in einer aufwendigen Schachtel am Frühstückstisch auf sie gewartet hatte.

Corbin konnte es einfach nicht lassen, sie mit Geschenken zu verwöhnen, die sie nur halbherzig ablehnte, bevor sie ihm um den Hals fiel und ihrer Dankbarkeit mit Küssen Ausdruck verlieh.

»Aber es ist doch noch nicht Weihnachten, du sollst mir nicht so viel schenken«, hatte sie kokettiert.

Er hatte den Kopf geschüttelt.

»Es ist mir einfach ein Bedürfnis, meine Liebste! Ich kann gar nicht anders.«

Und ihr war es ein Bedürfnis, bei ihm zu sein, mit ihm zu reden, mit ihm zu tanzen, so wie an dem wunderbaren ersten Tag, an dem sie sich kennengelernt hatten.

Er liebt mich. Ich darf nicht zweifeln.

Doch dann war er plötzlich wieder da, der Stachel, gegen den sie sich nicht wehren konnte, der irgendwo tief in ihrem Innern saß und sie regelmäßig an das verzweifelte Kind erinnerte, das sie einmal war.

Tonja legte eine Hand an ihren warmen Hals und fühlte das lebendige Pochen in ihren Adern. Corbin sah sie an.

»Geht es dir wirklich gut?«

»Natürlich«, antwortete sie. »Mir geht es immer gut, wenn du da bist.« Dann setzte sie sich etwas gerader hin. »Du darfst mich niemals alleine lassen, hörst du? Niemals.«

»Gewiss nicht. Wie kommst du darauf?«

»Ich weiß es nicht«, sagte sie zu leise, als dass er es hätte verstehen können.

Er musste wieder auf die Straße sehen, konzentrierte sich auf die nächste Kurve. Erst im Oktober war die erste Autostraße zum Großen Feldberg feierlich dem Verkehr übergeben worden.

Der Fahrtwind wirbelte durch ihr Haar. Tonja hatte den Ellenbogen auf die Tür gestützt, während die andere Hand mit dem Schal in ihrem Schoß spielte. Er passte nicht ganz zu dem Mantel, aber sie hatte ihn dennoch mitgenommen. Sie würde auffallen damit, gerade weil er nicht harmonierte. Corbin sah wieder zu ihr hin.

»Wir sind bald da.«

»Keine Sorge. Ich genieße es, dich hier nur für mich zu haben. Ich weiß doch, wie dich die Damen nachher wieder alle ansehen werden.«

Er lachte leise.

»Sie wollen nur mein Geld, das weißt du doch.«

»Ja, ich weiß.« Sie lachte ebenfalls. »Ich will es ja auch, nicht wahr?«

Corbin legte eine Hand auf ihr linkes Knie.

»Ja, natürlich.« Sie hörte an seiner Stimme, dass er sich amüsierte.

»Wenn man deiner Mutter Glauben schenkt …«

Er sah sie an. »Ganz gleich, was meine Mutter denkt: Seit ich dich zum ersten Mal gesehen habe, gibt es nur eine für mich. Es wird immer nur eine für mich geben. Vergiss das nie.«

Tonja fand, dass er lieber nach vorne gucken sollte, aber er nahm auch die nächste Kurve souverän. Corbin war ein guter Autofahrer, ein guter Sportler und der bestaussehende Mann Frankfurts. Ganz gewiss würden sie beide heute wieder bewundernde Blicke auf sich ziehen, und sie würde es genießen, an seinem Arm zu gehen, den Neid der anderen zu spüren.

Ihre Finger spielten mit dem Schal.

Heute waren sie mit Freunden verabredet, sie wollten irgendwo essen und später tanzen gehen.

Tanzen ist das Wichtigste im Leben. Tonja wollte diese Nacht hindurchtanzen. Sie wollte trinken und rauchen, bis der Morgen über den Horizont kletterte und sie gemeinsam den neuen Tag begrüßen konnten.

Sie bewegte die Füße in den weichen Winterstiefeln, die sie nach ihrer Ankunft gegen die feinen Tanzschuhe tauschen würde. Dann legte sie den Kopf erneut zurück und schaute nach oben in das vorüberfliegende dunkle Gewirr der Äste.

Corbin beschleunigte noch einmal.

Der Himmel war hellgrau, und es begann mit einem Mal leicht zu schneien. Schneeflocken berührten ihr Gesicht: eine zarte, eiskalte Berührung. Tonja lachte wieder, leise erst, dann lauter. Corbin stimmte in ihr Lachen ein und griff sich dann blitzschnell den Schal aus ihrem Schoß.

Er sah sie an. Sein Gesicht strahlte. Tonja liebte seine Unbeschwertheit. Sie hatte niemals gelernt, so loszulassen, auch wenn sie sich bemühte, einen anderen Eindruck zu hinterlassen.

Corbin hielt jetzt mit einer Hand das Lenkrad fest und schlang sich mit der anderen ihren Schal um den Hals. Der Schal flatterte. Zwischenzeitlich schaute er sie wieder an, grinste. Tonja fühlte sich so glücklich, dass sie es kaum ertragen konnte. Sie gehörten für immer zusammen, nichts durfte sie voneinander trennen.

»Gib mir den Schal, das ist mein Geschenk!«, schmollte sie spielerisch.

»Zu Weihnachten schenke ich dir einhundert Schals.«

»Tausend wären nicht genug. Gib ihn mir zurück, das ist ein Geschenk von Elly.«

»Hat sie sich gemeldet?«

»Nein.«

Der Schal flatterte. Er war so lang, so lang … Corbin sagte nichts, denn er wusste, dass Tonja unter Ellys Schweigen litt. Dann zog er den Schal etwas höher.

»Meinst du nicht, dass er mir besser steht?«

Sie schauten einander in die Augen.

Unsere Kinder werden wunderschön, dachte Tonja. Wir werden einen Jungen und ein Mädchen haben. Er wird ihnen ein guter Vater sein und ich eine gute Mutter. Wir werden alles für sie tun, und wir werden sie niemals alleine lassen. Wir ...

In dem Moment ging ein Ruck durch Corbins Körper. Er gab einen Laut von sich, wie sie ihn noch nie gehört hatte. Sie reagierte nicht gleich, war abgelenkt von einem einsamen Spaziergänger.

Wieder dieses Geräusch ...

Corbin hatte das Steuer losgelassen. Sein Fuß war vom Gas gerutscht, der Wagen schlingerte.

»Corbin«, schrie sie.

Er reagierte nicht. Sein Kopf ... Der Schal ... Sie konnte sein Gesicht nicht sehen ... Kurz vor ihnen lag eine Kurve. Tonja griff nach dem Lenkrad, doch es war zu spät. Der Wagen raste in den Graben und kam mit einem dumpfen Schlag zum Stehen. Tonjas Körper wurde nach vorne geschleudert. Der Schmerz nahm ihr vorübergehend den Atem.

Mit einem Mal war alles still, Angst lähmte sie, machte es ihr unmöglich, sich zu bewegen. Von irgendwo weit her hörte sie Rufe.

Corbin?

Nein, das war eine fremde Stimme.

Schritte näherten sich.

»Kann ich Ihnen helfen? Sind Sie verletzt?«

Das war der Spaziergänger. Tonja wollte den Kopf schütteln, doch sie hatte Angst davor.

»Nein«, hauchte sie. »Helfen Sie meinem Mann, bitte, helfen Sie!«

Erst jetzt drehte sie den Kopf zu Corbin.

Sie begann zu schreien.

69

FRANKFURT, 2013

»Zu filmen ist wirklich etwas anderes, als Theater zu spielen«, sagte Elly. »Erst als ich mit dem Filmen begann, wusste ich, was Geduld heißt. Damals lernte ich zu warten. Wenn man dreht, gibt es nämlich viel Leerlauf, Fräulein Wahlsberg. Manchmal wurde eine Szene vorher auch immer und immer wieder geprobt, denn lief die Kamera, dann sollte alles sitzen. Das Material war kostbar, und Sergej Karpow, der mein erster Regisseur war, wollte nichts verschwenden.« Sie schaute nachdenklich in die Ferne. »Karpow war streng, aber nicht ungerecht, und ich war ihm jedenfalls sehr dankbar, dass er mir eine Chance gab.«

Carina, die sich ein paar Notizen gemacht hatte, sah von ihrem Block auf. Elly war in Gedanken. Ein leichtes Lächeln lag auf ihrem Gesicht, als erinnere sie sich an etwas Schönes. Für einen Moment versank Carina selbst im Anblick der alten Dame. War es das, was sie auf der Bühne ausgestrahlt hatte? Es war faszinierend, sie konnte einen wirklich in ihren Bann ziehen, in dem sie einfach nur *da* war.

»Karpow trank immer diesen Tee, starken, würzigen Tee, und er erzählte, dass es ihn in der Kindheit, von der er manchmal berichtete, im Schloss gegeben habe. Vielleicht stimmte das, vielleicht nicht. Er war ein guter Geschichtenerzähler, und ich arbeitete gerne mit ihm zusammen. Er hatte Visionen. Er wollte die Menschen ihren harten Alltag vergessen lassen, und den Krieg, der einem die Liebsten nehmen konnte.« Elly sah Carina an. »War es schlimm, der Gegenwart entfliehen zu wollen?« Sie gab sich selbst die Antwort. »Vielleicht war es das.«

Carina schaute wieder auf ihren Block, strich ein Wort aus und schrieb es sorgfältiger daneben.

»Wenig später habe ich übrigens Greta wieder getroffen, Sie erinnern sich? Die zarte rothaarige Greta. Sie war aus England zurück und hatte ein hohes Mitglied der Partei geheiratet, die jetzt den Ton angab.«

»Greta? Ein Mitglied der NSDAP? Das kann man sich ja kaum vorstellen«, entschlüpfte es Carina.

»Hm, vielleicht ja, vielleicht nein. Greta hatte eigentlich immer nach einem starken Mann gesucht. Davon hatte sie schon in Berlin gesprochen, als wir gemeinsam durch die Bars zogen. Als ich sie wiedertraf, war sie schwanger und hatte außerdem bereits drei weitere kleine Kinder bei sich. Das Älteste war etwa sechs Jahre, das Jüngste noch ein Wickelkind. Sie freute sich sehr, mich zu sehen, und erzählte mir, wie wunderbar es sei, Teil einer so großen Sache zu sein … Sie meinte damit natürlich das *Tausendjährige Reich*, auf das man doch so lange gewartet habe. Ihr nächstes Kind wollte sie Adolf nennen. Können Sie sich das vorstellen, Fräulein Wahlsberg?«

Carina zuckte mit den Schultern. Das konnte sie sich jetzt doch sehr wohl vorstellen, aber sie zog es vor zu schweigen.

»Jedenfalls fragte sie mich, wie es mir gehe. Ich sagte, ich würde bald mit Dreharbeiten beginnen …«

Elly streckte die Hand nach der Teetasse aus. Carina rückte sie näher heran. Sie hatte ein paar Fotos dabei, die sie Elly jetzt reichte. Elly betrachtete sie aufmerksam durch die dicken Gläser ihrer Brille. Groß wirkten ihre Augen in diesem Moment und ein wenig eulenhaft.

»Ich war keine Heldin«, sagte sie nach einer Weile. »In den

Vierzigern war ich gewiss keine Heldin. Ich hatte ein paar kleinere Rollen in Durchhaltefilmen. Ich habe mein Leben gelebt und den Kopf eingezogen. Ich habe geschwiegen. Wie so viele. Aber das soll keine Rechtfertigung sein. Ich weiß nicht, welche Nachteile ich gehabt hätte, wenn ich nur ein wenig mutiger gewesen wäre. Seelfeldt tat sich übrigens sehr schwer mit den neuen Zeiten.« Elly seufzte tief. »Ein paar Tage nach Greta traf ich dann auch noch Franz' Mutter, Sie wissen, der Filmorchestermusiker, der nach New York gegangen war? Die jüdische Familie.«

»Ja. Sie haben von ihm gesprochen« sagte Carina.

»Frau Cohn trug den Stern.«

Carina zog sich der Magen zusammen.

»Ich hatte gehofft, dass sie das Land verlassen hatte«, fuhr Elly fort. »Als ich sie sah, war sie nur noch ein Schatten der Frau, die sie einmal gewesen war.« Elly schwieg einen Augenblick. »Nein, nichts rechtfertigt, dass ich geschwiegen habe«, wiederholte sie dann energisch. »Ich weiß sehr gut, dass man nicht unschuldig bleibt, wenn man einfach nichts tut.«

Carina dachte daran, dass sie nicht von Schuld gesprochen hatte, aber diese Frage schien Elly immer wieder umzutreiben. Schuld spielte offenbar eine zentrale Rolle in ihrem Leben. Warum war das so? Hatte sie tatsächlich Schuld auf sich geladen?

Jetzt legte die alte Dame die Fotos langsam wieder auf den Tisch, lehnte sich in ihrem Sessel zurück und schaute Carina konzentriert an.

»Und wie waren die Fünfziger?«, fragte die.

Elly lächelte spöttisch.

»Wissen Sie das nicht? Da ging es wieder bergauf. Die Rollen wurden größer. Viele wollten vergessen, und wir redeten nicht über die Vergangenheit. War da etwas geschehen? Nein? Nein! Wer will sich denn daran erinnern? Meine Güte, wurde damals ein Kitsch fürs Kino produziert! So viel Kitsch. Die meisten wollten eben die heile Welt, koste es, was es wolle. Ich könnte ja behaupten, ich hätte damals auf Qualität geachtet, aber nein, das wäre gelogen … Ich wollte und ich musste spielen, und ich hatte Erfolg. Man munkelte sogar, ich könnte es in Hollywood schaffen, aber das war nie mein Plan. Wirklich. Ich war zu Besuch in New York, ja, um mir den Broadway anzusehen und das alles, die Stadt, die niemals schläft. In Hollywood war ich nie. Für manche bin ich deshalb eine Unvollendete, die meisten haben mich vergessen, und das ist auch gut so.«

»Finden Sie?«

Carina schaute Elly aufmerksam an. Die verzog keine Miene.

»Ja, das finde ich. Ich wollte nie im Mittelpunkt stehen. Ich wollte immer, dass man mich irgendwann ganz vergisst. Was ist denn das Leben, wenn der Ruhm vorbei ist, außer schalem Mitleid? Dabei geht es doch wohl nicht darum, für den Rest des Lebens immer nur eine Rolle zu spielen, oder?«

70

NEW YORK, 1955

1955 sah Elly Franz in New York wieder. Es wäre ihr nicht im Traum eingefallen, jemand Bekannten in dieser großen fremden Stadt zu treffen, und sie erschrak sehr, als sie einander in einem Hoteleingang begegneten. Für einen Moment blieb ihr der Atem weg. Dann überlegte sie, ob sie sich einfach umdrehen und davoneilen konnte.

Vielleicht hatte er sie ja noch nicht gesehen, oder er erkannte sie nicht wieder. Sie hatte sich schließlich stark verändert. Franz dagegen sah immer noch jünger aus, als er war, trug ein Instrument bei sich und hatte immer noch diese unverwechselbaren buschigen roten Haare. Dabei musste er Schlimmes durchgemacht haben.

Die Schrecknisse des vergangenen Krieges waren ihr mit einem Mal sehr gegenwärtig. Sie erinnerte sich jetzt: Es hieß, seine Mutter und die Schwestern seien in einem dieser Lager im Osten umgekommen, nur der Vater und er hätten überlebt.

Bevor Elly sichs versah, streckte Franz ihr schon die Hand hin.

»Elly, das ist aber eine Überraschung.« Sie starrte ihn an und wusste nicht, was sie sagen sollte. »Du bist doch Elly Kramer aus Frankfurt, oder?«

Am liebsten hätte sie geleugnet, Elly zu sein. Und das nicht nur in dieser Situation.

Er sprach weiter.« Ich bin's, der Franz. Aus dem Orchester. Weißt du noch?«

»Franz! Ach, der Franz. Was für ein Zufall. Wie geht es dir?« Im gleichen Moment hätte sie sich ohrfeigen können für diese Frage. Doch Franz lächelte.

»Gut geht's mir. Ich hatte Glück mit New York.«

Ellys Gedanken ratterten. Wie meinte er das? Meinte er, dass er Glück gehabt hatte, weil er Deutschland zur rechten Zeit verlassen hatte? Franz verlagerte sein Gewicht auf das rechte Bein.

»So um 1936, da war es hart, hier Arbeit zu finden, und wir haben kurz überlegt, in die Heimat zurückzukehren. Ich wäre auch bei Olympia gerne dabei gewesen, aber dann bekamen wir ein Engagement und …«

»Besser so«, entschlüpfte es Elly. Es war schwer, über Dinge zu sprechen, die eigentlich unaussprechlich waren.

Franz lachte. Sie fühlte sich noch schlechter.

Elly erinnerte sich. Die Umstellung auf den Tonfilm damals hatte viele Veränderungen mit sich gebracht. Schauspieler mit nicht so gut klingenden Stimmen waren über Nacht aus dem Geschäft gewesen, viele Kinomusiker standen von heute auf morgen auf der Straße. Im Herbst 1930 hatte es noch einmal letzte Proteste und öffentliche Konzerte gegeben, mit denen die Musiker auf ihre verzweifelte Lage aufmerksam machten, aber der Fortschritt hatte sich nicht aufhalten lassen.

»Kennst du noch Leute von früher?«, fragte er.

»Nicht viele. Es ist zu viel geschehen. Der Krieg, die Jahre davor …« Sie dachte unwillkürlich an Herrn Mühe, den man eines Tages abgeholt hatte, und Annemie, von der man sagte, sie sei Aufseherin gewesen in einem dieser Lager, von denen alle nichts gewusst haben wollten. Und dann war da noch Annemies Vater, der war ganz schnell ein hohes Tier geworden und nach dem Krieg geflohen – nach Südamerika hieß es, Argentinien oder Chile –, während seine Tochter ins Gefängnis wanderte. Sie dachte an Otto Walburg, den ihre Eltern 1923 in Frankfurt im »Pygmalion« gesehen hatten und der später in Auschwitz ermordet worden war. Fieberhaft überlegte sie, was sie Unverfängliches erzählen konnte, da sprach Franz schon wieder.

»Gibt es das Kino noch?«, fragte er.

»Ja.« Sie überlegte, wie er wohl vom Tod seiner Familie erfahren hatte. »Das wird mein Vater wohl nie aufgeben.«

»Dann bist du sicher oft da, wenn es dich mal nach Hause verschlägt«, sagte Franz lächelnd. »Wie in den guten alten Zeiten.«

»Hm.«

Franz lächelte. »Ich habe deine Karriere ein wenig verfolgt.«

»Wirklich?« Sie bemerkte, dass sie ihr großes Lächeln aufsetzte, hinter dem sie sich verstecken konnte.

»Ja doch. Hast du ein Engagement hier?«

»Nein, eigentlich mache ich nur Urlaub.« Ihr Lächeln wurde noch größer. Es war ihr Inkognito-Lächeln.

»Geht das noch? Ich meine, bist du nicht viel zu bekannt dafür?«

»Besser, als ich dachte. Aber mal ehrlich, hier kennt mich doch niemand.«

Jetzt, wo sie miteinander redeten, fielen ihr doch Veränderungen an Franz auf. Er wirkte reifer, männlicher, sein Anzug passte ihm. Er trug eine Hornbrille. Sein Auftreten war selbstbewusst. Ellys Blick fiel auf den Trompetenkasten in seiner Hand.

»Du bist also immer noch Musiker. Trompete? Warst du nicht Geiger?«

»Es ist immer gut, mehr als ein Ass im Ärmel zu haben.«

Sie nickte. »Wie ist es dir denn sonst ergangen?«

»Nicht schlecht. Wie gesagt, es war ein Glück, dass wir aus Deutschland weggegangen sind, auch wenn wir damals noch nichts ahnten – oder es nicht ahnen wollten. Rückblickend hätte man möglicherweise doch …« Er brach ab und musterte sie. »Meine Mutter wollte die Veränderungen bis zum Schluss nicht wahrhaben, noch nicht einmal meine Cousine Rahel konnte sie überzeugen. Sie ist dann alleine nach Palästina gegangen. Wir wollten uns eigentlich immer einmal in Jerusalem treffen, aber bis heute …« Er schüttelte den Kopf. »Meine Schwestern sind damals bei Mama geblieben, und dann war es zu spät.«

Seine Augen wirkten dunkler, als er sie jetzt länger ansah. Ob er darüber nachdachte, sie zu fragen, was sie in diesen Jahren getan hatte? Sie, ihre Familie … Elly suchte nach Worten.

»Wohnst du hier?«, fragte sie dann.

»Manchmal.« Er lächelte.

»Im Hotel?«

»Ja, ich habe mich nicht dazu durchringen können, eine Wohnung anzumieten oder gar ein Haus zu kaufen.« Er schaute gedankenverloren in die Ferne. »Ich packe meinen Koffer auch nie ganz aus. Ich will nirgends bleiben. Wir haben uns verändert, auch die, die in Sicherheit waren. Mein Vater hat aufgehört, Geige zu spielen, nachdem das mit Mama und meinen Schwestern passiert ist.«

Elly biss sich auf die Lippen. Sie war immer noch zu feige, etwas zu sagen.

»Dann bist du nicht verheiratet?«, fragte sie stattdessen.

»Nein«, antwortete er. »Und du?«

Sie schüttelte den Kopf.

»Du hast dich verändert, Elly, aber trotzdem …« Er betrachtete sie nachdenklich. »Nehmen wir einen Drink in der Bar?«

Sie dachte, dass der Franz von früher es nicht gewagt hätte, sie auf einen Drink einzuladen. Sie wusste, dass sie sich davor fürchtete, er könnte sie nach Tonja fragen, und doch wollte sie gerne mit ihm reden. Als sie sich das letzte Mal gesehen hatten, war die Welt noch in Ordnung gewesen. Ein seltsamer Gedanke. Beschämt dachte sie daran, wie garstig sie damals zu ihm gewesen war.

»Gerne«, hörte sie sich sagen.

Er hielt ihr die Tür auf und ließ sie an sich vorbei. Dann wies er ihr den Weg zur Bar, den er offenbar gut kannte. Sie bestellte sich einen Martini, er nahm einen Bourbon. Sie sprachen über dieses und jenes. Er bot ihr an, dass er ihr New York zeigen könnte. Sie bedankte sich artig.

»Wie hast du all diese Jahre denn hinter dich gebracht?«, fragte er schließlich.

»Ich habe nichts getan«, sagte sie leise. Es klang nicht so gut, wie sie es sich vorgestellt hatte.

Er lächelte. »Das wollte ich nicht wissen.«

»Ich dachte …«

»Ich weiß.« Es dauerte etwas, bevor das Lächeln auf sein Gesicht zurückkehrte.

71

BERLIN, 1931

Es war gut gewesen, unerschrocken mit den anderen um die Häuser zu ziehen. Die Schauspielkollegen respektieren Elly jetzt viel mehr. Es fühlte sich so an, als sei sie ein Teil einer Gruppe; ein Gefühl, das Elly zum ersten Mal im Leben hatte.

Mit ihrem neuerwachten Selbstbewusstsein ließ sie auch wieder häufiger Gedanken an Tonja zu. Plötzlich kam sie sich schäbig vor, dass sie all ihre Briefe ungelesen weggeworfen hatte. Eines Tages setzte sie sich also hin und formulierte einige Zeilen auf einem Papier, die sie jedoch sofort wieder ausstrich. Sie versuchte es erneut, doch es waren wieder nicht die richtigen Worte. Sie entschied, dass es besser wäre, Tonja an Weihnachten persönlich aufzusuchen. Bis dahin würde sie sich in ihr neues Leben stürzen. Sie zweifelte nicht daran, dass ihr später die richtigen Worte einfallen würden.

Elly arbeitete also weiter hart, lernte gewissenhaft ihre Texte und machte am Wochenende die Nacht zum Tag.

Berlin war eine wilde Stadt, eine Stadt, die am Rand des Vulkans tanzte, stets bereit, wirbelnd in den feurigen Abgrund zu stürzen. In Berlin schien alles möglich: Frauen liebten Frauen, Männer liebten Männer, Männer trugen Frauenkleidung und Frauen Männerkleidung. Jetzt konnte sie über ihr Entsetzen ob Robert Seelfeldts geheimer Leidenschaft nur noch schmunzeln.

Mittlerweile hatte Elly auch gelernt, Nein zu sagen. Sie

machte bei Weitem nicht alles mit, was ihre Freunde in den langen Berliner Nächten trieben. Es fühlte sich an, als habe sie endlich zu sich gefunden. Alles war gut. Alles war gut, wie es war.

Dann, eines Tages, Elly war gerade in ein Skript vertieft, stürmte Margot auf sie zu.

»Stell dir vor. Ich habe ein Angebot vom Film.«

Elly schaute überrascht hoch. Seit sie in Berlin die Theaterschule besuchte, war die gesamte Filmindustrie für sie in den Hintergrund gerückt. In all den Monaten war sie nur selten ins Kino gegangen, gewiss auch, weil es sie zu sehr an Tonja erinnerte.

»Ich habe einen echten Regisseur kennengelernt«, fuhr Margot fort. »Sergej Karpow, er will mich. Sofort.«

Sie sprach jetzt leiser, offenbar wollte sie keinesfalls, dass die anderen beiden etwas davon erfuhren. Elly musterte ihr Gesicht und kam zu dem Schluss, dass es gut aussehen würde auf der Leinwand. Margot hatte zweifelsohne ein Leinwandgesicht, eines, das auf einer großen Fläche bestens zur Geltung käme. Sie kannte sich schließlich aus.

Elly freute sich für Margot, aber die Neuigkeit versetzte ihr auch einen Stich.

»Seelfeldt sagt, der Film zählt nicht, nur das Theater sei Kunst.«

Margot zuckte die Achseln. »Und ich denke, dass der Film die Zukunft ist. Er bietet so viele Möglichkeiten. Gehört deinem Vater nicht ein Kino? Du müsstest dich doch mit Filmen auskennen?«

Eine gute Stimme hat sie auch, dachte Elly, dunkel und etwas rauchig. Und sie singt wunderbar.

Frederic und Greta kamen zu ihnen herüber. Elly war froh, dass sie nichts mehr sagen musste. Sie dachte wieder an Tonja, und die Stunden, die sie im Odeon verbracht hatten. Margot bat sie mit Blicken, den beiden nichts zu verraten.

Schon am nächsten Tag entschied Margot sich, das Angebot beim Film anzunehmen. Seelfeldt verabschiedete sich ernst von ihr. Frederic war so wütend, dass er nicht mehr mit ihr sprach und sich auch nicht verabschiedete. Und Elly löste sich erst aus ihrer Erstarrung, als Margot in dem dunklen Gang verschwand, der nach draußen führte. Sie eilte ihr hinterher. Vielleicht war Margot keine enge Freundin, aber sie war in Ordnung, und Elly hatte sich an sie gewöhnt. Sie würde ihre offene, direkte und dabei herzliche Art bestimmt vermissen.

»Margot!«

Margot drehte sich um. Noch ein paar Schritte, dann standen Elly und sie fast voreinander. Elly musste den Kopf etwas in den Nacken legen, denn Margot war eine große Frau, eine Frau mit dem Gespür für die richtige Pose, wie ihr jetzt auffiel.

»Pass auf dich auf«, sagte Elly.

»Mach ich, Kleene«, gab Margot lächelnd zurück. Die beiden umarmten sich.

»Ich muss jetzt los. Das Taxi wartet.«

Elly begleitete sie bis vor die Tür. Margot lief die wenigen Stufen hinunter. Auf dem Gehsteig drehte sie sich noch mal um. Ein frischer Wind war aufgekommen und ließ Elly frösteln.

»Auf Wiedersehen, Margot«, rief sie ihr hinterher.

Es riecht nach Winter, dachte Elly.

Sie sah, dass sich auf den Bürgersteigen die Blätter der umstehenden Bäume sammelten. Elly blickte nach oben. Dort, wo die Häuser aufhörten, war der Himmel kräftig blau.

Als Margot in das Taxi einstieg, spürte Elly, wie ihr der Hals eng wurde. Tränen stiegen in ihrer Kehle auf. Sie hob ihre Rechte und winkte. Margot winkte zurück.

Das Taxi fuhr los und war bald um die nächste Ecke verschwunden.

Vielleicht hätten wir Freundinnen werden können, dachte Elly. Jetzt war es zu spät.

Nachdem Margot die Schule verlassen hatte, wurde Greta überraschend von ihrer Familie abgeholt, und genauso überraschend verließ bald darauf auch Frederic Seelfeldts Schauspielschule. Dass er sich bei der Polizei bewarb, war unter den Schauspielschülern für einige Tage das Hauptgesprächsthema. Ausgerechnet Frederic. Was Greta anging, wurde getuschelt, dass ihre Eltern um ihr Leben fürchteten und sie außer Landes bringen wollten, um sie von den schlechten Kreisen fernzuhalten, in die sie geraten war.

Nach langer Zeit lud Robert Seelfeldt Elly einmal wieder zu sich ein. Elly und er redeten über Kunst, Theater und Film, über die neuen Schauspielschüler und die Berliner Theater, als sei nichts gewesen. Seelfeldt vertraute Elly außerdem an, dass er sich Sorgen um die politischen Entwicklungen machte, um die brutalen Auseinandersetzungen auf den Straßen, um die Rattenfänger, die unterwegs waren. Elly verstand nicht.

»Rattenfänger?«

Seelfeldt zögerte.

»Die Nazis«, sagte er dann.

Elly schwieg. Seelfeldt räusperte sich irgendwann so geräuschvoll, dass sie zusammenzuckte.

»Ich bin dir dankbar, dass du niemandem von meinen Vorlieben erzählt hast.«

Sie nickte. »Warum sollte ich?«

Nach fast einem Jahr hatte sie sich gut eingelebt in Berlin und war an der Schauspielschule inzwischen beinahe so etwas wie ein alter Hase. Dennoch hatte sie in den letzten Tagen eine Entscheidung getroffen, und die war endgültig.

»Ich werde übrigens nicht für die Weihnachtsaufführung zur Verfügung stehen«, teilte sie Seelfeldt mit.

Seelfeldt sah sie überrascht an.

»Hast du dir das gut überlegt?« Enttäuschung lag in seiner Stimme.

»Ja«, erwiderte sie.

Sie war sich sicher. Sie hatte die richtige Entscheidung getroffen. Sie würde an Weihnachten nach Frankfurt fahren und sich mit Tonja aussprechen.

»Ich habe etwas Wichtiges zu erledigen. Vielleicht komme ich im Januar wieder nach Berlin zurück.«

»Du musst wissen, was du tust.«

72

FRANKFURT AM MAIN, 1931

Der Mann, der Elly im Zugabteil gegenübersaß, lächelte sie immer wieder an, doch sie blieb ernst. Sie hatte gelernt, dass man sich kein Gespräch aufdrängen lassen musste, wenn man das nicht wollte. Nach einer Weile gab er auf. Gegen Mittag packte sie das belegte Brot aus, das ihr Frau Fuchs mitgegeben hatte. Ihre Vermieterin war fast ein bisschen traurig gewesen, dass Elly über Weihnachten wegfuhr. Sie hatten sich herzlich voneinander verabschiedet und sich eine gesegnete Weihnachtszeit gewünscht.

Elly aß das Brot und nickte irgendwann ein, um erst kurz vor dem Frankfurter Hauptbahnhof fröstelnd wieder aufzuwachen. Ihr schwaches Spiegelbild im Zugfenster zeigte ihr das Bild eines hilflosen verschlafenen Kindes. Rasch richtete sie ihre Frisur und stand auf, um ihre Kleidung zu ordnen.

Ihre Handtasche war seitlich unter den Sitz gerutscht. Elly überprüfte nervös den Inhalt und atmete erleichtert aus: Es war noch alles da. Nicht auszudenken, wenn man sie bestohlen hätte.

Wieder ging ihr Blick zum Fenster.

Das Kind war verschwunden. Wie sehr hatte sie das eine Jahr in Berlin verändert. Sie war als junges Mädchen aufgebrochen, und jetzt blickte ihr eine aparte Frau entgegen. Sie trug zwar keine der modernen Kurzhaarfrisuren, aber sie hatte gelernt, ihr Haar so zu frisieren, dass es nicht mehr so mädchenhaft wirkte. Sie hatte zwölf Monate Großstadtluft geschnuppert. Ihr konnte keiner mehr so leicht etwas vormachen. Sie war stärker geworden. Und sie spielte ihre Rolle gut.

Die Welt stand ihr offen.

Der Zug fuhr in den Bahnhof ein. Elly nahm ihr Gepäck und stieg aus. Sie hatte nicht viel dabei, lediglich eine Tasche, die sie ohne Mühe selbst tragen konnte. Am Ende des Bahnsteigs erwartete sie Herr Felbers, der Chauffeur, der ihre Eltern hin und wieder fuhr. Sie freute sich, sein vertrautes Gesicht zu sehen. Heute war er hier, um sie nach Hause zu bringen. Er begrüßte sie freundlich.

»Es ist schön, dass Sie wieder bei uns sind, Fräulein Kramer«, sagte er. »Ihre Eltern erwarten sie schon seit Tagen sehnsüchtig. Leider liegt Ihre Mutter heute mit Migräne im Bett, und ihr Vater ist noch im Odeon. Wo ist denn Ihr Gepäck?«

»Das ist vorerst alles, Herr Felber, einen Teil habe ich in Berlin gelassen.«

»Dann sind Sie … nur zu Besuch, Fräulein Elly? Das wird Ihrer Mutter aber nicht gefallen. Himmel, Sie sind wirklich groß geworden.« Er brach ab und errötete. Elly lachte. Dann fuhr er fort: »Also, ich wollte sagen, ich hätte sie fast nicht wiedererkannt.«

Sie standen jetzt vor dem Auto. Herr Felber hielt Elly die Tür auf, und sie stieg ein. Als sie in die weichen Lederpolster des Autos sank, kam die Erinnerung sofort zurück. Sie war jetzt wirklich zu Hause. Fühlte sich das gut an?

Im Haus war es ruhig, als Elly es zum ersten Mal seit langen Monaten betrat, doch es dauerte nicht lange, da kamen Frau Wenz und Theresa um die Ecke gerannt und schlossen sie in die Arme. Elly war erstaunt, wie sehr man sie offenbar vermisst hatte, und sie freute sich über die herzliche Begrüßung.

»Oh, so früh. Wir dachten, Sie treffen später ein. Hatten Sie nicht so etwas telegrafiert?«

Elly wurde es warm ums Herz, als sie den vertrauten Dialekt der Frauen hörte, der sich trotz aller Bemühungen in diesen Augenblicken des Wiedersehens umso stärker Bahn brach. Theresa bewunderte ihre Kleidung und half ihr aus dem Mantel, um das gute Stück zur Garderobe zu bringen.

»Keine Sorge. Ich konnte es einfach nicht aushalten und bin früher gefahren«, sagte Elly. »Und ich bin ohnehin müde. Da passt es ganz gut, dass meine Eltern noch etwas Zeit brauchen. Ich muss mich erst einmal ausruhen.«

»Tun Sie das«, sagte Frau Wenz. »Es ist ja eine furchtbar lange Reise von Berlin hierher. Aber nachher, ja, da erzählen sie uns etwas von der großen Stadt, nicht wahr?«

»Ja, bitte«, sagte Theresa. »Wir kennen sie ja nicht, unsere Hauptstadt. Ist es wirklich so aufregend dort?«

»Unbedingt.« Elly lächelte. »Sie werden staunen, was ich alles zu berichten habe.«

Theresa klatschte in die Hände. »Oh ja, oh ja!«

Frau Wenz schüttelte den Kopf.

»Ich weiß nicht, oh, ich weiß nicht. Ist es nicht gefährlich?«

»Ein wenig …« Elly lachte. »Warten Sie einfach ab, ich werde nichts auslassen. Und jetzt möchte ich unbedingt ein Bad nehmen. Theresa, würden Sie bitte das Badewasser einlassen?«

»Sehr wohl, Fräulein Elly, sehr wohl. Ach, ich freue mich so sehr, dass Sie wieder zu Hause sind.«

In ihrem Zimmer hatte sich nichts geändert, was Elly verwunderte und auch wieder nicht. Es fühlte sich wie eine Heimkehr an, aber zu ihrer Überraschung wusste sie mit einem Mal nicht, ob sie an diesen Ort zurückkehren wollte oder ob sie ihrem Elternhaus nicht inzwischen entwachsen war. Ein wenig war Berlin auch eine Flucht gewesen, ein Ort, an dem sie gelernt hatte, ihre eigenen Entscheidungen zu treffen. Sie war nicht mehr die, die sie vor einem Jahr gewesen war. Dass ihre Eltern sie erst später begrüßen würden, ließ ihr mehr Zeit anzukommen und sich über einiges klar zu werden. Theresa kam, um den Koffer auszupacken und wohl auch, um sich neugierig nach der großen Stadt zu erkundigen. Elly erzählte ein paar Belanglosigkeiten, während sie auf das Badewasser wartete.

Als das Wasser endlich die richtige Temperatur hatte, verabschiedete Theresa sich. Elly war froh, endlich allein zu sein. Sie löste ihr Haar und kämmte es sorgsam durch. Dann ließ sie sich in das warme wohlriechende Wasser sinken und schloss die Augen. Sie erinnerte sich daran, wie ihre Mutter ihr früher das Haar gewaschen hatte. Sie tauchte unter, massierte dann das Shampoo in ihr Haar und spülte es ab. Elly betrachtete ihren Körper und konnte förmlich spüren, wie sich der Schmutz von ihr löste.

Könnte man doch nur auch das abspülen, was einen belastet.

Sie legte den Kopf gegen den Wannenrand und schaute zu den Stuckverzierungen weit oben an der Decke. Ranken und Blätter. Als Kind war sie zwischen dem Stuck dort spazieren gegangen; damals, als sie noch in ihrer eigenen Welt gelebt hatte …

Aber tue ich das nicht nach wie vor? Und war die eigene Welt nicht der einzige Ort, an dem man sich geborgen fühlen konnte?

Sie dachte an Tonja und daran, wie es ihr wohl mit Corbin ging. Ob die beiden immer noch ein Paar waren? Wenig später klopfte es an der Tür. Frau Wenz meldete, dass die Eltern sie jetzt unten erwarteten. Elly stieg aus der Wanne und kleidete sich rasch an.

Ellys Vater freute sich überschwänglich. Er hatte es sich nicht nehmen lassen, heute doch früher Schluss zu machen und den Betrieb des Odeon seinen Angestellten zu überlassen, um seine Tochter endlich zu sehen.

»Komm her, mein süßes Mädchen«, rief er und breitete die Arme aus. Elly stürzte sich ohne zu zögern hinein. Sie vertraute ihm, er war ihr Fels in der Brandung. Sie liebte ihn. Sie liebte seine Sicherheit und Klarheit.

Als Jugendliche, erinnerte sie sich, war er ihr manchmal zu laut gewesen, heute verstand sie ihn besser. Er war ein guter Gastgeber. Das war wichtig in seinem Beruf. Auch ein Kinobesitzer musste seine Gäste willkommen heißen können.

Sie aßen gemeinsam zu Abend, Königsberger Klopse, Ellys Lieblingsessen.

»Wie hat es dir wirklich gefallen in Berlin?«, ließ sich später am Abend ihre Mutter hören, während sie wie früher am Bettrand saß und die Bettdecke glattstrich. Elly dachte nach. In Berlin hatte sie gelernt, schneller zu sprechen, um ihren Platz zu behaupten. In der großen Stadt hatte man bereits verloren, wenn man zu lange nachdachte. Hier aber konnte sie überlegen, sich Zeit lassen.

»Es war …«, setzte sie an. »Es war schön.«

Ihre Mutter schaute sie prüfend an. Sie strich wieder und wieder über die Bettdecke, ein Zeichen der Nervosität. Alice machte sich Sorgen.

»Du hast nicht oft geschrieben in letzter Zeit.«

»Ich hatte viel zu tun. Wir haben immer lange geprobt.« Sie machte eine kurze Pause. »Herr Seelfeldt war zufrieden mit mir.«

Alice lächelte.

»Ich war einmal als Kind in Berlin, damals, als es noch Könige und Königinnen gab. Habe ich dir schon einmal davon erzählt? Wir waren bei einer Hochzeit. Ich erinnere mich genau, wie zauberhaft ich es fand.« Ihr Blick verlor sich kurz in der Ferne. Elly fragte sich, ob ihre Mutter versuchte, eine Verbindung zu ihr herzustellen, von der sie selbst plötzlich ahnte, dass es sie nicht mehr gab. Sie war nicht mehr die kleine Elly, die beschützt werden musste, und vor allem wollte sie nicht mehr beschützt werden. Ein seltsames Gefühl machte sich in ihr breit. Bedeutete das vielleicht, dass sie nun erwachsen war?

»Stell dir vor. Ich habe einen russischen Grafen kennengelernt«, sagte sie.

Ihre Mutter hob den Kopf und betrachtete sie nachdenklich.

Der Graf war der Regisseur, der Margot entdeckte hatte. Er hatte ein Haus am Glienicker See, wo die Crème de la Crème des deutschen Films wohnte, das deutsche Hollywood sozusagen. Sie war noch einmal zu der Freundin hinausgefahren, bevor sie abreiste. Margot hatte wie ein Wasserfall erzählt, und Elly wollte alles wissen, was es über die Welt des Films zu berichten gab. Margot hatte Elly versichert, falls sie irgendwann etwas brauche, solle sie sich melden. Ob sie Karpows Freundin sei, wollte Elly von ihr wissen. Die Freundin hatte lachend verneint.

Alice strich erneut über die Bettdecke.

»Wirklich? Ein Graf?«

»Ja, Sergej Karpow ist vor den Bolschewisten geflohen und ihnen nur knapp entkommen.«

»Das ist interessant.« Ihre Mutter schien zu überlegen. »Hat er dir denn irgendetwas von Russland erzählt?«

Elly schüttelte den Kopf.

»Ich glaube, er erinnert sich nicht gerne daran, aber er ist ein guter Regisseur. Er hat eine Freundin von mir entdeckt und zum Film gebracht.«

Sie verschwieg, dass er auch sie gefragt hatte, ob sie Interesse an Probeaufnahmen habe. Dann setzte sie sich auf und griff nach der Hand ihrer Mutter.

»Hast du etwas von Tonja gehört? Ich würde sie gerne bald besuchen. Es wird langsam Zeit. Ich habe schon fast vergessen, warum ich ihr böse war.«

Alice zuckte leicht zusammen.

»Ich …«

»Was ist denn? Wie geht es ihr? Und, und wie geht es Corbin?«

Ihre Mutter stand abrupt auf.

»Ich … Ich muss dir etwas sagen …«

Ellys Kehle schnürte sich zusammen.

»Was ist mit Tonja?«

»Tonja geht es gut.«

Elly verspürte Erleichterung, und dann auch wieder nicht. Sie musste alle Kraft zusammennehmen.

»Und Corbin?«

»Er hatte einen schweren Unfall.«

Alles schien sich in Elly zusammenzuziehen.

»Ist er tot?«, krächzte sie.

73

Tonja war ganz dünn geworden. Sie wirkte geradezu zerbrechlich, die Schultern sehr schmal und eckig unter der dünnen weißen Bluse, die Beine, die aus dem einfachen dunklen Rock hervorschauten, wie Streichhölzer. Und sie hatte kurze Haare! Der Anblick war Elly sehr fremd.

Vieles war ihr fremd. Es hatte sie überrascht, dass sich Tonja bei den Harloffs aufhielt. Sie wusste ja, dass die Harloffs Tonja nicht ausstehen konnten und dass es nur die Liebe und der Respekt vor Corbin gewesen waren, die seine Familie bislang von weitreichenderen Schritten abgehalten hatte.

Corbin war Tonjas Schutz. War es jetzt damit vorbei?

Das Mädchen, das ihr bei den Harloffs die Tür geöffnet hatte, hatte Elly sofort erkannt und sie ohne Umschweife zu Corbins Zimmer geführt. Tonja sprang auf, als sie Elly sah, kam aber nicht näher. Elly starrte erst die Freundin an, dann Corbin, der in einem großen Bett lag und offenbar schlief.

»Tonja.«

»Elly.«

Endlich löste sich etwas, und die beiden jungen Frauen gingen langsam aufeinander zu. Drei Schritte von Tonja entfernt blieb Elly stehen. Sie blickte Tonja fest in die Augen, die fröstelte. Dann schaute Elly zu Corbin hinüber.

»Wie geht es ihm?« Ihre Stimme war rau. Tonja schaute Corbin ebenfalls an. Sie nahm sich Zeit mit ihrer Antwort.

»Es … Er entwickelt sich«, sagte sie dann.

Ihre Stimme war schwach und voller Unsicherheit. Es war, als glaubte sie selbst nicht ganz, was sie da sagte. Dann blickten die beiden Freundinnen sich wieder an und hielten einander im nächsten Augenblick in den Armen. Elly spürte, wie heftig Tonja zitterte. Alles Leid und alle Anstrengung, alle Ängste entluden sich.

»Er hatte einen schweren Unfall, weißt du? Im Oktober. Also, wir hatten einen schweren Unfall. Mir ist nichts geschehen, aber …«

Elly nahm das mühsam unterdrückte Schluchzen in Tonjas Stimme wahr und musste selbst gegen die Tränen ankämpfen.

»Ich weiß«, antwortete sie sanft. »Meine Mutter hat es mir gestern erzählt. Jetzt bin ich ja da. Ich bin bei dir.«

Tonja machte sich los und trat einen Schritt zurück.

»Warum hast du dich nicht ein einziges Mal gemeldet in diesen ganzen Monaten? Ich habe dir so oft geschrieben. Und dann, nach dem Unfall … Ich hätte dich so sehr gebraucht.«

»Ich wusste es nicht. Ich … Meine Mutter …« Elly sah aus dem Fenster. »Ich war wütend auf dich, und ich wollte deine Briefe nicht lesen. Es …« Sie seufzte. »Es war dumm.«

Tonja zog undamenhaft die Nase hoch.

»Ich wusste es wirklich nicht«, wiederholte Elly. »Und es tut mir unendlich leid. Jetzt bin ich an deiner Seite, glaub mir.«

Tonja nickte. Dann zog sie die Jacke enger über ihrer Brust zusammen. Elly ging durch den Kopf, dass ihre Mutter ihr nichts von den Ereignissen in Frankfurt geschrieben hatte. Warum hatte sie ihr das unterschlagen? Wahrscheinlich wollte sie ihre Tochter nicht beunruhigen. Wann würde sie endlich begreifen, dass sie ihr Kind nicht ewig beschützen konnte?

Tonjas Körper straffte sich etwas. Sie nahm Haltung an.

»Es ist gut, dass du da bist. Setz dich doch.«

Sie wies auf den Sessel, in dem zuvor sie selbst gesessen hatte. Ob sie dort auch schlief? Elly hatte gehört, dass sie kaum von Corbins Seite wich.

»Nein, das ist dein Platz.«

»Das macht nichts. Ich bin doch immer hier.«

»Es ist dein Platz«, wiederholte Elly bestimmt. Sie holte sich aus der Zimmerecke einen Stuhl und setzte sich neben Tonja. Die hatte die Beine eng an den Körper gezogen und starrte Corbin erneut an.

»Was genau ist passiert?«, fragte sie endlich.

»Ein Autounfall. Es war meine Schuld.« Sie musste wieder ein Schluchzen unterdrücken. »Mein Schal hat sich in den Radspeichen verfangen. Corbin hatte ihn um den Hals. Wir kamen von der Straße ab und krachten in einen Graben. Der Wagen kamen rasch zum Stehen ... Jemand sagte, dass uns das wahrscheinlich das Leben gerettet hat, aber Corbin war länger bewusstlos. Sein Kopf ... Anfangs sagte man mir, ich solle mir keine Hoffnungen machen, aber was hatte ich denn sonst? Er war ja nicht tot, ich musste ihm doch helfen!« Verzweiflung schwang in ihrer Stimme. »Ich blieb bei ihm und pflegte ihn. Ich sprach mit ihm. Ich fütterte ihn.« Sie schaute Elly an. »Seine Eltern wollten ihn in ein Sanatorium bringen lassen, aber das konnte ich verhindern ... Ich war bei ihm, Tag und Nacht.«

Ellys Blick ruhte auf dem schlafenden Corbin. Dieses Gesicht. Es war Corbins und dann auch wieder nicht. Es erinnerte sie ein wenig an den Ausdruck eines Schlaganfallopfers, das sie einmal vor langer Zeit gemeinsam mit Mama besucht hatte. Corbins Gesicht sah weich aus, ein bisschen schwammig, und es wirkte etwas unsymmetrisch.

»Er war zuerst in einem Dämmerzustand, und als er dann doch aufwachte, sagte man mir wieder, ich solle mir keine

Hoffnungen machen. Die Chancen stünden schlecht. Und ja, es fällt ihm noch schwer zu sprechen. Es fällt ihm schwer, mit Besteck zu hantieren. Anfangs hatte er seinen Körper nicht unter Kontrolle, aber er hat gekämpft, und es ist besser geworden. Nur die Beine wollen nicht mehr, und sein Kopf ...« Tonja kämpfte mit den Tränen. »Erst sagten sie, man wisse nicht, was alles durch den Unfall zerstört worden sei. Möglicherweise wäre er blöd, wenn er aufwacht.« Tonja schaute Elly mit großen Augen an. »Blöd! Darf man so etwas zu einem Menschen sagen?«

Elly streckte eine Hand aus und legte sie auf Tonjas Knie.

»Er ist nicht blöd«, sagte Tonja. »Er hat mich rasch wiedererkannt. Ich habe mit ihm geredet, weißt du, geredet und geredet. Ich habe mit ihm geübt wie mit einem Kind. Er kann jetzt wieder trinken. Beim Essen braucht er Hilfe...« Nun liefen Tränen über Tonjas Gesicht. »Wenigstens habe ich ihn nicht verloren.«

Elly nahm Tonja in den Arm. Es tat gut, die Freundin zu spüren. Sie schwiegen für ein paar Atemzüge.

»Es wundert mich, dass die Harloffs dir erlauben, hier zu sein«, sagte Elly dann.

Tonja lächelte zum ersten Mal, wenn auch etwas gequält. »Oh ja, man hat mich am Anfang sogar weggeschickt, aber danach ging es ihm schlagartig schlechter, als hätte er meine Abwesenheit bemerkt. Frau Harloff hasst mich, aber sie liebt ihren Sohn. Also musste sie mich zurückrufen. Er hat ihnen gezeigt, dass er nicht ohne mich leben will.«

»Das tut mir alles so leid. Es muss schwer für dich sein.«

Tonja schüttelte den Kopf.

»Nein, das macht mir nichts. Ich habe hier, was ich brauche. Und ich habe ihn. Ich bin mit ihm zusammen. Wir sind füreinander bestimmt, verstehst du? Ich weiß das jetzt besser als vorher. Würde ich an Gott glauben, dann wüsste ich, dass das eine Prüfung ist.« Sie lächelte für einen Moment in sich hinein. Ihre Stimme klang jetzt fester. Dann lächelte sie Elly an. »Ach, ich freue mich so, dich zu sehen.«

Elly erwiderte ihr Lächeln.

Wir sind Freundinnen. Immer noch.

»Ich mache mir solche Vorwürfe, dass ich nicht bei dir war, als das passiert ist«, sagte sie.

»Das konntest du doch nicht ahnen.«

Nein, fügte Elly im Stillen hinzu, aber was hätte ich gegeben, um in diesem Moment an deiner Seite zu sein. Vielleicht hätte das alles geändert? Vielleicht hättest du dann zur Abwechslung einmal mich gebraucht, und ich hätte dir wieder alles bedeutet.

Sie verbrachten die ganze darauffolgende Woche zusammen. Elly erzählte von Berlin, Tonja davon, wie sie sich bei einem Herrenfriseur die Haare hatte schneiden lassen.

»Du warst wirklich beim Herrenfriseur?« Nicht zum ersten Mal musterte Elly Tonja aufmerksam. Das auf Kinnlänge geschnittene Haar nahm der Freundin die letzte Kindlichkeit. Es machte ihr Gesicht schmal und ein wenig herb. Ihre Augen wirkten noch größer, wie tiefe dunkle Seen, deren Grund sich nur erahnen ließ. Elly erkannte in diesem Moment, dass es viele Orte gab, an die sie Tonja niemals würde folgen können.

»Und, wie findest du es?«, drang Tonjas Stimme in ihre düsteren Gedanken. Die Freundin stemmte die Hände in die Seiten und drehte den Kopf nach links und dann nach rechts. »Nun sag schon!«

»Ich, äh …« Elly suchte nach Worten. Aber sie wusste einfach nicht, wie sie es fand. Was sollte sie also sagen? Sie hatte solche Frisuren in Berlin gesehen, aber an Tonja war das etwas anderes. Sie kannte Tonja mit langem schwarzem, etwas widerspenstigem Schneewittchenhaar.

War es schön? War es hässlich? Kam es ihr hässlich vor, weil es ungewohnt war? Tonja berührte sie am Arm. Ellys winzigste Härchen stellten sich auf. Sie dachte daran, dass Tonja Dinge erfahren hatte, die sie niemals mit ihr würde teilen können.

»Ich muss mich noch daran gewöhnen, glaube ich«, sagte sie schließlich mit flacher Stimme.

»Ach, Elly«, Tonja lachte jetzt weich, ein Lachen, das Elly lange nicht mehr gehört hatte. »Das weiß man doch, ob einem etwas gefällt oder nicht, oder?«

Elly verschränkte die Arme vor der Brust.

»Ich weiß es aber nicht.«

Corbin schlief viel, lag aber auch stundenlang wach da. Manchmal musste er umgebettet werden, damit er sich nicht wundlag. Es fiel Elly schwer zuzusehen, wenn er aß, denn oft lief ihm das Essen wieder aus dem Mund, und manchmal würgte er. Dann musste Tonja ihm die zerkauten Brocken mit den Fingern aus der Mundhöhle holen. Natürlich erkannte sie, dass Corbin litt – er hatte sich längst so weit erholt, dass er sich über seinen Zustand bewusst war und über den Anblick, den er bieten mochte –, also zog sie sich irgendwann zurück, wenn es ans Essen ging. Dennoch, es gab Fortschritte. Und darüber freute sie sich gemeinsam mit Tonja.

Gegen Ende der vierten Woche lud Elly Tonja ins Odeon ein, und zu ihrer großen Überraschung sagte die Freundin zu. Eigentlich wich sie nicht von Corbins Seite, aber vielleicht wollte sie einfach mal unbeschwert in alten Zeiten schwelgen und die düstere Gegenwart vergessen.

Am späten Nachmittag machten sie sich gemeinsam fertig, wie sie es früher so oft getan hatten. Elly zog ein Kostüm mit extravaganter Bluse an, das sie in Berlin bei Wertheim erstanden hatte. Tonja wählte ein Kleid, das sie sich von ihrem Geld bei Fräulein Merx gekauft hatte. Bevor sie aufbrachen, stellten sie sich vor Corbins Bett, und er zollte ihnen, wenn auch etwas undeutlich, Beifall. Er hatte seine Stimme verloren, und er kämpfte jeden Tag darum, sie zurückzuerlangen.

»Es wird mit jedem Tag besser«, sagte Tonja stolz, als sie draußen die Straße entlanggingen. »Ich gewinne ihn jeden Tag ein Stückchen zurück.«

Sie sah so glücklich aus, war so überzeugt davon, dass Corbin wieder ganz gesund würde.

Elly musste an das Gespräch zwischen Amelia Harloff und ihrem Mann denken, das sie Tage zuvor zufällig mitgehört hatte, als sie vor der Wohnzimmertür gestanden und sich eigentlich nur hatte verabschieden wollen.

Musste sie Tonja sagen, dass Corbins Eltern ein Sanatorium weiterhin für eine Option hielten? Dem Gespräch zufolge hatten sie sich schon nach einem passenden Ort umgesehen. Des Weiteren erwogen sie, eine Krankenschwester einzustellen. Tonja war Amelia Harloff immer noch ein Dorn im Auge. Sie hielt sie nach wie vor nicht gut genug für ihren Sohn.

Nein, ich werde Tonja heute nichts davon erzählen. Sie ist gerade so glücklich.

Sie spürte, wie der Abstand zwischen ihnen beiden geringer wurde, wie sie sich wieder näherkamen, und das fühlte sich herrlich an. Es war fast wie früher, bis auf diesen einen winzigen Makel: Tonjas Herz gehörte Corbin, und das würde bis ans Lebensende so bleiben.

74

»Tonja! Elly, Sie hier?« Samuel Mühe hatte sie von der gegenüberliegenden Straße aus erkannt und kam jetzt eilig zu ihnen herüber. »Wir haben von ihren Berliner Erfolgen gehört, Fräulein Kramer, was machen Sie denn in Frankfurt?«

Elly war stehen geblieben und hielt Mühes fragendem Blick stand. In diesem Moment wusste sie wieder, dass ihre Entscheidung unumstößlich war. Sie war wieder an Tonjas Seite, nichts anderes hatte sie gewollt.

»Ich habe mich anders entschieden, Herr Mühe, ich kehre nach Hause zurück, wo man mich braucht. Die Schauspielerei ist nichts für mich. Sie ist etwas Oberflächliches, Vergängliches, das sich letztendlich nicht in unseren Herzen verankern kann. Hier sind meine Freunde, meine Familie. Seit ich hier bin, weiß ich, wie sehr ich sie vermisst habe.«

Sie drückte Tonjas Arm für einen Moment fester, und die erwiderte den Druck. Es fühlte sich gut an.

Mühe betrachtete die beiden jungen Frauen nachdenklich. Er wollte offenbar noch etwas sagen, doch Elly kam ihm zuvor: »Es ist übrigens sehr schön, Sie zu sehen, Herr Mühe …«

Mühe schüttelte nachdenklich den Kopf.

»So denken Sie über die Schauspielerei? Sie waren eine meiner besten Schülerinnen, Elly, ich dachte …«

»Es tut mir leid, bestimmt enttäusche ich sie, aber es ist einfach das Beste. Ich bin wirklich froh, wieder zu Hause zu sein.«

Tonja und Elly rückten noch näher zusammen.

Mühe nickte langsam. Er stellte noch ein paar Fragen zu Berlin, die sie so wahrheitsgemäß wie möglich beantwortete. Das Gespräch tröpfelte dahin, dann verabschiedeten sie sich voneinander.

Ich weiß jetzt, wohin ich gehöre, dachte Elly glücklich, während sie ihrem alten Schauspiellehrer noch etwas länger hinterherschaute als Tonja.

Dann steuerten sie zielstrebig auf die Eingangspforte des Filmtheaters zu. Auf unserem letzten gemeinsamen Ball hier im Odeon hat sie Corbin kennengelernt, fuhr es Elly durch den Kopf, und als sie Tonja ansah, wusste sie, dass die gerade dasselbe dachte.

Da war so ein trauriger Ausdruck auf ihrem Gesicht. Elly strich ihr liebevoll über den Arm.

»Bitte genieße diesen Abend«, sagte sie sanft. »Er würde das auch wollen.«

Tonja Augen weiteten sich.

»Ja, du hast recht. Er wollte unbedingt, dass ich gehe. Und er nimmt es mir gewiss nicht übel. Irgendwann«, sie seufzte tief, »werden wir auch wieder gemeinsam ins Kino gehen.«

In diesem Moment tauchte Toni Kramer aus dem Inneren des Gebäudes auf und schloss seine Tochter und dann auch Tonja in die Arme.

»Schön, dass ihr endlich wieder einmal zusammen ins Odeon kommt. Hat Elly dir von Berlin erzählt, Tonja? Das war bestimmt spannend, oder? Willst du nicht auch einmal nach Berlin? Als ich jung war, wollte ich unbedingt dorthin, am besten für immer. Die Frauen in ihren schicken Kleidern und die schnieken Männer und der Lärm und dieses ständige Pulsieren. Diese Stadt ist unglaublich. In Berlin ist es niemals ruhig, da ist einfach immer etwas los.«

Elly dachte wieder an die dunklen Spelunken, durch die sie mit Greta, Margot und Frederic gezogen war. Der Vater redete derweil weiter, aber sie hörte nicht zu. Tonja lauschte ihm aufmerksam. Manchmal nickte sie. Anton Kramer erzählte schmunzelnd von früher, als Tonja fasziniert den Technikern im Vorführraum zugesehen hatte.

Tonja lachte. »Daran denke ich immer noch gerne. Vielleicht darf ich demnächst mal vorbeischauen? Um der alten Zeiten willen?«

»Selbstverständlich.«

Herr Kramer begleitete sie noch bis zum Saal. Dann verabschiedete er sich. Elly nahm Tonjas Hand und zog sie hinter sich her in den abgedunkelten Raum. Das Kino hatte sie wieder. Gebannt saßen sie vor der Leinwand, und für die Zeit des Films vergaßen sie beide ihre Sorgen. Tonjas Stimmung hatte sich so aufgehellt, dass sie danach sogar die Einladung zum Abendessen bei den Kramers annahm.

Am Tisch sprach man über dies und das. Alice erkundigte sich nach Corbin, und Tonja betonte die großen Fortschritte, die er machte.

»Das ist schön«, sagte Alice abwesend, als würde sie über ein Schmuckstück oder ein Kleid sprechen. Es war nicht zu übersehen, dass sie mit den Gedanken woanders war.

Nach dem Essen zogen sich die jungen Frauen in Ellys Zimmer zurück und setzten sich, wie früher so oft, nebeneinander vor den Spiegel an Ellys Frisiertisch. Vor ihrem inneren Auge sah Elly sich wieder als Vierzehnjährige, den Arm fest um Tonja gelegt, den Kopf auf ihrer Schulter.

»Ich dachte ja, dein Zopf fällt spätestens in Berlin«, sagte Tonja gerade.

Elly zog nachdenklich ihren Zopf mit der rechten Hand nach vorne.

»Ich werde meine Haare nie abschneiden. Das verspreche ich dir hiermit.«

Vorsichtig strich sie Tonja über deren Bubikopf. Es fühlte sich seltsam an.

»Wie ist das so, mit kurzem Haar?«, fragte sie.

»Prächtig. »Tonja warf lachend den Kopf zurück. Es war das erste Mal, dass Elly ihr altes Lachen hörte.

Dann hielt Tonja abrupt inne. »Eigentlich habe ich doch ein sehr schlechtes Gewissen, dass ich ihn so lange alleine lasse.«

»Er wird es dir nicht übel nehmen.«

Tonja Gesichtsausdruck bekam etwas Verhärmtes.

»Er ist von mir abhängig.«

»Er nimmt es dir trotzdem nicht übel, er ...« Es fiel Elly immer noch schwer, es auszusprechen. »Er liebt dich.«

An diesem Abend kam Alice zu ihrer Tochter ins Zimmer, das erste Mal, seit Elly von Corbins Unfall erfahren hatte.

»Geht es dir gut, mein Kind?«

Elly schaute ihre Mutter wortlos an und legte dann »Im Westen nichts Neues« auf ihrem Nachttisch ab.

»Ah, hier ist es also«, sagte Alice leise. »Ich hatte es schon vermisst.«

»Es stand bei dir im Regal, und da habe ich es mir genommen.«

»Schon gut. Wusstest du, dass es verfilmt worden ist? Bei der Aufführung im Roxy-Palast hier in Frankfurt hat man eine Bombe in den Toilettenräumen gefunden.« Alice hielt kurz inne und blickte in die Ferne. »Ich verstehe die Welt einfach nicht mehr. Es heißt, auch in Berlin gab es Protestkundgebungen wegen der Darstellung hoffnungsloser deutscher Soldaten ... Hast du davon etwas mitbekommen?«

»Nein.« Elly überlegte. Wie sollte sie auch? Da war außer Proben, Texte lernen und Ausgehen für nichts Raum gewesen.

»Krieg ist nichts Wunderbares, nichts Heldenhaftes«, sagte Alice nachdenklich. »Eigentlich müsste das jedem bewusst sein.«

Elly überlegte, ob ihre Mutter noch etwas anderes sagen wollte und warum sie wohl gekommen war? Würde sie sich jetzt dafür entschuldigen, der Tochter nichts von dem schrecklichen Unfall erzählt zu haben? Elly brauchte keine Entschuldigung. Das würde ohnehin nichts mehr ändern.

»Was Tonja angeht … Es ist alles gut, Mama, wirklich.«

Alice seufzte.

»Ich habe dich gerade beobachtet, ich …«

»Wann?«

»Eben, durch die Tür. Du hast seit ein paar Minuten keine Seite mehr umgeblättert. Ich dachte, irgendetwas bedrückt dich, und ich wollte dir helfen.«

Elly stellte sich vor, wie ihre Mutter sie durch den Türspalt betrachtete; es fühlte sich unbehaglich an. Sie war kein Kind mehr. Konnte Alice das nicht endlich begreifen? Sie musste nicht beschützt werden. Sie wollte selbst über ihr Leben entscheiden.

»Es ist nichts, Mama«, sagte sie. »Ich bin einfach müde. Es war ein langer Tag, und seit ich wieder da bin, hatte ich kaum Zeit, mich auszuruhen. Es war eben auch anstrengend in Berlin. Die ständigen Proben und all das.« Die Menschen, fügte sie stumm hinzu. »Das ist ein ganz anderes Leben da, Mama. Man muss ständig an seine Grenzen gehen. Das verstehst du nicht.«

Elly setzte sich auf den Bettrand und streckte den Rücken durch. Das Leben in Berlin hatte sie gelehrt, eine Rolle zu spielen. Sie war nicht mehr die kleine Elly, die Tochter, zumindest nicht die, die ihre Mutter von früher kannte.

Alice schaute sie halb hoffnungs-, halb erwartungsvoll an.

»Du könntest mir davon erzählen. Ich würde mich freuen. Es wäre schön, wenn du mich etwas mehr Anteil nehmen lassen würdest an deinem Leben.«

Elly sah ihre Mutter ruhig an.

»Das könnte ich.«

Ihre Mutter lächelte milde.

Elly fragte sich plötzlich, ob sie ihr wirklich verzeihen konnte.

Ich hätte an Tonjas Seite sein müssen.

»Alles gut?«, fragte Alice.

»Ja«, log Elly und strich über den Buchrücken. »Es ist ein trauriges Buch, nicht wahr? Ich hatte es mir nicht so schlimm vorgestellt.« Sie zögerte. »Ich werde übrigens nicht nach Berlin zurückkehren. Ich habe mich endgültig entschieden.«

Alice hob die Augenbrauen.

»Und was wirst du jetzt tun?«

»Tonja braucht meine Hilfe.«

Ja, das war es. Sie würde ihre Freundin zurückgewinnen.

Alice überlief ein fast unmerklicher Schauder. Sie hüstelte.

»Ich habe mich übrigens erkundigt, es gibt keinen Grafen Sergej Karpow.«

Elly hatte sich schon so etwas gedacht. Alle machten einander etwas vor, oder etwa nicht? Die ganze Welt war eine Bühne.

»Vielleicht ist das ein Künstlername. Er ist jedenfalls ein guter Regisseur.«

»Sei bitte vorsichtiger, Elly.«

»Warum? Weil man mich belügen könnte?«

Alice erbleichte.

75

FRANKFURT AM MAIN, 2013

Der Himmel war heute tiefblau, und draußen war es strahlend hell. Gleich würde sie den Tee auf der Veranda einnehmen, wie jeden Tag um diese Uhrzeit. Sicher bereitete die Haushälterin unten schon alles vor.

Den Morgen hatte Elly in ihrem Lehnstuhl verbracht. Heute hatte sie sich kein Nickerchen gegönnt. Stattdessen hatte sie über die Vergangenheit nachgedacht. Mit den Erinnerungen war das so eine Sache. Manchmal zweifelte sie daran, ob sie sich richtig erinnerte. Zuweilen konnte sie sich anhand von Fotos oder irgendwelchen Schriftstücken versichern, aber das war nicht immer möglich, und in manchem Fall hatte sie keinen Beweis, dass etwas so oder so gewesen war; es blieb nur ihr Gefühl.

Und dann wieder gab es Dinge, die ihr glasklar vor Augen standen: ein letzter Blick, ein letztes Lächeln, ein letzter Abschied. Ende.

Elly stemmte sich aus ihrem Sessel hoch und ging mit bedächtigen Schritten zum Fenster. Unten, vor den Stufen der Veranda, standen Tom und Carina zusammen und unterhielten sich. Sie hatte Tom schon lange nicht mehr so vertraut mit einem anderen Menschen gesehen. Er konnte so widerborstig wirken, so abweisend, und er lud sich immer so viel Verantwortung auf. Tom und diese Historikerin waren ein hübsches Paar, auch wenn ihnen das beiden offenbar nicht bewusst war.

Carina hielt ein paar Unterlagen gegen die Brust gedrückt, als müsse sie Abstand halten, während sie gleichzeitig ein Bein nach vorn gesetzt hatte. Ihre Füße berührten sich beinahe.

Elly musste plötzlich an die Beerdigung ihrer Mutter denken. Bildete sie es sich ein, oder war das Wetter damals ähnlich schön gewesen wie heute? Sie war damals eigens zu der Trauerfeier nach Frankfurt gekommen. Nach langer Zeit hatte sie endlich einmal wieder ihren Bruder Florian und dessen neue Freundin gesehen. Florian und sie hatten nie viel miteinander zu tun gehabt. Zu groß der Altersunterschied, zu unterschiedlich die Charaktere.

Oder lag es an mir?

Florian hatte nie Schwierigkeiten gehabt, Freunde zu finden, und sie schienen ihm alle etwas zu bedeuten. Er war nie linkisch gewesen oder unsicher und hatte jedem das Gefühl gegeben, willkommen zu sein. Ein wenig ähnelte er darin seinem Vater, und deshalb war er auch der Richtige gewesen, das Odeon zu übernehmen.

Elly schaute wieder zu Tom und Carina hinunter. Sie standen jetzt noch näher beieinander. Ihre Schultern berührten sich. Elly hoffte, dass sie bald erkennen würden, was sie längst erkannt hatte.

76

FRANKFURT AM MAIN, 1966

Der Chauffeur fuhr den Bentley vor, stieg aus und ging ums Auto herum, um Elly die Tür zu öffnen. Sie trug ein elegantes, schwarzes Kostüm mit einem schmalen Rock, der natürlich bis über die Knie ging. Als sie ausstieg, wusste Elly, dass sie die richtige Kleidung gewählt hatte. Aber eigentlich hatte sie daran auch nicht gezweifelt. Sie war Schauspielerin, natürlich wusste sie, wie eine Rolle zu spielen war, auch wenn sie diese Rolle noch nie gespielt hatte.

Während sie auf die Trauerhalle zuging, kam ihr Vater ihr entgegen. Alt war er geworden und dick. Nein, er sah heute nicht stattlich aus, sondern einfach nur beleibt. Es schien, als liege eine schwere Last auf seinen Schultern.

So habe ich ihn noch nie gesehen.

»Kindchen, wie gut, dass du schon da bist.« Er breitete die Arme aus. »Ach, meine Elly, meine beste Tochter, meine Einzige, ich weiß gar nicht, was ich ohne sie machen soll.«

Elly musste sich beherrschen, nicht zurückzuweichen, als ihr Vater sich schwer auf sie stützte. Florian, ihr jüngerer Bruder, kam ebenfalls auf sie zu und nickte ihr zur Begrüßung stumm zu.

Elly fiel auf, wie gut er aussah, ein männlicher Typ und Mama doch sehr ähnlich. Haar und Anzug saßen perfekt. Das weiße Hemd hob seine leichte Bräune hervor. Das letzte Mal hatte sie ihn auf einem Foto in der Klatschpresse gesehen. Im

Artikel war er als Playboy beschrieben worden, und sie hatte unpassenderweise plötzlich das Bild des kleinen, kurz behosten Jungen vor sich, der sich im Luftschutzkeller weinend an sie drückte, während sie ihm Lieder vorsang: *Maikäfer flieg, der Vater ist im Krieg … La-le-lu, nur der Mann im Mond schaut zu … Kuckuck, Kuckuck ruft's aus dem Wald …*

Nie, dachte sie, sind wir uns näher gewesen als in diesen Nächten. Sie wusste, dass er sich nicht gerne daran erinnerte. Er wollte nichts mehr wissen von diesen endlos erscheinenden Stunden der Hilflosigkeit und Angst, wenn um einen herum krachend die Welt unterging.

Elly sah an ihm vorbei. Hinter ihm stand heute eine junge Frau, dünn und mit großen Augen, ein Ebenbild von Twiggy und wahrscheinlich seine neueste Freundin. Florian wechselt seine Freundinnen häufig, dachte sie amüsiert, und sie sind immer dünn. Endlich gab sie sich einen Ruck und streckte ihm mit einem Lächeln beide Arme entgegen. Sie umarmten sich und küssten sich auf die Wangen, immer in dem Bewusstsein, dass gleich ein Fotograf auftauchen konnte, um die Rückkehr der berühmten Tochter auf ein Foto zu bannen.

Sie dachte an das letzte Interview, das sie gegeben hatte, kurz nachdem sie von Mamas Tod erfahren hatte, und wie sie danach plötzlich ständig an die Vergangenheit denken musste und an Dinge, die niemand erfahren sollte.

Elly riss sich aus den Gedanken.

Florian, das Wunderkind. Sie schaute ihn noch einmal an. Sie konnte sich genau an den Tag erinnern, als ihre Mutter ihr eröffnet hatte, sie sei noch einmal schwanger geworden – mit zweiundvierzig. Nachdem es so viele Jahre nicht geklappt hatte. Es war unglaublich. Papa war völlig aus dem Häuschen gewesen. 1936, im Jahr der Olympiade, war Florian auf die Welt gekommen.

Damals hatte ich Tonja schon seit wie vielen Jahren nicht mehr gesehen?

Ihre letzte Begegnung im Odeon kam ihr schmerzlich ins Bewusstsein.

»Ich höre, du kommst direkt aus London?«, unterbrach Florian ihre Gedanken.

Elly nickte. »Es gab Gespräche über einen neuen Film, ein internationales Projekt.«

»Und?« Florian schaute sie neugierig an.

»Ich weiß nicht, es ist eine Nebenrolle, dafür scheint es mir viel Aufwand.«

»Aber es ist London!«, rief Florian aus, und seine Freundin schien den Satz mit ihren aufgerissenen Augen unterstreichen zu wollen. »Swinging London is the place to be. Das kannst du nicht bestreiten.«

Elly dachte an ihre Mutter, die sie vor gut einem halben Jahr zum letzten Mal gesehen hatte. Sie hatte immer wieder davon gesprochen, dass sie sich unbedingt treffen müssten, aber Elly hatte so viel gearbeitet, ständig Termine gehabt. Ihre Karriere war in diesem Jahr noch einmal richtig in Schwung gekommen. Sie durfte jetzt schöne Mütter und edle ältere Damen spielen. Die Zukunft sah blendend aus, also hatte sie sich immer wieder halbherzig entschuldigt. Ihre Mutter hatte natürlich beteuert, wie gut sie die Tochter verstehe und dass es so wichtig nicht sei.

Vielleicht wollte ich sie aber auch nicht sehen … Nun, wer hätte denn ahnen können … Sie hat wieder einmal nicht die Wahrheit gesagt. Wir sind alle gut darin, nicht die Wahrheit zu sagen.

Elly seufzte und hakte sich bei ihrem Bruder unter.

»Gehen wir hinein?«

Florian nickte. In der Trauerhalle verlangte Papa, dass sie neben ihm sitzen müsse.

Die Trauerrede war zu lang. Immer wieder hörte Elly ihren Vater schluchzen und sie dachte, dass der Pfarrer über eine Frau sprach, die sie gar nicht kannte. Zum Ende hin war sie so in Gedanken versunken, dass sie es fast verpasst hätte, im richtigen Moment aufzustehen. Es war ihr Vater, der sie rettete.

»Es tut mir leid«, sagte er. »Du musst mir helfen. Ich komme alleine nicht hoch. Weißt du, eigentlich scheint mir alles sinnlos ohne sie. Eigentlich würde ich gerne auf immer sitzen bleiben.«

Sie holte tief Luft.

»Aber nein, Papa, ich brauche dich doch.«

Sie half ihrem Vater beim Aufstehen, und sie folgten den Sargträgern zu der Stelle, an der man Mama beerdigen würde. Papa hatte das Familiengrab schon vor einiger Zeit gekauft.

Sie wusste von Florian davon. Ihr war es ungewöhnlich vorgekommen: Papa hatte sich eigentlich immer als Letzter mit dem Tod auseinandergesetzt. Der Tod kommt, wenn er kommt, hatte er immer gesagt. Da muss man sich nicht vorbereiten.

Nach der Grabzeremonie, als sich die Gäste schon zerstreuten, gelang es Florian und ihr, sich kurz von der Trauergemeinde abzusetzen. Hinter den Bäumen hervor beobachteten sie, wie Papa und Florians Freundin sich kurz suchend umschauten, bevor sie den anderen zum Restaurant folgten.

Elly dachte, dass eigentlich nur wenige Menschen zur Beerdigung gekommen waren und keiner, den sie zu den engeren Freunden ihrer Mutter gezählt hätte. Ihre wohl beste Freundin, Amelia Harloff, war im März 1944 beim letzten großen Angriff auf Frankfurt im großen Feuersturm erstickt. Sonst wusste sie nichts von den Freundinnen ihrer Mutter.

Eigentlich weiß ich kaum etwas von ihr, und jetzt ist es zu spät.

Elly hakte sich bei Florian ein, während sie ein wenig über den Friedhof spazierten. Auch wenn sie sich selten sahen, jetzt fühlte sie sich ihm verbunden. Zumindest in diesem Moment teilten sie etwas, wenn es auch ein Verlust war. Sie blieb stehen. Florian schaute sie fragend an.

»Was war mit ihr?«, fragte Elly. »Wie lange ging es ihr eigentlich nicht gut? Zu mir hat sie immer gesagt, es wäre alles in Ordnung.«

»Es ging tatsächlich alles sehr schnell.« Florian drehte den Kopf zu dem Baum, neben dem sie standen. Er streckte den Arm aus und stützte sich dagegen, und für den kürzesten Moment nahm sie wahr, wie er seinen Arm in dem feinen Zwirn bewunderte. »Es war wohl eine Blutvergiftung«, fügte er dann hinzu. »Sie hatte viel im Garten gearbeitet, dort fühlte sie sich zuletzt am glücklichsten. Irgendwie muss sie sich verletzt haben. Es war eigentlich nur eine kleine Wunde, anfangs kaum sichtbar …« Florian zuckte die Achseln. »Als wir dann bemerkten, wie es um sie stand, war es zu spät.«

»Sie hat im Garten gearbeitet?« Elly dachte nach. Ja, der Garten war ihr immer wichtig gewesen. Sobald nach dem Winter erste Sonnenstrahlen die Schneeglöckchen aus der Erde lockten, hatte sie neue Pläne geschmiedet. Elly verschränkte instinktiv die Arme vor der Brust, eine Haltung, die sie selten einnahm, weil sie nicht vorteilhaft war, aber in diesem Moment fühlte sie sich danach.

»Und sie hat kein Wort gesagt, oder? Wie immer eben. Mama hat immer alles für sich behalten. Im Grunde habe ich den Eindruck, ich habe sie nicht gekannt.«

»Sie wollte niemandem zur Last fallen.«

Elly atmete tief durch und bemühte sich den Gedanken zu verwerfen, dass sie sich anhörten, als spielten sie ihr eigenes Melodram. Gut möglich, dass sie der Welt schon viel zu lange etwas vormachten. »Und wie geht es dir?«, fragte sie. »Erzähl mir etwas von deiner neuen Freundin. Sie sieht aus wie Twiggy, was?«

»Ja, nicht wahr?« Florian grinste stolz. »Stella ist ein zauberhaftes Mädchen. Sie ist perfekt.«

Elly schmunzelte und fragte sich, wie lange die Zauberhafte ihn würde halten können. Ihr gegenüber hatte sich der Vater schon besorgt über den Frauenverschleiß des Sohnes gezeigt. Florian machte ein paar Schritte und streckte ihr dann die Hand hin.

»Gehen wir zurück. Die anderen warten sicher schon.«

Elly nickte. Als sie das Restaurant, in dem der Leichenschmaus stattfand, fast erreicht hatten, hielt Florian noch einmal kurz inne.

»Übrigens war kurz vor Mamas Tod öfter eine Tonja Lövenich bei ihr. Papa sagte, dass ihr einmal beste Freundinnen wart?«

Elly wurden für den Bruchteil einer Sekunde die Knie weich, aber sie konnte es überspielen. Florian bekam den Stolperer nicht mit.

»Tonja war bei Mama?« Auch ihrer Stimme war nichts Besonderes anzuhören.

»Ja. Sie hat Mama besucht. Die beiden haben lange gesprochen. Mama hat sogar gelacht. Das war schön, weil es ihr zu dem Zeitpunkt schon sehr schlecht ging.« Florian runzelte die Stirn. »Das war wohl das letzte Mal, dass ich sie habe lachen hören.«

Elly spürte, wie ihr Herz schneller schlug. Ein Gefühl der Panik stieg in ihr auf.

»Hast du nach Mamas Tod noch einmal von Tonja gehört? War sie etwa heute da?« Jetzt hörte sie das leise Zittern in ihrer Stimme.

Florian, der in diesem Moment seine blank polierten, handgefertigten Schuhe betrachtete, sagte: »Nein, aber ich denke, sie lebt in Frankfurt. Sie kam oft in aller Frühe und ging meist sehr spät. Sie war immer zu Fuß unterwegs.« Er machte eine Pause. »Ihr wart also Freundinnen? Wie lange ist das her?«

»Ewig ist das her«, sagte Elly leise. »Wir haben uns jahrzehntelang nicht gesehen. Es gab Zeiten, da waren wir keinen Tag getrennt.«

Sie hatte lange nicht daran gedacht, aber jetzt erinnerte sie sich an den Tag, als sie Annemie Ernstmann in ihrer Schwesternuniform bei den Harloffs angetroffen hatte. Ausgerechnet dieses bösartige Wesen war als Krankenschwester von den Harloffs engagiert worden, nachdem sie entschieden hatten, dass Tonjas Betreuung des Kranken aus medizinischer Sicht nicht ausreichte.

Damals hätte ich etwas sagen müssen. Ich habe es nicht getan. Damals hätte ich sie verteidigen müssen, denn es war nicht recht, sie von Corbin trennen zu wollen.

Ausgerechnet Papa war es gewesen, der, wie sie später mit Schrecken erfuhr, den Harloffs Annemies Namen genannt hatte, um seinem alten Geschäftspartner einen Gefallen zu tun.

Und so fügte sich alles unaufhaltsam wie Zahnräder ineinander.

»Habt ihr euch aus den Augen verloren?«, hakte Florian jetzt nach.

»Ja, irgendwie …« Elly holte tief Luft. »Weißt du, ob sie irgendetwas dagelassen hat? Eine Nachricht, vielleicht?«

»Wieso das denn?«

»Ich dachte nur«, stotterte Elly, dann sagte sie nichts mehr.

Elly war monatelang nicht mehr im Haus ihrer Eltern gewesen, und während sie es jetzt betrat, war es, als drücke eine zentnerschwere Last auf sie. Sie stand schon gut zehn Minuten in der Eingangshalle und hatte sogar überlegt, gleich wieder ins Hotel zu fahren, da tauchte ihr Vater auf.

»Gut, dass du hier bist. Du bleibst heute doch bei mir, ja? Du lässt deinen alten Vater doch nicht alleine? Bitte, nicht an so einem Tag. Ich brauche dich, mein Schatz. Dein altes Zimmer ist ja noch da. Es ist unverändert. Alice hat nicht zugelassen …« Er brach ab und schaute sie aus wässrigen, rotgeränderten Augen an. »Sie dachte immer, du kommst zurück. Was hattest du eigentlich vorhin mit deinem Bruder zu besprechen? Ich habe euch von Weitem beobachtet.«

Elly fühlte sich ertappt.

»Wir wollten einfach ein paar Minuten für uns sein.«

»Ja, ja, das verstehe ich … Ihr seid ihre Kinder.« Papas Stimme klang schwach. »Du bleibst doch, ja?«, wiederholte er.

»Florian ist da.«

»Du bleibst doch? Du gehst nicht ins Hotel?«

Elly unterdrückte einen Seufzer.

»Nein, natürlich nicht, ich … Ich hole nur noch schnell meine Tasche, und dann bin ich bei dir … Darf ich vorher kurz in Mamas Zimmer?« Sie schaute ihren Vater bittend an. »Ich konnte ja noch gar nicht richtig von ihr Abschied nehmen. Es kam alles so plötzlich. Sie hat mir nie etwas davon gesagt, dass es ihr schlecht ging.«

»Ja, so war sie.« Ihr Vater nickte. »Natürlich, geh ruhig und bleib so lange dort, wie du willst. Ich verstehe dich.« Wieder stützte er sich auf sie, und für einen Moment erschien es ihr, als könnte sich ihr einst so starker Vater nur noch mit Mühe aufrecht halten.

Als Elly wenig später im Zimmer ihrer Mutter stand, horchte sie noch kurz, doch draußen blieb alles still. Vater war ihr nicht gefolgt, wenngleich sie damit gerechnet hatte. Er war so bedürftig, wie sie ihn noch nie zuvor erlebt hatte.

Sie schaute sich um. Auf Mamas Bett lag die geblümte Tagesdecke, die sie schon so lange kannte. Eigentlich hatte sich nichts an diesem Zimmer geändert, als hätte Mama versucht, auch hier die Zeit festzuhalten, in der sie besonders glücklich gewesen war. Ihre Bürste lag auf dem Schminktischchen. Elly erinnerte sich daran, wie ihre Mutter ihr damit die Haare gekämmt hatte, wie sie dort gesessen hatte als kleines Mädchen … Sie trat etwas näher. Da waren noch ein paar feine graue Haare, die sich in den Borsten verfangen hatten.

Elly musste zum ersten Mal gegen die Tränen ankämpfen. Dann ging sie zum Bett hinüber und setzte sich. Sie strich nachdenklich mit einer flachen Hand über die Tagesdecke. Sie hob ein Kissen gegen ihre Nase und schnupperte. Da war immer noch der Geruch ihrer Mutter, aber er würde verschwinden. Er würde sich nicht konservieren lassen. Gerüche waren vergänglich. Irgendwann lösten sie sich einfach auf. Sie schaute auf den Nachttisch.

»Ausgewählte Gedichte« von Nelly Sachs lag darauf. Elly nahm das Buch auf und blätterte kurz darin. Das Lesezeichen fiel heraus. Elly versuchte zu erkennen, wo das Zettelchen wohl gesteckt haben mochte. Dann hielt sie inne. Das war doch Tonjas Schrift … Sie schaute sich den Zettel näher an:

»Ich kann ihr nicht verzeihen«, stand da. »Es tut mir leid, ich habe es versucht, aber ich kann es einfach nicht.«

77

FRANKFURT AM MAIN, 1992

Es klopfte, und Elly wurde aus ihren Gedanken gerissen. Es war so weit, man rief sie auf die Bühne. Sie hatte sich nicht vorstellen können, wie es sein würde, einen ganzen Abend über sich selbst durchhalten zu müssen, aber es war nicht so furchtbar, wie sie gedacht hatte. Es machte sogar ein klein wenig Spaß, wenn man es als letzte Rolle ansah: Die alternde Diva verlässt die Bühne.

Sie dachte an jenen Sommertag im Jahr 1970, als sie sich auf immer vom Film verabschiedet hatte, um danach nur noch ausgewählte Theaterrollen anzunehmen. In jungen Jahren hatte sie für kurze Zeit nur fürs Theater spielen wollen, dann waren die ersten Filmrollen gekommen, später Berichte in Zeitschriften, wie »Die Dame« und »Die Deutsche Filmillustrierte« oder »Frau und Film«. Irgendwann auch die Fans. Und schließlich Leute, die meinten, ihr vorschreiben zu müssen, was sie zu tun oder zu lassen habe.

Auf der Bühne zu stehen und seine Leistung auf den Punkt genau abzuliefern war jedes Mal von Neuem eine Herausforderung gewesen. Im Theater gab es wenig Spielraum für Fehler. Man musste stets hellwach sein. Der Film erforderte eine andere Herangehensweise.

Als zum ersten Mal einer ihrer Filme im Odeon gelaufen war, hatte ihr Vater erzählt, er habe Tonja im Publikum gesehen, doch als Elly im Vorraum des Kinos nach ihr suchte, war sie unauffindbar gewesen. Vielleicht hatte sie den Saal durch den Seiteneingang verlassen, wie vor vielen, vielen Jahren schon einmal. Damals war Tonja auch vor Elly weggelaufen. Aber vielleicht hatten sie sich einfach nur verfehlt. Das Leben bestand aus Zufällen.

Elly war an diesem Tag eingefallen, dass sie das Odeon eigentlich nie wieder hatte betreten wollen, seit Tonja und sie hier zum letzten Mal miteinander gesprochen hatten. Danach war ihre Freundschaft zerbrochen, und sie waren zu Fremden füreinander geworden.

Draußen klopfte es noch einmal an die Tür.

»Es geht los, alle bereithalten.«

Elly beugte sich noch einmal näher zum Spiegel hin und überprüfte ihr Aussehen. Man sah ihr ihr wahres Alter immer noch nicht an. Sie hatte sich jung gehalten. Vielleicht war sie auch alterslos, zum ewigen Leben verdammt, eine Person, die die Schuld, die sie auf sich geladen hatte, für den Rest aller Tage über das Antlitz der Erde trieb.

Bin ich schuldig?

Draußen waren wieder Schritte zu hören. Es klopfte ein drittes Mal. Elly dachte daran, dass sie dieses Klopfen heute zum letzten Mal hören würde. Heute würde sie ihre Karriere beenden. Sie hatte viele Bühnen bespielt. Sie hatte in vielen Filmen mitgewirkt. Sie hatte Preise gewonnen. Immer wieder war in der Filmwelt darüber spekuliert worden, ob sie wohl nach Hollywood gehen würde. Aber sie hatte nie von Hollywood geträumt. Würden die Leute denken, dass sie alles erreicht hatte, würden sie sich fragen, was sie noch hätte erreichen können? Würden sie immer von Hollywood sprechen?

Elisabeth Kramer, die Unvollendete. Das, was sie im Leben wirklich gesucht hatte, hatte sie nicht gefunden und würde es wohl auch nicht finden.

Die Liebe war mir nicht vergönnt.

Ein jüngerer Mann hatte die Rede zu ihrem Lebenswerk – wie das klang! – gehalten und klatschte nun, während sie sich auf den Weg auf die Bühne machte. Das Publikum stimmte ein, das Klatschen wurde rhythmischer, die ersten standen auf.

Standing Ovations.

Elly war ein Teil des Lebens der meisten hier gewesen, hatte ihr Aufwachsen begleitet, war Vorbild gewesen. Vielleicht waren einige der Ehepaare als jung verliebte Pärchen in einen ihrer Filme gegangen. Andere hatten sie im Theater gesehen.

In der ersten Reihe entdeckte sie Robert Seelfeldt, der inzwischen ein alter Mann war, sich aber offenbar gut an sie erinnerte. Als sie an seinem Platz vorüberging, streckte er die Hand zu ihr hin und hielt sie einen Moment fest.

»Sprechen wir uns später noch?«

Sie nickte, lächelte freundlich, auch für die Fotografen, deren Kameras jetzt wild klickten. Sie hoffte auf ein gutes Foto. Es würde wohl eines der letzten Bilder von ihr werden, das öffentliche Verbreitung erhielt. Als Kind hatte sie sich immer verstecken wollen. Heute genoss sie die Aufmerksamkeit.

Robert Seelfeldt nahm das Glas, trank und setzte es dann bedächtig ab. Er war wirklich alt geworden, aber Elly sah ihn noch als den jüngeren Mann, der ihr strenger Lehrmeister gewesen war. Insgeheim fragte sie sich, wie viel Zeit er wohl noch vor sich hatte. Es hatte Zeiten gegeben, da hätte sie keinen Pfifferling auf sein Leben verwetten wollen. Erst später war ihr zu Ohren gekommen, dass er in Buchenwald gewesen war, einer der Gefangenen mit dem rosa Winkel. Sie hatte sich nie bei ihm gemeldet, und eigentlich war es jetzt zu spät.

»Ich habe nie verstanden, warum du gegangen bist. Du

warst meine beste Schülerin«, sagte Seelfeldt und bedeutete dem Kellner, ihr auch Tee anzubieten. Elly nahm die Tasse entgegen. Sie überlegte.

Ja, warum war sie gegangen?

»Das ist alles so lange her«, sagte sie vage und fügte dann hinzu: »Es ist so viel passiert.«

»Ich habe deine Karriere verfolgt. Du kannst stolz auf dich sein.«

»Ich weiß nicht.« Elly legte ihre Hände im Schoß übereinander. »Manchmal denke ich, ich hätte meine ersten Filme nicht drehen dürfen, aber in diesen Jahren nahm meine Karriere erstmals an Fahrt auf, und ich …«

Seelfeldt nippte an seinem Tee.

»1940 und 1941, meinst du? Ich weiß nicht, was ich an deiner Stelle getan hätte. Du bist eine wunderbare Schauspielerin. Du hattest eine Verpflichtung, finde ich.«

»Kann man das so sagen? Es klingt wie eine Ausrede.« Elly nahm ihre Teetasse in beide Hände. War es nicht erstaunlich, dass sie jetzt darüber sprachen, so viele Jahre, nachdem das Dritte Reich zusammengebrochen war? Sie schaute ihn fragend an. »Ich wundere mich, dass ausgerechnet du das sagen kannst.«

Seelfeldt schwieg einen Augenblick lang, dann schluckte er. Sie sah seinen Adamsapfel hüpfen.

»Der Mann, mit dem ich damals getanzt habe, wurde wenige Jahre, nachdem du aus Berlin weggegangen warst, ermordet. Davon hast du wahrscheinlich nichts erfahren.«

»Nein … War er auch?«

»In Buchenwald? Nein, oh nein, die Dinge nahmen ja schon viel früher ihren Lauf. Diese nationale Stimmung, die moralischen Grenzen, der Hass gegenüber dem Gegner oder dem *anderen* … Es kam nicht alles so *plötzlich*. Die Zeichen konnte man schon lange vorher sehen, und er war eben zur falschen Zeit am falschen Ort.«

»Was dir widerfahren ist, tut mir aufrichtig leid.«

»Das weiß ich, Elly. Du bist kein böser Mensch.«

Eine Bedienung tauchte auf. Irgendwo klickte eine Kamera. Elly bestellte noch einen Kamillentee.

Bin ich wirklich kein böser Mensch? Was ist mit den Entscheidungen, die ich getroffen habe? Habe ich sie nach bestem Wissen und Gewissen getroffen oder für mich?

Sie zuckte die Achseln.

»Eigentlich weiß ich das nicht.«

»Was?« Robert Seelfeldt sah sie fragend an.

»Ob ich kein böser Mensch bin.«

78

FRANKFURT AM MAIN, 1932

Elly versuchte sich zu erinnern, wann sie das letzte Mal alleine mit Corbin gewesen war, aber ihr kam nur jener Wintertag in den Sinn, an dem sie auf dem Baum gesessen hatte, von dem er sie herunterlocken wollte. Morgen würden Tonja und sie nach Berlin fahren. Sie würde endgültig ihre Sachen dort abholen. Außerdem wollten sie Margot und Karpow besuchen.

»Ich danke dir, dass du noch einmal zurückgekommen bist«, sagte Corbin. »Ich weiß, das ist nicht selbstverständlich.«

»Warum nicht? Wir sind Freunde.«

»Ich habe gehofft, dass du das so siehst.«

Sie schaute ihn an, nickte nur und dachte, wie verwaschen seine Stimme klang. Sie suchte nach Worten.

»Ich freue mich, dass du so gute Fortschritte machst«, sagte sie dann.

Corbin lachte leise.

»Fortschritte – findest du? Ich habe den Eindruck, es geht seit Wochen nicht mehr voran. Warum bleibst du da eigentlich in der Tür stehen? Ist dir mein Anblick doch nicht so angenehm?«

Elly schüttelte den Kopf und kam sofort einige Schritte näher. »Natürlich nicht, ich …«

Aber sie fühlte sich ertappt. Aus seinem Gesicht waren alle Konturen verschwunden, und auch sein Körper wirkte seltsam formlos. Es fiel ihr tatsächlich schwer, ihn anzusehen, weil da so wenig vom alten Corbin übrig war. Sie räusperte sich.

»Du hast Fortschritte gemacht, und du wirst weiter Fortschritte machen.«

Corbin schaute sie nur an.

»Ich habe Schmerzen, bin oft unfassbar müde und kann doch nicht schlafen«, sagte er dann. »Die Schmerzen machen mich müde, aber sie lassen mich auch nicht schlafen.«

»Ich kann es mir vorstellen. Das muss anstrengend sein.«

»Nein, das kannst du dir nicht vorstellen, Elly. Du kannst dir nicht vorstellen, wie verdammt müde ich bin und welche Schmerzen ich habe. Das kannst du nicht.«

Er schaute sie unverwandt an. Da war etwas in seinen Augen, das sie an den alten Corbin erinnerte, ein Funken Widerstand, Unwillen, sich in sein Schicksal zu ergeben. Sein Geist war verdammt wach.

»Meine Eltern haben jetzt übrigens eine Krankenschwester engagiert und wollen mich irgendwann in ein Sanatorium bringen lassen. Da kann ich dann an jedem Tag darauf warten, dass jemand kommt und ein paar Worte mit mir wechselt. Ich habe sie darüber reden hören.« Er lachte bitter. »Irgendwie denken alle, ich bekomme nichts mehr mit.«

»Ich bin jedenfalls immer noch froh, dass du mich damals von dem Baum geholt hast«, sagte Elly.

Corbin runzelte die Stirn.

»Ich will eigentlich nicht von früher reden.«

Seine Antwort wirkte wie ein Schlag.

»Es wird Tonja beunruhigen, wenn wir so lange miteinander alleine sind«, entgegnete Elly unsicher.

»Ich werde es ihr erklären.«

Elly setzte sich jetzt doch. Für einen Moment starrte sie wieder seinen reglosen Körper an, die Hände, die er manchmal kaum dazu bringen konnte, sich Spucke vom Kinn zu wischen oder eine Fliege zu verscheuchen. Am Hinterkopf war sein

Haar inzwischen dünn geworden, und es gab Stellen an seinem Körper, das wusste sie von Tonja, da hatte er sich wundgelegen.

Sie rückte ihren Stuhl etwas näher.

»Warum hast du mich zu dir gerufen?«, fragte sie dann.

Corbin schaute sie an.

»Weil ich deine Hilfe brauche.«

»Du willst nicht in das Sanatorium?«

»Nein.« Er lächelte. Und dann sprach er weiter und sagte Dinge, die sie nicht hören wollte. Sie hätte sich am liebsten die Hände auf die Ohren gedrückt.

79

FRANKFURT AM MAIN, 2013

Elly hatte Carina zu sich rufen lassen. Als die eintraf, war die alte Dame bereits ausgehfertig angezogen, mit Kostüm, Hut und Gehstock. Die Haare hatte sie zum üblichen Dutt gebunden. Dieses Mal hatte sie sogar ein Haarnetz verwendet, was Carina jedoch erst auf den zweiten Blick fasziniert wahrnahm. Sie hatte noch nie ein Haarnetz in natura gesehen.

Eine Dame, von Kopf bis Fuß.

Elly sah sehr entschlossen aus.

»Ich freue mich, dass Sie so schnell gekommen sind, Fräulein Wahlsberg. Ich habe letzte Nacht eine Entscheidung getroffen. Ich möchte, dass Sie mich heute zum Hauptfriedhof fahren. Ich möchte Ihnen Tonjas Grab zeigen, bevor ich Ihnen den Rest der Geschichte erzähle.«

Dann war Tonja also tot, fuhr es Carina durch den Kopf. Ich sollte wohl nicht überrascht sein, dachte sie im nächsten Moment. Nicht jeder erreichte solch ein biblisches Alter wie Elly Kramer.

Sie suchte nach Worten. Elly schüttelte den Kopf.

»Sie müssen nichts sagen. Ich bin ein – wie sagt man heute noch? –, ein großes Mädchen.«

»Gut«, sagte Carina. »Ich werde Tom und Alea Bescheid geben. Fühlen Sie sich denn stark genug, um …«

»Tom ist nicht da.«

»Ich denke … also, wir brauchen bestimmt einen starken Mann, um …«

»Mein Angebot steht jetzt, oder es verfällt.«

Carina war irritiert, aber Ellys Gesichtsausdruck drückte Entschlossenheit aus.

»Aber, was macht das für einen Unterschied?«

Die alte Dame blickte sie scharf an.

»Das macht den Unterschied, dass ich diese Entscheidung getroffen habe und dass Tom mich davon abhalten wird. Er ist immer noch zu besorgt um mich, außerdem fühlt es sich *jetzt* richtig an, und ich weiß nicht, ob ich nachher noch den Mut habe. Ich habe so lange gewartet, glauben Sie etwa, dass ich noch einmal so lange warten kann? Ich weiß nicht, ob der alte Körper das mitmacht.«

Mit den letzten Worten war ihre Stimme leiser geworden. Carina überlegte kurz. Elly hatte entschieden, das war nicht zu übersehen, aber konnte sie es wirklich wagen mit der alten Dame …?

»Gut, ich, ich …« Sie schluckte. »Gut, dann hole ich Alea. Würden Sie bitte einen Augenblick warten?«

Elly nickte zufrieden. »Sehr gut. Ich werde noch eine Tasse Tee trinken. Holen Sie meine Nichte nur.«

Carina traf Alea am Pool, wo sie in einem Liegestuhl lag und sich sonnte. Ein paar kurze Worte reichten, und Alea sprang auch schon auf, schlüpfte in die Kleidung, die sie achtlos neben sich hatte fallen lassen, und war bereit. Sie stürmte geradezu zum Haus.

»Komm schon! Worauf wartest du?«

Carina folgte ihr zögernd. »Bist du sicher, dass deine Tante eine solche Anstrengung bewältigen kann? In ihrem Alter?«

»Absolut sicher.« Alea drehte sich zu Carina um. Die Sonne schien ihr jetzt ins Gesicht, sodass sie blinzeln musste. »Tante

Elly kann alles, was sie sich vornimmt. Sie hat sich dazu entschieden, okay? Wer sind wir, sie zu bevormunden?«

Mit einer Bewegung warf Alea ihr blondes Haar über die Schulter zurück. Unbewusst glitt Carinas Blick über das locker hängende, teure T-Shirt zu den Shorts aus denen makellose Beine hervorschauten und hinunter zu den schneeweißen Sneakers.

Bei ihr wären solche Schuhe schon schmutzig, bevor sie das Zimmer in ihrer Studenten-WG verlassen hätte. Dann straffte sie die Schultern.

Hoffentlich hatte Alea recht. In einem musste Carina ihr zustimmen. Es stand ihnen nicht zu, Elly zu bevormunden.

»Was macht dich denn so zuversichtlich, dass sie es durchhält?«

»Ich kenne Elly. Was glaubst du, wie oft ich schon mit ihr unterwegs war? Ich habe sie x-mal zum Arzt begleitet. Habe mit ihr zusammen den Rollstuhl besorgt, den sie jetzt so vehement ablehnt. Vertrau mir einfach.« Alea grinste.

Carina war sich immer noch unsicher.

»Du machst all diese Dinge mit ihr? Warum hast du das nie erzählt?«

»Warum hast du nicht gefragt? Überrascht dich das etwa?«

»Nun, ich dachte«, stotterte Carina, »ich dachte …«

»Du dachtest, ich sitze im Garten und arbeite an meiner Bräune, wenn ich nicht gerade im Fitnessstudio bin oder zur Pediküre oder zur Maniküre gehe, nicht wahr?«

Alea sah sie spöttisch an. Carina errötete, obgleich sie dies nun wahrlich nicht gedacht hatte. Nicht ganz so, jedenfalls. »Na ja, ich hatte den Eindruck, Fürsorge ist eher Toms Sache.«

»Tom?« Alea lachte. »Ich glaube, du musst ihn wirklich noch viel besser kennenlernen. Na ja, er ist sehr fürsorglich mit seinen Pflanzen, das schon. Ansonsten kümmert sich mein

Bruder gerne ums Allgemeine, die Verwaltung des Erbes zum Beispiel. Aber er kann eigentlich nicht wirklich gut mit kranken Frauen. Mama war lange krank, davon hat er wohl einen Knacks weg. Seit ich älter bin und Tantchen gebrechlicher ist, darf ich Elly helfen.«

»Davon hat er nie etwas gesagt.«

»Typisch. Für ihn bin ich immer noch die Kleine und er der verantwortungsvolle Macher. Verstehst du?«

Carina erinnerte sich daran, wie Alea ihr erzählt hatte, dass Toms Beschützerinstinkt ihr manchmal fast den Atem nahm. Und Elly hatte Ähnliches angedeutet.

»Wenn ich mich zum Beispiel verliebe«, hatte Alea gesagt, »verliebe ich mich ohne Rückversicherung, und falls es dann schiefläuft, geht auch schon einmal die Welt unter, aber bis dahin erlebe ich das größte Glück der Welt. Tom lässt sich auf so etwas nicht ein.«

»Aber Elly ist doch nicht krank, oder?«, fragte Carina.

»Nein, aber sie ist, wie du gerade sagtest, knapp über hundert. Da quält einen schon mal das ein oder andere Wehwehchen, und man ist nicht mehr so munter.« Alea grinste. Dann legte sie Carina spontan den Arm um die Schultern. »Denkst du immer noch, dass man mir nicht vertrauen kann? Glaub mir, ich weiß, was Verantwortung ist. Mach dir keine Sorgen.«

Am Hauptfriedhof angekommen, konnten die jungen Frauen Elly zumindest überreden, sich in den Rollstuhl zu setzen, den sie zur Sicherheit mitgenommen hatten, aber das letzte Stück, darauf bestand die alte Dame, wollte sie zu Fuß zu laufen.

Der Grabstein war sehr schlicht. Carina las die wenigen Worte darauf:

TONJA LÖVENICH

*1912 – †1972

IN ERINNERUNG AN CORBIN HARLOFF,

1905 – 1932

Wer war Corbin Harloff?

Elly gab ihnen ein Zeichen zu warten. Die beiden jungen Frauen blieben schweigend stehen, während Elly gut fünf Minuten lang nur vor sich hin starrte.

»Hier auf dem Friedhof habe ich sie zum letzten Mal gesehen«, sagte sie schließlich. »Ich habe das Grab meiner Mutter besucht, und da stand sie plötzlich. Ich wollte mit ihr reden, aber sie lief fort. Stellt euch vor, sie lief einfach fort. Dabei waren wir zwei erwachsene Frauen, und ich denke, dass sie eigentlich auch am Friedhof war, um zu reden … Nur hat sie es nicht getan.« Elly drehte sich etwas zu schnell zu ihren Begleiterinnen hin und geriet für einen Moment ins Schwanken. Alea stützte sie. »Damals hätten wir reden sollen, damals habe ich sie zum letzten Mal gesehen.« Elly sah wieder zum Grabstein hin. »Ich hätte ihr so gerne gesagt, wie leid mir alles tut, alles, was damals geschehen ist. Dass ich vielleicht falsch entschieden habe, das hätte ich ihr gerne gesagt, aber es war ja nicht nur meine Entscheidung. Danach erreichte mich Jahre später nur noch die Nachricht, dass sie gestorben war. Jetzt konnten wir nicht mehr reden. Sie sollte in einem Armengrab beerdigt werden, aber das habe ich verhindert. Sie hatte keine Familie. Sie hatte niemanden. Ich wollte, dass es einen Ort gibt, wo man ihrer gedenken kann.«

Carina und Alea wussten nicht, was sie sagen sollten. Auch Elly schwieg jetzt.

Auf dem Rückweg fühlte sie sich so schwach, dass sie sich bereitwillig in den Rollstuhl setzte. Ihr Kopf sank nach vorne.

Sie hatte Mühe, ins Auto einzusteigen, und schlief auf der Fahrt sofort ein. Vor dem Haus der Kramers angekommen, gab Alea Carina den Schlüssel fürs Tor, um aufzuschließen, und fuhr den Wagen dann bis vor die Haustür. Carina zog es vor, zu Fuß zu folgen. Sie musste ihre Gedanken sammeln.

Im Haus flammte Licht auf, sobald Alea den Motor abschaltete. Gleich darauf öffnete sich die Tür. Tom stand mit düsterem Gesichtsausdruck, hell umstrahlt im dunklen Rahmen der Tür. So hatte sie ihn schon lange nicht mehr gesehen.

»Wo ist Elly? Ist sie bei euch? Was habt ihr euch verdammt noch mal dabei gedacht?«

Alea saß noch im Auto. Carina zuckte zusammen und blieb dann stehen. Tom sah so wütend aus wie an dem Tag, als sie einander zum ersten Mal getroffen hatten. Plötzlich und vollkommen unerwartet war da wieder dieser Graben zwischen ihnen. Bevor sie noch etwas sagen konnte, hörte sie, wie Alea ausstieg.

»Tante Elly wollte auf den Friedhof.«

»Wo ist sie?«

»Im Auto. Sie schläft.«

Tom kam die Eingangsstufen hinunter, lief um den Wagen herum und spähte durch das hintere Fenster. Dann warf er seiner Schwester einen wütenden Blick zu.

»Wie konntet ihr nur?«, wiederholte er. »Die Ärzte haben gesagt, dass sie sich nicht überanstrengen darf.«

»Das war vor mehr als einem Jahr. Elly geht es inzwischen wieder gut. Außerdem hatte sie selbst die Idee für diesen Ausflug. Du weißt doch, wie es ist, wenn sie sich etwas in den Kopf setzt. Soll ich sie behandeln wie ein kleines Kind und es ihr verbieten?«

Tom schaute seine Schwester immer noch wütend an.

»Ja, manchmal wäre das wahrscheinlich durchaus angemessen. Nur weil es ihr besser geht, kann sie noch lange nicht solche Aufregungen verkraften. Ich fasse es einfach nicht.«

Alea schüttelte den Kopf. »Jetzt hör doch erst einmal zu. Sie wollte zu Tonja, verstehst du? Sie will uns alles erzählen, alles, was damals passiert ist.«

»Alles?« Tom war sichtlich überrascht.

»Alles.«

80

BERLIN, GLIENECKER SEE, 1932

Tonja schämte sich dieser neuen Gedanken ein wenig, aber manchmal hatte sie sich in den letzten Wochen doch auch mehr und mehr wie eine Gefangene gefühlt. Und auch wenn sie wusste, dass Corbin stets bereit gewesen war, sie gehen zu lassen, so hatte sie sich das selbst nicht zugestanden. Sie liebte ihn, in guten und in schlechten Tagen, und sie wollte immer an seiner Seite sein. Sie würde vor der Aufgabe, die ihr das Leben gestellt hatte, nicht weglaufen. Niemals. Sie würde zu ihm stehen. Sie war seine Verlobte, und sobald es ihm noch etwas besser ging, würden sie heiraten, ganz gleich, was passierte.

Und doch, als Elly ihr vorgeschlagen hatte, mit nach Berlin zu fahren, hatte Corbin sie tatsächlich mit all seinem Charme überredet zuzusagen. Und so war sie letztendlich mit Elly in den Zug gestiegen, die endlich ihre restlichen Sachen in Berlin abholen und dann noch ihre Freundin Margot besuchen wollte.

Margot hatte angekündigt, ihnen für ein paar Stunden ihre Welt zu zeigen. Sie würden Filmschauspieler kennenlernen, und vielleicht würde es ein wenig wie früher sein, als sie fast jeden Tag im Odeon verbracht hatten.

Tonja musste jetzt daran denken, wie Corbin Elly am Tag der Abreise noch einmal zu sich gerufen hatte, und sie erinnerte sich auch daran, wie verwundert sie darüber gewesen war. Elly war ziemlich lange im Zimmer geblieben, während Tonja draußen nervös auf und ab gelaufen war. Als sie die Freundin später hatte ausfragen wollen, hatte die erst nur gelacht und Tonja dann plötzlich fest umschlungen: »Ach, er hat mir nur aufgetragen, gut auf dich aufzupassen und dafür zu sorgen, dass du dich gut amüsierst. Wir werden uns amüsieren, Tonja, ja? Das werden wir, und das sind wir ihm schuldig.«

Als sie die Villa am Glienicker See endlich betraten, von der Elly ihr schon auf der Fahrt erzählt hatte, schallte ihnen schon von Weitem die Stimme von Sergej Karpow entgegen. Tonja war nicht überrascht. Elly hatte ihr bereits von der durchdringenden Stimme des Regisseurs erzählt, die alles in Besitz nahm und keinen Zweifel daran ließ, wer hier das Sagen hatte: ein kräftiger Bass, der sämtliche Wände durchdrang und seine Umgebung geradezu zum Vibrieren brachte.

Elly hatte auch erzählt, dass Karpow behauptete, ein ehemaliger russischer Graf zu sein, der vor den Bolschewisten nach Deutschland geflohen sei. Das stimmte zwar nicht, aber es war den Leuten egal. In diesen Kreisen gehörte das dazu. Jeder hier spiele eine Rolle, hatte Elly ihrer Freundin erklärt, und jeder spiele sie so gut wie möglich.

Als die jungen Frauen eintraten, war die Party jedenfalls bereits in vollem Gang. Der Butler, der sie empfing, entpuppte sich als eine schmale Frau in schwarzem Anzug und mit glattgelackten blonden Haaren. Irgendwo spielte man Swing. Menschen über Menschen kamen die große Treppe in der Eingangshalle herunter oder gingen sie wieder hinauf, sodass Tonja sich für einen Moment an einen großen Bahnhof erinnert fühlte, an Passagiere, die von und zu den Gleisen strömten. Elly und sie hielten sich untergehakt und schauten sich staunend um.

»Elly!«, rief mit einem Mal eine Frauenstimme. Elly sah sich um.

»Da ist Margot!«, schrie sie auf. »Margot!«

Margot stand oben auf dem ersten Treppenabsatz, dort, wo sich die große Treppe in zwei kleinere teilte, die links und rechts hinaufführten. Elly eilte auf die Treppe zu. Tonja folgte ihr und wurde dabei von einer jungen Frau angerempelt, die ohne sich zu entschuldigen, etwas Unverständliches murmelnd, weiterging.

»Dummes Weib«, zischte Tonja, damit die Wut verging, die kurz in ihr hochschwappte. Entweder lernte die da einen Text, oder sie war einfach ungezogen oder verrückt. Hatte Elly ihr nicht erzählt, dass heute viele Schauspielerinnen da sein würden, die auf eine Rolle bei Karpow hofften? Tonja zog den schmal geschnittenen Rock etwas höher, um Elly die Treppe hinauf folgen zu können. Die Musik wurde lauter.

Tanzen, schoss es Tonja durch den Kopf, ich möchte tanzen. Ich habe so lange nicht getanzt, weil ich ihm nicht wehtun wollte. Früher hatten sie immer zusammen getanzt. Aber Corbin würde nie wieder tanzen können.

Sie nahm sich vor, für ihn zu tanzen, wenn sie wieder bei ihm waren.

Sie griff nach Ellys Hand, ließ sich von der Freundin mitziehen. Margot wartete auf die Balustrade gelehnt und lächelte ihnen entgegen. Elly stürzte auf sie zu.

Küsschen, Küsschen, rechts und links.

»Margot, das ist Tonja. Tonja, Margot.«

Auch Margot und Tonja umarmten und küssten sich.

»Wo ist Karpow?«, fragte Elly.

»Hört man ihn nicht?«

»Oh doch.« Elly lachte. »Überall, wie mir scheint.«

Margot lachte ebenfalls.

»Kommt, ich bringe euch zu ihm.«

Sie tranken zu viel, und sie feierten. Tonja tanzte und tanzte. Margot und Elly redeten über alte Zeiten. Als Elly später noch einmal auf Karpow traf, fiel ihr wieder auf, wie viel kleiner er war, als seine Stimme erwarten ließ, und wie schütter sein Haar war.

Dieses Mal war er allein in dem Zimmer.

»Elly!«, rief er aus. »Da ist sie ja noch einmal, die Frau, die unserem Seelfeldt das Herz gebrochen hat.«

»Das habe ich nicht. Das kann ich gar nicht.«

»Wissen wir es?« Karpow grinste. »Aber du willst mir jetzt sicher sagen, dass du für mich arbeiten wirst.«

»Nein, wir sind nur kurz hier, nur diesen Abend, ein paar Stunden.«

»Ein paar Stunden? Das geht aber nicht. Wie soll das denn gehen?«

»Vielleicht kommen wir ja wieder?«

Elly hatte sich rücklings an den riesigen Tisch gelehnt, der einen Großteil des Zimmers ausfüllte. Karpow stand wie ein kleiner, grauer Elefant in der Nähe des Fensters und hatte die Arme vor der Brust verschränkt.

»Wer ist denn deine bezaubernde Begleitung?«

»Tonja Lövenich, meine beste Freundin.«

»Gibt es so etwas denn noch in unserer Zeit? Da sorgt doch jeder lieber für sich selbst?«

»Natürlich gibt es so etwas.«

»Na, na … Gefühlsduselei.«

Karpow kam wieder näher, wedelte mit den Fingern, dann packte er Elly beim Kinn und drehte ihr Gesicht hin und her.

»Warum sagst du nicht einfach Ja? Du hast das perfekte Gesicht. Du solltest Ja zu meinem Angebot sagen.«

»Nein, ich habe das alles hinter mir. Ich werde nie wieder spielen. Ich weiß jetzt, wo ich hingehöre.«

»Und was willst du werden? Mutter?«

Er lachte schallend.

»Vielleicht.«

»Du kannst auch eine Mutter bei mir spielen. Du kannst alles spielen und alles sein. Das sehe ich. Du musst dich nicht entscheiden.«

»Nur nicht ich selbst«, sagte Elly leise, bevor sie sichs versehen hatte.

Karpow lachte.

»Wer will schon er selbst sein? Das ist doch langweilig.«

Seine Hände umfassten ihr Gesicht. Elly starrte in seine glitzernden blauen Augen.

»Bitte, tu es, Mädelchen, für mich. Du hast ein Gesicht, das wie für den Film gemacht ist. Die Kamera wird dich lieben! Es wäre ein Skandal, nicht zu mir zu kommen.«

Er ließ sie plötzlich los, ging ein paar Schritte rückwärts und ließ sich in einen Sessel fallen. Er verschränkte die Arme vor der Brust. Seine Finger erinnerten Elly an kleine Würste. Dann sprang er auch schon wieder auf.

»Ach, was, ach was, ich zeige es dir.« Er zog sie in einen etwas größeren Nachbarraum herüber. Ein schmaler Mann stand dort, an dem einem als Erstes die riesige Nase auffiel. Zwei grell geschminkte Frauen saßen ihm zu Füßen.

»Schmeiß sie raus«, verlangte Karpow.

Die Frauen murrten, beeilten sich aber zu gehen, bevor irgendetwas geschah. Elly schaute sich um: große Scheinwerfer, die einem die Schweißperlen auf die Stirn trieben.

»Lutz, mein Kameramann«, sagte Karpow. »Stell dich dorthin.«

Elly tat, wie ihr geheißen.

»Und jetzt schau, bitte.«

»Wie soll ich denn schauen?«

»Schau einfach. Es wird alles richtig sein.«

Elly starrte Karpow an, der sich an die Seite seines Kameramanns gestellt hatte und sie beobachtete. Sie war verunsichert, aber sie beschloss, sich das nicht anmerken zu lassen.

»Du bist eine Mutter, und dein Kind ist krank. Gut. Es hat Fieber. Wunderbar, du machst das ganz wunderbar.«

Elly hatte nicht den Eindruck, dass sich in ihrem Gesichtsausdruck irgendetwas geändert hatte, aber vielleicht irrte sie sich. Sie hörte das Surren des Geräts. Lutz war vollkommen auf die Kamera konzentriert. Karpow sagte während der nächsten paar Minuten kein Wort. Er wirkte jetzt wie ein anderer Mann, ein Mann, der bedingungslos liebte, was er tat. Nach fünf Minuten – sie schaute wieder auf die Uhr, die sie an der Wand entdeckt hatte – war es vorbei. Karpow zeigte ihr das Filmmaterial.

»Siehst du, ich habe recht, die Kamera liebt dein Gesicht.« Karpow deutete auf die Leinwand. »Es wäre Frevel, dieses Talent verkommen zu lassen. Verstehst du?«

Elly schüttelte den Kopf.

»Ich bin nur zu Besuch. Ich tue dies nur für eine Freundin, der das Leben schwer mitgespielt hat und die etwas Abwechslung braucht.«

Karpow sah sie nachdenklich an.

»Weißt du, nachdem du gegangen warst, hat Seelfeldt mir gesagt, dass du nicht zur Samariterin taugst. Er sagte auch, du wüsstest eigentlich sehr genau, was du willst.«

Elly fühlte die Worte wie einen Messerstich. Hatte er das wirklich gesagt? Sie versuchte, unbeeindruckt mit den Achseln zu zucken.

»Wir werden uns wohl kaum wiedersehen.«

»Vielleicht doch.«

Sie ging hinaus, zurück in den Trubel der Feier. Es dauerte

eine Weile, bis sie Tonja und Margot gefunden hatte. Tonja wirkte mit einem Mal unruhig.

»Ich hatte plötzlich so ein Gefühl und habe nach einem Telefon gefragt und zu Hause angerufen«, sagte sie. »Ich erreiche niemanden. Ich mache mir Sorgen, Elly. Ich glaube, ich hätte doch nicht fahren sollen.«

»Beruhige dich, es wird schon nichts passiert sein.«

»Meinst du?«

»Ich bin mir sicher«, log Elly.

81

Tonja bestand darauf, dass sie vom Hauptbahnhof aus ein Taxi nahmen, das sie schneller nach Hause brachte, und Elly hatte den Eindruck, als klopfe ihr Herz auf der ganzen Fahrt viel zu schnell. Während der langen Stunden im Zug hatte sie immer wieder nach Worten gesucht, um Tonja auf das Schlimmste vorzubereiten, aber sie hatte einfach nicht die richtigen gefunden.

Vielleicht bin ich auch zu feige.

Während Elly noch dabei war, den Taxifahrer zu bezahlen, eilte Tonja schon die Stufen nach oben und öffnete die große Haustür mit Corbins Schlüssel. Sie ließ das Gepäck in der Eingangshalle fallen und eilte durch den düsteren Gang nach hinten. Elly folgte ihr mit langsamen Schritten. Sie hatte es nicht eilig. Ihr war schlecht vor Angst. Dann hörte sie Tonjas Stimme auch schon aus dem Zimmer schreien, in dem Corbin die letzten Monate verbracht hatte, und der Albtraum begann.

»Wo ist er? Sagen Sie mir sofort, wo er ist?«

Elly erreichte die Tür. Amelia Harloff stand neben dem frisch bezogenen Bett und starrte Tonja an, als handele es sich bei der jungen Frau um ein äußerst widerliches Insekt.

Warum sagte sie denn nichts? War es so schwer auszusprechen, was geschehen war? Oh ja, gewiss war es schwer. Es hatte ihr über Stunden ja auch nicht gelingen wollen. Es verwunderte Elly kurz, dass Corbins Mutter nicht in Trauer war. Jetzt schüttelte Frau Harloff pikiert den Kopf angesichts dieser tobenden Furie vor ihr.

»Das Wetter ist gut. Er wollte den Nachmittag auf der Terrasse verbringen. Was denken Sie sich denn?«

Elly glaubte, dass sie falsch verstanden hatte. Ihre überspannten Sinne gaukelten ihr offenbar etwas vor. Was war mit dem Morphium geschehen?

Tonjas Stimme riss sie aus den Gedanken.

»Ich will sofort zu ihm. Er braucht mich.«

»Er braucht Sie mitnichten.« Amelia Harloff war einen Schritt auf Tonja zugetreten und hielt sie am Arm fest. »Er hat nicht ein einziges Mal von Ihnen gesprochen, nachdem sie fortgegangen waren, um sich zu vergnügen.«

Amelia spuckte das Wort »vergnügen« geradezu aus. Es war nicht zu übersehen, dass ihre Worte Tonja ins Herz trafen, und Elly fühlte sich elend, die Freundin zu dem Ausflug überredet zu haben. Sie hatte es getan, weil sie Tonja etwas Gutes tun wollte, und Corbin hatte sie aus Gründen dabei unterstützt.

Sie hörte jetzt Tonjas unregelmäßigen Atem. Tonjas Stimme zitterte, als sie wieder zu sprechen ansetzte.

»Aber ich bin nicht einfach gegangen. Ich habe ihn gefragt.«

Es war deutlich zu merken, wie sehr es Frau Harloff genoss, Tonja zuzusetzen. Herausfordernd blickte sie Tonja an.

»Nun, vielleicht hat mein Sohn das ja doch anders gesehen. Vielleicht wollte er sie prüfen, und jetzt hat er seine Antwort.« Amelia schaute Elly streng an. »Würden Sie Ihrer Freundin jetzt, wenn möglich, die Tür zeigen? Und grüßen Sie Ihre Eltern von mir, Fräulein Kramer.«

Elly ging stumm zu Tonja hinüber, die in diesem Augenblick offenbar nicht wusste, was sie tun sollte. Sie fasste nach Tonjas Arm, spürte die furchtbare, schmerzhafte Anspannung.

»Komm, lass uns gehen.«

»Aber, ich muss zu ihm, ich muss ihm helfen, ich muss für ihn da sein! Das habe ich ihm doch versprochen!«

»Das ist sein Zuhause. Sie werden ihm nichts tun.«

Elly gelang es mit Mühe, die Freundin bis in die Halle zu führen, doch hier blieb Tonja erneut stehen.

»Wusstest du es?«

»Nein.«

Tonja folgte Elly jetzt widerstandslos zur Eingangstür. Der Hausdiener kam hinter ihnen her. Elly lächelte ihn an, ganz die wohlerzogene Tochter.

»Würden Sie uns bitte ein Taxi rufen?« Der Mann verschwand. Elly drehte sich wieder zu Tonja.

»Wollen wir drinnen warten?«

»Nein.« Tonja schüttelte heftig den Kopf. Sie ging rasch die Eingangsstufen hinunter. »Meinst du, er will mich wirklich nicht sehen?«

»Nein. Das kann ich mir nicht vorstellen.«

»Und woher willst du das wissen?« Das Misstrauen in Tonjas Stimme war unüberhörbar.

»Ich kenne ihn.«

Tonja schlug die Hände vors Gesicht und ließ sie gleich wieder sinken.

»Warum bin ich nur gefahren?«

»Tonja, er wollte, dass du fährst. Er wollte es.«

Die Freundinnen starrten einander an. Tonja zuckte irgendwann die Achseln. Auf der Straße vor dem Tor näherte sich ein Auto. Elly gab dem Hausdiener Bescheid, der ihr Gepäck zum Wagen brachte.

»Lass uns gehen«, sagte sie zu Tonja. »Lass uns gehen. Wir werden morgen weitersehen, in Ordnung?«

Elly und Corbin saßen für einige Minuten schweigend Seite an Seite. Es war Ellys erster Besuch nach der Rückkehr aus Berlin. Anfangs hatte Corbins Mutter ihnen auf der Terrasse Gesellschaft geleistet, doch dann war sie zu einem Termin aufgebrochen, und Elly wusste, dass sie die Gelegenheit nutzen musste.

»Was ist geschehen?«, fragte sie endlich.

»Warum ich noch lebe, meinst du?« Corbin lächelte schief. »Vielleicht aus Ungeschicklichkeit. Ich hatte die Tabletten in Wasser aufgelöst und habe das Glas dann leider umgeschüttet.« Er machte eine Pause. »Vielleicht konnte ich es ja auch nicht?« Seine Augen weiteten sich. »Hänge ich an diesem Leben? Nein, eigentlich nicht … Es war eher, wie ich schon vermutet hatte: Mein Körper spielt nicht mit. Ich habe ewig gebraucht, um die Pillen aufzulösen und dann …« Er bewegte die Hand, als durchzucke sie ein Stromschlag. »Vielleicht will ich es ja auch Tonja nicht antun. Andererseits ist es mein Leben, und so will ich nicht leben.«

Aber mir willst du es antun, schoss es Elly durch den Kopf. Sie sah kurz von ihm weg in den Garten hinunter. Der Sommermagnolienbaum ließ seine üppigen Blüten wippen.

»Siehst du das?«, flüsterte Corbin unvermittelt. »Ist das nicht wunderschön? Ist das Leben an sich nicht wunderschön? Es wird euch trösten, das weiß ich.«

»Das Leben?« Elly schaute ihn wieder an. »Und warum willst du es dann wegwerfen?«, flüsterte sie.

Corbins Gesicht verzog sich zu einer Grimasse, zu der er früher nicht fähig gewesen wäre.

»Ich will es nicht wegwerfen, verdammt. Aber es ist nicht mehr mein Leben. Manchmal liege ich auf dem Rücken und kann nicht richtig atmen, verstehst du? Und ich kann nichts dagegen tun. Ich kann mich nicht bewegen. Ich bekomme keine Luft. Ich erleide Todesangst, immer und immer wieder.

Und ich habe immerzu Schmerzen.« Seine Stimme wurde leiser. »Weißt du, was es bedeutet hat, dieses Morphium beiseite zu legen? Es bedeutete noch mehr Schmerzen.«

Sein Ausdruck war gequält. Elly wünschte sich sehnlichst, seine Mutter möge zurückkommen, damit dieses Gespräch beendet werden konnte, aber Amelia Harloff kam nicht.

»Tonja ...«, setzte sie endlich an. »Sie wird es nicht ertragen, wenn du stirbst.«

»Du darfst ihr nichts sagen.«

»Sie hält sich für schuldig, weil es ihr Schal war.«

Corbin verzog den Mund.

»Ich habe damit gespielt. Ich war unaufmerksam.«

Elly sah ihn nicht an.

»Sie hat mir einmal gesagt, dass sie es wiedergutmachen will, indem sie dich pflegt.«

Sie schauten einander an, dann streckte Corbin mit äußerster Anstrengung die Hand zu ihr hin.

»Ihr seid gute Freundinnen, Elly, erinnere dich daran. Du wirst für sie da sein, du wirst ihr über die schwere Zeit hinweghelfen. Du wirst das schaffen. Ihr werdet wieder glücklich sein, wie früher ... Ich weiß vieles über euch, und ich weiß auch, dass ihr euch wieder nähergekommen seid, seit du zurück bist. Das erkennst du doch sicher auch?«

Elly zog die Schultern hoch und dachte, dass seine Worte verlockend klangen. Ja, sie waren sich wieder nähergekommen. Es gab Momente, da war es tatsächlich ein wenig wie früher.

Corbin räusperte sich.

»Wirst du mir versprechen, dich um sie zu kümmern? Für sie da zu sein? Sie braucht dich, Elly.«

Elly starrte ihn an und dachte, dass sich das wirklich gut anhörte, dass sie immer für Tonja hatte da sein wollen ...

Aber ist das die richtige Entscheidung?

Sie setzte an, etwas zu sagen. Corbin legte den Finger an die Lippen, bevor seine Hand kraftlos zur Seite rutschte. Er hatte sich offenbar sehr angestrengt.

»Bitte, ich kann nicht für sie am Leben bleiben. Bitte, Elly, bitte hilf mir. Ich will sterben.«

82

Das Morphium, das Elly auf seinen Wunsch hin besorgt hatte, war wie ein rotes Glühen in ihrer Tasche, als sie an jenem Abend bei Corbin eintraf. Mit äußerster Behutsamkeit öffnete sie die Tür zu seinem Zimmer und sah, dass er wach war. Seine dunklen Augen starrten sie an. Heute war eine Entschlossenheit in seinem Gesicht, die sie zuvor nicht an ihm wahrgenommen hatte. Für einen Moment blieb sie stehen, dann trat sie ein und schloss die Tür hinter sich. Sie hatte sich viele Worte zurechtgelegt, um ihn von seinem Plan abzubringen, und wusste doch, dass sie vergebens sein würden.

Als sie es trotzdem versuchte, unterbrach er sie harsch.

»Bitte, Elly, ich habe mich entschieden. Hast du es dabei?«

Elly überlegte zu lange, als dass sie noch hätte lügen können. Sie konnte sich natürlich entscheiden, es ihm nicht zu geben. Ihm nicht zu helfen. Ihn allein zu lassen.

Sie nickte.

»Gut«, er lächelte. »Ich wusste, dass ich mich auf dich verlassen kann.«

Sie räusperte sich.

»Ich könnte mich weigern, es dir zu geben.«

»Dann würde ich es mir noch einmal von meinen Schmerzmitteln absparen, bis ich genug zusammenhätte. Das wäre nicht schön für mich, ich müsste höllische Schmerzen leiden, aber ich würde es tun.«

Seine Worte trafen Elly wie Eis mitten ins Herz. Sie überlegte, ob sie jetzt einfach wegrennen sollte, hinaus aus dem Zimmer, den Flur entlang und dann aus dem Haus, aber das wäre auch keine Lösung.

Tonja schreckte aus dem Schlaf hoch. Um sie herum war es dunkel, und sie lag vollständig bekleidet auf Ellys Bett. Langsam kam die Erinnerung zurück. Sie war todmüde gewesen – ihre Nächte waren seit der Rückkehr aus Berlin schlaflos und quälend –, und heute hatten ihr noch höllische Kopfschmerzen zugesetzt. Am Ende hatte sie sich Ellys Rat gefügt und sich hingelegt.

»Ruh dich aus, du brauchst es«, hatte die Freundin gesagt.

»Elly?«, fragte sie vorsichtig in den Raum hinein. Es blieb still. Tonja setzte sich auf. »Elly?« Nichts. Sie tastete nach dem Lichtschalter, drehte. Licht flammte auf.

Sie ist fort.

Tonja schaute sich um. Nein, sie irrte sich nicht. Ihr Kopf schmerzte bei jeder Bewegung. Auf dem Tisch stand noch der Kamillentee, den Elly ihr hatte bringen lassen. Natürlich war er längst kalt. Sie war allein.

Tonja musste sich einen Augenblick sammeln, bevor sie schwankend aufstand. Der Schmerz zog von ihrem Hinterhaupt über den Nacken und löste ein kribbelndes Gefühl aus.

Wo war Elly? Hatte sie etwas davon gesagt, dass sie weggehen wollte? Zuerst dachte Tonja, sie wäre nur auf der Toilette, aber als sie nach einigen Minuten immer noch allein war, kroch Angst in ihr hoch. Sie bewegte sich humpelnd zum Schreibtisch, denn ihre Beine fühlten sich pelzig an, und sie hatte kein rechtes Gefühl in ihnen. Den Zettel sah sie erst auf den zweiten Blick.

Corbins Schrift.

Ich muss mit dir reden.

Tonja wusste jetzt, wo die Freundin war.

»Elly!«

Elly war gerade aus dem Tor getreten, als Tonjas Stimme sie zusammenfahren ließ. Sie erstarrte, schaute sich um.

»Tonja, was machst du hier? Ich dachte, du schläfst … Du warst so erschöpft. Was willst du denn hier? Geht es dir besser? Ich dachte wirklich, du würdest dich bis morgen früh nicht mehr regen …«

»Was ich hier mache? Willst du das wirklich wissen? Ich habe gelesen, was Corbin dir geschrieben hat.«

»Gelesen?«

»*Ich muss mit dir reden,* erinnerst du dich etwa nicht mehr?« Jetzt trat Tonja endgültig aus den Schatten hervor. »Und, habt ihr geredet? Nun, dann ist es jetzt wohl an mir, mit ihm zu reden.«

Mit diesen Worten wollte sich Tonja an Elly vorbeischieben. Die hielt sie unversehens am Arm fest. Tonja riss sich los.

»Fass mich nicht an.«

»Tonja, es ist nicht so, wie du denkst.«

»So? Wie ist es denn? Bin ich ihm doch nicht gut genug? Hat er das jetzt erkannt?«

Tonja riss sich noch ein zweites Mal los, schob das Tor auf und lief auf die Haustür zu, mit Elly direkt auf den Fersen. Dicht auf dicht rannten sie den Weg entlang. Tonja war zu schnell, als dass man sie hätte aufhalten können. Elly war noch drei Schritte entfernt, als Tonja bereits klingelte und dann auch noch den Türklopfer bediente. Ein Mädchen der Harloffs öffnete und wäre von ihr fast über den Haufen gerannt worden.

»Fräulein Kramer«, sie drehte sich um, denn Tonja war schon an ihr vorbei, »Fräulein Lövenich.«

Aus dem Innern war mit einem Mal die laute Stimme von Herrn Harloff zu hören: »Was ist denn hier für ein Lärm? Amelia, wo bist du?«

Doch bevor jemand eine Antwort geben konnte, drang aus Corbins Zimmer plötzlich ein entsetzlicher Aufschrei.

83

FRANKFURT AM MAIN, 2013

»Es war Sterbehilfe?« Tom beugte sich näher zu seiner Tante hin. »Aber wie konntest du wissen, dass sein Wunsch zu sterben nicht nur aus einem Impuls heraus entstanden war, dass er irgendwann nicht doch glücklich hätte weiterleben können?«

Elly sah auf die knotigen, gekrümmten Hände in ihrem Schoß und schüttelte den Kopf.

»Wer kann so etwas schon wissen? Aber hat man deshalb das Recht, einem Menschen die eigene Entscheidung zu verwehren? Ich weiß nur, dass er sterben wollte, und ich habe ihm geholfen. Es ging ihm nicht gut, und die Schmerzen wurden immer schlimmer. Niemand wagte vorauszusagen, wie es weitergehen würde, und er wollte es eben nicht abwarten. Er war sehr entschlossen, und auch die Liebe so vieler Menschen konnte ihn nicht von seinem Entschluss abbringen. Er hatte schon einmal über Wochen hinweg sein Morphium rationiert und dafür starke Schmerzen in Kauf genommen. Ich wollte nicht, dass er noch mehr leidet, und überhaupt, wer war ich, ihn zum Leben zu zwingen?«

Die alte Dame schaute auf die offen stehende Tür. Von draußen drangen die Geräusche des Abends zu ihnen hinein. Man hörte Vogelgezwitscher und das Zirpen der Grillen, dazwischen immer wieder Warnrufe: Wahrscheinlich schlich irgendwo eine Katze durchs hohe Gras.

»Das muss sehr belastend gewesen sein«, sagte Carina leise.

Sie spürte, wie sich Alea enger an sie schmiegte. Es war überwältigend, wie nah sie einander alle in diesen letzten Monaten und besonders in den letzten Stunden gekommen waren.

Elly bewegte sich in ihrem Stuhl.

»Nach Corbins Tod verlor ich dann auch noch Tonja. Am nächsten Tag war sie einfach fort – ohne ein weiteres Wort. Etwa ein halbes Jahr später bekam ich eine Aufforderung zu einem Treffen im Odeon. Sie wollte sich aussprechen. Aber dazu kam es nicht. Es ging nur um Schuldzuweisungen. Sie warf mir vor, ihn ermordet zu haben, dann verschwand sie einfach, und ich hörte nichts mehr von ihr. Das heißt, erst wieder, als mein Bruder mir bei der Beerdigung meiner Mutter von ihr erzählte.« Elly schwieg. »Und das nächste Mal, als man mich von ihrem Tod in Kenntnis setzte.«

»Das muss hart gewesen sein«, sagte Alea nachdenklich. »Und es muss sich einfach schrecklich anfühlen, wenn einem die beste Freundin vorwirft, eine Mörderin zu sein.«

»Ja«, sagte Elly, »das ist so, ein schreckliches, ein furchtbares Gefühl. Ich habe mir nachher so oft gewünscht, Tonja in diesem Moment einfach festgehalten zu haben. Ich hätte ihr so gerne erklärt, was und warum ich es getan habe, und ich bin mir sicher, sie hätte mich irgendwann verstanden. Es ist immer besser zu reden, als es nicht zu tun. Das wissen wir inzwischen alle, und ich bin mir auch sicher, nein, ich weiß, dass sie mich irgendwann verstanden hätte, weil wir trotz allem Freundinnen waren, weil wir uns trotz allem kannten … «

Tom räusperte sich mit einem Mal, dann wechselten Carina und er einen Blick.

»Wie wäre es, wenn wir noch einmal gemeinsam zum Gartenhaus gingen?«, fragte Carina.

»Ich finde, das wäre ein passender Abschluss für den heutigen Tag«, pflichtete Tom ihr bei.

Er stützte Elly, während sie über die Verandatreppe hinunter in den Garten gingen, und dann den weiß bekiesten Weg entlang. Elly ging entschlossen Schritt um Schritt, hielt dann noch einmal inne.

»Tom, hol bitte das Grammofon aus meinem Wohnzimmer. Alea, hilf du mir das letzte Stück Weg.«

Wenig später saßen sie gemeinsam vor dem Haus und schauten in die grüne Pracht des umgrenzenden Gartens. Tom hatte für Elly einen Lehnstuhl bereitgestellt. Die alte Dame hielt die Augen geschlossen und lauschte den Klängen des Grammofons, die zu ihnen hinüber schwebten. Manchmal leuchtete ein feines Lächeln auf ihrem Gesicht auf. Einmal lachte sie sogar kaum hörbar. Tom und Carina wechselten einen Blick, während sie sich aneinanderschmiegten.

»Ich hätte dich nicht Mörderin nennen dürfen«, hörte Elly mit einem Mal Tonjas Stimme, »aber ich war so furchtbar verletzt damals, dabei weiß ich doch, wie sehr Corbin gelitten hat, und ich weiß auch, dass es letztlich seine Entscheidung war …«

Elly, die erst überrascht zusammengezuckt war, lächelte jetzt und streckte die Hand nach der Freundin aus.

»Dass du das sagst, bedeutet mir sehr viel«, flüsterte sie.

»Ich hätte es eher sagen können.«

»Ach nein, nein … Jetzt ist der richtige Moment. Wollen wir tanzen?«

»Hier?« Tonja sah tatsächlich amüsiert aus.

»Warum nicht?« Elly stemmte sich hoch. »Es wäre nicht das erste Mal, und wir haben sogar ein Grammofon.«

»Dass du das alte Ding noch hast …«

Elly lächelte und streckte die Hand nach ihrer Freundin aus und endlich, endlich, nach so vielen Jahren, spürte sie, wie Tonja zugriff.

Epilog

FRANKFURT AM MAIN, 2014

»Wie sieht es denn aus, Frau Wahlsberg? Werden wir das Projekt im vereinbarten Zeitrahmen abschließen?«, sagte Tom mit einem spitzbübischen Tonfall in der Stimme, während er den Arm um Carina legte. Sie genoss die Berührung, genoss die Wärme seiner Haut auf ihrer.

»Nun. Es sieht sehr gut aus«, gab sie in einem ähnlich geschäftsmäßigen Tonfall zurück.

Damit schob sie seinen Arm von ihrer Schulter, legte das letzte Blatt auf den Manuskriptstapel zurück, hob dann den ganzen Packen an und stieß ihn ein paarmal auf dem Tisch auf.

»Das Odeon. Oder eine Freundschaft zwischen Licht und Schatten«, stand auf dem Titelblatt.

Toms Lippen bewegten sich, während er las.

»Tonja und Elly …«, sagte er dann leise. Er streichelte über Carinas Rücken. »Es wäre schön gewesen, wenn Elly das Manuskript noch hätte lesen können.«

Carina lehnte sich gegen seine liebkosenden Hände.

»Ja, aber ich denke, zum Schluss ging es ihr gut damit, und sie konnte endlich loslassen.«

»Nachdem sie all die Jahre geschwiegen hatte.« Tom streckte Carina die Hand hin. »Ich möchte nie so lange schweigen müssen, aus Angst oder aus was auch immer … Komm.«

Carina ließ sich in den Stand ziehen. Dann liefen sie gemeinsam in den Garten, vorbei an der Schaukel und dann auf schmalen Pfaden tiefer hinein in das zarte Grün eines neu beginnenden Frühlings.

Wir kennen uns jetzt ein Jahr. Wir haben uns misstraut. Wir sind einander nähergekommen. Wir haben uns geküsst.

Ihr Weg führte sie zum Gartenhaus, ganz ohne, dass sie darüber hätten nachdenken müssen. Es war einfach zu ihrem Platz geworden, zu ihrem Ort. Auf einem Tischchen neben dem Eingang stand das Grammofon, das Elly ihnen beiden vermacht hatte. Tom beugte sich herunter und setzte es in Gang. Von Knacken und Rauschen unterlegter Swing war zu hören, und für einen Moment hatte Carina den Eindruck, als könne sie zwei junge Frauen sehen, die sich im Takt der Musik wiegten. Sie schaute durch das Fenster, hinter dem sie über das letzte Jahr Stunden mit dem Sortieren von Material verbracht hatte. Tom kam näher und zog sie endlich zu sich herum. Sie umarmten sich. Ihre Körper wurden weicher. Toms Hand lag erst eine Weile auf ihrem oberen Rücken, rutschte dann immer weiter nach unten. Carina drückte sich fester gegen ihn. Sein Körper fühlte sich gut an. Er küsste sie. Wenig später lagen sie auf dem Boden, ohne dass sie recht sagen konnte, wie sie dort hingekommen waren. Carina spürte Gras unter sich, links waren die Johannisbeerbüsche, rechts wippten Stachelbeeren. Die Reineclaude hielt die Sonne ein wenig ab, sodass sie nach oben in den tiefblauen Sommerhimmel schauen konnte. Der silbrige Streifen eines Flugzeugs war zu sehen. Sie streckte die Hand nach ihm aus, legte sie flach auf die Brust, die sich unter dem T-Shirt abzeichnete. Wärme und Sicherheit. Carina seufzte. Er legte seine Hand auf ihre, und einen Moment später waren sie wieder in einer Umarmung gefangen. Sie spürte seine Wange an ihrer, dann seinen Mund an ihrem Ohr, dann einen langen leidenschaftlichen Kuss. Sie lösten sich wieder voneinander.

»Ich bin echt froh, dass meine Schwester dieses verdammte Projekt angefangen hat«, sagte Tom plötzlich. »Ich liebe dich.«

Carina küsste ihn auf den Mund.

»Ich liebe dich auch.«

Ende